ତର୍ଜନୀ

ତର୍ଜନୀ

ସତ୍ୟ ମିଶ୍ର

BLACK EAGLE BOOKS
2021

BLACK EAGLE BOOKS

USA address:
7464 Wisdom Lane
Dublin, OH 43016

India address:
E/312, Trident Galaxy, Kalinga Nagar,
Bhubaneswar-751003, Odisha, India

E-mail: info@blackeaglebooks.org
Website: www.blackeaglebooks.org

First International Edition Published by
BLACK EAGLE BOOKS, 2021

TARJANI
by **Satya Misra**
Email: sanamisra@gmail.com

Copyright © **Satya Misra**

All rights reserved. No part of this publication may be reproduced, stored in a retrieval system, or transmitted, in any form or by any means, electronic, mechanical, photocopying, recording or otherwise without the prior permission of the publisher.

Cover & Interior Design: Ezy's Publication

ISBN- 978-1-64560-236-1 (Paperback)

Printed in the United States of America

ନନା

My Father

ସୂଚୀପତ୍ର

ଯମ

ଏକ

'ଗୁରୁବାରଦିନ କାହାକୁ ଟଙ୍କାପଇସା ଦେଲେ ଘରୁ ଲକ୍ଷ୍ମୀ ଚାଲିଯିବେ। ଏପରିକି କାହାଠାରୁ ଧାର ଆଣିଥିବା ଟଙ୍କା ମଧ ଫେରାଇବା ମନା। ନିଜେ ଜମା ରଖିଥିବା ଟଙ୍କା ବ୍ୟାଙ୍କରୁ କିମ୍ବା ଏ.ଟି.ଏମ୍.ରୁ ଉଠାଇଆଣିଲେ ବି ଲକ୍ଷ୍ମୀ ପଳେଇବେ। ଆମିଷ ଖାଇବା ତ ଦୂରର କଥା, ହାତ ବାଜିଲେ ବି ଅସୁବିଧା। ଲକ୍ଷ୍ମୀ ଠାକୁରାଣୀ ସହିବେ ନାହିଁ। ସେଦିନ ଉଷୁନା ଖାଇବା ମନା, କେବଳ ଅରୁଆ ଚାଉଳରେ ଭାତ ରନ୍ଧା ହେବ। ଗୁରୁବାର ଲକ୍ଷ୍ମୀଙ୍କ ନିଜ ବାର ହୋଇଥିବାରୁ ତାଙ୍କ ନିୟମ କାନୁନ୍ ମାନି ନ ଚଳିଲେ ମହାବିପଦ। ସେଲୁନ୍‌କୁ ଗଲେ, ଚୁଟି କାଟିଲେ, ନଖ କାଟିଲେ ମହାବିପଦ। ଲକ୍ଷ୍ମୀ ପଳେଇବେ।'

ଏକା ନିଃଶ୍ୱାସରେ ଏତିକି କଥା କହି ମେଘାଦିଦି ଆମ ମୁହଁକୁ ଚାହିଁଲେ। ମୋତେ ଆଉ ଅମୃତାକୁ ଏମିତି ତେଢ଼ା କଥାସବୁ ଭାରି ପସନ୍ଦ। ବୋଉ ଯେତେ ବେଶି ଚିଡୁଥାଏ, ଆମକୁ ସେତେ ବେଶି ମଜା ଲାଗେ। ମେଘାଦିଦି କିନ୍ତୁ ଥଟ୍ଟାମଜା କରୁନଥିଲେ; ତାଙ୍କ ମନକଥା କହୁଥିଲେ। ଆମର ନୀରବ ସମର୍ଥନ ପାଇ ସେ କହିଚାଲିଲେ, କେବଳ ଗୁରୁବାର କାହିଁକି, ଅନ୍ୟ ସବୁଦିନ ପାଇଁ ମଧ୍ୟ କିଛି କମ୍ ଆଇନ ରଖିନାହାନ୍ତି ଏଇ ଲକ୍ଷ୍ମୀ ମାଡାମ୍ । ଘର ଭିତରକୁ ଯୋତା, ଚପଲ ପିନ୍ଧି ଆସିଲେ ସେ ପଳେଇଯିବେ। ଅଜାତି, ବିଧର୍ମୀ, ଅଶୌଚ ମଣିଷ ପଶିଲେ ଲକ୍ଷ୍ମୀ ପଳେଇବେ। ଯିଏ ଏମିତି ସବୁବେଳେ ପଳେଇବି ପଳେଇବି ବୋଲି ବାଟ ଖୋଜୁଥିବେ, ତାଙ୍କୁ କିଏ ବାନ୍ଧିରଖିପାରିବ ? ଏମିତି ଭଗୋଡ଼ା, ପଳାୟନପନ୍ଥୀ, ଅସହିଷ୍ଣୁ ଗଡେସ୍‌ଙ୍କୁ ନେଇ ମୁଁ ଆଦୌ ଚଳିପାରିବି ନାହିଁ। ତମେସବୁ କେମିତି ଚଳୁଛ ମୁଁ ଜାଣିପାରୁନାହିଁ। ମୋତେ ଛାଡ଼ି ଲକ୍ଷ୍ମୀ ଚାଲିଯିବା କଥା ଏବେଠୁ ଜଳଜଳ ଦିଶିଲାଣି। ମୁଁ ଲକ୍ଷ୍ମୀଛଡ଼ା ହୋଇଯିବି। କରିବି କ'ଣ ?'

ବୋଉ କହିଲା, 'ଏତେ ସବୁ କଥା କେବଳ ମୋତେ ଛିଗୁଲେଇ କହୁଛୁ ନା ? ମୁଁ କ'ଣ ଜାଣିନି ? ଲକ୍ଷ୍ମୀ ଠାକୁରାଣୀଙ୍କୁ ନେଇ ଏମିତି ଥଟ୍ଟା ପରିହାସ କରନ୍ତି ?'

– "ମୁଁ କ'ଣ ଥଟ୍ଟାପରିହାସ କରୁଛି ? ମୁଁ ତ ଖାଣ୍ଟି ସତକଥା କହୁଛି।"

– "ଭାରି ସତକଥା ! ଜାଣିବୁ ଲୋ ମା', ଦିନେ ନା ଦିନେ ଜାଣିବୁ। ମୋ କଥା ସତ କି ମିଛ, ଜାଣିବୁ। ତୋ' ରିସର୍ଚ୍ଚ, ଇଣ୍ଟରନେଟ୍, ବହିପତ୍ର ତୋ ପାଖରେ ରଖିଥା। ଆମ ରୀତିନୀତି, ଚାଲିଚଳନ ମାନି ବଢ଼ିଥିଲେ ଏମିତି କଥାସବୁ ତୋ ମୁଣ୍ଡରେ ପଶିନଥାନ୍ତା କି ତୁଣ୍ଡରୁ ବାହାରିନଥାନ୍ତା। ଭଲ ହୋଇଛି, ତୋ ମା' ତୋତେ ଦୁଇମାସ ମୋ ପାଖରେ ଛାଡ଼ି ଦେଇଛି। ଦୁଇମାସରେ ତୋତେ ଠିକ୍ ସଜାଡ଼ିଦେଇ ଛାଡ଼ିବି।"

ଅମୃତା ଓ ମୁଁ ପରସ୍ପରର ମୁହଁକୁ ଚାହିଁ ହସିଲୁ। ମେଘାଦିଦିକୁ ବୋଉ ସଜାଡ଼ିଦେବ, ଏମିତି ଅସମ୍ଭବ କଥାଟିଏ ଶୁଣିଲେ ଯେକେହି ନହସି ରହିପାରିବ ନାହିଁ।

ଆମ ଭାଇଭଉଣୀ ଦୁହିଁଙ୍କୁ ବୋଉ କଟମଟ ଆଖିରେ ଅନେଇବାରୁ ମୁଁ ଓ ଅମୃତା ଚୁପ୍ ହୋଇଗଲୁ। କିନ୍ତୁ ମେଘାଦିଦିଙ୍କୁ ଆଉଟିକିଏ ଉସୁକାଇବା ପାଇଁ ମୁଁ କହିଲି, "ଯାହା ହେଲେ ବି ମହାଲକ୍ଷ୍ମୀଙ୍କର ଗୋଟିଏ ମାହାତ୍ମ୍ୟ ଅଛି ନା !"

– "କି ମାହାତ୍ମ୍ୟ କିରେ ? ତମ ଲକ୍ଷ୍ମୀମାତାଙ୍କ ଦାଉରୁ ଗୁରୁବାର ଦିନ ବ୍ୟାଙ୍କ୍ କାରବାର ମାନ୍ଦା ହୋଇଯାଉଛି। ଘର, ଜମି କିଣାବିକା ବି ବନ୍ଦ ରହୁଛି। ରେଜିଷ୍ଟ୍ରେସନ୍ ଅଫିସ୍ ଫାଙ୍କା ! କେହି କୌଣସି ବିଲ୍ ପୈଠ କରୁନାହାନ୍ତି। ମହାଲକ୍ଷ୍ମୀ ତମମାନଙ୍କୁ ଖୁବ୍ ଡରେଇଥରେଇ ରଖିଛନ୍ତି ଦେଖୁଛି ! ଖାଲି କ'ଣ ସେତିକି ? ଆହୁରି କେତେ କଥା ଅଛି।"

ମେଘାଦିଦି କଥା ବନ୍ଦ କରିଦେବାରୁ ଅମୃତା ପଚାରିଲା, "ଆଉ କି କଥା ?"

– "ଏଇ ଯେଉଁ ମହାଲକ୍ଷ୍ମୀ, ସେ ତାଙ୍କ ନିଜ ସ୍ୱାମୀ ଓ ଦେଢ଼ଶୁର, ଜଗନ୍ନାଥ ଓ ବଳଭଦ୍ରଙ୍କୁ, କ'ଣ ଗୋଟାଏ କଥାରେ ଝଗଡ଼ା ହେବାରୁ, ଭାରି ହିନସ୍ତା କରିଥିଲେ ବୋଲି ମୁଁ ଶୁଣିଛି। ଲକ୍ଷ୍ମୀଦେବୀ ତାଙ୍କ ପରାକ୍ରମ ଏମିତି ଦେଖାଇଲେ ଯେ ତାଙ୍କୁ କୁଆଡ଼େ ଖାଇବାକୁ ଦାନାଏ ଅନ୍ନ ମଧ୍ୟମିଳିଲା ନାହିଁ। ରଥଯାତ୍ରା ପରେ ଜଗନ୍ନାଥ, ବଳଭଦ୍ର ଓ ସୁଭଦ୍ରାଙ୍କୁ ଘରଭିତରକୁ ନ ଛାଡ଼ି ଭିତରପଟୁ କବାଟ ବନ୍ଦ କରିଦିଅନ୍ତି ଏହି ଲକ୍ଷ୍ମୀଦେବୀ। ଏସବୁ ପୁରାଣରେ ଅଛି ନା ନାହିଁ ? ଏଥିରୁ କ'ଣ ତମେମାନେ ଜାଣିପାରୁନାହଁ, ଏହି ମହାଲକ୍ଷ୍ମୀ କେତେ ଦୁଷ୍ଟପ୍ରକୃତିର ମହିଳା ? ଏକେ ତ ପଳାୟନବାଦୀ, ପୁଣି ଉପଦ୍ରବକାରିଣୀ।"

"ଏସବୁ ଅଶୁଭ, ଅଲକ୍ଷଣିଆ କଥା ଆଉ କେବେ ମୁହଁରେ ଧରିବୁ ନାହିଁ ଲୋ ମେଘା।" ବୋଉ କହିଲା ।

"ମୁହଁରେ ଧରିଲେ କ'ଣ ହେବ ? ଲକ୍ଷ୍ମୀ ପଳେଇବେ ? ଏୟା ତ ? ଏମିତିରେ ବି ସେ ସବୁବେଳେ ପଳେଇବି ପଳେଇବି ବୋଲି ଗୋଡ଼ଟେକି ରହିଛନ୍ତି।"

"ରହିଥା ଲୋ ଝିଅ, ଆଜି କହୁଛି ତୋ ମା'ଙ୍କୁ।"

ବୋଉ ମେଘାଦିଦିଙ୍କ ମା'ଙ୍କୁ ଏସବୁ କଥା କହିଦେବ ବୋଲି ତାଙ୍କର କୌଣସି ଚିନ୍ତା ଥିବାପରି ଆଦୌ ଦିଶିଲା ନାହିଁ। ଏମିତି ସବୁକଥାରେ ଆମର ସବୁବେଳେ ମେଘାଦିଦିଙ୍କ ପ୍ରତି ହିଁ ସମର୍ଥନ ଥାଏ। ପ୍ରାୟ ମାସେ ତଳେ ଯେଉଁଦିନ ମେଘାଦିଦି ଦୁଇଟା ସୁଟ୍‌କେସ୍ ଆଉ ତାଙ୍କ ବେଗ୍ ଧରି ଆମ ଘରେ ପହଞ୍ଚିଲେ, ସେଇଦିନ ହିଁ ଜଣାପଡ଼ିଯାଇଥିଲା ଯେ ଏଥର ମେଘାଦିଦିଙ୍କ ସହିତ ଖୁବ୍ ଜମିବ। ଆମର ସେହି ଆଶା ପୂରା ସାର୍ଥକ ହେଉଥିବାର ଦେଖି ଭାରି ଖୁସି ଲାଗିଲା। ମେଘାଦିଦି ଆସନ୍ତି ଖୁବ୍ କମ୍, କିନ୍ତୁ ଯେବେ ବି ଆସନ୍ତି, ମୁଁ ଓ ଅମୃତା ତାଙ୍କ ସହ ବେଶ୍ ହସଖୁସିରେ ସମୟ କଟାଇଦେଉ। ଏଥର ପ୍ରଥମଥର ସେ ନିଜ ବାପାମା'ଙ୍କ ସହିତ ନ ଆସି ଏକା ଆସିଥିଲେ।

ମହାଲକ୍ଷ୍ମୀ ପ୍ରସଙ୍ଗକୁ ଆଗକୁ ନେଇ ଅମୃତା କହିଲା, "ମେଘାଦିଦି ଠିକ୍ କହୁଛନ୍ତି। ଆମ କ୍ଲାସ୍‌ର ଅର୍ଚ୍ଚନା ଘରକୁ ମୁଁ ଯାଇଛି। ତା' ମା' ଆମିଷ, ନିରାମିଷ, ସବୁ ଗୋଟିଏ ଫ୍ରିଜ୍‌ରେ ରଖନ୍ତି। ଆମ ପରି ତାଙ୍କର ଦୁଇଟା ଫ୍ରିଜ୍ ନାହିଁ। ତାଙ୍କ ଘରୁ କ'ଣ ଲକ୍ଷ୍ମୀ ପଳେଇବେ ?"

- "ତୋତେ କିଏ ପଚାରିଲା ?" –ବୋଉର କଠୋର ପ୍ରଶ୍ନ।

- "ନପଚାରିଲେ ବି ଆମେ କହିବୁ।" – ମୁଁ କଥା ଯୋଡ଼ିଲି।

ଆମ ବିତର୍କରେ ବୋଉ ଏକାହୋଇଯାଉଥିବା ବୋଧହୁଏ ମେଘାଦିଦିଙ୍କୁ ପସନ୍ଦ ଲାଗିଲା ନାହିଁ। ସେ ଆମ କଥାବାର୍ତ୍ତାର ପରିସର ଭିତରୁ ମହାଲକ୍ଷ୍ମୀଙ୍କୁ ଅବ୍ୟାହତି ଦେଇ ପ୍ରସଙ୍ଗ ବଦଳାଇଦେଲେ।

ଦୁଇ

ମେଘାଦିଦି ଆଣିଥିବା ଦୁଇଟି ସୁଟ୍‌କେସ୍ ଭିତରୁ ଗୋଟିଏ ସୁଟ୍‌କେସ୍‌ରେ ତାଙ୍କ ନିଜ ଲୁଗାପଟା, ବହି, କାଗଜପତ୍ର ଓ ଅନ୍ୟାନ୍ୟ ନିତିଦିନିଆ ଜିନିଷ ଭରିରହିଥିଲା। ଦ୍ୱିତୀୟ ସୁଟ୍‌କେସ୍‌ଟି ଗାଢ଼ ସବୁଜ ରଙ୍ଗର । ତାକୁ ମେଘାଦିଦି ଆଦୌ ଖୋଲିଲେ ନାହିଁ। କାନ୍ଧରେ ଝୁଲୁଥିବା ବେକ୍‌ପ୍ୟାକ୍ ଖୋଲି ସେଥିରୁ ଲ୍ୟାପ୍‌ଟପ୍ ବାହାରକଲେ। ପ୍ରଥମ ଦିନ ଗଲା। ଦ୍ୱିତୀୟ ଦିନ ଗଲା। ତଥାପି ସବୁଜ ସୁଟ୍‌କେସ୍ ସେମିତି ଅଖୋଲା ରହିଗଲା।

ଆମେ ଜାଣିଥିଲୁ ଯେ ଅଷ୍ଟ୍ରେଲିଆରେ ୟୁନିଭର୍ସିଟି ପଢ଼ା ସରିବା ଆଗରୁ ହିଁ ମେଘାଦିଦି ଖୁବ୍ ଭଲ ଗୋଟାଏ ଚାକିରି ପାଇଁ ମନୋନୀତ ହୋଇସାରିଲେଣି। ଏବେ ପଢ଼ା ସରିବାପରେ ଚାକିରିରେ ଯୋଗଦେବା ପୂର୍ବରୁ ତାଙ୍କୁ ଛ'ମାସ ଖାଲି ସମୟ ମିଳିଛି। ଏତେ ଲମ୍ବା ଛୁଟି ମିଳିଛି ଯେତେବେଳେ, ତାଙ୍କର ପ୍ରିୟ 'ଇଣ୍ଡିଆ'କୁ ନ ଆସି ମେଘାଦିଦି ରହନ୍ତେ କିପରି ? ତାଙ୍କ ବାପାଙ୍କ ସହିତ ଆମ ବାପାଙ୍କ ଦୋସ୍ତୀ ଏତେ ନିବିଡ଼ ଯେ ମେଘାଦିଦି ଆଷ୍ଟ୍ରେଲିଆରୁ ଆସିଲେ, ଆମ ଘରେ କିଛିଦିନ ନ ରହି ଫେରନ୍ତି ନାହିଁ। ଏଥର ସେ ଆସିବା ଆଗରୁ ତାଙ୍କ ମା' କୁଆଡ଼େ ଫୋନ୍‌ରେ ବୋଉକୁ କହିଥିଲେ, ମେଘାଦିଦିଙ୍କୁ ଓଡ଼ିଆଘରର ସବୁ ଆଦବକାଇଦା, ଚଳଣି ଶିଖାଇ ଛାଡ଼ିବା ପାଇଁ। ବୋଉର ଏହି ଦାବୀକୁ ବାପା ଖାଣ୍ଟି ମିଛକଥା ବୋଲି କହି ହସରେ ଉଡ଼ାଇଦିଅନ୍ତି। ମେଘାଦିଦି କିଛି ନ କହି ରହସ୍ୟକୁ ଘନୀଭୂତ କରିଦିଅନ୍ତି। ମଣିଷଜାତିକୁ ଚିରପଳାତକ ଲକ୍ଷ୍ମୀ ଠାକୁରାଣୀଙ୍କ ଉପଦ୍ରବରୁ ରକ୍ଷା କରିବା ପାଇଁ ତାଙ୍କର ଚେଷ୍ଟା ଜାରି ରହିଥାଏ।

ରବିବାର ସମସ୍ତଙ୍କର ଛୁଟିଦିନ। ଜଳଖିଆ ଟେବୁଲ୍‌ରେ ସେଦିନ ସକାଳେ ଘରର ସମସ୍ତେ ଏକାଠି। ତାଙ୍କ ଦ୍ୱିତୀୟ ସୁଟ୍‌କେସ୍ ଖୋଲିବା ପାଇଁ ମେଘାଦିଦି ବୋଧହୁଏ ଏମିତି ଗୋଟାଏ ଅବକାଶକୁ ଅପେକ୍ଷା କରି ରହିଥିଲେ। ଖୋଲା ନ ହୋଇ ରହିଥିବା ଶାଗୁଆ ରଙ୍ଗର ସୁଟ୍‌କେସ୍‌କୁ ଚକରେ ଗଡ଼ାଇଆଣି ସମସ୍ତଙ୍କ ସାମ୍ନାରେ ଗୋଟିଏ ଷ୍ଟୁଲ୍ ଉପରେ ଥୋଇଦେଲେ। ତାକୁ ଖୋଲିବାକୁ ଚେଷ୍ଟାକରିବାବେଳେ ବୋଉ କହିଲା, 'କ'ଣ କାମଟେ ଫେର୍ ତୁ ଆରମ୍ଭ କଲୁଣି ? ସେଇଟା ପରେ । ପ୍ରଥମେ ସମସ୍ତେ ଜଳଖିଆ ଖାଇନିଅ।'

ବୋଉ ନିଜେ ନ ବସି ଟେବୁଲ୍ ଉପରେ ପ୍ଲେଟ୍ ସଜାଡ଼ି ରଖିବା ପାଇଁ ମାଳତୀକୁ ନିର୍ଦ୍ଦେଶ ଦେଉଥିଲା। ମାଳତୀ ଓରଫ୍ ମାଳ, ଘରର କାମଦାମ କରିବାପାଇଁ ନିଯୁକ୍ତ କାମବାଲି। ଚାକରାଣୀ ଶବ୍ଦ ବ୍ୟବହାର କରିବା ପାଇଁ ମେଘାଦିଦିଙ୍କର ଦୃଢ଼ ଆପତ୍ତି ଥାଏ। ସେ କହନ୍ତି, 'ମେଡ୍'। ଅମୃତା ତାଙ୍କୁ ସଂଶୋଧନ କରି କହିଲା, 'ମେଡ୍' ନୁହେଁ 'ମେଉ୍'। ଏବେ ମେଘାଦିଦି ବୋଉର ହାତ ଭିଡ଼ିନେଇ ଗୋଟାଏ ଚୌକିରେ ବସାଇଦେଇ କହିଲେ, 'ମାଳତୀ ତା' କାମ ଠିକ୍ ଜାଣିଛି। ତମେ ତାକୁ କିଛି କହିବା ଦରକାର ନାହିଁ। ତମେ ବି ଏଠି ବସ, ମାଉସୀ। ପାଞ୍ଚମିନିଟ୍ ପରେ ଜଳଖିଆ ଖାଇଲେ କାହାରି କିଛି ଅସୁବିଧା ହେବ ନାହିଁ।' ସେଦିନ ଠିକ୍ ସମୟରେ କାମ କରିବାକୁ ଆସିନଥିବାରୁ ମାଳତୀ ବୋଉଠାରୁ ଥରେ ମୃଦୁଗାଳି ଶୁଣିସାରିଥିଲା। ଏବେ ଆଉ କୌଣସି କଥା ନେଇ କାଳେ ଆଉଥରେ ତା ଉପରେ ଗାଳିପଡ଼ିବ, ସେହି ଆଶଙ୍କାରେ ମାଳତୀ ତରବରରେ କହିପକାଇଲା; ହଁ ମା, ତମେ ବସ। ମୁଁ ଠିକ୍‌ଠାକ୍ ପ୍ଲେଟ୍ ଲଗାଇଦେବି।'

ମାଳତୀ ବିଳମ୍ବରେ ଆସି ବୋଉଠୁ ଦି'ପଦ ଗାଳି ଶୁଣିବା ଏତେ ସାଧାରଣ ଓ ନିତିଦିନିଆ କଥା, ଆମେ ସବୁ ସେକଥା ଭୁଲିସାରିଲୁଣି। ମେଘାଦିଦି ଭୁଲିନଥିଲେ ବୋଲି ମୁଁ ଜାଣିନଥିଲି। ସେ ଏବେ ଚୌକିରୁ ଉଠି ମାଳତୀ ପାଖକୁ ଯାଇ ପଚାରିଲେ 'ବିଳମ୍ବରେ ଆସୁଚୁ କାହିଁକି, ନିତି ନିତି ଗାଳି ଖାଉଛୁ କାହିଁକି ?'

ମାଳତୀ କିଛି କହିବା ଆଗରୁ ବୋଉ ତା' ତରଫରୁ କହିଲା, ସେ ବିଚାରୀ କ'ଣ କରିବ ? ତା'ର ମଦୁଆ ସ୍ୱାମୀ ତ ତା' ଜୀବନ ଖାଇଲାଣି। ନା କ'ଣ କହୁଛୁ ମାଳ ?'

'ତମେ ତ ସବୁ ଜାଣିଛ ମା ! ଆଉ ମୁଁ କ'ଣ କହିବି।'

ମେଘାଦିଦି ମାଳତୀର ହାତଧରି ତାକୁ ନିଜ ପାଖକୁ ଭିଡ଼ିଆଣି କହିଲେ, 'ପରେ ପ୍ଲେଟ୍ ଧୋଇବୁ। ଦୁଇ ମିନିଟ୍ ପାଇଁ ଆଗ ଏଠିକି ଆ।'

ମାଳତୀକୁ କାମରୁ ଦୁଇମିନିଟ୍ ଫୁରସତ ମିଳେନାହିଁ କି ଏମିତି ପାଖକୁ ଡକାଯାଏ ନାହିଁ। ଏବେ ମେଘାଦିଦି ତାକୁ ଡାକିବାରୁ ଆଶ୍ଚର୍ଯ୍ୟ ହୋଇ କୁଣ୍ଠିତ ଦୃଷ୍ଟିରେ ବୋଉକୁ ଅନେଇଲା। ବୋଉର ନୀରବ ସମ୍ମତି ପାଇ ମେଘାଦିଦି ପାଖକୁ ଗଲା।

ତା'ପରେ ମେଘାଦିଦି ଶାଗୁଆ ରଙ୍ଗର ସୁଟ୍‌କେସ୍ ଖୋଲି ତା'ଭିତରୁ ଗୋଟିଏ ପରେ ଗୋଟିଏ ଜିନିଷ ବାହାର କରିବାରେ ଲାଗିଲେ। ପ୍ରଥମେ ବାପାଙ୍କ ପାଇଁ ହଳେ ସାର୍ଟ୍ ଓ ଟ୍ରାଉଜର୍, ଦାମୀ ବ୍ରାଣ୍ଡ୍‌ର। ବୋଉ ପାଇଁ ଦାମୀ ଚିକ୍‌ଚିକ୍ ଶାଢ଼ି। ମୋ' ପାଇଁ ସ୍ପୋର୍ଟସ୍ ଜୋତା, ମୋଜା ସହିତ। ଅମୃତା ପାଇଁ ଥ୍ରୀ ପିସ୍ ଡ୍ରେସ୍ କପଡ଼ା। ମାଳତୀ ପାଇଁ ମଧ୍ୟ ଗୋଟିଏ ସୁନ୍ଦର ସିଲ୍‌କ୍ ଶାଢ଼ି, ଯଦିଓ ବୋଉର ଶାଢ଼ି ପରି ଏତେ ଦାମିକା ନୁହେଁ। ଯାହା ଜିନିଷ ତା' ହାତକୁ ବଢ଼ାଇଦେଲେ ମେଘାଦିଦି।

ଜଳଖିଆ କଥା ଭୁଲିଯାଇ ଆମେସବୁ ନିଜ ନିଜ ଜିନିଷ ଦେଖିବାରେ ବ୍ୟସ୍ତ ଥିବାରୁ ମେଘାଦିଦି କହିଲେ, 'ପରେ ଦେଖିବ। ଏଥର ଜଳଖିଆ ଆରମ୍ଭ ହେଉ।'

ନିଜ ଦାମିକା ଶାଢ଼ି ଆଗପଛ ଆଉଁଶି ବୋଉ କହିଲା, 'ବଢ଼ିଆ ହୋଇଛି। ମୋର ଏଇ ରଙ୍ଗର ଶାଢ଼ି ନଥିଲା। ଖୁବ୍ ଦାମିକା ତ ହୋଇଥିବ ନିଶ୍ଚୟ। ତୋତେ ଦାମ୍ ପଚାରିବି ନାହିଁ। ଏଇଟା ମୁଁ ସାବିତ୍ରୀ ଅମାବାସ୍ୟାଦିନ ପିନ୍ଧିବି।'

-'କାହିଁକି ମାଉସୀ, ଆଜି ପିନ୍ଧୁନ ? ନ ହେଲେ ଆସନ୍ତାକାଲି ? କୋଉ ଅମାବାସ୍ୟା ପୂର୍ଣ୍ଣିମାକୁ ଅପେକ୍ଷା କରିବା କ'ର ଦରକାର ?'

ବାପା କହିଲେ, 'ତୁ ମନା କରନା ଲୋ ମେଘା। ସେହି ଅମାବାସ୍ୟରେ ହିଁ ସେ ପିନ୍ଧୁ।'

-'ତମେ କାହିଁକି ସେମିତି କହୁଛ ମୁଁ ଜାଣିଛି ।'- ଏଇଟା ବୋଉର ତୀକ୍ଷ୍ଣ ତୀର

ବାପାଙ୍କ ଆଡକୁ, 'ତୁମକୁ ଆଉ ମୋ ପାଇଁ ସାବିତ୍ରୀ ପୂଜା ଶାଢ଼ି କିଣିବାକୁ ପଡିବ ନାହିଁ ବୋଲି ତ ? ମୁଁ କିନ୍ତୁ ଛାଡିବି ନାହିଁ । ମେଘା ଶାଢ଼ି ଖଣ୍ଡେ ଆଣିଦେଇଛି ବୋଲି ତମେ ଖସିଯାଇ ପାରିବ ନାହିଁ ।'

ବାପା କ'ଣ ଗୋଟାଏ କହିବାକୁ ଆରମ୍ଭ କରୁଥିଲେ, କିନ୍ତୁ ହଠାତ୍ ମାଳତୀ ଉପରେ ଆଖି ପଡିବାରୁ ସେ ଚୁପ୍ ହୋଇଗଲେ । ସମସ୍ତଙ୍କ ଆଖି ସେପଟକୁ ଘୂରିଗଲା । ତାକୁ ମିଳିଥିବା ଶାଢ଼ିକୁ ଦୁଇହାତରେ ଧରିବା କଥା ତ ଦୂରେ ଥାଉ, ଆଙ୍ଗୁଠି ଟିପ ଲଗାଇ ଛୁଇଁବା ପାଇଁ ମଧ୍ୟ ତା'ର ଅସମ୍ଭବ ସଂକୋଚ ଦେଖି ମେଘାଦିଦି ପଚାରିଲେ, 'କିଲୋ ମାଳ, କ'ଣ ହେଲା ? ତୋ ଶାଢ଼ି ତୁ ନେଉନାହୁଁ କାହିଁକି ? ମନକୁ ପାଉନି ?'

-'ଦିଦି, ଇଏ ମୋ ପାଇଁ? ଏତେ ଦାମିକା ଶାଢ଼ି ?'

- 'ହଁ, ତୋ ପାଇଁ । ଶସ୍ତା କି ଦାମିକା, ତୁ କେମିତି ଜାଣିଲୁ ? ମୁଁ ଖୋଜି ସାଉଁଟି ଆଣିଛି, ଖାସ୍ ଆମରି ମାଳ ପାଇଁ । ଯା, କାଲି ଯାକୁ ପିନ୍ଧି କାମ କରିବାକୁ ଆସିବୁ ।'

ଅତି ସତର୍କ ହୋଇ ମାଳତୀ ଶାଢ଼ିଟାକୁ ଏମିତି ଉଠେଇଲା, ଯେମିତି ଧରିବାବେଳେ ଟିକିଏ ଅସାବଧାନ ହେଲେ ତା' ହାତରେ ବିଜୁଳି ସକ୍ ଲାଗିବ ।

ବୋଉ କହିଲା, 'ଆଲୋ, ଡରୁଛୁ କାହିଁକି ? ମେଘା ତୋ ପାଇଁ ଆଣିଚି । ନେ ପିନ୍ଧିବୁ । ତୋତେ ଭଲ ମାନିବ ।'

ମାଳତୀ ଏତେ କୁଣ୍ଠିତ ଓ ଭୟଭୀତ ଦିଶିଲା, ଯେମିତି ଶାଢ଼ିରେ ହାତ ଲାଗି ତା' ହାତ ଫୋଟକା ହୋଇସାରିଲାଣି । ଶାଢ଼ିର ରଙ୍ଗିନ୍ ଚମକ ତା' ମୁହଁରେ ଆଣିଦେଇଥିବା ସାମୟିକ ଝଲକକୁ କେଉଁ ଏକ ଅଜଣା ଭୟ ସଂପୂର୍ଣ୍ଣଭାବେ ଗ୍ରାସ କରି ଦେଇଥିବାର ଦେଖି ବାପା ମଧ୍ୟ ଚୁପ୍ ରହିପାରିଲେ ନାହିଁ । ନିଜର ସ୍ୱଭାବସୁଲଭ ନୀରବତାକୁ ଏଡେଇଯାଇ ପଚାରିଲେ, 'କିଲୋ ମାଳ, କ'ଣ ହେଲା ? ଏମିତି କାହିଁକି ହେଉଛୁ ?'

କିଛି ସମୟ ଅଙ୍ଗମଙ୍ଗ ହୋଇ ମାଳତୀ ମେଘାଦିଦିଙ୍କୁ କହିଲା, 'ତମକୁ କୋଟି ଜୁହାର ଦିଦି । ମୋ ପରି ହୀନିମାନିଆ ମଣିଷ ପାଇଁ ଏମିତି ଅପୂର୍ବ ଜିନିଷ ଆଣିଦେଲ । ମୁଁ କିଏ, ଏ ଶାଢ଼ି କିଏ ? ଚିରା ଫଟା ପୁରୁଣା ଲୁଗା ପିନ୍ଧି ଜିଇଁବା ଲୋକ ଆମେ । ଏମିତି ଶାଢ଼ି ଦେଖି ମନ କ'ଣ ହୋଇଗଲା ।' ତା' ପରେ ବୋଉକୁ ଅନାଇ ମାଳ କହିଲା, 'ମା, ତମ ପାଖରେ ଶାଢ଼ିଟା ଥାଉ । ମୁଁ ପରେ ନେବି ।'

'କିଲୋ କାହିଁକି ? ଆଜି ନଉନୁ କାହିଁକି ? ତୋର ଯେବେ ମନ ହବ ପିନ୍ଧିବୁ ।'

ବୋଉ ଆଉ କିଛି କହି ଆସୁଥିଲା, କିନ୍ତୁ ହଠାତ୍ କ'ଣ ଭାବି କଥା ବଦଳାଇଦେଲା, 'ହଉ, ଠିକ୍ ଅଛି। ମୁଁ ରଖୁଛି। ତୋର ଯେବେ ଇଚ୍ଛା ହେବ, ମୋ'ଠୁ ନେଇଯିବୁ।'

ଆଉ କିଛି ନ କହି ମାଳତୀ ଟେବୁଲ୍ ଉପରେ ଜଳଖିଆ ପ୍ଲେଟ୍ ସଜାଡ଼ିବାରେ ଲାଗିଗଲା। ତା' ମୁହଁରୁ ଜଣାଗଲା, ଯେମିତି ସେ ଗୋଟିଏ ବଡ଼ ବିପଦରୁ ରକ୍ଷା ପାଇଗଲା।

ମେଘାଦିଦି ପଚାରିଲେ, 'କଥା କ'ଣ? କିଛି ସିକ୍ରେଟ୍ ?'

-'ତୁ ଜାଣିନୁ। ମାଳ ପ୍ରକୃତରେ ଭାରି ଦୁଃଖୀ ମଣିଷ।' ବୋଉ କହିଲା।

-'କଣ ପାଇଁ? କି ଦୁଃଖ ତା'ର? ତାକୁ କ'ଣ ଲକ୍ଷ୍ମୀ ଛାଡ଼ି ପଳେଇଛନ୍ତି?'

-'ଆଲୋ ଚୁପ୍ ! ସବୁକଥାରେ ସେମିତି ଲକ୍ଷ୍ମୀ ଲକ୍ଷ୍ମୀ ହେବୁନି । ମାଳର ଦୁଃଖ ହେଉଛି ତା' ସ୍ୱାମୀ।'

ମେଘାଦିଦିଙ୍କ ଦୁଇଓଠ ଯେଉଁ ଭଙ୍ଗୀରେ କୁଞ୍ଚିତ ହେଲା, ମୁଁ ଭାବିଲି, ସେ କହିବେ, ସବୁ ସ୍ତ୍ରୀମାନଙ୍କ ପାଇଁ ତାଙ୍କ ସ୍ୱାମୀମାନେ ଦୁଃଖ ହିଁ ଦୁଃଖ । ତେଣୁ ସ୍ୱାମୀ ନ ରଖିବା ସବୁଠୁ ଭଲ। କିନ୍ତୁ ଏମିତି କିଛି ନ କହି ବୋଉର କଥା ମନଦେଇ ଶୁଣିବାରେ ଲାଗିଲେ।

'ତା' ଦୁଃଖ ହେଉଛି ତା' ସ୍ୱାମୀ। ମଦଖାଏ। ଘରକୁ ଆସି ପାଟିତୁଣ୍ଡ କରି ଗାଳିଗୁଲଜ କରେ। ନିତିଦିନିଆ କଥା। ମାଳ ତୋତେ କହୁନାହିଁ, କିନ୍ତୁ ସେ ବେଳେବେଳେ ମାଡ଼ ମଧ୍ୟଖାଏ। ମାଳର ଦରମା ଟଙ୍କା ଉପରେ ଲୋକଟାର ସବୁବେଳେ ଆଖି। ଭିଡ଼ିଓଟାରି ଟଙ୍କା ଛଡ଼ାଇନେବ, ମଦଖାଇ ଉଡ଼ାଇବ। ଏଇଟା ତା'ର ଅଭ୍ୟାସ।'

'ମାଇ ଗଡ୍ ! ଏଠି କେତେ ଫେମିଲିରେ ଏମିତି ହୁଏ ବୋଲି ମୁଁ ଶୁଣିଛି। ମାଳ ମଧ୍ୟ ଏମିତି ଭୋଗୁଛି ବୋଲି ମୁଁ ଜାଣିନଥିଲି। ସେ କ'ଣ କେମିତି କରୁଛି? କେମିତି ଚଳୁଛି?'

'କ'ଣ ଆଉ କରିବ? ଟଙ୍କାପଇସା ଲୁଚାଇ ରଖୁଛି। ବେଳେବେଳେ ମୋରି ପାଖରେ ଛାଡ଼ିଯାଉଛି। ଦରକାର ହେଲେ ପୁଣି ମାଗି ନେଉଛି। କେତେଥର କହିଲିଣି, କିଲୋ ମୁଁ କ'ଣ ତୋର ବ୍ୟାଙ୍କ୍? କିନ୍ତୁ ମନା କରିପାରୁ ନାହିଁ। ବିଚାରୀର ଆଉ କିଛି ଆଶ୍ରୟ ନାହିଁ। ଯିଏ ନିଜେ ଅର୍ଜିଥିବା ଟଙ୍କା ଗଣ୍ଡାକ ଘରେ ରଖିପାରୁନାହିଁ, ସିଏ ଏତେ ଦାମୀ ଶାଢ଼ି ନେଇ ଘରେ ରଖିବ କୋଉ ସାହସରେ? ତୁ ଭାବିଚୁ କିଲୋ ମେଘା, ତା' ଘରେ ଏମିତି ଆଲମାରୀ, ୱାର୍ଡରୋବ୍, ସୁଟ୍‌କେସ୍ ଅଛି ବୋଲି?'

ମେଘାଦିଦି ଟିକିଏ ଗମ୍ଭୀର ହୋଇ ପଚାରିଲେ, 'ହାଓ କ୍ୟାନ୍ ଉଇ ହେଲ୍‌ପ୍ ହେର୍?'

ମୁଁ ଉପରେ ପଡ଼ି କହିଲି, 'ମେଘାଦିଦି, ମୁଁ ତା' ଘର ଦେଖିଛି। ତମକୁ ନେଇଯାଇ ପାରିବି।'

ଅମୃତା କହିଲା, 'ମୁଁ ବି ତା ଘର ଦେଖିଛି।'

ବାପା କହିଲେ, 'ତମକୁ କିଏ ପଚାରିଲା ? ତମେ ଭାଇଭଉଣୀ ଚୁପ୍ ରହି ଶୁଣ।' ତା'ପରେ ମେଘାକୁ କହିଲେ, 'ଜଷ୍ଟ ଲୀଭ୍ ହର୍ ଏଲୋନ୍। ତାଙ୍କ ଘରୋଇ ବ୍ୟାପାରରେ ବାହାର ଲୋକ ଭର୍ତ୍ତି ହେଲେ ତା' ସ୍ୱାମୀର ଅତ୍ୟାଚାର ଦଶଗୁଣ ବଢ଼ିଯିବ। ଲୋକଟା ମଦ୍ୟପ, ଲମ୍ପଟ, ଦୁଷ୍ଟ। ମାଳତୀକୁ ଘରେ ଛାଡ଼ି ଅନ୍ୟ ସ୍ତ୍ରୀ ପଛରେ ଟଙ୍କା ଉଡ଼ାଇଦିଏ ବୋଲି ମୁଁ ଶୁଣିଛି। ମୋତେ ଲାଗେ, ସତ ହୋଇଥିବ।'

ବୋଉ ମିଛ ଆକ୍ରୋଶ ଦେଖାଇ ବାପାଙ୍କୁ କହିଲା, 'ତମେ କୋଉ ଭଲ କି ?' କିନ୍ତୁ ତା' କଥାକୁ ଭ୍ରୂକ୍ଷେପ ନ କରି ବାପା କହିଚାଲିଲେ କାହିଁକି ମାଳତୀ ବ୍ୟାପାରରେ ଆମେ କେହି ପଶିବା ତା' ପାଇଁ ହାନିକାରକ ହେବ। ମେଘାଦିଦି ବୁଝିଗଲେ।

ଏହା ଭିତରେ କେତେବେଳେ ମାଳତୀ ସେଠୁ ଚାଲିଯାଇ ନିଜ କାମରେ ଲାଗିଗଲାଣି, ଆମେ କେହି ଲକ୍ଷ୍ୟ କରିନଥିଲୁ। ଭିତରୁ ଶୁଭୁଥିବା ଝଣଝଣ ଶବ୍ଦରୁ ଜଣାପଡୁଥିଲା; ସେ ବାସନ ମାଜିବାରେ ବ୍ୟସ୍ତ। ମେଘାଦିଦି ଭିତରକୁ ଅନେଇଲେ। ମୁଁ ମଧ୍ୟ। ମାଳତୀର ଅଭ୍ୟସ୍ତ ହାତରେ ଗିନା, ଥାଳି, ପ୍ଲେଟ୍, କଡ଼େଇ, ଡେକ୍‌ଚି, ସବୁ ମୋକ୍ଷଲଭି ତାଙ୍କ ତେଲିଆ, କାଳିଆ, ଅଇଁଠା ଅବତାରକୁ ବଦଳାଇ ଉଜ୍ଜ୍ୱଳ, ସଫା, ଚିକ୍‌ଚିକ୍ ହୋଇ ବାହାରୁଥିଲେ। ତା' ବିଷୟରେ ଏତେ ଆଲୋଚନା ଚାଲିଥିବା କଥା ମାଳତୀ ଆଦୌ ଜାଣୁନଥିଲା କିମ୍ବା ଜାଣିବା ପାଇଁ ଚାହୁଁନଥିଲା।

ଜଳଖିଆପର୍ବ ସରିବାପରେ ଅମୃତା ପଚାରିଲା, 'ମେଘାଦିଦି, ତମ ଡାଡି ଆମ ବାପାଙ୍କର କ୍ଲୋଜ୍ ଫ୍ରେଣ୍ଡ୍ ନା ?'

– 'ତୋର କିଛି ସଂଦେହ ଅଛି କି ଲୋ, ମା ?'

–'ହଁ, ଅଛି। ଯଦି ତମ ଡ୍ୟାଡି ତମକୁ ବାପାଙ୍କ ପସନ୍ଦ ବିଷୟରେ ଠିକ୍ କହିଥାଆନ୍ତେ, ତା'ହେଲେ ତମେ ତାଙ୍କ ପାଇଁ ଡ୍ରେସ୍ ନ ଆଣି ଦଇ ତିନି କ୍ୱିଣ୍ଟାଲ୍ ପୁରୀ, ଆଳୁଦମ୍ ଆଣିଥାଆନ୍ତ।'

ବାପାଙ୍କ ଆଡ଼କୁ ନ ଦେଖି ମେଘା ଉତ୍ତର ଦେଲା, 'ତୁ କ'ଣ ଭାବିଛୁ କି, ମୁଁ ଯାହାସବୁ ଧରିଆସିଛି, ସବୁ ବାହାରିଲାଣି ବୋଲି ? ମୋ ସୁଟ୍‌କେସ୍‌ରେ ଅଛୁରି ଅନେକ ଜିନିଷ ଅଛି, ଜାଣିଥା।'

ମେଘାଦିଦି ପୁଣି ତାଙ୍କ ଶାଗୁଆ ସୁଟ୍‌କେସ୍ ଖୋଲିଲେ। ତା' ଭିତରୁ ଗୋଟାଏ

ଲମ୍ବାଳିଆ ପ୍ୟାକେଟ୍ ବାହାରକରି ଅମୃତା ହାତରେ ଦେଲେ, 'ଏଇଟା ତମ ଦୁହିଁଙ୍କ ପାଇଁ। ଖୋଲି ଦେଖ କ'ଣ ଅଛି।'

ମୁଁ ଅମୃତା ହାତରୁ ଝାମ୍ପିନେଇ ପ୍ୟାକେଟ୍ ଖୋଲିପକାଇଲି। ଚେସ୍ ଖେଳର ଗୋଟାଏ ସେଟ୍। ପୃଥିବୀର ସବୁ ଚେସ୍ ପଟା, ଗୋଟି ସମାନ। କିନ୍ତୁ ସବୁ ସମାନ ଜିନିଷ ଭିତରେ ବି କିଛି ଥାଏ, ଯାହା ଅନ୍ୟ ସବୁଠାରୁ ସ୍ୱତନ୍ତ, ସୁନ୍ଦର। ମେଘାଦିଦି ଆଣିଥିବା ଚେସ୍ ପଟା ସେମିତି ସ୍ୱତନ୍ତ୍ର ପର୍ଯ୍ୟାୟରେ ଯିବ। ମେଘାଦିଦିଙ୍କ ସବୁଜ ସୁଟ୍‌କେସ୍ ଭିତରେ ଆଉ କ'ଣ ସବୁ କୁହୁକ ବାକି ରହିଛି, ଜାଣିବା ପାଇଁ ପ୍ରବଳ ଇଚ୍ଛାହେଲା।

ତିନି

ମେଘାଦିଦି ମୋ'ଠୁ ମାତ୍ର ଦୁଇବର୍ଷ ବଡ଼ । ଅମୃତାଠାରୁ ଚାରିବର୍ଷ। କିନ୍ତୁ ଏତେ ବିଚକ୍ଷଣ ଯେ ତାଙ୍କ ସହିତ ଚେସ୍ ଖେଳରେ ମୁଁ ଥରେ ବି ଜିତିପାରେ ନାହିଁ। କେବଳ ଚେସ୍ ଖେଳ କାହିଁକି, ସେ ସବୁ ବୁଦ୍ଧିବିଦ୍ୟାରେ ଆମଠୁ ବେଶ୍ ଆଗରେ। ଆମଘରେ ଚାରିଆଡ଼େ ଅସ୍ତବ୍ୟସ୍ତ ହୋଇ ପଡ଼ିରହିଥିବା ବହି, ପତ୍ରିକା, କାଗଜସବୁ ଦରାଣ୍ଡି ପଢ଼ିବା ତାଙ୍କର ଅଭ୍ୟାସ। ଅନେକ ବର୍ଷ ହେଲା ଓଡ଼ିଶାରୁ ଦୂରରେ ଥିଲେ ସୁଦ୍ଧା ତାଙ୍କ ଓଡ଼ିଆ ପଢ଼ା ଅଭ୍ୟାସ ଆଗପରି ଶକ୍ତ ରହିଥିବାର ଅନେକ ପ୍ରମାଣ ଆମେ ପାଇସାରିଲୁଣି। ଇଂରାଜି, ହିନ୍ଦୀ, ଓଡ଼ିଆ, ଯାହା ହାତରେ ପଡୁଥିଲା, ପଢ଼ିଯାଉଥିଲେ। ଆମାଜନ୍‌ରୁ ନୂଆନୂଆ ଇଂରାଜି ବହି ମଗାଇ ପଢୁଥିଲେ। ବହି, ମ୍ୟାଗାଜିନ୍, ଖବରକାଗଜ, ପ୍ରଚାରପତ୍ରଠାରୁ ଆରମ୍ଭ କରି ଟୁକୁରା କାଗଜ, ଏପରିକି ଔଷଧ ବୋତଲ ଭିତରୁ ବାହାରିଥିବା ନିର୍ଦ୍ଦେଶପତ୍ର ମଧ୍ୟ। ଆମ ପରିବାରର ପରମପୂଜ୍ୟ ଲକ୍ଷ୍ମୀଠାକୁରାଣୀଙ୍କ ପ୍ରତି ତାଙ୍କର ବିଦ୍ୱେଷ ଏପରି ଲଗାମଛଡ଼ା ପଢ଼ାପଢ଼ି ଏବଂ ଆମ ଚାଲିଚଳନ ପ୍ରତି ତାଙ୍କ ତୀକ୍ଷ୍ଣଦୃଷ୍ଟିରୁ ସୃଷ୍ଟି ହୋଇଥିଲା ବୋଲି ମୋର ଧାରଣା।

କିଛିଦିନ ପରେ ଦେଖାଗଲା ଯେ କେବଳ ଲକ୍ଷ୍ମୀମାତା ନୁହନ୍ତି, ଆଉଜଣେ ଦେବୀ ଶ୍ରେଣୀର ପୁରାଣଯୁଗର ମହିଳାଙ୍କ ପ୍ରତି ତାଙ୍କର ଅସୂୟା ଭାବ ବଢ଼ିବଢ଼ିଚାଲିଛି। ସେ ହେଲେ ମହାସତୀ ସାବିତ୍ରୀ। ତାଙ୍କର ବିଦ୍ୱେଷ ସେତିକି ବେଗରେ ବଢ଼ିବଢ଼ିଗଲା, ସାବିତ୍ରୀ ଅମାବାସ୍ୟା ନାମକ ପର୍ବ ଯେତିକି ବେଗରେ ଆଗେଇଆସିଲା। ଥରେ ଆମ ସାମ୍‌ନାରେ ଟେବୁଲ୍ ଉପରେ ଗୋଟିଏ ଅତି ପତଳା ଚଟିବହି କଚାଡ଼ିଦେଇ ସେ ଗର୍ଜିଉଠିଲେ, 'ରିଡିକ୍ୟୁଲସ୍ ! ସିଲ୍ଲୀ।'

ଅମୃତ ବହିଟାକୁ ଉଠାଇ ଦେଖିଲା। ସାବିତ୍ରୀ ବ୍ରତ କଥା। ମୁଁ ପଚାରିଲି, 'କ'ଣ ରିଡିକ୍ୟୁଲସ୍ ? କ'ଣ ସିଲ୍ଲୀ ?'

-'ତମେ ଭାଇଭଉଣୀ କ'ଣ ଏହି ସାବିତ୍ରୀ କଥା ଜାଣିନାହଁ?'

ଅମୃତା ତରବରରେ କହିପକାଇଲା, 'ଆମେ ଭଲଭାବେ ଜାଣିଛୁ ଏ ଗପ।'

-'ଜାଣିଛ, ତଥାପି ପଚାରୁଛ କ'ଣ ସିଲ୍ଲୀ? ଖାଲି ତମେ ଦୁହେଁ ନୁହଁ, ପୂରା ସୋସାଇଟି। ପୂରା ପୃଥିବୀ କହିଲେ ଚଳେ। ଏଥିପାଇଁ ତ ମୋତେ ଖୁବ୍ ଚିଡିଲାଗେ।'

ଏ ବିଷୟରେ ମୋର କୌଣସି ମତ ନଥିଲା। ତଥାପି ମେଘାଦିଦିଙ୍କୁ ଉଖାରିବା ପାଇଁ ମୁଁ କହିଲି, 'ଏଠି ସିଲ୍ଲୀ କ'ଣ? ଏଇଟା ଗୋଟାଏ ସିରିଅସ୍ ପୁରାଣକଥା। ତମର କାହିଁକି ଏଲର୍ଜି ହେଉଛି, ମୁଁ ଜାଣିପାରୁ ନାହିଁ।' ମେଘାଦିଦିଙ୍କୁ ଉଖାରିଲେ ତାଙ୍କ ଶ୍ରୀମୁଖରୁ ଯେଉଁ ମଣିମୁକ୍ତାର ସ୍ରୋତ ଝରିଆସେ, ସେଥିରେ ଖୋଦ୍ ଲକ୍ଷ୍ମୀଠାକୁରାଣୀ ମଧ୍ୟ ହଡ଼ବଡେଇଯିବେ, ଏକଥା କିଏ ନ ଜାଣେ?'

ଆମକୁ କେମିତି କ'ଣ ବୁଝାଇବେ କିଛି ସ୍ଥିର କରିନପାରି ମେଘାଦିଦି ଚାରିଆଡ଼େ ଅନେଇଲେ। ବୋଧହୁଏ ତାଙ୍କ ଆଖି ଖୋଜିବୁଲୁଥିଲା ବ୍ଲାକ୍‌ବୋର୍ଡ କିମ୍ବା ସେପରି କିଛି। ଏପଟସେପଟ ଛିନଛତ୍ର ହୋଇ ପଡ଼ିଥିବା ଜିନିଷଗୁଡ଼ାକ ଭିତରେ ଥିଲା ଚେସ୍‌ଖେଳର ରଜା, ରାଣୀ, ହାତୀ, ଘୋଡ଼ା ସୈନ୍ୟ ଇତ୍ୟାଦି। ତା' ଭିତରୁ ଦୁଇଟି ସିପାହୀଙ୍କୁ ବାହାରକରି ଟେବୁଲ୍ ଉପରେ ଥୋଇଲେ। ଆମକୁ କହିଲେ, 'ଧରିନିଅ, ଇଏ ସାବିତ୍ରୀ, ଆଉ ଆରଟି ସତ୍ୟବାନ- ସାବିତ୍ରୀର ହଜ୍‌ବେଣ୍ଡ୍।'

'ଓକେ, ଧରିନେଲୁ।'

ତା'ପରେ ଗୋଟିଗୁଡ଼ିକୁ ଅଣ୍ଡାଳି ତା'ଭିତରୁ କଳାରଙ୍ଗର ରଜାକୁ ତଳେ ଥୋଇ କହିଲେ, 'ଏଇଟା, ଗୋଟାଏ ଗଛ। ଯାରି ଡାଳ ହାଣିବାକୁ ଯାଇ ସତ୍ୟବାନ ତା' ଉପରେ ଚଢ଼ିଥିଲା। ତା'ପରେ ତଳକୁ ଆସି ଗଛମୂଳରେ ମରିପଡ଼ିଲା। ଏମିତି ତ? ହଉ ଦେଖ,' ଏହାକହି ସେ ସତ୍ୟବାନକୁ ଗଛ ପାଖରେ ଗଡ଼ାଇଦେଲେ। ସେ କହୁଥିବା କାହାଣୀର ତିନୋଟି ଚରିତ୍ର ସତ୍ୟବାନ, ସାବିତ୍ରୀ ଓ ଗଛର ପ୍ରତୀକ ହୋଇ ଟେବୁଲ୍ ଉପରେ ରହିଲେ ଚେସ୍‌ଖେଳର ତିନୋଟି ଗୋଟି।

-'ସିଚ୍ୟୁଏସନ୍ ବୁଝିଲ ତ?'

-'ହଁ, ବୁଝିଲୁ।'

ତା'ପରେ ମେଘାଦିଦି ଆଉ ଗୋଟାଏ ବଡ଼ ଗୋଟି ଉଠାଇଆଣି କହିଲେ, 'ଧରିନିଅ, ଇଏ ଯମରାଜ। ସତ୍ୟବାନ୍‌କୁ ନେବାପାଇଁ ଆସିଲେ।'

ଅମୃତା ହସିହସି କହିଲା, 'ସେଇଟା ଚେସ୍ ଖେଳର କୁଇନ୍। ମାନେ ସ୍ତ୍ରୀଲୋକ। ଯମ କ'ଣ ସ୍ତ୍ରୀଲୋକ?'

- 'ସେଥିରେ କିଛି ଯାଏଆସେ ନାହିଁ। ଧରିନିଅ ଯେ ଇଏ ଯମ। ଖେଳରେ

ସିଏ ପୁରୁଷ କି ସ୍ତ୍ରୀ, ସେକଥା ଭୁଲିଯାଅ। ବୁଝିଲ? କହିଲ ଦେଖି, ଯମ କାହିଁକି ଆସିଲେ?'

-'ସତ୍ୟବାନଙ୍କୁ ନେବା ପାଇଁ।'

-'ଏକ୍‌ଜାକ୍‌ଟ୍‌ଲି। ସେ କାହିଁକି ସତ୍ୟବାନଙ୍କୁ ନେବେ? କାହିଁକିନା, ସେଇଟା ତାଙ୍କର ଦାୟିତ୍ୱ । ସତ୍ୟବାନ ତାଙ୍କର ଶତ୍ରୁ ନୁହନ୍ତି କି ସେ କିଛି ପାତରଅନ୍ତର, ଅନ୍ୟାୟ କରୁନାହାନ୍ତି। ସେ କେବଳ ନିଜ କାମ କରିବାକୁ ଆସିଛନ୍ତି। ମାନେ, ସେ ଜଣେ ଅଫିସର୍ ଅନ୍ ଡ୍ୟୁଟି।'

କେତେବେଳେ ବୋଉ ଭିତରୁ ଆସି ସେଠି ପହଞ୍ଚିଯାଇ ମେଘାଦିଦିଙ୍କ କଥା ଶୁଣୁଛି ଆମେ ଲକ୍ଷ୍ୟ କରିନଥିଲୁ। ଆଉ ସମ୍ଭାଳି ନ ପାରି ସେ କହିଲା, 'ଜନ୍ତୁପତି ଯମରାଜ ଅଫିସର୍ ଅନ୍ ଡ୍ୟୁଟି? କି କଥା ଲୋ, ମା' ତୋର! ଏମିତି କଥା ଆଉ କେବେ କାହା ମୁଣ୍ଡରେ ଢୁକିନଥିବ।'।

-'ନ ଢୁକିଲେ ଢୁକିବା ଉଚିତ। ଏବେ ଦେଖ, ତମ ସାବିତ୍ରି ମ୍ୟାଡାମ୍ କ'ଣ କରୁଛନ୍ତି। ସତ୍ୟବାନ୍‌ଙ୍କୁ, ମାନେ ତାଙ୍କର ଡେଡ୍ ହଜ୍‌ବେଣ୍ଡ୍‌କୁ, ନିଜ କୋଳରେ ଭିଡ଼ିଧରି ଯମରାଜଙ୍କୁ ତାଙ୍କ ଡିୟୁଟି କରିବାକୁ ଦେଉନାହାନ୍ତି।' ଏତିକି କହି ମେଘାଦିଦି ସତ୍ୟବାନ ଗୋଟିଟିକୁ ଧରିଆଣି ସାବିତ୍ରୀଙ୍କ ପାଖରେ ଶୁଆଇରଖିଲେ।

ବୋଉର ଅଙ୍ଗଭଙ୍ଗୀରୁ ଜଣାପଡୁଥିଲା ଯେ ସେ ଏଠି ରହି ଆମ କଥାବାର୍ତ୍ତାରେ ଯୋଗଦେବାକୁ ଚାହୁଁଛି, କିନ୍ତୁ ସେଥିପାଇଁ ତା'ର ବେଳ ନାହିଁ।

ମେଘାଦିଦି କହିଲେ, 'ମାଉସୀ, ବସୁନ ଏଇଠି?'

ବୋଉ ବସିଲା ନାହିଁ। ତରବର ହୋଇ କହିଲା, 'ତୋର ଏସବୁ ପାଗଳାମି ଶୁଣିବାକୁ ମୋର ବେଳ ନାହିଁ ଲୋ ମା। ବହୁତ କାମ ବାକି ପଡ଼ିଛି । ଆଜି ମାଳତୀ ଆସିବ ନାହିଁ। ତେଣୁ ଘରସଫା, ବାସନମଜା, ଲୁଗାପଟା ୱାସିଂମେସିନ୍‌ରେ ସଫା କରିବା ଇତ୍ୟାଦି ସବୁ କାମ ମୋ ଉପରେ।'

-'ତମେ ଏକା କାହିଁକି ସବୁ କାମ କରିବ? ମୁଁ ବି କରିବି। କିନ୍ତୁ ମାଳତୀ ହୁଏତ ଡେରିରେ ଆସିପାରେ।'

ବୋଉ ଗମ୍ଭୀର ହୋଇ ଆମ ସମସ୍ତଙ୍କୁ ଆଉଟିକିଏ ବେଶି ଆତଙ୍କିତ କରି ଘୋଷଣା କଲା, 'ନା, ଆସିବ ନାହିଁ। କାଲି ମଧ୍ୟଆସିବ ନାହିଁ। କେବେଆସିବ, କିଛି ଠିକ୍ ନାହିଁ।'

ଆମ କଥାବାର୍ତ୍ତାର ମଙ୍ଗ, ହଠାତ୍ ସାବିତ୍ରୀ ଦେବୀଙ୍କ ଆଡୁ ଘୂରିଯାଇ, ମାଳତୀ ଆଡ଼କୁ ମୁହାଁଇଗଲା। ବ୍ୟସ୍ତ ହୋଇ ମେଘାଦିଦି ପଚାରିଲେ, 'କାହିଁକି ଆସିବନି?

କୁଆଡ଼େ ଗଲା ? ତା' ଶାଢ଼ି ନେଲାଣି ନା ନାହିଁ ? ଏମିତି ବେଳେବେଳେ ନ ଆସି କିଛିଦିନ ରହିଯାଏ କି ?'

ଏତେଗୁଡ଼ିଏ ପ୍ରଶ୍ନର ଉତ୍ତର ନ ଦେଇ କଥାଟିକୁ ଆଉଟିକିଏ ରହସ୍ୟମୟ କରିଦେଇ ବୋଉ କହିଲା, 'କୁଆଡ଼େ ଯାଇନି । ଦେହ ବି ଠିକ୍ ଅଛି ।'

-'ତା'ହେଲେ ?' କଥାରେ ନୁହେଁ, ଆଖିରେ ଏ ପ୍ରଶ୍ନ ପଚାରିଲେ ମେଘାଦିଦ ।

-'ତା ସ୍ୱାମୀ ବିଷୟରେ ତୁ ଶୁଣିଛୁ । ମଦୁଆ । ମାରପିଟ୍ ପ୍ରାୟ ନିତିଦିନିଆ କଥା । କିନ୍ତୁ ଏବେ କଥାଟା ଅନ୍ୟପ୍ରକାର ।'

- 'କି ପ୍ରକାର ?'

- 'ଲୋକଟା ଏବେ ତିନିଚାରିଦିନ ହେଲା ଘରକୁ ଆସୁନାହିଁ ।'

- 'ମାଳତୀ ତଡ଼ିଦେଇଥିବ ।' –ମେଘାଦିଦିଙ୍କ କଣ୍ଠରେ ଉଲ୍ଲାସର ଆଭାସ ।

- 'ସେମିତି ହେଇନି । ତଳସାହିର ଗୋଟାଏ ସ୍ତ୍ରୀଲୋକକୁ ରଖିଛି । ଏବେ ଯାଇ ତା'ରି ପାଖରେ ରହୁଛି । ନିଜଘରକୁ ଆଉ ଆସୁନାହିଁ ଚାରିଦିନ ହେଲା ।'

-'ଭଲ କଥା ! ଆଉ କେବେ ନ ଆସନ୍ତା କି ? ଆମ ମାଳତୀ ଶାନ୍ତିରେ ରହନ୍ତା ।'

-'ଶାନ୍ତିରେ କେମିତି ରହିବ ଲୋ ବୋକୀ ମେଘା ? ଲୋକଟା ତା' ସ୍ୱାମୀ ପରା ।'

- 'ସୋ ହ୍ୱାଟ୍ ?'

-'ତୁ ଆଉ ଦୁଇବର୍ଷ ପରେ ବାହାହେବୁ । ତା'ପରେ ବୁଝିବୁ ।' ନିଜ ସ୍ୱାମୀର ପଳାୟନ ମାଳତୀ ପାଇଁ ଶାନ୍ତିଦାୟକ ନା ହାନିକାରକ, ସେଇ ତର୍କକୁ ଚାଲୁରଖିବାପାଇଁ ବୋଉ ହାତରେ ଅଧିକ ସମୟ ନଥିଲା । ସେ ବାସନ ମାଜିବାକୁ ଚାଲିଗଲା । ମେଘାଦିଦି ଝାଡୁଧରି କାମ ଆରମ୍ଭ କରିବାବେଳେ ମୋତେ ଓ ଅମୃତାକୁ କଡ଼ା ହୁକୁମ୍ ଦେଲେ, 'ତମେ ଦୁହେଁ ଏମିତି ଠିଆହୋଇ ଅନେଇଥିବ ନା କ'ଣ ? କାମରେ ଲାଗିଯାଅ ।'

କିନ୍ତୁ ଆମେ କେଉଁ କାମରେ ଲାଗିପାରିବୁ, ସେ ବିଷୟରେ କୌଣସି ସ୍ପଷ୍ଟ ନିର୍ଦ୍ଦେଶ ନଥିବାରୁ ଆମେ ଆଦୌ କୌଣସି କାମ ନ କରିବା ଶ୍ରେୟସ୍କର ବୋଲି ସ୍ଥିରକଲୁ । ଫୁଲଝାଡୁ ହାତରେ ଧରି ଘର ଓଳାଇବାରେ ମେଘାଦିଦିଙ୍କର ଆଦୌ ଅଭ୍ୟାସ ନାହିଁ ବୋଲି ଜାଣିବାକୁ ବୋଉକୁ ପାଞ୍ଚମିନିଟ୍‌ରୁ ବେଶି ସମୟ ଲାଗିଲା ନାହିଁ । ବାସନ ମାଜିବା କାମ ବନ୍ଦ ନ କରି ମେଘା ଆଡ଼କୁ ଅନେଇ ବୋଉ କହିଲା, 'ଏମିତି ଝାଡୁରେ ତଳକୁ ହାଲ୍‌କା ଆଉଁଶିଲେ କ'ଣ ଘର ସଫା ହୁଏ ? ତୁ ଛାଡ଼ିଦେ, ମୁଁ ସଫା

କରିଦେବି। ଘର ନିର୍ମଳ ଚିକ୍କଣ ନ ହେଲେ ଘରେ ଲକ୍ଷ୍ମୀ ରହିବେଟି ?'

ମେଘାଦିଦିଙ୍କ ଚାହାଣିରୁ ଜଣାପଡ଼ିଗଲା ଯେ ମହାଲକ୍ଷ୍ମୀଙ୍କ ସହିତ ତାଙ୍କର ସାମ୍ନାସାମ୍ନି ମୁକାବିଲାର ସମୟ ଆସିଯାଇଛି। ମୁହାଁମୁହିଁ ଦେଖା ମିଳିଲେ ହେଲା।

ଚାରି

ମେଘାଦିଦିଙ୍କ ସେତେବେଳର ସବୁଠାରୁ ପ୍ରିୟ ପ୍ରସଙ୍ଗ ସାବିତ୍ରୀକଥା ଠାରୁ ତାଙ୍କୁ ବେଶି ସମୟ ଦୂରେଇରଖିବା ସମ୍ଭବ ହୋଇନଥାନ୍ତା। ସମୟ ଦେଖି ବାପା,ବୋଉ, ସମସ୍ତେ ପାଖରେ ଥିବାବେଳେ ମୁଁ ଜାଣିଶୁଣି ପଚାରିଲି, 'ମୋଘାଦିଦି, ତମର ସାବିତ୍ରୀ ଏଲର୍ଜି ଅଛି ନା ଗଲାଣି ?'

-'ତମମାନଙ୍କୁ ମଜା ଲାଗୁଛି ନା? ସତକଥା କହ, ତୁ କାହାକୁ ସମର୍ଥନ କରିବୁ। ସାବିତ୍ରୀକୁ ନା ଯମଙ୍କୁ ?'

-'ସାବିତ୍ରୀଙ୍କୁ। ଜଣାଶୁଣା କଥା।' ମୋ କଥାରେ ଅମୃତା କଥା ମିଳେଇ କହିଲା, 'ହଁ ହଁ, ସାବିତ୍ରୀଙ୍କୁ । ଯମ ତ ଭିଲେନ୍।'

"ମୁଁ ଜାଣେ, ତମେସବୁ ସେମିତି କହିବ। ମୋର କୌଣସି ରିଲିଜିଅସ୍ କିମ୍ବା ଇମୋସନାଲ୍ ଉତ୍ତର ଦରକାର ନାହିଁ। ତମେ ଦୁହେଁ ସବୁ ବୁଝୁଛ, କଲେଜରେ ପଢୁଛ। ଲଜିକାଲ୍ ଉତ୍ତର ଦେଉନ କାହିଁକି ?'

ବୋଉ କହିଲା, 'ତୁ ନିଜେ କହୁନୁ? ସେମାନଙ୍କୁ କାହିଁକି ପଚାରୁଛୁ? ମୁଁ ଟିକିଏ ଶୁଣନ୍ତି, ତୋର ଲଜିକ୍ କ'ଣ କହୁଛି।'

'ଏଥିରେ କହିବାର କ'ଣ ଅଛି? ଯେକୌଣସି ବୁଦ୍ଧିବିବେକ ଥିବା ମଣିଷ କହିବ ଯେ ଯମରାଜ ତାଙ୍କ ନିଜ କାମ କରିବାବେଳେ ତାଙ୍କୁ ବାଧା ଦେବାର ଅଧିକାର କାହାରି ନାହିଁ। ସାବିତ୍ରୀର ବି ନାହିଁ। ତେବେ ସାବିତ୍ରୀ କାହିଁକି ମହାନ ଆଉ ଯମ କାହିଁକି ଭିଲେନ୍? ଓଲଟା କଥା ନୁହଁ?'

ଟେବୁଲ୍ ଉପରୁ ସାବିତ୍ରୀବ୍ରତ ଚଟିବହିଟିକୁ ନେଇ ମେଘାଦିଦି ଖୋଲିଧରିଲେ। ତାଙ୍କ କଥା ଜାରିରହିଲା, 'ଦେଖ, ଯମରାଜ କ'ଣ କହୁଛନ୍ତି-

ଯମ ମୁଁ ମୃତ୍ୟୁର ଦେବତା,
ଅସହ୍ୟ ମୋର ନିଷ୍ଠୁରତା।
ଯାହାର ଆୟୁ ଶେଷ ହୁଏ,
ପୁରକୁ ମୋର ଯାଏ ସିଏ ।'

ପୁଣି ଶୁଣ। ସେଇ ଯମ କହୁଛନ୍ତି-

'ସତ୍ୟବାନର ପ୍ରାଣ ପାଇଁ,
ଆସିଛି ଏବେ ନିଜେ ମୁହିଁ।
ଆୟୁଷ ତା'ର ହେଲା ଶେଷ,
ନେବାରେ ମୋର ନାହିଁ ଦୋଷ।
କ'ଣ ଦରକାର ଥିଲା ଏଭଳି ସଫେଇଦେବାର ?

ଯମରାଜ କ'ଣ କରନ୍ତେନା ସତ୍ୟବାନଙ୍କୁ ଧରି ସିଧାନିଜ ବାଟରେ ଚାଲନ୍ତେ। ସାବିତ୍ରୀର ବାହୁନିବା କଥା ଶୁଣି ସେ ଅଡୁଆରେ ଛନ୍ଦିହୋଇଗଲେ। ଯମଙ୍କର ଛନ୍ଦ, କପଟ, କିଛି ନାହିଁ। ନିଜକୁ ନିଜେ ନିଷ୍ଠୁର ବୋଲି ବର୍ଣ୍ଣନା କରିବାରେ କୁଣ୍ଠା ମଧ୍ୟନାହିଁ। ନିର୍ମଳ ହୃଦୟ ତାଙ୍କର । କିନ୍ତୁ ସାବିତ୍ରୀ ? ଚତୁର। ଛଳନାମୟୀ। ସ୍ୱାର୍ଥପର।'

ଏସବୁ ଶବ୍ଦ ବୋଉ ଆଦୌ ହଜମ କରିପାରିଲା ନାହିଁ। ବାପାଙ୍କ ଆଖିରେ ଯେତିକି କୌତୂହଳ ଥିଲା, ତା'ଠାରୁ ବେଶି ଥିଲା ଏକପ୍ରକାର ଉଲ୍ଲାସ। ବୋଉ କହିଲା- 'କାହାକୁ କ'ଣ ସବୁ କହିଯାଉଛୁ ଲୋ ମେଘା ? ସାବିତ୍ରୀ ହେଉଛନ୍ତି ସତୀ, ସତୀ ମହାସତୀ। ନିଜ ସ୍ୱାମୀଙ୍କ ପ୍ରାଣ ଫେରାଇଆଣିଲେ। ଆଉ କିଏ ପାରିବ ? ତୋର କାହିଁକି ଏଥିରେ ଦେହ ସହୁନି ? ଯମ ମୁହଁରୁ ନିଜ ସ୍ୱାମୀଙ୍କୁ ଫେରାଇ ଆଣିବାକୁ କେଉଁ ସ୍ତ୍ରୀ ଭଲା ନ ଚାହିଁବ ?'

-'ଯଦି ସବୁ ସ୍ତ୍ରୀ ଚାହିଁବେ, ତେବେ ସବୁ ସ୍ତ୍ରୀ ମହାସତୀ। କେବଳ ସାବିତ୍ରୀ କାହିଁକି ?'

ବୋଉର କୌଣସି ଆପତ୍ତିକୁ ଭ୍ରୂକ୍ଷେପ ନ କରି ମେଘାଦିଦି ତାଙ୍କ ସନ୍ଦର୍ଭ କହି ଚାଲିଲେ। ମୁଁ ଓ ଅମୃତା ଅବଶ୍ୟ ତାଙ୍କୁ ଯୋଗାଉଥିଲୁ ଆମର ଦୁଷ୍ଟାମିଭରା ଉତ୍ସାହ। ବୋଉର ମୁହଁ ଦେଖିଲେ ମନେହେବ, ଯେମିତି ସାବିତ୍ରୀଙ୍କ ବିଷୟରେ ଏସବୁ ଅପବାଦ ବାହାର ଲୋକ କିଏ ଶୁଣିନେବେ ବୋଲି ସେ ଆତଙ୍କିତ। ବାପାଙ୍କ ସହାସ୍ୟ ନିରବତା ଥିଲା ରହସ୍ୟମୟ। ନିଜ ତଥ୍ୟକୁ ଶକ୍ତ କରିବା ପାଇଁ ମେଘାଦିଦି ତାଙ୍କ କଥା ମଝିରେ ବହି ଖୋଲି ବେଳେବେଳେ ସେଥିରୁ ଧାଡ଼ିଏ ଦୁଇଧାଡ଼ି ଉଦ୍ଧାର କରୁଥିଲେ। ତାଙ୍କ କଥାର ମୋଟାମୋଟି ସାରାଂଶ ଏହିପରି :

ସାବିତ୍ରୀ ବୋଲି ଆମେ ଯାହାକୁ ପୂଜା କରୁଛୁ, ସେ ଆଦୌ ମହାନ୍ ନୁହନ୍ତି । କେବଳ କାନ୍ଦି, ବାହୁନି ସେ ଯମଙ୍କ ପଛରେ ଗୋଡ଼ାଇ ଗୋଡ଼ାଇ ତାଙ୍କଠାରୁ ଗୋଟିଏ ପରେ ଗୋଟିଏ ବର ହାସଲ କରିନେଲେ। ପ୍ରଥମେ ନିଜ ଶ୍ୱଶୁରଙ୍କ ଦୃଷ୍ଟିଶକ୍ତି। ତା'ପରେ ଯେ ଯୁଦ୍ଧରେ ହରାଇଥିବା ରାଜ୍ୟ। ପ୍ରତ୍ୟେକ ବର ଦେବାବେଳେ ଯମଙ୍କର ସର୍ତ୍ତ ରହୁଥିଲା ଯେ ସାବିତ୍ରୀ ଯାହା ଇଚ୍ଛା ସେହି ବର ମାଗିପାରନ୍ତି, କେବଳ ସତ୍ୟବାନଙ୍କ

ଜୀବନ ବ୍ୟତୀତ। କିନ୍ତୁ ସାବିତ୍ରୀଙ୍କର ଲୋଭ ଅମାପ। ସେ ପୁଣି ଯମରାଜଙ୍କୁ ଗୋଡ଼ାଇଲେ। ତୃତୀୟ ବର ମିଳିଗଲା। ସାବିତ୍ରୀଙ୍କ ପାଇଁ ଶହେ ଭାଇ। ତଥାପି ସାବିତ୍ରୀ ଅସନ୍ତୁଷ୍ଟ। ଚତୁର୍ଥ ବର ଲୋଭରେ ଯମଙ୍କର ପୁଣି ଅନୁସରଣ କଲେ। ଉଦାର, ସରଳବିଶ୍ୱାସୀ ଯମ ଚତୁର୍ଥ ବର ଯାଚିଲେ। ସାବିତ୍ରୀ ମାଗିଲେ:

ସ୍ୱାମୀଙ୍କ ଔରସରୁ ମୋର
ହୁଅନ୍ତୁ ଶହେଟି କୁମର।

ଚତୁର ସାବିତ୍ରୀଙ୍କର ଛନ୍ଦକପଟ ନ ବୁଝି ଯମ କହିଲେ, ତଥାସ୍ତୁ। ଆଉ ସେଇଠି ପଡ଼ିଗଲେ ସାବିତ୍ରୀଙ୍କ ଜାଲରେ। ବିଜୟର ବାସ୍ନା ପାଇବାମାତ୍ରେ ସାବିତ୍ରୀଙ୍କ ସ୍ୱର ମଧ୍ୟ ବଦଳିଗଲା। କାନ୍ଦ, ଅନୁନୟ, ବିନୟ ଓ ବିଳାପ ବଦଳରେ ଏଥର ଆସିଲା ଶକ୍ତ ଅଭିଯୋଗ। କହିପାର ଓପନ୍ ଚାଲେଞ୍ଜ୍ :

ସ୍ୱାମୀଙ୍କ ଔରସରୁ ମୋର
ଜନ୍ମନେବେ ଶହେଟି କୁମର
ଏ ବର ତୁମେ ତ ଦେଇଛ
ସ୍ୱାମୀଙ୍କ ପ୍ରାଣ ନେଉଅଛ
ମୁଁ ଯେ ଅଟଇ ସତୀ ନାରୀ
ସମ୍ଭବ ହୋଇବ କିପରି ?
କରିବି କିବା ଆନ ପତି
ଉତ୍ତର ଦିଅ ଜନ୍ତୁପତି।

ଏଇଟା ପୁରା ବ୍ଲାକ୍‌ମେଲ୍ ନୁହେଁ ତ ଆଉ କ'ଣ ? ମହାନୁଭବ ଜନ୍ତୁରାଜ ଯମଙ୍କୁ ଏପରି ମୁହାଁମୁହିଁ ଉତ୍ତର ଦାବୀ କରିବାର ଅଧିକାର ସାବିତ୍ରୀଙ୍କୁ ମିଳିଲା କେଉଁଠୁ ? ଯମଙ୍କ ଅନ୍ୟମନସ୍କତାର ସୁଯୋଗ ନେଇ ତାଙ୍କଠୁ ଚାରିଚାରିଟି ବର ହାସଲ କରି ପଞ୍ଚମ ବର ଦାବୀ କରିବା ପାଇଁ ତାଙ୍କୁ ହିଁ ଅପଦସ୍ତ କଲେ ସାବିତ୍ରୀ। ଏପରି ପ୍ରତାରଣା କରିବାରୁ ସତ୍ୟବାନଙ୍କ ଜୀବନ ଅବଶ୍ୟ ଫେରସ୍ତ ମିଳିଲା; କିନ୍ତୁ କି ମୂଲ୍ୟ ସେହି ଜୀବନର, ଯାହାର ଏକମାତ୍ର ଉଦ୍ଦେଶ୍ୟ ହେଉଛି ଶହେଟି ପୁଅ ଜନ୍ମ କରିବା ? ସତ୍ୟବାନଙ୍କୁ କ'ଣ ଏପରି ପ୍ରଲମ୍ବିତ ଜୀବନ ଭଲ ଲାଗିଥିବ ? ଯେତେବେଳେ ସେ ଜାଣିଥିବେ ଯେ କେବଳ ସନ୍ତାନ ପ୍ରଜନନ ପାଇଁ ହିଁ ତାଙ୍କୁ ଜୀବନ ମିଳିଛି, ସେ କ'ଣ ନିଜକୁ ଧିକ୍କାରି ନଥିବେ ? ତେଣୁ ସାବିତ୍ରୀଙ୍କୁ ଆଦର୍ଶ ବୋଲି ଧରିନେବା ଭୁଲ୍। ଯୁଗଯୁଗ ଧରି ଭାରତର ନାରୀମାନେ ସାବିତ୍ରୀ ନାଁରେ ପୂଜାବ୍ରତ କରି କେବଳ ଭଣ୍ଡିହେଉଛନ୍ତି। ଅନ୍ୟପକ୍ଷରେ ନିଷ୍କପଟ, ସ୍ୱଚ୍ଛ, ସରଳ ଯମରାଜ ନିଜ ଭୋଳାପଣ ପାଇଁ ଠକିହେଲେ

ସତ; କିନ୍ତୁ ସେ ପ୍ରକୃତରେ ମହାନ୍। ଯେଉଁ ବେଗରେ ସେଦିନ ଯମରାଜ ଗୋଟିଗୋଟି କରି ପାଞ୍ଚଟି ବର ଅଜାଡ଼ିଦେଲେ, ତାକୁ ମନରେ ରଖିଲେ ଜନତା ଅନ୍ୟସବୁ ଦେବୀଦେବତାଙ୍କୁ ଛାଡ଼ି କେବଳ ଯମଙ୍କୁ ପୂଜାର୍ଚ୍ଚନା କରିବାରେ ଲାଗିବେ। ମନେରଖିବା ଉଚିତ ଯେ ସେହିଦିନ ସେହି ସମୟରେ ସତ୍ୟବାନଙ୍କୁ ଉଠାଇନେବା ପାଇଁ ଯମ ଆସିବେ ବୋଲି ସାବିତ୍ରୀ ଆଗରୁ ଜାଣିଥିଲେ। ପ୍ରସ୍ତୁତ ଥିଲେ। କିନ୍ତୁ ସତ୍ୟବାନଙ୍କୁ ଜାବୁଡ଼ିଧରି ସାବିତ୍ରୀ ଏପରି କାହାଣୀ ରଚିବେ ବୋଲି ଯମ ଜାଣିନଥିଲେ କି ପ୍ରସ୍ତୁତ ନଥିଲେ।'

ମେଘାଦିଦିଙ୍କ ବ୍ୟାଖ୍ୟାନ ଶୁଣିବାପରେ ବୋଉ ଅଧିକ ଦୃଢ଼ତାର ସହିତ ତା'ର କଥା ଦୋହରାଇଲା। 'ଏସବୁ ପାଠ ଆଉ ଶିଖାନା ଲୋ ମେଘା! ତୁ ଯେତେ ଯାହା କହିଲେ ବି ସାବିତ୍ରୀ, ସୀତା, ଅନସୂୟା ସମସ୍ତେ ମହାସତୀ। ମହା ପତିବ୍ରତା। ତୁ ଏବେ ନୂଆ ପୁରାଣ ଲେଖିବାକୁ ବସିଚୁ ନା କ'ଣ?'

'ଆଚ୍ଛା ମାଉସୀ, କିଏ ସତୀ ନୁହେଁ, ମୋତେ ଟିକିଏ କହିବ? ଯଦି ପରପୁରୁଷ ଆଡ଼କୁ ଆଦୌ ଢ଼ଳୁନଥିବା ସ୍ତ୍ରୀ ହେଉଛି ସତୀ, ତା'ହେଲେ ଆମ ଇଣ୍ଡିଆର ଶତକଡ଼ା ନବେ, ନା ପଞ୍ଚାନବେ ଜଣ ସ୍ତ୍ରୀ ସତୀ। ତମେ ସତୀ ନୁହଁ ? ମାଳ ସତୀ ନୁହେଁ? ପଡ଼ିଶାଘରର ରୁବିମାଉସୀ ସତୀ ନୁହନ୍ତି? ଆରପଟର ବ୍ୟାଙ୍କ ମ୍ୟାନେଜରଙ୍କ ସ୍ତ୍ରୀ ସତୀ ନୁହନ୍ତି? ତମ ଜୀବନରେ ତମେ କେତେଟା ଅସତୀ ଦେଖିଛ, ଟିକିଏ ହିସାବ କରି କହିବ? ଆଉ ପତିବ୍ରତା କିଏ? ଯିଏ ନିଜ ପତିକୁ ନିଜ ଜୀବନର ବ୍ରତ ବୋଲି ମାନେ, ତାକୁ ଯଦି ତମେ କହୁଛ ପତିବ୍ରତା, ତେବେ ମାଉସୀ ଜାଣିରଖ, ଏତେ ପତିବ୍ରତା ହେବାର କିଛି ଆବଶ୍ୟକତା ନାହିଁ। ପତିମାନେ ଯେତିକି ପତ୍ନୀବ୍ରତା ହେବେ, ପତ୍ନୀମାନେ ସେତିକି ପତିବ୍ରତା ହେଲେ ଯଥେଷ୍ଟ। ଏଥିପାଇଁ ଯମ ପଛରେ କାନ୍ଦିକାନ୍ଦି ଗୋଡ଼ାଇଗୋଡ଼ାଇ ଗୋଟିଏ ପରେ ଗୋଟିଏ ବର ଲୋଡ଼ିଆଣିବା କ'ଣ ଦରକାର?'

ଆଉ କିଛି ଯୁକ୍ତି ନ ପାଇ ବୋଉ କହିଲା, 'ରହିଥା ଲୋ ଝିଅ, ଆଜି ତୋ ମା'କୁ ଫୋନ୍‌ରେ ତୋର ଥିଓରି ନ ଶୁଣେଇଛି, ମୋ କାନ କାଟିଦେବୁ। କହିଲା କ'ଣନା ପତିବ୍ରତା ହେବା ଦରକାର ନାହିଁ। ସବୁ ନାରୀ ମହାସତୀ! କି କଥା! ତୋର ଚାକିରି ତ ହୋଇସାରିଛି, ଏଥର ବାହାଘର ହେବ! ତୋର ଏଇ ଦିବ୍ୟଜ୍ଞାନଗୁଡ଼ିକ ପ୍ରଚାର ହୋଇଗଲେ ତୋ ବାହାଘର ଭାଙ୍ଗିବା ସୁନିଶ୍ଚିତ।'

ବାପା, ମୁଁ ଓ ଅମୃତା ନହସି ରହିପାରିଲୁ ନାହିଁ। ବୋଉ ଏମିତି ତୀକ୍ଷ୍ଣ ଦୃଷ୍ଟିରେ ବାପାଙ୍କୁ ଅନେଇଲା ଯେ ସେ ହସ ବନ୍ଦ୍ କରିଦେଲେ। ବୋଉ କହିଲା 'ତମକୁ କାହିଁକି ହସ ଲାଗୁଛି, ମୁଁ ଜାଣିଛି। ତମେ ତ ମନେମନେ ପାଞ୍ଚୁଥିବ, କେମିତି ଏହି

ସାବିତ୍ରୀ ପୂଜା ବନ୍ଦ ହୋଇଯାଆନ୍ତା କି, ମୋତେ ଆଉ ବର୍ଷକୁବର୍ଷ ନୂଆ ଶାଢ଼ି, ଫଳମୂଳ କିଣିବାକୁ ପଡ଼ନ୍ତା ନାହିଁ।'

ବାପା ଅପରାଧୀ ପରି ଅଭିନୟ କରି ହସିହସି କହିଲେ, 'ଆହା, ଧରାପଡ଼ିଗଲା ମୋ ମନକଥା !' ତା'ପରେ ହସ ବନ୍ଦ୍ କରି ଟିକିଏ ଗମ୍ଭୀର ଦିଶିଲେ। ମେଘାଦିଦିଙ୍କୁ କହିଲେ, 'ମେଘା, ମୋର ମନେହେଉଛି, ତୁ ଏଇ ସାବିତ୍ରୀ ଗପଟିକୁ ସତ ବୋଲି ଧରିନେଇଛୁ।'

-'ନା ଅଙ୍କଲ୍, ମୁଁ ଜାଣେ ଏଇଟା ଖାଲି ଗପ। କିନ୍ତୁ ଭୁଲ୍ ଗପ। ପୂରା ଡିଫେକ୍ଟିଭ୍। ଲୋକଙ୍କୁ ଯାହା ଶିଖାଇବା ପାଇଁ ଏଇ ଗପ ଲେଖାହୋଇଥିଲା, ଏଥିରୁ ସେହି ଶିକ୍ଷା ବାହାରୁନାହିଁ। ଯେବେ ଲେଖାହୋଇଥିଲା, ସେତେବେଳେ ହୁଏତ ଠିକ୍ ଲାଗୁଥିବ। ଏବେ ଆଉ ଚଳିବ ନାହିଁ। ବଜାରରୁ କିଣା ହେଉଥିବା ଔଷଧ ଓ ଖାଇବାଜିନିଷ ବ୍ୟବହାର କରିବା ପାଇଁ ଯେମିତି ଗୋଟାଏ ତାରିଖ ସୀମା ଥାଏ, ପୁରାଣ, କିମ୍ବଦନ୍ତୀର ମଧ୍ୟ ସେମିତି ରହିବା କଥା। ସାବିତ୍ରୀ ଗଳ୍ପର 'ବେଷ୍ଟ୍ ବିଫୋର୍' ତାରିଖ କେବେଠୁ ସରିଲାଣି। ଏମିତି ଗୋଟାଏ ଚରିତ୍ରକୁ କିମ୍ବା ସୀତା ପରି ନିଆଁରେ ପଶି ଅଗ୍ନିପରୀକ୍ଷା ଦେଉଥିବା ନାରୀକୁ ଆଦର୍ଶ ବୋଲି ପୂଜାକଲେ ଏବର ନାରୀମାନଙ୍କର ସଶକ୍ତୀକରଣ କୁଆଡୁ ହେବ ? ଏଇ ସୀତାସାବିତ୍ରୀ ସବୁ ଆଉଟ୍‌ଡେଟେଡ୍, ଡିଫେକ୍ଟିଭ୍ ରୋଲ୍ ମଡେଲ୍। ପତିମାନଙ୍କର ପରମେଶ୍ୱର ପଦବୀ କେବେଠୁ ଫୋପଡ଼ା ହୋଇସାରିଲାଣି।'

ଏଥର ବାପା ଆଉଟିକିଏ ସିରିଅସ୍ ହୋଇ କହିଲେ, 'ମେଘା, ସାବିତ୍ରୀ ତ ଥିଲେ ଖୁବ୍ ଚାଲାକ୍। ତୁ କିଛି କମ୍ ନୋହୁଁ। ଋଷି ଅରବିନ୍ଦଙ୍କ ବିଷୟରେ ନିଶ୍ଚୟ ଜାଣିଥିବୁ। ତାଙ୍କର ସାବିତ୍ରୀ କାବ୍ୟ ପଢ଼ିଛୁ ?'

'ନା, ପଢ଼ିନି। କିନ୍ତୁ ଶୁଣିଛି। ସେଠି ଚରିତ୍ରମାନେ ଗୋଟାଏ ଗୋଟାଏ ପ୍ରତୀକ। ଏତେ ଗଭୀର ଦାର୍ଶନିକ ତତ୍ତ୍ୱ ଭିତରେ ପଶିବାକୁ ମୋର ଧୈର୍ଯ୍ୟ ନାହିଁ। ପରେ ପଢ଼ିବି। କିନ୍ତୁ ସାଧାରଣ ମଣିଷମାନେ ସାବିତ୍ରୀ କାହାଣୀକୁ ଯେମିତି ବୁଝନ୍ତି, ତାହା ମୁଁ ହଜମ କରିପାରୁନାହିଁ।'

ମେଘା ଦିଦିକୁ ଆଉ ବେଶି କହିବାକୁ ନ ଦେଇ ବାପା କହିଲେ, 'ତୋର ପ୍ରତିକ୍ରିୟା ମୋତେ ଅତିରିକ୍ତ ପରି ଲାଗୁଛି। ସତ ହେଉ କି ମିଛ ହେଉ, ଠିକ୍ ହେଉ କି ଭୁଲ୍ ହେଉ; ପୂଜା, ବ୍ରତ ଚାଲିଛି ତ ଚାଲିଥାଉ। ଅସୁବିଧା କ'ଣ ? ହଉ ହେଲା, ଏବେ, ସାବିତ୍ରୀ ଏତେ ପୂଜାଅର୍ଚ୍ଚନା ପାଇଁ ଯୋଗ୍ୟ ନୁହନ୍ତି, ନ ହୁଅନ୍ତୁ। ତୋତେ ଭଲ ଲାଗୁ କି ନ ଲାଗୁ, ସାବିତ୍ରୀମାନେ ଏମିତି ଅଳିଅଝଟ କରି ତାଙ୍କ ସତ୍ୟବାନ ମାନଙ୍କୁ ଯମ ହାତରୁ ଛଡ଼େଇ ଆଣୁଛନ୍ତି, ଆଣୁଥିବେ। ତୁ କାହିଁକି ଆପତ୍ତି କରୁଛୁ ?'

ମୋଘାଦିଦିଙ୍କ ଟାଣୁଆ କଥାକୁ ବାପା ଏମିତି ଧୀରେ ସୁସ୍ଥେ ଆଘାତ କରିବେ ବୋଲି ବୋଉ ବୋଧହୁଏ ଆଶା କରିନଥିଲା। କେବେ ସେମିତି ବେଳ ପଡ଼ିଲେ ବାପାଙ୍କୁ ଯମରାଜଙ୍କ ହାବୁଡ଼ରୁ ଖସାଇ ଆଣିବାକୁ ବୋଉର ଚେଷ୍ଟାର ପରିମାଣ ଆଉ ଟିକିଏ ବଢ଼ିପାରେ ବୋଲି ତା ଚାହାଣିରୁ ଜଣାପଡ଼ିଗଲା। ସେ ବୋଧହୁଏ କିଛି କହିଥାନ୍ତା, କିନ୍ତୁ ହଠାତ୍ କଲିଂବେଲ୍ ବାଜିବାରୁ ଆମର ସାବିତ୍ରୀ ଚର୍ଚ୍ଚା ସେଇଠି ବନ୍ଦ୍ ହୋଇଗଲା।

ବାପା ଯାଇ କବାଟ ଖୋଲିଲେ। ମାଳତୀ। ଏପରି ଅସମୟରେ ତା'ର ଆଗମନ ଥିଲା ଯେମିତି ଅପ୍ରତ୍ୟାଶିତ, ମନୋଦଶା ମଧଥିଲା ସେପରି ହିଂସ୍ର ଓ ଅଭାବିତ। ସତେ ଯେମିତି ଆମ ଆଗରେ ଯିଏ ଠିଆ ହୋଇଥିଲା, ସେ ଆମର ବର୍ଷବର୍ଷର ପରିଚିତ ମାଳ ନୁହେଁ, ଆଉ ଗୋଟିଏ ନୂଆ ମାଳତୀ। ଏତେ ବେଶି ଉତ୍ତେଜିତ ହେବାର ତାକୁ କେହି କେବେ ଦେଖିନଥିବେ। ଜୋର୍‌ରେ ହାତ ହଲାଇ କୌଣସି ଅଦୃଶ୍ୟ ସତ୍ତା ଉଦ୍ଦେଶ୍ୟରେ ତା'ର ଉଦ୍‌ଗୀରଣ ଚାଲିଥିଲା- 'ତାକୁ ଧର୍ମ ସହିବ ନାହିଁ, ତାକୁ କୁଷ୍ଠରୋଗ ହୋଇଯିବ। ମୋ ନିଃଶ୍ୱାସରେ ସେ ଜଳିପୋଡ଼ି ପାଉଁଶ ହୋଇଯିବ। ନିଜ ଗେରସ୍ତ ନାହିଁ ବୋଲି ଯା ତା' ଗେରସ୍ତ ଗୋଟାଇନେବ? ଏଡ଼େବଡ଼ ଅପ୍‌ସରୀ ହୋଇଛି ସିଏ? ଏତେ ଗରବ ତା'ର? ମୋତେ କହୁଛି, ତୁ କିଏ ମୋ ଦୁଆରେ ଆସି ପାଟି କରିବାକୁ? ସେ ଜାଣିନି ମୁଁ କିଏ?'

ଏ ସବୁ ଗାଳି କାହାପାଇଁ ଉଦ୍ଦିଷ୍ଟ, ଜାଣିବା ପାଇଁ ଆମର କିଛି ଅସୁବିଧା ହେଲା ନାହିଁ। ତଥାପି ବାପା ମେଘାଦିଦିଙ୍କୁ ବୁଝାଇ କହିଲେ, 'ମାଳତୀର ସ୍ୱାମୀ ଯାଇ ଯେଉଁ ସ୍ତ୍ରୀଲୋକ ପାଖରେ ରହୁଛି, ଇଏ ତାକୁ ଗାଳି ଦେଉଛି।'

ମେଘାଦିଦି ପଚାରିଲେ, 'ହଇଲୋ ମାଳ, ତୁ ସେଇ ବଦ୍‌ମାସ ସ୍ତ୍ରୀଲୋକର ଘରକୁ ଯାଇଥିଲୁ?'

-'ଯିବିନି କେମିତି? ମୋ ମରଦକୁ ସେ ଅଲପେଇଷୀ, ଚୁଲିପଶୀ ନେତେରା ଗୁଣି କରି ବାନ୍ଧି ରଖିଛି। ତାକୁ ଦିନରାତି ଜଣାପଡୁ ନାହିଁ। ନେତେରାର ଗୁଣିରେ ମେଣ୍ଢା ପରି ବଶ ହୋଇଯାଇଛି। ମଦ ନିଶାରେ ଟଳିଟଳି ଆସିଲା ମୋତେ ଗୋଇଠା ମାରିବା ପାଇଁ ।'

-'କିଏ?'

- 'ସେଇ! ନାଁ କେମିତି ଧରିବି?'

ବୋଉ ବୁଝାଇଦେଲା, 'ତା' ସ୍ୱାମୀ।'

– 'ତୋ ସ୍ୱାମୀ ତୋତେ ନେତେରା ସାମ୍ନାରେ ଗୋଇଠା ମାରିଲା ?'

–'ମାରିପାରିଲା ନାହିଁ। ଗୋଟାଏ ଗୋଡ଼ ଟେକି ମୋ ଆଡ଼କୁ ମାଡ଼ିଆସିବା ବେଳକୁ ଆରଗୋଡ଼ ଟଳମଳ ହେଲା। ନିଶାରେ ଭୁସ୍‌କିନା ତଳେ ପଡ଼ିଗଲା। ସେମିତି ତଳେ ପଡ଼ି ମୋ ଉପରେ ଗର୍ଜିଲା। କହିଲା, 'ତତେ କିଏ ଡାକିଲା ଏଠିକି ଆସିବାକୁ ? ଯାଃ, ଭାଗ୍।'

– 'ସେଠୁ ତୁ କ'ଣ କଲୁ ?'

–'ମୁଁ କହିଲି, ଚାଲ୍ ଘରକୁ।' ସେଇ ଡାହାଣୀ ନେତେରା ଆସି ମୋତେ କହିଲା, 'ତୁ କିଏ ଲୋ ମୋ ଘରେ ପଶି ଝଗଡ଼ା କରିବାକୁ? ନିଜ ମରଦକୁ ନିଜ ଘରେ ବାନ୍ଧି ରଖୁନୁ? ମୁଁ ଏଠି କାହାକୁ ଭିଡ଼ି ବାନ୍ଧି ରଖିନି, ଜାଣିଥା। ସେ ନିଜେ ମନକୁମନ ଆସିଛି।'

ମେଘାଦିଦି ଆଉ ସମ୍ଭାଳିପାରିଲେ ନାହିଁ। ମାଳତୀର ହାତ ଧରି କହିଲେ, 'ଆ ମୋ ସାଥିରେ। ଯିବା ପୁଲିସ୍ ଷ୍ଟେସନ୍‌କୁ। ଦେଖିବା, ତୋତେ ନେତେରା କ'ଣ କରିବ। ଏମିତି ଯେତେ ସହୁଥିବୁ, ସେତେ କଷ୍ଟ ପାଉଥିବୁ।'

ମେଘାଦିଦିଙ୍କୁ ଅଟକାଇ ବାପା କହିଲେ, 'ତୁ ଲୋକାଲ୍ ସିଚୁଏସନ୍ ଜାଣିନାହୁଁ। ଯା ଭିତରେ ଆଦୌ ପଶିବୁ ନାହିଁ। ତୋର ଭଲ ପାଇଁ, ମାଳର ଭଲ ପାଇଁ କହିଦେଉଛି।'

ବାପାଙ୍କୁ ସମର୍ଥନ ଜଣାଇ ବୋଉ ଯୋଡ଼ିଲା, 'ନେତେରା କ'ଣ କରିବ ନ କରିବ, ସେକଥା ପଛେ। ମାଳର ମରଦ କୋଉ ସୁନାମୁଣ୍ଡା କି ? ସବୁ ଗଲ୍‌ତି ତା'ର । ମାଳର ଟଙ୍କାପଇସା ନେଇ ଏମିତି ମସ୍ତି କରୁଥିବ। ନେତେରାଘରୁ ତଡ଼ା ଖାଇଲେ ଆଉ କୋଉଠି ପଶିବ। ତୁ କ'ଣ ଭାବିଚୁ, ଆଗରୁ କିଛି ଚେଷ୍ଟା କରାହୋଇନି ? ସେମିତି ଚାଲିଥିବ। ତୁ କିଛି କରିପାରିବୁନି ଲୋ ମେଘା।'

–'ଆଉ ମାଳ ସେମିତି ମାଡ଼ ଖାଉଥିବ ?'

–'ହଁ, ଖାଉଥିବ। ତା' ଭାଗ୍ୟ ସେମିତି। ଆମେ କ'ଣ କରିପାରିବା ?'

–'ଆଉ ସେ ୟୁସ୍‌ଲେସ୍ ସ୍ୱାମୀ ପାଇଁ ସାବିତ୍ରୀବ୍ରତ କରୁଥିବ ?'

–'ହଁ କରୁଥିବ।'

–'ଓଃ ମାଇ ଗଡ୍!' ଏତିକି ଛଡ଼ା, ମେଘାଦିଦିଙ୍କ ମୁହଁରୁ ଆଉକିଛି କଥା ବାହାରିଲା ନାହିଁ। ନିଷ୍ଫଳ ଆକ୍ରୋଶରେ ଟେବୁଲ୍ ଉପରୁ ସାବିତ୍ରୀବ୍ରତ ବହିକୁ ଉଠାଇ ପୁଣି କଚାଡ଼ିଦେଲେ । ସାବିତ୍ରୀ, ସତ୍ୟବାନ ଏବଂ ଯମରାଜାଙ୍କର ରଙ୍ଗୀନଚିତ୍ର ଥିବା ମଲାଟ ତଳମୁହଁ ହୋଇ ସେଇ ଟେବୁଲ୍ ଉପରେ ପଡ଼ିଲା।

ପାଞ୍ଚ

କ୍ୟାଲେଣ୍ଡର୍‌ର କୌଣସି ତାରିଖକୁ କିଏ ରୋକିପାରେ ? ମେଘାଦିଦିଙ୍କର ପସନ୍ଦ ହେଉ କି ନ ହେଉ, ସାବିତ୍ରୀ ଅମାବାସ୍ୟା ପାଖେଇ ଆସିଲା । ସହରସାରା ଶାଢ଼ି, ଲୁଗାପଟା, ଫଳମୂଳ ଓ ପୂଜା ସରଞ୍ଜାମରେ ବଜାର ଭରିଗଲା । ବୋଉ ନିଜେ ବଜାରକୁ ଯାଇ ପୂଜା ସାମଗ୍ରୀ ସବୁ କିଣିଆଣିଲା । ନିଜେ ପିନ୍ଧିବା ପାଇଁ ନାଲିଚୁଡ଼ି, ପୂଜା ପାଇଁ କଳାଚୁଡ଼ି, ଏପରିକି ମେଘାଦିଦିଙ୍କ ପାଇଁ ମଧ୍ୟହଳେ ନକଲି ସୁନାର ଡିଜାଇନର୍ ଚୁଡ଼ି । ବୋଉ ସାଥିରେ ବଜାରକୁ ଯାଇଥିଲା କିଏ ? ଖୋଦ୍ ମେଘାଦିଦି । ଏସବୁ ଜିନିଷ କିଣିବା ପାଇଁ ବଜାର ଭିତରେ ଏପାଖସେପାଖ ଘୂରିବୁଲିବାବେଳେ ମେଘାଦିଦି ବୋଉକୁ କ'ଣ ସବୁ ସାରଗର୍ଭକ ଭାଷଣ ଦେଇଥିବେ ତାହା ଶୁଣିବା ପାଇଁ ମୋର ଓ ଅମୃତାର ଭାରି ଇଚ୍ଛା ଥିଲା; କିନ୍ତୁ ଉପାୟ ନଥିଲା ।

ଅମାବାସ୍ୟାକୁ ଆଉ ଦିନେ ବାକି ଥାଏ । ବୋଉ ଦେଇଥିବା ଲମ୍ବା ତାଲିକା ଧରି ବାପା ଫଳ ଆଣିବାପାଇଁ ବାହାରିଲେ । ବୋଉ କହିଲା, 'ଏଥର ମେଘାକୁ ଦେଖାଇବି ସାବିତ୍ରୀବ୍ରତ କେମିତି ହୁଏ । ବର୍ଷେ ଦୁଇବର୍ଷ ପରେ ନିଜେ ବ୍ରତ କରିବ । ସେତେବେଳକୁ ତା'ର ଏସବୁ ଚିଙ୍ଗଚିଙ୍ଗି କଥା କୁଆଡ଼େ ଉଭେଇ ଯାଇଥିବ ।'

ବଜାରରୁ ଆମ୍ବ, ସପୁରି, କଦଳୀ, ସେଓ, ନଡ଼ିଆ, ତାଳସଜ, ଅଙ୍ଗୁର, ଖଜୁରିକୋଳି ଇତ୍ୟାଦି ଦୁଇଟି ବ୍ୟାଗ୍‌ରେ ଧରି ବାପା ପହଞ୍ଚିଗଲେ । ଦୁଆରମୁହଁରେ ପାଦଦେବାମାତ୍ରେ ଭିତରୁ ବୋଉ ସତର୍କ କରିଦେଲା, ସେସବୁ ଫଳ ଫ୍ରିଜ୍‌ରେ ରଖିବ ନାହିଁ । ପୂଜା ପାଇଁ ଆସିଛି; ଫ୍ରିଜ୍‌ଟା ଆଇଁଷ ।'

ମେଘାଦିଦି ଯୋଡ଼ିଲେ, 'ଫ୍ରିଜ୍‌ରେ ରଖିଲେ ଲକ୍ଷ୍ମୀ ପଳେଇବେନା ?'

-'ତୁ କିଛି କହନା । ଖାଲି ଦେଖିଯା, କ'ଣ ହେଉଛି । କାଲି ରାତିରେ ମୁଁ ତୋ ମା' ସହିତ ଫୋନ୍‌ରେ କଥା ହୋଇସାରିଛି । ତୋତେ କେମିତି ପକ୍କା ଓଡ଼ିଆ ଘରଣୀ କରି ଛାଡ଼ିବି, ଦେଖୁଥା ।'

ପୂଜାପାଇଁ ଆସିଥିବା ଫଳମୂଳ ଫ୍ରିଜ୍‌ରେ ନ ରଖିବା ପାଇଁ ବୋଉ ତାଗିଦ କରିବାର କୌଣସି ଆବଶ୍ୟକତା ନଥିଲା । ଏପରି ପଦାର୍ଥ ସବୁ ରଖିବା ପାଇଁ ଘରେ ବହୁ ପୂର୍ବରୁ ଅନ୍ୟସ୍ଥାନ ନିର୍ଦ୍ଧାରିତ ହୋଇରହିଛି ।

ଅମାବାସ୍ୟା ଦିନ ସକାଳୁ ଉଠି ବୋଉ ଏମିତି ତନାଘନା ଆରମ୍ଭ କରିଦେଲା, ଯେମିତି ଆମଘରେ ସେଦିନ ଗୋଟାଏ ଆନ୍ତର୍ଜାତିକ ମହୋତ୍ସବର ଆୟୋଜନ ହେଉଛି । ସେଦିନ ପୁଣି ମାଳତୀର ଛୁଟି । ତେଣୁ ସବୁ ଘରକାମର ଦାୟିତ୍ୱ ବି ବୋଉ ଉପରେ ।

ତା'ଛଡ଼ା ପୂଜା, ବ୍ରତ କାମ। ତେଣୁ ବୋଉ ଭାରି ବ୍ୟସ୍ତ। ବୋଉ ବ୍ୟସ୍ତ ରହିଲେ ଅନ୍ୟ ସମସ୍ତେ ବି ବ୍ୟସ୍ତ ରହିବାକୁ ହେବ, ଏହା ଆମ ପରିବାରର ଅଲିଖିତ ନିୟମ। ଏପରି ବ୍ୟସ୍ତତା ଭିତରେ ହଠାତ୍ ଆସି ପହଞ୍ଚିଗଲା ମାଳତୀ। ସଂପୂର୍ଣ୍ଣ ଅପ୍ରତ୍ୟାଶିତ, କାରଣ ଆଜିର ପର୍ବ ପାଇଁ ତାକୁ ଛୁଟି ଦିଆଯାଇଥିଲା।

କିନ୍ତୁ କୌଣସି କାମରେ ହାତ ନ ଦେଇ ମାଳତୀ ଅପରାଧୀ ପରି ଗୋଟାଏ କଣରେ ଠିଆହେଲା। ଜଣାପଡ଼ିଗଲା ଯେ ପୁଣି କିଛି ଗୋଟାଏ ଅସୁବିଧା ହୋଇଛି।

-'କିଲୋ, କଥା କ'ଣ? ଆଜି ତୋର ଛୁଟିଦିନ। କାମ କରିବୁ?'

-'ନା ମ, ସେକଥା ନୁହଁ ଯେ, ଗୋଟିଏ ମାଗୁଣି ଅଛି।'

-'କି ମାଗୁଣି?'

ବାପା ମେଘାଦିଦି, ସମସ୍ତେ ଆସି ମାଳତୀର ମୁହଁକୁ ଅନେଇଲେ। ମୁଁ ଓ ଅମୃତା ମଧ୍ୟପହଞ୍ଚିଲୁ।

-'ଶହେଟଙ୍କା ଧାର୍ ଦିଅନ୍ତନି? ଆରମାସ ଦରମାରୁ କାଟି ରଖିବ।'

ଘରେ କାମ କରୁଥିବା ଚାକରାଣୀ ଏମିତି ଆଗତୁରା ଦରମା ଟଙ୍କା ମାଗିନେବା ଅତି ସାଧାରଣ କଥା; କିନ୍ତୁ ମାଳତୀ କେବେ ଏମିତି ନିଏ ନାହିଁ। ଓଲଟା ତା' ନିଜ ଟଙ୍କା ବୋଉ ପାଖରେ ରଖିଥାଏ। କାଳେ ତା'ର ମଦୁଆ ସ୍ୱାମୀ ହାତରେ ପଡ଼ିଯିବ ବୋଲି ଯେତିକି ଆବଶ୍ୟକ, ତା'ଠାରୁ ଗୋଟିଏ ଟଙ୍କା ମଧ୍ୟ ଅଧିକ ରଖେ ନାହିଁ।'

ବାପା କହିଲେ, 'ନେବୁ ଯଦି, ନେ। ଏତେ ସଂକୋଚ କାହିଁକି?'

ବୋଉ ପଚାରିଲା, 'ହଠାତ୍ କ'ଣ ଏମିତି ଦରକାର ହେଲା କିଲୋ?'

ବୋଉ ଇଙ୍ଗିତରେ ବାପା ଟଙ୍କା ଆଣିବାକୁ ଭିତରକୁ ଯିବାବେଳେ ମେଘାଦିଦି କହିଲେ, 'ଥ୍ୟାଙ୍କ୍ ଗଡ୍! ଆଜି ବୁଧବାର । ଗୁରୁବାର ହୋଇଥିଲେ ମିଳିନଥାନ୍ତା ଲୋ ମାଳ। ତୋ ଭାଗ୍ୟ ଟାଣ ବୋଲି ଜାଣିଥା। ମହାଲକ୍ଷ୍ମୀଙ୍କ କୃପା।'

ମେଘାଦିଦିଙ୍କ କଥାର ବ୍ୟଙ୍ଗକୁ ବୁଝିନପାରି ମାଳତୀ କହିଲା, 'ଦିଦି, ସବୁ ତାଙ୍କରି କୃପା।'

ନିଜ ପ୍ରଶ୍ନକୁ ଦୋହରାଇ ବୋଉ ପୁଣି ପଚାରିଲା, 'ଏବେ ହଠାତ୍ ତୋର ଟଙ୍କା କାହିଁକି ଦରକାର ହେଲା, କହିଲୁନି ତ?'

-'ଶାଢ଼ି କିଣିବି।'

-'ଶାଢ଼ି କିଣିବୁ? କ'ଣ କରିବୁ? ପ୍ରତିବର୍ଷ ପରି ଦଶହରା ବେଳକୁ ତ ମୁଁ ନୂଆ ଶାଢ଼ି ଦେବି, ଆଉ ଚାରିମାସ ରହିଲା।'

-'ମା' ଆଜି ପରା ସାବିତ୍ରୀ ବ୍ରତ, ସେଥିପାଇଁ ନୂଆଶାଢ଼ି ଲୋଡ଼ା ହେଉଛି।'

-'ଆଉ ମେଘା ଆଣିଥିବା ଶାଢ଼ି ? ସେଇଟା କେବେ ପିନ୍ଧିବୁ ? କେତେ ସରାଗରେ କହୁଥିଲୁ ସାବିତ୍ରୀରେ ପିନ୍ଧିବୁ ବୋଲି ।'

ମାଳତୀ ଚୁପ୍ ରହିଲା । ତା' ମୁହଁ କାନ୍ଦକାନ୍ଦ ଦିଶିଲା ।

ଜଣାପଡ଼ିଲା, କିଛି କଥା ଅଛି । ମାଳତୀ କହିବାକୁ ଚାହୁଁନାହିଁ ଅଥବା କହିପାରୁ ନାହିଁ ।

ଏମିତି ରହସ୍ୟ ସବୁ ଭେଦ ନ କରି ବୋଉ କେବେ ଛାଡ଼େ ନାହିଁ । ଦୁଇତିନିଥର ପଚାରିବା ସତ୍ତ୍ୱେ କିଛି ଉତ୍ତର ନ ପାଇବାରୁ ବୋଉ ଅନୁମାନ କରି ପଚାରିଲା, 'ତୋ ସ୍ୱାମୀ ନେଇଗଲା ? କୋଉଠି ବିକିଦେଲା, ମଦଖାଇବା ପାଇଁ ?'

- 'ନାଇଁ ମା ।'

ବାପା ଶହେଶଙ୍କିଆ ନୋଟ୍ ଖଣ୍ଡେ ଧଣି ସେମିତି ଠିଆହୋଇଥିଲେ । ତଳକୁ ମୁହଁପୋତି ମାଳତୀ କହିଲା, 'ଏତେ ସୁନ୍ଦର ଦାମିକା ଶାଢ଼ି କ'ଣ ମୋ ପରି ମଣିଷର ଭାଗ୍ୟରେ ଥାଏ ? ମୁଁ ନିଜେ ଦେଇଦେଲି ।'

- 'ଦେଇଦେଲୁ, କାହାକୁ ?'

- 'ନେତେରାକୁ ।'

- 'ନେତେରା ? ସେଇ ଡାହାଣୀ, ଯିଏ ତୋ ଗେରସ୍ତକୁ ଛଡ଼ାଇନେଲା ? ଏବେ ତୋ ଶାଢ଼ି ବି ଖାଇଲା ?'

-'ହଁ, ସେଇ ।'

-'ତାକୁ କାହିଁକି ଦେଲୁ ?'

- 'ମୋ ସ୍ୱାମୀକୁ ଖଲାସ କରିବା ପାଇଁ ।'

-'ଖଲାସ କରିଦେଲା ?'

-'ହଁ, ଛାଡ଼ିଦେଲା । ସେମିତି ଅପୂର୍ବ ଶାଢ଼ି ହାତରେ ନ ପଡ଼ିଥିଲେ ସେ କ'ଣ ରାଜି ହୋଇଥାନ୍ତା ? ଏବେ ଇଏ ଆଉ ନେତେରା ପାଖରେ ପଶିପାରିବ ନାହିଁ । ତା' ଘରେ ପାଦ ଦେଲେ ସେ ଦାଢ଼ୁଆ ପନିକିରେ ଗଡ଼ଗଡ଼ କରି ହାଣିବ ବୋଲି ମୋ ସାମ୍ନାରେ ମୋ ମରଦକୁ କହିଲା ।'

-'ସତରେ ?'

-'ହଁ ଦିଦି, ସତରେ । ନେତେରା ତା' କଥା ରଖିବ ନିଶ୍ଚୟ । ମୁଁ ଜାଣେ, ସେ ଘରଭଙ୍ଗେଇ, ଛତରୀ ହେଉ ପଛେ, ତା' ଜବାବରେ ସେ ଟାଣ । ଯା ପାଇଁ ତା' ଦୁଆର ବନ୍ଦ୍ ହୋଇଗଲା ଜାଣ ।'

ଆମେସବୁ ଚୁପ୍ ହୋଇ କଥାଟାକୁ ହଜମ କରୁଥିବାବେଳେ ମେଘାଦିଦି

ଉପରକୁ ହାତଟେକି କହିଲେ, 'ଓଃ, ହ୍ୱାଟ୍ ଏ ଷ୍ଟୋରୀ ! ଆଇ ଲଭ୍ ଦିସ୍ ।'

ବାପା କହିଲେ, 'ଯାହା ହେଉ, ତୋ ଶାଢ଼ିଟା ଭଲ କାମରେ ଆସିଲା । ଆମ ମାଳକୁ ତା' ସ୍ୱାମୀ ୱାପସ୍ ମିଳିଗଲା । ତମ ଅଷ୍ଟ୍ରେଲିଆରେ ଏମିତି ହୁଏ ?'

ହଠାତ୍ ମେଘାଦିଦି କ'ଣ ଭାବି କହିଲେ, 'ରହରହ, ମାଳ ଏବେ ଆଉ ଶାଢ଼ି ନ କିଣୁ ।' ତା'ପରେ ତରବରରେ ଭିତରବଖରାକୁ ଯାଇ ତାଙ୍କ ଚକଲଗା ଶାଗୁଆ ସୁଟ୍‌କେସ୍ ଭିଡ଼ିଆଣିଲେ । ସମସ୍ତଙ୍କ ସାମ୍ନାରେ କହିଲେ 'ମାଉସୀ, ମୁଁ ଆଣିଥିବା ଜିନିଷ ଆହୁରି ସରିନାହିଁ ।' ସୁଟ୍‌କେସ୍ ଖୋଲି ତା' ଭିତରୁ ଆଉଗୋଟାଏ ଚିକ୍‌ଚିକ୍ ସୁନ୍ଦର ଶାଢ଼ି ବାହାରକରି କହିଲେ, 'ଏଇଟା ବି ମାଳ ପାଇଁ ।'

ଆଗରୁ ମାଳତୀକୁ ମିଳିଥିବା ଶାଢ଼ି ଅପେକ୍ଷା କୌଣସି ଗୁଣରେ କମ୍ ନୁହେଁ । ସୁଟ୍‌କେସ୍ ଭିତରେ ଆଉ କ'ଣ ଅଛି ବୋଲି ଅମୃତା ଉହୁଁକି ଦେଖିବାବେଳକୁ ମେଘାଦିଦି ସୁଟ୍‌କେସ୍ ବନ୍ଦ୍ କରିଦେଲେ ।

କିନ୍ତୁ ମାଳତୀ ଶାଢ଼ି ନେଲେ ତ ? ପ୍ରଥମ ଶାଢ଼ି ନେବାବେଳେ ହିଁ ସେ ଖୁବ୍ କୁଣ୍ଠିତ ଥିଲା । ଏବେ ଆଉଗୋଟାଏ ଶାଢ଼ି ନେବା ପାଇଁ ତାକୁ ରାଜି କରାଇବା ସହଜ ନଥିଲା । ବାପା, ବୋଉ, ମେଘା, ସମସ୍ତେ ମିଶି ତାକୁ ବହୁତ ବୁଝାଇବାପରେ ମାଳତୀ ହାତ ବଢ଼ାଇ ଶାଢ଼ି ଧରିଲା ।

ବାପା କହିଲେ, 'ନେ, ଶହେଟଙ୍କା ବି ନେ-ଅନ୍ୟ ଖର୍ଚ୍ଚ କରିବୁ । ଫେରାଇବା ଦରକାର ନାହିଁ । ତୋ ଦରମାରୁ ବି କଟାହେବ ନାହିଁ ।'

ଛଅ

ଶାଢ଼ି ଓ ଟଙ୍କା ଧରି ମାଳତୀ ଯିବାବେଳେ ମେଘାଦିଦି ଦୁଆରମୁହଁରେ ଠିଆହୋଇ କିଛି ସମୟ ଅନାଇରହିଲେ । ତା'ପରେ ପଛକୁ ବୁଲି ପଚାରିଲେ, 'ଏଇ ଶାଢ଼ି ଖଣ୍ଡକରେ ତା'ର ସାବିତ୍ରୀବ୍ରତ ହୋଇଯିବ ?'

ବୋଉ କହିଲା, 'ସିଏ ଗରୀବ, ସ୍ୱାମୀ ତ ନିକମ୍ମା । ମାଳ କ'ଣ ଏତେ ସଜବାଜ, ଫଳମୂଳ କରିବ ? ଯାହିତାହି ବ୍ରତ ପାଳିବ ।'

'ପାଳିବ ତ ଭଲଭାବେ ପାଳୁ । ଯେମିତି ତମେ ପାଳୁଛ । ମୁଁ ଭାବୁଛି, ଆମେ ତାକୁ କିଛି ଫଳମୂଳ ବି ଦେବା ଉଚିତ ।'

ମେଘାଦିଦିଙ୍କ କଥାରେ ଆମେ ଆଶ୍ଚର୍ଯ୍ୟ ହେବୁ କି ଖୁସୀ ହେବୁ, ସ୍ଥିର କରିବା ପୂର୍ବରୁ ଆମକୁ ପଚାରିଲେ, 'ତମେ ଦିହେଁ ମାଳତୀର ଘର ଦେଖିଛ ?'

-ମୁଁ ଦେଖିଛି ।' ଏକାସମୟରେ ଦୁହିଁଙ୍କ ମୁହଁରୁ ସମାନ କଥା ବାହାରିଲା ।

– 'ଠିକ୍ ଅଛି, ସ୍କୁଟି ବାହାର କର। ବଜାରକୁ ଯାଇ ପ୍ରଥମେ ଏତିକି ଜିନିଷ କିଣିବା।' ମେଘାଦିଦି ହାତରେ କାଗଜ ଖଣ୍ଡିଏ ଧରି କହିଲେ।

– 'ଏଇଟା କ'ଣ ?'

– 'ଏଇଟା ମାଉସୀଙ୍କ ପୂଜା ସପିଙ୍ଗ୍ । ତାଙ୍କ କିଣାକିଣି ସରିବାପରେ ମୁଁ ତାଲିକା ଚିଠାଟି ରଖିଥିଲି। 'ଦେଖ, ଏଥିରେ କ'ଣ ଅଛି...'

ତାଙ୍କ ହାତରୁ କାଗଜ ନେଇ ମୁଁ ପଢ଼ିଲି, 'ପୂଜାବ୍ରତ, ପାଟଫୁଲି, ଗୁଆ, ହରିଡ଼ା, ବାହାଡ଼ା, ମଥାବସା, ସିନ୍ଦୂର, କାଠପାନିଆ, ଦର୍ପଣ, କଳାମାଳି, ତୁଳା ଅଳତା, ସାଲୁକନା, ବ୍ରତବହି, ନାଲିଚୁଡ଼ି, କଳାଚୁଡ଼ି।'

– 'ବାସ୍, ଏତିକି ଜିନିଷ କିଣି ମାଳତୀ ଘରେ ଦେଇଆସିବା, ଆଉ କିଛି ଫଳ।'

ବାପା କହିଲେ, 'ପୂଜା ପାଇଁ ଯେତିକି ଦରକାର, ତା'ଠୁ ମୁଁ ଖୁବ୍ ବେଶି ଫଳମୂଳ ଆଣିଛି। ଏଥିରୁ ଅଧା ବାହାର କରି ଗୋଟାଏ ବ୍ୟାଗ୍‌ରେ ମାଳ ପାଇଁ ନେଇଯାଅ।'

ମେଘାଦିଦି ଓ ଅମୃତା ସ୍କୁଟି ଧରି ବାହାରିଲେ। ମୁଁ ପଛେପଛେ ସାଇକଲ୍ ଛୁଟାଇଦେଲି।

■

ଗଳ୍ପରେ ଥିବା ପଦ୍ୟାଂଶ ସମୂହ ଧର୍ମଗ୍ରନ୍ଥ ଷ୍ଟୋର୍ ଦ୍ୱାରା ପ୍ରକାଶିତ 'ସାବିତ୍ରୀବ୍ରତ' ପୁସ୍ତିକାରୁ ଉଦ୍ଧୃତ। କବିଙ୍କ ନାମ ଓ ପ୍ରକାଶକାଳ ଅନୁପଲବ୍ଧ।

ଅମ୍ରିତା ହସ୍ପିଟାଲ୍

'ଅମ୍ରିତା ହସ୍ପିଟାଲ୍' ପୁରୁଣା ହେଲେ ମଧ୍ୟ ଏବେ ନୂଆ ରୋଗ ପାଇଁ ନୂଆ କକ୍ଷ ତିଆରି ହୋଇଛି । ଅଥବା ପୁରୁଣା କକ୍ଷର ପୁନର୍ବିନ୍ୟାସ କରି ପୁନର୍ନାମିତ କରାଯାଇଛି ।

କ'ଣ ବା ଫରକ୍ ? ସଫେଦ୍ ଚାଦରରେ ଆଚ୍ଛାଦିତ ବେଡ୍ ଉପରେ ରାମଦାସ ଶୋଇଛନ୍ତି । ସେହି କୋଠରି ଭିତରେ ସେ ଏକୁଟିଆ । ତାଙ୍କ ବୟସ ଅଠସ୍ତୁରୀ ବର୍ଷ । ଜାଣିପାରୁ ନାହାନ୍ତି ସେ ହସ୍ପିଟାଲ୍‌ର ପୁରୁଣା ୱାର୍ଡରେ ଅଛନ୍ତି ନା ନୂଆ ୱାର୍ଡରେ ।

କ'ଣ ବା ଫରକ୍ ? ଫରକ୍ ଏତିକି ଯେ ସେ ଯଦି ସେତିକି ଜାଣନ୍ତେ, ତା'ହେଲେ ଅନୁମାନ କରିପାରନ୍ତେ, ତାଙ୍କୁ କେଉଁ ରୋଗର ଚିକିତ୍ସା ପାଇଁ ହସ୍ପିଟାଲ୍‌ରେ ଭର୍ତ୍ତି କରାଯାଇଛି । ବୟସାଧିକ୍ୟ ଯୋଗୁଁ ସେ ଅନେକ କଥା ଭୁଲିଯାଉଥିବା କଥା ସତ; କିନ୍ତୁ ଏହି କଥାଟି ତାଙ୍କୁ କେହି କହିନାହାନ୍ତି । କହିଥିଲେ ସେ ନିଶ୍ଚୟ ମନେରଖିଥାଆନ୍ତେ ।

ଆଖି ବନ୍ଦ; କିନ୍ତୁ ନିଦ କାହିଁ ? ଆଖି ବୁଜି ହୋଇରହିଥିଲେ ବି ମନକୁମନ କେତେ ଦୃଶ୍ୟ ଦିଶିଯାଉଛି । ସ୍ମୃତିମୟ ମନ । ଦୃଶ୍ୟମୟ ଆଖି ।

ପ୍ରଥମ ଦୃଶ୍ୟ ।

ସେ ନିଜ ଫ୍ଲାଟ୍‌କୁ ଯିବା ପାଇଁ ଲିଫ୍‌ଟ ଆଡ଼କୁ ଅଗ୍ରସର ହେଉଛନ୍ତି । ସେଠି ଦଳେ ଧଳାଲୁଗା ପିନ୍ଧା ମଣିଷ ଠିଆ ହୋଇଛନ୍ତି । କେବଳ ମୁହଁ ଦିଶୁଛି, ତାହା ମଧ୍ୟ ଅଧାଅଧି ଆବୃତ । ବୋଧହୁଏ ମାସେ ତଳର ଦୃଶ୍ୟ । ଆଜିକାଲି ଏମିତି ମଣିଷମାନେ ବେଶି ଆତଯାତ ହେଉଛନ୍ତି ।

ଦ୍ୱିତୀୟ ଦୃଶ୍ୟ ।

ଫଟୋଟିଏ । ସେଥିରେ ଦୁଇଜଣ ମଣିଷ । ବାମପଟେ ପତଳା ମୁହଁଟିଏ, ନିଶ ଅଛି । ଆଖିରେ ଚଷମା ଅଛି; କିନ୍ତୁ ସେ ଚଷମା ଭଲ ଦେଖିବା ପାଇଁ ନୁହେଁ, ମୁହଁକୁ ସୁନ୍ଦର କରିବା ପାଇଁ । ତାଙ୍କ ନିଜ ମୁହଁ । ଡାହାଣପଟର ମଣିଷ ତାଙ୍କ ପତ୍ନୀ । ମାୟା ।

ମନେପଡୁଛି, ଫଟୋ ଉଠେଇଲାବେଳେ ମାୟା କହିଥିଲେ, "ଫଟୋରେ ମୁଁ ତମର ବାଁ ପଟେ ରହିବା କଥା।' ରାମଦାସ କହିଥିଲେ, " କେଉଁ ଶାସ୍ତ୍ରରେ ଏମିତି ଲେଖାହୋଇଛି ?" ଫଟୋଗ୍ରାଫର୍ କହିଥିଲା, "ଯେମିତି ବସିଛନ୍ତି ସେମିତି ରହନ୍ତୁ। ଭଲ ଭ୍ୟୁ ଆସୁଛି। ସ୍ମାଇଲ୍।'

ତୃତୀୟ ଦୃଶ୍ୟ।

ଧଳା ଛାତ। ଧଳା କାନ୍ଥ । ନିରବ, ନିର୍ଜନ, ଆବଦ୍ଧ କୋଠରୀ। ଭୀତିପ୍ରଦ। ଏ ଦୃଶ୍ୟ ଅଳ୍ପସମୟ ତଳର। ସେ ଆଖି ବନ୍ଦ କରିବା ପୂର୍ବର।

ଚତୁର୍ଥ ଦୃଶ୍ୟ।

ରାମଦାସ ହଠାତ୍ ଆଖି ଖୋଲିଦେବାରୁ ଆଖି ଭିତରେ ନାଚୁଥିବା ଦୃଶ୍ୟଗୁଡ଼ିକର ପଟୁଆର ହଠାତ୍ ଥମିଗଲା। ଦୃଶ୍ୟସବୁ ଅସଙ୍ଗତ ଓ ପରସ୍ପର ସହିତ ଅସଂପୃକ୍ତ। ତାଙ୍କର ନିୟନ୍ତ୍ରଣର ବାହାରେ। ଆଖି ଖୋଲା ରହୁ କି ବନ୍ଦ ରହୁ, ଏପରି ଚିତ୍ରପଟ ପହଁରି ଆସନ୍ତି କାହିଁକି କେଜାଣି ?

କାହାର ପାଦଶବ୍ଦ ଶୁଭିଲା। ନର୍ସ ଆସୁଥିବ। ତାକୁ ବି ଦେଖିହେବ ନାହିଁ। ସେ ଆପାଦମସ୍ତକ ଆବୃତ ହୋଇଥିବ ଧଳା ସିନ୍ଥେଟିକ୍ ପୋଷାକରେ। ଦିଶୁଥିବ ମହାକାଶଚାରୀ ପରି । ତା କଣ୍ଠସ୍ୱର ନଶୁଣିବା ପର୍ଯ୍ୟନ୍ତ ସେଇ ପୋଷାକ ଭିତରେ ଥିବା ମଣିଷ ନାରୀ ନା ପୁରୁଷ, ତାହା ବି ଜାଣିହେବ ନାହିଁ।

ପୃଥିବୀରେ କିଶୋରୀ, ଯୁବତୀ, ମହିଳା ଇତ୍ୟାଦି ନାରୀଜାତିର ବିଭିନ୍ନ ପ୍ରତିରୂପରେ ଯେତେ ପ୍ରାଣୀ ଉପଲବ୍ଧ, ସେମାନେ ସମସ୍ତେ କେବଳ ଦୁଇଭାଗରେ ବିଭକ୍ତ। ପ୍ରଥମ ଭାଗ ଅତି ବିଶାଳ; କିନ୍ତୁ ରାମଦାସଙ୍କ ପାଇଁ ସମ୍ପୂର୍ଣ୍ଣ ଅନାବଶ୍ୟକ। ଦ୍ୱିତୀୟ ଭାଗ ଅତିମାତ୍ରାରେ ସଂକୁଚିତ; କିନ୍ତୁ ତାଙ୍କ ପାଇଁ ଅତ୍ୟନ୍ତ ଉପାଦେୟ। କାରଣ, ଯେଉଁମାନେ ସବୁ ତାଙ୍କ ନାତି ଦେବବ୍ରତକୁ ବିବାହ କରିବାକୁ ଅନୁପଯୁକ୍ତ, ସେମାନେ ସବୁ ପ୍ରଥମ ଭାଗରେ । ଆଉ ଯେଉଁମାନେ ନିଜ ରୂପ, ଗୁଣ, ଶିକ୍ଷା, ବର୍ଣ୍ଣ, ଜାତି ଇତ୍ୟାଦି ମାପକରେ ଦେବବ୍ରତର ପତ୍ନୀ ହେବା ପାଇଁ ଯୋଗ୍ୟା, ସେହି ସଂଖ୍ୟାଲଘୁ ସମ୍ପ୍ରଦାୟକୁ ନେଇ ଦ୍ୱିତୀୟ ଭାଗ ପରିପୁଷ୍ଟ। ସେହି ମୁଷ୍ଟିମେୟ ଚରିତ୍ର ଭିତରୁ ଦେଖି, ଖୋଜି, ବାଛି ଜଣକୁ ଦେବବ୍ରତ ସହିତ ଛନ୍ଦିବାକୁ ପଡ଼ିବ। ଶୀଘ୍ର। ସମୟ ବେଶି ନାହିଁ।

ସମୟ ବେଶି ନାହିଁ, କାରଣ ରାମଦାସଙ୍କ ବୟସ ଏବେ ଅଠସ୍ତୁରୀ ବର୍ଷ। ତାଙ୍କ ଆୟୁଷ ଅଶୀ ବର୍ଷରୁ ବେଶି ହୋଇଥିଲେ ସୁଦ୍ଧା ତେୟାଅଶୀ-ଚୌରାଅଶୀରୁ ଆଗକୁ ଯିବାର ସୂଚନା ଦିଶୁନାହିଁ ବୋଲି ତାଙ୍କ ଜାତକ ଦେଖି ଜ୍ୟୋତିଷାଚାର୍ଯ୍ୟ ପର୍ଶୁରାମ ଶତପଥୀ ଶର୍ମା କହିସାରିଛନ୍ତି। ତେଣୁ ରାମଦାସ ଅତି ରକ୍ଷଣଶୀଳ ହିସାବ କରି ଏକାଅଶୀ ବର୍ଷ ପୂର୍ଣ୍ଣ ହେବା ଆଗରୁ ହିଁ ନିଜର ଅବଶିଷ୍ଟ ଇଚ୍ଛା ଓ ଦାୟିତ୍ୱ ପୂର୍ଣ୍ଣ କରିବା ପାଇଁ ଚାହୁଁଛନ୍ତି। ଆଉ ତିନିବର୍ଷ ସମୟ ରହିଲା। ତା ଭିତରେ ଦେବବ୍ରତ ପାଇଁ ସମ୍ବନ୍ଧ ସ୍ଥିର ହେବ, ନିର୍ବନ୍ଧ ହେବ, ବିବାହ ହେବ ଓ ବର୍ଷେ ଦେଢ଼ବର୍ଷ ଭିତରେ ସନ୍ତାନ ଜନ୍ମ ହେବ। ତା ନହେଲେ ସେ ଚତୁର୍ଥ ପିଢ଼ିର ମଣିଷକୁ ନିଜ ଜୀବନକାଳ ଭିତରେ ଦେଖିପାରିବେ ନାହିଁ। ତାଙ୍କ ପୁଅ ରଜତ ଓ ବୋହୂ ରାଧିକା ଏବେ ନିଜର ପ୍ରଥମ ପୁତ୍ର ଦେବବ୍ରତର ବିବାହ ପାଇଁ ଅଣ୍ଟା ଭିଡ଼ିସାରିଲେଣି। ଦେବବ୍ରତ ନିଜେ ମଧ୍ୟ ସମ୍ମତି ଦେଇସାରିଲାଣି। ତେଣୁ ଏବେ ରାସ୍ତା ପରିଷ୍କାର। ରାମଦାସ ନିଜ ପରିବାରର ଇତିହାସ ପରୀକ୍ଷା କରି ଦେଖିଛନ୍ତି- ଗତ ତିନିପୁରୁଷ ଧରି ତାଙ୍କ ନିଜ ବାପା, ବାପାଙ୍କ ବାପା ଓ ତାଙ୍କ ବାପା ନିଜନିଜ ଜୀବନକାଳ ଭିତରେ ନାତିର ସନ୍ତାନକୁ ଦର୍ଶନ କରିବାର ସୁଯୋଗ ପାଇଛନ୍ତି। ଏବେ ରାମଦାସ କାହିଁକି ବଞ୍ଚିତ ହେବେ? ବିବାହର ବର୍ଷେ ଦେଢ଼ବର୍ଷ ଭିତରେ ପିତୃତ୍ୱଲାଭ କରିବାର ପରମ୍ପରା ଦେବବ୍ରତ ଆଗେଇନେବ। ତା ସନ୍ତାନକୁ - ପୁଅ ହେଉ କି ଝିଅ ହେଉ- କୋଳେଇ ଧରିବା ପରେ ହିଁ ରାମଦାସଙ୍କ ଜୀବନ ଯିବ। ତେଣୁ ରାମଦାସ ଏବେ ନିଜର ସବୁ ସାମର୍ଥ୍ୟ, କଥା ଓ କାମ ବ୍ୟବହାର କରି ନାତି ପାଇଁ କନ୍ୟା ଖୋଜିବାରେ ଲାଗିଛନ୍ତି। ଯଦି ଦେବବ୍ରତର କୌଣସି ରମଣୀ ସହିତ ଗୋପନ ସମ୍ପର୍କ ଥାଏ, ତେବେ ସେହି ସମ୍ପର୍କକୁ ନିଃସଂକୋଚରେ ପ୍ରକାଶ କରିବା ପାଇଁ ତାକୁ ବାରମ୍ବାର କୁହାଯାଇଛି ଏବଂ ସେହି କନ୍ୟାକୁ କୁଳବଧୂର ମାନ୍ୟତା ଦେବା ପାଇଁ ପରିବାର ପ୍ରସ୍ତୁତ ବୋଲି ପ୍ରତିଶ୍ରୁତି ଦିଆଯାଇଛି। କିନ୍ତୁ ସେପରି କୌଣସି ସମ୍ପର୍କ ଗଢ଼ିଉଠିଥିବାର ବିନ୍ଦୁଏ ବି ସୂଚନା ନମିଳିବାରୁ ତା ପାଇଁ କନ୍ୟାଚୟନର ଦାୟିତ୍ୱ ରଜତ, ରାଧିକା ଓ ରାମଦାସ ନିଜ ଉପରକୁ ଆନନ୍ଦରେ ଟାଣିନେଇଛନ୍ତି।

କିନ୍ତୁ ଦୁଇମାସ ପରେ ମଧ୍ୟ ଏ ଦିଗରେ କୌଣସି ଅଗ୍ରଗତି ନଦେଖି ରାମଦାସ ସପ୍ତାହେ ତଳେ ରଜତ ଓ ରାଧିକାଙ୍କୁ ଚେତେଇଦେଇ କହିଲେ, "ତୁମେ ଦୁହେଁ ଏମିତି କମ୍ପ୍ୟୁଟର୍ ଧରି ବୋହୂ ଖୋଜିଲେ ହେବନାହିଁ। ପୂରାଦମ୍‌ରେ ଲାଗିଯାଅ। କମ୍ପ୍ୟୁଟର୍ କେବେ କାହାକୁ ଝିଅ- ଜୋଇଁ ଯୋଗାଇଥିବା କଥା ମୁଁ ଶୁଣିନାହିଁ।"

ନିଜେ ରାମଦାସ ବଜାର ବାଟରେ ଯେଉଁଠି ଝିଅଟିଏ ଦେଖିଲେ ବି ତା'ର ରଙ୍ଗ, ଚଳଣି ଇତ୍ୟାଦି ଲକ୍ଷ୍ୟ କରି ଭାବନ୍ତି, ଇଏ ତାଙ୍କ ଦ୍ୱାରା ବିଭାଜିତ ନାରୀଜାତିର

ଦ୍ୱିତୀୟ ବର୍ଗରେ ଆସିବ ନା ନାହିଁ? ବେଳେବେଳେ କାହାର ଜାତି, ଗୋତ୍ର, ରାଶି, ନକ୍ଷତ୍ର ଓ ପରିବାର କଥା ଜାଣିବାକୁ ଇଚ୍ଛା ହୁଏ; କିନ୍ତୁ ଏମିତି କ'ଣ ହାଟମଝିରେ କେଉଁ ଝିଅକୁ ଅଟକାଇ ପଚାରିହେବ? ତାଙ୍କ ଘରେ ବିବାହଯୋଗ୍ୟ ବରପାତ୍ରଟିଏ ରହିଛି ବୋଲି ଜାଣିବାମାତ୍ରେ କନ୍ୟାପିତାମାନେ ନିଜନିଜ ଝିଅର ଜାତକ, ଫଟୋ, ଶିକ୍ଷା, ବୃତ୍ତିର ବିବରଣୀ ଧରି ଘର ଆଗରେ ଧାଡ଼ିରେ ଠିଆ ହେବେ ବୋଲି କଳ୍ପିତ ଧାରଣାଟିଏ ତାଙ୍କ ମନରେ ଥିଲା। ତାହା ଆସ୍ତେଆସ୍ତେ ଦୁର୍ବଳ ହୋଇ ପୂରା ମଉଳିଗଲାଣି।

ମାତ୍ର ଦୁଇ ତିନି ମାସ ତଳର କଥା। ଏଗାର ମହଲାରେ ଥିବା ନିଜ ଫ୍ଲାଟ୍‌କୁ ଯିବା ପାଇଁ ଲିଫ୍‌ଟ୍ ଭିତରେ ପଶି ବୋତାମ ଟିପିଛନ୍ତି କି ନାହିଁ, ହଠାତ୍ ଲିଫ୍‌ଟ ଭିତରକୁ ପଶିଆସିଲେ ଦୁଇଟା ମଣିଷ। ଦେହରେ ଧଳା ପୋଷାକ, ମୁହଁରେ ଧଳା ମାସ୍କ୍। ରାମଦାସଙ୍କୁ ଡ଼ରମାଡ଼ିଲା। ସେ ନିଜେ ବି ମାସ୍କ୍ ପିନ୍ଧିଥିଲେ; କିନ୍ତୁ ଆଗନ୍ତୁକ ଦୁଇଜଣ କୌଣସି ହସ୍ପିଟାଲ୍‌ରେ କାମ କରୁଥିବା କଥା ତାଙ୍କ ୟୁନିଫର୍ମ୍‌ରୁ ସ୍ପଷ୍ଟ ଜଣାପଡ଼ିଯାଉଥିଲା। ଏମିତି ମଣିଷମାନଙ୍କର ଉପସ୍ଥିତି ଖୁବ୍ ହାନିକାରକ ହୋଇପାରେ ବୋଲି ସେ ଶୁଣିଥିଲେ। କି ରୋଗ ଧରି ଆସିଥିବେ, ରାମଦାସଙ୍କୁ ସଂକ୍ରମିତ କରିଯିବେ, କିଏ କହିପାରିବ? ପଞ୍ଚମ ମହଲାରେ ଲିଫ୍ଟ ଅଟକାଇ ସେହି ଦୁଇ ଯାତ୍ରୀ ବାହାରକୁ ଯିବା ପରେ ମଧ୍ୟ ତାଙ୍କ ଭୟ ଦୂର ହୋଇ ନଥିଲା।

ଆଜିକାଲି ଏମିତି ମଣିଷମାନେ ବେଶିସଂଖ୍ୟାରେ ତାଙ୍କ ଚାରିପଟେ ଆତଯାତ ହେଉଥିବା ପରି ମନେହେଲା। ଦୁଇତିନିଦିନ ଯାଇଛି କି ନାହିଁ, ତଳେ ଲିଫ୍ଟ ପାଖରେ ଠିକ୍ ସେମିତି ଚାରିଜଣ ମଣିଷଙ୍କୁ ଦେଖି ସେ ହଡ଼ବଡ଼େଇଗଲେ। ଯମଦୂତମାନେ ଚାରିପଟୁ ଘେରିଘେରି ଆସୁଥିବା ପରି ଲାଗିଲା। ଆଖିବୁଜିଲେ ବି ଏମାନଙ୍କ ଚିତ୍ର ଆଖିରେ ନାଚିଯାଉଛି। କିଏ ଡାକିଛି ଏ ଦଳକୁ? ସେମାନଙ୍କଠାରୁ ନିରାପଦ ଦୂରତାରେ ତାଙ୍କୁ ଘେରି ଠିଆ ହୋଇଥିବା ଦଳେ ଲୋକ ଏବଂ ସେମାନଙ୍କ ଭିତରେ କେତେଟା ଚିହ୍ନା ମୁହଁ ଦେଖି ଟିକିଏ ଆଶ୍ୱସ୍ତ ଲାଗିଲା। ତାଙ୍କରି ଭିତରୁ କିଏ ଜଣେ ରାମଦାସଙ୍କୁ ପଚାରିଲା- କ'ଣ ପଚାରିଲା? ଏବେ ଆଉ ମନେପଡୁ ନାହିଁ। କିନ୍ତୁ ରାମଦାସ ଯେଉଁ ଉତ୍ତର ଦେଲେ, ସେଥିରେ ପ୍ରଶ୍ନକର୍ତ୍ତା ଖୁସି ହୋଇଗଲେ। ଚାରିପଟେ ଜମା ହୋଇଥିବା ଲୋକଙ୍କ ମୁହଁକୁ ଅନାଇ, ବିଶେଷତଃ ଧଳାପୋଷାକ ପିନ୍ଧା ମଣିଷମାନଙ୍କୁ ଲକ୍ଷ୍ୟ କରି କହିଲେ, "ଶୁଣିଲ ତ, ମଉସା କ'ଣ କହିଲେ? ସେ ପୁରୁଖା ଲୋକ। ସିନଅର୍

ସିଟିଜେନ୍। ଖୁବ୍ ଅଭିଜ୍ଞତା ତାଙ୍କର। ଏଥର ତମେ ସବୁ ଚାଲିଯାଅ। ଏଠି ରହିପାରିବନି।"

ରାମଦାସ ଲିଫ୍ଟ ଆଡ଼କୁ ଆଗେଇବାବେଳେ କାହାର କ୍ରୁଦ୍ଧକଣ୍ଠରୁ ଶୁଭିଲା, "ଆମେ କୁଆଡ଼େ ଯିବୁନାହିଁ। ଏଠି ଘର ନେଇ ରହିଛୁ। ଆମକୁ କେହି ତଡ଼ିପାରିବେ ନାହିଁ।"

ଏ ପ୍ରାଣୀ ନାରୀଜାତିର। କଣ୍ଠସ୍ୱର ଏତେ ତିକ୍ତ ଓ କର୍କଶ ଯେ ଇଏ ଅଣ୍ଡିରିଚଣ୍ଡୀ ପର୍ଯ୍ୟାୟରେ ଯିବ। ତା'ରି ଉଦ୍ଦେଶ୍ୟରେ ତା'ର ଅନୁପସ୍ଥିତିରେ ମନକୁମନ କହିଲେ, "ତମେସବୁ ରୋଗ ନେଇ ଆସିବ, ଆମକୁ ମାରିବ। ଆମେ କୁଟୁମ୍ବ ନେଇ ରହିବା ଲୋକ।"

କାହିଁକି କେଜାଣି ମାୟା ସହିତ ତାଙ୍କର ପୁରୁଣା ଯୁଗ୍ମଫଟୋ ଆଖି ଆଗରେ ପହଁରିଗଲା। ଉଭୟ ମୁହଁରେ ମାସ୍କ ଲାଗିଥିଲେ ଦୁଇଟିଯାକ ଚେହେରା କେମିତି ଦିଶିଥା'ନ୍ତା ? ଆଜିକାଲି ଧଳାପୋଷକ, ମାସ୍କପିନ୍ଧା ଚେହେରାଗୁଡ଼େ ସବୁବେଳେ କାହିଁକି ତାଙ୍କ ଆଖିରେ ପହଁରୁଛନ୍ତି ? ମାସେ ଦି'ମାସ ତଳେ ଦିନେ ରାମଦାସ ସୋଫା ଉପରେ ନିଦ ଟଳଟଳ ଆଖି ବନ୍ଦ କରି ବସିଥିଲେ। ହାତରେ ଥିବା ଖବରକାଗଜ ତାଙ୍କ ଶିଥିଳ ହାତମୁଠାରୁ ଖସି ଅଧା ତଳେ ପଡ଼ିଥିଲା, ଆଉ ଅଧେ ଝୁଲିରହିଥିଲା। ତଥାପି ତାଙ୍କୁ ଲାଗୁଥିଲା, ଯେମିତି ସେ ଖବରକାଗଜ ପଢୁଛନ୍ତି ଓ ସବୁ ଖବର ବୁଝୁଛନ୍ତି ! ସେତେବେଳେ ସେ ହଠାତ୍ କହିଥିଲେ, "ଅସମ୍ଭବ।"

- "କ'ଣ ଅସମ୍ଭବ ?" ଏ ପ୍ରଶ୍ନ ତାଙ୍କ ପତ୍ନୀ ମାୟାଙ୍କର।

ଚଟ୍‌କିନା ଆଖି ଖୋଲି ରାମଦାସ କହିଥିଲେ, "ଯାହା ମୁଁ ଭାବୁଛି।"

- "ତମେ କ'ଣ ଭାବୁଛ ?"

- "ମୁଁ କ'ଣ ଭାବୁଛି, ତମକୁ କାହିଁକି କହିବି ?"

- "ଯଦି ନକହିବ, ତା'ହେଲେ ଏତେବଡ଼ ପାଟିରେ 'ଅସମ୍ଭବ' ବୋଲି କାହିଁକି କହିଲ ?"

- "ମୁଁ କହିଲି ? ହଁ, କହିଲି ବୋଧହୁଏ। କାହିଁକି କହିଲି, ଏବେ ଆଉ ମନେପଡୁ ନାହିଁ।"

- "ତମ ମୁଣ୍ଡ ଆଗରୁ ତ ବିଗିଡ଼ିଥିଲା। ଏବେ ଆହୁରି ବେଶି ଖରାପ ହେଲାଣି। ନିଦ ଲାଗୁଛି ଯଦି, କାଗଜ ରଖି ଖଟରେ ଶୋଉନ କାହିଁକି ? ଦିନ ବାରଟାରେ ସ୍ୱପ୍ନ ଦେଖି ବିଳିବିଳେଇହେଉଛ।"

ପ୍ରକୃତରେ ରାମଦାସଙ୍କ ପତ୍ନୀ କିଛି ପଚାରି ନାହାନ୍ତି କି କିଛି କହି ନାହାନ୍ତି।

କେମିତି ବା କହନ୍ତେ ? ସେ ତ ତିନିବର୍ଷ ତଳୁ ମରିଗଲେଣି । ଖୁବ୍ ଲୁହ ବହିଥିଲା ସେଦିନ । ହଳଦୀ, ସିନ୍ଦୂର ମଖାହୋଇ ମାୟାଙ୍କ ଦେହ କୋକେଇରେ ମାଲଭାଇଙ୍କ କାନ୍ଧରେ ଶ୍ମଶାନକୁ ଯାଇଥିଲା । ଶୁଖିଲା କାଠରେ ଖୁବ୍ ସହଜରେ ନିଆଁ ଲାଗିଯାଇଥିଲା । ସେଠି ଠିଆହୋଇଥିବା ଗଛର ଉପରଡାଳ ପର୍ଯ୍ୟନ୍ତ ନିଆଁର ଝୁଲ ଉଠିଥିଲା ।

ଥରେ ମାୟା ତାଙ୍କୁ ଡାକିନେଇ ସୁନା ଅଳଙ୍କାର ଦୋକାନ ଭିତରେ ପଶିଥିଲେ । କେତେବର୍ଷ ହେଲା ? ଦଶ ? ପନ୍ଦର ? ଦୋକାନକୁ ଯିବାର ଉଦ୍ଦେଶ୍ୟ ରାମଦାସଙ୍କୁ ବି କହିନଥିଲେ ।

ଦୋକାନ ଭିତରେ ପଶି ସବୁ ଜାଣିଥିବା ପରି ମାୟା ଆଗେଇଚାଲିଲେ ଉପରମହଲାରେ ବସିଥିବା ଦୁଇଜଣ ଲୋକଙ୍କ ପାଖକୁ । ଉପରକୁ ମୁଣ୍ଡ ଟେକି ରାମଦାସ ଦେଖିଲେ: 'ଅଳଙ୍କାର ବିନିମୟ' । ରାମଦାସଙ୍କ ହାତକୁ ଦଶଗ୍ରାମ୍‌ର ଗୋଟାଏ ସୁନାମୋହର ଓ ତାଙ୍କ ନିଜର ହଳେ କାନଫୁଲ ବଢ଼ାଇ କହିଥିଲେ, "ଯାଅ ପଚାର, ଏତିକି ଜିନିଷ ବଦଳରେ କ'ଣ କିଣିହେବ ।"

ରାମଦସ କାଉଣ୍ଟର୍‌ରେ ଥିବା ଲୋକକୁ ସୁନାମୋହରଟି ଦେଇ କହିଲେ, "ୟାକୁ ଦେଇ କେତେ ମୂଲ୍ୟର ଅଳଙ୍କାର କିଣିହେବ ?"

ପଛରେ ଠିଆହୋଇ ମାୟା କହିଲେ, "ମୋ ଜିନିଷ ଦେଉନ କାହିଁକି ?"

– "ସେଗୁଡ଼ାକ ତମେ ରଖ । ପିନ୍ଧୁଥିବା ଅଳଙ୍କାର ବିକିବା କ'ଣ ଦରକାର ?"

କିନ୍ତୁ ରାମଦାସଙ୍କ କଥା ରହିଲା ନାହିଁ । ସୁନାକୁ ଓଜନ କରି, ଶୁଦ୍ଧତା ପରୀକ୍ଷା କରି କେତେ କ'ଣ ଯୋଗବିୟୋଗ କରି ତାଙ୍କୁ ଜଣାଇଦିଆଗଲା ଯେ ସେ ବାଷଠିହଜାର ସାତଶହ ଟଙ୍କାର ଅଳଙ୍କାର ନେଇପାରିବେ । ରାମଦାସ କିଛି କହିଆସୁଥିଲେ; କିନ୍ତୁ ମାୟା ସିଧା ଚାଲିଲେ ମୁଦି, ହାର, ଲକେଟ୍, ଚେନ୍ ଦେଖିବା ପାଇଁ । ଦୁଇଟି ମୁଦି ଓ ଲକେଟ୍ ସହିତ ଚେନ୍‌ଟିଏ ଆଣି କହିଲେ "ଗୋଟିଏ ମୁଦି ରଞ୍ଜୁର ପୁଅ ପାଇଁ । ଆରଟି ମଣ୍ଟୁର ବ୍ରତ ବେଳେ ଭିକ୍ଷାରେ ଦେବା । ଚେନ୍ ଆଉ ଲକେଟ୍ ଘରେ ରଖିବା, ଦେବବ୍ରତ ବିଭାହେଲେ ତା କନିଆକୁ ଦେବା ।"

ବିନିମୟ ପରେ ନିଅଣ୍ଟ ପଡୁଥିବା ଟଙ୍କା ପଇଠ କରି ରାମଦାସ ଅଳଙ୍କାର ଆଣିଲେ । ମାୟାଙ୍କ ଭ୍ୟାନିଟି ବ୍ୟାଗ୍ ଭିତରେ ଆଶ୍ରୟ ନେଇ ସେସବୁ ଦ୍ରବ୍ୟ ଘରେ ପହଞ୍ଚିଲେ । ରଞ୍ଜୁର ପୁଅକୁ ମୁଦି ମିଳିଲା । ମଣ୍ଟୁର ବ୍ରତବେଦୀରେ ତାକୁ ଆର ମୁଦିଟି ମିଳିଲା । ଦେବବ୍ରତ ବିଭାହେବା ଆଗରୁ ମାୟା ନିଜେ ଚାଲିଗଲେ । ମାୟା କାହିଁକି ଭାବୁଥିଲେ ଯେ ସେ ଯାହା ଯେମିତି ଭାବିଛନ୍ତି ସେସବୁ ସେମିତି ହେବ ? ଏମିତି କ'ଣ ହୁଏ ? ଅସମ୍ଭବ ନୁହେଁ ତ ଆଉ କ'ଣ ?

ସତେ ଯେମିତି ତାଙ୍କ ପାଖରେ କିଛି ପୂର୍ବସୂଚନା ଥିଲା, ସେମିତି ଭଙ୍ଗୀରେ ଥରେ ମାୟା ପଚାରିଥିଲେ, "ତମେ କ'ଣ ଭାବୁଛ, ଆମେ ଦେବବ୍ରତର ସ୍ତ୍ରୀକୁ ଦେଖିପାରିବା ?"

- "କାହିଁକି ଦେଖିପାରିବା ନାହିଁ? ସେ କ'ଣ ମୁହଁ ଲୁଚାଇ ବୁଲିବ ?"

- "ଆମେ ବଞ୍ଚିରହିଲେ ତ !"

ହୋହୋ ହସି ରାମଦାସ କହିଲେ, "କି କଥା ! ଏସବୁ କାହା ହାତରେ ଥାଏ ? ମୋର ତ ଅଶୀ ବର୍ଷ ଆଗରୁ ମରିବାର ନାହିଁ, ଜ୍ୟୋତିଷାଚାର୍ଯ୍ୟ ପର୍ଶୁରାମ ଶତପଥୀ ଶର୍ମା କହିସାରିଛନ୍ତି।"

- "ତମେ କାହିଁକି ସେ ଆଡ଼ବାୟା ବୁଢ଼ାକୁ ଜାତକ ଦେଖଉଥିଲ ?" ତା'ପରେ କିଛି ବିରତି। ପୁଣି ମାୟା କହିଲେ, "ଦେବବ୍ରତର ପାଠପଢ଼ା ସରିଆସିଲାଣି। ଏବେଠୁ କନିଆଁଦେଖା ଆରମ୍ଭ କରିବା କଥା।"

- "ତମେ କେଉଁ ଯୁଗରେ ରହିଛ ? ଆଜିକାଲି ଏତେ ଶୀଘ୍ର..."

- "ଶୀଘ୍ର-ବିଳମ୍ବ କଥା ନୁହଁ। ମୋର ଡର ହେଉଛି, କେଉଁଠି କେଉଁ ଛଇଛଟକୀ, ଚହଟଚମ୍ପୀ ଟୋକୀ ତାକୁ ପାଲରେ ପକାଇଦେଲେ ଆମେ କ'ଣ କରିବା ? ପୁଅ-ବୋହୂ ସେକଥା ମୋଟେ ଶୁଣୁ ନାହାନ୍ତି।"

- "କାହିଁକି ଶୁଣନ୍ତେ ? ଏବେ କ'ଣ ତମ ମରହଟ୍ଟୀ ଜମାନା ଆଉ ଅଛି ?"

ଏଇ ବିଷୟ ନେଇ ଦୁଇଜଣଙ୍କ ଭିତରେ ତର୍କ ହୋଇଥିଲା। ନିଜ ମତକୁ ଦୃଢ଼ଭାବରେ ବାଢ଼ି ରାମଦାସ କହିଲେ, "ସେ ଯେଉଁଠି ଯାହାକୁ ବାହାହେଲେ ସୁଖରେ ରହିବ ବୋଲି ଭାବିବ, ସେଇଠି ବାହାହେବ। ମନା କରିବାକୁ ଆମେ କିଏ ? ପୁଅ-ବୋହୂ ବି କିଏ ? ମୁଁ ତ ସବୁଠୁ ଆଗରୁ ହଁ ଭରିବି, ସେ ଝିଅ ବିଲାତୀ ହୋଇଥାଉ କି ଏସ୍କିମୋ ହୋଇଥାଉ।"

ମାୟାଙ୍କ ବିରୋଧ ଆରମ୍ଭ ହୋଇଥିଲା ଭ୍ରୂକୁଞ୍ଚନ ସହିତ 'ଛିଃ' ଶବ୍ଦରୁ। ତା'ପରେ ଦୁହେଁ ଆପୋଷ ମିଳାମିଶା ସୂତ୍ରରେ ସ୍ଥିର କଲେ ଯେ ଦେବବ୍ରତର ମନୋନୀତ କନ୍ୟାକୁ ଗ୍ରହଣ କରିବେ; କିନ୍ତୁ ଗୋରୁ ଘୁଷୁରିଖିଆ ଅଜାତି ହେଲେ ଚଳିବ ନାହିଁ। ଏହି ମାନଦଣ୍ଡରେ ପୃଥିବୀର ଶତକଡ଼ା ତିରିଶିଭାଗରୁ ବେଶି କୁମାରୀକନ୍ୟା ବାଦ୍‌ପଡ଼ିଯିବେ ବୋଲି ଜାଣିସୁଦ୍ଧା ରାମଦାସ ସମ୍ମତି ଦେଇଥିଲେ।

ପ୍ରାୟ ପନ୍ଦରଦିନ ତଳେ ରାମଦାସ ବର୍ଷାରେ ଭିଜିଥିଲେ। ସେ ବାହାରକୁ ଖୁବ୍ କମ୍ ଯାଆନ୍ତି; କିନ୍ତୁ ସେଦିନ ଯାଇଥିଲେ। ହଠାତ୍ ବର୍ଷା ହେବାରୁ ଔଷଧ ଦୋକାନର

ବାରଣ୍ଡାକୁ ଉଠିଗଲେ । ଦୋକାନୀ ଚିହ୍ନାଲୋକ । ଭିତରୁ ଟୁଲ୍‌ଟିଏ ଆଣି ରାମଦାସଙ୍କୁ ବସିବା ପାଇଁ ଦେଲା । ଦୋକାନ ବାରଣ୍ଡାରେ ଆଶ୍ରୟ ନେଇଥିବା ପାଞ୍ଚଛ'ଜଣ ଲୋକଙ୍କ ଭିତରୁ କେବଳ ତାଙ୍କୁ ଏ ସୌଜନ୍ୟ ମିଳିଥିଲା ।

ପିଲାଦିନେ ବର୍ଷାରେ ଭିଜିବା ପ୍ରକ୍ରିୟା ଏକ ରୋମାଣ୍ଟିକ୍ ଅନୁଭବ ଦେଉଥିଲା । ମାଟି ଉପରେ ପାଣି ପଡ଼ିବାର ସଜ ବାସ୍ନା ମନ ମୋହୁଥିଲା । ଏବେ ଆଉ କାହିଁ ? କାଦୁଅ, ପାଣି, ନର୍ଦ୍ଦମାରେ ବିକଳ ଲାଗେ । ଟୁଲ୍ ଉପରେ ବସି ରାସ୍ତାରେ ଆତଯାତ ହେଉଥିବା ଗାଡ଼ି, ଛତା କିମ୍ବା ରେନ୍‌କୋଟ୍‌ର ସାହାଯ୍ୟ ନେଇ ଚାଲୁଥିବା ମଣିଷମାନଙ୍କୁ ଦେଖିଦେଖି ରାମଦାସ ଟିକିଏ ଭାବୁକ ହୋଇଗଲେ । ଜୀବନସାରା ସେ ବର୍ଷା ସହିତ ତିକ୍ତମଧୁର ସମ୍ପର୍କ ରଖିଆସିଛନ୍ତି । ବର୍ଷା ତାଙ୍କୁ ଯେତିକି ଆନନ୍ଦ ଦେଇଛି, ସେତିକି ହଟହଟା ବି କରିଛି । କେତେଥର କେତେ ସ୍ଥାନରେ ବର୍ଷାରୁ ବର୍ତ୍ତିବା ପାଇଁ ତାଙ୍କୁ କେତେଘଣ୍ଟା ଯେ ଗ୍ୟାରେଜ୍, ଦୋକାନ, ବାରଣ୍ଡା, ଗୁହାଳ ପ୍ରଭୃତି ସ୍ଥାନରେ ଏବଂ ଏପରିକି ଗଛତଳେ ମଧ ମୁଣ୍ଡ ଗୁଞ୍ଜି ରହିବାକୁ ପଡ଼ିଛି, ତା'ର ହିସାବ ନାହିଁ । ଛତା ନାମକ ବସ୍ତୁ ପ୍ରତି ତାଙ୍କର ଅନାଦର ଏତେ ବେଶି ଯେ, ସେ କେବେ ହାତରେ ଛତା ଧରି ବାହାରନ୍ତି ନାହିଁ । ତେଣୁ ସେ ଏପରି କଷ୍ଟ ଭୋଗିବା ଯଥାର୍ଥ ।

କିନ୍ତୁ ଏଥର ବ୍ୟାପାର ଟିକିଏ ବିଗିଡ଼ିଗଲା । ଦିନ ଦୁଇଟା ଯାଇଛି କି ନାହିଁ, ପାଣିରେ ଭିଜିଥିବାର ଲକ୍ଷଣସବୁ ଗୋଟିଗୋଟି ହୋଇ ତାଙ୍କୁ ମାଡ଼ିବସିଲା । ପ୍ରଥମେ ନାକରୁ ପାଣି । ଛିଙ୍କ । ସର୍ଦ୍ଦି । ଜ୍ୱର । ପର୍ଯ୍ୟାୟକ୍ରମେ ଗୋଟିଏ ପରେ ଗୋଟିଏ ଦୁର୍ଯୋଗ ଏମିତି ଆସିଲା, ଯେମିତି ଆସେ । କେତେଦିନ ଧରି ଦବିରହିଥିବା ଶ୍ୱାସରୋଗ ଫେରିଆସୁଥିବା ପରି ଦିଶିଲା । ବାରମ୍ବାର ନେବୁଲାଇଜର୍ ଧରି ଶ୍ୱାସନଳୀ ଆଡ଼କୁ ଧୂଆଁଳିଆ ବାଷ୍ପ ଠେଲି ଭର୍ତ୍ତି କରିବାକୁ ପଡ଼ିଲା । ନହେଲେ ଧଇଁସଇଁ ଲାଗେ ।

ରଜତ ବିବ୍ରତ ହେଲା । ରାଧିକା ତାଙ୍କର ଔଷଦ, ପଥି, ସବୁକଥା ବୁଝିବା ସତ୍ତ୍ୱେ ଜ୍ୱର ଉଣା ନହେବାର ଦେଖି ରଜତ ଦିନେ ସନ୍ଧ୍ୟାରେ ତାଙ୍କ ପାଖରେ ଖଟ ଉପରେ ବସି କହିଲା, "ବାପା, ତମ ଜ୍ୱର ଭଲ ହେଉନାହିଁ । ମୋର ମନ ମାନୁନାହିଁ । ଡାକ୍ତରଙ୍କୁ ଦେଖାଇବା ଦରକାର ।"

ତାଙ୍କ ନିଜ ମନରେ ବି ଠିକ୍ ସେଇ ଚିନ୍ତା ଆସିଥିଲା ବୋଲି ସ୍ୱୀକାର କରିବା ସମୟ ବୋଧେ ଆସିନାହିଁ । ରାମଦାସ ଦୁର୍ବଳ କଣ୍ଠରେ କହିଲେ, "ସକାଳେ ସକାଳେ ବର୍ଷାରେ ତିନ୍ତିଲେ ଏମିତି ହୁଏ । ଶ୍ୱାସରୋଗ ତ ମୋ ଦେହରେ ଆଗରୁ ଅଛି । ସାମାନ୍ୟ ଥଣ୍ଡାଜ୍ୱର ବି ହୋଇଥାଇପାରେ ।"

-"ହଁ, ହୋଇଥାଇପାରେ; କିନ୍ତୁ ତମର ବୟସ ବେଶି। ବ୍ଲଡ୍‌ପ୍ରେସର୍ ଅଛି। ସୁଗାର୍ ବି ଅଛି। ସମୟ ଭଲ ନୁହେଁ, ବାପା। ଆମ ତରଫରୁ କିଛି ହେଲା ହେଲେ ପରେ ପସ୍ତେଇବାକୁ ପଡ଼ିବ।"

ରାମଦାସଙ୍କ ଆଖି ଆଗରେ ପୁଣି ପହଁରିଲା ଧଳା ୟୁନିଫର୍ମ, ଧଳା ମାସ୍କପିନ୍ଧା ମଣିଷମାନଙ୍କର ଚିତ୍ର।

ରଜତ ପୁଣି କହିଲା, "ଏବେ ସବୁ କ୍ଲିନିକ୍ ବନ୍ଦ। ହସ୍ପିଟାଲ୍‌ର ଆଉଟ୍‌ଡୋର୍ ବନ୍ଦ। କୌଣସି ଡ଼ାକ୍ତର ରୋଗୀ ଦେଖିବାକୁ ରାଜି ହେଉ ନାହାନ୍ତି। ତମକୁ ଆଗରୁ ଦେଖୁଥିବା ଡକ୍ଟର ସାବତ କହିଲେ – ତିନିଦିନ ପାରାସିଟମଲ୍ ଦେଇ ଜ୍ୱର ଭଲ ନହେଲେ, ଏମର୍ଜେନ୍‌ସୀ ନମ୍ବରକୁ ଡାକିବା ପାଇଁ। ମୁଁ କିନ୍ତୁ ଗୋଟାଏ ପ୍ରାଇଭେଟ୍ ହସ୍ପିଟାଲ୍ ସହିତ ଯୋଗାଯୋଗ କରିଛି।"

ରାମଦାସ କହିଲେ, "ମୁଁ କ'ଣ ମନା କରୁଛି ?"

ବୋହୂ ରାଧିକା ତାଙ୍କ ହାତ ମୁଠାଇଧରି କହିଲେ, "ବ୍ୟସ୍ତ ହୁଅନି ବାପା, ସବୁ ଠିକ୍ ହୋଇଯିବ।"

– "ମୁଁ କ'ଣ ବ୍ୟସ୍ତ ହେଉଛି ?"

ଘର ସାମ୍ନାରେ ଆମ୍ବୁଲାନ୍‌ସ ଆସି ଲାଗିଥିଲା। ସାହିପଡ଼ିଶା ଲୋକ ଚାରିପଟେ ଘେରି ଦେଖୁଥିଲେ। ଆମ୍ବୁଲାନ୍‌ସରେ ତାଙ୍କ ସହିତ ରଜତ ଓ ରାଧିକା ମଧ୍ୟ ଆସିବାକୁ ବାହାରିଲେ; କିନ୍ତୁ ଆମ୍ବୁଲାନ୍‌ସ ଡ୍ରାଇଭର୍ ଆଦୌ ରାଜି ହେଲାନାହିଁ, 'ନିୟମ ନାହିଁ। ମୁଁ କିଛି କରିପାରିବି ନାହିଁ। ଆପଣମାନେ ଭିତରୁ ଓହ୍ଲାଇ ଯାଆନ୍ତୁ। କୋଭିଡ୍‌ର ନିୟମ।'

ଯୁକ୍ତିତର୍କରୁ କଥା ଝଗଡ଼ା ଆଡ଼େ ଯାଉଥିବାର ଦେଖି ରାମଦାସ କହିଲେ, "ଆରେ ଛାଡ଼। ତୁ ପରେ ଆସି ମୋତେ ହସ୍ପିଟାଲ୍‌ରେ ଦେଖା କରିବୁନି ? ଏବେ ଛାଡ଼ିଦିଅ ମୋତେ।"

ରାଧିକା ଘରେ ରହିଲା; କିନ୍ତୁ ନିଜ କାର୍ ନେଇ ଆମ୍ବୁଲାନ୍‌ସ ପଛେପଛେ ରଜତ ଆସିଥିଲା। ହେଲେ ହସ୍ପିଟାଲ୍ ଭିତରକୁ ଆସିବାକୁ ଆଦୌ ଅନୁମତି ମିଳିଲା ନାହିଁ। ଭିତରୁ ଧଳା ପୋଷାକପିନ୍ଧା ନର୍ସ ଆସି ରଜତ ସାଙ୍ଗରେ କ'ଣ କଥାବାର୍ତ୍ତା ହେଲା, ରାମଦାସ ଶୁଣିପାରି ନଥିଲେ।

ସିନେମାର ଅଥବା ଦୁଃସ୍ୱପ୍ନରେ ପ୍ରେତ ପରି ଦିଶୁଥିବା ମଣିଷମାନଙ୍କୁ ଯାତାୟାତ କରିବାର ଦେଖି ରାମଦାସ ଭାବିଲେ, ଜ୍ୟୋତିଷାଚାର୍ଯ୍ୟ ଠିକ୍ ଗଣନା କରିଥିଲେ ତ ? ତାଙ୍କ ସମୟ ଆସିଯାଇଥିବା ପରି ଲାଗୁଛି; କିନ୍ତୁ ଅଶୀ ବର୍ଷ ହେବାକୁ ଆହୁରି ଦୁଇବର୍ଷ ବାକି।

ତାଙ୍କ ପାଟିରୁ ସ୍ୱାବ୍ ପରୀକ୍ଷା ପାଇଁ ନମୁନା ସଂଗ୍ରହ କରି ନର୍ସ୍ କହିଲା, "ମଉସା, ଆପଣ ଆରାମରେ ଶୁଅନ୍ତୁ। ଗୋଟାଏ ଦିନ ପରେ ରେଜଲ୍‌ଟ୍ ଆସିବ।"

ଅରାମ୍? ହାଃ।

ହସ୍ପିଟାଲ୍‌ରେ କଟିବା ସମୟ ଯେତେ ବେଦନାଦାୟକ ହେବ ବୋଲି ରାମଦାସ ଆଶଙ୍କା କରୁଥିଲେ, ପ୍ରକୃତରେ ସେମିତି ହେଲାନାହିଁ। କେବଳ ବେଡ୍‌ରେ ପଡ଼ିପଡ଼ି ବିରକ୍ତ ଲାଗିଲା; କିନ୍ତୁ ଇଞ୍ଜେକ୍‌ସନ୍, ନାକରେ ପାଟିରେ ପଶୁଥିବା ନଳୀ କିମ୍ବା ଅନ୍ୟ କିଛି ସେଭଳି ଯନ୍ତ୍ରଣାଦାୟକ ଉପଚାର ହେବା ପୂର୍ବରୁ ହିଁ ତାଙ୍କ ମୁକ୍ତିର ପଥ ଖୋଲିଗଲା। ତୃତୀୟ ଦିନ ନର୍ସ୍ ଆସି ଖବର ଦେଲା, "ଆପଣ ଡିସ୍‌ଚାର୍ଜ୍ ହୋଇ ଘରକୁ ଯିବେ।"

– "ଆଉ କିଛି ଚିକିତ୍ସା ହେବନାହିଁ?"

– "ଦରକାର ନାହିଁ । ରିପୋର୍ଟ ନେଗେଟିଭ୍ ଆସିଛି। ଆପଣଙ୍କ ଦେହରେ ଆଉ ସିମ୍ପ୍‌ଟମ୍ ବି ନାହିଁ।"

ପ୍ରଥମେ ରାମଦାସ ବିଶ୍ୱାସ କରିପାରିଲେ ନାହିଁ। ପାଖକୁ ଆସି ନର୍ସ ତାଙ୍କୁ ଦେଉଥିବା ନିୟମିତ ଔଷଧ ବ୍ୟତୀତ ସେ ଅନ୍ୟ କୌଣସି ଚିକିତ୍ସା ପାଇନାହାନ୍ତି। ଛୁଞ୍ଚି ଫୋଡ଼ାହୋଇ ନାହିଁ କିମ୍ବା ନାକରେ, ପାଟିରେ, ହାତରେ କୌଣସି ନଳୀ ପଶିନାହିଁ। ତାଙ୍କ ଦେହର ତାପମାନ ଓ ରକ୍ତଚାପ ପରୀକ୍ଷା କରି କାଗଜରେ ଅବଶ୍ୟ ଥରକୁଥର ଲେଖାଯାଉଛି।

– "ଏ ମ୍ୟାଜିକ୍ ହେଲା କେମିତି?"

ନର୍ସ୍ ବୁଝାଇ କହିଲା, "ମ୍ୟାଜିକ୍ କିଛି ନାହିଁ। ଆପଣଙ୍କର ଯାହା ମେଡିକାଲ୍ ପ୍ରୋବ୍ଲେମ୍ ଥିଲା, ଠିକ୍ ହୋଇଗଲା। ଯାହା ବାକି ରହିଲା, ତାହା ଘରେ ଆସ୍ତେଆସ୍ତେ ଠିକ୍ ହୋଇଯିବ। ବଡ଼ ପ୍ରୋବ୍ଲେମ୍ ନଥିଲା।"

– "ତା'ହେଲେ ମୋତେ ହସ୍ପିଟାଲ୍ ଆଣିଲ କାହିଁକି?"

– "ଆପଣ ଏଠି ଆଡ୍‌ମିସନ୍ ନେଲେ, ଠିକ୍ କଲେ। ଆସିବାବେଳେ ସବୁ ସିମ୍ପ୍‌ଟମ୍ ଥିଲା। ଭାଗ୍ୟ ଭଲ, ଏବେ ରୋଗ ନାହିଁ।"

– "ତମେ କେଉଁ ରୋଗ କଥା କହୁଛ? ମୋ ଦେହରେ ତ ଅନେକ ରୋଗ!"

ନିଜ ପ୍ରଶ୍ନର ଉତ୍ତର ଭଲଭାବେ ଜାଣିଥିଲେ ମଧ୍ୟ ରାମଦାସ ମିଛ କୌତୂହଳ ଦେଖାଇ ପ୍ରଶ୍ନଟି ପଚାରିଲେ। ନର୍ସ୍ କିଛି ଉତ୍ତର ନଦେଇ ହସିଲା। ତା'ହସ ଶୁଭିଲା ନାହିଁ କି ମାସ୍କ ଭିତରୁ ବାହାରକୁ ଦିଶିଲା ନାହିଁ; କିନ୍ତୁ ଆଖିରୁ ଜଣାପଡ଼ିଗଲା।

- "ଏବେ ଆପଣ ଘରକୁ ଯାଇ ସାତଦିନ ଅଲଗା ରହିପାରିଲେ ଭଲ। ତା'ପରେ ପୁଣି ଟେଷ୍ଟ୍ ହେବ। ମୁଁ ଆସିବି।"

- "କ'ଣ ଦରକାର? ଆମର ଛୋଟ ଫ୍ଲାଟ୍‌ରେ ମୁଁ କେମିତି ଅଲଗା ରହିପାରିବି?"

- "କାହିଁକି? ପୂର୍ବପଟକୁ ବାଲ୍‌କୋନି ଥିବା ବେଡ୍‌ରୁମ୍‌ରେ ରହିପାରିବେ। ଘରର ଅନ୍ୟ କୌଣସି ରୁମ୍ ସହିତ ସମ୍ପର୍କ ରହିବ ନାହିଁ।"

- "ସେଇ ରୁମ୍‌ରେ ତ ସୋଫା, ଟିଭି... ରହ ରହ, ତୁ କେମିତି ଜାଣିଲୁ; ଆମ ଘରେ କେଉଁଠି କେଉଁ ରୁମ୍ ଅଛି?"

ରାମଦାସ ହଠାତ୍ 'ତୁ' ସମ୍ବୋଧନ ସ୍ତରକୁ ଖସିଆସିଥିଲେ ସୁଦ୍ଧା ସେ ନଜେ କିମ୍ବ ନର୍ସ୍ ଆଦୌ ଲକ୍ଷ୍ୟ କରିପାରିଲେ ନାହିଁ।

- "ଖାଲି କ'ଣ ଏତିକି? ଆହୁରି ଅନେକ କଥା ଜାଣିଛି।"

- "ଆଉ କ'ଣ ଜାଣିଛୁ? ତୁ କ'ଣ ଆମ ଉପରେ ଜାସୁସୀ ଚଲେଇଛୁ?" ରାମଦାସ ନିଜ ପ୍ରଶ୍ନର ସ୍ପଷ୍ଟ ଉତ୍ତର ଜାଣିବା ପାଇଁ ଖଟ ଉପରେ ବସିବାକୁ ଚେଷ୍ଟା କଲେ; କିନ୍ତୁ ନର୍ସ୍ ତାଙ୍କୁ ହାତରେ ଅଟକାଇ କହିଲା, 'ନା ନା, ଉଠନ୍ତୁ ନାହିଁ । ଶୋଇରୁହନ୍ତୁ।"

- "ହଉ, ଶୋଇଲି। ଏଥର କହ, ତୁ ଆଉ କ'ଣ ସବୁ ଜାଣିଛୁ?"

"ଆପଣ ଆକାଶଗଙ୍ଗା ଆପାର୍ଟମେଣ୍ଟ୍‌ର ଏଗାରଶ ତିନି ନମ୍ବର ଫ୍ଲାଟ୍‌ରେ ରହନ୍ତି। ଆପଣଙ୍କ ପୁଅବୋହୂ ବି ରହନ୍ତି। ପ୍ରାୟ ମାସେ ତଳେ ଗେଟ୍ ପାଖରେ ଆପଣଙ୍କ ଗୋଡ଼ ଖସିଯିବାରୁ ପଡ଼ିଯାଇଥିଲେ; କିନ୍ତୁ କିଛି ଜଖମ ହୋଇ ନଥିଲା। ତା'ପରେ ସେ ଜାଗାରୁ ଶିଉଳି ସଫା କରାହେଲା। ଆପଣ ବିବାହ ଘଟସୂତ୍ର ପାଇଁ ମଧ୍ୟସ୍ଥି କାମ କରୁଛନ୍ତି କିମ୍ବା ନିଜେ କାହା ପାଇଁ କନ୍ୟା ଖୋଜୁଛନ୍ତି।"

- "ହେ ଭଗବାନ! ତୁ ଏସବୁ ଜାଣିଲୁ କେମିତି? ଆଉ କିଛି?"

- "ପରେ କହିବି। ମୁଁ ଯାଏ।"

- "କ'ଣ କାମରେ ଖୁବ୍ ବ୍ୟସ୍ତ?"

- "ଆଦୌ ନୁହେଁ । ମୋର ଅଫ୍‌ଡିଉଟି ଚାଲିଛି।"

- "ତା'ହେଲେ ହସ୍ପିଟାଲ୍ ଆସିଛୁ କାହିଁକ?"

କିଛି ଉତ୍ତର ନଦେଇ ନର୍ସ୍ ଚାଲିଗଲା; କିନ୍ତୁ ଏ ରହସ୍ୟଭେଦ ନହେବା ପର୍ଯ୍ୟନ୍ତ ହସ୍ପିଟାଲ୍ ଛାଡ଼ି ଯିବା ପାଇଁ ରାମଦାସଙ୍କର ଇଚ୍ଛା ହେଲାନହିଁ। ତାଙ୍କୁ ହସ୍ପିଟାଲ୍‌ରୁ ଡିସ୍‌ଚାର୍ଜ୍ ହେବା ସମୟ ଆସିବାମାତ୍ରେ ରଜତ କାର୍ ନେଇ ଆସିଯିବ। ବିଲ୍ ପଇଠ

କରି ତାଙ୍କୁ ଘରକୁ ନେଇଯିବ। ଏଠି ନର୍ସ କିଛି ଉତ୍ତର ନଦେଇ ରହସ୍ୟ ସୃଷ୍ଟି କରି କୁଆଡ଼େ ଉଭାନ୍ ହୋଇଗଲାଣି !

କିନ୍ତୁ ସେ ମୁକ୍ତିପାଇ ହସ୍ପିଟାଲ୍‌ରୁ ବାହାରିବା ଆଗରୁ ନର୍ସ୍‌କୁ ବାରମ୍ବାର ତାଙ୍କ ପାଖକୁ ଆସିବାକୁ ପଡ଼ିଲା। ସେ ତା' ନିଜ କାମ କରିବାବେଳେ ତାକୁ ବିଭିନ୍ନ ପ୍ରଶ୍ନ ପଚାରି ତା'ଠାରୁ ଯେଉଁ ବିବରଣୀ ହାସଲ କଲେ, ତାହାର ସଂକ୍ଷିପ୍ତ ସଂସ୍କରଣ ହେବ ଏହିପରି:

"ଆପଣ ଯେଉଁ କୋଠାର ଏଗାର ମହଲା ଫ୍ଲାଟ୍‌ରେ ରହନ୍ତି, ସେହି କୋଠାର ପାଞ୍ଚସହଆଠ ନମ୍ବର ଫ୍ଲାଟ୍‌ରେ ମୁଁ ରହେ। ଏହି ହସ୍ପିଟାଲ୍‌ର ଆମେ ପାଞ୍ଚଜଣ ନର୍ସ୍ ସେହି ଫ୍ଲାଟ୍ ଭଡ଼ାରେ ନେଇ ଅଢ଼େଇବର୍ଷ ଧରି ରହୁଛୁ। ଆକାଶଗଙ୍ଗା ଆପାର୍ଟମେଣ୍ଟ୍‌ରେ ରହିବା ପାଇଁ ଆମର କିଛି ଅସୁବିଧା ନଥିଲେ ସୁଦ୍ଧା ଏବେ କେତେଜଣ ବାସିନ୍ଦା ଆମକୁ ସେଠାରୁ ତଡୁଛନ୍ତି। ତାଙ୍କର ଭୟ ଯେ ଆମେ ଆମ ହସ୍ପିଟାଲ୍‌ରୁ ରୋଗ ଆଣି ତାଙ୍କୁ ସଂକ୍ରମିତ କରିଦେବୁ। ଆମ ହସ୍ପିଟାଲ୍‌ରୁ ସେହି ଫ୍ଲାଟ୍ ବେଶି ଦୂର ନୁହେଁ। ତେଣୁ ଆମେ ସେଠି ଘର ନେଇ ରହିଛୁ। ଆଗରୁ କେହି କିଛି କହୁ ନଥିଲେ। ଏବେ ଆମେ ପଡ଼ିଶାଲୋକଙ୍କର ଶତ୍ରୁ ବନିଯାଇଛୁ। ଅନେକ ଲୋକ ଆମକୁ ଦେଖିବାମାତ୍ରେ ଦୂରେଇଯାଉଛନ୍ତି। ଆପଣ ନିଜେ ବି ତା' ଭିତରେ ଅଛନ୍ତି। ଆମେ ନିଜେ ରାନ୍ଧି ନିଜେ ଖାଉଛୁ। କାହାକୁ କିଛି ଅସୁବିଧାରେ କେବେ ପକାଇ ନାହୁଁ। ଆମେ ଏବେ ଯିବୁ କୁଆଡ଼େ ? ଗଲେ ମଧ୍ୟ, ସେହି ନୂଆ ଘରର ଆଖପାଖ ଲୋକେ ଆମକୁ ଗ୍ରହଣ କରିବେ ବୋଲି କ'ଣ ମାନେ ଅଛି ? କିନ୍ତୁ ଆକାଶଗଙ୍ଗାରେ ଅନେକ ଭଲଲୋକ ଅଛନ୍ତି। ସେମାନେ ଆମକୁ ସମର୍ଥନ କରୁଛନ୍ତି। ସେକ୍ରେଟାରୀ ଲୋହିତ ବର୍ମା ଆମକୁ କହିଛନ୍ତି, କୁଆଡ଼େ ଯିବା ଦରକାର ନାହିଁ।"

- "କିଏସବୁ ତମକୁ ତଡୁଛନ୍ତି ?"

- "ଅନେକ ଲୋକ। ଆପଣ ବି।"

- "ମୁଁ? କିଏ କହିଲା ?"

- "ଥରେ ମୋର ରୁମ୍‌ମେଟ୍‌ମାନଙ୍କୁ କେତେଲୋକ ଅଟକାଇଲେ। ଆପଣଙ୍କୁ ପଚାରିବାରୁ ଆପଣ କହିଲେ, ଏଠି ଆମ ରହଣୀ ଅସମ୍ଭବ।"

- "ତୁ କେମିତି ଜାଣିଲୁ ? ତୁ ଥିଲୁ ସେଇଠି ?"

- "ମୁଁ ନଥିଲି। ମୋତେ ରଶ୍ମି ଦିଦି କହିଲେ।"

- "ରଶ୍ମି ଦିଦି କିଏ ?"

- "ଆମ ଫ୍ଲାଟ୍‌ରେ ରହନ୍ତି। ସେ ସବୁଠୁ ସିନିଅର୍ ନର୍ସ। ଆପଣ ସିନିଅର୍

ସିଟିଜେନ୍ ବୋଲି ଆପଣଙ୍କୁ ସମସ୍ତେ ଖାତିର୍ କରନ୍ତି; କିନ୍ତୁ ଆପଣ ମନ୍‌ମାନୀ କରନ୍ତି।"

- "ମାଇଁ ଗଡ୍" ତମ ରୁମ୍‌ମେଟ୍‌ମାନେ ଏମିତି କଥାବାର୍ତ୍ତା ହୁଅନ୍ତି ?"

- "କାହିଁକି ନହେବେ ? ବିଲ୍‌ଡିଂର କୋଉ ଫ୍ଲାଟ୍‌ରେ କିଏ ରହୁଛି, ଆମେ ପ୍ରାୟ ଜାଣିସାରିଲୁଣି। ଲୋକଙ୍କୁ ଚିହ୍ନିସାରିଲୁଣି।"

- "ଚିହ୍ନିଲୁଣି ତ କହ, ମୁଁ କେମିତିକା ଲୋକ ?"

ନର୍ସ୍ କିଛି କହିଲା ନାହିଁ।

- "ମୋ ସହିତ ଏବେ ଏତେ କଥାବାର୍ତ୍ତା କରୁଛୁ। ଅନ୍ୟ କାମ ନାହିଁ ?"

- "ଆଦୌ ନାହିଁ। ମୋର ଅଫ୍‌ଡ୍ୟୁଟି।"

- "ତା' ହେଲେ ହସ୍ପିଟାଲ୍ ଆସୁଛୁ କାହିଁକି ?"

- "ଆପଣଙ୍କ ପୁଅ ଆପଣଙ୍କ ପାଇଁ ବ୍ୟସ୍ତ ହୋଇ ଅନେକ ଡାକ୍ତର, ହସ୍ପିଟାଲ୍ ଖୋଜିଲେ; କିନ୍ତୁ କୁଆଡୁ କିଛି ନପାଇ ଆମ ବିଲ୍‌ଡିଂର ସେକ୍ରେଟାରୀଙ୍କୁ ପଚାରିଲେ। ଲୋହିତବାବୁ ସବୁକଥା ଶୁଣି ରଶ୍ମି ଦିଦିଙ୍କୁ ପଚାରିଲେ। ରଶ୍ମି ଦିଦି ଲୋକଙ୍କ ଭଲମନ୍ଦ ବୁଝନ୍ତି। ଆମ ଭିତରୁ ସେ ଜଣେ କେବଳ ବାହାହୋଇ ଘର କରିଛନ୍ତି। ରଶ୍ମି ଦିଦି ମୋତେ ଦାୟିତ୍ୱ ଦେବାରୁ ମୁଁ ଆପଣଙ୍କ କଥା ବୁଝୁଛି। ଯାହା ହେଲେ ବି ଆମେ ମେଡିକାଲ୍ ଲାଇନ୍‌ରେ ଅଛୁ। ପାଖପଡ଼ିଶା ଲୋକଙ୍କ ସୁବିଧା-ଅସୁବିଧା ନବୁଝିଲେ କେମିତି ହେବ ?"

- "ତୋ କଥା ହସ୍ପିଟାଲ୍ ମାନିଗଲା ?"

- "କାହିଁକି ନମାନିବ ? ମୁଁ ତିନିବର୍ଷ ହେଲା ଏଠି କାମ କରୁଛି। ଆମର ଷ୍ଟାଫ୍‌କୋଟା ମଧ୍ୟଅଛି। ଆଗରୁ କେବେ ମୁଁ ମୋ କୋଟା ବ୍ୟବହାର କରି ନଥିଲି।"

- "ମୁଁ ଝିଅ ଖୋଜୁଛି ବୋଲି ତୁ କେମିତି ଜାଣିଲୁ ?"

- "ସମସ୍ତେ ଜାଣିଛନ୍ତି। ଆପଣ ଦୁଇତିନିଜଣଙ୍କୁ ଯୋଗ୍ୟ କନ୍ୟା ଖୋଜିଦେବାକୁ କହିଛନ୍ତି। ସେମାନେ ଅନ୍ୟ କେତେଜଣଙ୍କୁ ପଚାରି ବୁଝିଛନ୍ତି। କୁଆଡୁ ନା କୁଆଡୁ ଖବର ଆମ ଫ୍ଲାଟ୍‌ରେ ପହଞ୍ଚିଯାଉଛି। ଆପଣଙ୍କ ଡ୍ରଇଂରୁମ୍‌ରେ ରାଜା ରବି ବର୍ମାଙ୍କ ପେଣ୍ଟିଂ ଅଛି ବୋଲି ମଧ୍ୟ ମୁଁ ଜାଣିଛି।"

- "କେମିତି ଜାଣିଲୁ ?" ଆଶ୍ଚର୍ଯ୍ୟ ହୋଇ ପଚାରିଲେ ରାମଦାସ।

- "ଆପଣ ଯେତେବେଳେ ଗେଟ୍ ପାଖରେ ଗୋଡ଼ ଖସି ପଡ଼ିଗଲେ, ଆପଣଙ୍କ ଆଣ୍ଠୁରେ ଆଞ୍ଚୁଡ଼ା ଦାଗ ହୋଇ ଟୋପେ-ଦି' ଟୋପା ରକ୍ତ ବାହାରିଥିଲା। ଆପଣଙ୍କୁ ଟିଟାନସ୍ ଇଂଜେକ୍‌ସନ୍ ଦେବା ପାଇଁ ରଶ୍ମି ଦିଦି ମାଳତୀକୁ ପଠାଇଥିଲେ। ସେ ଆମକୁ ଆପଣଙ୍କ ଘର ବିଷୟରେ ଏକଥା କହିଛି।"

- "ଆଉ କ'ଣ କହିଛି ?"

- "ଧରିନିଅନ୍ତୁ, ଆଉ କିଛି କହିନାହିଁ।" ରହସ୍ୟମୟ ହସ ହସି ନର୍ସ ଚୁପ୍ ହୋଇଗଲା।

- "ତୋ ନାଁ କ'ଣ?"

- "କାହିଁକି ପଚାରୁଛନ୍ତି, ମଉସା? ଏଠୁ ଭଲ ହୋଇ ଘରକୁ ଫେରିଲେ ଆପଣ ସବୁକଥା ଭୁଲିଯିବେ। କହିବୁଲିବେ, "ନର୍ସମାନେ ଆମ ବିଲ୍‌ଡିଂରେ ରହିବେ? ଅସମ୍ଭବ।"

ରାମଦାସ ନର୍ସ୍‌ର ୟୁନିଫର୍ମରେ ଛାତି ଉପରେ ଲାଗିଥିବା ଛୋଟ ନାମଫଳକ ଦେଖି ମନେମନେ ପଢ଼ିଲେ, 'ନିଲୋଫର୍'। ଆଉ ଟିକିଏ ଉପରକୁ ଆଖି ଉଠାଇ ନିଲୋଫର୍‌ର ସଫେଦ୍ ଗ୍ରୀବା ଦେଖି ଭାବିଲେ, ମାୟା କିଣିଥିବା ଲକେଟ୍ ଏଠି ଖୁବ୍ ମାନିବ। ସେଠି ଝୁଲୁଥିବା କ୍ରସ୍ ସହିତ ତାଙ୍କ ଲକେଟ୍‌ବି ଝୁଲିପାରିବ।

■

ପାପା ଆସିଥିଲେ

॥ ଏକ ॥

ସକାଳର ଆଲୁଅ ଫିଟିବାକୁ ଆହୁରି ଅନେକ ସମୟ ବାକି। ଶୀତରାତି। ରାସ୍ତାରେ ପହରା ଦେଉଥିବା ବତୀଖୁଣ୍ଟମାନଙ୍କର ମୁଣ୍ଡରୁ ନିଗିଡ଼ି ଆସୁଥିବା କୁଣ୍ଠିତ ଆଲୁଅ ସହିତ ରାତିର ଘଞ୍ଚ ଅନ୍ଧାର ମିଶି ଫେଣ୍ଟିହୋଇ ତିଆରି ହୋଇଛି ଯେଉଁ ଘୋଳ, ତା'ରି ଭିତରେ ବୁଡ଼ି ରହିଛି ସବୁ କୋଠା, ସଡ଼କ, ଘର, ଗଛ, ଟ୍ରାଫିକ୍ ପୋଷ୍ଟ ଆଉ ଅବଶିଷ୍ଟ ସହର। ଚଳପ୍ରଚଳ ହେଉଥିବା କାଁ ଭାଁ ମଣିଷଟିଏ କି କୁକୁରଟିଏ ଦିଶୁଛନ୍ତି, ଦିଶୁନାହାନ୍ତି। କାର୍‌ର ଉପରେ କୁହୁଡ଼ିର ଆର୍ଦ୍ର ପ୍ରଲେପ। କାର୍ ଭିତରେ ସୁକୃତ। ଏକା। ଶୀତ ରାତିର ଅନ୍ଧାରୁଆ ଆଁ ଭିତରେ ଗିଳି ହୋଇ ଗହୀରରୁ ଆହୁରି ଗହୀର ଭିତରକୁ ଚାଲିଛି ସୁକୃତ ତା ଗାଡ଼ି ସହିତ।

ଦୁଇ ହାତରେ ଉଲ୍‌ର ଗ୍ଲୋଭସ୍ ଲଗାଇ ବାହାରିଥିଲା; କିନ୍ତୁ ଡ୍ରାଇଭିଂ କଲା ବେଳେ ଷ୍ଟିଅରିଂକୁ ଜାବୁଡ଼ି ଧରିବାରେ ଅସୁବିଧା ହେବାରୁ ଏବେ ଦୁଇ ହାତ ପାପୁଲି ଅନାବୃତ। ଅନ୍ୟଥା ମଫ୍‌ଲର୍ ଠାରୁ ଆରମ୍ଭ କରି ପାଦର ମୋଜା ଓ ଯୋତା ପର୍ଯ୍ୟନ୍ତ ସବୁ ପରିଧାନ ମିଶି ସୁକୃତ ଦେହର ପ୍ରାୟ ସବୁ ଅଙ୍ଗ ପ୍ରତ୍ୟଙ୍ଗକୁ ଆବୃତ କରି ରଖିଛନ୍ତି। ଗାଡ଼ି ଚାଲିଛି।

ସଚଳା ମନା କରିଥିଲା ଏତେ ରାତିରେ ନିଜେ ଗାଡ଼ି ଚଲେଇ ବାହାରିବା ପାଇଁ। ଅମୃତ୍ ବି କହିଥିଲା, 'ପାପା, ତମେ କାହିଁକି ଗାଡ଼ି ନେଇ ଏତେ ରାତିରେ ଆସିବ ? ଡ୍ରାଇଭରକୁ ଗାଡ଼ି ଦେଇ ପଠାଇ ଦିଅ। ନ ହେଲେ ଆମେ ଷ୍ଟେସନ୍ ସାମ୍ନାରୁ ଟ୍ୟାକ୍ସି ନେଇ ଆସିଯିବୁ।' ପୁଅର ବାଳକ-ସୁଲଭ ଚପଳତା ଭିତରୁ ଉଙ୍କି ମାରୁଥିବା ବଡ଼ ମଣିଷଟି ସୁକୃତ୍‌କୁ ଦିଶିଲା, କିନ୍ତୁ ସେ କଥା ରଖିଲା ନାହିଁ। ପତ୍ନୀ ସଚଳାର ନୁହେଁ କି ପୁଅ ଅମୃତ୍‌ର ନୁହେଁ। ସଚଳାକୁ କହିଲା, 'ଟ୍ରେନ୍‌ରୁ ଓହ୍ଲାଇବା ପରେ ମୋତେ କିମ୍ବା ରାମୁଲୁକୁ ନ ଦେଖିଲେ ଟ୍ୟାକ୍ସି ନେଇ ଆସିଯିବ।' ଅମୃତ୍‌କୁ କହିଲା, 'ତୁ ପିଲାଲୋକ। ଏଥିରେ କାହିଁକି ମୁଣ୍ଡ ଖେଳାଉଛୁ।'

କିନ୍ତୁ ଖବର ପାଇବା ମାତ୍ରେ ଡ୍ରାଇଭର୍ ରାମୁଲୁ କହିଲା- 'ଏତେ ଦିନ ପରେ ମା' ଆସୁଛନ୍ତି। ସାନବାବୁ ଆଉ କୁନି ମା' ମଧ୍ୟ ଆସୁଛନ୍ତି। ମୁଁ ଷ୍ଟେସନ୍ ଯାଇ ସେମାନଙ୍କୁ ଆଣିବି।' ଡ୍ରାଇଭର ସହିତ ଆପୋଷ-ମିଳାମିଶା କରି ସୁକୃତ ସ୍ଥିର କରିଥିଲା ଯେ ଦୁହେଁ ଷ୍ଟେସନ୍‌କୁ ଯିବେ। ଗାଡ଼ିରୁ ଜିନିଷ ଓହ୍ଲାଇ କାର୍ ପର୍ଯ୍ୟନ୍ତ ଆଣିବାରେ ରାମୁଲୁ ସାହାଯ୍ୟ ବି କରିବ। କିନ୍ତୁ ଗୋଟାଏ ଦିନ ପରେ ରାମୁଲୁ ବିକଳ ହୋଇ ଜଣାଇଲା ଯେ ସେହି ରାତିରେ କୌଣସି ଆତ୍ମୀୟଙ୍କ ବାହାଘର ଯୋଗୁଁ ସେ ପ୍ରାୟ ରାତିସାରା ସେଠି ବ୍ୟସ୍ତ ରହିବ। ସୁବିଧା ହେଲେ ସକାଳ ପାଞ୍ଚଟା ବେଳେ ଷ୍ଟେସନ୍‌ରେ ପହଞ୍ଚିବା ପାଇଁ ସୁକୃତ ତାକୁ କହିଥିଲା; କିନ୍ତୁ ଆଦୌ ନ ଆସିଲେ ବି ଚଳିବ ବୋଲି ସ୍ପଷ୍ଟ ଭାବରେ ବାରମ୍ବାର କହିଥିଲା।

ତେଣୁ ସୁକୃତ ଏବେ ଏକା ଆସୁଛି। କେମିତି ବା ଆସିନଥାନ୍ତା ? ତିନି ସପ୍ତାହ ବାହାରେ ରହିବା ପରେ ପୁଅ, ଝିଅଙ୍କୁ ସାଥିରେ ନେଇ ଫେରୁଛି ସଚଲା। କାଲିସକାଳୁ ଫେରିଆସିବ ତିନି ସପ୍ତାହ ପାଇଁ ଘରୁ ଉଭେଇ ଯାଇଥିବା କୋଳାହଳ, ହସ, କାନ୍ଦ ଓ ପିଲାଙ୍କ ଝଗଡ଼ା। ନିରବ, ନିଶ୍ଚଳ ଟେବୁଲ, ଚଉକି, ଡ୍ରଇଂରୁମ୍, ବେଡ୍‌ରୁମ୍, ପଢ଼ାଘର ସବୁ ଅପେକ୍ଷା କରି ବସିଛନ୍ତି ସବୁଦିନିଆ ମଣିଷମାନଙ୍କୁ। ଏଣିକି ଅମୃତ୍ ପୁଣି ୟୁନିଫର୍ମ ପିନ୍ଧି ସ୍କୁଲ ବସ୍‌କୁ ସବୁଦିନ ସକାଳେ ଅପେକ୍ଷା କରିବ ଓ କୁନିଝିଅ ଅପର୍ଣ୍ଣା ଭାଇର ବହିଥାକ ଘାଣ୍ଟି ଚିତ୍ର ଦେଖିବ। ଏତେ ଦିନର ନିରବତା ସୁକୃତ ମୁଣ୍ଡରେ ଭୂତ ପରି ଲଦି ହୋଇଯାଇଥିଲା। ଆଉ ଏବେ ଷ୍ଟେସନ୍‌ରୁ ସେମାନଙ୍କୁ ଆଣିବା ପାଇଁ ବାହାରିଲେ ତାକୁ କୁହାଯାଉଛି 'ନା, ନା, ତମେ ଆସନି ! ଡ୍ରାଇଭର ଆସୁ। ଆମେ ଟ୍ରେନ୍‌ରୁ ଓହ୍ଲାଇ ମନକୁ ମନ ଆସିଯିବୁ। ଅନ୍ଧାର ଥାଉ ଅଥବା ବର୍ଷା ହେଉ। ଆମେ ପହଞ୍ଚିଯିବୁ।' ଏମିତି କ'ଣ ହୁଏ ? ନିଜେ ଷ୍ଟେସନ୍‌କୁ ନ ଗଲେ କୋଉ ଏବେ ନିଶ୍ଚିନ୍ତରେ ଶୋଇପାରିବ କି ? ରାତିସାରା ଭଲ ନିଦ ହେବ ନାହିଁ। ମନ ହେବ, ଟ୍ରେନ୍ କେତେବେଳେ କେଉଁ ଷ୍ଟେସନ୍ ଛୁଇଁଲା ଅଥବା ଛାଡ଼ିଲା, ତା'ର କିଏ ଧାରା ବିବରଣୀ ତାକୁ ଦିଅନ୍ତା କି ! ପ୍ଲାଟ୍‌ଫର୍ମରେ ଗାଡ଼ି ଲାଗିଲାଣି ନା ନାହିଁ, ଏମାନେ ସବୁ ଲଗେଜ୍ ଧରି ଟ୍ରେନ୍‌ରୁ ଓହ୍ଲାଇଲେଣି ନା ନାହିଁ, ଟ୍ୟାକ୍ସି ଧରିବାରେ କିଛି ଅସୁବିଧା ଅଛି କି - ଏସବୁ ପ୍ରଶ୍ନରେ ଆନ୍ଦୋଳିତ ହେଉଥିବ ମନ, ଘରର ମଣିଷମାନେ ଆସି ଘରେ ପହଞ୍ଚି, କଲିଂ ବେଲ୍ ଟିପିବା ପର୍ଯ୍ୟନ୍ତ। ଯାଠୁ ବରଂ ନିଜେ ଗାଡ଼ି ଚଲାଇ ଷ୍ଟେସନ୍ ଚାଲିଯିବା ବହୁତ ଭଲ।

ଆଗରେ ଯେଉଁଠି ସଡ଼କ ସଂକୀର୍ଣ୍ଣ ହୋଇ ବାଁ ପଟକୁ ମୋଡ଼ି ଯାଇଛି, ସେଇଠି ସୁକୃତ କାର୍‌ର ବେଗ କମେଇଦେଲା। କାହିଁ କେତେ କାଳରୁ ରାସ୍ତାର

ବାମ ପଟେ ଠିଆ ହୋଇଥିବା ନିମ୍ବଗଛ ଏବଂ ଡାହାଣ ପଟେ ଠିଆ ହୋଇଥିବା ବଉଳଗଛ ନିଜନିଜ ଭିତରେ ଠାରରେ ଆଳାପ କରୁଥିବାର ଦୃଶ୍ୟ ତା'ଆଖିରେ ପଡ଼ିବା ବେଳକୁ ମୋଡ଼ ଆସିଗଲାଣି। ଉଭୟ ଗଛର ଶାଖା ପରସ୍ପର ଆଡ଼କୁ ବଢ଼ି ଚାଲିଥିଲେ ସତେ ଯେମିତି ଦୁଇଟି ମଣିଷ ନିଜନିଜ ଅବୟବ ପ୍ରସାରିତ କରି ସମୟକ୍ରମେ କୋଳାକୋଳି ହେବେ। ମ୍ୟୁନିସିପାଲିଟିର ଯେଉଁ ସମ୍ବେଦନଶୀଳ ଗଛ କଟାଳି ଏହି ଦୁଇ ପ୍ରାଣୀଙ୍କ ଶାଖାମାନ ନ କାଟି ଛାଡ଼ି ଦେଇଛି, ତାକୁ ମନେମନେ ସାଧୁବାଦ ଦେଇ ଗାଡ଼ିର ବେଗ ବଢ଼ାଇଲା ସୁକୃତ।

ପ୍ରକୃତରେ ସଚଳା ଓ ଦୁଇ ସନ୍ତାନଙ୍କ ଅନୁପସ୍ଥିତିର ପ୍ରଥମ ଦୁଇ ତିନିଦିନ ଭାରି ଆନନ୍ଦରେ କାଟିଥିଲା ସୁକୃତ। ଲଗାମ୍‌ଛଡ଼ା ହୋଇ ରାତି ଦଶଟା ପର୍ଯ୍ୟନ୍ତ ବାହାରେ ବୁଲିଥିଲା। ବିଭିନ୍ନ ହୋଟେଲ୍‌କୁ ଯାଇ ମେନୁ ପରଖିଥିଲା। କିଛିଦିନ ପାଇଁ ମିଳିଥିବା ସ୍ୱାଧୀନତାର ପୂରା ସୁଯୋଗ ନେଇଥିଲା। ତିନିଦିନ ବିତିଯିବା ପରେ ସ୍ୱାଧୀନତା ଅବଶ୍ୟ ରହିଥିଲା; କିନ୍ତୁ ରାତିରେ ତାଲା ଖୋଲି ଘରେ ପଶିବା ବେଳେ ସ୍ଥିର ପବନର ବାସିଗନ୍ଧ ସହିତ ନିବୁଜ ଘରର ରୁଦ୍ଧ ନିଶ୍ଚଳତା ତା'ର ସ୍ୱାଧୀନତାକୁ ବିଦ୍ରୂପ କରିବାକୁ ଲାଗିଲେ। ହୋଟେଲ୍‌ର ଖାଦ୍ୟ ସ୍ୱାଦହୀନ ହୋଇଗଲା। ତା'ର ମନେହେଲା ଯେମିତି ଘରର କାନ୍ଥ, ଚଟାଣ, ଆସବାବପତ୍ର, ଲୁଗାପଟା, ବହି, ବସ୍ତାନୀ ସବୁ ପରିବାରର କେବଳ ତିନିଜଣ ଅନୁପସ୍ଥିତ ନାଗରିକଙ୍କୁ ହିଁ ଅପେକ୍ଷା କରି ରହିଛନ୍ତି ଏବଂ ସୁକୃତର ଉପସ୍ଥିତିକୁ ଆଦୌ ସ୍ୱୀକାର କରୁନାହାନ୍ତି। ଦିନଦିନ ଧରି ଖୋଲା ହୋଇ ନ ଥିବା ଠାକୁର ଘରର ଦରଜାକୁ ଅନେଇଲେ ଅପରାଧୀ ପରି ଲାଗୁଥିଲା; ତେଣୁ ସେ ଆଜି କାର୍ ଚାବି ଧରି ଘରୁ ବାହାରିବା ବେଳେ ଠାକୁରଙ୍କୁ ମନେମନେ ଜଣାଇଦେଇଥିଲା ଯେ, କାଲିଠାରୁ ପୁଣି ଫୁଲ, ଚନ୍ଦନ, ଧୂପ ସହିତ ପୂଜାର ଦୈନନ୍ଦିନ ଧାରା ଚାଲିବ । ତେଣୁ ମଝିରେ ତିନି ସପ୍ତାହର ବିରତି କ୍ଷମଣୀୟ।

କାର୍‌ର ଦୁଇ ଶକ୍ତିଶାଳୀ ହେଡ୍‌ଲାଇଟ୍ କୁହୁଡ଼ିର ଅନ୍ଧାରୁଆ ବୁକୁ ଚିରି ସୁକୃତକୁ ବାଟ କଢ଼େଇ ନେବାପାଇଁ ଅକ୍ଷମ। ଆଗରେ କାକର ଭିଜା ରାସ୍ତା ଅଦୃଶ୍ୟ ନ ହେଲେ ବି ଅସ୍ପଷ୍ଟ। ଆଉ ଦଶ ପନ୍ଦର ମିନିଟ୍‌ରେ ଟ୍ରେନ୍ ଆସି ପ୍ଲାଟ୍‌ଫର୍ମ ଛୁଇଁବା କଥା। ସୁକୃତର ଗାଡ଼ି ଆଗେଇଛି, କିନ୍ତୁ ଆହୁରି ରାସ୍ତା ବାକୀ ଅଛି। ସଚଳା, ଅମୃତ, ଅପର୍ଣ୍ଣା ନିଦରୁ ଉଠି ଏବେ ଟ୍ରେନ୍‌ରୁ ଓହ୍ଲାଇବା ପାଇଁ ସଜବାଜ ହେଉଥିବେ। ଡ୍ରାଇଭିଂ କରୁକରୁ ସୁକୃତ ଟ୍ରେନ୍ ଭିତରର ଦୃଶ୍ୟ କଳ୍ପନା କରିନେଲା। ବର୍ଥରୁ ଓହ୍ଲାଉଥିବା ଲୋକମାନେ, ନିଜ ନିଜର ଟ୍ରଙ୍କ, ସୁଟ୍‌କେଶ୍ ସଜାଡୁଥିବା ଲୋକମାନେ ଆଉ ବଗି ଭିତରର ସଂକୀର୍ଣ୍ଣ ଚଲାପଥରେ ଚଳପ୍ରଚଳ ହେଉଥିବା ଲୋକମାନେ ପୂରା କମ୍ପାର୍ଟମେଣ୍ଟ୍‌କୁ ଏହି ସମୟରେ

ବ୍ୟସ୍ତ ବିକଳ କରିଦିଅନ୍ତି। ଅଳ୍ପ ସମୟ ଭିତରେ ପ୍ଲାଟ୍‌ଫର୍ମରେ ପାଦ ଥାପିବାର ଉଦ୍‌ବେଗ ବଢ଼ିବଢ଼ି ଯାଏ। ଦିନ ହେଉ କି ରାତି ହେଉ। ସୁକୃତକୁ ଲାଗିଲା ସତେଯେମିତି ସେ ନିଜେ ଟ୍ରେନ୍ ଭିତରେ ଅଛି। ତା'ର ଇନ୍ଦ୍ରିୟ ସବୁ ଏପରି ଶବ୍ଦ ଗନ୍ଧ ଓ ଦୃଶ୍ୟର ରସାୟନରେ ଦ୍ରବୀଭୂତ ଯାହା କେବଳ ଭାରତୀୟ ରେଳର ସ୍ଲିପର୍ କୋଚ୍‌ରେ ହିଁ ଥାଏ।

ନିଜର ଅନ୍ୟମନସ୍କତା ବିଷୟରେ ସଚେତନ ହୋଇ ସୁକୃତ ମନ ଭିତରୁ ଟ୍ରେନ୍‌ର ଦୃଶ୍ୟକୁ ନିକାଲିଦେଇ ରାସ୍ତା ଉପରେ ଧ୍ୟାନ ଦେବାକୁ ପୁଣି ଚେଷ୍ଟା କଲା। ରାସ୍ତାର ଦୃଶ୍ୟ ଏବେ ବି ଅସ୍ପଷ୍ଟ, କିନ୍ତୁ ଆଗେଇଯିବା ପାଇଁ ଯଥେଷ୍ଟ। ଦୂରରୁ ଷ୍ଟେସନ୍‌ର ଆଲୁଅ ଦେଖାଗଲାଣି। ମହାଶୂନ୍ୟର ଅନ୍ଧାର ଭିତରେ ଆଲୁଅର ଅକ୍ଷର ସବୁ ଝୁଲିରହି ଷ୍ଟେସନ୍‌ର ନାଁ ଓ ଅବସ୍ଥିତି ଘୋଷଣା କଲେଣି। ସୁକୃତ ଆଶ୍ୱସ୍ତ ହେଲା। ଡେରି ହେବ ନାହିଁ । ଏସ୍ ସାତ ନମ୍ବର କୋଚ୍‌ର ସମ୍ଭାବ୍ୟ ରହଣି ସ୍ଥାନ ଆଗରୁ ବୁଝିନେଇ ସେ ଟ୍ରେନ ପହଞ୍ଚିବା ବେଳକୁ ସେଠି ଠିଆ ହୋଇସାରିଥିବ। ତାକୁ ଦେଖିବା ମାତ୍ରେ କୁନି ଝିଅ ଅପର୍ଣ୍ଣା ତା ଆଡ଼କୁ ହାତ ବଢ଼ାଇ ଝୁଲିପଡ଼ିବ। ଅପର୍ଣ୍ଣାକୁ କାଖକରି ସେ ଆର ହାତରେ ସୁଟ୍‌କେଶ୍‌ଟିଏ ଗଡ଼ାଇନେଲେ ସଚଳା ଓ ଅମୃତ ଅବଶିଷ୍ଟ ଜିନିଷ ସବୁ ଉଠାଇ ଆଗେଇବେ। ସୁକୃତ ଜାଣେ ଏମିତି ବାଟ କଢ଼େଇ ଗହଳି ଭିତରେ ନ ନେଲେ ସେମାନେ ସହଜରେ କାର୍ ପାଖରେ ଆସି ପହଞ୍ଚି ପାରିବେ ନାହିଁ।

ଷ୍ଟେସନ୍‌ର ପାର୍କିଂ ହତା ମୁହଁରେ ପହଞ୍ଚିବା ବେଳକୁ ଚାରିଟା ପଚାଶ। ଟ୍ରେନ୍ ଯଦି ଠିକ୍ ସମୟରେ ଚାଲିଥାଏ ତେବେ ଆଉ ପାଞ୍ଚ ମିନିଟ୍‌ରେ ପ୍ଲାଟ୍‌ଫର୍ମରେ ଲାଗିବା କଥା। ସୁକୃତ ନିଜ ଗାଡ଼ି ରଖିବା ପାଇଁ ଖାଲି ଜାଗା ଖୋଜୁଖୋଜୁ ମାଇକ୍ରୋଫୋନ୍‌ରେ ଘୋଷଣା ଶୁଭିଲା। ଟ୍ରେନ୍ ତିନି ନମ୍ବର ପ୍ଲାଟଫର୍ମରେ ଅଳ୍ପ ସମୟ ମଧ୍ୟରେ ପହଞ୍ଚିବ। ପ୍ଲାଟ୍‌ଫର୍ମରେ ପହଞ୍ଚିବା ପାଇଁ ପାହାଚ ଚଢ଼ି ଓଭରବ୍ରିଜ୍‌ରେ ଚାଲିଚାଲି ଆରପଟକୁ ଯିବାକୁ ହେବ। ଚଳିବ। ସମୟ ଅଛି।

ପାର୍କିଂ ପାଇଁ ଟଙ୍କା ଭରଣା କରି ପକେଟ୍‌ରେ ରସିଦ ଧରି ଆଗେଇବା ବେଳକୁ ଘୋଷଣାର ପୁନରାବୃତ୍ତି ଶୁଭିଲା । ସୁକୃତ ପକେଟ୍‌ରେ ହାତ ଭର୍ତ୍ତି କରି କାର୍ ଚାବି ରଖିଲା ବେଳକୁ ହାତରେ ବାଜିଲା ଅପର୍ଣ୍ଣା ପାଇଁ ଗତକାଲି ରାତିରୁ ଯତ୍ନର ସହିତ ସାଇତି ରଖାହୋଇଥିବା କ୍ୟାଡ୍‌ବରୀଜ୍ ଚକୋଲେଟ୍‌ର ଚିକ୍କଣ, ମସୃଣ ଆବରଣ। ଟ୍ରେନ୍‌ରୁ ଓହ୍ଲାଇ ଅପର୍ଣ୍ଣା ଯେତେବେଳେ ସୁକୃତର ପ୍ରସାରିତ ଦୁଇହାତ ଭିତରକୁ ଝୁଙ୍କି ପଡ଼ିବ, ଠିକ୍ ସେତେବେଳେ ତା' ହାତରେ ଚକୋଲେଟ ଥାପିଦେବାର ଆନନ୍ଦ ଅନବଦ୍ୟ। ବେଶୀ ଚକୋଲେଟ୍ ଖୁଆଇବାର ହାନିକାରକ ପ୍ରଭାବ ବିଷୟରେ ଅଭିଯୋଗ କରିବା ପାଇଁ ସେଠି ସଚଳା ସୁଯୋଗ ମଧ୍ୟ ପାଇବ ନାହିଁ।

ପାର୍କିଂ ଏରିଆରେ ଗାଡ଼ିମାନଙ୍କର ବିଶୃଙ୍ଖଳ ଭିଡ଼ ଦେଖି ସୁକୃତ ଷ୍ଟେସନ୍ ଭିତରର ଭିଡ଼ ଅନୁମାନ କରିବାକୁ ଚେଷ୍ଟା କଲା। ତା'ର ଚାରି ଦିଗରେ ଆଗପଟୁ, ପଛପଟୁ, ବାଁପଟୁ, ଡାହାଣପଟୁ ମାଡ଼ିଆସୁଥିବା ଅସଂଖ୍ୟ କାର୍, ଜିପ୍, ଭ୍ୟାନ୍, ଏସ୍‌ୟୁଭି ସବୁ ନିଜନିଜ ପାଇଁ ରହଣି ସ୍ଥାନ ଖୋଜିବାରେ ବ୍ୟସ୍ତ। ସଭିଏଁ ବ୍ୟସ୍ତ, ବ୍ୟଗ୍ର। ସୁକୃତ ବି। ତା'ର ପ୍ରତୀକ୍ଷିତ ଟ୍ରେନ୍ ଆଗତ ପ୍ରାୟ।

ତରବରରେ ଆଗକୁ ମାଡ଼ି ଚାଲିବା ବେଳେ ସୁକୃତ ଦେଖିଲା ଗୋଟିଏ ବିଶାଳ, ଭୟଙ୍କର ଦୁର୍ଗ ତା ଆଡ଼କୁ ମାଡ଼ିଆସୁଛି। ନା, ଦୁର୍ଗ ନୁହେଁ, ଗୋଟାଏ ଅତିକାୟ ଗାଡ଼ି। ଭ୍ୟାନ୍‌ଟିଏ। ରାକ୍ଷସ ପରି ତାରି ଆଡ଼କୁ ପଛେଇ ଆସୁଛି। ସୁକୃତ ପାଖେଇ ଯିବାକୁ ଚେଷ୍ଟା କଲା; କିନ୍ତୁ ପାଖରେ ବି ଜାଗା କାହିଁ ? ଡ୍ରାଇଭରମାନେ ଏମିତି ଅନ୍ଧ ପରି କେମିତି ଗାଡ଼ି ଚଲାନ୍ତି କେଜାଣି ? କେତେ କୁହୁଡ଼ି, ଅନ୍ଧାର ଭିତରେ କାର୍ ଚଲାଇ ସେ ନିଜେ ଆସି ଏଠି ପହଞ୍ଚିଛି; ଆଉ ଏବେ ଷ୍ଟେସନ୍ ଭିତରେ ୟାଙ୍କୁ ଦିଶୁନାହିଁ କାନ୍ଥ, ବାଡ଼, ମଣିଷ। ଗାଡ଼ିଟି ଅଟକିବାର କୌଣସି ସୂଚନା ନ ଦେଖି ସୁକୃତ ବଡ଼ ପାଟିରେ କହିଲା 'ହେଃ ହେଃ ରହ।' ଚାରି ପାଖେ ଚଳପ୍ରଚଳ ହେଉଥିବା ଲୋକମାନେ ମଧ୍ୟ ତା ଆଡ଼କୁ ଚାହିଁ ହଲ୍ଲା କରୁଥିବାର ଦେଖିଲା ସୁକୃତ। କେତେଜଣ ସେଇ ଗାଡ଼ି ଦେହରେ ହାତପିଟି ଡ୍ରାଇଭରର ଦୃଷ୍ଟି ଆକର୍ଷଣ କରିବାକୁ ଚେଷ୍ଟା କରୁଥିଲେ। ସୁକୃତ ଭାବିଲା ଠିକ୍ ଏଇଭଳି ବିପଜ୍ଜନକ ପରିସ୍ଥିତି ଗୁଡ଼ିକରୁ ନିଜକୁ ବଞ୍ଚେଇ ରଖିବା ପାଇଁ ହିଁ ସେ ଅମୃତ୍‌କୁ ଏକାଏକା ଭିଡ଼ ରାସ୍ତାରେ ଚାଲିବାକୁ ମନାକରେ ସବୁବେଳେ।

ପ୍ଲାଟ୍‌ଫର୍ମକୁ ଟ୍ରେନ୍ ଆସୁଥିବାର ସୂଚନା ପୁଣିଥରେ ଶୀତଳ ପବନ ପରି ଚାରିଆଡ଼େ ସଞ୍ଚରିଗଲା। ମୁହଁ ସାମ୍ନାକୁ ଆସି ଭ୍ୟାନ୍‌ଟି ତଥାପି ଗତିଶୀଳ ରହିଥିବାର ଦେଖି ସୁକୃତ ଡ୍ରାଇଭର ଉଦ୍ଦେଶ୍ୟରେ ଆଉ ଥରେ ଚିତ୍କାର କଲା ଏବଂ ଭ୍ୟାନ୍‌ର ଗତିପଥରୁ ଦୂରେଇଯିବା ପାଇଁ ଗୋଟାଏ କଡ଼କୁ ମୁହାଁଇଲା।

॥ ଦୁଇ ॥

ସେତେବେଳେ ମୁଁ ଥାର୍ଡ଼ ଷ୍ଟାଣ୍ଡାର୍ଡ଼ରେ ପଢୁଥିଲି। ପାପା କିମ୍ବା ମମୀ ମୋ' କଥା ପ୍ରାୟ କେବେ ଶୁଣୁ ନ ଥିଲେ। ସେମାନଙ୍କ କଥାରେ ମୁଁ ପଦଟିଏ ଯୋଡ଼ିଲେ ମଧ୍ୟ ମୋତେ କହୁଥିଲେ, 'ତୁ ପିଲାଲୋକ। ଏସବୁ କଥାରେ କାହିଁକି ମୁଣ୍ଡ ଖେଳାଉଛୁ ?' ମୁଁ ବୟସରେ ଛୋଟଥିବାରୁ ସେମାନଙ୍କ କଥା ମାନି ଚୁପ୍ ରହୁଥିଲି।

ପାପା ଭାବୁଥିଲେ ଯେ ଷ୍ଟେସନ୍‌ରେ ପହଞ୍ଚିବା ପରେ ମୁଁ ମମୀ ଓ ଅପର୍ଣ୍ଣାକୁ ସାଙ୍ଗରେ ନେଇ ଟ୍ୟାକ୍ସି ଧରି ଘରେ ପହଞ୍ଚିପାରିବି ନାହିଁ। ମୁଁ ତାଙ୍କୁ ରାତିରେ ଷ୍ଟେସନ୍ ଆସିବା ପାଇଁ ମନା କରିଥିଲି; କିନ୍ତୁ ଜାଣୁଥିଲି ଯେ ସେ ମୋ' କଥା ଶୁଣିବେ ନାହିଁ।

ଶୀତଋତୁ ସରିଆସୁଥିଲା। ଘରକୁ ଫେରିବା ପାଇଁ ଆଗତୁରା ଟିକଟ୍ କରି ଆମେ ଟ୍ରେନ୍‌ରେ ବାହାରିଲୁ। ରାତିରେ ଆମକୁ ଟ୍ରେନ୍‌ରେ ବସାଇ ଦେଇ ଶଙ୍କର ମାମୁଁ କହିଲେ, 'ସୁଟ୍‌କେଶ୍, ବ୍ୟାଗ୍ ସବୁ ବର୍ଥ ତଳେ ରହିଲା। ଶିକୁଳିରେ ବନ୍ଧା ହୋଇ ତାଲା ପଡ଼ିଛି। ଚାବି ହଜାଇବ ନାହିଁ। ଆରାମ୍‌ରେ ଶୋଇପଡ଼ ଏଥର।' ଟ୍ରେନ୍ ଆସ୍ତେ ଆସ୍ତେ ଗଡ଼ିବାକୁ ଆରମ୍ଭ କରିବା ବେଳେ ସେ ଆମକୁ 'ହ୍ୟାପି ଜର୍ଣୀ' କହି ଓହ୍ଲାଇଗଲେ।

ବର୍ଥରେ ଚାଦର ପକାଇ କମ୍ବଳ ଘୋଡ଼ି ଆମେ ଶୋଇଗଲୁ। ମୋର ମନେଅଛି, ରାତିରେ କ'ଣ ଗୋଟାଏ ସ୍ୱପ୍ନ ଦେଖି ମୋର ନିଦ ଭାଙ୍ଗିଗଲା। ସ୍ୱପ୍ନଟି ମନେନାହିଁ; କିନ୍ତୁ ଅବେଳରେ ନିଦ ଭାଙ୍ଗିବା କଥା ମନେ ଅଛି। ପୂରା କମ୍ପାର୍ଟମେଣ୍ଟ ଅନ୍ଧାରରେ ବୁଡ଼ି ରହିଥିଲା। ଡବା ଭିତରେ ପଶିବା ପାଇଁ ଯେଉଁ ଦୁଇଟା ଲୁହା ଦରଜା ମୁହାଁମୁହିଁ ଥାଏ, ସେଠି ଜଳୁଥିବା ବଲ୍‌ବ୍‌ରୁ ଯାହା ଟିକିଏ ଫିକା ଆଲୁଅ ଭିତରକୁ ଆସୁଥାଏ। ଆମେ ଶୋଇବା ଆଗରୁ ଯେଉଁ ମୋଟା, ତ୍ରିପଣ୍ଡ କଳା ଲୋକଟାକୁ ଦେଖିଥିଲୁ, ସେ ଝରକା ପଟର ଉପର ବର୍ଥରେ ଶୋଇ ଘୁଙ୍ଗୁଡ଼ି ମାରୁଥିଲା। ତାକୁ ଛାଡ଼ି ଆଉ କେଉଁଠି କିଛି ସୋର୍ ଶବ୍ଦ ନଥିଲା; କେବଳ ଟ୍ରେନ୍ ଚାଲୁଥିବାର ଶବ୍ଦ ଯାହା ବାହାରୁ ଆସୁଥିଲା। ଚାରିପଟର ଅନ୍ଧାର ଭିତରେ ସେହି ଗର୍ଜନ ପରି ଘୁଙ୍ଗୁଡ଼ି ଶୁଣି ମୋତେ ଡର ମାଡ଼ିଲା। ଅନେକ ସମୟ ପର୍ଯ୍ୟନ୍ତ ନିଦ ହୋଇ ନଥିଲା। ଆର ବର୍ଥରେ ଶୋଇ ମମୀ ଅଧା ନିଦରେ କଡ଼ ଲେଉଟାଇବା ବେଳେ ମୋତେ ଦେଖି କହିଲା, 'ଅମୃତ, ଶୋଇପଡ଼। ବଡ଼ି ଭୋରରୁ ଉଠି ଓହ୍ଲାଇବାକୁ ପଡ଼ିବ।'

ଅପର୍ଣ୍ଣା ନିଶ୍ଚିନ୍ତରେ ମମୀ ସହିତ ସେହି ବର୍ଥରେ ଶୋଇଯାଇଥିଲା। ସକାଳୁ ପହଞ୍ଚି ଟ୍ରେନ୍‌ରୁ ଓହ୍ଲାଇବା, ଏତେଦିନ ପରେ ପାପାଙ୍କ ସହିତ ଦେଖାହେବା, ସ୍କୁଲ ଖୋଲିଲେ ସାଥୀମାନଙ୍କ ସହିତ ଖେଳିବା ଇତ୍ୟାଦି କଥା ସବୁ ଭାବିଭାବି କେତେବେଳେ ନିଦ ହୋଇଗଲା ମୁଁ ଜାଣିପାରିଲି ନାହିଁ। ପରେ ମମୀ ମୋ ଦେହ ହଲାଇ ମୋତେ ନିଦରୁ ଉଠାଇବା ବେଳକୁ ଚାରିପଟର ପ୍ରାୟ ସବୁଲୋକ ଉଠିସାରିଥିଲେ। ଅପର୍ଣ୍ଣାର ନିଦ ଭାଙ୍ଗିନଥିଲା।

ପ୍ଲାଟଫର୍ମରେ ପହଞ୍ଚିବା ଆଗରୁ ଟ୍ରେନ୍ ଅତି ଧୀରେଧୀରେ ଚାଲେ। ଅନ୍ୟଥା ଥରକୁ ଥର ରହିଯାଏ। ଷ୍ଟେସନ୍ ଆସୁଚି, ଆସିବ, ଆସିଗଲା ହୋଇ ଅନେକ ସମୟ ବିତିଗଲା। ମମୀ ଓ ମୁଁ ବିରକ୍ତ ହୋଇ ନିଦୁଆ ଆଖିରେ ଝରକା ବାହାରକୁ ଅନେଇ

ବହୁତ ସମୟ ବସିରହିଲୁ। ଅପର୍ଣ୍ଣାକୁ ନିଦରୁ ଉଠାଇବା ପାଇଁ ମମୀ ମନା କଲା। ମୋତେ ଲାଗିଲା ଯେ ଆମେ ଏତେ ଶୀଘ୍ର ନଉଠି ଆଉ କିଛି ସମୟ ଶୋଇଲେ ବି ଚଳନ୍ତା।

ଟ୍ରେନ୍ ଧୀରେଧୀରେ ଗଡ଼ି ଆସି ପ୍ଲାଟ୍‌ଫର୍ମରେ ରହିଲା। ଅପର୍ଣ୍ଣା ତଥାପି ଶୋଇଥାଏ। ମମୀ କହିଲା, 'ସେ ଶୋଇଥାଉ। ମୁଁ ତାକୁ କାନ୍ଧରେ ଧରି ଓହ୍ଲାଇଯିବି।' ମୁଁ ଜାଣୁଥିଲି ପାପା ନିଶ୍ଚୟ ଆସି ଆମକୁ ଅପେକ୍ଷା କରି ରହିଥିବେ। କିନ୍ତୁ ପ୍ଲାଟଫର୍ମ ଉପରେ କୁହୁଡ଼ିଆ ଅନ୍ଧାରରେ ପାପାଙ୍କୁ ଦେଖିପାରିଲି ନାହିଁ। ଜଣେ କିଏ ମଣିଷ ପାପା ପରି ଦିଶିବାରୁ ମୁଁ ଟ୍ରେନ୍ ଭିତରୁ ବଡ଼ ପାଟିରେ 'ପାପା, ପାପା' ବୋଲି ଡାକିବାକୁ ଯାଉଥିଲି; କିନ୍ତୁ ଡାକିବା ପୂର୍ବରୁ ସେ ପାପା ନୁହନ୍ତି ବୋଲି ଜାଣି ନିଜକୁ ସମ୍ଭାଳିନେଲି। ଆମ ଆଗ ବର୍ଥରେ ଥିବା ଅଙ୍କଲ୍ ଆଉ ଆଣ୍ଟି ଓହ୍ଲାଇବା ପାଇଁ ସଜ ହେଉଥିବାର ଦେଖି ମମୀ ତାଙ୍କୁ କହିଲା, 'ମୋ' ଝିଅ ଉପରେ ଟିକିଏ ନଜର ରଖିଥାନ୍ତୁ, ପ୍ଲିଜ୍ ! ମୁଁ ପୁଅ ସହିତ ତଳକୁ ଯାଇ ଲଗେଜ୍ ରଖି ଆସୁଛି।'

ମମୀ ଓ ମୁଁ ସୁଟ୍‌କେଶ୍ ଓ ବ୍ୟାଗ୍ ନେଇ ବାହାରକୁ ଆସିଲୁ। ମୁଁ ପ୍ଲାଟ୍‌ଫର୍ମ ଉପରେ ଜଗି ରହିଲି। ଅପର୍ଣ୍ଣାକୁ ଆଣିବା ପାଇଁ ମମୀ ପୁଣି ଟ୍ରେନ୍ ଭିତରକୁ ଗଲା। ସେତେବେଳେ ପ୍ଲାଟଫର୍ମ୍ ଉପରେ ପତଳା ଅନ୍ଧାର ଆଉ ଖୁବ୍ ଶୀତ। କଥା କହିବା ପାଇଁ ମୁହଁ ଖୋଲିଲେ ପାଟିରୁ ପୁଳାପୁଳା ଧୂଆଁ ବାହାରୁଥାଏ। ଶୀତଲୁଗା ପିନ୍ଧା ମଣିଷମାନେ ମୁଣ୍ଡରୁ ପାଦପର୍ଯ୍ୟନ୍ତ ମୋଟା କପଡ଼ା ଭିତରେ ରହି ଅନ୍ଧାରରେ ଚୁପ୍‌ଚାପ୍ ଛାଇପରି ଏପଟ ସେପଟ ହେଉଥାଆନ୍ତି। ଅପର୍ଣ୍ଣାକୁ କାନ୍ଧରେ ଶୁଆଇ ମମୀ ତଳକୁ ଆସିବା ବେଳକୁ ପାପା କେତେବେଳେ ଆସି ପହଞ୍ଚିଯାଇଥିଲେ ମୁଁ ଜାଣିପାରିଲି ନାହିଁ। ଶୀତଯୋଗୁଁ ମଫଲର୍ ଓ ପୂରା ହାତର ସ୍ୱେଟର୍ ପିନ୍ଧି ଆସିଥିଲେ। କିଛିଦିନ ପାପାଙ୍କୁ ନ ଦେଖି ହଠାତ୍ ଦେଖିପକାଇଲେ ଅପର୍ଣ୍ଣା ଖୁସିରେ କୁରୁଳି ଉଠେ ଓ ଗେଲରେ ତାଙ୍କ ଆଡ଼କୁ ବୁଲିପଡ଼ି କାଖ ହୋଇଯାଏ। ଦୁଇହାତ ବଢ଼ାଇ ପାପା ତାକୁ ଟୋକିନିଅନ୍ତି। କିନ୍ତୁ ଅପର୍ଣ୍ଣା ଶୋଇଥିବାରୁ ଏଥର ସେମିତି ହେଲା ନାହିଁ। ସୁଟ୍‌କେଶ୍ ଓ ବ୍ୟାଗ୍ ଧରି ପାପା ଆଗେଆଗେ ଚାଲିଲେ। ପଛରେ ମୁଁ ଓ ମମୀ। ମମୀ କାନ୍ଧରେ ଅପର୍ଣ୍ଣା।

ଓଭରବ୍ରିଜ୍ ପାଖରେ ଖୁବ୍ ଭିଡ଼ ହୋଇଥିଲା। ପାପା ଆମକୁ ଭିଡ଼ ଭିତରେ ବାଟ କଢ଼ାଇ ଆଗକୁ ନେଉଥିଲେ। ପାହାଚ ଚଢ଼ି ଉପରକୁ ଯିବା ବେଳେ ମୁଁ ଆଉ ମମୀ ଦୁଇ ତିନି ପାହାଚ ପଛରେ ରହିଯାଇଥିବା କଥା ମୋର ମନେଅଛି। ଆଗପଛ ହୋଇ ଉପରକୁ ଉଠିବାବେଳେ ପାପାଙ୍କୁ ବେଳେବେଳେ ଭିଡ଼ ଭିତରେ ଆମେ ଦେଖିପାରୁ ନ ଥିଲୁ। କିନ୍ତୁ ଦୁଇପାହାଚ ଉପରେ ମୋ' ମୁହଁ ଆଗରେ ଉପରକୁ ଉଠି

ଚାଲିଥିବା ପାପାଙ୍କ ଯୋତା, ମୋଜା ଓ ପ୍ୟାଣ୍ଟକୁ ଅନେଇ ମୁଁ ବାଟ ଠଉରାଇ ଆଗେଇ ଯାଉଥିଲି। ମୋ ସାଙ୍ଗରେ ମମୀ। ଏପରି ଚାଲିଚାଲି ଉପରକୁ ଆସିଗଲୁ ଏବଂ ପାପାଙ୍କ ସହିତ ଚାଲିଚାଲି ପୁଣି ତଳକୁ ଆସି ବାହାରେ ପହଞ୍ଚିଗଲୁ। ଚାଲିବାବେଳେ କିଛି କଥାବାର୍ତ୍ତା ହୋଇଥିବା କଥା ମୋର ମନେନାହିଁ; କାରଣ ବୋଧହୁଏ ଅନ୍ଧାରୁଆ ଶୀତରେ କେହି ପାଟି ଖୋଲୁ ନ ଥିଲେ। ଗେଟ୍‌ରେ ମମୀ ଟିକଟ୍ ଦେଖାଇବା ବେଳକୁ ପାପା ଆମ ଆଗରେ ଆସି ଗାଡ଼ି ପାଖରେ ପହଞ୍ଚିଯାଇଥିଲେ। କାର୍ ପାଖରେ ବ୍ୟାଗ୍ ଓ ସୁଟ୍‌କେଶ ଥୋଇ ସାରିଥିଲେ ଏବଂ ପକେଟ୍‌ରୁ କାର୍ ଚାବି ବାହାର କରି ଡିକି ଖୋଲିବା ପାଇଁ ବୋଧହୁଏ କାର୍‌ର ପଛପଟକୁ ଯାଇଥିଲେ।

ସେତେବେଳେ ଆମ କାର୍‌ର ଅଳ୍ପ ଦୂରରେ କିଛି କୋଳାହଳ ଶୁଣି ଆମମାନଙ୍କର ନଜର ସେପଟକୁ ଘୂରିଗଲା। ଯେଉଁ ବାଟ ଦେଇ ଆମ କାର୍ ରାସ୍ତାକୁ ବାହାରିବା କଥା ସେଠି ଦଳେ ଲୋକ କ'ଣ ଗୋଟାଏ ଜିନିଷକୁ ଘେରି ଠିଆ ହୋଇଥିଲେ। ଗୋଲ ଆକାରରେ ଠିଆହୋଇ ତଳକୁ ଅନାଇ ସମସ୍ତେ କ'ଣ ଗୋଟାଏ ଦେଖୁଥାନ୍ତି ଓ ବଡ଼ପାଟିରେ ଉତ୍ତେଜିତ ହୋଇ କଥା ହେଉଥାନ୍ତି। ମମୀ ପଚାରିଲା, 'ଏଠି ତ ଯିବା ବାଟ ବନ୍ଦ ! ଆମେ ବାହାରିବା କେମିତି ?' ଆମେ ଜାଣୁଥିଲୁ ଯେ ପାପା କିଛି ନା କିଛି ଗୋଟାଏ ବାଟ ବାହାର କରିବେ, କାରଣ ଏମିତି ସବୁ ପରିସ୍ଥିତିରେ ସିଏ ହିଁ ଉପାୟ ବାହାର କରିଥାନ୍ତି। ଆମକୁ କେବେ ଚିନ୍ତା କରିବାକୁ ପଡ଼ିନାହିଁ। କ'ଣ ହୋଇଛି ଦେଖିବା ପାଇଁ ମୁଁ ସେପଟେ ଯାଉଥିଲି; କିନ୍ତୁ ମୋତେ ଆକଟି ମମୀ କହିଲା, 'ସେଇ ଭିଡ଼ ଭିତରକୁ ତୁ ଜମା ଯିବୁନି କହି ଦେଉଛି।' ସେତେବେଳେ ଅପର୍ଣ୍ଣାର ନିଦ ଭାଙ୍ଗିସାରିଥିଲା; କିନ୍ତୁ ସେମିତି ମମୀ କାନ୍ଧରେ ପଡ଼ିରହି ଆଖି ମିଟିମିଟି କରି ଅନାଇଥିଲା। ତା ହାତରେ କ୍ୟାଡ୍‌ବରୀସ୍ ଚକୋଲେଟ୍ ଦେଖି ମୁଁ ଜାଣିଗଲି ଯେ ସେ କେତେବେଳେ କେଉଁ ବାଗରେ ବାପାଙ୍କଠୁ ସେତକ ହାସଲ କରିସାରିଲାଣି। ଚାରିପଟେ ଅନାଇ ମୁଁ ବାପାଙ୍କୁ କୋଉଠି ଦେଖିପାରିଲି ନାହିଁ। କାଳେ ସିଏ ଭିଡ଼ ଆଡ଼କୁ ଯାଇଥିବେ ବୋଲି ମୁଁ ବି ମମୀଙ୍କୁ କହି ସେପଟକୁ ଚାଲିଲି।

ଚାରିପଟେ ଠିଆ ହୋଇ ହୋ-ହାଲ୍ଲା କରୁଥିବା ଲୋକମାନଙ୍କୁ ଠେଲି ମୁଁ ଭିତରେ ପଶିବାକୁ ଚେଷ୍ଟା କଲି। ଆଗରେ ଠିଆ ହୋଇଥିବା ଲୋକମାନଙ୍କ ଦେହ ମଝିରେ ଥିବା ଫାଙ୍କ ଦେଇ ପ୍ରଥମେ ମୁଁ ଯାହା ଦେଖିଲି ସେଇଟା ଥିଲା ତଳେ ଶୋଇଥିବା ଜଣେ ମଣଷର ଦୁଇଗୋଡ଼। ପରିଚିତ ଯୋତା, ମୋଜା, ପ୍ୟାଣ୍ଟ ଦେଖି ମୁଁ ଚମକିପଡ଼ିଲି। ଆଉ ଟିକିଏ ଭିତରକୁ ପଶି ପୂରା ମଣିଷକୁ ଦେଖିଲି ଏବଂ ଚିତ୍କାର କରି ଡାକିଲି, 'ମମୀ, ଏଠିକି ଜଲ୍‌ଦି ଆ, ଦେଖିବୁ।'

ଲୋକମାନେ କଡ଼କୁ ଘୁଞ୍ଚିଯାଇ ମମୀ ପାଇଁ ବାଟ କରିଦେଲେ। ଅପର୍ଣ୍ଣା ମଧ୍ୟ ମମୀର ପଣତକାନିକୁ ମୁଠାଇ ଧରି ଚାଲିଚାଲି ଆସିଲା। ତଳେ ପାପା ଉପର ମୁହାଁ ହୋଇ ଶୋଇରହିଥିଲେ। ତାଙ୍କ ଉପରକୁ ଝୁଙ୍କିପଡ଼ି ତାଙ୍କ ମୁହଁରେ ମମୀ ନିଜ ହାତ ବୁଲାଇ ଆଣିଲା ଏବଂ ହଠାତ୍ ବଡ଼ ପାଟିରେ ଚିତ୍କାର କଲା, 'ଏ ମା ! କ'ଣ ହେଲା ୟାଙ୍କର ?'

ମମୀର କଥାରେ ଓ ସ୍ୱରରେ ଥିଲା ଏମିତି ଗୋଟାଏ ଅକୁହା, ଅଜଣା ଭୟ; ଯାହା ଶୁଣି ଡରରେ ଥରି ଉଠିଲି। ଦେହ ଶୀତେଇ ଉଠିଲା। ଅପର୍ଣ୍ଣା ଜୋର୍‌ରେ ରଡ଼ି ଛାଡ଼ି ଚିର୍‌ଚିରେଇ କାନ୍ଦି ଉଠିଲା। ସେତେବେଳେ ପଛରୁ ଡ୍ରାଇଭର ରାମୁଲୁ ଆସି ଆମ ପାଖରେ ପହଞ୍ଚି ଯାଇଥିଲା। ଏତେ ବଡ଼ ଭିଡ଼ ଭିତରେ ଏତେ ବେଶୀ ଏକୁଟିଆ ଓ ନିରାଶ୍ରୟ ପରି ଲାଗିଲା ଯେ ମୁଁ ମମୀକୁ କୁଣ୍ଢାଇ ଧରିଲି। ରାମୁଲୁ ବ୍ୟସ୍ତ ହୋଇ 'ମା, କ'ଣ ହୋଇଛି' ବୋଲି ବାରମ୍ବାର ପ୍ରଶ୍ନ କରି ଆମଠୁ କିଛି ଉତ୍ତର ନ ପାଇବାରୁ ଚାରିପଟେ ଜମା ହୋଇଥିବା ଲୋକମାନଙ୍କୁ ଚାହିଁ ଉତ୍ତର ଖୋଜିଲା।

॥ ତିନି ॥

ଡିସେମ୍ବର ତିରିଶି ତାରିଖ ସକାଳେ ଘଟିଥିବା ଦୁର୍ଘଟଣାର ଖବର ଟେଲିଫୋନ୍ ଯୋଗେ ପାଇବା ମାତ୍ରେ ସବ୍ ଇନ୍‌ସ୍‌ପେକ୍ଟର ତୃଷ୍ଟିବାବୁ ରେଳଷ୍ଟେସନକୁ ବାହାରିଥିଲେ। ଏତେ ସକାଳୁ ବିନା ପ୍ରସ୍ତୁତିରେ ଗୋଟାଏ ଏକ୍ସିଡ଼େଣ୍ଟ କେସ୍‌ରେ ଯିବାପାଇଁ ଯେତିକି ନ୍ୟୂନତମ ସମୟ ଦରକାର ହେବାକଥା, ସେତିକି ମାତ୍ର ସମୟ ବ୍ୟବହାର କରି ସେ 'ସ୍ପଟ୍'ରେ ପହଞ୍ଚିବା ବେଳକୁ ପାଞ୍ଚଟା ତିରିଶ ହୋଇସାରିଥିଲା। ଦୁର୍ଘଟଣା ଘଟିବା ପରେ ପ୍ରାୟ ତିରିଶି ମିନିଟ୍ ବିତି ସାରିଥିଲା।

ଦୁର୍ଘଟଣା ଘଟାଇଥିବା ଭ୍ୟାନ୍, ତା'ର ଡ୍ରାଇଭର, ଆଠଜଣ ପ୍ରତ୍ୟକ୍ଷଦର୍ଶୀ, ଦୁର୍ଘଟଣାରେ ପ୍ରାଣ ହରାଇଥିବା ସୁକୃତ ପ୍ରହରାଜଙ୍କ ପତ୍ନୀ, ପୁତ୍ର, ଶିଶୁକନ୍ୟା ଓ ଡ୍ରାଇଭର ରାମୁଲୁ ଉପସ୍ଥିତ ଥିଲେ।

ଘଟଣାର ସବୁ ଟିକିନିଖି ସୂକ୍ଷ୍ମ ବିବରଣୀ ଅତି ସହଜରେ ଓ ସ୍ପଷ୍ଟ ଭାବରେ ସଂଗ୍ରହ କରିନେଲେ ତୃଷ୍ଟିବାବୁ। ଭ୍ୟାନ୍‌ର ଡ୍ରାଇଭର୍ ନିଜର ଅପରାଧ ସ୍ୱୀକାର କରିସାରିଥିଲା। କୁହୁଡ଼ି ଯୋଗୁଁ ଗାଡ଼ି ବାହାରର ଦୃଶ୍ୟ ପରିଷ୍କାର ଦେଖାଯାଉନଥିବା ବେଳେ ନିଜର ଅସାବଧାନତା ଯୋଗୁଁ ବ୍ରେକ୍ ଦେଇ ଗାଡ଼ିକୁ ରୋକିବା ବଦଳରେ ଭୁଲ୍‌ରେ ଆକ୍‌ସଲ୍‌ରେଟର୍ ଉପରେ ପାଦ ଚାପିଥିବା କଥା ମାନିଗଲା। ପ୍ରତ୍ୟକ୍ଷଦର୍ଶୀମାନେ ଦେଇଥିବା ବୟାନ୍ ଅନୁଯାୟୀ ସୁକୃତ ପ୍ରହରାଜ ଠିକ୍ ସମୟରେ ନିଜପଟକୁ ମାଡ଼ି

ଆସୁଥିବା ଭ୍ୟାନ୍‌କୁ ଦେଖିପାରି ନ ଥିଲେ। ବୋଧହୁଏ ଅନ୍ୟମନସ୍କ ଥିଲେ। ଯେତେବେଳେ ଦେଖିଲେ ସେତେବେଳେ ନିଜକୁ ଭ୍ୟାନ୍‌ର ଗତିପଥରୁ ଦୂରେଇ ନେବା ପାଇଁ ଆଉ ସମୟ ନ ଥିଲା। ଭ୍ୟାନ୍ ସହିତ ଧକ୍କା ଖାଇ ତାଙ୍କ ଶରୀର ଛିଟିକି ତଳେ ପଡ଼ିବା ପରେ ଶରୀର ନିଶ୍ଚଳ ହୋଇଯାଇଥିଲା। ତାଙ୍କୁ ସେଠୁ ଟେକିନେଇ ତଳେ ଶୁଆଇ ନାଡ଼ି ଓ ପ୍ରଶ୍ୱାସ ପରୀକ୍ଷା କରିବା ବେଳକୁ ତାଙ୍କ ଦେହରେ ଜୀବନ ନ ଥିବା କଥା ଜଣାପଡ଼ିଲା। ତଳେ ଥିବା କଂକ୍ରୀଟ୍ ହିଡ଼ରେ ତାଙ୍କ ମୁଣ୍ଡ ପିଟି ହୋଇଥିବାରୁ ମସ୍ତିଷ୍କର କୌଣସି ସମ୍ବେଦନଶୀଳ ସ୍ଥାନରେ ଆଘାତ ଯୋଗୁଁ ପ୍ରାଣ ଚାଲିଯାଇଥିବ ବୋଲି ଅନୁମାନ କରାଗଲା।

ପରେ ପୋଷ୍ଟମର୍ଟମ ରିପୋର୍ଟ୍‌ରୁ ମଧ୍ୟ ମୃତ୍ୟୁର ସମୟ ଓ କାରଣ ସିଦ୍ଧ ହୋଇଯିବା ପରେ ପୃଷ୍ଟିବାବୁଙ୍କର ଆଉ କିଛି କରିବାର ନଥିଲା। ଅସମ୍ପୂର୍ଣ୍ଣ କେସ୍ ଡାଏରୀ ନେଇ ସେ ବଡ଼ବାବୁଙ୍କୁ ଦେଖାଇ କହିଲେ, 'ଏଇଟା ବେଶ୍ ଖୋଲା ଓ ସ୍ୱଷ୍ଟ କେସ୍। ସବୁକଥା ମେଳ ଖାଉଛି; କେଉଁଠି କିଛି ସନ୍ଦେହ ରହୁନାହିଁ। କେବଳ ଗୋଟାଏ ଜିନିଷରେ ଅସଙ୍ଗତି ରହୁଥିବାରୁ ମୁଁ କ୍ଲୋଜ୍ କରିପାରୁ ନାହିଁ।'

– 'କେଉଁ ଅସଙ୍ଗତି ?'

– 'ମୃତ ସୁକୃତ ପ୍ରହରାଜଙ୍କ ପତ୍ନୀ ଓ ପୁଅ ବାରମ୍ବାର କହୁଛନ୍ତି ଯେ, ସେମାନେ ଟ୍ରେନ୍‌ରେ ଆସି ତିନି ନମ୍ବର ପ୍ଲାଟ୍‌ଫର୍ମରେ ଓହ୍ଲାଇବା ବେଳକୁ ସୁକୃତ ପ୍ରହରାଜ ସେଠି ଉପସ୍ଥିତ ଥିଲେ। ନିଜ ପରିବାର ସହିତ ଚାଲିଚାଲି ବାହାରକୁ ଆସିଲେ। ସେଦିନ ଟ୍ରେନ୍ ପ୍ଲାଟ୍‌ଫର୍ମରେ ପାଞ୍ଚଟା ପାଞ୍ଚରେ ପହଞ୍ଚି ଥିଲା ବୋଲି ମୁଁ ନିଜେ ଷ୍ଟେସନରେ ପଚାରି ବୁଝିଛି।

– 'ଅସଙ୍ଗତି କେଉଁଠି ରହିଲା' – ବଡ଼ବାବୁ ଅନ୍ୟମନସ୍କ ଭାବରେ ପ୍ରଶ୍ନ କଲେ।

– 'ଚାରିଟା ପଞ୍ଚାବନରେ ଦୁର୍ଘଟଣା ଘଟିଥିଲା। ପାଞ୍ଚଟା ବେଳକୁ ଲୋକମାନେ ସୁକୃତ ପ୍ରହରାଜଙ୍କ ଦେହରେ ଜୀବନ ନ ଥିବା କଥା ଜାଣି ସାରିଥିଲେ। ଯଦି ପାଞ୍ଚଟା ବେଳୁ ତାଙ୍କର ମୃତ୍ୟୁ ହୋଇସାରିଥିଲା ତେବେ ସ୍ତ୍ରୀ, ପୁଅ, ଝିଅଙ୍କୁ ପ୍ଲାଟ୍‌ଫର୍ମରେ କିଏ ଅପେକ୍ଷା କରି ରହିଥିଲା ?'

ବଡ଼ବାବୁ ଆଖି ବୁଜି ପୃଷ୍ଟିବାବୁଙ୍କ କଥାର ମର୍ମକୁ ହଜମ କରିବାକୁ ଚେଷ୍ଟା କଲେ। ଟିକିଏ ଇତସ୍ତତଃ ହୋଇ ପଚାରିଲେ 'ଭଲ ଭାବେ ପଚାରି ସବୁକଥା ବୁଝିଛନ୍ତି ?'

ପୃଷ୍ଟିବାବୁ କହିଲେ, 'ବାରମ୍ବାର ପଚାରି ସେଇ ଏକା ଉତ୍ତର ପାଇଛି। ପତ୍ନୀ

ସଚଳା କହୁଛନ୍ତି ଯେ, ତାଙ୍କ ସ୍ୱାମୀ ସେମାନଙ୍କ ଲଗେଜ୍ ଧରି ତାଙ୍କ ସହିତ ଆସି ପାଞ୍ଚଟା ପଚିଶରେ ବାହାରେ ପହଞ୍ଚିଥିଲେ। ପୁଅ ଅମୃତ କହୁଛି 'ପାପା ଆସିଥିଲେ; ଆମକୁ ସାଥିରେ ଆଣି ଆମ କାର୍ ପାଖକୁ ଆସିଲେ।' ଏପରିକି ଦୁଇ ଅଢ଼େଇ ବର୍ଷର କୁନି ଝିଅଟି ମଧ୍ୟ ଗୋଟାଏ ଚକୋଲେଟ୍ ଦେଖାଇ ତା' ପାପାଙ୍କଠୁ ପାଇଥିବା କଥା ତା ନିଜର ଦରୋଟି ଭାଷାରେ କହିଚାଲିଛି।'

ବଡ଼ବାବୁ କିଛି ସମୟ ଚିନ୍ତା କରି କହିଲେ, 'ଦେଖନ୍ତୁ ପୃଷ୍ଟିବାବୁ; ସେମାନେ ରାତିସାରା ଟ୍ରେନ୍‌ରେ ବସି କ୍ଳାନ୍ତ ହୋଇ ପହଞ୍ଚିଥିବେ ରାତିରେ ଭଲ ନିଦ ହୋଇ ନ ଥିବ। ନା କ'ଣ ?'

– 'ସାର୍, ହଁ'

– 'ପିଲାମାନେ ଟ୍ରେନ୍‌ରୁ ଓହ୍ଲାଇବା ମାତ୍ରେ ବାପାଙ୍କୁ ଦେଖିବେ ବୋଲି ମନେମନେ ଆଶା ବାନ୍ଧି ରହିଥିବେ। ପତ୍ନୀଙ୍କ ମନରେ ମଧ୍ୟ ସେଇକଥା ରହିଥିବ। ତେଣୁ ପ୍ରକୃତରେ ଦେଖା ହେଉ କି ନ ହେଉ, ପାହାନ୍ତିଆ ପହରରେ ନିଦୁଆ ଆଖିରେ ଏପରି ଭ୍ରମ ହୁଏ।'

– 'କିନ୍ତୁ ସାର୍...'

– 'ଏଠି ଆଉ 'କିନ୍ତୁ' ରଖନ୍ତୁ ନାହିଁ। ଯାହା ବୁଝିହେବ ନାହିଁ ତାକୁ ବୁଝିବା ପାଇଁ ଚେଷ୍ଟା ନ କରିବା ଭଲ। କେସ୍ ଡାଏରୀ ଏଇଠି ଶେଷ କରନ୍ତୁ।'

■

ଅଶ୍ଳୀଳ

ସେଦିନ ଭାଇ ଓ ମୁଁ ସ୍କୁଲରୁ ଫେରି ଘରେ ପଶୁ ପଶୁ ଭାରି ଖରାପ ଜିନିଷଟିଏ ଦେଖି ପକାଇଲୁ। ଦେଖିବା ସାଙ୍ଗେ ସାଙ୍ଗେ ମୋର ଆଖି ଦୁଇଟା ବଡ଼ ବଡ଼ ହୋଇଗଲା ଓ ଭାଇର ଆଖି ପୂରା ବନ୍ଦ ହୋଇଗଲା। ଆମ ଘର ବାହାର କାନ୍ଥ ଦେହରେ ଅତି ଖରାପ, ଅତି ଅସଭ୍ୟ ଜିନିଷଟାଏ ବଡ଼ ବଡ଼ ଅକ୍ଷରରେ ଲେଖା ହୋଇଥିଲା। ଏତେ ଅସଭ୍ୟ ଯେ ତାକୁ ଦେଖିଲେ ବି ଅନ୍ୟ କାହାକୁ ଦେଖିଚି ବୋଲି ଜଣାଇବା ପାଇଁ ସଂକୋଚ ଲାଗିବ। ପାଖରେ ଭାଇ ଭଉଣୀ କି ଅନ୍ୟ କେହିଥିଲେ ଲାଜରେ ଆତ୍ମହତ୍ୟା କରି ପକେଇବା ପାଇଁ ଇଚ୍ଛା ହେବ। କାନ୍ଥ ଉପରେ ଅତି ଅଶ୍ଳୀଳ ଭଙ୍ଗୀରେ ହାତ ଗୋଡ଼ ମେଲାଇ ଆଁ ଫାଡ଼ି ଶୋଇଥିଲେ କେତେଟା ଅତିକାୟ ଲଙ୍ଗଳା ଅକ୍ଷର।

ଦେଖିବା ସାଙ୍ଗେ ସାଙ୍ଗେ ମୁଁ ମୋର ଆଖି ସମେତ ପୂରା ମୁହଁଟା ଅନ୍ୟଆଡ଼େ ଘୂରେଇ ନେଲି; ପାଖରେ ଭାଇ ଅଛି ଯେ! ଭାଇ କିନ୍ତୁ ଆଖି କି ମୁହଁ କିଛି ଏତେ ଚଞ୍ଚଳ ଅନ୍ୟଆଡ଼େ ଘୂରାଇ ପାରିଲା ନାହିଁ। ପ୍ରଥମେ ବୁଜି ଦେଇଥିବା ଆଖି ଦୁଇଟି ପୁଣି ଖୋଲିଦେଇ ଆଁ କରି କାନ୍ଥଟାକୁ ଦେଖିବାରେ ଲାଗିଲା, ଯେମିତି ସେ ଏତେ ଖରାପ ଜିନିଷଟାର ଅର୍ଥ କିଛି ବୁଝି ପାରୁନାହିଁ। କିନ୍ତୁ ବୁଝିବା ସାଙ୍ଗେ ସାଙ୍ଗେ-ମୁଁ ଠିକ୍ ଲକ୍ଷ୍ୟ କରିଚି – କିଛି ନ ଦେଖିଲା ପରି ମୁହଁ ବୁଲେଇନବା ପାଇଁ ତାକୁ ମଧ୍ୟ କ୍ଷଣଟିଏ ଲାଗିଲା ନାହିଁ। ଦୁହେଁ ଦେଖିଲୁ । ଦୁହେଁ ଘରଭିତରକୁ ପଶିଗଲୁ।

କିନ୍ତୁ ଏହାଦ୍ୱାରା ଆମର ସବୁ ଚିନ୍ତା ଓ ସବୁ କଥାବାର୍ତ୍ତା ହଠାତ୍ ଗୋଳମାଳିଆ ହୋଇଗଲା। ଘରେ ପହଞ୍ଚିବା ଆଗରୁ ଆମେ ଦୁହେଁ ଆମସ୍କୁଲର ହେଡ଼ମାଷ୍ଟର ଆଜିକାଲି କେମିତି ବଦରାଗୀ ହୋଇଗଲେଣି ସେ ବିଷୟରେ କଥାବାର୍ତ୍ତା ହେଉଥିଲୁ। ଏବେ କଥାବାର୍ତ୍ତା ମଝିରେ ହଠାତ୍ ଏମିତି ଜିନିଷଟିଏ ଦେଖି ପକାଇବାରୁ ହିଁ ସବୁ ଜିନିଷ ଗୋଳମାଳିଆ ହୋଇଗଲା। ଆମେ ଆମର ପୁରୁଣା କଥାବାର୍ତ୍ତାକୁ ନେଇ ଆଗେଇ ପାରିଲୁ ନାହିଁ କି ତାକୁ ବନ୍ଦ କରି କାନ୍ଥ ବିଷୟ ନେଇ କଥା ଆରମ୍ଭ କରିପାରିଲୁ ନାହିଁ।

ଦୁଇ ଜଣଙ୍କୁ ହଠାତ ଏମିତି ନିରବ ହୋଇଯିବାକୁ ପଡ଼ିବାରୁ ମୋତେ ଏତେ ଅଖାଡୁଆ ଲାଗିଲା ଯେ ଘର ଭିତରେ ପଶିଲା ବେଳକୁ ମୁଁ ଜାଣିଶୁଣି ଭାଇଠୁ ଟିକିଏ ପଛରେ ରହିଗଲି। କାରଣ ତା' ଦ୍ୱାରା ଅନ୍ତତଃ ଭାବି ହେବ ଯେ ଆମେ ଦୁହେଁ ଅତି ପାଖାପାଖି ଚାଲୁ ନ ଥିବାରୁ ହିଁ କଥା ହୋଇପାରୁନୁ, ତା' ନ ହେଲେ ନିଶ୍ଚୟ କଥାବାର୍ତ୍ତା ଚାଲିଥାନ୍ତା- ହେଡମାଷ୍ଟରଙ୍କ ବିଷୟରେ ହେଉ କି ଅନ୍ୟ ଯେ କୌଣସି ବିଷୟରେ ହେଉ !

ବୋଧହୁଏ ଭାଇକୁ ମଧ୍ୟ ସେମିତି ହଠାତ୍ ଚୁପ୍‌ଚାପ୍ ହୋଇଯିବାଟା ପସନ୍ଦ ଲାଗିଲା ନାହିଁ। ତେଣୁ ସେ ପୁଣିଥରେ ସେଇ ପୁରୁଣା କଥାର ଖିଅ ଧରି କ'ଣ ଗୋଟାଏ କହିବାକୁ ଆରମ୍ଭ କଲା।

କିନ୍ତୁ ସେତେବେଳେ ସେମିତି ଅବସ୍ଥାରେ କାନ୍ଥର ଅକ୍ଷର କଥା ଛାଡ଼ି ଅନ୍ୟ କୌଣସି ବିଷୟକୁ ନେଇ କଥା ହେବାଟା ମୋତେ ଏତେ କୃତ୍ରିମ ଓ ଅଡୁଆ ଲାଗିଲା ଯେ ମୁଁ କାନ୍ଥକଥା ଉଲ୍ଲେଖ ନ କରି ରହିପାରିଲି ନାହିଁ। କହିଲି, ଭାଇ, ଦେଖିଲଣି ସାଇର ଛତରା ପିଲାଏ କାନ୍ଥରେ...।

ସତେକି ଭାଇ ସାମ୍ନାରେ ବୋମାଟାଏ ଫୁଟିଗଲା। ମନେପଡ଼ିଲେ ଏବେ ବି ମୁଁ ଭାବେ ସେତେବେଳେ ଭାଇ ଆଗରେ କାନ୍ଥ କଥାଟା ଉଠେଇ ନ ଥିଲେ ପରିସ୍ଥିତିଟା ସତେ କେତେ ଭଲ ହୋଇଥାନ୍ତା। ଭାଇ ହଠାତ୍ କାନ୍ଥ କଥା ଶୁଣି ଅପ୍ରସ୍ତୁତ ହୋଇପଡ଼ିଲା- ଯେଉଁ କଥାଟା ସେ ଦେଖିନାହିଁ ବୋଲି ଭାବିବାକୁ ଚେଷ୍ଟା କରୁଥିଲା, ସେଇଟା ସେ ଦେଖିଚି ବୋଲି ମନେ ପକାଇଦେବାଟା କିଛି କମ୍ ଧୃଷ୍ଟତା ନୁହେଁ। ମୋତେ ସେ ଏମିତି ଅନେଇଲା ଯେମିତି ସେ ଚୋରି କରୁ କରୁ ମୁଁ ତାକୁ ହଠାତ୍ ଧରାପକାଇଦେଲି। ମୋତେ ଏତେ ଅପରାଧୀ ଅପରାଧୀ ଲାଗିଲା ଯେ ଭାଇ ତା' ପରେ ଆଉ କ'ଣ କହିଲା ମୁଁ ଶୁଣିପାରିଲି ନାହିଁ। ବୋଧହୁଏ ସେ ଆଉ କିଛି କହିନାହିଁ- କାନ୍ଥ କଥା ନୁହେଁ କି ହେଡମାଷ୍ଟରଙ୍କ କଥା ବି ନୁହେଁ । ସବୁ କଥା ଗିଳିଦେଇ ସେ ବିଲକୁଲ ନିରବ ହୋଇଗଲା।

ହୁଏତ ସମୟକ୍ରମେ ମୁଁ କାନ୍ଥ ବ୍ୟାପାରଟା ଘରେ ଜଣାଇ କିଛି ଗୋଟାଏ କରିଥାନ୍ତି। କିନ୍ତୁ ଭାଇ ସହିତ ସେତିକି ତୁନିତାନି ବୁଝାମଣା ହୋଇଯିବା ପରେ ମୁଁ ଆଉ ଟିକିଏ ବୁଦ୍ଧିଆ ହୋଇଗଲି। ମନେ ମନେ ନିଜକୁ ପ୍ରଶ୍ନ କଲି ମୁଁ କାନ୍ଥର କ'ଣ ହୁଏ ? ସେ ଯେଉଁ ଛାତକୁ ମୁଣ୍ଡେଇ ଧରିଚି ତା' ତଳେ ମୁଁ ରହେ। ଆଉ କିଏ କିଏ ରହନ୍ତି ? ବାପା, ମା' ଭାଇ, ଭଉଣୀ ରହନ୍ତି। ସେମାନଙ୍କୁ ମୁଁ କାନ୍ଥର ବିକୃତି କଥା କହିପାରିବି କି ? ନା, କେହି କାହା ସାଙ୍ଗରେ ଏ ବିଷୟ ନେଇ କଥାବାର୍ତ୍ତା ହେବେ

ନାହିଁ, ହୋଇପାରିବେ ନାହିଁ-ଚାହିଁଲେ ବି ହୋଇପାରିବେ ନାହିଁ! ମୋର ସଦ୍‌ବୁଦ୍ଧି ଆସିଗଲା। ଏଥର ନିଜକୁ ନିଜେ ପ୍ରଶ୍ନ କଲି, ଆଜି ମୁଁ କାନ୍ଥରେ କିଛି ଖରାପ ଜିନିଷ ଦେଖିଚିକି ? ଚଟପଟ୍ ଉତ୍ତର ମିଳିଗଲା, ନା ଆଦୌ ନୁହେଁ- ମୁଁ ଦେଖି ନାହିଁ।

କଥାଟା କିନ୍ତୁ ସେତିକିରେ ରହିଗଲା ନାହିଁ। ସେଦିନ ବାପା ଅଫିସ୍‌ରୁ ଘରକୁ ଫେରିବାବେଳେ ଥତମତ ହୋଇ କିଛି ଗୋଟାଏ କହିବେ କହିବେ ହୋଇ ପଶିଆସିଲେ ଓ ଜୋତା ଖୋଲୁ ଖୋଲୁ ଗମ୍ଭୀର ହୋଇ କହିଲେ...ହୁଁ।

ଏଇଟା ଥିଲା ପ୍ରକୃତରେ ଅସ୍ୱାଭାବିକ, କାରଣ ଅଫିସ୍‌ରୁ ଫେରି ବାପା ପ୍ରଥମେ 'ହୁଁ' ବୋଲି ନ କହି 'ଜଳଖିଆ ଆଣ' ବୋଲି କହିବାର କଥା। ମୁଁ ସଙ୍ଗେ ସଙ୍ଗେ ଠଉରେଇ ନେଲି ଯେ ଏଇ ବ୍ୟତିକ୍ରମ ମୂଳରେ ରହିଚି ସେଇ କେତେଟା ଅକ୍ଷର। ଘର ଭିତରେ ପଶୁ ପଶୁ ଆଖିରେ ପଡ଼ିଯାଇଥିବ କାନ୍ଥଟା ଓ ତା'ପରେ କ'ଣ କରିବେ କ'ଣ କରିବେ ହୋଇ ସେ କିଛି କରିପାରି ନ ଥିବେ।

ମନେପଡୁଛି ଯେ ସେଦିନ ବାପା ଜଳଖିଆ କଥାଟା ଆଦୌ ଉଲ୍ଲେଖ କରି ନାହାଁନ୍ତି। ମା' ନିଜେ କିଛି ହୁକୁମ ପାଇବା ଆଗରୁ ଜଳଖିଆ ଧରି ବାପାଙ୍କ ପାଖରେ ପହଞ୍ଚି ଗଲା। ବାପା ଚୁପଚାପ ଜଳଖିଆ ଖାଉ ଖାଉ ପ୍ରସଙ୍ଗ କ୍ରମେ କହୁଛନ୍ତି ବୋଲି ମନେ କରି କିଛି ପ୍ରସଙ୍ଗ ନ ଥାଇ କହିଦେଲେ 'ବାହାର କାନ୍ଥଟା ହ୍ୱାଇଟ୍ ୱାସିଂ କରିବାକୁ ହେବ। ଅନେକ ଦିନ ହେଲା ଚୂନ ଦିଆହୋଇନି'।

ଅନ୍ୟମନସ୍କ ଥିବାବେଳେ ଏମିତି ଗୋଟେ ଅଧେ ଯୋଗସୂତ୍ର ନ ଥିବା କଥା କହିବା ବାପାଙ୍କ ଅଭ୍ୟାସ। ମା' କିନ୍ତୁ କଥାଟା ଆଦୌ ହଜମ କରିପାରିଲା ନାହିଁ। ସଙ୍ଗେ ସଙ୍ଗେ ଗର୍ଜି ଉଠିଲା, 'କାହିଁକି ମ ? ଏଇତ ଦି' ମାସ ତଳେ ଚୂନ ଦିଆହୋଇଥିଲା ?'

ଏ ପ୍ରଶ୍ନର କୌଣସି ଉତ୍ତର ବାପାଙ୍କ ପାଖରେ ନ ଥିଲା। ସେ କେମିତି ସିଧାସଧି କହି ଦିଅନ୍ତେ ଯେ କାନ୍ଥରେ ଏତେ ବାଜେ କଥାଟାଏ ଲେଖା ହେଇଚି ବୋଲି ? ଯଦି ମା' କ'ଣ ଲେଖା ହୋଇଛି ବୋଲି ପଚାରିଦିଏ ? ନ ପଚାରିଲେ ବି ବାପା କେମିତି ସିଧାସିଧି କହିଦେବେ ଯେ ସେ ଏତେ ଖରାପ ଜିନିଷଟାଏ ଦେଖିଛନ୍ତି, ପଢ଼ିଛନ୍ତି ଅଥଚ ତାକୁ ନ ଲିଭାଇ ଘରକୁ ପଶି ଆସିଛନ୍ତି, ବିଶେଷକରି ତାକୁ ଏପର୍ଯ୍ୟନ୍ତ ମନ ଭିତରେ ଘୋଷି ହେଉଛନ୍ତି ବୋଲି ?

ଭାବିଥିଲି ମା' କାନ୍ଥ କଥାଟା ଆଦୌ ଜାଣିବ ନାହିଁ। କିନ୍ତୁ ତହିଁ ଆରଦିନ ସକାଳୁ ଦେଖିବା ବେଳକୁ କଥାଟା ଭିନ୍ନ ରୂପ ନେଲାଣି। ସକାଳୁ ଚାକରାଣୀ ଘର ଭିତରେ ପଶି ପାଟିକରି ଜଣେଇଦେଲା, "ମା'ଲୋ, କାନ୍ଥରେ କ'ଣ ଗୁଡ଼ାଏ ଲେଖା ହୋଇଛି ଯେ ଅବଜିଆ ଦିଶୁଚି।"

ମା’ ସଙ୍ଗେ ସଙ୍ଗେ ଜେରା ଆରମ୍ଭ କରିଦେଲା “କ’ଣ ଲେଖା ହୋଇଛି ?”

–”ମୁଁ ପଢ଼ି ଜାଣିଚି ଯେ କହିବି ? ଯାଉନ ଦେଖିବ” ଚାକରାଣୀ କହିଲା ! ସେ ବିଚାରୀ ନିଜେ ଲେଖାପଢ଼ା ଜାଣେନାହିଁ । ତାକୁ ଖାଲି ଦୃଶ୍ୟଟା ଅରୁଚିକର ଦିଶିବାରୁ ଗୁହାରୀ କରିଥିଲା ।

ମା’ କ’ଣ ଭାବି ଚାକରାଣୀ ଉପରେ ବିରକ୍ତ ହୋଇ ନିଜେ ବାରଣ୍ଡାକୁ ଦୌଡ଼ିଗଲା ଓ ଦେଖିଲା । କ’ଣ ଦେଖିଲା ? କାନ୍ଥକୁ ଦେଖିବା ମାତ୍ରେ ଭୂତ ଦେଖିବା ପରି ଘଡ଼ିଏ ଠିଆ ହୋଇଗଲା ! ତା’ପରେ ଚୁପଚାପ୍ ଭିତରକୁ ଆସି ଚାକରଣୀକୁ ଧମକେଇଲା, ‘ତୁ ଗଲୁ ତୋର କାମ କରିବୁ ! ତୋ ମୁଣ୍ଡ କାହିଁକି ବଥଉଚି ?’

ମୋର ଯେତେଦୂର ମନେ ପଡୁଚି, ମା’ର ଧମକରେ ଘରର କାନ୍ଥ ବିଷୟ ନେଇ ଚାକରାଣୀର ମୁଣ୍ଡବଥା ସବୁଦିନ ପାଇଁ ବନ୍ଦ ହୋଇଗଲା । କିନ୍ତୁ ମୁଣ୍ଡବଥାଟା ଯାଇ ଜମିଗଲା ମା’ ମୁଣ୍ଡରେ । ସେଦିନ ସକାଳ ପରେ ତା’ର ମୁଡ଼୍‌ଟା ଯେ ଏତେ ସାଂଘାତିକ ଭାବରେ ନଷ୍ଟ ହୋଇଗଲା, ସେଥିପାଇଁ କାନ୍ଥର ସେଇ କେତେଟା ଅକ୍ଷର ହିଁ ଦାୟୀ ! ମା’ କ’ଣ କରିବ ବୁଝି ନ ପାରି କିଛି ସମୟ ବାଉଳି ଖାଇଲା । ମଝିଘରୁ ରନ୍ଧାଘରକୁ, ରନ୍ଧାଘରୁ ବାରଣ୍ଡାକୁ ବାତଚକ୍ର ପରି ଚକ୍କର କାଟି କାଟି ଶେଷରେ ଯାଇ ବାପାଙ୍କ ପାଖରେ ହାବୁଡ଼ି ଯାଇ ପଚାରିଲା, ‘ଦେଖିଲଣି ?’

ଆଉ ବାପା ନିହାତି ନିର୍ମାୟା, ନିର୍ବୋଧ ବାଳକଟିଏ ପରି ପଚାରିଲେ, ‘କ’ଣ ?’

ମୋର ପରମାରାଧ୍ୟ ବାପା- ଏ ମୁହଁ କେବେ ତାଙ୍କର ନିନ୍ଦା କରିବ ନାହିଁ; କିନ୍ତୁ ସେଦିନ ସେଇ ଅବସ୍ଥାରେ ମା’କୁ ସେଇ ଶବ୍ଦଟା ପଚାରିଦେଇ ସିଏ ଯେ କେଡ଼େବଡ଼ ଭୁଲଟାଏ କରି ପକାଇଲେ ତା’ର ଆଉ ତୁଳନା ନାହିଁ । ମା’ ରାଗିଗଲା । କେବଳ ଯେ ରାଗିଗଲା ତା’ ନୁହେଁ, ଏକ ପ୍ରକାର ବାୟାଣୀ ହୋଇଗଲା । ତା’ପରେ ପରେ ତା’ ମୁହଁରୁ ସାହିର ଦୁଷ୍ଟ ପିଲାଙ୍କ ଉଦ୍ଦେଶ୍ୟରେ ଗାଳିର ଯେଉଁ ସ୍ରୋତ ଛୁଟିଲା ତା’ ଭିତରୁ ଚାକରାଣୀ, ମୁଁ, ଭାଇ, ବାପା କେହି ବାଦ ଗଲୁ ନାହିଁ । ସତେ ଅବା ଆମେସବୁ ମିଶି ଷଡ଼ଯନ୍ତ୍ର କରି କେବଳ ମା’କୁ ଅପମାନିତ କରିବା ପାଇଁ ଘର କାନ୍ଥ ଉପରେ ସେତକ ଅଶ୍ଳୀଳତା ଢ଼ାଳିଦେଇଚୁ ! ଅଥଚ ଏତେ ଅସ୍ଥିରତା, ଗାଳି ସତ୍ତ୍ୱେ ବି ମା’ ସିଧାସିଧି କଥାଟା କହିନାହିଁ ଯେ କାନ୍ଥ ଉପରେ ଦେଉଳଟିଏ ତୋଳା ହୋଇଛି !

କେମିତି ବା କହନ୍ତା ? ଯଦି ଆମଘର ମୁହଁରେ କିଏ ଆସି ଝାଡ଼ାଫେରି ଯାଆନ୍ତା, ତା’ହେଲେ କହି ହୁଅନ୍ତା ବାହାରେ ଗୁହ ପଡ଼ିଛି । ଯଦି ଦୁଆର ମୁହଁରେ ସ୍ତ୍ରୀ ଲୋକଟାଏ ଲଙ୍ଗଳା ମୁକୁଳା ହୋଇ ନାଚୁଥାନ୍ତା, ତା ହେଲେ ବି କହିହୁଅନ୍ତା ଯେ ବାହାରେ

ଲଙ୍ଗୁଳୀଟିଏ ଥେଇ ଥେଇ ନାଚୁଚି ! କିନ୍ତୁ ଯାହା ଘଟିଚି ତାହା ଯେ ଏସବୁଠାରୁ ଆହୁରି ହଜାର ଗୁଣରେ ଅଶ୍ଳୀଳ, ବୀଭତ୍ସ ! ତାକୁ ଦେଖିବା ପାଇଁ ସିନା ଆଖି ଅଛି, କିନ୍ତୁ କହିବ କିଏ ?

ମା'ର ଅସ୍ଥିରତା ଆମ ଘରେ ଏକ ସଂକ୍ରାମକ ରୋଗ। କ୍ରମଶଃ ଦେଖାଗଲା ଯେ ସମସ୍ତେ ବ୍ୟସ୍ତ ହେଉଛନ୍ତି, ଅଥଚ କିଏ କିଛି କହିପାରୁ ନାହାନ୍ତି। ସମସ୍ତଙ୍କ ମୁଣ୍ଡରେ ଉପାୟ ଭର୍ତ୍ତି ହୋଇ ରହିଚି, ଅଥଚ କିଏ କୌଣସି ଉପାୟ କାର୍ଯ୍ୟକାରୀ କରିପାରୁନାହାନ୍ତି ! ଯଦି ଅନ୍ୟ କେହି ଦେଖିବା ଆଗରୁ ସେଇଟାକୁ କେବଳ ମୁଁ ଦେଖିଥାନ୍ତି, ତା'ହେଲେ ତାକୁ ଆଉ କେହି ଦେଖନ୍ତେ ବି ନାହିଁ। ଅଥଚ ଏବେ ଯେ ଖୁବ୍ ବିଳମ୍ବ ହେଇଯାଇଛି- ଏବେ ସମସ୍ତେ ଦେଖି ସାରିଲେଣି; ତେଣୁ ତାକୁ ଲିଭେଇଦବା ମଧ୍ୟ ସମ୍ଭବ ନୁହେଁ ! କେତେକ ଅସଭ୍ୟ କଥା ଏତେବେଶୀ ଅସଭ୍ୟ ଯେ ତାକୁ କହିବା କି ଲେଖିବା ତ ଦୂରର କଥା, ସମସ୍ତଙ୍କ ଜାଣତରେ ଦେଖିବା କିମ୍ବା ଲିଭେଇବା ପାଇଁ ମଧ୍ୟ ସଂକୋଚ ଲାଗିବ ! ତେଣୁ ଯେ କୌଣସି ଅଶ୍ଳୀଳତା ପ୍ରତି ସବୁଠୁ ଭଲ ଓ ସବୁଠୁ ସୁବଧାଜନକ ପ୍ରତିକ୍ରିୟା ହଉଚି କିଛି ନ ଜାଣିଲା ପରି ଚୁପ୍ ଚାପ୍ ଚାହିଁ ମୁହଁ ବୁଲେଇ ଦେବା !

ସେଦିନ ସକାଳେ ଯେ ଘର ଭିତରର ଚାଳିଚଳନ, କଥାବାର୍ତ୍ତା ଓ ସମସ୍ତ ଆବାହାଓ୍ବା ଏତେ ବିରକ୍ତିକର ଓ ଓଜନିଆ ହୋଇଗଲା, ଏଥିରୁ ଆମେ ସମସ୍ତେ ବୁଝିନେଲୁ ଯେ ଘରର ସାମୂହିକ ମୁଡ୍‌ଟା ସବୁଠୁ ବେଶୀ ନିର୍ଭର କରୁଚି ମା'ର ମୁଡ୍ ଉପରେ ! ସେଦିନ ଘଟଣାକ୍ରମେ ମା' ସମୁଦାୟ ତିନିଥର ଘରବାରଣ୍ଡାକୁ ଯାଉ ଯାଉ କ'ଣ ଭାବି ଜିଭ କାମୁଡ଼ି ପୁଣି ଫେରି ଆସିଚି, ଚାକରାଣୀକୁ ବିନା କାରଣରେ ପ୍ରଚୁର ଗାଳି ଦେଇଚି ଓ ଏପରିକି ବାହାର କାନ୍ଥରେ ଅନେକ ଦିନ ହେଲା ଚୂନ ଦିଆ ହୋଇନାହିଁ ବୋଲି ବାପାଙ୍କୁ ମନେ ପକାଇ ଦେଇଛି।

ସେଦିନ ମୁଁ ଯେତେଥର ଘରୁ ବାହାରକୁ ବାହାରିଚି ସବୁବେଳେ କେମିତି ସ୍ପ୍ରିଙ୍ଗ୍ ପରି ମୁହଁଟା କାନ୍ଥଆଡ଼କୁ ବୁଲି ଯାଇଚି ଓ ସବୁଥର ଆଖିରେ ପଡ଼ିଚି ସେଇ ଅଶ୍ଳୀଳ କଦର୍ଯ୍ୟ ଲେଖା ଦି'ପଦ। ଆଖି ପଡ଼ିବା ମାତ୍ରେ ଇ କେମିତି ଅପରାଧୀ ଅପରାଧୀ ଲାଗେ, ଲାଜରେ ସେଠୁ ଦୌଡ଼ି ପଳାଇବା ପାଇଁ ଇଛା ହୁଏ, ଯାଆସ କରୁଥିବା ଲୋକେ କେହି କାଳେ ଦେଖି ପକାଇବେ ମନେକରି କେତେ ସଂକୁଚିତ ଲାଗେ !

ଅଥଚ କେହି କିଛି କରିପାରିଲୁ ନାହିଁ। ବାରଣ୍ଡା ବାଟେ ଚାଲିବାବେଳେ ବାପା ଭଦ୍ରଲୋକ ପରି କୁଆଡ଼େ ନ ଅନେଇ ସିଧା ରାସ୍ତାକୁ ଯିବାର ଅଭ୍ୟାସ କରିଦେଲେ। ଭାଇ କାନ୍ଥ ପାଖରେ ମୁଣ୍ଡ ପୋତି ପୋତି ଚାଲିଲା ଯେମିତି କାନ୍ଥଟା

ତା'ର ଦେଢ଼ଶୁର ଓ ସେ କାନ୍ଥଟାର ଆଜ୍ଞାଧୀନ ଭାଇବୋହୂ। ଏତେ ଅଶ୍ଳୀଳ ଏତେ ଅସୁନ୍ଦର ଜିନିଷଟାକୁ ଆମେ କେହି ନଷ୍ଟ କରିପାରିଲୁ ନାହିଁ! କେମିତି ବା କରିଥାନ୍ତୁ? ଏପରିକି ଏ ବିଷୟ ନେଇ କାହାକୁ କିଛି ଗୋଟାଏ କହିବା ପାଇଁ ଅନ୍ତତଃ ଯେତିକି ମୁକୁଳା ସଂପର୍କ, ଯେତିକି ସ୍ୱାଧୀନତା ଦରକାର ସେତିକି ସୁଦ୍ଧା ଆମଠି ନ ଥିଲା! ଆମେ ପରସ୍ପର ପାଖରେ ଏତେ ଖୋଲାଖୋଲି ନ ଥିଲୁ। ଏଥିପାଇଁ କେବଳ ସେତେବେଳେ ମୁଁ ଭାବୁଥିଲି ଯେ ବୋଧହୁଏ ଆମଘରେ କିଛି ଗୋଟାଏ ନାହିଁ-କ'ଣଟାଏ ଊଣା ପଡ଼ିଯାଉଚି। ଗୋଟାଏ ଅଭାବ, ଗୋଟାଏ ଅନୁପସ୍ଥିତି ସବୁବେଳେ ଆମଘରେ ରହିଚି- କାହାର ଅନୁପସ୍ଥିତି କେଉଁ ଜିନିଷର ବା କେଉଁ ମଣିଷର-ତା କିନ୍ତୁ କହିବା କଠିନ!

କଥାଟା କେତେବେଳେ କେମିତି ଆରମ୍ଭ ହୋଇଗଲା ଏବେ ଠିକ୍ ମନେପଡ଼େନାହିଁ, କିନ୍ତୁ ଦେଖୁ ଦେଖୁ ଅଠାଟା ଆସି ଲାଗିଯାଇଚି ମୋ ମୁଣ୍ଡରେ। ମନେପଡ଼େ, ସେଦିନ ସନ୍ଧ୍ୟାରେ ବାରଣ୍ଡାରେ ଠିଆହୋଇ କାନ୍ଥ ବିଷୟ ନେଇ ଚିନ୍ତା କରୁଥିବା ବେଳେ ହଠାତ୍ ମୁଁ ଗୋଟିଏ ସିଦ୍ଧାନ୍ତ ନେଇଯାଇଥିଲି! ମୁଁ ହୁଣ୍ଡାଟାଏ ବୋଲି ଘରେ ପୁରୁଣା ଖ୍ୟାତି ରହିଚି- ଯେଉଁ କାମରେ କେହି ହାତ ଦେବେ ନାହିଁ ସେଇ କାମରେ କୁଆଡ଼େ ମୁଁ ହାତ ତ ହାତ ପୂରା ମୁଣ୍ଡ ଭର୍ତ୍ତି କରିପକାଏ! ଆଉ କାନ୍ଥ ବ୍ୟାପାର ନେଇ ମଧ୍ୟ ଯଦି ମୋତେ ବିରାଡ଼ି ବେକରେ ଘଣ୍ଟି ବାନ୍ଧିବାକୁ ପଡ଼େ, କ୍ଷତି କ'ଣ?

କାନ୍ଥରୁ ଅଙ୍ଗାରରେ ଲେଖା କଳା ଅକ୍ଷର କେତେଟା ଲିଭାଇବା ପାଇଁ ମୋର ସବୁ ଯୋଜନା ପ୍ରାୟ ସରିଥିଲା! ଏପରିକି ଯଦି ଲିଭାଇବା ବେଳେ ଭାଇ କି ମା', କେହି ଦେଖି ପକାନ୍ତି ତା' ହେଲେ ତାଙ୍କୁ କ'ଣ କହିବି ତା' ମଧ୍ୟ ଅଧା ଅଧି ଭାବି ସାରିଥିଲି। ଯଦି ଦେଖିସାରି ଚୁପ୍‌ଚାପ୍ ଫେରି ଯାଆନ୍ତି ତ ଭଲ କଥା, କିନ୍ତୁ ଆଉ କିଛି ବେଶି ବାହାଦୁରୀ ଦେଖେଇଲେ ମୁଁ ସିଧାସିଧି କହିଦିଅନ୍ତି ଯେ ଏସବୁ ତୁନିତାନି କରିବାଟା ମୋତେ ଭଲ ନୁହେଁ! 'ତୁ କ'ଣ ବୁଝିପାରୁନୁ ମା' ଆମ ଭିତରେ ଯେ ଭଲ ବୁଝାମଣା ନାଇଁ-ଖୋଲାଖୋଲି ସଂପର୍କ ନାଇଁ- କାନ୍ଥରେ ଥିବା ଏଇ ଅକ୍ଷର କେତେଟା ଆମ ଭିତରର ଏଇ ଅବୁଝାମଣାକୁ ଖଡେଇ ହଉଥିବା କେତେଟା ଦାନ୍ତ-' ମୁଁ ପୂରା ଭାଷଣଟିଏ ମନେ ମନେ ଅଭ୍ୟାସ କରିପକାଇଥିଲି। ମା' ବେଳେବେଳେ ନଭେଲ୍ ଫଭେଲ୍ ପଢ଼େ, ସେ ମୋ ଭାଷଣକୁ ପସନ୍ଦ କରିଥାନ୍ତା।

ହଠାତ୍ ମା' ଡାକରେ ଚମକିପଡ଼ି ମୁଁ ବାରଣ୍ଡା ଉପରେ ହଡ଼ବଡ଼େଇ ଗଲି। 'କ'ଣ କରୁଚୁ ଏଠି?" ମା' ବିରକ୍ତ ହୋଇ ପଚାରିଲା!

ସେଠି ମୁଁ କ'ଣ କରୁଥିଲି ତା' ବି ଠିକ୍ ମନେନାହିଁ। ବୋଧେ କିଛି କରୁ ନ ଥିଲି।

ମା' କହିଲା, 'ଆ ଇଆଡ଼େ!' ମୁଁ ଭିତରକୁ ଆସିଲ। ସେ ପୁଣି ପଚାରିଲା, 'ସବୁବେଳେ ଏମିତି ଛତରାଙ୍କ ପରି ବାହାରେ ଠିଆ ହେଉଚୁ କାହିଁକି?'

ମା' ଅବଶ୍ୟ ଏତେ ନିରର୍ଥକ ପ୍ରଶ୍ନଟେ ପଚାରିବା ଉଚିତ ହେଲାନାହଁ- କିନ୍ତୁ ଏବେ ଭାବୁଚି ତା' ପ୍ରଶ୍ନର ମୁଁ ଯେଉଁ ଉତ୍ତର ଦେଲି ତା' ବି ଆଦୌ ଉଚିତ ହେଲାନାହିଁ। ମୁଁ ମୁହେଁ ମୁହେଁ ପଚାରିଦେଲି, 'ନିଜ ଘର ବାରଣ୍ଡାରେ ଠିଆ ହେବାଟା କ'ଣ ଛତରାମୀ?'

ତା' ପରେ? ତା'ପରେ ମା' ବୋଧହୁଏ ମୋତେ ଗୋଟା ସୁଦ୍ଧା ଗିଳି ଦେବାପରି ଆଖିରେ କିଛି ସମୟ ଦେଖିଥିବ। ମୁଁ ଚୌକିରେ ବସି ଥାଟ କରୁଥିବାବେଳେ ମୋତେ ଜେରା କଲାଭଳି କ'ଣ ଗୁଡ଼ାଏ ପଚାରିଥିବ କି କ'ଣ! ମା' ନିଜେ ଯେତେବେଳେ ଅନ୍ୟ ଉପରେ ବିରକ୍ତ ହୋଇଯାଏ ସେତେବେଳେ ଅନ୍ୟ କିଏ ତା' ଉପରେ ବିରକ୍ତ ହୋଇଯିବା ଖୁବ୍ ସହଜ ଓ ଖୁବ୍ ସମ୍ଭବ। ମୁଁ ବୋଧହୁଏ ସେତେବେଳେ ତା'ର ସବୁ ପ୍ରଶ୍ନର ଉତ୍ତର ଯଥେଷ୍ଟ ବୁଝିସୁଝି ଦେଇନାହିଁ- ଖାମଖିଆଲୀ ଭାବେ କ'ଣ ଗୁଡ଼ାଏ ହଁ ନା କରି କହିଦେଲି। ତା'ପରେ ମା' ଧମକଦେଇ କହିଲା, 'ଏୟା ହଉଚି ତା' ହେଲେ ନାହିଁ?'

-'କ'ଣ ହଉଚି?' ମୁଁ ଜମା କିଛି ବୁଝିପାରିଲି ନାହିଁ।

-'ବାପା ଆସନ୍ତୁ ତୋ କଥା ଦେଖାଯିବ!'

ବାପା ଯଥା ସମୟରେ ଆସିଲେ; କିନ୍ତୁ କିଛି ହେଲା ନାହିଁ। ସନ୍ଧ୍ୟାବେଳର ଯେଉଁ ସମୟଟା ବାପାଙ୍କ ଆଗରେ ମା' ଆମମାନଙ୍କ କଥା କହିବା ପାଇଁ ନିର୍ଦ୍ଧାରିତ, ସେତିକିବେଳକୁ ମୁଁ ଲୁଚି ନେଇ ସବୁକଥା ଶୁଣି ପକାଇଲି। ମା' ମୋ ନାଁରେ ସିଧାସିଧି କିଛି କହିନାହିଁ। ଅଥଚ ଯେଭଳି ଭଙ୍ଗୀରେ ଓ କଣ୍ଠରେ ମୁଁ ଛତରା ହୋଇଗଲିଣି ବୋଲି ବାପାଙ୍କୁ ଜଣାଇଲା ସେଥିରୁ ଯେ କେହି ଅନୁମାନ କରିବ ଯେ ମୁଁ ନିଶ୍ଚୟ ଗୋଟାଏ ଗାଈକୁ ଜିଅନ୍ତା ନିଆଁରେ ପୋଡ଼ି ମାରିଦେଇଚି!

ରାତିହେବା ପରେ ହିଁ ମୁଁ ଜାଣିବାକୁ ପାଇଲି ଯେ କାନ୍ଥ ମାମଲାରେ ମୋତେ ସନ୍ଦେହ କରାଯାଉଛି। କେମିତି କେଜାଣି ପାରିପାର୍ଶ୍ୱିକ ପ୍ରମାଣରୁ ଓ ମୋର ସନ୍ଦେହଜନକ ଚାଲିଚଳନରୁ ମା' ଓ ସମ୍ଭବତଃ ଅନ୍ୟମାନେ ମଧ୍ୟ ଭାବିଲେଣି ଯେ ମୁଁ ହିଁ ଘର କାନ୍ଥରେ ଯାଇ ଏତେବଡ଼ କଥାଟିଏ ଲେଖି ପକାଇଚି! ସାହିର ଛତରା ପିଲାଙ୍କ ମୁଣ୍ଡରୁ ଯାଇ ଦୋଷଟା ମୋ ମୁଣ୍ଡରେ ଲଦା ହୋଇଗଲା।

ଅଥଚ ଅବସ୍ଥା ଏମିତି ଯେ କେହି ମତେ ସିଧାସିଧି ଗାଳି ବି ଦେଉ ନାହାନ୍ତି ! ଯାହା ମୁଁ ଲେଖିଚି ବୋଲି ଭାବୁଛନ୍ତି ତାକୁ ଲିଭାଇ ଦେବା ପାଇଁ ହୁକୁମ ବି ଦେଉ ନାହାନ୍ତି ! ମୁଁ ନିଜ ତରଫରୁ ଯୁକ୍ତି କରିପାରିଲି ନାହିଁ କି ମୋ ଭାଷଣକୁ ଖଲାସ ବି କରିପାରିଲି ନାହିଁ। ସମସ୍ତେ ମତେ ସନ୍ଦେହ କଲେ ଓ କେବଳ ସନ୍ଦେହ ଛଡ଼ା ଆଉ କିଛି କଲେ ନାହିଁ-ଯେମିତି ସନ୍ଦେହଟା ହିଁ ଯଥେଷ୍ଟ ! ବାପାଙ୍କର ଗୋଟାଏ ପୁରୁଣା ଅଭ୍ୟାସ ରହି ଆସିଚି ଯେ ସେ ସନ୍ଦେହଟା ହିଁ ଯଥେଷ୍ଟ ବୋଲି ଧରି ନିଅନ୍ତି। ବର୍ଷକ ତଳେ ମା'ର ସୁନା ମୁଦିଟାଏ ହଜିଯିବାର ସାତ ଦିନ ପରେ ଥରେ ବାପା ପରମ ସନ୍ତୋଷରେ କହିପକାଇଥିଲେ, 'ମୁଁ ଜଣକୁ ସନ୍ଦେହ କରୁଚି।' ତା'ପରେ ମା'ର ହଜିଯାଇଥିବା ମୁଦି ବିଷୟରେ ତାଙ୍କର ଅଧାଅଧି ଦୁଃଖ ଓ ଚିନ୍ତା କମିଗଲା, ଯେମିତି ଜଣକୁ ସନ୍ଦେହ କରିବାଟା ମୁଦିର ଅଧା ଫେରି ପାଇବା ସାଙ୍ଗରେ ସମାନ।

ତେଣୁ ମୋ ଉପରେ ସନ୍ଦେହଟା ଠୁଳ କରିନେଇ ଓ ମୋତେ ଥରେ ସମସ୍ତଙ୍କ ସାମ୍ନାରେ 'ବାଲୁଙ୍ଗା' ବୋଲି କହିଦେଇ ବାପା ଧରିନେଲେ ଯେ ଘରର କାନ୍ଥ ସଂପର୍କରେ ତାଙ୍କର ଆଉ ବେଶି କିଛି କରିବାର ନାହିଁ। ଏଥର ଆଉ କାନ୍ଥରେ ଚୂନଫୁନ ଲଗେଇବା ଦରକାର ହେବ ନାହିଁ।

ମୋତେ ସେଦିନ ରାତିରେ ନିଦ ହେଲା ନାହିଁ। କିଏ କାହାକୁ କିଛି ନ କହିଲେ ସୁଦ୍ଧା ଘରର ସମୁଦାୟ ଆବାହାୱାକୁ ଦୁଇଟା ଅସଭ୍ୟ ଶବ୍ଦ କେତେ ଓଜନିଆ କରି ଦେଇଚି ଏକଥା କେମିତି ଅସ୍ୱୀକାର କରିହେବ ? ଘରର ସମସ୍ତଙ୍କ ମୁହଁରେ, କାନ୍ଥରେ, ପବନରେ ଓ ଏପରିକି ଟେବୁଲ ଚୌକିରେ ମଧ୍ୟ ଝୁଲି ରହିଚି ସେଇ ଅଶ୍ୱସ୍ତି ଓ ଅସନ୍ତୋଷ ! ସମସ୍ତେ ଜାଣୁଛନ୍ତି କେଉଁ ସନ୍ଧିରେ କଣଟାଏ ବିଗିଡ଼ି ଯାଇଛି, ଅଥଚ ତାକୁ କିଏ ସଜାଡ଼ି ଦେଇ ପାରିଲେ ନାହିଁ ! କି ଆଶ୍ଚର୍ଯ୍ୟ !

ମୋର ଆଉ କିଛି ସନ୍ଦେହ ନ ଥିଲା ଯେ ମୋତେ ହିଁ ସବୁ ଠିକଠାକ୍ କରିବାକୁ ପଡ଼ିବ। କିନ୍ତୁ ସତକଥା କହିବାକୁ ଗଲେ ଅକ୍ଷର କେତେଟା ଲିଭାଇ ଦେବା ପାଇଁ ସେତେବେଳେ ମୋର ଆଉ ଇଚ୍ଛା କି ଆଗ୍ରହ ନ ଥିଲା ! ବରଂ ମୋତେ ସନ୍ଦେହ କରିବା ପରେ ହଠାତ୍ ଯଦି ତା' ଆରଦିନ ସକାଳୁ ମା', ବାପା, ଭାଇ ସବୁ ଦେଖନ୍ତି ଯେ କାନ୍ଥଟା ଆଗପରି ପରିଚ୍ଛନ୍ନ ହୋଇଯାଇଛି, ତା' ହେଲେ ମୋ ଅପରାଧଟା ଆହୁରି ଦୃଢ଼ ଭାବରେ ପ୍ରମାଣିତ ହେବା ହିଁ ସାର ହେବ ! ମୋର ଉଦ୍ଦେଶ୍ୟ ହେଲା ଯେଉଁ କେତେଟା ଅକ୍ଷର ଆମ କାନ୍ଥରେ ଦି'ଦିନ ହେଲା ଜିକ୍‌ଜିକ୍ ହୋଇ ଜଳୁଛି, ତାକୁ ଅତି ଗୌଣ ଅତି ମଳିନ କରିଦେବା ! ଆଉ ସେଥିପାଇଁ ଆଉ ଗୋଟିଏ ହିଁ ଉପାୟ ବାକିଥିଲା-ଆଉ ସେତେବେଳେ ସେଭଳି ଉପାୟଟାଏ ବାହାର କରିବା ପାଇଁ

ଆମ ଘରେ ଗୋଟିଏ ହିଁ ମୁଣ୍ଡ ଥିଲା-ମୋର। ଏବେ ଅବଶ୍ୟ ମାନିଯାଉଚି ଯେ ମୁଁ ନିଜେ ଉପାୟଟି ଆଲିବାବା ଗପରୁ କପି କରିନେଇଥିଲି !

ଅନ୍ଧାରରେ ସମସ୍ତେ ଶୋଇଯିବା ପରେ ମୁଁ କାମରେ ବାହାରିପଡ଼ିଲି । ଚୋରଙ୍କ ପରି ପାଦ ଚିପି ଚିପି ବାରଣ୍ଡା ତଳକୁ ଓହ୍ଲାଇ ଆସିବା ପାଇଁ ବେଶି କଷ୍ଟ ହେଲାନାହିଁ। ତା'ପରେ ଖାଲି କାମଟା ବାକି। ସବୁଠୁ ବେଶି ଗାଢ଼, ଚିକ୍‌ଚିକ୍ କୋଇଲା ନେଇ ପାଣିରେ ଭିଜାଇ ମୁଁ ପଡ଼ିଶାଘର କାନ୍ଥରେ ଲେଖିବାକୁ ଆରମ୍ଭ କରିଦେଲି-ଅବିକଳ ଯାହା ଯେମିତି ଆମ କାନ୍ଥରେ ଲେଖାଥିଲା ସେମିତି।

ତା'ପରେ ତା' ପାଖଘର। ତା' ପାଖଘର। ଧାଡ଼ି ଧାଡ଼ି ସବୁଘର, ସାହିଯାକର ଘର। ଆମ ବସ୍ତିର ପିଲାଏ ଯେ ଆଜିକାଲି ନିହାତି ଛତରା ହୋଇଗଲେଣି, ତାକୁ ମୁଁ ୟା'ଠୁ ବେଶି ସୁନ୍ଦର ଭାବେ ଆଉ କେବେ ପ୍ରମାଣିତ କରିପାରନ୍ତି ନାହିଁ। ବିଳମ୍ବରେ ହେଲେ ସୁଦ୍ଧା ମୁଁ ବୁଝିଗଲି ଯେ ଆମ କାନ୍ଥକୁ ଅନ୍ୟ ସବୁ କାନ୍ଥପରି ପରିଷ୍କାର କରିଦେବା ଅପେକ୍ଷା ଅନ୍ୟ ସବୁ କାନ୍ଥକୁ ଆମ କାନ୍ଥ ପରି ବିକୃତ କରିଦେବା ବେଶି ନିରାପଦ।

ସକାଳୁ ଉଠି ମୁଁ କ'ଣ ଦେଖିବି ? ଦେଖିବି ଯେ ସାହିର ଅନ୍ୟ ସବୁ ଘର ସାଙ୍ଗରେ ଆମ ଘର ସମାନ ହୋଇଯାଇଚି ବା ସବୁ ଘରର ସାର୍ବଜନୀନ ଅଶ୍ଳୀଳତା ଭିତରେ, ଭିଡ଼ ଭିତରର ମଣିଷଟିଏ ପରି ଆମଘର କେତେ ବିଶେଷତ୍ୱହୀନ ଅଚିହ୍ନା ଓ ସାଦା ହୋଇଯାଇଚି।

■

ଅନ୍ଧସୂତ୍ର

ଅନେକ ବର୍ଷ ତଳେ ଦିନେ ସକାଳବେଳା ଅନ୍ଧଲୋକଟିଏ କୃପାରାମଙ୍କ ବ୍ୟାଙ୍କ ଭିତରକୁ ପଶିଆସିଥିଲା। ପ୍ରଥମେ ତଳପାହାଚରେ ଠିଆହୋଇ ଚାରିଆଡ଼କୁ ଅନେଇଲା, ସତେ ଯେମିତି ତାକୁ ସବୁ ଦିଶୁଛି। ତା'ପରେ ବାଡ଼ି ଠକ୍‌ଠକ୍ କରି ପାହାଚ ଉପରକୁ ଉଠି ସିଧା ଉପରକୁ ଆସିଗଲା। ସେତେବେଳେ ବ୍ୟାଙ୍କର ମ୍ୟାନେଜର୍ କୃପାରାମ ନିଜ ବଖରାରେ ବସି ତାଙ୍କ ଟେବୁଲ୍ ଉପରେ ଖୋଲା ପଡ଼ିଥିବା କାଗଜପତ୍ର ଉପରକୁ ଝୁଙ୍କି ପଡ଼ିଥିଲେ। ଅନ୍ଧଲୋକର ପୋଷାକପତ୍ର ଓ ଚେହେରା ଉଭୟ ଅପରିଚ୍ଛନ୍ନ। ସେ ପିନ୍ଧିଥିବା ପ୍ଲାଷ୍ଟିକ୍ ଚପଲ ତଳେ ଘୋଷାଡ଼ି ହୋଇ ଯେଉଁ ଖର୍‌ଖର୍ ଶବ୍ଦ କରୁଥିଲା, ତା'ସହିତ ବାଡ଼ିର ଠକ୍‌ଠକ୍ ଶବ୍ଦ ମିଶି ଏକ ଅତ୍ୟନ୍ତ ଅରୁଚିକର ଶବ୍ଦ ସୃଷ୍ଟିକଲା। କୃପାରାମଙ୍କୁ ସେହି ଶବ୍ଦଟି ଶୁଭିଲା ସିମେଣ୍ଟ ଚଟାଣର ମୃଦୁ ଆର୍ତ୍ତନାଦ ପରି। ସମ୍ଭବତଃ ସେଥିପାଇଁ ସେ ଫାଇଲ୍ ଉପରୁ ମୁଣ୍ଡଟେକି ସିଧା ଆଗକୁ ଅନେଇଲେ ଏବଂ କାଚର କାନ୍ଥ ଦେଇ ଅନ୍ଧଲୋକ ଉପରେ ଦୃଷ୍ଟି ପହଁରାଇନେଲେ। ନ ହେଲେ ପ୍ରତିଦିନ ବ୍ୟାଙ୍କ୍‌କୁ କେତେ ଲୋକ ଯାଆନ୍ତି, ଆସନ୍ତି। ସେ କ'ଣ ସମସ୍ତଙ୍କୁ ଗୋଟିଗୋଟି ଦେଖନ୍ତି ନା ଦେଖିବାପାଇଁ ତାଙ୍କର ସମୟ ଥାଏ ?

ସେଇଟା ପ୍ରାୟ ଉଣେଇଶ ପଞ୍ଚାଅଶୀ ମସିହାର ଫେବୃଆରୀ କିମ୍ବା ମାର୍ଚ୍ଚ ମାସର କଥା ହୋଇଥିବ। ଏବେ ଏତେ ବର୍ଷ ପରେ ମଧ୍ୟ ଘଟଣାର ସମୟକାଳ କୃପାରାମଙ୍କର ମନେଅଛି କାରଣ ତା'ର ଅଳ୍ପ କିଛି ମାସ ତଳେ ଭୋପାଳ ସହରରେ ବିଷାକ୍ତ ବାଷ୍ପ ସଞ୍ଚରିଯିବା ଯୋଗୁଁ ହଜାର ହଜାର ଲୋକ ମରିଯାଇଥିଲେ। ଆହୁରି ଅନେକ ଲୋକ ରୁଗ୍‌ଣ, ବିକଳାଙ୍ଗ ଓ ଅନ୍ଧ ହୋଇଯାଇଥିଲେ।

ଏବେ ସିନା କୃପାରାମ ବୁଢ଼ା ହୋଇ, ଚାକିରିରୁ ଅବସର ନେଇ ଘରେ ବସିଛନ୍ତି, ସେତେବେଳେ ସେ ଯୁବକ ଥିଲେ। ଆଗରୁ କିଛିବର୍ଷ ଅଧ୍ୟାପନା କରିଥିବାରୁ ନିଜର ଯଥାସାଧ୍ୟ ଉଦ୍ୟମ ସତ୍ତ୍ୱେ ଶିକ୍ଷକ-ସୁଲଭ ଆଦର୍ଶବାଦ ମନରୁ ପୂରା ଲିଭିନଥାଏ।

ଆଗରୁ ତାଙ୍କର ଧାରଣା ଥିଲା ଯେ ବ୍ୟାଙ୍କର ମ୍ୟାନେଜରମାନେ ଖୁବ୍ ମର୍ଯ୍ୟାଦାବନ୍ତ ଲୋକ ହୋଇଥିବେ। ନିଜେ ମ୍ୟାନେଜର୍ ବନିଯିବା ପରେ ଆଖି ଉପରେ ଜମିରହିଥିବା ବହଳ ପରଦା ଆସ୍ତେ ଆସ୍ତେ ହଟିଆସୁଥିଲା।

ଏବେ ହଠାତ୍ ଅନ୍ଧଲୋକଟିଏ ଦେଖି, କୌଣସି ସଂଗତି କିମ୍ବା ସମ୍ପର୍କ ନଥାଇ ସୁଦ୍ଧା, ଭୋପାଳର ବାଷ୍ପ-ଆକ୍ରାନ୍ତ ଅନ୍ଧମାନଙ୍କ କଥା ତାଙ୍କର ମନେପଡ଼ିଗଲା। ନିଜ କାଚବନ୍ଧା କୋଠରି ଭିତରୁ ସେ କିଛିସମୟ ଅନ୍ଧଲୋକକୁ ଅନାଇବସିଲେ। ତା'ପରେ ସେକଥା ଭୁଲିଗଲେ ଓ ନିଜ କାମରେ ମଗ୍ନ ହୋଇଗଲେ। ସେତେବେଳେ ଜାଣିବାର ଉପାୟ ନଥିଲା ଯେ ସେଇ ଅନ୍ଧ ମଣିଷର ଜୀବନରୁ କାଣିଚାଏ ଆସି ତାଙ୍କ ସହିତ ଛନ୍ଦି ହୋଇଯିବ।

ପ୍ରାୟ ତିରିଶ ଚାଳିଶ ମିନିଟ୍ ପରେ ବ୍ୟାଙ୍କର ଡେପୁଟି ମ୍ୟାନେଜର ରତ୍ନମ୍ ତାଙ୍କ କୋଠରି ଭିତରକୁ ଆସି କହିଲେ, 'ସାର୍ ଗୋଟାଏ ପ୍ରୋବ୍ଲେମ୍!'

- 'କ'ଣ ପ୍ରୋବ୍ଲେମ୍?'

- 'ଅନ୍ଧ ଲୋକଟାଏ ଆସି କହୁଛି, ଦଶହଜାର ଟଙ୍କା ଜମା ରଖିବ।'

- 'ଏଥିରେ ପ୍ରୋବ୍ଲେମ୍ କ'ଣ?'

- 'ତା'ର ଖାତା ନାହିଁ।'

- 'ତା' ହେଲେ ନୂଆ ଆକାଉଣ୍ଟ ଖୋଲିବ। ମୋତେ କହିବାର କ'ଣ ଅଛି? ତମ ପାଖକୁ ବି ବ୍ୟାପାରଟା ଆସିଲା କାହିଁକି? କାଉଣ୍ଟରରେ କାମ ହୋଇଯିବା କଥା!'

- 'ସାର୍, ଲୋକଟା ପୂରା ବ୍ଲାଇଣ୍ଡ। ନିଜ ନାଁ ବି ଲେଖିପାରୁ ନାହିଁ। ଇଲିଟେରେଟ୍।'

- 'କ'ଣ ହେଇଗଲା ସେଇଠୁ? ଟ୍ରିଟ୍ ହିମ୍ ଲାଇକ୍ ଏନି ଅଦର କଷ୍ଟୋମର।'

ଏତିକି କହିବା ପରେ ହଠାତ୍ ଥମିଗଲେ କୃପାରାମ। ଭୁଲ୍ ହୋଇଗଲା।

ବ୍ଲାଇଣ୍ଡ ଓ ଇଲିଟରେଟ୍ - ଏହି ଦୁଇଟା ଶବ୍ଦ ଶୁଣିବା ପରେ ହଠାତ୍ ତାଙ୍କର ଜ୍ଞାନ ଉଦୟ ହେଲା ଯେ ତାକୁ 'ଏନିଅଦର କଷ୍ଟୋମର' ସହିତ ସମାନ କରାଯାଇ ପାରିବ ନାହିଁ।

ନିଜ କଥା ଫେରାଇନେଇ କୃପାରାମ କହିଲେ, 'ଓକେ, ବୁଝିଗଲି। ରତ୍ନମ୍, ତୁମେ ଏଠି କିଛି ସମୟ ବସ।'

ମ୍ୟାନେଜରଙ୍କ ଟେବୁଲ ସାମ୍ନାରେ ଥିବା ଗୋଟାଏ ଚୌକିରେ ରତ୍ନମ୍ ବସିଗଲେ। କାଚଘର ବାହାରେ ଜଣାଅଜଣା ଗରାଖଙ୍କ ଗହଳି ଭିତରେ କେଉଁଠି ଅନ୍ଧ ଲୋକଟିଏ ଅପେକ୍ଷା କରି ବସିଥିବ।

ଏଭଳି ଲୋକଙ୍କ ନାମରେ ଆକାଉଣ୍ଟ୍ ଖୋଲିବା ପାଇଁ ସ୍ୱତନ୍ତ୍ର ନିୟମ ଅଛି ବୋଲି କୃପାରାମ ଜାଣିଥିଲେ, କିନ୍ତୁ ଆଗରୁ ଅଭିଜ୍ଞତା ନ ଥିବାରୁ ସେସବୁ ବିଧିବଧାନ କେବଳ ପୋଥିବାଇଗଣ ହୋଇ ରହିଯାଇଥିଲା। ଏବେ ସତ, ଜିଅନ୍ତା ଅନ୍ଧଟିଏ ହାବୁଡ଼ିଯିବାରୁ ପୋଥି ଖୋଲିବାକୁ ପଡ଼ିଲା। ବ୍ୟାଙ୍କ୍‌ର ବିଧିବିଧାନ ପାଇଁ ବେଦ, ବାଇବେଲ ବୋଲାଯାଉଥିବା କାର୍ଯ୍ୟସଂହିତାକୁ ଆଲମାରୀ ଭିତରୁ ବାହାରକରି କୃପରାମ ଟେବୁଲ୍ ଉପରେ ଥୋଇଲେ। ରତ୍ନମ୍‌ଙ୍କୁ କହିଲେ, 'ମାନୁଏଲ୍ କ'ଣ କହୁଛି, ଖୋଜି ବାହାର କର।'

ରତ୍ନମ୍‌ଙ୍କ ଚନ୍ଦନଚିତାମଣ୍ଡିତ ଚେହେରାରେ ଉଦ୍ରେକ ହେଲା ଯେଉଁ ଚାହାଣି, ତା'ର ଅର୍ଥ ଥିଲା ଯେ ସାର୍, ଆପଣ ଏତିକି ବି ଜାଣିନାହାନ୍ତି? ମୋତେ ସେସବୁ ପାଠ ମାଲୁମ୍। ମୋତେ ପଚାରିଲେ ମୁଁ କହିଦେଇ ପାରିବି। ଏଥିପାଇଁ ମାନୁଏଲ୍ ଦେଖିବା ଅନାବଶ୍ୟକ।

କିନ୍ତୁ ଏପରି କୌଣସି କଥା ନ କହି ସେ ଧୀରେଧୀରେ ମାନୁଏଲ୍‌ର ପୃଷ୍ଠା ଓଲଟାଇଲେ।

କୃପାରାମ ଭଲଭାବେ ଜାଣନ୍ତି ଯେ ସବୁ ବିଧି, ବିଧାନ, କାର୍ଯ୍ୟ ପଦ୍ଧତି ବିଷୟରେ ରତ୍ନମ୍‌ଙ୍କ ଜ୍ଞାନ ଅତି ଗଭୀର। କେବଳ ସେସବୁ ଜ୍ଞାନକୁ କାମରେ ବ୍ୟବହାର କରିବା ପାଇଁ ସେ ସଦାକୁଣ୍ଠିତ। ଭାରି କର୍ମଠ ଓ ଅନୁଗତ। ଶୃଙ୍ଖଳାବଦ୍ଧ। କିନ୍ତୁ ତାଙ୍କର ବଦ୍ଧମୂଳ ଧାରଣା ଯେ ବ୍ୟାଙ୍କର ଜଣେ ଅଫିସର୍ ହିସାବରେ ସେ ଯାହା ସିଦ୍ଧାନ୍ତ ନେବେ ଅଥବା ଯେତେ ସ୍ୱାକ୍ଷର କରିବେ, ସେସବୁ ଗୋଟିଏ ଗୋଟିଏ ଅଦୃଶ୍ୟ ବୋମା ହୋଇ ରହିଯିବ। ପରେ କେଉଁ ବୋମା କେତେବେଳେ ଫୁଟିଯାଇ ତାଙ୍କୁ ଧ୍ୱସ୍ତବିଧ୍ୱସ୍ତ କରିଦେବ, ଆଦୌ କହିହେବ ନାହିଁ। ତେଣୁ ନିଜର ସୁରକ୍ଷିତ ଭବିଷ୍ୟତ ପାଇଁ କେବେ କୌଣସି ନିର୍ଣ୍ଣୟ ନେବା ଏବଂ ସ୍ୱାକ୍ଷର କରିବା ଏକାନ୍ତ ବର୍ଜନୀୟ, ନିହାତି ବାଧ ନ ହେଲେ।

କିଛି ସମୟ ପୃଷ୍ଠା ଓଲଟାଇ ରତ୍ନମ ନିର୍ଦ୍ଦିଷ୍ଟ ପୃଷ୍ଠା ପାଖରେ ଅଟକିଯାଇ କହିଲେ, 'ସାର୍ ଏଇଠି ଅଛି।'

କୃପାରାମଙ୍କ ମୁହଁ ଆଗରେ ସେ ପୃଷ୍ଠା ଖୋଲି ମାନୁଏଲ୍‌କୁ ଥୋଇବାକୁ ଯାଉଥିଲେ, କିନ୍ତୁ ତାଙ୍କୁ ଅଟକାଇ କୃପାରାମ କହିଲେ, 'ତମେ ବଡ଼ପାଟିରେ ପଢ଼, ମୁଁ ଶୁଣୁଛି।'

ରତ୍ନମ୍‌ଙ୍କ ସ୍ପଷ୍ଟ ଓ ନିର୍ଭୁଲ ଉଚ୍ଚାରଣରେ ସତେ ଅବା ବହିର ପାଠ କୃପାରାମଙ୍କ ଆଗରେ ଜୀବନ ପାଇ ଠିଆ ହୋଇଗଲା- 'ଚାପ୍‌ଟର୍ ଦୁଇ। ପାରା ନମ୍ବର ସତର।

ଅନ୍ୟ ସବୁ ବ୍ୟକ୍ତିଙ୍କ ପରି ଅନ୍ଧଲୋକମାନେ ମଧ୍ୟ ଯେକୌଣସି ଚୁକ୍ତିରେ ଅନୁବନ୍ଧିତ ହୋଇପାରିବେ। କିନ୍ତୁ ସେମାନଙ୍କର ଅକ୍ଷମତାର ସୁଯୋଗ ନେଇ ଅନ୍ୟ କେହି ଅନଧିକୃତ ଦେଣନେଣ କିମ୍ବା ପ୍ରବଞ୍ଚନାମୂଳକ କାରବାର କରିବାର ଆଶଙ୍କା ରହୁଥିବାରୁ ଏପରି ବ୍ୟକ୍ତିଙ୍କ ନାମରେ ଜମାଖାତା ଖୋଲିବାବେଳେ ଯଥେଷ୍ଟ ସତର୍କତା ଅବଲମ୍ବନ କରିବାକୁ ପଡ଼ିବ।'

ଏତିକି ପଢ଼ି ରତ୍ନମ୍ ମୁଣ୍ଡଟେକି ଚାହିଁଲେ, ବୋଧହୁଏ ପ୍ରକୃତରେ ମ୍ୟାନେଜର୍ କୃପାରାମ ଶୁଣୁଛନ୍ତି ବୋଲି ନିଶ୍ଚିତ ହେବାପାଇଁ। କୃପାରାମଙ୍କ ଏକାଗ୍ର ମୁଦ୍ରା ଦେଖି ସେ ଉତ୍ସାହର ସହିତ ଆଗକୁ ପଢ଼ିଚାଲିଲେ।

'ଆବଶ୍ୟକୀୟ ସତର୍କତା ବିଧି ତଳେ ଦିଆଗଲା। ଏଥିରୁ ବିଚ୍ୟୁତ ହେଲେ ଏବଂ ଏଭଳି ବିଚ୍ୟୁତି ଯୋଗୁଁ ବ୍ୟାଙ୍କ୍‌ର ଅଥବା ଗ୍ରାହକଙ୍କର କୌଣସି କ୍ଷତି ହେଲେ ସଂପୃକ୍ତ କର୍ମଚାରୀ ଦାୟୀ ରହିବେ।'

ଏପରି ଚେତାବନୀ ପଢ଼ିବାବେଳେ ରତ୍ନମ୍‌ଙ୍କ ଭାବମୁଦ୍ରାରେ ଆଶଙ୍କା ଓ ଆତଙ୍କର ଢେଉଟିଏ ଖେଳିଗଲା, କିନ୍ତୁ ନିଜକୁ ସମ୍ଭାଳିନେଇ ଛେପ ଢୋକି ସେ ପଢ଼ିଚାଲିଲେ-

'ଏକ- ଖାତା ଖୋଲିବା ପାଇଁ ଅନ୍ଧଲୋକ ନିଜେ ବ୍ୟାଙ୍କକୁ ଆସିବା ବାଧ୍ୟତାମୂଳକ। ଦୁଇ- ଅନ୍ଧ ବ୍ୟକ୍ତିଙ୍କ ଏକଲା ନାମରେ ଖାତା ନ ଖୋଲି ତାଙ୍କର କୌଣସି ବିଶ୍ୱସ୍ତ ଆତ୍ମୀୟଙ୍କ ସହିତ ଯୌଥଖାତା ଖୋଲିବା ପାଇଁ ବ୍ୟାଙ୍କ୍ ତରଫରୁ ଚେଷ୍ଟା କରାଯିବ। କିନ୍ତୁ ସେପରି କୌଣସି ବିଶ୍ୱସ୍ତ ଆତ୍ମୀୟ ନ ଥିଲେ ଅଥବା ଗ୍ରାହକ ସେଥିରେ ସମ୍ମତ ନଥିଲେ ଏକକ ନାମରେ ଖାତା ଖୋଲାଯିବ। ତିନି- ଦୁଇଟି ପାସ୍‌ପୋର୍ଟ ସାଇଜ୍ ଫଟୋ ନିଆଯିବ ଏବଂ ଉଭୟ ଫଟୋରେ ଗ୍ରାହକର ସ୍ୱାକ୍ଷର ଅଥବା ବୃଦ୍ଧାଙ୍ଗୁଳି ଟିପଚିହ୍ନ ରହିବ। ଚାରି- ସ୍ୱାକ୍ଷର ବା ଟିପଚିହ୍ନ ବ୍ୟାଙ୍କ୍ କର୍ମଚାରୀଙ୍କ ପ୍ରତ୍ୟକ୍ଷ ଉପସ୍ଥିତିରେ ନିଆଯିବ। ଏକଥା ସିଦ୍ଧ କରିବା ପାଇଁ ସଂପୃକ୍ତ କର୍ମଚାରୀ ନିଜେ ସ୍ୱାକ୍ଷର କରି ପ୍ରମାଣ କରିବେ ଯେ ଗ୍ରାହକ ଅନ୍ଧ ହୋଇଥିଲେ ସୁଦ୍ଧା ବ୍ୟାଙ୍କ୍‌ର ସମସ୍ତ ନିୟମ, ସର୍ତ୍ତ ବୁଝି ସମ୍ମତି ପ୍ରଦାନ କରିଛନ୍ତି। ପାଞ୍ଚ- ଯଦି ଅନ୍ଧବ୍ୟକ୍ତି ଜଣକ ନିରକ୍ଷର ହୋଇଥାନ୍ତି, ତେବେ ଉପରୋକ୍ତ ସର୍ତ୍ତାବଳୀ ସହିତ ଏହି ସଂହିତାର ଦ୍ୱିତୀୟ ଅଧ୍ୟାୟ ଅନ୍ତର୍ଗତ ଦ୍ୱାଦଶ ଉପଭାଗରେ ଲିଖିତ ସର୍ତ୍ତଗୁଡ଼ିକ ମଧ୍ୟ ପାଳନ କରାଯିବା ଏକାନ୍ତ ଆବଶ୍ୟକ।'

ରତ୍ନମ୍ ପଢୁଥିବା ବେଳେ କୃପାରାମ କିଛି ସମୟ ପାଇଁ ଅନ୍ୟମନସ୍କ ହୋଇଗଲେ। ପଞ୍ଚମ, ଷଷ୍ଠ ଶ୍ରେଣୀରେ ପଢ଼ିବାବେଳେ ପିଲାଦିନେ ବିଜ୍ଞାନ, ଭୂଗୋଳ ଇତ୍ୟାଦି ପାଠ ମନେରଖିବା ପାଇଁ ବେଳେବେଳେ ବଡ଼ ପାଟିରେ ପଢ଼ି ସେ ଉତ୍ତର

ମୁଖସ୍ଥ କରୁଥିଲେ। 'ଭୂକମ୍ପର ପାଞ୍ଚୋଟି କାରଣ ଲେଖ' ଅଥବା 'ମ୍ୟାଲେରିଆ ରୋଗର ଲକ୍ଷଣମାନ ବର୍ଣ୍ଣନା କର' ପ୍ରଭୃତି ପ୍ରଶ୍ନର ଉତ୍ତରମାନ ଏପରି ପଢୁଥିଲେ କୃପାରାମ। ଏହି ବ୍ୟାଙ୍କ୍ ପାଠ ମଧ୍ୟ ଠିକ୍ ସେହିପରି। ଏବେ ଆଉ ସେ ବଡ଼ ହେଲେ କୋଉଠି? ସେମିତି ବାଲ୍ୟକାଳରେ ଅଟକି ରହିଛନ୍ତି!

ବାଲ୍ୟକାଳକୁ ସୁମରି ବିହ୍ୱଳ ହେବା ପାଇଁ ସମୟ ନଥିଲା। ତରବରରେ ପ୍ରକୃତିସ୍ଥ ହୋଇ କହିଲେ, 'ଯାହା ଲେଖାହୋଇଛି, ସେମିତି କରାଇନିଅ। ଆକାଉଣ୍ଟ ନମ୍ବର ଦେଇ ନୂଆ ପାସ୍‌ବୁକ୍ ଇସ୍ୟୁ କରାଇନେବ।'

ଅତି ସମ୍ଭ୍ରମତାର ସହିତ ମାନୁଏଲ ବନ୍ଦ କରି ରତ୍ନମ୍ କହିଲେ, 'ସାର, ମୁଁ ଚେଷ୍ଟା କରିସାରିଛି। ହେଲା ନାହିଁ।

– 'ହେଲା ନାହିଁ?'

– 'ନା ସାର୍, ହେଲା ନାହିଁ?'

– 'ମାନେ?'

– 'ସାର୍, ସେହି ୟୁନିଅନ୍। ସେଭିଙ୍ଗସ୍ କାଉଣ୍ଟର୍‌ରେ ବସିଥିବା ଜୟନ୍ତ କହୁଛି, ଅନ୍ୟ କାହାର ସ୍ୱାକ୍ଷରକୁ ସେ ପ୍ରମାଣ କରିପାରିବ ନାହିଁ। ସେଇଟା ତା'ର ଡିଉଟି ନୁହେଁ।'

– 'ଅଫ୍ କୋର୍ସ, ଇଟିଜ୍ ହିଜ୍ ଡ୍ୟୁଟି। ତାକୁ ନେଇ ମାନୁଏଲ୍ ବହି ଦେଖାଇଦିଅ।'

– 'କିଛି ଲାଭ ହେବନାହିଁ, ସାର୍! ବରଂ ଅଯଥା ଇଣ୍ଡଷ୍ଟ୍ରିଆଲ୍ ରିଲେସନ୍‌ସ ପ୍ରୋବ୍ଲେମ୍ ହେବ। ଆପଣ ଜାଣନ୍ତି, ଜୟନ୍ତ କର୍ମଚାରୀ ୟୁନିୟନ୍‌ର ସେକ୍ରେଟାରୀ। ଏବେ ପୁଣି ଇଲେକ୍‌ସନ୍ ଲଢ଼ି ଷ୍ଟେଟ୍ ସେକ୍ରେଟାରୀ ହେବାକୁ ବସିଛି। ତା'ର ଯୁକ୍ତି ହେଉଛି ଯେ କାଉଣ୍ଟର କ୍ଲର୍କ ହିସାବରେ ତା'ର ଦାୟିତ୍ୱ କେବଳ ଫର୍ମ ରଖି ଆକାଉଣ୍ଟ ଖୋଲିବା। ଅନ୍ୟ କାହାର ସ୍ୱାକ୍ଷର କିମ୍ବା ଟିପଚିହ୍ନ ସଂପୁଷ୍ଟି କରିବା ତା'ର କାମ ନୁହେଁ। ଏଥିରେ ରିସ୍କ୍ ଅଛି। ସେ କିମ୍ବା ତା' ୟୁନିୟନ୍‌ର ଅନ୍ୟ କେହି ଏପରି ରିସ୍କି କାମ କରିପାରିବେ ନାହିଁ। ଏଇଟା ତାଙ୍କ ୟୁନିୟନ୍‌ର ସିଦ୍ଧାନ୍ତ।'

କୃପାରାମଙ୍କ ମନରେ ଯେ ଏପରି ଆଶଙ୍କା ଆସିନଥିଲା, ସେକଥା ନୁହେଁ। ତଥାପି ଦମ୍ଭର ସହିତ କହିଲେ, 'ଠିକ୍ ଅଛି। ଜୟନ୍ତକୁ ଏଠାକୁ ପଠାଅ। ମୁଁ ତା' ସହିତ କଥାବାର୍ତ୍ତା କରିବି।'

କିନ୍ତୁ ନିଜ କଥା ବଦଳାଇ ପୁଣି କହିଲେ, 'ନା, ଟିକିଏ ଅପେକ୍ଷା କର। ପ୍ରଥମେ ସେଇ ଅନ୍ଧଲୋକ ସହିତ କଥାବାର୍ତ୍ତା କରିବା।'

- 'ସାର୍, ଏଇଠି ?'

- 'ହଁ ଏଇଠି । ତାକୁ ନେଇ ତମେ ବି ଏଠାକୁ ଆସ ।'

ଗୋଟିଏ ହାତରେ ବାଡ଼ିଧରି ଆରହାତରେ ନିଜ ସାମ୍‌ନାରେ ଥିବା ଶୂନ୍ୟତାକୁ ଅଣ୍ଡାଳି ଅଣ୍ଡାଳି ଅନ୍ଧଲୋକଟି ଆସିଲା । ଭିତରକୁ ଆସି ଗୋଟାଏ କୋଣରେ ଭୟଭୀତ ମୁଦ୍ରାରେ ଜାକିହୋଇ ଠିଆହେଲା । ସତେଯେମିତି ସେ ନିଜ ଆଖିରେ ଦେଖି ଜାଣିପାରିଛି ନିଜକୁ କୋଉଠି ସ୍ଥାପନ କଲେ ମ୍ୟାନେଜର ସାହେବଙ୍କ ଠାରୁ ସବୁଠୁ ବେଶୀ ଦୂରତା ରଖିହେବ, ଅଥଚ ତାଙ୍କ ମୁହଁ ଆଗରେ ରହିଥିବ ।

ତାକୁ ବସିବା ପାଇଁ କୁହାଗଲା ନାହିଁ ।

ସ୍ପଷ୍ଟ କିମ୍ବା ପ୍ରାଞ୍ଜଳ ଭାବରେ ନିଜ କଥା ବୁଝାଇ କହିବା କ୍ଷମତା ଅନ୍ଧର ନଥିଲା । କୃପାରାମ ଓ ରତ୍ନମ୍ ପଚାରିଥିବା ପ୍ରଶ୍ନର ଉତ୍ତର ସହିତ ସେ ନିଜେ ନିଜ ବିଷୟରେ ଯୋଗାଇଥିବା କିଛି ତଥ୍ୟକୁ ଯୋଗକରି ତା' ବିଷୟରେ ଯାହା ଜଣାପଡ଼ିଲା, ତାହା କିଛିଟା ଏହିପରି ।

- 'ତା' ନାଁ କ'ଣ ?'

- 'ଗୋବର୍ଦ୍ଧନ ନାଇକ । ଡାକ ନାଁ ଗୋବରା ।'

- 'ତା'ର ପରିବାର ?'

- 'ପିଲାଦିନେ ବାପାମା' ମରିଯାଇଥିବାରୁ ତା' ମାମୁ ତାକୁ ପାଳିଥିଲେ । ଏବେ ସେ ମାମୁ ବି ମରିଗଲେଣି । ସେ ଆଉ ମାମୁଘରେ ନ ରହି ଅଲଗା କୁଡ଼ିଆ ଖଣ୍ଡେ ପାଇ ସେଥିରେ ରହୁଛି । ପ୍ରାୟ ବର୍ଷେ ତଳେ ବାହାଘର ହୋଇଯାଇଛି । ଏବେ ପିଲାଟିଏ ହୋଇଛି ।

- 'ତା'ର ଜୀବିକା କ'ଣ ?'

- ଗୀତ ଗାଇ ଲୋକାଲ୍ ଟ୍ରେନ୍‌ରେ ଯାତ୍ରୀଙ୍କଠୁ ପଇସା ମାଗି ଚଳୁଛି । ଯାହା ରୋଜଗାର ହେଉଛି, ସେଥିରେ ଚଳିଯାଉଛି । ସ୍ତ୍ରୀ ମଧ୍ୟ କିଛି ଟଙ୍କା ରୋଜଗାର କରୁଛି । ଷ୍ଟେସନ୍ ପାଖ ଚା' ଦୋକାନରେ ସେ ବାସନ ମାଜେ ।

- 'ତା' ସ୍ତ୍ରୀ ମଧ୍ୟ କ'ଣ ଅନ୍ଧୁଣୀ ?' (ରତ୍ନମ୍ ଏମିତି ପ୍ରଶ୍ନଟିଏ କାହିଁକି ପଚାରୁଥିଲେ କେଜାଣି ?)

- 'ନା, ଅନ୍ଧୁଣୀ ନୁହେଁ । ସେ କାଳି ପୋଡ଼ି ଅସୁନ୍ଦରୀ ବୋଲି ତାକୁ କେହି ବିଭା ହେଉନଥିଲେ । ମୋ ପାଇଁ ତ କାଳି, ଗୋରୀ ସବୁ ସମାନ । ତେଣୁ ମୁଁ ବିଭା ହେଲି ।'

- 'ଗୋବରା କେବେଠୁ ଅନ୍ଧ ?'

- 'କେବେଠାରୁ ତା' ଆଖିକୁ ଦିଶୁନାହିଁ ସେ ତାହା କହିପାରିବ ନାହିଁ। ପିଲାଦିନରୁ ସେ ଦୁନିଆ ଦେଖିନାହିଁ। ଘରଲୋକଙ୍କଠାରୁ ଶୁଣିଛି ଯେ ଜନ୍ମ ହେଲାବେଳେ ସେ ଅନ୍ଧ ନଥିଲା। ସବୁ ଠିକ୍ ଦେଖିପାରୁଥିଲା। ଆସ୍ତେ ଆସ୍ତେ କେବେ କେମିତି ତା'ର ଦୃଷ୍ଟିଶକ୍ତି ଚାଲିଗଲା, କାହିଁକି ଚାଲିଗଲା, ସେକଥା କେହି ଜାଣିପାରିଲେ ନାହିଁ।'

- 'ବ୍ୟାଙ୍କ୍‌ରେ ଜମା କରିବା ପାଇଁ ଟଙ୍କା କୋଉଠୁ ଆସିଲା ?'

- 'ସେ ଟ୍ରେନ୍‌ରେ ଗୀତ ଗାଇ ଯାହା ଟଙ୍କା ପାଏ, ସେଥିରୁ କିଛି କିଛି ସଞ୍ଚୟ କରି ରଖେ। ସେହି ସଞ୍ଚିତ ଅଧୁଲି, ଟଙ୍କା, ମୁଦ୍ରା, ନୋଟ୍, ସବୁ ବଦଳାଇ ଚା' ଦୋକାନରୁ ପଚାଶ କିମ୍ବା ଶହେଟଙ୍କିଆ ନୋଟ୍ ଆଣେ। ତାକୁ କାଗଜଟଙ୍କା ଗଣିବା ଆସେ। ଶହେଟି ଶହେ ଟଙ୍କିଆ ନୋଟ୍ ହେବାରୁ ବୁଝିପଚାରି ଜାଣିଗଲା ଯେ ଦଶହଜାର ହୋଇଗଲାଣି। ବାହାହେବା ପରେ ଏବେ ଆଉ ସଞ୍ଚୟ ହୋଇପାରୁ ନାହିଁ।'

- 'ତାକୁ ଟଙ୍କା ଜମା କରିବା ପାଇଁ କିଏ ବ୍ୟାଙ୍କ୍‌କୁ ପଠେଇଛି ?'

- 'ତା ସ୍ତ୍ରୀ ଯେଉଁ ଚା' ଦୋକାନରେ ବାସନ ମାଜେ, ସେହି ଦୋକାନର ମାଲିକ।'

- 'ନିଜର କୌଣସି ବିଶ୍ୱସ୍ତ ଆତ୍ମୀୟଙ୍କ ସହିତ ମିଶି ସେ ଯୌଥ ଖାତା ଖୋଲିପାରିବ କି ?'

ନା, ତାହା ସମ୍ଭବ ନୁହେଁ। ନିଜ ଭାର୍ଯ୍ୟା ଉପରେ ବି କ'ଣ ଭରସା ? ଚା' ଦୋକାନକୁ କେତେ ମରଦ ଯା'ଆସ କରୁଥିବେ। କାହା ଆଖିକୁ ସିଏ କେମିତି ଦିଶେ, କିଏ କେତେ ଆଦର କରେ, ସେକଥା କ'ଣ ଗୋବରା ଜାଣୁଛି ? ଏପଟସେପଟ ହେଲେ ପିଲାଟି ଭାସିଯିବ।

- 'ବ୍ୟାଙ୍କ୍‌କୁ ଆସିବା ଆଗରୁ ଟଙ୍କା କୋଉଠି ରଖିଥିଲା ଗୋବରା ?'

- 'ପ୍ରାୟ ଦେଢ଼ବର୍ଷ ତଳୁ ତା'ର ଶହେଟଙ୍କିଆ ବଣ୍ଡଲ୍ ହୋଇସାରିଲାଣି। ସେ ନିଜେ ବାନ୍ଧି ଲୁଚାଇ ରଖିଥିଲା। ଏବେ ପୂରା ବୁଜୁଳି ଧରି ବ୍ୟାଙ୍କ୍‌କୁ ଆସିଛି।'

ଏହାପରେ ଗୋବରାକୁ ପଚାରିବା ପାଇଁ ଆଉ କିଛି ପ୍ରଶ୍ନ ନଥିଲା। ତା'ପ୍ରତି କୃପାରାମଙ୍କ ମନରେ ଏପ୍ରକାର ସମ୍ମାନ ଆସିଗଲା। ନିଛନ୍ଦ, ନିର୍ଭେଜାଲ ଭିକାରି। ତଥାପି ସ୍ୱାବଲମ୍ବୀ ବୋଲି କୁହାଯିବ। ସ୍ୱାଭିମାନୀ ମଧ୍ୟ। ୧୯୮୫ ମସିହାରେ ଦଶହଜାର ଟଙ୍କା କିଛି କମ୍ ନଥିଲା। ଏବେ ସେକଥା ମନେପଡ଼ିଲେ କୃପାରାମଙ୍କୁ ଆଶ୍ଚର୍ଯ୍ୟ ଲାଗେ। ସେ ଭଲ ଦରମା ପାଇଆସୁଥିଲେ ସୁଦ୍ଧା ଏତେ ନିଷ୍ଠା ଓ ଯତ୍ନର ସହିତ କେବେ ଟଙ୍କା ସଞ୍ଚୟ କରିପାରି ନ ଥିଲେ। ଗୋବରାକୁ ଦେଖିବାପରେ ଉପାର୍ଜନ

ଓ ସଞ୍ଜୟ ପ୍ରତି ତାଙ୍କ ନିଜ ଆଭିମୁଖ୍ୟ ବି ବଦଳିଯାଇଥିଲା ବୋଲି ସେ ଏବେ ବୁଝିପାରୁଛନ୍ତି।

କୃପାରାମଙ୍କ ଆଗରେ ଜୟନ୍ତ ଆସି ହାଜର ହେବାବେଳକୁ ପାଖରେ କେହି ନଥିଲେ। ଜୟନ୍ତର କଥା ଓ କଥ୍ୟ ଖୁବ୍ ସ୍ପଷ୍ଟ। କଠୋର ମଧ୍ୟ। ନିଜ ମ୍ୟାନେଜରଙ୍କ ପଦ ପ୍ରତି ଯଥାବିଧି ସମ୍ମାନ ଦେଖାଇ ରୋକ୍‌ଠୋକ୍ ଶୁଣାଇଦେଲା, 'ସାର୍, ଆପଣଙ୍କ ଆଡ୍‌ମିନିଷ୍ଟ୍ରେସନ୍ ପ୍ରତି ମୋର ଓ ଆମ ୟୁନିୟନ୍‌ର ଯଥେଷ୍ଟ ସମ୍ମାନ ରହିଛି। କିନ୍ତୁ ଆପଣ ଆମକୁ ଯେଉଁ କାମ କରିବା ପାଇଁ କହୁଛନ୍ତି, ତାହା ହୋଇପାରିବ ନାହିଁ। ଜଣେ ଅନ୍ଧମଣିଷର ଟଙ୍କା ଜମା ହେବ କି ନ ହେବ, ସେଥିରେ ଆମର କିଛି କହିବାର ନାହିଁ। କିନ୍ତୁ ଆମ ସଂଗଠନ ତା'ର ନୀତିରୁ ବିଚ୍ୟୁତ ହେବନାହିଁ। ଅନ୍ୟ କାହାର ଦସ୍ତଖତକୁ ପ୍ରମାଣ କରି ଆମେ କେହି ରିସ୍କ ନେବୁନାହିଁ।'

ଜୟନ୍ତ ଆଡ଼କୁ ମାନୁଏଲ୍‌ରେ ଖୋଲା ପୃଷ୍ଠା ନିର୍ଦ୍ଦେଶ କରି କୃପାରାମ ପଚାରିଲେ, 'ଏଠି ଯାହା ନିର୍ଦ୍ଦେଶ ଦିଆଯାଇଛି, ତମେ କ'ଣ ଅମାନ୍ୟ କରିପାରିବ?'

'ସାର୍, ମାନୁଏଲ୍ ମୁଁ ଦେଖିବାର ଆବଶ୍ୟକତା ନାହିଁ। ସେ ସବୁ ନିର୍ଦ୍ଦେଶ ଆପଣଙ୍କ ପାଇଁ। ଏଇଟା ମ୍ୟାନେଜ୍‌ମେଣ୍ଟର କାମ। ଆମେ କାହିଁକି ସେ କାମ କରିବୁ? ମୁଁ ଆମ ସେଣ୍ଟ୍ରାଲ୍ ୟୁନିଟ୍ ସହିତ କଥାବାର୍ତ୍ତା କରିସାରିଛି। ସେଠାରୁ ମଧ୍ୟ ଏହି ନିର୍ଦ୍ଦେଶ ମିଳିସାରିଲାଣି।'

କୃପାରାମ ଜାଣୁଥିଲେ ଯେ ଜୟନ୍ତ ସହିତ ଅଧିକ କଥାବାର୍ତ୍ତା ମୂଲ୍ୟହୀନ। ୟୁନିୟନକୁ ତାଙ୍କ କଣ୍ଟ୍ରୋଲ ୟୁନିଟ୍‌ରୁ ସ୍ପଷ୍ଟ ନିର୍ଦ୍ଦେଶ ମିଳିସାରିଲାଣି। କିନ୍ତୁ କୃପାରାମ ଯଦି ନିଜ ଉପରର ଅଫିସ୍‌କୁ ନିର୍ଦ୍ଦେଶ ମାଗିବେ, ତାଙ୍କୁ କେବଳ ଦୁଇଧାଡ଼ିର ସଂକ୍ଷିପ୍ତ ଉତ୍ତରଟିଏ ମିଳିବ- 'ପ୍ରଶାସନିକ କୌଶଳ ପ୍ରୟୋଗ କରି ସୁରୁଖୁରୁରେ କାମ କରାଇବାର କ୍ଷମତା ତମ ପାଖରେ ନାହିଁ? ଭବିଷ୍ୟତରେ ଏପରି ପ୍ରଶ୍ନ ପଚାରିବ ନାହିଁ।' ୟୁନିୟନ୍‌ର ପରାକ୍ରମକୁ ଖୋଲାଖୋଲି ସ୍ୱୀକାର କରାଯାଏ ନାହିଁ। ସମସ୍ତେ ଜାଣନ୍ତି ଯେ ଜାତୀୟ ସ୍ତରରେ ଏକ ଶକ୍ତିଶାଳୀ ରାଜନୈତିକ ଦଳ ସହିତ ୟୁନିୟନ ଅନୁବନ୍ଧିତ। ନ ହେଲେ ମଧ୍ୟ ତାଙ୍କ ସଂଗଠନ, ଧମକ, ଧାରଣା, ବିକ୍ଷୋଭ, ଆନ୍ଦୋଳନ ଇତ୍ୟାଦି ବହୁ ପରୀକ୍ଷିତ ଅସ୍ତ୍ର ଆଗରେ ସବା ଉପରେ ବସିଥିବା ହାକିମମାନେ ତ ମୁଣ୍ଡ ନୁଆଁଇ ଦିଅନ୍ତି। ଛାର ବ୍ରାଞ୍ଚ୍ ମ୍ୟାନେଜରର ବଳ ବା କେତେ? ଏପରି ଚକ୍ରବ୍ୟୂହ ଭିତରେ ବିଚରା ଗୋବର୍ଦ୍ଧନ ନାଇକ ଅନ୍ଧର ଦଶହଜାର ଟଙ୍କା କେମିତି ଜମାହେବ?

ରତ୍ନମ୍ ଭିତରକୁ ଆସି ପଚାରିଲେ, 'ସାର୍, ଜୟନ୍ତ ରାଜି ହେଲା?'

– 'ନା, ହେଲା ନାହିଁ।'

– 'ତା' ହେଲେ ଗୋବରାକୁ ଫେରାଇଦେବି ?'

– 'କ'ଣ କହି ଫେରାଇଦେବ ?'

– 'ତା' କାମ ଆମ ବ୍ୟାଙ୍କରେ ହୋଇପାରିବ ନାହିଁ ବୋଲି। ଏପରି ପରିସ୍ଥିତିରେ ସିଧାସିଧି ସତକଥା କହିଦେବା ଭଲ। ନ ହେଲେ ବାରମ୍ବାର ଧାଁଦଉଡ଼ କରି ବିଚରା ଅନ୍ଧ ଖାଲି ଧନ୍ଦିହେବ।'

'ବିଚରା ଅନ୍ଧ' ପ୍ରତି ଏପରି ସମବେଦନା ବହିଆସୁଥିବାର ଦେଖି କୃପାରାମଙ୍କ ମନ ଭିତରେ ଯେଉଁ ଭାବ ଖେଳିଗଲା, ତାକୁ ବର୍ଣ୍ଣନା କରିବା ପାଇଁ ଏକମାତ୍ର ଉପଲବ୍ଧ ଶବ୍ଦ ହେବ ବୈରାଗ୍ୟ। ଯଦି କାହାର କିଛି ଯାଏଆସେ ନାହିଁ, ତଳର ନୁହେଁ କି ଉପରର ନୁହେଁ, ତା'ହେଲେ ମୋର କ'ଣ ଭାସିଯାଉଛି ? ରତ୍ନମ୍ କିଛି ଭୁଲ୍ କରୁନାହାନ୍ତି। ଟ୍ରେଡ୍ ୟୁନିଅନ୍‌ର ବଳ ପରାକ୍ରମ ପାଖରେ ବ୍ୟାଙ୍କର ଗ୍ରାହକ କିଏ ? ଥରକୁଥର ଏମିତି ପରିସ୍ଥିତି ଦେଖି ଦେହସୁହା ହୋଇଗଲାଣି, ଜୀବନ ଜୀବିକା ପିତା ଲାଗିଲାଣି। ଗୁହାରି ଶୁଣିବାକୁ ଉପରେ ବି କେହି ନାହାନ୍ତି। ଗୋବରା ତା' ଟଙ୍କା ଧରି ଫେରିଯାଉ। ଆଜି ପର୍ଯ୍ୟନ୍ତ ବିଡ଼ା ବାନ୍ଧି ଘରେ ରଖିଥିଲା, ଏବେ ବି ରଖୁ। ପୂର୍ଣ୍ଣଚ୍ଛେଦ।

ଏବେ ଏତେବର୍ଷ ପରେ କୃପାରାମ କହନ୍ତି ଯେ ସେତେବେଳେ ଯଦି ତାଙ୍କ ମୁଣ୍ଡରେ ପଶିଥିବା ବିଚାରକୁ ସିଏ ଗ୍ରହଣ କରି ତା' ଅନୁସାରେ କାମ କରିଚାଲନ୍ତେ, ତାଙ୍କ ଅବଶିଷ୍ଟ ଚାକିରି ଜୀବନ ବେଶ୍ ଭଲରେ କଟିଥାନ୍ତା। ବୋଧହୁଏ ଆଉ ଗୋଟେ ଅଧେ ପ୍ରମୋଶନ ମଧ୍ୟ ଅଧିକ ମିଳିଥାନ୍ତା।

କିନ୍ତୁ ତା' ହେଲାନାହିଁ। ମନ ଭିତରୁ ଉବୁକି ଆସୁଥିବା ଭାବନାକୁ ମୋଡ଼ିମକଚି, ଫୋପାଡ଼ି ଦେଇ, କହିଲେ, 'ଯାଅ, ଡାକ ସେ ଗୋବରାକୁ। ମୁଁ ତା'ର ଦସ୍ତଖତକୁ ପ୍ରମାଣ କରି ସ୍ୱାକ୍ଷର କରିବି। ଏକାଉଣ୍ଟ ଖୋଲିବ। ଟଙ୍କା ଡିପୋଜିଟ୍ ହେବ।'

ରତ୍ନମ୍ ଚମକିଯାଇ କହିଲେ, 'ନା ସାର୍, ପ୍ଲିଜ୍ ଡୋଣ୍ଟ୍ ଡୁ ଇଟ୍।'

– 'ହ୍ୱାଏ ?'

– 'ସାର୍, ଆପଣ ଯଦି ନିଜେ ସେ ଦାୟିତ୍ୱ ନେବେ, ଆସନ୍ତା କାଲିଠାରୁ ସେମାନେ ଆହୁରି ଅଧିକ ଦାୟିତ୍ୱ ଆପଣଙ୍କ ଆଡ଼କୁ ଠେଲିବେ। ଆପଣ ୟୁନିୟନ୍‌ର ମତିଗତି ଜାଣନ୍ତି। ଟିକିଏ ପ୍ରଶ୍ରୟ ଦେଲେ ଆପଣଙ୍କ ମୁଣ୍ଡରେ ବସିବେ। ଏତେ ମାତ୍ରାରେ ବୋଝ ଆମ ଉପରେ ଅଜାଡ଼ି ହୋଇପଡ଼ିବ ଯେ ସମ୍ଭାଳିପାରିବା ନାହିଁ। ଆମ ଅଫିସର୍ସ ଆସୋସିଏସନ୍ ମଧ୍ୟ ଆପଣଙ୍କୁ ସପୋର୍ଟ୍ କରିବ ନାହିଁ। ମ୍ୟାନେଜମେଣ୍ଟ୍ କଥା ତ ଆପଣ ଜାଣନ୍ତି ?'

– 'ସରି ରତ୍ନମ୍! ମୁଁ ଡିସିସନ୍ ନେଇସାରିଛି। ଯାହା ହେବ, ଦେଖାଯିବ। ଫର୍ମ୍ ସହିତ ଗୋବର୍ଦ୍ଧନଙ୍କୁ ଏଠାକୁ ପଠାଇଦିଅ।'

କୃପାରାମ ପ୍ରତି ରତ୍ନମ୍‌ଙ୍କ ମନରେ ଉଭୟ କ୍ରୋଧ ଓ ଦୟାର ଉଦ୍ରେକ ହେଲା। କିଛି ନ କରି କିଛି ସମୟ ତାଙ୍କ ମୁହଁକୁ ଓ ବାହାରେ ବସିଥିବା ଗୋବର୍ଦ୍ଧନ ଆଡ଼କୁ ଅନାଇ ଚୁପ୍‌ଚାପ୍ ବସିଲେ। ତା'ପରେ ଟିକିଏ ସାହସ ଦେଖାଇ କହିଲେ, 'ସାର୍, ଆପଣ ଯଦି ଡିସିସନ୍ ନେଇ ସାରିଛନ୍ତି, ତେବେ ଆପଣ କିଛି କରିବା ଦରକାର ନାହିଁ। ମୁଁ କରିବି।'

ଏତେବର୍ଷ ପରେ ତା'ପରର ଘଟଣା ସବୁ ମନେପକାଇବାକୁ ଚେଷ୍ଟା କଲେ ସିନେମା ପରଦାର ଚଳମାନ ଚିତ୍ରପଟ ପରି ଲାଗେ। କୃପାରାମଙ୍କ ଇଚ୍ଛାକୁ ସମ୍ମାନ ଜଣାଇ ସ୍ଥିର ହେଲା ଯେ ତାଙ୍କରି କାଚବନ୍ଧା କୋଠରି ଭିତରେ ତାଙ୍କ ଚଉଡା ଟିକ୍ କାଠର ଅଫିସ୍ ଟେବୁଲ ଉପରେ ହିଁ କାମଟି ସମାହିତ ହେବ, ତାଙ୍କର ଆଖି ସାମ୍ନାରେ। ଜୟନ୍ତ ତା' ନିଜର ଓ ତା' ୟୁନିଅନ୍‌ର ସମ୍ପୂର୍ଣ୍ଣ ସମର୍ଥନ ଓ ସହଯୋଗ ଘୋଷଣା କରି ଆଗେଇଆସିଲା। ତା'ର କଥାରେ ଅଥବା ଅଙ୍ଗଭଙ୍ଗୀରେ କୌଣସି ବିଦ୍ୱେଷ କିମ୍ବା ଉଗ୍ରତାର ଚିହ୍ନବର୍ଣ୍ଣ ଆଉ ନଥିଲା। କୃପାରାମ ଭାବିଲେ ଘଡ଼ିକିଘଡ଼ି ଏମିତି ନିଜ ବ୍ୟବହାର, ନିଜ ମନୋଦଶା ବଦଳେଇବାର କ୍ଷମତା ଥିବାରୁ ହିଁ ନେତାମାନେ ନେତା ହୁଅନ୍ତି। ବିଚରା ଅନ୍ଧ ଭିକାରିକୁ କ୍ୟାସ୍ କାଉଣ୍ଟର୍ ପାଖରେ ଗୋଡ଼ଭାଙ୍ଗି ଠିଆହେବାକୁ ନ ପଡୁ ବୋଲି ଜୟନ୍ତର ନିର୍ଦ୍ଦେଶରେ କ୍ୟାସିଅର୍ ଧୀରାଜ ମଧ୍ୟ ଆସି ପହଞ୍ଚିଗଲା। ମ୍ୟାନେଜର୍‌ଙ୍କ ଟେବୁଲ ଉପରେ ଟଙ୍କା ଗଣି ରସିଦ୍ ଦେଇଯିବା ପାଇଁ। ଜୟନ୍ତ ନିଜେ ଗୋବର୍ଦ୍ଧନଙ୍କୁ ବାଟ କଢ଼ାଇ ଭିତରକୁ ଆଣିଲା। ସବୁ ଜିନିଷ ଠିକଣା କରି ରତ୍ନମ୍ ନିଜ ସ୍ୱାକ୍ଷର ଯୋଡ଼ିବା ପାଇଁ ପ୍ରସ୍ତୁତ ହୋଇ ଆସିଗଲେ।

ଏଥର ଗୋବରାକୁ ବି ବସିବା ପାଇଁ ଚୌକି ଦିଆଗଲା। ହେଉ ପଛେ ଅନ୍ଧ ଅଥବା ଭିକାରି, ଟଙ୍କା ଜମା ରଖୁଥିବା ଗରାଖ ତ! ଏମିତି ବି ଗୋଟାଏ ଖାତା ନମ୍ବର, ଗୋଟାଏ ସ୍ୱାକ୍ଷର ଓ କିଛି ଟଙ୍କାକୁ ଛାଡ଼ିଦେଲେ କୋଉ ମଣିଷର ଆଉ କ'ଣ ବା ପରିଚୟ ଥାଏ ବ୍ୟାଙ୍କ୍‌ରେ ?

ଗୋବରାକୁ ନାଁ, ବାପ ନାଁ, ଠିକଣା ଇତ୍ୟାଦି ପ୍ରଶ୍ନ ପଚାରି ଜୟନ୍ତ ନିଜେ ଫର୍ମ ପୂରଣ କଲା। ଗୋବରାର ବାମହାତର ବୁଢ଼ାଆଙ୍ଗୁଠିକୁ ବାଇଗଣି ରଙ୍ଗର ସ୍ୟାହିରେ ଭିଜାଇ କାଗଜର ବିଭିନ୍ନ ସ୍ଥାନରେ ଥାପିଦିଆଗଲା। ଫର୍ମ୍ ଉପରେ ଫଟୋ ଓ ଫଟୋ ଉପରେ ବି ଆଙ୍ଗୁଠିଚିହ୍ନ ଶୋଭାପାଇଲା।

ମୁହଁର ଚିତ୍ରସାଙ୍ଗକୁ ଆଙ୍ଗୁଠିର ନିର୍ଭୁଲ ଛାପ। ଆଉ ଭୁଲ୍‌ର ଅବକାଶ ହିଁ ନାହିଁ।

ରତ୍ନମ୍ କଲମ ଖୋଲି ତାଙ୍କ ତରଙ୍ଗାୟିତ ସ୍ୱାକ୍ଷର ଆଙ୍କିଦେଇ ପ୍ରତିପାଦିତ କରିଦେଲେ ଯେ ତାଙ୍କର ସାମନାରେ ସବୁ ବୁଝିସୁଝି ଗୋବର୍ଦ୍ଧନ ନାଇକ ଆଙ୍ଗୁଠିଚିହ୍ନ ଦେଇଛି। ଯେକୌଣସି କାଗଜରେ ନିଜ ସ୍ୱାକ୍ଷର ସଂଲଗ୍ନ କରିବା ପାଇଁ ସଦାକୁଣ୍ଠିତ ରତ୍ନମ୍ଙ୍କ ମନରେ ବିଶ୍ୱାସ ଆସିଯାଇଥିଲା ଯେ ଭବିଷ୍ୟତରେ କେବେ ଯଦି ଏହି ସ୍ୱାକ୍ଷରଟି ବୋମା ହୋଇ ଫୁଟିଯାଏ, ତା'ହେଲେ କୃପାରାମ ତାଙ୍କୁ ରକ୍ଷା କରିଦେବେ। କୃପାରାମଙ୍କ ଚାଲିଚଳନରୁ ଜଣାପଡ଼ିଲାଣି ଯେ ଭବିଷ୍ୟତରେ ସେ ଜି.ଏମ୍. ହୋଇଯିବେ କିମ୍ବା ଆହୁରି ଉପରକୁ ଉଠିଯିବେ। ତେଣୁ ରତ୍ନମଙ୍କ ଏବର ସ୍ୱାକ୍ଷର, ପରେ ସାପ ନହୋଇ ଶିଡ଼ି ହୋଇଯିବାର ସମ୍ଭାବନା ବି ରହୁଛି।

ନିଜ ଆଙ୍ଗୁଠି ଟିପକୁ ଓଦା କରି ଟଙ୍କା ଗଣିବା ପାଇଁ ଧୀରାଜ ପାଣିଭିଜା ସ୍ପଞ୍ଜ୍ ଚକିଏ ବି ସାଥିରେ ଧରି ଆସିଥିଲା। ତାକୁ ଟେବୁଲ୍ ଉପରେ ନିଜ ଆଗରେ ସଜାଡ଼ିରଖି କହିଲା, 'କାହିଁ ଟଙ୍କା ? ଏଥର ଦିଅ।'

ଗୋବରା ନିଜ ଅଣ୍ଟା ପାଖ ଧୋତି ସନ୍ଧିରୁ ଛୋଟ କନାଥଳିଟିଏ ବାହାରକଲା। କୌଣସି ବିବାହର ସବୁ ପ୍ରସ୍ତୁତି ପରେ କନ୍ୟାପକ୍ଷ ବର ଆସିବା ବାଟକୁ ଅନେଇରହିବା ପରି ସମସ୍ତଙ୍କ ଆଖି ଘୂରିଲା ଗୋବରାର ଥଳିଆଡ଼କୁ। ଥଳିର ମୁହଁ ବନ୍ଧା ହୋଇଥିବା ଫିତାକୁ ଭିଡ଼ି ଗୋବରା ଥଳିର ମୁହଁ ଖୋଲିଲା। ଆରହାତ ଭିତରେ ଭର୍ତ୍ତିକରି ଟଙ୍କା କାଢ଼ିବାର ଉପକ୍ରମ କଲାବେଳେ କୃପାରାମ ତା' ମୁହଁକୁ ଚାହିଁରହିଲେ। କାହିଁ କେତେ ବର୍ଷରୁ ତା' ଭିତରେ ସାଇତା ସମ୍ପତ୍ତିକୁ ଅଣ୍ଡାଳିଆଣିବା ବେଳେ ଗୋବରାର ଅନ୍ଧ ଆଖିରୁ କିଛି ଅଭିବ୍ୟକ୍ତି ଧରାପଡୁନଥିଲା, କିନ୍ତୁ ତା' ମୁହଁର କୁଞ୍ଚନ ଓ ଓଠର କମ୍ପନ ଦେଖି କୃପାରାମ ଟିକିଏ ଶଙ୍କିଗଲେ। ସମସ୍ତେ ନୀରବ ହୋଇ ଅନେଇବାବେଳେ ଗୋବର୍ଦ୍ଧନ ଅସ୍ପଷ୍ଟ କଣ୍ଠରେ କହିଚାଲିଥିଲା, 'କାହିଁ ? ହଁ, ଏଇଠି ! ହାତକୁ ଅଲଗା ଲାଗୁଛି। ହଉ, ନିଅ, ଦେଖ।'

ତା'ପରେ ହାତରେ ଥଳି ଭିତରୁ ଯାହା ବାହାରକଲା, ତାହା କୌଣସି ଟଙ୍କା ନଥିଲା। କେବଳ ଟଙ୍କା ଆକାରରେ କଟା ହୋଇଥିବା ବିଡ଼ାଏ ଧଳା କାଗଜ। ପ୍ରାୟ ଶହେଟଙ୍କିଆ ନୋଟ୍ ଆକୃତିର ଗୋଛାଏ କାଗଜ ନୋଟ୍ ପରି ଗୁନ୍ଥା ହୋଇ ରବର ବ୍ୟାଣ୍ଡ୍ ଭିତରେ ରହିଛି।

ଟଙ୍କା ପ୍ୟାକେଟ୍‌କୁ ଗଣିବା ପାଇଁ ଉଦ୍ୟତ ହୋଇ ରହିଥିବା ଧୀରାଜର ହାତ ପଛକୁ ଫେରିଗଲା। ଆଖିରେ ଦେଖିପାରୁ ନଥିଲେ ବି ଗୋବରା ଶୀଘ୍ର ଜାଣିଗଲା ଯେ ତା' ହାତରେ ରହିଥିବା ପଦାର୍ଥ ଟଙ୍କା ନୁହେଁ। ବିଡ଼ାଏ ସାଦା କାଗଜ। ତଥାପି ଦୁଇହାତରେ ବିଡ଼ାକୁ ଆଗପଛ କରି ଗୋଟିଗୋଟି କାଗଜକୁ ଆଙ୍ଗୁଠିରେ ଘଷି ଗୋବରା

କିଛି ସମୟ ନିଜର ମଉଳିଯାଉଥିବା ଭବିଷ୍ୟତକୁ ପରଖି ଦେଖିଲା। ଅନ୍ଧମାନଙ୍କର ସ୍ପର୍ଶେନ୍ଦ୍ରିୟ ଖୁବ୍ ସମ୍ବେଦନଶୀଳ ବୋଲି କୃପାରାମ ଜାଣିଲେ। ଟଙ୍କା ଆଉ କାଗଜ ଭିତରେ ଫରକ୍ କେମିତି ଜାଣିପାରିନଥାନ୍ତା ଗୋବର୍ଦ୍ଧନ ?

ସବୁ ମଣିଷ ହଠାତ୍ ଯେମିତି ସ୍ଥାଣୁ ପାଲଟିଗଲେ। ନୀରବ, ନୀରବ। ତା'ପରେ ହଠାତ୍ ସମସ୍ତେ ଏକସମୟରେ କହିବାକୁ ଆରମ୍ଭ କଲେ- କିଏ କ'ଣ କହିଲା ବାରିହେଲା ନାହିଁ, କିନ୍ତୁ ବିକ୍ଷିପ୍ତ କୋଳାହଳ ଭିତରେ ଅଳ୍ପ କେତେଟା ଶବ୍ଦ ବାରିହେଲା, 'ଓଃ ମାଇ ଗଡ୍, ଇଏ କ'ଣ ? ଟଙ୍କା କାହିଁ ? ଇଏ ତ ଶୁଧୁ କାଗଜ, ଦଶହଜାର କ'ଣ, ଏଠି ତ ଦଶପଇସା ବି ନାହିଁ!' ଏସବୁ ବାକ୍ୟ, ଅର୍ଦ୍ଧବାକ୍ୟ, ବାକ୍ୟାଂଶ ଉଚ୍ଚାରିତ ହେବାବେଳେ ଗୋବର୍ଦ୍ଧନ ଅସ୍ଫୁଟ ସ୍ୱରରେ କାନ୍ଦକାନ୍ଦ ହୋଇ କହୁଥିଲା, 'କୁଆଡ଼େ ଗଲା ? କିଏ ନେଲା ମୋ ଟଙ୍କା ? ଜୀବନ ହାରିଦେବି। ମୋ କୁନିଛୁଆ ପାଇଁ ରଖୁଥିଲି।'

ଗୋବର୍ଦ୍ଧନ ହାତରୁ କାଗଜ ବିଡ଼ା ନେଇ ସଭିଏଁ ଥରେଥରେ ପରଖିନେଲେ। କୃପାରାମ ଜାଣିଲେ ଯେ ସତ କାଗଜ ନୋଟ୍ ଆଉ ଏହି ସାଦା କାଗଜ ଭିତରେ ପ୍ରଭେଦ ଯେମିତି ସହଜରେ ବାରି ନ ହୁଏ, ସେଥିପାଇଁ ଯଥାସାଧ୍ୟ ଚେଷ୍ଟା କରାହୋଇଛି। ଲମ୍ବ, ପ୍ରସ୍ଥ ସବୁ ନୋଟ୍ ସହିତ ସମାନ ହେବ, କେବଳ କାଗଜର ପ୍ରକାର ଅଲଗା। ଅନେକ ପ୍ରଶ୍ନ ଅଜାଡ଼ି ହୋଇପଡ଼ିଲା ଚାରିଆଡୁ... "ତୁ କେବେ ତାକୁ ନିଜେ ହାତରେ ଛୁଇଁଥିଲୁ ? ବର୍ଷେ ତଳେ ? ଦି' ବର୍ଷ ତଳେ ? ତା' ପରେ କିଏ ଏମିତି କରିଥିବ ବୋଲି ଭାବୁଛୁ ? ତୋ ସ୍ତ୍ରୀ ? ଚା ଦୋକାନବାଲା ? ମାମୁଘର ଲୋକ ? କୋଉଠି ରଖିଥିଲୁ ? ଜାଣିପାରିଲୁ ନାହିଁ କେମିତି ?"

ଗୋବର୍ଦ୍ଧନ ପାଖରେ କୌଣସି ପ୍ରଶ୍ନର ଉତ୍ତର ନ ଥିଲା। କାନ୍ଦକାନ୍ଦ ହୋଇ ଫେରିଲା। ସ୍ୱାକ୍ଷର ହୋଇ ସାରିଥିବା ଫର୍ମ୍ ଫଟୋ ସବୁ ଅବ୍ୟବହୃତ ହୋଇ ରହିଗଲା। ତା' ଅବସ୍ଥା ଦେଖି କୃପାରାମ ସମେତ ଅନ୍ୟ ସମସ୍ତେ ବି ଭାବାକୁଳ ହୋଇଯିବାର ଦେଖି ଜୟନ୍ତ କହିଲା, 'ଏତେ ସେଣ୍ଟିମେଣ୍ଟାଲ୍ ହେଲେ ଚଳିବ ନାହିଁ। ଚାଲ ଯିବା।' କେବେ ଇଂରାଜୀ କହୁନଥିବା ଧୀରାଜ ଓଦାସ୍ୱଞ୍ଚର ଚକି ସହିତ ତା'ର ଅନ୍ୟାନ୍ୟ ଖାତା, ସରଞ୍ଜାମ ଧରି ଗଲାବେଳେ ଘୋଷଣା କଲା 'ଚାପ୍ଟର୍ କ୍ଲୋଜ୍‌ଡ୍'।

କିନ୍ତୁ ଚାପ୍ଟର କ୍ଲୋଜ୍ ହେଲାନାହିଁ।

ଚାରିଦିନ ପରେ ଗୋବରା ଆସି ପୁଣି ବ୍ୟାଙ୍କ୍‌ରେ ହାଜର।

ସେ ଭିତରକୁ ଆସିବାବେଳେ କୃପାରାମ ଦେଖିନଥିଲେ। ଯେତେବେଳେ ଦେଖିଲେ, ସେତେବେଳେ ଗୋବରା ବାହାରିଯିବା ପାଇଁ ଗେଟ୍ ଆଡ଼କୁ ମୁହାଁଇଲାଣି।

ନିଜ କୌତୁହଳକୁ ମନ ଭିତରେ ଚାପି ରଖିପାରିଲେ ନାହିଁ କୃପାରାମ। ତରବରରେ ନିଜ ଚୌକି ଛାଡ଼ି ବାହାରକୁ ଆସି ଗୋବରା ଆଗରେ ଠିଆହୋଇ ପଚାରିଲେ, 'କିରେ ଗୋବରା, କ'ଣ ଖବର ?'

ଆଖିକୁ ନ ଦିଶୁ ପଛେ ମ୍ୟାନେଜରଙ୍କୁ ଚିହ୍ନିବାରେ ଗୋବରାକୁ ଆଦୌ ଅସୁବିଧା ହେଲାନାହିଁ। ବାଡ଼ି ଧରିଥିବା ହାତ ଓ ଖାଲି ରହିଥିବା ହାତ ଉଭୟ ଉପରକୁ ଉଠାଇ ମୁଣ୍ଡ ନୁଆଁଇ ଜୁହାର ହେଲା।

ଚାରିଦିନ ତଳର ଦୁଃଖଭରା କାନ୍ଦକାନ୍ଦ ମୁହଁ ଏବେ ନ ଥିଲା। ତା' ମୁହଁରେ ଗୋଟାଏ ପ୍ରକାର ସନ୍ତୋଷ ଓ ଶାନ୍ତିର ଆଭାସ ଦେଖି କୃପାରାମ ପୁଣି ପଚାରିଲେ, 'କ'ଣ ଖବର ! କେମିତି ଅଛୁ ?'

ଗୋବରା କହିଲା, 'ହଜୁର, ମୋତେ ରକ୍ଷା କରିଦେଲେ। ନ ହେଲେ ଭାସିଯାଇଥାନ୍ତି।'

– 'କିଏ ରକ୍ଷାକଲା ? କେମିତି ?'

ଗୋବରା ତା' କାନ୍ଧରୁ ଝୁଲୁଥିବା ଗୋଟାଏ କନା ବ୍ୟାଗ୍ ଭିତରୁ ବାହାରକରି ପାସ୍‌ବୁକ୍‌ଟିଏ କୃପାରାମଙ୍କ ଆଡ଼କୁ ବଢ଼ାଇଦେଲା।

ତାଙ୍କରି ବ୍ୟାଙ୍କ୍‌ର ପାସ୍‌ବୁକ୍। ସେହିଦିନ ନୂଆ ଖୋଲିଛି। ଗୋବର୍ଦ୍ଧନ ନାଇକ ନାମରେ। ଦଶହଜାର ଟଙ୍କା ନଗଦ ଜମା ହୋଇଛି।

କୃପାରାମ ପଚାରିଲେ, 'ମିଳିଗଲା ? କିଏ ନେଇଥିଲା ?'

– 'ହଜୁର୍, ସବୁ ମାୟା ଆପଣଙ୍କର। ମୋତେ କାହିଁକି ପଚାରୁଛନ୍ତି ?'

– 'ମାନେ ?'

– 'ଆପଣ ନ ଜାଣିବା ପରି ମୋତେ ପଚାରୁଛନ୍ତି ହଜୁର୍ ! ଆପଣଙ୍କ ବ୍ୟାଙ୍କ୍‌ର ବାବୁମାନେ ତ ମୋତେ ଚାନ୍ଦାକରି ଟଙ୍କା ଦେଲେ। ମୁଁ ତ ସହଜେ ଭିକ ମାଗି ଚଳିବା ଲୋକ ହଜୁର୍ ! ମନା କାହିଁକି କରନ୍ତି ?'

ଗୋବରା ପାସ୍‌ବୁକ୍ ନେଇ ଆଉଥରେ ଜୁହାର କରି ଚାଲିଗଲା।

କୃପାରାମଙ୍କୁ ଖୁସି ତ ଲାଗିଲା, ଦୁଃଖ ବି ଲାଗିଲା। କିଛି ଅପମାନ ମଧ୍ୟ। ନିଜେ ଠକିହୋଇଯାଇଥିବା ପରି ଲାଗିଲା।

ରତ୍ନମ୍‌ଙ୍କୁ ଡାକି ପଚାରିଲେ, 'ଯଦି ଚାନ୍ଦା କରି ଆମ ଷ୍ଟାଫ୍ ଗୋବର୍ଦ୍ଧନକୁ ଟଙ୍କା ଦେଲେ, ବେଶ୍ ଭଲକଥା। ଭାରି ଖୁସି ଲାଗିଲା ଏକଥା ଶୁଣି। କିନ୍ତୁ ରତ୍ନମ୍, ମୋଠୁ ଚାନ୍ଦା କେହି ନେଲେ ନାହିଁ କାହିଁକି ? ମୁଁ କ'ଣ ଏ ଅଫିସ୍‌ର ଷ୍ଟାଫ୍ ନୁହେଁ ? ମୁଁ କ'ଣ ଏତେ ଅସାମାଜିକ ମଣିଷ ପରି ଦିଶିଲି ?'

ରତ୍ନମ୍ କହିଲେ, 'ସାର୍, ଏସବୁ ଚାନ୍ଦାଫାନ୍ଦା କଥା ସବୁ ମିଛ। ମୁଁ ବି ଜାଣିନଥିଲି। କେହି ଜାଣିନାହାନ୍ତି, ଜୟନ୍ତ ମନକୁମନ ତା' ଘରୁ ଗୋବରାକୁ ଡାକିଆଣି ନିଜ ପକେଟ୍‌ରୁ ଟଙ୍କା ଦେଇ ଖାତା ଖୋଲିଛି।'

'କ'ଣ କହୁଛ ତମେ ? ଜୟନ୍ତ ? ସତରେ... ?'

'ଏକ୍‌ଦମ୍ ସତ। ପ୍ରଥମେ ମୋର ବି ବିଶ୍ୱାସ ହେଉନଥିଲା।'

'ଏକଥା ଗୋବରା ବି ଜାଣିନାହିଁ। ତାକୁ କେହି କହିନାହାନ୍ତି ?'

'ନା, ଜୟନ୍ତ ସମସ୍ତଙ୍କୁ ମନାକରିଛି କହିବାପାଇଁ।'

ଆଉ କିଛି କହିବାର ନ ଥିଲା। ଜୟନ୍ତ ସହିତ ଏକାନ୍ତରେ କଥା ହେବା ପାଇଁ କୃପାରାମ ତାକୁ ନିଜ କୋଠରି ଭିତରକୁ ଡକାଇଆଣିଲେ। ନିଜର ନେତାସୁଲଭ ଅନିଚ୍ଛା ଓ ଅରୁଚିକୁ ମୁହଁରେ ମାଖି ଜୟନ୍ତ ଆସି କହିଲା, 'ସାର୍, ମୋତେ ଡାକିଲେ ?'

'ଗୋବର୍ଦ୍ଧନର ସେଭିଂସ୍ ଆକାଉଣ୍ଟ....'

ଅନ୍ୟ ମୁହଁରୁ କଥା ଛଡ଼ାଇ ନେଇ, ବଡ଼ସାନ ନ ମାନି, ମଝିରେ କଥା କହିବା ଜୟନ୍ତର ପୁରୁଣା ଅଭ୍ୟାସ। କୃପାରାମଙ୍କୁ ନିଜ ବାକ୍ୟ ପୂରଣ କରିବାକୁ ନ ଦେଇ ଧଡ୍ କରି ଜୟନ୍ତ କହିଲା, 'ସାର୍ ଆକାଉଣ୍ଟ୍ ଖୋଲିଯାଇଛି। ଆଜି ପାସ୍‌ବୁକ୍ ଇସ୍ୟୁ ହୋଇଯାଇଛି।'

'କିନ୍ତୁ ଦଶହଜାର ଟଙ୍କା...'

'ଚାପ୍ଟର୍ କ୍ଲୋଜ୍‌ଡ୍। ଫର୍ମରେ ଆଗରୁ ସିଗ୍ନେଚର ହୋଇସାରିଥିଲା। ସେହି ଫର୍ମରେ ଖାତା ଖୋଲିଗଲା। ଆମ ୟୁନିୟନ୍‌ର ନୀତିରୁ ଆମେ ବିଚ୍ୟୁତ ହୋଇନାହୁଁ କି ହେବୁନାହିଁ। ନେଭର୍।'

ଟଙ୍କା ବିଷୟରେ ଜୟନ୍ତ କଥା ହେବାପାଇଁ ଅନିଚ୍ଛୁକ ଥିବାର ଦେଖି କୃପାରାମ ଆଉ କିଛି ପଚାରିଲେ ନାହିଁ। କିନ୍ତୁ ସେଦିନ କାମଦାମ ସାରି ସନ୍ଧ୍ୟାରେ ଘରକୁ ବାହାରିବାବେଳେ ରତ୍ନମ୍‌କୁ ଏକୁଟିଆ ପାଇ କହିଲେ, 'ରତ୍ନମ୍, ମୁଁ ଭାବୁଛି, ଗୋବର୍ଦ୍ଧନକୁ ଟଙ୍କା ବିଷୟରେ ସତକଥା କହିଦେବା ଉଚିତ।'

'କାହିଁକି ସାର୍ ? ସେ ଦିନେନାଦିନେ ଜାଣିବ ହିଁ ଜାଣିବ।'

'କେମିତି ଜାଣିବ ? ତା' ପାଇଁ ଜୟନ୍ତ ଦେବତା ସଦୃଶ୍ୟ।'

'କିନ୍ତୁ ମୋତେ ଲାଗୁଛି, ଦେବତା ସ୍ତରକୁ ଉଠିବାକୁ ଜୟନ୍ତର ଆଦୌ ଇଚ୍ଛା ନାହିଁ। ସେ କେବଳ ନେତା ହୋଇ ରହିବାକୁ ଚାହେଁ।'

କୃପାରାମ ନୀରବ ରହିଲେ।

■

କର୍ମଧାରୟ

ଅଫିସ୍‌ରେ କିଛି ଗୋଟାଏ ଅଘଟଣ ଘଟିବାକୁ ଯାଉଛି ବୋଲି ସପ୍ତାହେ ଆଗରୁ ଆଶଙ୍କା କରାଯାଉଥିଲା। ସତର ତାରିଖ ଦିନ ଅଫିସ୍ ଭିତର କାନ୍ଥରେ ଚିଫ୍‌ମ୍ୟାନେଜର ଜି.ଡି. ଶର୍ମାଙ୍କର କାର୍ଟୁନ୍ ଦେଖିବାକୁ ମିଳିଥିଲା। ଉଣିଶ ତାରିଖ ଦିନ ନରହରିର ଦରଖାସ୍ତଟିକୁ ନାକଚ କରିଦେଇ ଜି.ଡ଼ି. ଶର୍ମା କର୍ମଚାରୀମାନଙ୍କ ଭିତରେ ଆହୁରି ଅପ୍ରିୟ ହୋଇଗଲେ। କୋଡ଼ିଏ ତାରିଖ ଦିନ ଜି.ଡ଼ି. ଛୁଟିନେବେ ବୋଲି ଆଗରୁ ଜଣାଇଥିଲେ ସୁଦ୍ଧା ଛୁଟି ନନେଇ ଅଫିସ୍‌ରେ ପହଞ୍ଚିଗଲେ। ତାଙ୍କ ପତ୍ନୀଙ୍କର ଆଣ୍ଠୁବାତ ରୋଗ ଭଲ ହୋଇଯିବାରୁ ତାଙ୍କର ଆଉ ଛୁଟି ନେବାର ଆବଶ୍ୟକତା ରହିଲାନାହିଁ ବୋଲି ଜି.ଡି. କୈଫିୟତ୍ ଦେଲେ ମଧ୍ୟ ନିଜର ଅନୁପସ୍ଥିତିରେ ଅଫିସ୍ ଷ୍ଟାଫ୍‌ଙ୍କର ସମୟାନୁବର୍ତ୍ତିତା ଓ ଶୃଙ୍ଖଳା ନିରୀକ୍ଷା କରିବାର ଏହା ଏକ ପିଲାଳିଆ କୌଶଳ ବୋଲି ଅଫିସ୍‌ରେ ସମସ୍ତେ କୁହାକୁହି ହେଲେ।

ଏଭଳି ଏକ ଉତ୍ତେଜନାମୟ, ଓଜନିଆ ବାତାବରଣ ଭିତରେ ସମସ୍ତେ ଯଦିଓ ଆଶଙ୍କା କରୁଥିଲେ ଯେ ଅଫିସ୍‌ରେ ବଡ଼ଧରଣର କ୍ଲାଇମାକ୍‌ସ କିଛି ଘଟିବ, ତଥାପି ଯାହା ଘଟିଲା ତାହା ଅପ୍ରତ୍ୟାଶିତ ପର୍ଯ୍ୟାୟରେ ହିଁ ଯିବ। ଘଟଣାଟି ଏହିପରି। ପଚିଶି ତାରିଖ ସକାଳୁ ଜି.ଡି. ଶର୍ମା ଯେଉଁ ତିନୋଟି ଫାଇଲ୍ ମଗାଇଥିଲେ ତା' ଭିତରୁ ଦ୍ୱିତୀୟଟି ଥିଲା ଏକ୍ସଚେଞ୍ଜ ପରମିଟ୍ ଫାଇଲ୍। ଶର୍ମାଜୀ ଫାଇଲ୍ ଭିତରର କାଗଜପତ୍ର ଭିତରେ ପଶି ବୁଡ଼ିଯିବାପାଇଁ ପ୍ରସ୍ତୁତ ହୋଇ ଠିକ୍ ଯେତେବେଳେ ଫାଇଲଟି ଖୋଲିଛନ୍ତି, ଫାଇଲ୍‌ର ସବା ଉପର କାଗଜଟିକୁ ଦେଖି ହତବାକ୍ ହୋଇଗଲେ। ଫାଇଲ୍‌ର ସଦ୍ୟତମ ଚିଠି ଉପରେ ଅତି ଯତ୍ନରେ ଫାଇଲ୍ କରି ରଖାଯାଇଛି ଦୁଇଟି ସିନେମା ଟିକଟ୍। ତିରିଶି ତାରିଖ ଇଭିନିଂ ସୋ ପାଇଁ ମିନର୍ଭା ଥିଏଟର୍‌ର ବାଲକୋନୀ ଟିକଟ ଦୁଇଟି। ଆସନ ନମ୍ବର ପି.ସତର ଓ ପି.ଅଠର। କେହିଜଣେ ବହୁ କଷ୍ଟ ସହି ଧାଡ଼ି ବାନ୍ଧି କାଉଣ୍ଟରରେ ଠିଆ ହୋଇ ସପ୍ତାହେ ଆଗରୁ ଅଗ୍ରୀମ ଟିକଟ କିଣି ଆଣିଛି। କିନ୍ତୁ ଏତେ

ପରିଶ୍ରମ ପ୍ରସୂତ ଏତେ ଦୁର୍ଲଭ ବସ୍ତୁକୁ ଏକ୍ସଚେଞ୍ଜ୍ ପରମିଟ୍ ଫାଇଲ୍ ଭିତରେ କାହିଁକି ରଖାଯାଇଛି, ତାହା ଏକ ଅଭେଦ୍ୟ ରହସ୍ୟ ହୋଇ ରହିଗଲା।

ଜି.ଡି. ଶର୍ମାଙ୍କର ଆଉ ବୁଝିବା ପାଇଁ ବାକୀ ରହିଲା ନାହିଁ ଯେ ଏହା ମଧ୍ୟ ଅଫିସ୍‌ରେ ବିଶୃଙ୍ଖଳା ସୃଷ୍ଟି କରିବା ପାଇଁ କିମ୍ବା ତାଙ୍କୁ ପରିହାସ କରିବା ପାଇଁ ଏକ ଅଭିନବ ପଦକ୍ଷେପ। ଧନ୍ୟ କହିବ ଅଫିସ୍‌ର ଏପରି କର୍ମଚାରୀମାନଙ୍କୁ ଯିଏ ଏତେ ନୂଆ ନୂଆ କୌଶଳରେ ଶୃଙ୍ଖଳା ଭଙ୍ଗ କରନ୍ତି ଓ କାମରେ ବ୍ୟାଘାତ ସୃଷ୍ଟି କରନ୍ତି। ଏକ ସମୟରେ ଯେଉଁ କେତେଗୁଡ଼ିଏ ଶବ୍ଦ ତାଙ୍କ କଣ୍ଠରୁ ନିର୍ଗତ ହେବାକୁ ଚେଷ୍ଟିତ ହେଲେ ସେଗୁଡ଼ିକ ଇର୍ଷା, ହିଂସା, ଫାଜିଲାମି, ଅଶାଳୀନତା, ଷଡ଼ଯନ୍ତ୍ର ଓ ସନ୍ତ୍ରାସବାଦ। କୌଣସି ଶବ୍ଦ ଉଚ୍ଚାରଣ ନକରି ଜି.ଡି. ସାମୟିକ ଭାବରେ ସବୁ କର୍ମଚାରୀଙ୍କୁ ମନେମନେ ପାଜି, ସଇତାନ୍ ବୋଲି ଆକ୍ଷେପ କରି ପକାଇଲେ। ଅଫିସ୍‌ର ମୁଖ୍ୟ ଅଧିକାରୀ ହିସାବରେ ସେ ଆଉ ଏପରି ବଶୃଙ୍ଖଳା ସହ୍ୟ କରି ପାରିବେ ନାହିଁ। ଯଥେଷ୍ଟ ହେଲାଣି। ଏଥର ଦରକାର ଏକ୍ସନ୍, ଅନୁସନ୍ଧାନ ଓ ଦଣ୍ଡପ୍ରଦାନ।

ବାରଟାବେଳେ କର୍ମଚାରୀ ସଂଘର ପ୍ରତିନିଧିଙ୍କୁ ଡ଼କାଇ ଜି.ଡି. ପ୍ରଥମେ କପେ ଚା ଯାଚିଲେ ଓ ତା'ପରେ ଏକ୍ସଚେଞ୍ଜ ପରମିଟ୍ ଫାଇଲ୍‌ଟା ଆଣି ପ୍ରତିନିଧିଙ୍କ ମୁହଁ ଆଗରେ ଟେକି ଧରିଲେ। ଟିକଟ ଦୁଇଟି ଦେଖି ପ୍ରତିନିଧିଙ୍କ ଓଠରେ ଅଦୃଶ୍ୟ ହସ ଧାରେ ଲେଖି ହୋଇଗଲା। କିନ୍ତୁ ଜି.ଡିଙ୍କ ଭାବମୁଦ୍ରା ଗମ୍ଭୀର ଓ ଉତ୍ତେଜନାମୟ-ସତେଯେମିତି ଫାଇଲ୍‌ଟି ହେଉଛି ତାସ୍ ଖେଳରେ ତାଙ୍କ ଟ୍ରମ୍ପ୍‌କାର୍ଡ। ଏକ୍ସଚେଞ୍ଜ ପରମିଟ୍ ଫାଇଲ୍‌ର ମର୍ଯ୍ୟାଦା ଓ ଗୁରୁତ୍ୱ, ତା' ଭିତରେ ସିନେମା ଟିକଟ୍ ରହିବା ଦ୍ୱାରା ଫାଇଲ୍‌ର ମର୍ଯ୍ୟାଦା ପ୍ରତି କିପରି ଅପମାନ ଓ ବିଦ୍ରୁପ କରାଯାଇଛି ଏସବୁ ଅତି ତୀକ୍ଷ୍ଣ ଓ ହୃଦୟସ୍ପର୍ଶୀ। ଭାଷାରେ ବୁଝାଇଦେଲେ ଜି.ଡି ଶର୍ମା। ଏଭଳି ଏକ ଅଶୋଭନୀୟ ଅସଦାଚରଣ ଦ୍ୱାରା ଅନୁଷ୍ଠାନ ପ୍ରତି କିପରି ଉପହାସ କରାଯାଉଛି ତାହା ବୁଝାଇବାବେଳେ ଶର୍ମାଜୀଙ୍କ କଣ୍ଠ ଥରି ଉଠିଲା। ଚେତାବନୀ ମିଶ୍ରିତ ଭବିଷ୍ୟତ ବାଣୀ ଶୁଣାଇବା ପରି ଗମ୍ଭୀର, ଆତଙ୍କଭରା କଣ୍ଠରେ ସେ ଶୁଣାଇଲେ ସେ ଯିଏ ଏହି କାମ କରିଛି ସିଏ ନିଶ୍ଚୟ ଧରାପଡ଼ିଯିବ। ଦୋଷୀ ଖସିଯିବା ଏତେ ସହଜ ନୁହେଁ। ଅଫିସରେ ସନ୍ତ୍ରାସବାଦୀମାନଙ୍କର ଷଡ଼ଯନ୍ତ୍ର ଓ ଆତଙ୍କଲୀଳା ଆରମ୍ଭ ହୋଇଗଲାଣି। ସିନେମା, ନାଟ, ତାମସାର ଗୋଟିଏ ଆଖଡ଼ା ସୁଲଭ ବିଶୃଙ୍ଖଳ ପରିବେଶ ଭିତରେ ଅଫିସ୍‌ର କାମ ଦାମ ସବୁ ପୋଡ଼ି ଜାଳିଦେବାର ଚେଷ୍ଟା କରାଯାଉଛି। ଏବେ ଏକ୍ସଚେଞ୍ଜ୍ ପରମିଟ୍ ଫାଇଲ୍ ଭିତରୁ ଯଦି ସିନେମା ଟିକଟ୍ ବାହାରିଲା, ତେବେ ଅନ୍ୟ କୌଣସି ଫାଇଲ୍ ଭିତରେ ଲଙ୍ଗୁଳୀ ଚିତ୍ରଗୁଡ଼ିଏ ରଖାଯାଇନଥିବ ବୋଲି କ'ଣ ମାନେ ଅଛି ?

ଏହାକୁ ମ୍ୟାନେଜ୍‌ମେଣ୍ଟ୍ ସହ୍ୟ କରି ପାରିବ ନାହିଁ। ହଳେ ସିନେମା ଟିକଟ୍‌କୁ ଅସ୍ତ୍ରରୂପେ ବ୍ୟବହାର କରି ଅଫିସ୍‌କୁ ଓ ଅଫିସର୍ ମାନଙ୍କୁ ବେଇଜ୍ଜତ୍ କରିବାର ଚେଷ୍ଟା ଆରମ୍ଭ ହେଲାଣି। କଣ ବା ତମମାନଙ୍କର ଉଦ୍ଦେଶ୍ୟ? ତମେ କଣ ଇଙ୍ଗିତ ଦ୍ୱାରା କହିବାକୁ ଚାହଁ ଯେ କାମଦାମ ଛାଡ଼, ଚାଲ ଯିବା ସିନେମା ଦେଖି? ନା ଅଫିସରଙ୍କୁ ସିନେମା ହଲ୍‌କୁ ପଠାଇଦେଇ ତାଙ୍କ ଅନୁପସ୍ଥିତିରେ ଅଫିସରେ ନୂଆ କିଛି ବିଶୃଙ୍ଖଳା ସୃଷ୍ଟିର ପ୍ରଚେଷ୍ଟା? କିଏ ଏହି ଦୁଷ୍କର୍ମୀ? ଅନୁଷ୍ଠାନର କଳଙ୍କ ଏପରି କର୍ମଚାରୀମାନଙ୍କୁ ଧରାପକାଇ ଦଣ୍ଡିତ କରିବା ଯେକୌଣସି ସୁସ୍ଥ ପରମ୍ପରା ସମ୍ପନ୍ନ କର୍ମଚାରୀ ସଂଘର ଦାୟିତ୍ୱ ନୁହେଁ କି?

ଏସବୁ ଉଦ୍‌ଗୀରଣ ପରେ ଟିକିଏ ଥଣ୍ଡା ହୋଇ ଶେଷରେ ପ୍ରତିନିଧିଙ୍କୁ ଜି.ଡି. ଶର୍ମା କହିଲେ; ଦେଖ, ମୁଁ ବଡ଼ ଉଦାର ଲୋକ। ଏସବୁ ଛୋଟ ଛୋଟ କଥାରେ ମୁଁ ବ୍ୟସ୍ତ ହୁଏନାହିଁ। ଯିଏ ଏ ଟିକଟ୍ ଦୁଇଟି ଏଠି ଗୁଞ୍ଜି ରଖିଛି ସେ ଯଦି ନିଜେ ମୋ ପାଖକୁ ଆସି ନିଜ ଦୋଷ ମାନି ଏଭଳି କାମ ଆଉ କେବେ ନ କରିବାକୁ ଜବାବ୍ ଦିଏ, ତା'ହେଲେ ମୁଁ ଟିକଟ୍ ଦୁଇଟା ତାକୁ ଫେରାଇଦେବି ଓ ପୂରା ଘଟଣାଟିକୁ ଭୁଲିଯିବି।

କର୍ମଚାରୀ ସଂଘର ପ୍ରତିନିଧିଙ୍କ ସହିତ ଜି.ଡ଼ି.ଙ୍କର କଥାବାର୍ତ୍ତା ଏବଂ ଏକ୍ସଚେଞ୍ଜ ପରମିଟ୍ ଫାଇଲ୍‌ରୁ ସିନେମା ଟିକଟ୍ ବାହାରିଥିବା ସମ୍ବାଦ ଖୁବ୍ ଶୀଘ୍ର ଅଫିସ୍ ସାରା ବ୍ୟାପିଗଲା। ଏକାଉଣ୍ଟାଣ୍ଟ, ଷ୍ଟେନୋ, ଟାଇପିଷ୍ଟଙ୍କ ସମେତ ଜି.ଡି.ଙ୍କ ଡ୍ରାଇଭର୍ ପର୍ଯ୍ୟନ୍ତ ସମସ୍ତେ ଏ ବିଷୟରେ ଫୁସ୍‌ଫାସ୍ କଥାବାର୍ତ୍ତା ହେଲେ ଓ କିଏ ଏଭଳି ଦୁଃସାହସିକ କାମଟିଏ କରିଛି ତାହା ଅନୁମାନ କରିବାକୁ ଚେଷ୍ଟାକଲେ। ତିରିଶି ତାରିଖ ପାଇଁ ଅଗ୍ରୀମ ଟିକଟ୍ କିଣି ରଖିବାର ଦୂରଦୃଷ୍ଟି ଥିବାପରି ଲୋକ ଅଫିସ୍‌ରେ ପ୍ରାୟ କିଏ ନାହାନ୍ତି। ଯେଉଁମାନେ ବେଳେ ବେଳେ ସିନେମା ଯାଆନ୍ତି, ସେମାନେ ଶେଷ ମୂହୁର୍ତ୍ତରେ କାଉଣ୍ଟରରୁ ଟିକଟ୍ ଆଣନ୍ତି କିମ୍ବା ଦରକାର ପଡ଼ିଲେ କିଛି ଅଧିକା ପଇସା ଦେଇ କଳାବଜାରୀଙ୍କ ଠାରୁ ଟିକଟ୍ କିଣିପକାନ୍ତି। କିନ୍ତୁ ଅଗ୍ରୀମ ଟିକଟ୍ କିଣି ରଖିବା ଭଳି ଯୋଜନାବଦ୍ଧ ଜୀବନ ନିର୍ବାହ କରୁଥିବା ଲୋକ କିଏ ବା ଥାଇପାରେ ଏଇ ବିଶୃଙ୍ଖଳ ଅଫିସ୍ ଭିତରେ? ସେ ଯେକେହି ହେଉନା କାହିଁକି ଟିକଟ୍‌ର ପ୍ରକୃତ ମାଲିକ ଯେତେବେଳେ ନିଜ ସମ୍ପତ୍ତି ମାଗିନେବାକୁ ଆସିବ, ତାଙ୍କୁ ହତାଦର କରାଯିବ ନାହିଁ। ନିନ୍ଦା କରାଯିବ ନାହିଁ। କିମ୍ବା ଅନୁଷ୍ଠାନ-ବିରୋଧୀ ନିମ୍ନସ୍ତରର ରୁଚିପାଇଁ ତିରସ୍କାର କରାଯିବ ନାହିଁ। ଉଦାର ଭଙ୍ଗୀରେ ତା'ହାତକୁ ଟିକଟ୍ ଦୁଇଟି ବଢ଼ାଇ ଦେଇ କି.ଡି କହିବେ, 'ହେଭ୍ ଏ ନାଇସ୍ ଟାଇମ୍'। କିନ୍ତୁ ତା ହେଲାନାହିଁ। ପରିଚୟ ବିହୀନ

ସାର୍ବଜନୀନତା ଭିତରେ ଲୁଚି ରହିଗଲା କାପୁରୁଷ। ଟିକଟ୍ ଦୁଇଟା ଲୋଡ଼ିନେବାପାଇଁ କେହି ଆସିଲେ ନାହିଁ। ଦିନ ପରେ ଦିନ ଗଡ଼ି ତିରିଶି ତାରିଖ ପାଖେଇ ଆସିଲା। ଶୁଣାଯାଏ ଯେ ଶେଷ ଦୁଇଦିନ ଜି.ଡି. ଶର୍ମା ଟିକିଏ ଚଞ୍ଚଳ ଓ ଅସ୍ଥିର ହୋଇଯାଇଥିଲେ। ସ୍ପ୍ରିଙ୍ଗ୍ କବାଟ ଖୋଲି କେହି ତାଙ୍କ କେବିନ୍ ଭିତରକୁ ଆସିଲେ ସେ ହଠାତ୍ ଭାବିପକାଉଥିଲେ ଯେ ସେ ଟିକଟ୍ ମାଗି ନେବାପାଇଁ ଆସିଛି। କିନ୍ତୁ ଆପଣା କାମ ସାରି ଆଗନ୍ତୁକ ତାଙ୍କ କୋଠରୀରୁ ବାହାରି ଗଲାବେଳେ ନିରାଶ ହୋଇପଡୁଥିଲେ ଶର୍ମାଜୀ। ଅଣତିରିଶି ତାରିଖ ସଂଧ୍ୟାରେ ନିଜ କୋଠରୀରୁ ବାହାରି ସୁଟ୍ ପକେଟ୍‌ରେ ହାତ ପୁରାଇ ଅଫିସ୍ ହଲ୍ ର ଏପଟୁ ସେପଟ ଟହଲି ଶର୍ମାଜୀ ସବୁ କର୍ମଚାରୀଙ୍କୁ ଥରେ ଥରେ ଦେଖିନେଲେ – ସତେ ଅବା ସେ ସମସ୍ତଙ୍କ ଚେହେରା ଦେଖି ଚୋରକୁ ଠାବ କରିବାକୁ ଆସିଛନ୍ତି।

କିନ୍ତୁ ହେଲା ନାହିଁ। କେହି ଟିକଟ୍ ମାଗିନେଲେ ନାହିଁ। ଫାଇଲ୍ ଭିତରେ ଝୁଲି ରହିଥିବା ହଳେ ଅବାଂଛିତ ଟିକଟ୍ ସହିତ ବାହାରେ ବିଚରଣ କରୁଥିବା ତାର ପରିଚୟ ବିହୀନ ମାଲିକର ସାନ୍ନିଧ୍ୟ କେଉଁ ଅଦୃଶ୍ୟ ହାତର ଇଙ୍ଗିତରେ ଅଟକି ରହିଲା। ପ୍ରତୀକ୍ଷୀତ ତିରିଶି ତାରିଖ ବି ଆସିଗଲା। ଅଦୃଶ୍ୟ ଆସାମୀକୁ ଆଗେଇ ଆସି ନିଜ ସଂପତ୍ତି ମାଗିନେବା ପାଇଁ ଉତ୍ସାହିତ କରିବା ନିଜର ଆନୁଷ୍ଠନିକ ଧର୍ମ ବୋଲି ମନେକରି ସକାଳେ ବିନା ଉପକ୍ରମରେ ଶର୍ମାଜୀ ଶୁଣାଇ ଦେଲେ ଯେ ସଂଧ୍ୟାରେ କେହି ସିନେମା ଫିନେମା ଦେଖିଯିବାକୁ ଚାହୁଁଥିଲେ ଅଧଘଣ୍ଟା ଆଗରୁ ଅଫିସ୍‌ରୁ ଯିବାପାଇଁ ଅନୁମତି ଲୋଡ଼ିପାରନ୍ତି। ତଥାପି କେହି ଆସିଲେ ନାହିଁ। ମଧ୍ୟାହ୍ନ ବିରତିରେ ଲଂଚ୍ ଖାଇବାପାଇଁ ଘରେ ପହଞ୍ଚି ସାରିବା ପରେ ବି ଶର୍ମାଜୀଙ୍କ ମନଯାଇ ଝୁଲିରହିଥିଲା ଏକସ୍‌ଚେଞ୍ଜ୍ ପରମିଟ୍ ଫାଇଲ୍‌ରେ। ଆଜି ଖାଇବାପାଇଁ ଘରକୁ ନଆସି ଅଫିସ୍‌ରେ ରହିଥିଲେ ଭଲ ହୋଇଥାନ୍ତା। ମଧାହ୍ନ ବିରତିରେ କେହିନଥିବା ବେଳେ ଶର୍ମାଜୀଙ୍କୁ ଏକୁଟିଆ ଚାମ୍ବର ଭିତରେ ବସିଥିବାର ଦେଖି ଆସାମୀ ଟିକଟ୍ ନେବା ପାଇଁ ଆଗେଇ ଆସିଥାନ୍ତା।

ଜି.ଡ଼ି. ଶର୍ମାଙ୍କର ଚିନ୍ତାକାତର, ଅସ୍ଥିର ମୁଦ୍ରାଦେଖି ମିସେସ୍ ଶର୍ମା ଥରେ ଦି'ଥର ମୃଦୁ ଜିଜ୍ଞାସା କଲେ। କିନ୍ତୁ କିଛି ଉତ୍ତର ପାଇଲେ ନାହିଁ। ସ୍ୱାମୀଙ୍କର ଏପରି ଅହେତୁକ ଦୁଶ୍ଚିନ୍ତା, ନିରାଶା ଓ ବିରକ୍ତି ସହିତ ଶ୍ରୀମତୀ ଅଭ୍ୟସ୍ତ ହୋଇଗଲେଣି। ବେଶୀ ପଚାରିଲେ ଲାଭନାହିଁ ବୋଲି ସେ ଜାଣନ୍ତି। ସ୍ୱାମୀଙ୍କର ଅଫିସ୍ ତାଙ୍କ ବୈବାହିକ ଜୀବନରୁ ସବୁ ହସଖୁସି ଓ ବୁଲାଚଲାର ଆନନ୍ଦକୁ ନିକାଲିଦେଇ ଜୀବନଟାକୁ ନୀରସ ଓ ବିରକ୍ତିମୟ କରି ଦେଇଛି। ତେଣୁ ବେଶୀ ଖୋଳତାଡ଼ ନ କରିବା ଭଲ ବୋଲି ମନେକରି ମିସେସ୍ ଶର୍ମା ଚୁପ୍ ରହିଲେ।

କିନ୍ତୁ ସେଦିନ ସଂଧ୍ୟାରେ ପତ୍ନୀଙ୍କୁ ବିସ୍ମିତ କରିଦେଇ ହଠାତ୍ ପାଞ୍ଚଟା ବେଳେ ଘରେ ପହଞ୍ଚିଗଲେ ଶର୍ମାଜୀ। ଶର୍ମାଜୀ ପ୍ରାୟ କେବେ ଆଠଟା ପୂର୍ବରୁ ଘରକୁ ଫେରନ୍ତିନାହିଁ ବୋଲି ଅନେକ ସମୟରେ ଶ୍ରୀମତୀ ଶର୍ମା ସ୍ୱାମୀଙ୍କ ଚାକିରୀକୁ ନିଜର ସଉତୁଣୀ ବୋଲି ଆକ୍ଷେପ କରିଆସିଛନ୍ତି। ଆଜି ହଠାତ୍ ସଉତୁଣୀ ହାବୁଡ଼ରୁ ଅସମୟରେ ମୁକ୍ତି ପାଇ ଶୀଘ୍ର ଘରକୁ ଫେରିଆସିଥିବା ସ୍ୱାମୀଙ୍କୁ ଦେଖି ସେ ଯେତିକି ଚକିତ ହେଲେ, ତା'ଠୁ ବେଶୀ ଆଶ୍ଚର୍ଯ୍ୟ ହେଲେ ଯେତେବେଳେ ଶର୍ମାଜୀ କୋଟ୍ ପକେଟରୁ ଯୋଡ଼ିଏ ଟିକଟ୍ ବାହାର କରି ଘୋଷଣା କଲେ, "ଚାଲ ଆଜି ସିନେମା ଦେଖିଯିବା। ମିନର୍ଭାରେ ଭଲ ଫିଲ୍ମ ପଡ଼ିଛି।'

ଅନେକ ବର୍ଷର ବ୍ୟବଧାନ ପରେ ସ୍ତ୍ରୀଙ୍କୁ ସାଥିରେ ନେଇ ସିନେମା ଦେଖି ଯାଇଥିବା ଶର୍ମାଜୀ ସେଦିନ ହଠାତ୍ ଯେମିତି ତାଙ୍କ କୈଶୋର କିମ୍ବା ଆଦ୍ୟ ଯୌବନକୁ ଫେରିଗଲେ। କାର୍ ନନେଇ ଚାଲି ଚାଲି ଯିବା ପାଇଁ ତାଙ୍କର ପ୍ରସ୍ତାବକୁ ଆନନ୍ଦରେ ଶ୍ରୀମତୀ ଗ୍ରହଣ କଲେ । ହଲ୍‌ରେ ଚିନାବାଦାମ କିଣି ଖାଇଲେ। ଫେରିବାବେଳେ ଶର୍ମାଜୀ ରିକ୍ସାବାଲା ସହିତ ବହୁତ ଯୁକ୍ତି କରି ଦୁଇଟଙ୍କାରେ ଦର ସ୍ଥିରକଲେ, କିନ୍ତୁ ଘର ଆଗରେ ପହଞ୍ଚିବା ପରେ ରିକ୍ସାବାଲା ହାତରେ ପାଞ୍ଚଟଙ୍କିଆ ନୋଟ୍‌ଟେ ଗୁଞ୍ଜି ଦେଇ ଆଉ ବଳକା ଟଙ୍କା ଫେରାଇବା ଦରକାର ନାହିଁ ବୋଲି ଘୋଷଣା କଲେ। ନିଜ ପତ୍ନୀଙ୍କଠାରୁ ଆରମ୍ଭ କରି ରିକ୍ସାବାଲା ପର୍ଯ୍ୟନ୍ତ ଅନେକ ଲୋକଙ୍କୁ ବିସ୍ମିତ କରିଦେଇଥିବାର ଅପ୍ରତ୍ୟାଶିତ ଗୌରବ କି.ଡ଼ି. ଶର୍ମାଙ୍କର ସନ୍ଧ୍ୟାକୁ ଅଧିକ ଆମୋଦମୟ କରି ତୋଳିଲା। ସ୍ୱାମୀଙ୍କର ଅହେତୁକ ବାଳକ ସୁଲଭ ଚପଳତା ଦେଖି ବିସ୍ମିତ ଓ ଉଲ୍ଲସିତ ହେଲେ ଶ୍ରୀମତୀ ଶର୍ମା। ସବୁଦିନ ପାଇଁ ଅଭେଦ୍ୟ ହୋଇ ରହିଗଲା ଟିକଟ ଦୁଇଟିର ରହସ୍ୟ।

■

ତର୍ଜନୀ

॥ ଏକ ॥

ବନାନୀକୁ ଯେତେବେଳେ ବାଇଶି ବର୍ଷ ବୟସ, ସେତେବେଳେ ତା' ଜୀବନରେ ଘଟିଗଲା ଏମିତି ଏକ ଅଦ୍ଭୁତ ଘଟଣା, ଯାହା କାଳକାଳକୁ ଦୁର୍ବୋଧ ହୋଇରହିଗଲା। କିଏ କହିଲା ଅଲୌକିକ, କିଏ କହିଲା ବିଜ୍ଞାନସମ୍ମତ; କିନ୍ତୁ ବନାନୀ ନିଜେ ସେତେବେଳେ ଏପରି ଗଭୀର ବେଦନା ଭିତରେ ବୁଡ଼ି ରହିଥିଲା, ଯେଉଁଠି ବାସ୍ତବ ଓ ଅବାସ୍ତବ ଭିତରେ ଥିବା ସୀମାରେଖା ଅଦୃଶ୍ୟ ହୋଇଯାଏ। ଯେଉଁମାନେ ବିଶ୍ୱାସ କଲେ ସେମାନଙ୍କ ପ୍ରତ୍ୟୟରେ ବି ଅବିଶ୍ୱାସର ଛିଟା ରହିଗଲା। ଆଉ ଯେଉଁମାନେ ବିଶ୍ୱାସ କଲେ ନାହିଁ, ସେମାନେ ମଧ୍ୟ ସ୍ୱୀକାର କଲେ ଯେ କେଉଁଠି ନା କେଉଁଠି କିଛିହେଲେ ସତ୍ୟତା ନିଶ୍ଚୟ ଥିବ। ଆଶ୍ଚର୍ଯ୍ୟ କଥା। ଗୋଟିଏ ମୁହୂର୍ତ୍ତ - ଘଟଣାର ଅବଧି ମାତ୍ର ଗୋଟିଏ ମୁହୂର୍ତ୍ତ। ସେଇ ଗୋଟାଏ ମୁହୂର୍ତ୍ତ ଭିତରେ ବାନ୍ଧି ହୋଇ ରହିଗଲା କେତେ ଗୂଢ଼ ରହସ୍ୟ।

ଘଟଣାଟି ଏହିପରି।

ବନାନୀ ହଷ୍ଟେଲ୍‌ରେ ଥିବାବେଳେ ଦିନେ ନିତ୍ୟକର୍ମ ସାରି କ୍ଲାସ୍‌କୁ ବାହାରିବାବେଳେ ଖବର ଆସିଲା ଯେ ତା' ବାପାଙ୍କର ହଠାତ୍ କାଳ ହୋଇଗଲା। ମା' କାନ୍ଦିକାନ୍ଦି କହିଲେ, "ବନୀ ଲୋ, ବାପା ଆଉ ନାହାନ୍ତି।" ପାଗଳୀ ପରି ବନାନୀ ପ୍ରଶ୍ନ ପରେ ପ୍ରଶ୍ନ ଅଜାଡ଼ି ଦେଇଥିଲା; କିନ୍ତୁ ମା'ଙ୍କ ହାତରୁ ଫୋନ୍ ନେଇ ମଉସା କହିଲେ, "ସକାଳୁ ହଠାତ୍ ଅସୁସ୍ଥ ହୋଇଗଲେ। ପୀଡ଼ା ହେବାରୁ ଆମେ ଡାକ୍ତରଙ୍କୁ ଡାକିଲୁ। ପ୍ରାୟ ଅଧଘଣ୍ଟା ପରେ ଡାକ୍ତର ମହେଶ ଆସିଲେ। ଆଉ ଜୀବନ ନାହିଁ ବୋଲି କହିଦେଲେ। କାରଣ? କାର୍ଡ଼ିଆକ୍ ଆରେଷ୍ଟ୍। କେମିତି ବୋଲି ପଚାରୁଛୁ, ଆମେ କ'ଣ ଜାଣିବା ଲୋ ବନୀ? ଡାକ୍ତର କହୁଛନ୍ତି ଭେଣ୍ଟ୍ରିକ୍ୟୁଲାର ଫିବ୍ରିଲେଶନ୍। ତୁ ଶୀଘ୍ର ଆସିଯା। ମା' କାନ୍ଦିକାନ୍ଦି ତଳେ ଗଡୁଛି। ଆମେ ସବୁ ଏଠି ଅଛୁ।"

ବନାନୀର ପୃଥିବୀ ଭୁଶୁଡ଼ିପଡ଼ିଲା । ପ୍ରଥମେ ଆଖିରୁ ଲୁହ ବି ବାହାରୁନଥିଲା । ଯେତେବେଳେ ବାହାରିଲା, ସ୍ରୋତକୁ ଆଦୌ ରୋକିହେଲା ନାହିଁ । ବାପା ! ବାପା ତା'ର ଚାଲିଗଲେ । ଏଇତ ଦିନେ ଦୁଇଦିନ ତଳେ ଅଧା ପରିହାସ, ଅଧା ଗମ୍ଭୀରତାର ସହିତ କହିଥିଲେ, "ତୋର ତ ପଢ଼ା ସରିଆସିଲାଣି । ଚାକିରି ବି ପକ୍କା ହୋଇସାରିଲାଣି । ଏଥର ମୋତେ କନ୍ୟାଦାନ କରିବାର ସୁଯୋଗ ମିଳୁ । ତୋ' ପାଇଁ କେବେ ଯୋଗ୍ୟ ପାତ୍ର ଅଭାବ ହେବ ନାହିଁ ।" ସେଇ ବାପା । ପରୀକ୍ଷା କେବେ ସରିବ, ବନାନୀ କେବେ ଘରକୁ ଫେରିବ ଜାଣିବାକୁ ଚାହୁଁଥିଲେ । 'ଆଗଥର ପରି ସରପ୍ରାଇଜ୍ ଦେବୁନି, ଆଗରୁ ଖବର ଦେଇ ଆସିବୁ' ବୋଲି ଚେତାବନୀ ଦେଇଥିଲେ । ସେଇ ବାପା । ବନାନୀର ବାପା । ଆଉ ନାହାନ୍ତି ।

କାନ୍ଦିକାନ୍ଦି ତରବରରେ ସୁଟ୍‌କେଶ୍‌ଟି ଧରି ହଷ୍ଟେଲରୁ ବାହାରି କେମିତି ଘରେ ପହଞ୍ଚିଲା ସେ ନିଜେ ବି ଜାଣେନା । ଶୋକାଚ୍ଛନ୍ନ ପ୍ରାଣ, ଲୁହଭିଜା ଆଖି ଆଉ ବାଷ୍ପାକୁଳ କଣ୍ଠର କରୁଣ ସମଷ୍ଟିରେ ଗଢ଼ା ହୋଇଥିଲା ଯେଉଁ ନୂଆ ମଣିଷ, ସେ ବନାନୀ ନୁହେଁ, ସିଏ କେବଳ ତା' ବାପାଙ୍କର ଝିଅ । ନିଜର ଅନ୍ୟ କୌଣସି ପରିଚୟ ସେତେବେଳେ ତା' ମନକୁ ଆସୁନଥିଲା ।

ଘରେ ।

ପତଳା ଶେଯ ଉପରେ ବାପାଙ୍କ ଦେହ । ସାଢ଼େପାଞ୍ଚ ଫୁଟର ଦେହ ବାଁପଟ କାନ୍ଥ ସହିତ ସମାନ୍ତରାଳ ହୋଇ ଚଟାଣଉପରେ ସ୍ଥାନିତ । ଦେହ ଉପରେ ଧଳା ଚାଦର । ଚାରିପଟେ ଘେରିରହିଛନ୍ତି ମ୍ରିୟମାଣ ଆତ୍ମୀୟସ୍ୱଜନ ।

ଘରେ ପଶିବା ମାତ୍ରେ ସୁଟ୍‌କେଶ୍‌କୁ ଫୋପାଡ଼ିଦେଇ ବନାନୀ ବାପାଙ୍କ ନିଶ୍ଚଳ ଶରୀର ଉପରେ ଲୋଟିପଡ଼ିଲା । ଆଲିଙ୍ଗନ କଲା । ମୁହଁକୁ ଆଉଁସିଲା । ଓଠ, ନାକ, ଆଖି, କପାଳ ସବୁଆଡ଼େ ହାତ ବୁଲାଇ ଆଣିଲା । ମୁଣ୍ଡ ଉପରେ କେଶକୁ ବି କିଛିସମୟ ଭିଡ଼ିଧରିଲା । କେହି କିଛି କହିଲେ ନାହିଁ । ବନାନୀ ସହିତ ମିଶ ମା' ଆହୁରି ଜୋର୍‌ରେ କାନ୍ଦିଉଠିଲେ ।

ସମେସ୍ତ ନିରବରେ ଅପେକ୍ଷା କରିରହିଲେ, ନିଜ ବାପାଙ୍କ ଶବ ଦେଖିବାର ପ୍ରଥମ ଧକ୍କା କେମିତି ବନାନୀ ମନରୁ ଶୀଘ୍ର ନିଗିଡ଼ି ବହିଯାଉ । ବନାନୀ ପ୍ରକୃତିସ୍ଥ ହେଉ ।

ବାପାଙ୍କ ଦେହକୁ ଆବୃତ କରିରଖିଥିବା ଧଳା ଚାଦର ଭିଡ଼ିଆଣି ବନାନୀ ବାପାଙ୍କ ହାତକୁ ଆଉଁସିଲା । ହେତୁ ହେବା ଦିନରୁ ତାକୁ ଆଶ୍ରୟ ଦେଇଥିବା ହାତ ଏବେ ଶୀତଳ, ଶିଥିଳ ।

ହଠାତ୍ କାନ୍ଦ ଅଟକାଇ ସ୍ତବ୍ଧ ହୋଇ ଅତି ଅସ୍ୱାଭାବିକ କଣ୍ଠରେ ବନାନୀ ଚିତ୍କାର କଲା, 'ବାପା !'

"କ'ଣ ହେଲା ?" ମା' ପଚାରିଲେ। ଅନ୍ୟ ସମସ୍ତେ ଠିକ ସେଇ ପ୍ରଶ୍ନ ନିଜନିଜ ଆଖିରେ ପଚାରିଲେ।

ବାପାଙ୍କ ଡାହାଣହାତ ପାପୁଲିକୁ ଉଠାଇ ତାଙ୍କ ଆଙ୍ଗୁଠି ସହିତ ନିଜ ଆଙ୍ଗୁଠିଗୁଡ଼ିକ ଛନ୍ଦିଦେଇ ପୁଣି ଜୋର୍‌ରେ ଡାକିଲା, 'ବାପା !'

ମା' କହିଲେ, "ଭୁଲିଯା ଲୋ ବନୀ। ଯେତେ ଡାକିଲେ ବି ସେ କ'ଣ ଆଉ ଫେରିବେ ?"

ବନାନୀର କାନ୍ଦ ବନ୍ଦ ହୋଇଯାଇଥିଲା। ପାଗଳୀ ପରି ସେ କେବଳ 'ବାପା' 'ବାପା' ଡାକୁଥିବାର ଦେଖି ମା' ପାଖକୁ ଆସିଲେ। ବନାନୀର ଡାକ ସେତେବେଳେ ଛୁରୀ ପରି ତୀକ୍ଷ୍ଣ ଓ ତୀବ୍ର। ଶବ ଦେହରୁ ବନାନୀର ହାତ ଅଲଗାକରି ମା' କହିଲେ, "ଛାଡ଼ିଦେ ଲୋ ମା'। ଭୁଲିଯା। ପ୍ରାଣ ନଥିବା ଦେହକୁ ଆଉ କେତେ ଡାକିବୁ ?"

କିନ୍ତୁ ବନାନୀ ଛାଡ଼ିଲା ନାହିଁ।

ବାପାଙ୍କ ଡାହାଣ ହାତ ପାପୁଲିକୁ ନିଜ ହାତରେ ଭିଡ଼ିଧରି, ବନ୍ଦ କରି, ଆଉଁଶି, ଅଣ୍ଡାଳି, ହାତର ପ୍ରତ୍ୟେକ ଆଙ୍ଗୁଳି ଉପରେ ଚାପଦେଇ ଡାକିବାରେ ଲାଗିଲା 'ବାପା' 'ବାପା' ! ବାପାଙ୍କ କାନପାଖକୁ ନିଜ ମୁହଁ ନେଇ ପୁଣି ଡାକିଲା 'ବାପା' !

ତା'ପରେ ପଛକୁ ବୁଲି ତାକୁ ଘେରି ରହିଥିବା ସବୁ ଆତ୍ମୀୟଙ୍କୁ ଅନେଇ କହିଲା, "ବାପା ମୋ ଆଙ୍ଗୁଠିକୁ ନିଜ ହାତରେ ଚାପିଧରିଲେ। ମିଛ କହୁନାହିଁ।"

– "କ'ଣ କହୁଛୁ ?" ମଉସା ପଚାରିଲେ।

– "ସତ କହୁଛି। ମୋ' ହାତର ଗୋଟିଏ ଆଙ୍ଗୁଠିକୁ ବାପା ନିଜ ହାତମୁଠାରେ ଭିଡ଼ିଧରିଲେ। ଗୋଟିଏ କ୍ଷଣପାଇଁ। ଗୋଟାଏ ସେକେଣ୍ଡରୁ ବି ଆହୁରି କମ୍ ହେବ। ପୁଣି ଛାଡ଼ିଦେଲେ। ତାଙ୍କ ମୁଠା ଖୋଲିଗଲା। ଭଗବାନ୍ ସାକ୍ଷୀ। ମୁଁ ମିଛ କହୁନି।"

– "ସେମିତି ଲାଗେ ଲୋ ବନୀ।" ମା' କହିଲେ– "ମଣିଷ ଯେତେ ଆପଣାର, ସେ ଚାଲିଗଲାବେଳେ ସେତେ ବେଶି ଭ୍ରମ ହୁଏ।"

– "ନା ମା', ସତ କହୁଛି। ମୋର କୌଣସି ଭ୍ରମ ହୋଇନାହିଁ। ଏବେବି ମୋତେ ଲାଗୁଛି, ଯେମିତି ମୋ' ଆଙ୍ଗୁଠିକୁ ସେ ଚାପିଧରିଛନ୍ତି। ଏଇ ଦେଖ – ଏଇ ଆଙ୍ଗୁଠି।"

ବନାନୀ ନିଜ ଡାହାଣହାତର ତର୍ଜନୀକୁ ପତାକା ପରି ଟେକିଧରି ଦେଖାଇଲା।

– "ମୁଁ ଆଉ କ'ଣ କହିବି ଲୋ ବନୀ ? ଭୁଲିଯା।"

- "କେମିତି ଭୁଲିଯିବି ? କାହିଁକି ଭୁଲିଯିବି ? ବାପାଙ୍କ ଦେହରେ ପ୍ରାଣ ଅଛି।"

ଘର ଭିତରେ ଗୋଟାଏ ଗୁଞ୍ଜରଣ ଖେଳିଗଲା। ସମସ୍ତଙ୍କୁ ନିରବ ରହିବା ପାଇଁ ସଙ୍କେତ ଦେଇ ପୁଣି ଦୃଢ଼ କଣ୍ଠରେ ବନାନୀ ଘୋଷଣା କଲା, "ମୋର ଆଦୌ ଭୁଲ୍ ହୋଇନାହିଁ। ବାପା ମୋ' ଆଙ୍ଗୁଠିକୁ ହାତରେ ଚାପିଧରି ପୁଣି ଛାଡ଼ିଦେବା କଥା ଆଦୌ ମିଛ ନୁହେଁ। ପ୍ଲିଜ୍ ପ୍ଲିଜ୍ ମୋ' କଥା ମାନନ୍ତୁ। ବାପା ବଞ୍ଚିଛନ୍ତି।"

ମା' କିଛି କହିବାକୁ ଆରମ୍ଭ କରୁଥିଲେ, କିନ୍ତୁ ତାଙ୍କୁ କିଛି କହିବାକୁ ନ ଦେଇ ବନାନୀ ବଡ଼ପାଟିରେ କହିଲା, "ଆଉ ଡେରି କଲେ ଯାହା ଟିକିଏ ପ୍ରାଣ ଅଛି, ସେତିକି ବି ଚାଲିଯିବ।"

॥ ଦୁଇ ॥

ପ୍ରାୟ ପନ୍ଦର ମିନିଟ୍ ଭିତରେ ଆଗପଛ ହୋଇ ଦୁଇଜଣ ଡାକ୍ତର ଆସି ପହଞ୍ଚିଲେ। ଡକ୍ଟର ମହେଶ ଆସିବାମାତ୍ରେ ଏକାଥରେ କେତେଲୋକ କେତେକଥା କହିବା ଆରମ୍ଭ କଲେ। କିନ୍ତୁ କାହାକୁ କିଛି କହିବାକୁ ନ ଦେଇ ଡକ୍ଟର ମହେଶ ପଚାରିଲେ, "କିଏ ଦେଖିଲା ଶବ ହଲଚଲ ହେବାର ?"

ଡାକ୍ତର ଖୁବ୍ ସହଜ ଓ ନିର୍ଲିପ୍ତ ଦିଶୁଥିଲେ। ତାଙ୍କର କଥା କିମ୍ବା ଭଙ୍ଗୀରେ ଏମିତି କୌଣସି ସୂଚନା ନ ଥିଲା, ଯେଉଁଥିରୁ ମନେହେବ ସେ ନିଜର କୌଣସି ଭୁଲ୍ ସ୍ୱୀକାର କରିବେ। ବନାନୀକୁ ତାଙ୍କ ବାକ୍ୟର 'ଶବ' ଶବ୍ଦଟି ମଧ୍ୟ ଭଲଲାଗିଲା ନାହିଁ। କିନ୍ତୁ ତାଙ୍କ ଭାବଭଙ୍ଗୀ କିମ୍ବା ଗୋଟିଏ ଶବ୍ଦକୁ ନେଇ ପ୍ରତିକ୍ରିୟା ଦେଖାଇବା ସମୟ ଏଇଟା ନୁହେଁ।

- "ମୁଁ ଆଖିରେ ଦେଖିନି, କିନ୍ତୁ ସେ ମୋ' ଆଙ୍ଗୁଠିକୁ ନିଜ ହାତମୁଠାରେ ଜାବୁଡ଼ି ଧରିଥିଲେ।"

- "ତମେ... ?"

- "ମୁଁ ତାଙ୍କ ଝିଅ, ବନାନୀ।"

- "ଦେଖ ଝିଅ !" - ଡାକ୍ତରଙ୍କ କଣ୍ଠ ବେଶ୍ ନରମ ଓ ଦରଦୀ ଶୁଭିଲା, "ତମକୁ ସେମିତି ଲାଗିଥିବ। ଏ ବିଷୟରେ ମୋର କେବେ ଭୁଲ୍ ହେବ ନାହିଁ। ସବୁ ଲକ୍ଷଣ ଦେଖି ମୁଁ ନିଜେ ନିଶ୍ଚିତ ହୋଇନଥିଲେ 'ଡେଡ୍' ବୋଲି କଦାପି କହିନଥା'ନ୍ତି। ମୁଁ ପହଞ୍ଚିବା ଆଗରୁ ବି ତମ ଘରଲୋକେ ସେକଥା ଜାଣିସାରିଥିଲେ। କିନ୍ତୁ ମୁଁ ତମକୁ ଦୋଷ ଦେଉନାହିଁ। ବେଳେବେଳେ ଏମିତି ହୁଏ।"

- "ପ୍ଲିଜ୍ ଡକ୍ଟର, ଆଉଥରେ ଦେଖନ୍ତୁ। ମୋ' ମନ ମାନୁନାହିଁ। ମୋର

ଏଇ ଗୋଟିକ ଅଙ୍ଗୁଳିକୁ ସେ କ୍ଷଣକପାଇଁ ଚାପିଧରିଲେ। ଏକଥା ସତ। ପକ୍କା। ବିଲିଭ୍ ମି।"

ଡକ୍ଟର ମହେଶ କିଛି କହିଆସୁଥିଲେ, କିନ୍ତୁ ଠିକ୍ ସେତେବେଳେ ଡକ୍ଟର ମନ୍‌ସୁର ଆସି ପହଞ୍ଚିଗଲେ। ଆଗରୁ ସେ ବନାନୀର ବାପାଙ୍କୁ ଦେଖିନଥିଲେ, କିନ୍ତୁ ସାନପିଉସାଙ୍କ ବନ୍ଧୁ ହୋଇଥିବାରୁ ତାଙ୍କୁ ଆସିବାପାଇଁ ସ୍ୱତନ୍ତ୍ର ଅନୁରୋଧ କରାହୋଇଥିଲା। ଦୁଇ ଡାକ୍ତର ପରସ୍ପରର ପରିଚିତ ହୋଇଥିଲେ ସୁଦ୍ଧା ସମ୍ଭାଷଣର ସମୟ ନଥିଲା।

ଶୟନରତ ଶରୀରକୁ ଦେଖିବାମାତ୍ରେ ଡକ୍ଟର ମନ୍‌ସୁର୍ କହିଲେ, 'ହି ଇଜ୍ ଡେଡ୍।' ପାଖକୁ ଆସି ଗାଲ ଛୁଇଁଲେ, ଆଖିପତା ଭିତରକୁ ଅନାଇ ଦେଖିଲେ ଓ ଅଧିକ ଦୃଢ଼ତାର ସହିତ ଘୋଷଣା କଲେ 'ମନରେ କିଛି ସନ୍ଦେହ ରଖନ୍ତୁ ନାହିଁ। ଘଣ୍ଟାଏରୁ ଅଧିକ ସମୟ ହେଲାଣି। ପ୍ରାଇମେରି ଫ୍ଲାସିଡିଟି ଷ୍ଟେଜ୍ ଆସିଗଲାଣି। ଦେହ ପୂରା ଥଣ୍ଡା ହୋଇଗଲାଣି। ଆଉ ଦୁଇଘଣ୍ଟା ପରେ ରିଗୋର ମୋର୍ଟିସ୍ ଆରମ୍ଭ ହୋଇଯିବ।'

ଦୁଇ ଡାକ୍ତର ନିଜ ନିଜ ଭିତରେ ଡାକ୍ତରୀ ଭାଷାରେ କିଛିସମୟ କଥା ହେଲେ। ତା'ପରେ ଡକ୍ଟର ମହେଶ ବନାନୀକୁ ବୁଝାଇ କହିଲେ, "ଦେଖ ଝିଅ! ତମେ ଯାହା ଅନୁଭବ କଲ ତାହା ମିଛ ବୋଲି କେହି କହୁନାହାନ୍ତି। ତମ ଡ୍ୟାଡି ହଠାତ୍ ଏମିତି ଚାଲିଗଲେ, ମୋତେ ବି ଭାରି ଦୁଃଖ ଲାଗୁଛି। ତମେ ତ ଏଜୁକେଟେଡ୍ ଝିଅ। ଆଉ ଗୋଟିଏ ଦୃଷ୍ଟିରୁ ଦେଖ। ଏମିତି ମରଣ କେତେଲୋକଙ୍କ ଭାଗ୍ୟରେ ଥାଏ ? ରୋଗରେ ପଡ଼ି ଛଟପଟ ହୋଇନାହାନ୍ତି। କାହାକୁ କଷ୍ଟ ଦେଇନାହାନ୍ତି। ଫ୍ୟାମିଲିର କାହାଠାରୁ ସେବା, ଶୁଶ୍ରୁଷା ଲୋଡ଼ିନାହାନ୍ତି। ନିଜେ ବି ବିଶେଷ କଷ୍ଟ ପାଇନଥିବେ। ବି ର୍ୟାସନାଲ୍। ସିଚୁଏସନ୍‌କୁ ବୁଝିବାକୁ ପଡ଼ିବ। ଗ୍ରହଣ କରିବାକୁ ହେବ।"

ସେ ବୋଧହୁଏ ଆଉ କିଛି କହିଥାନ୍ତେ, କିନ୍ତୁ ନିରବରେ ବହିଆସୁଥିବା ବନାନୀର ଲୁହ କ୍ରମଶଃ ଶବ୍ଦମୟ ହୋଇଯିବାରୁ ଡାକ୍ତର ଚୁପ୍ ହୋଇଗଲେ।

ଡାକ୍ତରଙ୍କ କଥାକୁ ସମସ୍ତେ ମାନିନେଲେ। ବନାନୀର ଅନୁଭୂତିକୁ କେହି ମିଛବୋଲି କହିଲେ ନାହିଁ। ପଡ଼ିଶାଘରର ପ୍ରଫେସର୍ ଦାସ ବିଭିନ୍ନ କିସମର ବିଜ୍ଞାନ ପାଠ ବଖାଣି କହିଲେ, "ଏମିତି ହୁଏ। ଆଗରୁ ବି ହୋଇଛି।" ମା'ଙ୍କର ଦୃଢ଼ବିଶ୍ୱାସ ହୋଇଗଲା ଯେ ଝିଅ ପ୍ରତି ନିଜ ଅମାପ ସ୍ନେହର ସନ୍ତକଟିଏ ଛାଡ଼ିଗଲେ ତାଙ୍କ ସ୍ୱାମୀ। ପ୍ରାଣଯିବା ଆଗରୁ ବନାନୀକୁ ଥରେ ଦେଖିବାପାଇଁ ତାଙ୍କର ନିଶ୍ଚୟ ଦୃଢ଼ଇଚ୍ଛା ଥିଲା। ସେଇ ଇଚ୍ଛା ପୂରଣ ହେଲା ନାହିଁ। ତେଣୁ ମରିବାପରେ ତା' ଆଙ୍ଗୁଠି ଥରେ

ଜାବୁଡ଼ିଧରିଲେ। ମରିବା ଆଗରୁ ବନୀ ସହିତ ଥରଟିଏ ଦେଖା ହୋଇଥିଲେ ଏମିତି ହୋଇନଥାନ୍ତା।

ବାପାଙ୍କ ଶରୀର ଯେତେବେଳେ ଚାରିକାନ୍ଧରେ ବୁହାହୋଇ ଶ୍ମଶାନକୁ ଗଲା, ବନାନୀ ଜିଦ୍ ଧରିଥିଲା ପଛେପଛେ ଯାଇ ଚିତାଗ୍ନି ପାଖରେ ରହିବା ପାଇଁ। କାଳେ ବାପାଙ୍କ ଦେହରେ ପୁଣି ପ୍ରାଣ ଆସିଯିବ! ବନୀକୁ ଖୋଜିବେ! ମଉସା କହିଲେ, "ବନୀଲୋ, ତୋ' ମନରେ ଆହୁରି ସନ୍ଦେହ ଅଛି? ଏମିତି ବାତୁଳତା କ'ଣ ତୋ' ବାପା ପସନ୍ଦ କରିଥା'ନ୍ତେ? ତୁ ନିଜେ କହ, ବାପା ଅଛନ୍ତି ନା ଚାଲିଯାଇଛନ୍ତି। ଡାକ୍ତର କ'ଣ କହିଲେ, ସେକଥା ଭୁଲିଯା। ତୋ' ମନରେ ଟିକିଏ ବି ସନ୍ଦେହ ଥିଲେ ବାପା ଘରେ ରହିବେ। ଶବଯାତ୍ରା ବନ୍ଦ।"

ମା' କହିଲେ- "ସ୍ତ୍ରୀଲୋକମାନେ ଶ୍ମଶାନକୁ ଯାଆନ୍ତି ନାହିଁ। ତୁ କେମିତି ଯିବୁ?"

ବନାନୀ ବୁଝିଲା। ବାପାଙ୍କ କାଳ ହୋଇଥିବା କଥା ସତ। ତା' ନିଜର ଅନୁଭୂତି ବି ସତ। ଏତେ ମଣିଷଙ୍କ ଏତେ ହାତର ପରଶକୁ ଏଡ଼ାଇଦେଇ କେବଳ ତା'ର ଇନ୍ଦ୍ରିୟକୁ ମିଳିବାର ଥିଲା ଏହି ଅପୂର୍ବ ଉନ୍ମାଦ! ଡାହାଣ ହାତର ତର୍ଜନୀ ଏବେ ଆଉ ତା' ନିଜ ଶରୀରର ଅବୟବ ହୋଇ ରହିନାହିଁ। ତାକୁ ଗୋଟାଏ ଅତୀନ୍ଦ୍ରିୟ ଅନୁଭବ ଦେଇ ବାପା ସେଠି ନିଜ କର୍ତ୍ତୃତ୍ୱ ସ୍ୱାକ୍ଷର କରିଯାଇଛନ୍ତି।

।। ତିନି ।।

ବାପାଙ୍କ ବିଷୟରେ ବନାନୀର ପିଲାଦିନର ଗୋଟିଏ ଘଟଣା କହି ମା' ହସିହସି ଗଡ଼ିଯାଆନ୍ତି। ବନାନୀକୁ ହସ ଲାଗେ ନାହିଁ। ଏଇଟା କ'ଣ ହସିବା କଥା?

ବନାନୀର ବୟସ ପ୍ରାୟ ଦୁଇବର୍ଷ। ଥରେ କୁଆଡ଼େ ଗୋଟାଏ ବଡ଼ କପ୍‌ରେ କିଛି ମିଠା ଜିନିଷ-ରାବିଡ଼ି-ପ୍ଲେଟ୍ ଘୋଡ଼ାଇ ରଖାହୋଇଥାଏ। ମିଠାପ୍ରିୟ ବନାନୀ ଥାକୁଲଥାକୁଲ ଚାଲି ସେଠି ପହଞ୍ଚିଗଲା। କପ୍‌ରେ ଆଙ୍ଗୁଠି ଭର୍ତ୍ତିକରି ଘାଣ୍ଟିଲା। ତା'ପରେ ସେଇ ଆଙ୍ଗୁଠି ପାଟିରେ ଭର୍ତ୍ତିକରି ଚାଟିଲା। ସୁଆଦ ଚାଖିବା ପରେ ଗଜୁରି ଉଠୁଥିବା ଟିକିଟିକି ଦାନ୍ତ ଦେଖାଇ ହସିଲା। କପ୍‌ରୁ ଆଙ୍ଗୁଠିରେ ଆଣି ରାବିଡ଼ି ଚାଟିବା ପ୍ରକ୍ରିୟା ଜାରି ରହିଲା। ମା', ବାପା ଉଭୟେ ଚାମଚରେ ଖୋଇବାକୁ ଚେଷ୍ଟାକଲେ। କିନ୍ତୁ ନା, ବନୀ କେବଳ ନିଜ ଆଙ୍ଗୁଠିରୁ ହିଁ ସ୍ୱାଦ ଗ୍ରହଣ କରିବ। ହାତ, ମୁହଁ, ପିନ୍ଧିଥିବା ଫ୍ରକ୍, ସବୁ ଅଠାଳିଆ ହୋଇ ପୁଣି ଶୁଖିଆସିବା ପର୍ଯ୍ୟନ୍ତ ବି ବନାନୀ କପ୍‌ଟିକୁ ଛାଡ଼ିନଥିଲା। ତା'ପରେ କେତେବେଳେ ତା' ମନ ଛାଡ଼ିଗଲା ଅବା ତାକୁ ସେଠୁ କେହି ଉଠେଇନେଲେ, ସେକଥା ମା'ଙ୍କର ମନେନାହିଁ।

କିନ୍ତୁ ସେହି ପର୍ବ ସେତିକିରେ କୁଆଡ଼େ ସରିନଥିଲା। କିଛିସମୟ ପରେ ସେହି କପ୍‌କୁ ଦେଖି ବନାନୀର ରାବିଡ଼ି କଥା ପୁଣି ମନେପଡ଼ିଗଲା। କପ୍ ଭିତରେ ଆଙ୍ଗୁଠି ଭର୍ତ୍ତିକରି ଅଣ୍ଟାଳିବା ବେଳକୁ ଭିତରେ କିଛି ନାହିଁ। ଶୁଖିଲା କପ୍।

ବାପା କହିଲେ, "ଆଉ ନାଇଁ ଲୋ ବନୀ। ମୁଁ ଖାଇ ସାରିଦେଲି।"

ବାସ୍, ଏତିକି କଥା। ବନାନୀ କାନ୍ଦିଲା, କାନ୍ଦିଲା, ଏତେ କାନ୍ଦିଲା ଯେ ସେହି କାନ୍ଦ ସହଜରେ ବନ୍ଦ ହେଲାନାହିଁ। ମା' ତାକୁ କୋଳେଇନେଲେ। କିନ୍ତୁ ବାପା ତାକୁ କାଖେଇ ଧରିବାକୁ ଯେତେ ଚେଷ୍ଟାକଲେ ବି ବନୀ ଧରାଦେଲା ନାହିଁ। ତା'ର କୁନିକୁନି ହାତରେ ତାଙ୍କୁ ଠେଲି ଦୂରେଇଦେଲା। ତାଙ୍କ ମୁହଁକୁ ଅନାଇ ଏମିତି ଅଭିମାନରେ କାନ୍ଦିଲା, ଯେମିତି ସେ ବନାନୀର ଜନ୍ମଜନ୍ମର ଶତ୍ରୁ।

- "ଶତ୍ରୁ ? ମୋର ? ବାପା ?" - ବନାନୀ ପଚାରେ।

- "ହଁ, ତୋର। ବାପା କହନ୍ତି, ତୁ କୁଆଡ଼େ ତୋର ଦରୋଟି ଭାଷାରେ ବାରମ୍ବାର କହିଲୁ, ବାପା, ତମେ ଖରାପଲୋକ। ସବୁ ରାବିଡ଼ି ଖାଇଦେଲ। ଏମିତି ଅଭିମାନୀ ତୁ ଥିଲୁ ସେତେବେଳେ।"

କିଛି ସମୟ ପରେ ସେକଥା ତୋ' ମନରୁ ଲିଭିଗଲା। ବାପା ତରବରରେ ଯାଇ ପୁଣି ରାବିଡ଼ି ଆଣିଲେ। କିନ୍ତୁ ତୋର ଆଉ ସେଥିରେ ମନ ନ ଥିଲା। ଖେଳଣା ଧରି ଖେଳିଲୁ। ବାପା ବହୁତ ଚେଷ୍ଟା କଲେ, କିନ୍ତୁ ତୁ ଆଉ ଖାଇବା ପାଇଁ ପାଟି ଖୋଲିଲୁ ନାହିଁ। ମୁଁ କହିଲି, ବନୀ ଖାଉନି ଯଦି ନ ଖାଉ। ମିଠା ଜିନିଷ ଯେତେ କମ୍ ଖାଇବ ସେତେ ଭଲ। ତମେ ଖାଇନିଅ କିମ୍ବା ଫ୍ରିଜ୍‌ରେ ରଖିଦିଅ।

"କିନ୍ତୁ ବାପା ଆଉ ରାବିଡ଼ି ଖାଇଲେ ନାହିଁ। ସେଦିନ ନୁହେଁ, କି ତା'ପରେ ବି ନୁହେଁ। ସେଇ ବର୍ଷ ବି ନୁହେଁ। ମୁଁ ଅନେକଥର ପଚାରିଛି, କିନ୍ତୁ ମୋତେ କିଛି କାରଣ କହିନାହାନ୍ତି। କିନ୍ତୁ ମୁଁ ଠିକ୍ ଜାଣିପାରିଲି ଯେ ତୋର ସେଦିନର ବିକଳ କାନ୍ଦ, ଅଭିମାନ ତାଙ୍କ ମନକୁ ଘାଣ୍ଟିଛି। ତେଣୁ ସେ ଦ୍ରବ୍ୟ ତାଙ୍କୁ ଆଉ ରୁଚୁ ନାହିଁ। ଏମିତି ମଣିଷ ତୋ'ର ବାପା। ହି...ହି!"

ବନାନୀ ହସିପାରିଲା ନାହିଁ। ଗମ୍ଭୀର ହୋଇ ପଚାରିଲା, "ପୁଣି କେବେ ଖାଇଲେ ?"

"କିଛିଦିନ ପର୍ଯ୍ୟନ୍ତ ଆମଘରକୁ ଆଉ ରାବିଡ଼ି ଆସିନାହିଁ। ଯେବେ ଆସିଲା, ତୁ ଆଉ ଟିକିଏ ବଡ଼ ହୋଇଯାଇଥିଲୁ। ତୋତେ ମୁଁ କହିଲି, ଏଥିରୁ ଚାମୁଚେ ନେଇ ବାପାଙ୍କ ପାଟିରେ ଦେ। ଦେଖିବା, ତୁ ପାରିବୁ ନା ନାହିଁ।"

"ମୁଁ ଦେଲି ?"

- "ବାପା ତୋତେ କହିଲେ, ପ୍ରଥମେ ତୁ ନିଜେ ଦୁଇ ଚାମଚ ଖାଇ ମୋତେ

ଦେଖା। ତା'ପରେ ମୋ' ପାଳି ଆସିବ। ତୁ ଯଦି ସେତେବେଳେ ଖାଇ ନ ଥାନ୍ତୁ, ବାପା ବି ସେ ପଦାର୍ଥଠାରୁ ଦୂରେଇ ରହିଥାନ୍ତେ। ତୋତେ ଆଙ୍ଗୁଠି ଚାଟି ଖାଇବାର ଦେଖି ବାପା ଖୁସିରେ ଆଁ କଲେ।"

ମା'ଙ୍କ ମୁହଁରୁ କେତେଥର ବନାନୀ ଶୁଣିଛି ଏଇ ବୃତ୍ତାନ୍ତ। ଏବେ ମନେପଡ଼ିବାରୁ ବିନା କାରଣରେ ସେ ନିଜ ତର୍ଜନୀକୁ ପ୍ରଥମେ ଓଠରେ ଓ ତା'ପରେ ଜିଭରେ ସ୍ପର୍ଶକଲା, ଯେମିତି ସେଥିରେ ରାବିଡ଼ି ବୋଳାହୋଇ ରହିଛି। ପିଲାଦିନରୁ ଆଙ୍ଗୁଠି ଚାଟିବା ଅଭ୍ୟାସ! ଆଉ ଏବେ ତ ସେ ଆଙ୍ଗୁଠିରେ ବାପା ଅମୃତ ବୋଳିଯାଇଛନ୍ତି।

॥ ଚାରି ॥

ବାପା ଚାଲିଯିବାର ପ୍ରାୟ ଗୋଟିଏ ବର୍ଷ ପରେ ମା' ପଚାରିଲେ, 'ବନୀ ଲୋ, ତୋ' ବାହାଘର?'

- "ମୋ' ବାହାଘର? ପରେ ଦେଖିବା। ଯାଉ କେତେବର୍ଷ।"

- "ତୋ ଇଚ୍ଛା। ମୁଁ କିଛି କହିବି ନାହିଁ। ତେବେ ବାପାଙ୍କ କଥା ଟିକିଏ ମନେରଖିଥିବୁ।"

ବନାନୀ ଟିକିଏ ସତର୍କ ହୋଇ ପଚାରିଲା, "କେଉଁ କଥା?"

- "ବାପା ଯାହା ଚାହୁଁଥିଲେ?"

- "ବାପା କ'ଣ ଚାହୁଁଥିଲେ?

- "ବାପାଙ୍କ ମନରେ ଥିଲା ଯେ ବିକ୍ରମ ତୋ' ପାଇଁ ଯୋଗ୍ୟ ପାତ୍ର ହେବ।"

- "ତୁ କେମିତି ଜାଣିଲୁ? ବାପା ତୋତେ କହିଥିଲେ?"

- "ନା, କହିନାହାନ୍ତି। ସେ କେବେ ସହଜରେ ମନକଥା କହନ୍ତି ନାହିଁ। କିନ୍ତୁ ମୋତେ ଜଣାପଡ଼ିଯାଏ।"

ବାପା ଖୋଲାଖୋଲି ମନଭିତରର କଥା ପ୍ରକାଶ କରୁନଥିଲେ - କଥାଟି ପୂରା ମିଛ ନୁହେଁ। କିନ୍ତୁ ସିଧାସିଧା ପଚାରିଲେ କିଛି ଲୁଚାଇ ରଖନ୍ତି ନହିଁ। ସଫାସଫା କହିଦିଅନ୍ତି।

ବନାନୀ କିଛି କହିଲା ନାହିଁ। କିନ୍ତୁ ବର୍ଷକ ପରେ ଯେତେବେଳେ ତା'ର ବିବାହ ହେଲା, ବିକ୍ରମ ସହିତ ହିଁ ହେଲା।

॥ ପାଞ୍ଚ ॥

ପିଲାଦିନର ଯେଉଁ କିଛିକଥା ବନାନୀ ଏତେବର୍ଷ ପରେ ବି ଝାପ୍‌ସା ମନେରଖିଛି, ତା' ଭିତରୁ ସବୁଠୁ ପୁରୁଣା ବୋଧହୁଏ ହେବ ସେ ମନ୍ଦିରବେଢ଼ାରେ

ହଜିଯାଇଥିବା କଥା। ନିଜର ଅସ୍ପଷ୍ଟ ସ୍ମୃତି ଓ ବାପା, ମା'ଙ୍କଠାରୁ ଶୁଣିଥିବା ବିବରଣୀକୁ ଯୋଡ଼ି ସେ ମନେମନେ ପୂରା ଘଟଣାର ପୁନର୍ବିନ୍ୟାସ କରିସାରିଥିଲା ଅନେକଥର। ସ୍କୁଲ୍ କ'ଣ ଭଲଭାବେ ବୁଝିନଥିବା ସତ୍ତ୍ୱେ ବି ସେତେବେଳେ ସେ ଗୋଟାଏ ସ୍କୁଲ୍‌ରେ ଭର୍ତ୍ତି ହୋଇସାରିଥିଲା। ମନକୁମନ ଚାଲିବା ପାଇଁ ଭାରି ଇଚ୍ଛା। କେହି ଜବରଦସ୍ତ କାଖେଇ ଧରିଲେ ଜୋର୍‌ରେ କାନ୍ଦୁଥିଲା। କାଖ ନ ହୋଇ କୁନିକୁନି ପାଦରେ ଚାଲିବାପାଇଁ ସବୁବେଳେ ଜିଦ୍।

ମନ୍ଦିର ବେଢ଼ାରେ ଭୀଷଣ ଭିଡ଼। ବାପାମା'ଙ୍କ ହାତ ନଧରି ସେମିତି ଏକାଏକା ଚାଲିଲା ବନୀ। ଅଙ୍ଗରକ୍ଷୀ ପରି ସେ ଦୁହେଁ ତା' ପାଖାପାଖି ଚାଲୁଥିଲେ। ହଠାତ୍ ଭିଡ଼ ଭିତରେ ଠେଲାପେଲା ଆରମ୍ଭ ହୋଇଯିବାରୁ ବନାନୀ ତଳେ ଆଣ୍ଠେଇପଡ଼ିଲା। ବଡ଼ପାଟିରେ କାନ୍ଦିଉଠିଲା। କିଏ ଜଣେ ତାକୁ ଟେକିଧରି ଠିଆକରି ଛାଡ଼ିବାର ମନେଅଛି, କିନ୍ତୁ ପାଖରେ ବାପା କି ମା' କେହି ଦିଶୁନାହାନ୍ତି। ଚାରିପଟେ କେବଳ ଲୋକ, ଲୋକ, ଲୋକ।

ଉପରକୁ ମୁହଁଟେକି ବନାନୀ ପରିଚିତ ମୁହଁ ଖୋଜିଲା। କିନ୍ତୁ ବାପାଙ୍କ ଚଷମାପିନ୍ଧା ମୁହଁ କିମ୍ବା ମା'ଙ୍କର ଗୋଲମୁହଁ କେଉଁଠି ଦିଶିଲା ନାହିଁ। ଜୋର୍‌ରେ କାନ୍ଦିଉଠିଲା ବନାନୀ।

ଅଳ୍ପଦୂରରୁ ଶୁଭିଲା- 'ବନୀ! ବନୀ!' - ବାପାଙ୍କ ସ୍ୱର। ପୁଣି ମା'ଙ୍କ ଡାକ - 'ବନୀ, ବନୀ!'

ଉତ୍ତରରେ ଆହୁରି ଜୋରରେ କାନ୍ଦି ଆଖି ଉପରକୁ ଉଠାଇ ବନାନୀ ଖୋଜିଲା, କିନ୍ତୁ ଠାବ କରିପାରିଲା ନାହିଁ।

ମା' କହନ୍ତି, 'ମାତ୍ର ଦୁଇମିନିଟର କଥା। ବେଶି ହେଲେ ତିନି ମିନିଟ୍ ହେବ। ଭିଡ଼ ଭିତରେ ଠେଲିହୋଇ ତିନିଜଣ ତିନିପଟେ ଅଲଗା ହୋଇଯାଇଥିଲେ। ବନୀ ସେକଥା ଭୁଲିଯାଇଥାନ୍ତା କିନ୍ତୁ ଘଟଣାଟି ବିଷୟରେ ଘରେ ଏତେବେଶି ଚର୍ଚ୍ଚା ହେଲା ଯେ ବନୀ ବି ଭୟ ପାଇଗଲା। କ'ଣ ହୋଇଥାନ୍ତା, ଯଦି ସେ ହଜିଯାଇଥାନ୍ତା? ଅଥବା ତା' ମୁହଁ ବନ୍ଦକରି ପିଲାଚୋର ତାକୁ ଚୋରାଇ ନେଇଥାନ୍ତା? ଏଇଘର, ଏଇ ମା', ଏଇ ବାପା ଆଉ ମିଳନ୍ତେ? ଭାବିଲେ ଖୁବ୍ ଡରମାଡ଼େ।

ଭିଡ଼ ଭିତରୁ ଯେତେବେଳେ ହାତଟିଏ ଲମ୍ବିଆସି ତା' ବାହୁକୁ ଭିଡ଼ିଧରିଲା, ବନୀ ପ୍ରଥମେ ଡରିଯାଇ ଚିର୍‌ଚିରା ରଡ଼ି ଛାଡ଼ିଥିଲା। ତା'ପରେ ହାତ ଆସିଥିବା ଦିଗରୁ ପରିଚିତ ସ୍ୱରଟିଏ ବି ବହିଆସିଲା : 'ବନୀ, ମୁଁ ଏଇଠି ଅଛି।' ବାପାଙ୍କ ସ୍ୱର।

ମାତ୍ର ଏତିକି! ଫେରିବାବେଳେ ବି କାଖ ନ ହୋଇ ବନୀ ନିଜେ ଚାଲିଲା,

କିନ୍ତୁ କାଳେ ଆଉଥରେ ହଜିଯିବ ସେଥିପାଇଁ ତା' ତର୍ଜନୀକୁ ବାପାଙ୍କ ହାତମୁଠାରେ ବନ୍ଦୀକରି ରଖିଥିଲା। ମନ୍ଦିର ଭିତରୁ ବାହାରିବା ପର୍ଯ୍ୟନ୍ତ। ଆଙ୍ଗୁଠିକୁ ନିଜ ହାତରେ ଚାପିଧରି ବାପା ବାଟକଢ଼େଇ ନେଉଥିବାର ଯେଉଁ ଅନୁକ୍ରମ, ତା'ଠୁ ବଡ଼ ନିରାପତ୍ତାର ଅନୁଭବ ଆଉ କିଛି ଅଛି ?

॥ ଛଅ ॥

ବିବାହ ପରେ ବନାନୀ ସହିତ ଯେତେବେଳେ ବିକ୍ରମର ପ୍ରଥମ ଏକାନ୍ତ ସାକ୍ଷାତ ହେଲା ଚଉଠି ରାତିରେ, ନିଜ ହାତରେ ଜିନିଷଟାଏ ମୁଠାଇଧରି ବିକ୍ରମ ପଚାରିଥିଲା, 'କହିପାରିବ ମୋ' ହାତରେ କ'ଣ ଅଛି ?'

ବନାନୀ ପ୍ରଥମେ କିଛି କହିଲା ନାହିଁ।

ବିକ୍ରମ ପୁଣି ପଚାରିଲା, 'କହିପାରିବ ? ନା ହାତ ଖୋଲିବି ?'

– 'ସିନ୍ଦୂର ଫରୁଆ ?'

– 'ଭୁଲ୍। ଆଉଥରେ ଚେଷ୍ଟାକର।'

ବନାନୀ ଆଉ ଚେଷ୍ଟା କରିନାହିଁ। ବିକ୍ରମ ନିଜେ ହାତଖୋଲି ତା' ଆଗରେ ଟେକିଧରିଲା ଛୋଟିଆ ବର୍ଗାକାର କାଗଜ ଡବାଟିଏ। ତା' ଭିତରେ କ'ଣ ଜିନିଷ ରହେ ବନାନୀ ଜାଣେ। କିନ୍ତୁ ସେ କିଛି କହିବା ଆଗରୁ ତାକୁ ଖୋଲି ବିକ୍ରମ ଗୋଟିଏ ମୁଦି ବାହାରକରି ତା' ଆଗରେ ଧରିଲା।

ସୁନାର ମୁଦି, ହୀରାର ପଥର ବସି ଚିକ୍‌ଚିକ୍ କରୁଛି।

– "ଅନୁମତି ଦେଲେ ମୁଁ ପିନ୍ଧାଇଦେବି।"

ବନାନୀର ମେହେନ୍ଦି ରଞ୍ଜିତ ଡାହାଣ ହାତକୁ ଚାପିଧରି ବିକ୍ରମ କହିଲା, "ହାତରେ ଏତେଗୁଡ଼ିଏ ମୁଦି ପିନ୍ଧିଛ। ଭାରିଭାରି ଲାଗୁନାହିଁ ?"

ହଠାତ୍ ବନାନୀ ନିଜ ହାତ ଫେରାଇନେଲା। ଚମକିଯିବା ପରି କହିଲା, "ଗୋଟାଏ ଆଙ୍ଗୁଠିରେ ମୁଁ କାହାରିକୁ ମୁଦି ପିନ୍ଧାଇବାକୁ ଦେଇନାହିଁ।"

– "ଇଣ୍ଡେକ୍ସ ଫିଙ୍ଗର ? ମୁଁ ଜାଣେ।"

– "କ'ଣ ଜାଣ ?"

– "କିଏ ନ ଜାଣେ ? ତମ ବାପା ଆଉ ତମ ଭିତରେ ଗଢ଼ା ହୋଇଛି ଏଇ ଯେଉଁ ସେତୁ – ତମର ତର୍ଜନୀ – ମୋର ଏତେ ଦୁଃସାହସ କାହିଁ ଯେ ମୁଁ ତାକୁ ଛାର ମୁଦିରେ ବାନ୍ଧିରଖିବି ? ମୋ ମୁଦି ପାଇଁ ଅନ୍ୟ କୌଣସି ଅଙ୍ଗୁଳିରେ ଟିକିଏ ଜାଗା କରିଦିଅ – ଅନାମିକା ହେଲେ ଭଲ।

।। ସାତ ।।

ବନାନୀ କନ୍‌ଭେଣ୍ଟ୍ ସ୍କୁଲରେ ନବମ ଶ୍ରେଣୀ ପଢ଼ିବାବେଳେ ତା'ର କ୍ଲାସ୍‌ଟିଚର୍ ଥିଲେ ସିଷ୍ଟର ଆଗ୍ନେସ୍। କନ୍‌ଭେଣ୍ଟ ନିବାସିନୀ ନନ୍ ଢାଞ୍ଚାରେ ବଢ଼ିଥିବା ଟିଚର୍ ଥିଲେ ପାଠପଢ଼ାରେ ଯେତିକି ନିପୁଣା, ଅନୁଶାସନରେ ସେତିକି କଠୋର ଓ ଦୁର୍ଦ୍ଦାନ୍ତ। ବନାନୀ ପାଇଁ ବୋଧହୁଏ ବେଶି ଅସହିଷ୍ଣୁ। ସ୍କୁଲ୍‌ର କଡ଼ା ଶୃଙ୍ଖଳା ସହିତ ଆଇ.ସି.ଏସ୍.ଇ. ସିଲାବସ୍‌ର ନିର୍ମମ ବୋଝରେ ଅତିଷ୍ଠ ହୋଇ ବେଳେବେଳେ ବନାନୀର ଇଚ୍ଛାହୁଏ ସ୍କୁଲ୍ ଛାଡ଼ି ସଖିମାନଙ୍କ ସହିତ ଯାଇ ସିନେମା ଦେଖିବାପାଇଁ। ସିଷ୍ଟର୍ ଆଗ୍ନେସ୍ ବୋଧହୁଏ ତା' ମନକଥା ବି ପଢ଼ିନିଅନ୍ତି, ତେଣୁ ଏଇ ଦୁଷ୍ଟ ଅମାନିଆ ଛାତ୍ରୀର ଦୃଷ୍ଟିରେ ସେ ହୋଇଗଲେ ମୁଖ୍ୟ ଉତ୍ପୀଡ଼ନକାରୀ ଖଳନାୟିକା।

ଥରେ ପୂରା କ୍ଲାସ୍ ସାମ୍ନାରେ ସିଷ୍ଟର୍ ଆଗ୍ନେସଙ୍କଠାରୁ ଚାରିଛ'ପଦ କଡ଼ା ଗାଳି ଶୁଣିବାବେଳେ ପଛବେଞ୍ଚରେ ବସିଥିବା ଅଲିଭାକୁ ଅନେଇ ବନାନୀ ଟିକିଏ ହସିଦେଲା। ଦୁଇ ସଖିଙ୍କ ମଧ୍ୟରେ ସେତିକି ଇଙ୍ଗିତର ବିନିମୟ ଟିଚର୍‌ଙ୍କ ଶ୍ୟେନଦୃଷ୍ଟିରୁ ବାଦ୍ ଯାଇନାହିଁ। ସେଥିରୁ ସେ ଯାହା ଅର୍ଥ ବାହାର କଲେ ତାହା ହେଉଛି 'ତୁ ଯେତେ ବକୁଛୁ ବକୁଥା, ମୋର ଆଦୌ ଖାତିର୍ ନାହିଁଲୋ ସିଷ୍ଟର୍।'

ସ୍କୁଲ୍ ଡାଏରୀରେ କଡ଼ା ଚେତାବନୀ ଗଲା ଅଭିଭାବକଙ୍କ ପାଖକୁ। ବାପା କିମ୍ବା ମା' କ୍ଲାସ୍ ଟିଚର୍‌ଙ୍କ ସାମ୍ନାରେ ଆସି ହାଜର ହେବା ଅତ୍ୟନ୍ତ ଜରୁରୀ। ନ ହେଲେ ଫଳ ଭୟଙ୍କର ହେବ।

ବାପା କହିଲେ, 'ମୋର ଅଫିସ୍ ଅଛି। ମୁଁ କେମିତି ଯିବି ? ମା'ଙ୍କୁ ସାଥିରେ ନେଇ ଯା।'

ମା' କହିଲେ, 'ତମେ ଗଲେ ଭଲ ହେବ। କନ୍‌ଭେଣ୍ଟ୍‌ର ଦୁର୍ଦ୍ଦାନ୍ତ ସିଷ୍ଟରଗୁଡ଼ାକ ମା'ଙ୍କୁ ଦେଖିଲେ ଅଧିକ ଚିଡ଼ିଯାଆନ୍ତି। ବାପା ଗଲେ ଟିକିଏ ନରମିଯାଆନ୍ତି।'

ବନାନୀ ଜଣାଇଦେଲା ଯେ ସିଷ୍ଟର ଆଗ୍ନେସ୍ ସେଭଳି ଉପାଦାନରେ ଗଢ଼ା ହୋଇନାହାନ୍ତି। ବାପା, ମା' ସମସ୍ତେ ଏକାପ୍ରକାର ଶରରେ ବିଦ୍ଧ ହୁଅନ୍ତି। ଛାତ୍ରୀଙ୍କ ତରଫରୁ କ୍ଷମାପ୍ରାର୍ଥନା କରି ଘରକୁ ଫେରନ୍ତି।

କିଏ ଯିବ ସେକଥା ଚର୍ଚ୍ଚା ହେବାବେଳେ ବାପାଙ୍କ ଆଖି ହଠାତ୍ ବନାନୀର ମୁହଁ ଉପରେ ପହଁରିଗଲା। ସେଠୁ କ'ଣ ବୁଝିଲେ କେଜାଣି, କହିଲେ, 'ମୁଁ ଯିବି। ଅଫିସ୍‌ରୁ ଗୋଟାଏ ଦିନ ଛୁଟି ନେବି।'

କ୍ଲାସ୍ ଟିଚର୍‌ଙ୍କ ନିର୍ଦ୍ଦୟ ଟେବୁଲ ଆଗରେ ବନାନୀ ଆଉ ତା' ବାପା। ଉଭୟେ ଦଣ୍ଡାୟମାନ। ଟେବୁଲ ଆରପଟେ ଚୌକିରେ ଆସୀନ ସିଷ୍ଟର ଆଗ୍ନେସ୍। କ୍ରୁଦ୍ଧ ଓ ଗମ୍ଭୀର।

ଉଦ୍‌ଗୀରଣ ଆରମ୍ଭ ହେଲା ବନାନୀର କ୍ରମବର୍ଦ୍ଧିଷ୍ଣୁ ଫାଜିଲାମି, ଦାୟିତ୍ୱହୀନତା ଏବଂ ଅଳସୁଆମୀର ବିବରଣୀରୁ। ଫିଜିକ୍ସରୁ ଇତିହାସ ପର୍ଯ୍ୟନ୍ତ ସବୁ ବିଷୟରେ ସେ କେତେ ଖରାପ ନମ୍ବର ରଖୁଛି ତାହା କ'ଣ ବାପା ଜାଣୁନାହାନ୍ତି ? ରିପୋର୍ଟ୍ କାର୍ଡ୍ ସ୍କୁଲ ଦେଉଛି କାହିଁକି ? ଯଦି ଦେଖୁଛନ୍ତି, ତା'ହେଲେ କରୁଛନ୍ତି କ'ଣ ? କ୍ଲାସ୍‌ରେ ମନଦେଇ ଶୁଣୁନାହିଁ, ହୋମ୍‌ୱାର୍କସ୍‌ରେ ଢିଲା ହେଉଛି, ପ୍ରୋଜେକ୍ଟ ୱାର୍କ୍‌ରେ ପଛେଇ ଯାଉଛି। ଏସବୁ ସରିବା ପରେ ସବାଶେଷରେ ଉତ୍‌କ୍ଷେପଣ ପାଇଁ ସେ ଯେଉଁ ଅସ୍ତ୍ରଟି ରଖିଥିଲେ ତାହା ହେଲା ଯେ ବନାନୀ କ୍ଲାସ୍‌ରେ ଗୋଟିଏ ଗର୍ହିତ କାମ କଲାବେଳେ ଧରାପଡ଼ିଛି।

'କି କାମ ?' ବନାନୀର ବାପା ଆତଙ୍କିତ ହୋଇ ପଚାରିଲେ।

'ସେ ଆପଣଙ୍କୁ କହିନାହିଁ ? ମୋ କ୍ଲାସ୍‌ରେ ବସି ଗ୍ରାମାର୍ ବହି ଭିତରେ ଲୁଚାଇ ଫିଲ୍ମଫେୟାର୍ ମ୍ୟାଗାଜିନ୍ ପଢୁଥିଲା। ଧରାପଡ଼ିବା ପରେ ବି ଆଦୌ ସିରିଅସ୍ ନ ହୋଇ ଅତି ବେପରୱା ଭାବରେ ମୁରୁକିହସା ଛାଡୁଥିଲା।'

ସିନେ ତାରକାମାନଙ୍କର ଚିତ୍ର ଏବଂ ଚରିତ୍ର ନଷ୍ଟକାରୀ ବହୁ ବିଜ୍ଞାପନ ସମ୍ବଳିତ ଫିଲ୍ମଫେୟାର୍ ପତ୍ରିକା ଯେ କଡ଼ାମିଜାଜର କନ୍‌ଭେଣ୍ଟ ସିଷ୍ଟର୍‌ଙ୍କୁ କେତେ କ୍ରୁଦ୍ଧ କରିଥିବ, ସେକଥା ବାପା ସହଜରେ ଅନୁମାନ କରିନେଲେ।

ସିଷ୍ଟର ଆଗ୍ନିସ୍ ବୋଧହୁଏ ଆଶାକରୁଥିଲେ ଯେ ତାଙ୍କ ସାମ୍ନାରେ ବନାନୀକୁ କିଛି କଡ଼ା ବାକ୍ୟ ଶୁଣାଇ, ସମ୍ଭବତଃ ବନାନୀ ଆଖିରୁ କିଛି ଲୁହ ନିଗାଡ଼ି ତା' ବାପା ସେଠୁ ବିଦାୟ ନେବେ। କିନ୍ତୁ ସେମିତି କିଛି ହେଲାନାହିଁ। ବାପା ଅତି ଶାନ୍ତ ଓ ସମ୍ଭ୍ରମ ଭାବରେ କେବଳ ଦୁଇଟି ବାକ୍ୟ କହିଲେ, 'ସିଏ ସୁଧୁରିଯିବ। ମୋର ପ୍ରତିଶ୍ରୁତି।'

କିଏ ସୁଧୁରିଯିବ ? ବାପାଙ୍କୁ କିଏ କ୍ଷମତା ଦେଲା ଏମିତି ପ୍ରତିଶ୍ରୁତି ଦେବାପାଇଁ ? ବନାନୀ ଆଡ଼କୁ ସିଷ୍ଟର୍ କଟମଟ କରି ଅନାଇବାବେଳେ ତାଙ୍କ ଅଗୋଚରରେ ଟେବୁଲ୍ ଏପଟେ ତା' ଆଡ଼କୁ ବାପାଙ୍କ ହାତ ଲମ୍ବିଆସିଲା। ବନାନୀର ଆଙ୍ଗୁଠିକୁ ନିଜ ହାତରେ ଚାପିଧରି ବାପା ତାକୁ ଯେଉଁ ନିରବ ସଂକେତ ଦେଲେ, ସେଥିରେ ଥିଲା ଏମିତି ଉଷ୍ମତା, ଏମିତି ଆଶ୍ୱାସନା ଯାହାକୁ କଥାରେ କହିଲେ ବୋଧହୁଏ ହୋଇଥାନ୍ତା। 'ବ୍ୟସ୍ତ ହ'ନା। ମୁଁ ଅଛି।' ସେଇ ଟିକକ ପରଶରେ ବନାନୀର ସବୁ କୁଣ୍ଠା, ସଂକୋଚ କୁଆଡ଼େ ଉଭେଇଗଲା। ପଦଟିଏ ବି ଗାଳି ନ ଶୁଣି ସୁଦ୍ଧା ଆଖିରୁ ଲୁହ ବହିଆସିଲା। ଅବଶ୍ୟ ବାପା ଦେଖିନାହାନ୍ତି।

ବନାନୀକୁ ବାପା ଆଦୌ କିଛି କହିନାହାନ୍ତି। ସେତେବେଳେ ନୁହେଁ କି ତା'ପରେ ବି ନୁହେଁ। ଯାହା କହିବାର ଥିଲା ତାହା ବୋଧହୁଏ କେବଳ ବନୀର ତର୍ଜନୀକୁ ନିଜ ହାତରେ ଚାପିଧରି ଜଣେଇସାରିଥିଲେ।

ତା'ପରେ ବନାନୀ ପ୍ରକୃତରେ ସୁଧୁରି ଯାଇଥିଲା। ସବୁ ପରୀକ୍ଷାରେ ସବୁ ବିଷୟରେ ପ୍ରଥମ କିମ୍ବା ଦ୍ୱିତୀୟ। ଫାଇନାଲ୍ ପରୀକ୍ଷା ପରେ ସ୍କୁଲ ଛାଡ଼ିବାବେଳେ ତା'ହାତରେ ମାର୍କଲିଷ୍ଟ ବଢ଼ାଇ ସିଷ୍ଟର ଆଗ୍ନିସ୍ କହିଥିଲେ 'ଆଇ ଆମ୍ ପ୍ରାଉଡ୍ ଅଫ୍ ୟୁ ମାଇଁ ଚାଇଲଡ୍! ତୁମ ପାଇଁ ଆଜି ଆମ ସ୍କୁଲ୍ ଗର୍ବିତ।'

ଇଏ କ'ଣ ନବମ ଶ୍ରେଣୀର ସେଇ ମହାଉପଦ୍ରବକାରିଣୀ ଖଳନାୟିକା? ଏଇ କୁହୁକ ପଛରେ ଯାଦୁକର କିଏ?

।। ଆଠ ।।

ବିବାହର ପ୍ରାୟ ଦେଢ଼ବର୍ଷ ପରେ ବନାନୀ ନିଜେ ଯେତେବେଳେ ମା'ପଦକୁ ଉନ୍ନୀତ ହୋଇଯିବାର ସମୟ ଆସିଲା, ସେ ପ୍ରଥମେ ବିଶ୍ୱାସ କରିପାରିଲା ନାହିଁ। ପୁରୁଷ ପୁରୁଷର ଚିରନ୍ତନ ପ୍ରବାହ ଭିତରେ ସେ ନିଜେ ଗୋଟାଏ ପୁରୁଷ ଆଗେଇଯିବ, ଏକଥା ତାକୁ ଯେତିକି ବିଚିତ୍ର ଲାଗିଲା, ସେତିକି ରୋମାଞ୍ଚକର ମଧ୍ୟ।

ନବଜାତର ସଂଚାରରେ ମାଆର ଦେହରେ ଓ ମନରେ ବିସ୍ଫୋରିତ ହୋଇଯାଏ ଯେଉଁ ପୁଲକ, ସେଥିରେ ଅବଶ୍ୟ ଭୟ ବି ମିଶିଥାଏ। ଆଉ ମିଶିଥାଏ ଅପୂର୍ବ ରୋମାଞ୍ଚ। ବନାନୀ ଭାବିନଥିଲା ତା' ଗର୍ଭରେ ବଢୁଥିବା ଶିଶୁର ଆଗମନୀ ସଂକେତ ତା' ଆଖିରେ ଲୁହ ବି ଭରିଦେବ।

ସତରେ ମୁଁ ସୃଷ୍ଟିକଲି ଗୋଟାଏ ନୂଆ ଜୀବନ? ନିଜ ସନ୍ତାନକୁ ନିଜ ଆଖିରେ ଦେଖିବା ମୁହୂର୍ତ୍ତ ଜୀବନର ସବୁଠାରୁ ସୁଖଦ ମୁହୂର୍ତ୍ତ ହୋଇଥିବ ନିଶ୍ଚୟ। 'ଝିଅ ହୋଇଛି' ବୋଲି ଘୋଷଣା କରି ଡାକ୍ତରାଣୀ ଚାଲିଗଲେ। ପଛେପଛେ ନର୍ସ୍ ବି। କିନ୍ତୁ ଝିଅଟି କାହିଁ?

ଶିଶୁକୁ ହାତରେ ଛୁଇଁ ତା' ଦେହର ପରଶ ପାଇବା ସମୟ ଆସିଗଲା କିଛିସମୟ ପରେ।

ହସ୍ପିଟାଲ୍‌ର ଆପ୍ରନ୍ ପିନ୍ଧି ଶୋଇଥିବା କ୍ଳାନ୍ତ ବନାନୀ ବୁକୁରେ ଶିଶୁକୁ ଲୋଟାଇଦେଇ ନର୍ସ କହିଲା 'ଦେଖ, ମା'କୁ ଖୋଜିଖୋଜି ସଫାସୁତୁରା ହୋଇ ଆସିଗଲା ତୁମ ଧନମାଳି। ସମ୍ଭାଳ ଏଥର।'

କୁଆଁକୁଆଁ କାନ୍ଦରେ ପବନ କମ୍ପିଉଠିବା ବେଳେ ବନାନୀ ସେମିତି ଶୋଇରହି ନିଜ ସୃଷ୍ଟି ଉପରେ ହାତ ବୁଲାଇଆଣିଲା। ଠିକ୍ ଯେତେବେଳେ ଶିଶୁର ହାତ ଉପରେ ବନାନୀର ହାତ ପହଁରିଆସିଲା, ହଠାତ୍ ଗୋଟାଏ ଅପୂର୍ବ ଶିହରଣ କୁଆଡୁ ଆସି ତାକୁ ଆବୋରି ଧରିଲା। ପୁଣି ସେଇ ଅନୁଭବ। ସେଇ ମାୟା, ଉତ୍ତେଜନା! ଅବୁଝା କ୍ରନ୍ଦନରତା

ଶିଶୁ ନିଜ କୋମଳ ହାତରେ ନିଜ ମା'ର ତର୍ଜନୀକୁ ମୁଠାଇ ଧରିଛି। ଏଇଟା ଭ୍ରମ ନୁହେଁ କି ମୋହାଚ୍ଛନ୍ନ ମନର କଳ୍ପନା ନୁହେଁ। ଡାକ୍ତର ଦେଖୁଛନ୍ତି। ନର୍ସ ଦେଖୁଛି। ପାଖରେ ମା' ବି ଠିଆ ହୋଇଛନ୍ତି। ପରେ କେହି କହିବେ ନାହିଁ ଏଇଟା ଇନ୍ଦ୍ରଜାଲ।

ବନାନୀର ବିସ୍ମୟ ଦେଖି ଡାକ୍ତର କହିଲେ, 'କିଛି ନୂଆକଥା ନୁହେଁ। ଏଇଟା ତମ ଝିଅର ପାମାର୍ ଗ୍ରାସ୍‌ପ୍ ରିଫ୍ଲେକ୍ସ।

ସେଇ ମୁହୂର୍ତ୍ତରେ ବନାନୀର ପୂର୍ବପୁରୁଷ ସହିତ ଉତ୍ତର ପୁରୁଷ, ଇହକାଳ ସହିତ ପରକାଳ ଯୋଡ଼ିହୋଇଗଲେ। ଉପର ପିଢ଼ି ଆଉ ତଳପିଢ଼ି ଭିତରେ ଅପୂର୍ବ ସଂହତି, ମଝିରେ ସେ ନିଜେ କେବଳ ଗୋଟିଏ ସେତୁ।

ତାକୁ ଲାଗିଲା, ସେ ଯଦି ନିଜ ହାତକୁ ଉପରକୁ ଉଠାଇଦିଏ, ତା' ତର୍ଜନୀକୁ ସେମିତି ଜାବୁଡ଼ିଧରି ପିଲାଟି ମଧ୍ୟ ଉପରକୁ ଉଠିଯିବ। ହାତ ହୁଗୁଳା କରି ତାକୁ ଛାଡ଼ିବ ନାହିଁ କି ତଳେ ପଡ଼ିବ ନାହିଁ। ସଦ୍ୟଜାତ ଶିଶୁର ମୁଠାରେ ପୁଣି ଏତେ ତାକତ୍ ଥାଏ ? ନବଜାତର ନରମ କୁନି ହାତମୁଠାରୁ ନିଜ ତର୍ଜନୀକୁ ମୁକ୍ତ କରିବାକୁ ଚେଷ୍ଟା କଲାନାହିଁ ବନାନୀ।

■

ନୂଆବର୍ଷ

ଇଚ୍ଛା ଥିଲା ଯେ ପୁରୁଣା, ଅପସୃୟମାନ ବର୍ଷର ସମାଧି ଏବଂ ନୂତନ ବର୍ଷ ଜନ୍ମଲାଭ କରୁଥିବାର ବିରଳ ମୂହୂର୍ତ୍ତ ଗୁଡ଼ିକୁ ମନଭରି ଉପଭୋଗ କରାଯିବ। ମଉଜ ମଜ୍‌ଲିସ୍, ଖିଆ ପିଆ, ହୋ ହଲ୍ଲାର ଆସର ଭିତରେ ଆସିଯିବ ମଧ୍ୟରାତ୍ରି। ଗୋଟିଏ ବର୍ଷ ଇତିହାସରେ ବିଲୀନ ହୋଇଯିବା ବେଳେ ଆରମ୍ଭ ହୋଇଯିବ ଆଉ ଏକ ବର୍ଷର ଇତିହାସ।

ବହୁ ଯତ୍ନରେ ଆୟୋଜିତ ଏଭଳି ବାର୍ଷିକ ଆସରରେ ମଜ୍ଜିଯିବା ପାଇଁ ସନ୍ଧ୍ୟା ହେବା ପୂର୍ବରୁ ହିଁ ନିଜକୁ ପ୍ରସ୍ତୁତ ରଖିବାକୁ ପଡ଼େ। ବର୍ଷର ସର୍ବଶେଷ ସୂର୍ଯ୍ୟ ଅସ୍ତ ହେବା ବେଳକୁ ସଂଜୀବ ଘରୁ ବାହାରି ରାସ୍ତାରେ ପହଞ୍ଚି ଯାଇଥିଲା। ରାଜରାସ୍ତାର ସବୁ ପଥଚାରୀ, ବଜାରରେ କିଣାବିକାରେ ଲିପ୍ତ ସବୁ ବିକ୍ରେତା ଓ ଗ୍ରାହକ ଏବଂ ସବୁ ଚଳମାନ ଯାନବାହାନ ସମେତ ସମଗ୍ର ସହର ସତେ ଅବା ଏକ ବହୁ ପ୍ରତୀକ୍ଷୀତ, ପୂର୍ବ ନିର୍ଦ୍ଧାରିତ ଘଟଣାରେ ସାମିଲ୍ ହେବାପାଇଁ ପ୍ରସ୍ତୁତ ହେଉଥିଲେ ସେତେବେଳେ। ସହର ଉପକଣ୍ଠରେ ଥିବା ରାଜବାଟୀ ସଂଲଗ୍ନ ପଡ଼ିଆରେ ଦଳେ ଲୋକ କୌଣସି ଜଣେ ବକ୍ତାଙ୍କର ଭାଷଣ ଶୁଣୁଥିଲେ। ଆମୋଦ ଆସରରେ ସମ୍ପୂର୍ଣ୍ଣ ଭାବେ ବିନିଯୋଗ କରିବା ପାଇଁ ଉଦ୍ଦିଷ୍ଟ ବର୍ଷର ସର୍ବଶେଷ ସନ୍ଧ୍ୟାଟିକୁ କିଛି ଲୋକ ଭାଷଣ ଶୁଣି ନଷ୍ଟ କରୁଥିବାର ଦେଖି ସଞ୍ଜୀବ ବିସ୍ମିତ ହେଲା। ସେଠି ଠିଆହୋଇ ଚାରିପଟେ ଆଖିବୁଲାଇବା ବେଳେ ହରିଶ୍ ସହିତ ଦେଖା ହୋଇଗଲା। କିଛି ବିସ୍ମୟ ଓ କିଛି କୌତୁହଳର ସହିତ ଦୁଇବନ୍ଧୁ ବକ୍ତାଙ୍କୁ ଅନାଇ ଠିଆ ହେଲେ ଏବଂ ତାଙ୍କ ଭାଷଣ ଶୁଣିବାକୁ ଆରମ୍ଭ କଲେ।

ରାଜବାଟୀ ପଡ଼ିଆଟି ଗୋଟିଏ ବିଚିତ୍ର ସ୍ଥାନ। ସେଠି ପ୍ରକୃତରେ କୌଣସି ସଭାସ୍ଥଳ କିମ୍ବା ମଇଦାନ୍ ନାହିଁ। ସହରର ସବୁଠାରୁ ପ୍ରଧାନ, ପ୍ରଶସ୍ତ ରାସ୍ତା ସେଠାରୁ ଆରମ୍ଭ ହୁଏ। ରାସ୍ତାର ଗୋଟିଏ ପାର୍ଶ୍ୱରେ ରହିଥିବା ଚକଡ଼ାଏ ଖାଲି ଜାଗାକୁ ଗୋଟିଏ

ସାର୍ବଜନୀନ ମଇଦାନ୍ ଭଳି ଜନପଦର ନାଗରିକମାନେ କେତେବର୍ଷରୁ ବ୍ୟବହାର କରିଆସୁଛନ୍ତି। ସେଠି ସମୟ ଓ ଆବଶ୍ୟକତା ଅନୁଯାୟୀ ଧର୍ମସଭା ହୁଏ, ନିର୍ବାଚନ ପ୍ରଚାର ହୁଏ, ସାହିତ୍ୟ ସଭା ହୁଏ କିମ୍ବା ଦୁର୍ଗା ମେଢ଼ ତିଆରି ହୁଏ। ବେଳେବେଳେ ସେଠି ମଞ୍ଚ ତିଆରି କରାଯାଇ ନୃତ୍ୟ ସଙ୍ଗୀତ, ନାଟକ ବିଚିତ୍ରା ମଧ୍ୟ ହୋଇଥିବାର ଦୃଷ୍ଟାନ୍ତ ରହିଛି। ଏପରି କେତେକ ସାମୟିକ କାର୍ଯ୍ୟକ୍ରମ ସହିତ ସେଠି ପ୍ରତିଦିନ ଚାଲିଥାଏ ରାସ୍ତାକଡ଼ର ସ୍ୱାଭାବିକ କିଣାବିକା, ଉଠା ଦୋକାନୀଙ୍କ ଆସର ଏବଂ ଯାବତୀୟ ଦୈନନ୍ଦିନ ଜୀବନଚର୍ଯ୍ୟା। ଲୋକଙ୍କୁ ଯେକୌଣସି ଭାଷଣ ଶୁଣାଇବା ପାଇଁ ଏଠି ବିଶେଷ କିଛି ଆୟୋଜନ ଆବଶ୍ୟକ ହୁଏ ନାହିଁ। ଟେବୁଲ୍‌ଟିଏ, ଚଉକିଟିଏ ଓ ମାଇକ୍ରୋଫୋନ୍‌ଟିଏ ଯୋଗାଡ଼ କଲେ ସଭା ଚାଲିବ। ଟେବୁଲ, ଚୌକି ନ ହେଲେ ମଧ୍ୟ ଚଳିଯାଏ। ଯେକୌଣସି ବକ୍ତା ଯେକୌଣସି କଥା କହିବାକୁ ଚାହିଁଲେ ମଧ ଆଗରୁ କୌଣସି ସୂଚନା ନ ଦେଇ ହଠାତ୍ ମାଇକ୍ରୋଫୋନ୍‌ଟିଏ ଧରି ଆରମ୍ଭ କରିଦେଇପାରନ୍ତି। ସ୍ଥାନଟି ସ୍ୱାଭାବିକ ଭାବେ ଏତେ ଜନବହୁଳ ଯେ ବକ୍ତାଙ୍କୁ ଅବିଳମ୍ବେ କିଛି ଶ୍ରୋତା ଘେରି ଯାଆନ୍ତି ଓ କିଛି ସମୟ ଭିତରେ କ୍ରମବର୍ଦ୍ଧିଷ୍ଣୁ ଶ୍ରୋତାଙ୍କ ସଂଖ୍ୟା ଯୋଗୁଁ ରାସ୍ତା ସଂକୁଚିତ ହୋଇଯାଏ।

ସଞ୍ଜୀବ ଓ ହରିଶ୍ ହଠାତ୍ ଜାଣିପାରିଲେ ନାହିଁ ସଭାଟି କି ଧରଣର– ରାଜନୈତିକ କିମ୍ବା ଧର୍ମ ପ୍ରବଚନ କିମ୍ବା ଛାତ୍ର ଆନ୍ଦୋଳନ। ବକ୍ତା ଅପରିଚିତ ଓ ଆପାତତଃ ପରିଚୟ ବିହୀନ। ଏକମାତ ବକ୍ତା ଜଣେ ପ୍ରୌଢ଼, ମୁହଁରେ ଜ୍ୟାମିତିକ ଆକୃତିରେ ସଯତ୍ନ କଟାଯାଇଥିବା ଅଳ୍ପ ଦାଢ଼ି। କଣ୍ଠରେ ଓ ଭାବମୁଦ୍ରାରେ ନିଷ୍ଠା, ଆତ୍ମବିଶ୍ୱାସ ଓ ଦୃଢ଼ତା ରହିଛି। ସେ କହୁଥିଲେ-

'ଆପଣମାନେ ନିଶ୍ଚୟ ଲକ୍ଷ୍ୟ କରିଥିବେ ଯେ ପୁରୁଣା ବର୍ଷଗୁଡ଼ିକ କେବଳ କ୍ୟାଲେଣ୍ଡରର ପୃଷ୍ଠାରେ ହିଁ ପୁରୁଣା ହୋଇ ଝଡ଼ିଯାଆନ୍ତି। ନୂଆ ବର୍ଷ ବୋଲି ଆମେ ଯାହାକୁ କହୁଛୁ ତାହା ପ୍ରକୃତରେ ଏହି କ୍ୟାଲେଣ୍ଡରର ହଟଚମଟ ବ୍ୟତୀତ ଆଉ କିଛି ନୁହେଁ। ପାଞ୍ଜି ଓ କ୍ୟାଲେଣ୍ଡର ତିଆରି କରୁଥିବା ବ୍ୟବସାୟୀମାନେ କେତେକ ଅକ୍ଷର, ଅଙ୍କ, ତାରିଖ,ବାର, ମାସ ଇତ୍ୟାଦି ନେଇ ଘଣ୍ଟାଚକଟା କରି କୁହୁକ ଦେଖାଉଛନ୍ତି ଆପଣମାନଙ୍କୁ। ଯାଦୁକରର ଟୋପି ଭିତରୁ ଠେକୁଆ ବାହାରିବା ପରି ଅଳ୍ପ କେତେ ଲୋକଙ୍କର ଅପକଳ୍ପନାରୁ ସୃଷ୍ଟି ହେଉଥିବା ଏସବୁ ମାୟାକୁ ଆମେ ସବୁ ବିଶ୍ୱାସଯୋଗ୍ୟ ଓ ଦରକାରୀ ତଥ୍ୟ ବୋଲି ଗ୍ରହଣ କରି ପରସ୍ପରକୁ ନୂଆବର୍ଷର ଅଭିନନ୍ଦନ ଜଣାଇ ଚାଲିଛୁ। କ୍ୟାଲେଣ୍ଡରର ପୃଷ୍ଠା ଓଲଟାଇ ଚାଲିଛୁ। ଆହୁରି ଅନେକ ପ୍ରକାର ବିଲକ୍ଷଣ ମଧ୍ୟ ପ୍ରକାଶ କରୁଛୁ।'

ବକ୍ତା ଜଣକ ଏତେ ଦୃଢ଼ତାର ସହିତ ଏପରି ସ୍ପଷ୍ଟ ଓ ସୁନ୍ଦର ଭାବେ କହୁଥିଲେ ଯେ ନିଜନିଜ କାମରେ ରାସ୍ତାରେ ଯାତାୟାତ କରୁଥିବା ଲୋକେ ମଧ୍ୟ ରହିଯାଇ କାନେଇ ଶୁଣୁଥିଲେ। ଭାଷଣର ବିଷୟବସ୍ତୁ ଏତେ ଅସାଧାରଣ ଥିଲା ସେ ବକ୍ତା ଜଣକ ଦାର୍ଶନିକ ନା ସମାଜ ସଂସ୍କାରକ ନା ଧର୍ମପ୍ରଚାରକ ତାହା ମଧ୍ୟ ଠଉରାଇ ହେଲା ନାହିଁ। ସଞ୍ଜୀବ ବୁଝିଗଲା ଯେ ବକ୍ତା ପରିବେଷଣ କରୁଥିବା କଥାବସ୍ତୁ ସେଦିନ ସନ୍ଧ୍ୟାର ଆସରକୁ ପ୍ରଭାବିତ କରିପାରେ; ତେଣୁ ଏସବୁ ନ ଶୁଣି ଏଠୁ ଚାଲିଯିବା ଭଲ। କିନ୍ତୁ ହରିଶ୍‌କୁ ଏକଥା ନ କହି ଠିଆହୋଇ ରହିଲା ଓ ଉଭୟେ ଶୁଣି ଚାଲିଲେ-

'ଡାଏରୀ, ଗ୍ରୀଟିଙ୍ଗ୍ କାର୍ଡ଼ ଇତ୍ୟାଦି ବିକ୍ରୀ କରୁଥିବା ବ୍ୟବସାୟୀଙ୍କ ଥଳିକୁ କିଛି ଅଧିକ ଟଙ୍କା ଆଣିବା ଛଡ଼ା କୌଣସି ତଥାକଥିତ ନୂତନବର୍ଷ ଆଉ କାହା ପାଖକୁ କିଛି ଆଣିଦିଏ କି? ଆପଣ କେବେ କୌଣସି ନୂଆବର୍ଷରେ ପାଇଛନ୍ତି କିଛି ନୂଆ ଜିନିଷ, ନୂଆ ଖବର, ଟଙ୍କା ପଇସା ଅଥବା ଅନ୍ୟ କିଛି ଆନନ୍ଦ, ଉଲ୍ଲାସ? କ'ଣ ଧରିଆସେ ନୂଆବର୍ଷ? କେବଳ କାନ୍ଥରେ ଝୁଲାଇବା ପାଇଁ କେତେଟା ନୂଆ ଚିତ୍ରପଟ, ଯାହାକୁ ଆପଣ କହୁଛନ୍ତି କ୍ୟାଲେଣ୍ଡର। ସେଥିରେ ମଧ୍ୟ ଯାବତୀୟ କଳ୍ପନା ପ୍ରସୂତ ଦେବୀ, ଦେବତା ଅଥବା ଅର୍ଦ୍ଧନଗ୍ନ ତରୁଣୀମାନଙ୍କର ଚିତ୍ର। କେବଳ ଏତିକି ନା ଆଉ କିଛି? ଆପଣଙ୍କ ପାଇଁ ଆଦୌ କିଛି ଆଣୁ ନ ଥିବା ଏହି ନୂଆବର୍ଷ ପାଳନ କରିବା ପାଇଁ ଆପଣଙ୍କ ବଜେଟ୍ କେତେ? କ'ଣ ହୁଏ ଏହି ବଜେଟ୍? ଡାଏରୀ, ଅଭିନନ୍ଦନ ପତ୍ର, ଭୋଜି, ମନ୍ଦିର ଭ୍ରମଣ ଏବଂ ଏଭଳି ଆଉକିଛି ଖର୍ଚ୍ଚ। ଅନେକ ବର୍ଷରୁ ଗଡ଼ି ଆସୁଥିବା ଏହି ଅପସଂସ୍କୃତିକୁ ବନ୍ଦ କରିବା ପାଇଁ ଆପଣଙ୍କର କ'ଣ କୌଣସି କର୍ତ୍ତବ୍ୟ ନାହିଁ?'

ଶ୍ରୋତାମାନଙ୍କୁ ଏପରି ସିଧାସିଧି ଆକ୍ରମଣ କରିସାରିବା ପରେ ନାମହୀନ ବକ୍ତାଜଣକ ଆସ୍ତେ ଆସ୍ତେ ନିଜ ଆକ୍ଷେପକୁ ଅଧିକ ବଳିଷ୍ଠ କରି ତୋଳିଲେ। କିଛି ସମୟ ପରେ ସେ ବିନା ସଂକୋଚରେ କହି ପକାଇଲେ, 'ଆପଣମାନେ ସମସ୍ତେ ନିର୍ବୋଧ, ବାତୁଳ।' ସଞ୍ଜୀବର ମନେହେଲା ଯେ ସେ ଏହି ବାକ୍ୟଟି କେବଳ ସଞ୍ଜୀବ ଓ ହରିଶକୁ ଲକ୍ଷ୍ୟକରି କହିଲେ। ସତେ ଯେମିତି ସେମାନଙ୍କର ସାନ୍ଧ୍ୟ କାର୍ଯ୍ୟକ୍ରମର ସମସ୍ତ ଆୟୋଜନ ବିଷୟରେ ବକ୍ତା ଜାଣିସାରିଛନ୍ତି! ହରିଶ ମଧ୍ୟ ନିରବ ଉତ୍କଣ୍ଠାର ସହିତ ମନଧ୍ୟାନ ଦେଇ ବକ୍ତୃତା ଶୁଣି ଚାଲିଥିଲା-

'ଏଥର ଆପଣମାନେ ବୁଝିପାରୁଥିବେ ଯେ ପ୍ରକୃତରେ ନୂଆ ବର୍ଷ ବୋଲି କିଛିନାହିଁ। ବର୍ଷ କେବେ ନୂଆ କିମ୍ବା ପୁରୁଣା ହୁଏ ନାହିଁ। ତେବେ ହଁ, ଯଦି ଆପଣଙ୍କ ଜୀବନରେ ଏମିତି କୌଣସି ସମୟ ଆସେ ଯେଉଁ ସମୟ ଆପଣଙ୍କୁ ପୂରା ନୂଆ ମଣିଷଟିଏ କରିଦେଇ ପାରିବ; ତେବେ ସେହି ସମୟ ଆପଣଙ୍କୁ ନୂଆବର୍ଷ ପରି ମନେହୋଇପାରେ।'

ସେଠାରୁ ଚାଲିଯିବା ପୂର୍ବରୁ କେବଳ ଗୋଟାଏ ଜିନିଷ ଜାଣିବା ପାଇଁ ପ୍ରବଳ ଇଚ୍ଛା ହେଲା ସଞ୍ଜୀବର। ବକ୍ତା ଜଣକ କିଏ ଓ ସିଏ କ'ଣ କହିବାକୁ ଚାହୁଁଛନ୍ତି। ଯେଉଁ ପଡ଼ିଆରେ ରଥଯାତ୍ରା, ଦୁର୍ଗାପୂଜା ଠାରୁ ଆରମ୍ଭ କରି ଶ୍ରମିକ ବିକ୍ଷୋଭ ଓ ମୂଷାମରା ବିଷ ବିକ୍ରୟ ପର୍ଯ୍ୟନ୍ତ ଯାବତୀୟ ଘଟଣା ନିର୍ଲିପ୍ତ ଭାବରେ ବର୍ଷସାରା ଘଟୁଥାଏ; ସେଠି ବକ୍ତାଜଣକ କେଉଁ ଗୋଷ୍ଠୀ, ସମ୍ପ୍ରଦାୟ ବା ଧର୍ମ ତରଫରୁ ଏସବୁ କହୁଛନ୍ତି ତାହା ସ୍ପଷ୍ଟ ଜଣାପଡୁ ନଥିଲା। ପାଖରେ ଠିଆହୋଇଥିବା ତିନିଜଣ ଲୋକଙ୍କୁ ସଂଜୀବ ବକ୍ତାଙ୍କର ପରିଚୟ ପଚାରିଲା। ଦୁଇଜଣ କିଛି କହିପାରିଲେ ନାହିଁ। ତୃତୀୟ ଜଣକ ଅଳ୍ପ ହସି କହିଲେ – 'ଆପଣ ତାରାପଦଜୀଙ୍କୁ ଜାଣି ନାହିନ୍ତି ?'

ତାରାପଦଜୀଙ୍କର ପୂରା ପରିଚୟ ଆବିଷ୍କାର କରିବା ପାଇଁ ଆଉ ଅଧିକ ଚେଷ୍ଟା ନ କରି ହରିଶ ଓ ସଞ୍ଜୀବ ସେଠୁ ଯାଇ ପାଖ ଚା ଦୋକାନରେ କଫି ପାଇଁ ବରାଦ ଦେଲେ। ହରିଶ୍ କହିଲା, 'ଲୋକଟା କିଛି ଗୋଟାଏ ଧର୍ମ ଫର୍ମ ପ୍ରଚାର କରୁଛି କିମ୍ବା କୌଣସି ଧର୍ମ ବିରୁଦ୍ଧରେ ପ୍ରଚାର କରୁଛି।'

ସଞ୍ଜୀବ କହିଲା, 'ଭୁଲ୍। ଏପରି ଲୋକଙ୍କୁ ମୁଁ ଚିହ୍ନେ। ଏମାନେ ସମାଜ ସଂସ୍କାର ବାହାନାରେ କିଛି ଚାନ୍ଦା ଫାନ୍ଦା ସଂଗ୍ରହ କରି ପଳାଇଯାଆନ୍ତି। ଯୌତୁକ ପ୍ରଥା ଓ ନିଶା-ନିବାରଣ ଭଳି ପୁରୁଣା ସମସ୍ୟାଗୁଡ଼ିକ ବୋଧହୁଏ ଆଉ ବଜାରରେ ଚାଲୁନାହିଁ। ତେଣୁ ଏମାନେ ଏବେ ସମାଜିକ ଆଚାର ବ୍ୟବହାରରୁ ନୂଆନୂଆ ତ୍ରୁଟିମାନ ଖୋଜି ବୁଲୁଛନ୍ତି।'

କଫି ସରିଗଲା। କିନ୍ତୁ ବକ୍ତାଙ୍କ ବକ୍ତବ୍ୟ ଏବଂ ଉଦ୍ଦେଶ୍ୟ ଅବୁଝା ହୋଇ ରହିଗଲା। ଅଗତ୍ୟା ଦୁଇଜଣଯାକ ପୁଣି ସଭାସ୍ଥାନକୁ ଫେରିଆସି ଶୁଣିବାକୁ ଲାଗିଲେ।

ସେତେବେଳେ ବକ୍ତା ମହାଶୟ ଭାଷଣ ଶେଷ କରୁଥାନ୍ତି। କଣ୍ଠରେ ଆଉ ଟିକିଏ ବିଶ୍ୱାସ, ଦୃଢ଼ତା ଓ ନିଷ୍ଠା ଖୁନ୍ଦିଦେଇ ସେ କହିଲେ, 'ଯଦି ଆପଣମାନେ କେବଳ ଗ୍ରୀଟିଂ କାର୍ଡ଼ ଓ କ୍ୟାଲେଣ୍ଡର୍‌ର ମାୟାରେ ପଡ଼ିରହିଥିବେ ତେବେ ଜୀବନର ସବୁ ବର୍ଷଗୁଡ଼ିକ କେବଳ ପୁରୁଣା ହୋଇ କାଗଜ ପୃଷ୍ଠା ପରି ଝଡ଼ିଯାଉଥିବ। କିନ୍ତୁ କେବେହେଲେ ଆସିବ ନାହିଁ ସେହି ଆନନ୍ଦ, ଉଲ୍ଲାସଭରା ମୁହୂର୍ତ୍ତ ଯାହାପାଇଁ ଆପଣ ସାରାଜୀବନ ଅପେକ୍ଷା କରି ବସିଛନ୍ତି। ଆଉ ଯଦି ଆପଣ ଚାହୁଁଛନ୍ତି ଯେ ଜୀବନରେ ଏପରି ନବବର୍ଷ ଆସୁ ଯାହା ପ୍ରକୃତରେ ଜୀବନକୁ, ଭାଗ୍ୟକୁ, ଭବିଷ୍ୟତକୁ ବଦଳାଇଦେବ ଓ ଉଜ୍ଜ୍ୱଳ କରିଦେବ; ତାହେଲେ ଦୟାକରି 'ହେପ୍ପି ନ୍ୟୁ ଇୟର୍'ର ମାୟାଜାଲରୁ ବାହାରି ଆସନ୍ତୁ। ଆଉ ଅଭିନନ୍ଦନ ପତ୍ର ନ କିଣି କିଣନ୍ତୁ ଏଭରେଷ୍ଟ୍ ସୁପର ବମ୍ପର୍ ଭାଗ୍ୟଶାଳୀ ଲଟେରୀ ଟିକଟ୍। ଆପଣଙ୍କ ସାମ୍ନାରେ ଏଇ ଏବେ ବିକ୍ରୀ

ଆରମ୍ଭ ହୋଇଯାଇଛି। ପ୍ରଥମ ପୁରସ୍କାର ସତର କୋଟି ଟଙ୍କା। ଶୀଘ୍ର କିଣନ୍ତୁ। ଏଇଠି ନିହିତ ଅଛି ଆପଣଙ୍କ ଜୀବନକୁ, ଭବିଷ୍ୟତକୁ ପ୍ରକୃତରେ ବଦଳାଇ ଦେବାର ଶକ୍ତି।'

ଏତିକି କହି ତାରାପଦଜୀ ନିଜ ଝୁଲାମଣି ଭିତରୁ ଥାକେ ଲଟେରୀ ଟିକଟ୍ ବାହାର କରି ସମସ୍ତଙ୍କ ଆଗରେ ଟେକି ଧରିଲେ। ଦୁଇଜଣ ଚେଲା ହଠାତ୍ କୁଆଡୁ ଆସି ମାଇକ୍ରୋଫୋନ ଉଠାଇନେଲେ ଏବଂ ଟେବୁଲ୍ ଉପରେ ଲଟେରୀ ଟିକଟ ସଜାଇ ରଖିନେଲେ। ବିକ୍ରୀ ଆରମ୍ଭ।

ତାରାପଦଜୀଙ୍କ ସହିତ କିଛି ବ୍ୟକ୍ତିଗତ କଥାବାର୍ତ୍ତା କରିବା ପାଇଁ ଇଚ୍ଛା ହେଲା। କିନ୍ତୁ ତାଙ୍କୁ ସେ ଦୁହେଁ ଆଉ ଭିଡ଼ ଭିତରେ ଖୋଜି ପାଇଲେ ନାହିଁ।

■

ଶବ

ବିକ୍ରମ ଅଫିସ୍ ଯାଇ ନିଜ ଚୌକିରେ ବସିଛି କି ନାହିଁ, ଯୁଗଳର ଫୋନ୍ ଆସିଗଲା, 'ତୋ ଘରୁ ଚୋରି ହୋଇଛି ବୋଲି ଶୁଣିଲି। ଏତେଲୋକଙ୍କୁ କହିଛୁ, ମୋତେ କାହିଁକି କହିନାହୁଁ ?'

'ଭାଇ, ତୁ ହେଲୁ ପୁଲିସ୍ ଅଫିସର୍। କକାପୁଅଭାଇ ହେଲେ କ'ଣ ହେଲା, ଜାତି ତ ପୁଲିସ। ମୋତେ ହଜାର ଥର ଥାନା ଦଉଡ଼ାଇବ, ଘରକୁ ଆସି ଏନ୍‌କ୍ୱାରି କରିବ ! ଏତେ ହିନସ୍ତା ହେବା ପାଇଁ ମୋର ବେଳ ନାହିଁ।'

'ଘରେ ଚୋର ପଶିବାରୁ ତୋ' ମୁଣ୍ଡ ବିଗିଡ଼ିଯାଇଛି କିରେ ?'

'ବିଗିଡ଼ିଛି ତ ନିଶ୍ଚୟ। ଅଫିସ୍‌ରେ କାମର ଭିଡ଼ ଏତେ ବେଶି ଯେ ମୋର ଆଉ ଏଫ୍.ଆଇ.ଆର୍. ଝମେଲା ଭିତରେ ପଶିବାକୁ ଧୈର୍ଯ୍ୟ ନାହିଁ। ଜିନିଷ ବି ସେମିତି ବେଶି କିଛି ଯାଇନାହିଁ।'

ବିକ୍ରମର କୈଫିୟତ୍ ଗ୍ରହଣ ନ କରି ଯୁଗଳ କହିଲା, 'ଝମେଲା ତୋ'ର କ'ଣ କିରେ ? ଝମେଲା ପୁଲିସ୍‌ର। ତୋ' ପରି ଅଫିସର୍ ନିଜ ଚୋରି ବିଷୟରେ ଏମିତି ଖାମଖିଆଲି ହେବା ଆଦୌ ଶୋଭାପାଉନାହିଁ। ମୁଁ ଗୋଟାଏ କନ୍‌ଷ୍ଟେବଲ୍ ପଠାଉଛି। ତୋ' ଘରକୁ ଯାଇ ଦେଖିଆସିବ।'

'ଏବେ ମୁଁ ଘରେ ନାହିଁ। ବୀଣା ତ ଆହୁରି ଫେରିନାହିଁ। ତୋ' କନଷ୍ଟେବଲ୍ କ'ଣ ପୁଣି ଗ୍ରିଲ୍ ତାଡ଼ି ଘରେ ପଶିବ ?'

– 'କେତେବେଳେ ଘରକୁ ଫେରିବୁ ?'

– 'ସାଢ଼େ ଛ'ରୁ ସାତ୍ ଭିତରେ।'

କିନ୍ତୁ ସନ୍ଧ୍ୟାରେ ଯିଏ ଆସିଲା, ସିଏ କୌଣସି କନଷ୍ଟେବଲ୍ ନୁହେଁ। ନିଜେ ଯୁଗଳ। ବିକ୍ରମ ଦୁଆର ଖୋଲିବାମାତ୍ରେ ଘର ଭିତରେ ଏପଟସେପଟ ହୋଇ ଚାରିଆଡ଼େ ଏମିତି ବ୍ୟାପିଗଲା, ଯେମିତି ସେ ଜଣେ ନୁହଁ, ଦଶଜଣ ମଣିଷ।

ଯୁଗଳ ଟିକିଏ ସ୍ଥିର ହେବାମାତ୍ରେ ବିକ୍ରମ କହିଲା, 'ଭଲ ହେଲା, ଜୀନ୍‌ସ ଟି ଶାର୍ଟ ପିନ୍ଧି ଆସିଛୁ। ତୋ'ର ଫ୍ୟାନ୍‌ସି ଡ୍ରେସ୍ ପିନ୍ଧି ଆସିଥିଲେ ସାଇପଡ଼ିଶା ଲୋକ ମଜା ଦେଖିଥାଆନ୍ତେ।'

– 'ପୁଲିସ ବର୍ଦ୍ଦିକୁ ଫ୍ୟାନ୍ସି ଡ୍ରେସ୍ କହୁଛୁ ? ଫୁଲ୍ ୟୁନିଫର୍ମରେ ପାଞ୍ଚଟା ବୁଟ୍‌ପିନ୍ଧା କନଷ୍ଟେବଲ୍ ତୋ' ଘରେ ନ ପୂରାଇଛି ତ ମୋତେ କହିବୁ। ବୀଣାଭାଉଜ କାହାନ୍ତି ? ମୋତେ କିଏ କଫି ଦେବ ?'

କଫି ମିଳିଲା। ସୋଫାରେ ବସି କଫିକପ୍ ଉଠାଇବାବେଳେ ଟିପୟ ଉପରେ ପଡ଼ିଥିବା କିଛି କାଗଜକୁ ଲକ୍ଷ୍ୟକରି ଯୁଗଳ ପ୍ରଶ୍ନକଲା, 'ଏଇଟା କ'ଣ ?'

'ଚିଠି। ଆଲ୍‌ମାରି ଭିତରୁ ଭିଡ଼ିଆଣି ଚୋର ସବୁ କାଗଜପତ୍ର କେମିତି ଚାରିଆଡ଼େ ଫୋପାଡ଼ିଦେଇ ଯାଇଛି, ତୁ ତ ଦେଖୁଛୁ। ଲୁଗାପଟା, ଡକ୍ୟୁମେଣ୍ଟ୍‌ସ୍, ପାସ୍‌ବୁକ୍, ପାସ୍‌ପୋର୍ଟ, ସବୁ ଘରସାରା ଛିନ୍‌ଛତ୍ର ହୋଇ ପଡ଼ିଥିଲା। ଏବେ ମଧ୍ୟ ପଡ଼ିଛି। ସକାଳେ ଏଇ ଚିଠି ଗୋଟାଇ ଏଠି ଥୋଇଦେଇଛି।'

'ଏମିତି ତ ଅନେକ ନଥିପତ୍ର ତଳେ ଫୋପଡ଼ାହୋଇ ପଡ଼ିଛି। କେବଳ ଏଇ ଚିଠିକୁ ଗୋଟାଇ ଟେବୁଲ୍ ଉପରେ ରଖିବାପାଇଁ ତୋ' ମନ କାହିଁକି ଡାକିଲା ?'

'ପଢ଼ିବା ପାଇଁ'। ବିକ୍ରମର ସଂକ୍ଷିପ୍ତ ଉତ୍ତର।

'ଆଗରୁ ପଢ଼ିନଥିଲୁ ?'

'ପଢ଼ିଥିଲି। ଥରେ ନୁହେଁ, ଅନେକଥର। ଆଉଥରେ ପଢ଼ିବା ପାଇଁ ଇଚ୍ଛା ହେଲା। ତୋ'ର କାହିଁକି ମୁଣ୍ଡ ବଥାଉଛି ? ପୁଲିସ ମେଣ୍ଟାଲିଟି !'

'କି କଥା ! ଘରେ ଚୋରି ହୋଇଛି। ଘର ଭିତରଟା ଯୁଦ୍ଧକ୍ଷେତ୍ର ପରି ଦିଶୁଛି। ଘରଣୀ ଘରେ ନାହାନ୍ତି। ପୁଲିସ ଷ୍ଟେସନକୁ ଯାଇ ରିପୋର୍ଟ ଦେବା କଥା କୁଆଡ଼େ ଗଲା, ନିଶ୍ଚିନ୍ତରେ ଘରେ ବସି ପୁରୁଣା ଚିଠି ଖୋଜି ପଢ଼ିବାକୁ ତୋ'ର ମନ ହେଲା ? କାହାର ଏ ଚିଠି ? ବୀଣାଭାଉଜ ଜାଣିଛନ୍ତି ?'

ନିଜ କପ୍ ଟେବୁଲ୍ ଉପରେ ଥୋଇ ବିକ୍ରମ ପଚାରିଲା, 'ତୋତେ କ'ଣ ଏଇଟା ପ୍ରେମଚିଠି ପରି ଲାଗୁଛି ?'

– 'ନୁହେଁ ତ ଆଉ କ'ଣ ?'

– 'ମୋର ଜଣେ ପୁରୁଣା ସାଙ୍ଗ ମାନେ କ୍ଲାସ୍‌ମେଟ୍ – କେଶବ ଦେଇଥିବା ଚିଠି। ଗୋଟାଏ ନୁହଁ, ତିନିଟା ଚିଠି ଅଛି ସେଥିରେ। ତୁ ପଢ଼ିପାରୁ। ପଢ଼ିଲେ ଜାଣିବୁ, ମୁଁ କାହିଁକି ଥରକୁଥର ପଢୁଛି।'

– 'ମୁଁ କାହିଁକି ପଢ଼ିବି ? ତୁ କହୁନୁ କ'ଣ ଅଛି ସେଥିରେ ?'

- 'ଭାରି ଇଣ୍ଟେରେଷ୍ଟିଂ। ମୁଁ ଚାହୁଁଛି, ତୁ ପଢ଼।'

ନିଜ ହାତଘଣ୍ଟାରେ ସମୟ ଦେଖି ଯୁଗଳ ଟିକିଏ ଇତସ୍ତତଃ ହେଲା। ତା'ପରେ କହିଲା, 'କପେ କଫି ଦେଇ ପାଞ୍ଚ ଛ' ପୃଷ୍ଠାର ଚିଠି ପଢ଼େଇବାକୁ ବସିଛୁ?'

- 'ପଢ଼ା ସରିବା ବେଳକୁ ଆଉ କପେ କଫି ମିଳିବ। ଷ୍ଟାର୍ଟ।'

- 'ଏଇ କେଶବ ଲୋକଟି କିଏ?'

- 'କହୁଛି କହୁଛି। ବ୍ୟାକ୍‌ଗ୍ରାଉଣ୍ଡ ନ ଜାଣିଲେ ଚିଠି ପୂରା ବୁଝିପାରିବୁ ନାହିଁ। କଟକରେ ପଢ଼ିଲାବେଳେ ଆମେ ତିନିବନ୍ଧୁ - ମୁଁ, କେଶବ ଓ ଅମ୍ରିତ୍ ଗୋଟିଏ ଛୋଟ ଘର ଭଡ଼ାନେଇ, ମେସ୍ କରି ରହୁଥିଲୁ। କେଶବର ଘର କୋରାପୁଟ। ଅମ୍ରିତ ରାଞ୍ଚିର ଟୋକା। ବେଶ୍ ଜମୁଥିଲା ଆମ ତିନିଜଣଙ୍କର। ଫାଇନାଲ୍ ପରୀକ୍ଷା ସାରିଲା। ଯେ ଯାହା ଘରକୁ ବାହୁଡ଼ିଯିବା ସମୟ ଆସିଲା। ଯୋଉଦିନ ଫାଇନାଲ୍ ସରିଲା, ସେହିଦିନ ରାତିରେ ମୁଁ ଆଉ ଅମ୍ରିତ୍, ଆମ ସୁଟ୍‌କେସ୍ ବେଡ଼ିଂ ଧରି, ବାହାରିଗଲୁ।'

ବିକ୍ରମକୁ ଅଟକାଇ ଯୁଗଳ ପଚାରିଲା, 'ଚିଠି ସହିତ ଏସବୁ କଥାର କ'ଣ ସମ୍ପର୍କ?'

'ଆରେ ଶୁଣ୍ ତ ପ୍ରଥମେ! ଆମେ ଦୁହେଁ ଗଲୁ, କିନ୍ତୁ କେଶବ ସେଦିନ ରାତିରେ ରହିଲା। ତା' ଗାଡ଼ି ଥିଲା ତା' ଆରଦିନ ସକାଳେ। ସେ, କଟକରୁ ଟ୍ରେନ୍‌ରେ ବିଜୟନଗରମ୍ ଯାଇ, ସେଠୁ ବସ୍‌ରେ କୋରାପୁଟ ଯାଏ। ତେଣୁ ସେ ରାତିରେ ଏକା ରହିଲା।'

'ଲେଟ୍ ମି ଗେସ୍! ରାତିରେ ଘରେ ଚୋର ପଶିଥିବ?'

'ତୋ ପୁଲିସିଆ କଥା ତୋ' ପାଖରେ ରଖ୍! ପାଠପଢୁଥିବା ପିଲାଙ୍କ ଘରେ ଚୋର କାହିଁକି ପଶିବ? ବହି, ଖାତା, କଲମ ଚୋରି କରିବାକୁ? ଜାଣିରଖ୍, ସେତେବେଳେ ଆମେ କେହି ମୋବାଇଲ ଫୋନ୍ ରଖୁନଥିଲୁ।'

- 'ଓକେ, କହିଯା କ'ଣ କହୁଥିଲୁ।'

- 'ଆମେ ଘରଛାଡ଼ିବା ଆଗରୁ ଘରମାଲିକ ସହିତ ହିସାବପତ୍ର ତୁଟି ସାରିଥିଲା। କେଶବ ସକାଳେ ତଳମହଲାରେ ଘରବାଲାକୁ ଚାବି ଦେଇ ଷ୍ଟେସନ୍ ଯିବ ବୋଲି ସ୍ଥିର ହେଲା। ତା'ପରେ କ'ଣ ହେଲା, ମୁଁ କହିବି ନାହିଁ। ତୁ ପଢ଼ିଲେ ଜାଣିବୁ।'

ଯୁଗଳ ଚିଠିପଢ଼ା ଆରମ୍ଭ କଲା।

ପ୍ରଥମ ଚିଠି

ବିକ୍ରମ,

ମୁଁ ଆସି ଶନିବାର ରାତିରେ ଘରେ ପହଞ୍ଚିଲି। ଆସିବା ଦିନରୁ ତୋ' ପାଖକୁ

ଚିଠି ଲେଖି ଗୋଟାଏ ଘଟଣା ଜଣାଇବାକୁ ଚାହୁଁଥିଲି। ଏବେ ଫୁରସତ୍ ମିଳିଲା। ଅମ୍ରିତ୍‌କୁ ମଧ୍ୟ କଥାଟି ଜଣାଇବି।

ସେଦିନ ତମେ ଦୁହେଁ ରାତି ଆଠଟାରେ ମେସ୍ ଛାଡ଼ି ଚାଲିଗଲ। ମୋ' ଟ୍ରେନ୍ ସକାଳ ଛ'ଟାରେ ଥିବା କଥା ଶୁଣି ଘରବାଲା କହିଲା, ତାକୁ ଏତେ ସକାଳୁ ନିଦରୁ ନ ଉଠାଇ ଘରଚାବି ତା'ର ତଳମହଲାର ଖୋଲା ଝରକା ଭିତରେ ଗଳାଇଦେଇ ଯିବାପାଇଁ। ସେଥିପାଇଁ ସେ ରାତିରେ ଝରକା ଖୋଲା ରଖିଥିବ ବୋଲି ଜଣାଇଦେଇ ଗଲା। ଅଳସୁଆ ଲୋକଟା ପ୍ରତିଦିନ କେତେ ଡେରିରେ ଶେଯରୁ ଉଠେ, ତୁ ଜାଣୁ।

ରାତିରେ ଭଲ ନିଦ ହେଲା ନାହିଁ। ତେଣୁ ସକାଳୁ ଉଠିବା ବେଳକୁ ଡେରି। ତରବରରେ କାମ ସାରି ଷ୍ଟେସନ୍ ଯିବାପାଇଁ ପ୍ରସ୍ତୁତ ହେଲି। ରାମୁଲୁ ରିକ୍ସାବାଲା ସାଢ଼େ ପାଞ୍ଚଟା ପୂର୍ବରୁ ପହଞ୍ଚି ଯାଇଥିଲା। ଘର ବନ୍ଦ୍ କରିବା ଆଗରୁ ପାଣି ଟ୍ୟାପ୍, ବିଜୁଳି ସ୍ୱିଚ୍ ସବୁ ବନ୍ଦ୍ ଅଛି ନା ନାହିଁ, ପରଖିନେଲି। ରାସ୍ତାପଟର ଝରକା ବନ୍ଦ କରିବା ବେଳେ ହଠାତ୍ ଗୋଟିଏ ଭୟଙ୍କର ଦୃଶ୍ୟ ଦେଖି ଚମକିପଡ଼ିଲି।

ମୁଁ ଯାହା ଦେଖୁଛି ତାହା ପ୍ରକୃତରେ ଅଛି ନା ନାହିଁ, ସେକଥା ବିଶ୍ୱାସ ହେଲା ନାହିଁ। ପ୍ରଥମେ ତ ଲାଗିଲା, ଆଖିର ଭ୍ରମ ହୋଇଥିବ। ପୂରା ଦେହ ଥରିଗଲା। ମୁଣ୍ଡ ଚକ୍କର କାଟିଲା। ଆମ ବସାର ଝରକା ପାଖରେ ଠିଆ ହେଲେ ରାସ୍ତା ଆରପଟେ ଥିବା ଘର ଦିଶେ। ସେହି ଘରର ଝରକା ଆଉ ଆମ ଝରକା ପ୍ରାୟ ସାମ୍ନାସାମ୍ନି। ଶୁଣିଲେ ବିଶ୍ୱାସ କରିବୁ ନାହିଁ, ସେଇ ଝରକା ଖୋଲାଥିଲା ଆଉ ଭିତରେ ଗୋଟାଏ ମଣିଷ ଝୁଲିରହିଥିଲା। 'ଝୁଲି ରହିଥିଲା'ର ଅର୍ଥ ବୁଝିପାରୁଥିବୁ। ମୁଁ ଶବ ଦେଖିଲି। ସାମ୍ନା ଘରେ ଆତ୍ମହତ୍ୟା କରିଥିବା ଜଣେ ମଣିଷର ଝୁଲନ୍ତା ଶବ। କୋଉଠୁ ଝୁଲୁଥିଲା କହିପାରିବି ନାହିଁ। କାରଣ ଝରକା ଭିତରୁ କେବଳ ସେଇ ଲୋକଟିର କାନ୍ଧରୁ ତଳକୁ ହିଁ ମୁଁ ଦେଖିପାରୁଥିଲି। ମୁଣ୍ଡ, ମୁହଁ, ବେକ ଅଦୃଶ୍ୟ। ତଳକୁ ଲମ୍ୱିଯାଇଥିବା ଦେହ, ପାଦ ପର୍ଯ୍ୟନ୍ତ, ସ୍ପଷ୍ଟ। ପାଦ ଦୁଇଟା ଶୂନ୍ୟରେ। ଯେତେ ଚେଷ୍ଟା କଲେ ସୁଦ୍ଧା ଲୋକଟାର ମୁହଁ ଦିଶିଲା ନାହିଁ। ପାଦତଳେ କିଛି ଚୌକି କିମ୍ବା ଷ୍ଟୁଲ୍ ବି ଦିଶିଲା ନାହିଁ। ମୁଁ ପୂରା ଛାନିଆ। ଜିଭ, ପାଟି ସବୁ ଶୁଖିଗଲା। ଆଖିବୁଜି ଅନୁମାନ କରିନେଲି ଯେ ଉପରେ କୌଣସି ଫ୍ୟାନ୍ କିମ୍ବା ହୁକ୍ ଦେହରେ ଶକ୍ତ ଗଣ୍ଠିରେ ବନ୍ଧା ହୋଇଥିବା ଶାଢ଼ି, ଧୋତି କିମ୍ବା ଦଉଡ଼ିଟିଏ ତଳକୁ ଲମ୍ୱିଆସି ଲୋକର ବେକକୁ ଭିଡ଼ି ଧରିଥିବ। ଆମ ପଟର ଝରକାଠାରୁ ସେ ଘରର ଝରକା ଭିତରେ କେତେ ଦୂରତା, ସେକଥା ତୁ ଜାଣୁ। ଦୁଇ ଘର ଭିତରେ ଚଉଡ଼ା ରାସ୍ତା ଅଛି। ଏତେ ଦୂରରୁ ମୁଁ ଆଉ କେତେ ସ୍ପଷ୍ଟ ଦେଖିପାରନ୍ତି ? ତେବେ ଝୁଲୁଥିବା ଲୋକଟି ପୁରୁଷ ବୋଲି ଜଣାପଡ଼ିଗଲା, କାରଣ କଳାରଙ୍ଗର

ଟ୍ରାଉଜର୍ ଉପରେ ମାଟିଆ ରଙ୍ଗର ଶାର୍ଟ ପିନ୍ଧିଥିଲା । ଶାର୍ଟ ଭିତରୁ ଦୁଇପଟେ ଦୁଇଟା ନିର୍ଜୀବ ହାତ ଝୁଲି ରହିଥିଲା । ପାଦରେ ଯୋତା କି ଚପଲ କିଛି ନାହିଁ ।

ମୁଁ ଜାଣିଗଲି ଯେ ମୁଁ ତାକୁ ଦେଖିବା ଆଗରୁ ଆଉ କାହାର ଦୃଷ୍ଟି ସେଠି ପଡ଼ିନାହିଁ । ସକାଳର ଆଲୁଅ ଫର୍ଚ୍ଛା ହୋଇଆସୁଥାଏ । ମୋ' ହାତରେ ବି ସମୟ ବେଶି ନ ଥାଏ । ମୁଁ କ'ଣ କରିବା ଉଚିତ, ହଠାତ୍ ସ୍ଥିର କରିପାରିଲି ନାହିଁ । କି ଭୟଙ୍କର ପରିସ୍ଥିତି ବୁଝିପାରୁଛୁ ତ ? ଆଉ ପନ୍ଦର କୋଡ଼ିଏ ମିନିଟ୍ ପରେ ମୋ ଟ୍ରେନ୍ ଷ୍ଟେସନ୍‌ରେ ଲାଗିବ । ତଳେ ଆସି ରିକ୍ସା ଠିଆହେଲାଣି । ତଳକୁ ଅନାଇ ଦେଖିଲି, ଦୁଇତିନିଟା ବୁଲାକୁକୁର ଆଉ ରାମୁଲୁର ରିକ୍ସାକୁ ଛାଡ଼ିଦେଲେ ସବୁ ଶୂନ୍‌ଶାନ୍ ।

ଆଉ କିଛି ଭାବିବା ପାଇଁ କିମ୍ବା କରିବା ପାଇଁ ସମୟ ନଥିଲା । ମୋ' ସୁଟ୍‌କେସ୍, ବ୍ୟାଗ୍ ଧରି ବାହାରିଲି । ଝରକା ବନ୍ଦ୍ କରି ବାହାରେ ତାଲା ଦେଇ ତଳକୁ ଆସିଲି । ଘରମାଲିକର ଖୋଲା ଝରକା ଭିତରେ ଘରଚାବି ଗଳେଇଦେଇ ସିଧା ରିକ୍ସା ପାଖକୁ ଆସିଗଲି । ରିକ୍ସାରେ ଉଠିବା ବେଳକୁ ମନେପଡ଼ିଲା ଯେ ଗାଧୋଇଲା ପରେ ମୋ' ମୁଣ୍ଡରେ ପାନିଆ ବାଜିନାହିଁ, ତେଣୁ କପାଳଉପରକୁ ଓଦାବାଳ ଝୁଲିରହିଛି । ମୋର ନୂଆପାନିଆଟିଏ ଘର ଭିତରେ ବୋଧହୁଏ ରହିଗଲା । ରହୁ । ବାଳ ସେମିତି ଅସଜଡ଼ା ରହୁ । ଆରପଟ ଘରେ ଶବଟିଏ ଝୁଲିରହିଛି; ରହୁ । କିନ୍ତୁ ଟ୍ରେନ୍ ମୋତେ ଛାଡ଼ି ନ ଯାଉ ।

ଭାରି ଇଚ୍ଛା ଥିଲା, ସହର ଛାଡ଼ି ଯିବା ଆଗରୁ କାହାକୁ ହେଲେ ଏକଥା କହିଯିବା ପାଇଁ । ରିକ୍ସାବାଲା ରାମୁଲୁକୁ କହିଥା'ନ୍ତି, କିନ୍ତୁ ସେ ଯେମିତି ଦାୟିତ୍ୱହୀନ ଲୋକ, ରିକ୍ସା ଥୋଇଦେଇ ଏଥିରେ ମାତିଯିବ- ହୁରି ପକାଇ ଲୋକଙ୍କୁ ଡାକିବ ଓ ମୋତେ ଷ୍ଟେସନ୍‌ରେ ଛାଡ଼ିବା କାମ ପଛେଇଯିବ । ତୁ ଜାଣୁ, ରାମୁଲୁ ଲୋକଟା ହିଁ ସେମିତି ।

ଷ୍ଟେସନ୍‌ରେ ପହଞ୍ଚି ମୁଁ ମୋ ଲଗେଜ୍ ଧରି, ରାମୁଲୁ ହାତରେ ଟଙ୍କା ଗୁଞ୍ଜିଦେଇ ସିଧା ପ୍ଲାଟ୍‌ଫର୍ମ ଆସିଗଲି ।

ଏଥିରୁ ବୁଝୁଥିବୁ, କଟକ ସହରରେ ମୋର ଶେଷ କେତେଟା ମୁହୂର୍ତ୍ତ କେମିତି କଟିଥିଲା । ଟ୍ରେନ୍ ଚାଲିବାବେଳକୁ ମୁଁ ଟିକିଏ ହୋସ୍ ଫେରିପାଇଥିଲି । ଆସ୍ତେ ଆସ୍ତେ ପ୍ରକୃତିସ୍ଥ ହୋଇଗଲି । ନିଜକୁ ସମ୍ଭାଳିନେଲି । ସବୁ ଠିକ୍ ଅଛି । ମୋ ସୁଟ୍‌କେସ୍, ବ୍ୟାଗ୍ ମଧ୍ୟ ସୁରକ୍ଷିତ । ପକେଟ୍‌ରେ ଟଙ୍କା ଅଛି, ଟିକଟ୍ ଅଛି, ଚାବି ଅଛି । କିଛି ହଜିନାହିଁ କି ଚୋରି ହୋଇନାହିଁ । କେତେ ଦୂରରେ ସହର ଭିତରେ ଅଜଣା ମଣିଷଟିଏ ଝୁଲୁଛି, ତା' କଥା ଭାବି ଆଉ କି ଲାଭ ? ସେକଥା ଟ୍ରେନ୍‌ର ସହଯାତ୍ରୀମାନଙ୍କୁ

ବଖାଣି କହିବାର କିଛି ଅର୍ଥ ନାହିଁ। ଏବେ ହୁଏତ ତା' ଘର ଲୋକେ ତା' ଶବକୁ ଠାବ କରିସାରିଥିବେ। ଅଥବା ବାହାର ଲୋକ କିଏ ଦେଖିସାରିଥିବେ। ବୋଧହୁଏ ସେଥିପାଇଁ ଜାଣିଶୁଣି ଲୋକଟା ଝରକା ଖୋଲାରଖି ରାତିରେ ଆତ୍ମହତ୍ୟା କଲା। ପବନରେ ଶୂନ୍ୟରେ ଝୁଲିରହିଥିବା ଶରୀରକୁ ଏବେ ବୋଧହୁଏ ଚଟାଣ ଉପରେ ଲମ୍ବ କରି ଶୁଆଇ ଦିଆଯାଇଥିବ। ହୋଇନଥିଲେ ବି ଆଉ କିଛି ସମୟ ପରେ ହେବ, କିନ୍ତୁ ହେବ ନିଶ୍ଚୟ। ପୁଲିସ ଆସିବ। ମାଲଭାଇ ଆସିବେ। କାନ୍ଦବୋବାଳି ବି ପଡ଼ିବ। ଯାହା ଯେମିତି ହେବା କଥା, ସେମିତି ହେବ। କେବଳ ମୁଁ ଟିକିଏ ଆଗରୁ ଜାଣିଗଲି ବୋଲି ଏମିତି ଅଥୟ ହେବି କାହିଁକି ?

କାଲି ଖବରକାଗଜରେ ବାହାରିଯିବ। ମୃତକର ନାଁ, ପରିଚୟ, ସବୁ ବାହାରିବ। ଫଟୋ ବି ବାହାରିପାରେ। ଏତିକି ଭାବି ମୁଁ ହାଲୁକା ହୋଇଗଲି।

ଆଶା କରୁଛି, ତୁ ଭଲରେ ଅଛୁ। ସମୟ କେମିତି କଟୁଛି ? ଚିଠି ଦେବୁ। ଇତି।

କେଶବ

୦୪/୦୭/୨୦୧୨

ଦ୍ୱିତୀୟ ଚିଠି

ବିକ୍ରମ,

ତୋ' ଚିଠି ପାଇଲି। ଅମ୍ରିତ କିଛି ଜବାବ ଦେଇନାହିଁ।

ଯେଉଁକଥା ତୁ ମନରେ ଧରିରଖିବାକୁ ମନା କରିଥିଲୁ, ସେଇକଥା ହିଁ ଲେଖୁଛି। ଭାବିଥିଲି, ଅନ୍ତତଃ ମରିଥିବା ମଣିଷର ନାଁ, ପରିଚୟ ଜାଣିପାରିବି। ତେଣୁ ଏଠି ପହଞ୍ଚିବା ଦିନଠାରୁ ମୁଁ କେବଳ ସେଇ ଖବରକୁ ଖୋଜିବୁଲିଲି। ଟେଲିଭିଜନର ସବୁ ନ୍ୟୁଜ୍ ବୁଲେଟିନ୍, ପ୍ରାଦେଶିକ ଖବର, ଆଞ୍ଚଳିକ ଖବର ଦେଖିଲି। ସବୁ ଖବରକାଗଜ ଖୋଜିଖୋଜି ପଢ଼ିଲି। କେଉଁଠି ହତ୍ୟା, ଆତ୍ମହତ୍ୟାର ସାମାନ୍ୟ ସୂଚନା ଦିଶିଲେ ତାକୁ ଛାଣି ଦେଖୁଥିଲି। କିନ୍ତୁ କିଛି ମିଳିଲା ନାହିଁ। କଟକର ଯେଉଁ ଗଳିରେ ଆମେ ରହିଥିଲୁ, ସେଠି କିମ୍ବା ତା' ଆଖପାଖରେ କେଉଁଠି ସେମିତି କିଛି ଘଟଣା ଘଟିଥିବାର ଗନ୍ଧବାସ୍ନା ନ ଥିଲା। ଏତେଦିନ ଗଡ଼ିଗଲାଣି, ତେଣୁ ଏବେ ଆଉ କିଛି ଖବର ପାଇବାର ସମ୍ଭାବନା ମଧ୍ୟ ଦିଶୁନାହିଁ।

ମୁର୍ଦ୍ଦାର ଦେଖିଛି ସତ, କିନ୍ତୁ ପୂରା ତ ଦେଖିନଥିଲି। ମୁହଁ ଦିଶୁନଥିଲା; ଦିଶିଥିଲେ ମଧ୍ୟ ମୁଁ ଚିହ୍ନିପାରି ନ ଥାନ୍ତି। ସେଠି ସାହିପଡ଼ିଶା କାହା ସହିତ ଆମର ଚିହ୍ନାଜଣା ନ ଥିଲା।

ମୋ' ପରିସ୍ଥିତିରେ ତୁ ପଡ଼ିଥିଲେ ବୁଝିଥାନ୍ତୁ କଣ ସବୁ ଇଚ୍ଛା ହୁଏ, କେମିତି ଭାବନା ସବୁ ମନକୁ ଆସେ। ତମେ ଦୁହେଁ ଶୁକ୍ରବାର ରାତିରେ ନ ଯାଇ ଯଦି ମୋ ସହିତ ଆରଦିନ ସକାଳୁ ବାହାରିଥାନ୍ତ, ଆଉ ଆମେ ସମସ୍ତେ ସେହି ଦୃଶ୍ୟ ଝରକା ବାଟେ ଦେଖିଥାନ୍ତେ, ତେବେ କେମିତି କ'ଣ ହୋଇଥାନ୍ତା ବେଳେବେଳେ ମୁଁ ଭାବେ। ଅମ୍ରିତ ଡରିମରି ଛାନିଆ ହୋଇଯାଆନ୍ତା ନିଶ୍ଚୟ। ମୋର ତ ଇଚ୍ଛାହେଉଛି, ସେଇ ଶବର କାନ୍ଧ ଉପରେ ଯେଉଁ ମୁହଁଟା ଉହ୍ୟ ହୋଇ ରହିଗଲା, ତାକୁ ଟିକିଏ ଦେଖନ୍ତି। ସେ ବିଚରା କାହିଁକି ମରଣକୁ ବରିନେଲା ଜାଣନ୍ତି। ପରୀକ୍ଷାରେ ଫେଲ୍ ହେଲା ? ପ୍ରେମିକା ଧୋକା ଦେଲା ? ପତ୍ନୀ ସହିତ ଝଗଡ଼ା ? ନା ଆଉ କିଛି ?

ମୋର ଧାରଣା ଯେ ତା' ଘରଲୋକେ ଦଉଡ଼ି ଖୋଲି ତାକୁ ତଳକୁ ଆଣିବା ପରେ ଚୁପ୍‌ଚାପ୍ ଦାହସଂସ୍କାର ସାରିଦେଇଥିବେ। ଅନ୍ୟ କେହି ଜାଣିପାରିନଥିବେ ଯେ ସେଇଟା ସାଧାରଣ ମୃତ୍ୟୁ ନୁହେଁ, ଆତ୍ମହତ୍ୟା। ଡାକ୍ତର, ପୁଲିସ ଖବରକାଗଜବାଲାଏ କେହି ତା' ଭିତରେ ପଶିନଥିବେ।

ଛାଡ଼ ସେକଥା। ସବୁ ଚିଠିରେ କେବଳ ସେଇ ଅଚିହ୍ନା ଶବ କଥା ହିଁ ଲେଖୁଛି। ତେଣୁ ତୁ ଭାବୁଥିବୁ, ମୋ' ମୁଣ୍ଡ ଖରାପ। ସେମିତି କିଛି ନୁହେଁ। ସବୁ ଠିକ୍‌ଠାକ୍ ଚାଲିଛି। ଚିଠିଦେବୁ। ଇତି।

କେଶବ

୧୯/୦୭/୨୦୧୨

ତୃତୀୟ ଚିଠି

ଭାଇ ବିକ୍ରମ,

ପୁଣି ସେଇ କଥା ହିଁ ଲେଖୁଛି। ଯେତେ ସହଜରେ ଭୁଲିଯିବି ବୋଲି ଭାବିଥିଲି, ସେତେ ସହଜରେ ଭୁଲିପାରୁ ନାହିଁ। ସେହି ଝୁଲିରହିଥିବା ଦେହର ଯେତିକି ଅଂଶ ମୁଁ ଦେଖିଛି, ସେଥିରୁ ଅଧିକ ଭାଗ କପଡ଼ାରେ ଆବୃତ ଥିଲା। କେବଳ ମାତ୍ର ବାହାରକୁ ରହିଥିବା ଦୁଇଟି ହାତ ଓ ଚପଲବିହୀନ ଦୁଇଟି ପାଦ ହିଁ ମୋତେ ଦିଶିଥିଲା। ସେମିତି ଗଢ଼ଣର ଯେକୌଣସି ମଣିଷକୁ ରାସ୍ତାରେ କେଉଁଠି ଦେଖିଲେ ତା' ମୁହଁକୁ ମୁଁ ନିରେଖି ଦେଖୁଛି; ତା'ପରେ ନିଜର ନିର୍ବୋଧତା ଲକ୍ଷ୍ୟକରି ମୁହଁ ବୁଲାଇ ନେଉଛି। ତୋତେ ହସ ଲାଗୁଥିବ। ରାତିରେ ସ୍ୱପ୍ନ ଦେଖୁଛି। ସେଇ କବନ୍ଧରେ କେତେ ଢଙ୍ଗର କେତେ ମୁହଁ ଯୋଡ଼ି ମୁଁ ମନେମନେ ଅନେକ ଚେହେରା ସୃଷ୍ଟି କରିସାରିଲିଣି, ଏବେବି କରୁଛି।

ଦିନେ ମୋ' ମୁହଁରୁ ଏକଥା ଶୁଣି ଆମ ସାହିର ସଦାଭାଇନା ମୋତେ ଆଦେଶ

ଦେଲେ ମହାଦେବ ମନ୍ଦିରରେ ପାଞ୍ଚଟା ନଡ଼ିଆ ଭାଙ୍ଗିବାକୁ। ଏସବୁ କଥାରେ ମୋର ବିଶ୍ୱାସ ନଥିଲେ ସୁଦ୍ଧା ନଡ଼ିଆ ଭଙ୍ଗାହେଲା। ମହାମୃତ୍ୟୁଞ୍ଜୟ ମନ୍ତ୍ର ବୋଲାହେଲା। ସଦାଭାଇନା କହିଲେ, ସେଦିନ ଶନିବାର ପ୍ରାତଃକାଳରେ ଶବଦର୍ଶନର ଯେଉଁ କୁପ୍ରଭାବ ମୋ ଉପରେ ପଡ଼ିଥିଲା, ତାହା ଖଣ୍ଡନ ହୋଇଗଲା।

ବହୁତ ହେଲାଣି। ଆଉ କେବେ ଚିଠିରେ ସେକଥା ଲେଖିବି ନାହିଁ। ଅମ୍ରିତର ଚିଠି ପାଇଲି। ତୁ ଏଥର ଉତ୍ତର ଦେବାରେ ବିଳମ୍ବ କରିବୁ ନାହିଁ। ବୀଣା ସହିତ ଆଗପରି ତୋର ଭାବ ରହିଛି ନା କଲେଜରୁ ବାହାରିବା ପରେ ସବୁ ଫସରଫାଟିଗଲା, ଜଣାଇବୁ। ଇତି ।

କେଶବ

୨୦/୦୯/୨୦୧୨

ଚିଠିଗୁଡ଼ାକୁ ଟେବୁଲ ଉପରେ ମୁହଁମାଡ଼ି ଥୋଇଦେଇ ଯୁଗଳ ପଚାରିଲା, 'ଏଇ କେଶବ ଲୋକଟା ଟିକିଏ ବାତୁଳ ସ୍ୱଭାବର କି? ମାନେ, ଲେଖକ କି ସେମିତି କିଛି? ନାଟୁଆ?'

- 'ସେମିତି କାହିଁକି ଭାବୁଛୁ?' ବିକ୍ରମ ଓଲଟି ପ୍ରଶ୍ନ କଲା।

- 'ଚିଠିରେ ଏତେ ଡ୍ରାମା କରିବା କ'ଣ ଦରକାର ଥିଲା? ଦି'ଚାରିଧାଡ଼ି ଲେଖି ସିଧାସିଧା କଥା ସାରିଥାନ୍ତା। ଏମିତି ଲମ୍ବାଚୌଡ଼ା ରଚନା ପଢ଼ିବା ପାଇଁ କାହାର ଧୈର୍ଯ୍ୟ ଥାଏ?'

- 'ତୋର ଧୈର୍ଯ୍ୟ ନଥିବ। ତୋ' କଥାବାର୍ତ୍ତାରୁ ପୁଲିସଆ ପୁଲିସିଆ ଗନ୍ଧ ଆସିଲାଣି। ଏଇଟା କ'ଣ ଥାନାର ରିପୋର୍ଟ? ଏଇଟା ହେଉଛି ଜଣେ ମଣିଷ ତା'ର ବେଷ୍ଟଫ୍ରେଣ୍ଡ୍ ପାଖକୁ ଲେଖିଥିବା ଚିଠି। ତୋତେ ଡ୍ରାମା ପରି ଲାଗୁଛି! ହାଃ!'

- 'ଡ୍ରାମା ତ! ମୋତେ ଏକଥା ଆଗରୁ କାହିଁକି କହିନୁ?'

- 'ତୋତେ କାହିଁକି କହନ୍ତି କିରେ? ଆମ ଦୁଇ ବନ୍ଧୁଙ୍କ ଭିତରର କଥା, ତୁ ମଝିରେ କିଏ?'

- 'ହତ୍ୟା, ଆତ୍ମହତ୍ୟା, ଦଉଡ଼ି, ଛୁରୀ, ଶବ ମାମଲା ସବୁ ତମେ ସିଭିଲିଆନ୍‌ମାନେ ବେଶି ଜାଣ ନା ପୁଲିସ ବେଶି ଜାଣେ?'

- 'ତୁ କ'ଣ ମନେମନେ ଡିଟେକ୍ଟିଭ୍? ଏବେ କହ, ମୋ' ଘରେ ପଶି କିଏ ଚୋରିକଲା! ତୋତେ ତ ସବୁ ମାଲୁମ୍!'

ବିକ୍ରମର କଟାକ୍ଷକୁ ଆଡ଼େଇଦେଇ ଯୁଗଳ କହିଲା, 'ତମେ ସବୁ ନାସ୍ତିକ। ପୁଲିସ ଉପରେ ଭରସା ନାହିଁ। ରହିଥା, ଦିନେ ନା ଦିନେ ବୁଦ୍ଧି ଶିଖିବୁ।'

ପ୍ରାୟ ତିନିମାସ ପରେ ଯୁଗଳ ଟ୍ରାନ୍ସଫର ହୋଇ ଚାଲିଗଲା। ଯିବା ଆଗରୁ ଦିନେ ବିକ୍ରମକୁ ଫୋନ୍ କରି କହିଲା, 'ବିକ୍ରମ, ତୋତେ ଗୋଟିଏ କଥା କହିବାର ଅଛି। ତୋର ସାଥୀ, ସେଇ କୋରାପୁଟର ଭଦ୍ରଲୋକ - କେଶବ, ତା'ରି କଥା।'

'କହୁନୁ, କ'ଣ କହିବୁ ?'

'ତୁ ଭାବୁଥିବୁ, ମୁଁ ଚିଠି ତିନିଟା ପଢ଼ିଲି, ତା'ପରେ ଭୁଲିଗଲି। ସେମିତି ନୁହେଁ। ତୋ' ପାଖକୁ ଲେଖିଥିବା ଚିଠି ଅନୁସାରେ ସେ ଜୁନ୍ ତିରିଶ ତାରିଖ ସକାଳେ ସେହି ଦୃଶ୍ୟ ଦେଖିଥିଲା। ସେଇଟା ୨୦୧୨ ମସିହା। ଶନିବାର ସକାଳ। ସେହି ତାରିଖରେ ସେହି ଅଞ୍ଚଳର ଥାନାରେ କିମ୍ବା କଟକର କୌଣସି ଥାନାରେ ଆଦୌ କିଛି ସୁଇସାଇଡ୍ କେସ୍ ନାହିଁ। ତା' ପୂର୍ବଦିନ କିମ୍ବା ତା' ପରର ଗୋଟିଏ ସପ୍ତାହ ଭିତରେ ସେମିତି କୌଣସି କେସ୍ ରୁଜୁ ହୋଇନାହିଁ।'

- 'ଭଲ ହେଲା, ଏତେ ଅନୁସନ୍ଧାନ କରି ଖବର ଦେଲୁ। କେଶବକୁ କହିବି ? ଏକଥା ଶୁଣିଲେ ସେ କେତେ ଖୁସି ନ ହେବ ! ତା' ଆଖିକୁ ଭୁଲ ଜିନିଷସବୁ ଦିଶୁଛି ବୋଲି ଜାଣିଦେବ। ସବୁ କାମ ଛାଡ଼ି ସିଧା ଚଷମା ଦୋକାନକୁ ଦୌଡ଼ିଯିବ ଆଖି ପରୀକ୍ଷା କରିବାକୁ।'

'ତାକୁ କହିଦେ, ସେକଥା ଭୁଲିଯିବ। ଯାହା ଜଣାପଡୁଛି, ବିନା ରିପୋର୍ଟରେ ସେହି ଶବକୁ ଦାହସଂସ୍କାର କରାଯାଇଛି। ଏବେ ଆଉ ଖୋଜିଲେ କିଛି ମିଳିବ ନାହିଁ।'

'ସେକଥା କ'ଣ ମୁଁ ଜାଣିନାହିଁ, ଯୁଗଳ ? ମୁଁ ତୋତେ କୌଣସି ଇନ୍‌କ୍ୱାରି କରିବାକୁ କହିନଥିଲି। ତୋର ପୁଲିସ ମନ ମାନିଲା ନାହିଁ ବୋଲି ତୁ କଲୁ। ତୁ କ'ଣ ଭାବିଛୁ, କେଶବ ସେଇ ଛ'ବର୍ଷ ତଳର କଥାକୁ ଏବେ ମୁଣ୍ଡରେ ରଖି ବାତୁଳ ହେଉଛି ? ଏବେ ସେ ବିଶାଖାପାଟଣାରେ ରହୁଛି। ଖୁବ୍ ବଡ଼ ବିଜିନେସ୍ ତା'ର। ଆମ ଭିତରେ କଥାବାର୍ତ୍ତା ସମ୍ପର୍କ ଏବେ ବି ରହିଛି। କଟକର ସେହି ଶବ କଥା ଆଉ ଉଠୁନାହିଁ।'

କଥା କିନ୍ତୁ ସେତିକିରେ ତୁଟିଲା ନାହିଁ। ପ୍ରାୟ ସପ୍ତାହେ ପରେ ସବ୍‌ଇନ୍‌ସପେକ୍ଟର ବରୁଣ ରଥ ଫୋନ୍ କରି ବିକ୍ରମକୁ ପଚାରିଲେ, 'ସାର୍, ଆପଣ କିଛି ସମୟ ପାଇଁ ଆମ ଥାନାକୁ ଆସିପାରିବେ ?'

- 'କାହିଁକି ?'

- 'ସାର୍, ଆପଣ ଏତେବଡ଼ ପୋଷ୍ଟରେ ଅଛନ୍ତି, ତେଣୁ ଆପଣଙ୍କ ହାତରେ ସମୟ ନ ଥିବ, ଏକଥା ମୁଁ ଜାଣୁଛି। ଯୁଗଳ ସାର୍ ଟ୍ରାନ୍‌ସଫର୍ ହୋଇଯିବା ଆଗରୁ ଆପଣଙ୍କ କଥା କହିଥିଲେ। ଆପଣଙ୍କ ଘରୁ ଚୋରି ହୋଇଥିଲା। ତା'ପରେ ବି

ଛୋଟବଡ଼ ଚୋରି ଏହି ଏରିଆରେ ଚାଲିଛି। କାଲି ଆମ କନଷ୍ଟେବଲ୍ ସନ୍ଦେହରେ ଗୋଟାଏ ଲୋକକୁ ଉଠାଇ ଆଣିଛି। ଆପଣ ଟିକିଏ ତାକୁ ଦେଖିଗଲେ ଭଲ ହୁଅନ୍ତା।'

– 'ସେ କ'ଣ ମୋ' ଘରୁ ଚୋରି କରିଥିଲା ?'

– 'ନା, ସେମିତି ନୁହଁ। ସେ ଛୋଟକାଟର ଚୋରି ବେଳେବେଳେ କରେ। ଆମ ଫାଇଲ୍‌ରେ ଅଛି। କିନ୍ତୁ କାଲିର କେସ୍ ଅଲଗା। ସେ କୋଉଠୁ ଗୋଟାଏ ପୁରୁଣା ଡିପୋଜିଟ୍ ରସିଦ୍ ଆଣି ବ୍ୟାଙ୍କରୁ ଟଙ୍କା ଉଠାଇବାକୁ ଯାଇଥିଲା। ବ୍ୟାଙ୍କର ଲୋକେ ଜାଣିଲେ, ଯାହା ନାଁରେ ଡିପୋଜିଟ୍ ଅଛି, ସେ କେବେଠୁ ମଲାଣି। ଯାକୁ ଟଙ୍କା ଦେଲେ ନାହିଁ। ଝଗଡ଼ା ହେଲା। ଆମ ପାଖକୁ ଖବର ଆସିଲା। ଆମେ ଦେଖିଲୁ, ଏହି ଲୋକଟା ପୁରୁଣା ଚୋର। ଥାନାକୁ ଉଠାଇ ଆଣିଲୁ।'

– 'ତେବେ ମୋ' ସହିତ ସମ୍ପର୍କ କ'ଣ ?'

– 'ଏଇଟା ପୂରା ଅନଅଫିସିଆଲ୍ କଥା। ତା' ସହିତ କଥା ହେବାବେଳେ ସେ ଏମିତି କିଛି ଖବର ଦେଲା, ଯାହା ଆପଣ ଶୁଣିବା ଉଚିତ ବୋଲି ମନେହେଲା। ଯୁଗଳ ସାର୍ ଯାହା କହିଥିଲେ, ମନେପଡ଼ିଲା। ଆପଣ ଥରେ ଆସିପାରିଲେ ଦେଖନ୍ତେ ତାକୁ।'

ଥାନାରେ ଏସ୍.ଆଇ. ବରୁଣବାବୁଙ୍କ ନିର୍ଦ୍ଦେଶ ଅନୁଯାୟୀ ଜଣେ କନେଷ୍ଟବଲ୍ ଗୋଟାଏ ଡେଙ୍ଗା, ପତଳା ଲୋକକୁ ଆଣି ତାଙ୍କ ପାଖରେ ଛାଡ଼ିଦେଇଗଲା। ବିକ୍ରମ ପାଖ ଚୌକିରେ ବସି ନୀରବରେ ସବୁ ଦେଖୁଥାଏ।

ଲୋକଟି ଭିତରକୁ ଆସିବାମାତ୍ରେ କାନ୍ଦକାନ୍ଦ ହୋଇ କହିଲା, 'ଗୋଡ଼ତଳେ ପଡୁଛି ହଜୁର୍, ମୋତେ ଛାଡ଼ିଦିଅନ୍ତୁ। ମୋର କିଛି ଦୋଷ ନାହିଁ।'

'ଆରେ, ତୋତେ କିଏ ମାରୁଛି ନା ହାଣୁଛି ? ବଡ଼ ସାର୍ ଆସିଛନ୍ତି, କାଲି ଯାହା କହୁଥିଲୁ, ସବୁ ଆଉଥରେ ସତସତ କହିଯା।'

– 'ଆଜ୍ଞା, ହଜୁର୍, ଆପଣଙ୍କୁ ସବୁ ମାଲୁମ୍। ଆଉ କ'ଣ କହିବି ?'

– 'ତୋ' ଭାଇର ଟଙ୍କା ମାରିନେବାକୁ କାହିଁକି ବ୍ୟାଙ୍କରେ ଝଗଡ଼ା କରୁଥିଲୁ କାଲି ?'

– 'ଆଜ୍ଞା, ମୋ' ଭାଇ ତ କେବେଠୁ ମଲାଣି। ଏବେ ସେ କ'ଣ ଆଉ ଟଙ୍କା ନେବାକୁ ଆସିବ ?'

– 'ଭାଇକୁ ତୁ ମାରିଦେଇଛୁ ନା ?'

– 'ନାଇଁ ନାଇଁ ନାଇଁ ସାର୍। ମୁଁ ମାରିନି। ସେ ମନକୁ ମନ ମଲା।'

ବରୁଣବାବୁ ଟିକିଏ ଅଧୈର୍ଯ୍ୟ ହେଇ କହିଲେ, 'କଥା ବେଶି ଶୁଣିବା ପାଇଁ ସାର୍‌ଙ୍କ ବେଳ ନାହିଁ। କାଲି ଆମକୁ ଯାହା କହୁଥିଲୁ, ଆଉଥରେ ଠିକେଠିକେ କହିଯା !'

– 'ଆଜ୍ଞା ସା'ରେ, ଆମେ ଦୁଇ ଭାଇ। ବାପା ମଲାବେଳେ ଯାହା ସମ୍ପତ୍ତି ଛାଡ଼ିଥିଲେ, ସବୁ ବରଜୁ ଖାଇବାକୁ ବସିବାରୁ...'

– 'ବରଜୁ କିଏ ?'

– 'ମୋ ବଡ଼ଭାଇ। ପକ୍କା ବେଇମାନ୍ ଖଣ୍ଡେ। ମା' ମଲାବେଳେ ତାକୁ କହିଥିଲା, ବରଜୁରେ, ରାଧୁ ତୋତେ ଲାଗିଲା। ତା' କଥା ବୁଝିବୁ ? କିନ୍ତୁ ସେଇଟା ତ ପକ୍କା ବିଛୁଆତି, ମା' କ'ଣ ଜାଣିଥିଲା ?

– 'ତୋ' ନାଁ ରାଧୁ ତ ?'

– 'ଆଜ୍ଞା ହଁ। ମା' ମରି ଛ'ଟା ମାସ ହୋଇଛି କି ନାହିଁ, ଭାଇ ବିଭା ହୋଇ ମୋ' ଭାଉଜକୁ ଆଣିଲା। ଖଣ୍ଡାଖାଇ, ଚଣ୍ଡୀ ମାଇକିନା। ଯେମିତି ଘରକୁ ଆସିଚି, ମୋ' ଭାଇର ମୁଣ୍ଡ ଖାଇବାକୁ ଆରମ୍ଭ କଲା। ତାକୁ ଖାଲି ଶିଖେଇଲା, ମୋତେ ଘରୁ ତଡ଼ିବା ପାଇଁ। ମୋର ପାଠଶାଠ ହୁଏ ନାହିଁ। ଚାକିରି ବି ନାହିଁ।'

– 'ସେଥିପାଇଁ ତ ଚୋରିକରୁଛୁ ! କିଏ ନ ଜାଣେ ତୋତେ ?'

– 'ନାଇଁ ସାର୍, ମୁଁ ଚୋରିକରେନି। ଅଭାବରେ କେତେବେଳେ କୋଉଠି ଟିକିଏ ହାତ ମାରିଦିଏ। ଏବେ ସେସବୁ ଛାଡ଼ିଦେଲିଣି। ମୋ' ବାପା ଘରଖଣ୍ଡେ, ଗାଁରେ ଦେଢ଼ଏକର ଜମି ଛାଡ଼ିଦେଇ ଯାଇଥିଲେ। ସେତକ ସମ୍ପତ୍ତି ଉପରେ ଭାଉଜର ଆଖି ଥାଏ।'

– 'ସେଇଥିପାଇଁ ତୁ ଭାଇକୁ ମାରିଦେଲୁ ?'

– 'ନାଇଁ ନାଇଁ, ମୁଁ ମାରିନି ସା'ରେ, ମୁଁ କିଛି କରିନି। ତାକୁ କ'ଣ ରୋଗ ହୋଇଥିଲା। ପାଞ୍ଚଛ'ଦିନ ଛଟପଟ ହେଲା। ଭାଉଜ କ'ଣ ପଥି ଦେଉଥାଏ। ଟିକିଏ ଭଲ ହେବାରୁ ଭାଉଜ ବାପଘରକୁ ଚାରିଦିନ ପାଇଁ ଗଲା। ରାତିରେ ମୋ' ଭାଇର ପ୍ରାଣ ଚାଲିଗଲା। ସନ୍ଧ୍ୟାବେଳେ ବାହାରୁ କ'ଣ ଖାଇ ଆସିଥିଲା କି କ'ଣ, ଘରେ ପହଞ୍ଚି ଗଳଗଳ ବାନ୍ତିକଲା। ଅଧରାତିରେ ତା' ବଖରାରୁ ଛଟପଟ ଶବ୍ଦ ଶୁଭିଲା, କିନ୍ତୁ ମୁଁ ଗଲିନାହିଁ। ପାହାନ୍ତିଆ ପହରରେ ଉଠି ଦେଖିଲାବେଳକୁ ସେ ତଳେ ଅସାଡ୍ ହୋଇ ପଡ଼ିଛି। ନାକରେ ହାତଦେଇ ଦେଖିଲି, ପବନ ଚାଲୁନି। ନାଡ଼ି ଧରୁନି। ମରିଯାଇଛି। ଭାଇ ଭାଇ ବୋଲି ଦି'ଥର ଡାକିଦେଇ ଦିହ ଝାଙ୍କିଲି।

ସେତେବେଳେ ମୋ' ମୁଣ୍ଡରେ ବୁଦ୍ଧିଟିଏ ପଶିଲା। ଇଏ ତ ମଲା, ୟା ଭାରିଜାକୁ ବି ଏମିତି ଫାନ୍ଦରେ ପକାଇବି ଯେ ଏକାଥରକେ ବୁଦ୍ଧି ଶୁଖିଯିବ। କଣ୍ଟା ଯିବ। ଘର, ଜମି, ସବୁ ମୋତେ ମିଳିବ।

କ'ଣ କଲିନା, ଭାଉଜର ଶାଢ଼ିଖଣ୍ଡେ ଆଣି ତାକୁ ଦଉଡ଼ି ପରି ମୋଡ଼ାମୋଡ଼ି କରି ଭାଇର ବେକରେ ଫାଶୀ ବାନ୍ଧିଦେଲି। ଶାଢ଼ିର ଆରମୁଣ୍ଡକୁ ଉପର ପଙ୍ଖା ଦେହରେ ଗୁଡ଼ାଇଧରିଲି, ତା'ପରେ ଭାଇର ଦେହକୁ ଭାରି କଷ୍ଟରେ ଚୌକି ଦେହରେ ଆଉଜାଇ ରଖିଲି - ପଙ୍ଖାପଟୁ ଶାଢ଼ିମୁଣ୍ଡକୁ ଦୁଇହାତରେ ଧରି ତଳକୁ ଭିଡ଼ିଲି। ଯେତେ ତଳକୁ ଭିଡ଼ିଲି, ଭାଇର ଦେହ ସେତେ ଉପରକୁ ଉଠିଲା। ସା'ରେ, ଆପଣ ବିଶ୍ୱାସ କରିବେ ନାହିଁ, ମୋ ଧେଡୁଆ, ହାଡୁଆ ଭାଇର ଦେହ ଏତେ ଭାରୀ ହୋଇଥିବ ବୋଲି ମୁଁ ଭାବିନଥିଲି। ମନେହେଲା, ନା ମୁଁ ପାରିବି ନାହିଁ। ଛାଡ଼ ୟାକୁ। ସେମିତି ତଳେ ପଡ଼ିଥାଉ। କିନ୍ତୁ କଷ୍ଟେମଷ୍ଟେ କାମଟି ହୋଇଗଲା। ଉପରେ ଚଢ଼ି ପଙ୍ଖା ଦେହରେ ଶାଢ଼ିକୁ କଷିକରି ବାନ୍ଧିଦେଲି। ତଳକୁ ଓହ୍ଲାଇ ଚୌକି ଓଲଟାଇ ତଳେ ପକାଇଦେଲି। ଯିଏ ଦେଖିବ, ଭାବିବ ଭାଇ ପାଦରେ ଚୌକିକୁ ଠେଲିଦେଇ ନିଜେ ଶୂନ୍ୟରୁ ଝୁଲିଛି।'

ଏସ୍.ଆଇ. ବରୁଣ ରଥଙ୍କ ପାଖରେ ବସି ବିକ୍ରମ ସବୁ ଚୁପ୍‌ଚାପ୍ ଶୁଣୁଥିଲା। ମନରେ ଅନେକ ପ୍ରଶ୍ନ ଆସିଲା, କିନ୍ତୁ ରାଧୁକୁ ପରେ ପଚାରିବ ବୋଲି ନୀରବ ରହିଲା। ରାଧୁ କହିଚାଲିଲା...

'ତା'ପରେ କାଗଜ ଖଣ୍ଡେ କାଢ଼ି ଚିଠି ଲେଖିଦେଲି, "ମୋ ମରଣ ପାଇଁ କେବଳମାତ୍ର ମୋର ଭାରିଯା ଭାନୁମତୀ ଦେଈ ଦାୟୀ।" ବଡ଼ବଡ଼ ଅକ୍ଷରରେ ଲେଖି ଭାଇର ଶାର୍ଟ ପକେଟ୍‌ରେ ପୂରେଇଦେଲି। କଥାଟିଏ ମନେପଡ଼ିଲା। କାଗଜ ଖଣ୍ଡିକ ପୁଣି ବାହାର କରି ସେଥିରେ ଯୋଡ଼ିଲି : "ମୋ ଅନ୍ତେ ମୋର ସବୁ ଧନସମ୍ପତ୍ତି, ଘର, ଜମି ମୋ ସାନଭାଇ ରାଧୁ ପାଇବ।" ତା' ତଳେ ଭାଇର ନାଁ ଦସ୍ତଖତ କରି କାଗଜଟି ପୁଣି ଭାଇର ପକେଟ୍‌ରେ ଥୋଇଲି। ଭାବିଲି, ଏଥର ଭାଉଜ ଆଉ ଯାଏ କୁଆଡ଼େ ? ସିଧା ଜେଲ୍। ଭାବୁଥିଲି, ସାଇପଡ଼ିଶାଙ୍କୁ ଡାକିଦେଇ ଉଠାଇବି, କିନ୍ତୁ ତରବରରେ ଡାକିଲେ କାଳେ କିଏ ସନ୍ଦେହ କରିବ ବୋଲି ଚୁପ୍‌ଚାପ୍ ଶୋଇଗଲି। ଭାଇ ଶୋଇଥିବା ବଖରାର ଝରକା ରାସ୍ତାପଟକୁ ଖୋଲେ। ତାକୁ ପୂରା ଖୋଲି ଛାଡ଼ିଦେଲି। ବାହାରୁ ଯିଏ ଦେଖିବ ଦେଖୁ। କିଏ ନ ଦେଖିଲେ ବି ଘଣ୍ଟାଏ ପରେ ଆଖି ମଳିମଳି ଉଠି ଏମିତି କାନ୍ଦବୋବାଳି ଛାଡ଼ିବି ଯେ ଘରେ ଲୋକଙ୍କ ଭିଡ଼ ଜମିଯିବ। ଭାଇ ଯିବ ମଶାଣିକୁ, ଭାଉଜ ଯିବ ଜେଲ୍‌କୁ। ଆଉ ସବୁ ସମ୍ପତ୍ତି ଭୋଗ କରିବ କିଏ ? ମୁଁ।

'ଭାରି ଖୁସି ଲାଗିଲା। ନିଦ ତ ହେଉନଥିଲା, ଖାଲି ଶେଯରେ ପଡ଼ି ଏକଡ଼

ସେକଡ଼ ହେଉଥିଲି। ହଠାତ୍ ଗୋଟାଏ କଥା ମନେପଡ଼ିଗଲା। ବିଭାହେବା ଆଗରୁ ଭାଇ ଗୋଟିଏ ଏଲ୍ଆଇସି ପଲିସି କରିଥିଲା ବୋଲି କହୁଥିଲା। ସେ ମରିଗଲେ ମୋତେ ତିନିଲକ୍ଷ ଟଙ୍କା ମିଳିବ ବୋଲି ବୀମା କରିଥିଲା। ମୁଁ ଶୁଣିଥିଲି ଯେ ଆସାମୀ ଆତ୍ମହତ୍ୟା କରି ମଲେ ବୀମା କମ୍ପାନୀ ଫଟା ପାହୁଲାଟିଏ ମଧ୍ୟ ଦେବନାହିଁ। କଥାଟି ସତ କି ମିଛ ଜାଣିନଥିଲି, କିନ୍ତୁ ମତେ ସତ ପରି ଲାଗିଲା। ତା' ନହେଲେ ଯିଏ ପାରେ ସିଏ କୋଟି କୋଟି ଟଙ୍କାର ବୀମା କରିଦେଇ ଦଉଡ଼ି ଦେଇ ମରିଯାଆନ୍ତେନି ?

'କାଳେ ବୀମା ଟଙ୍କା ହାତରୁ ଖସିଯିବ ବୋଲି ମୁଁ ତରବରରେ ଭାଇର ବଖରାକୁ ଦୌଡ଼ିଗଲି। ସକାଳ ହୋଇ ସାରିଥିଲା। ସବୁଆଡ଼େ ପତଳା ଆଲୁଅ। ଭିତରୁ ଝରକା ବନ୍ଦ୍ କରି ଶାଢ଼ି ଦଉଡ଼ି ଖୋଲିଦେଲି। ଚୌକି ଠିଆକରି ସିଧା ରଖିଲି। ଭାଇକୁ ସେମିତି ତଳେ ଶୁଆଇଦେଲି। ତା'ପରେ ପକେଟ୍‌ରୁ ଚିଠି ବାହାର କରି ଚିରି ଫୋପାଡ଼ିଦେଲି। ବାସ୍, ଏତିକି କଥା। ଭାଇ କେତେ ଟଙ୍କା କୋଉଠି ଜମା ରଖିଥିଲା, ଜଣାପଡୁନାହିଁ। କାଲି କାଗଜ ଖଣ୍ଡେ ମିଳିଲା ବୋଲି ବ୍ୟାଙ୍କକୁ ଯାଇଥିଲି। ଭାଉଜ ହାତରେ ପଡ଼ିଥିଲେ ସେ କେବେଠୁ ନେଇସାରନ୍ତାଣି।'

ରାଧୁ ଚୁପ୍ ରହିଲା। ପ୍ରଥମଥର ପାଇଁ ମୁହଁଖୋଲି ବିକ୍ରମ ପଚାରିଲା, 'ଇନ୍‌ସିଓରେନ୍ସ ଟଙ୍କା ମିଳିଲା ?'

'କୁଆଡୁ ମିଳିବ ସା'ରେ ? ଭାଉଜ ଓକିଲ ଧରି କୋର୍ଟ କଚେରି ଧମକ୍ ଦେଲା। ମୋତେ ଅଳ୍ପ କିଛି ଟଙ୍କା ଧରେଇ ନିଜେ ସବୁ ଖାଇଲା। ମୋତେ କହିଲା, ବୀମା ପଲିସିରେ ମୋ' ନାଁ ନ ଥିଲା। ମୁଁ କ'ଣ ଜାଣୁଛି ନା ଦେଖୁଛି ? ସ୍ତିରୀ କଥାରେ ପଡ଼ି ଭାଇ ଅବା ମରିବା ଆଗରୁ ବଦଳେଇଥିବ!'

ବରୁଣ ରଥଙ୍କୁ ଚୁପ୍ ରହିବାର ଦେଖି ବିକ୍ରମ ପୁଣି ପଚାରିଲା, 'ଏକଥା ଯେଉଁ ଘରେ ହୋଇଥିଲା, ତା'ର ଠିକଣା କହିପାରିବ ?'

ଘର ନମ୍ବର, ସାହି, ପୋଷ୍ଟ ଅଫିସ ସହିତ ରାଧୁ ପୂରା ଠିକଣା କହି ଯୋଡ଼ିଲା, 'ଏବେ ବି ମୋ ଭାଉଜ, ପୁତୁରା ସେଠି ରହୁଛନ୍ତି। ମୁଁ ବି ବେଳେବେଳେ ରହୁଛି।'

- 'କେବେ ହୋଇଥିଲା, ମନେଅଛି ?'

- 'କେମିତି ମନେରହିବନି ସା'ରେ ? ଜୁନ୍ ଅଣତିରିଶ ତାରିଖ ଅଧରାତି ବେଳକୁ ଭାଇର ପ୍ରାଣଗଲା। ଶନିବାର ତିରିଶ ତାରିଖ ସକାଳୁ ଶବ ଉଠିଲା।'

- 'କେତେବର୍ଷ ତଳର କଥା ?'

- 'ଏଇଟା ସା'ରେ ଦୁଇହଜାର ବାର ସାଲର କଥା। ମୋତେ ପଚିଶି ବର୍ଷ ହୋଇଥିଲା।

ବରୁଣ ରଥ ଚୁପ୍ ହୋଇ ବିକ୍ରମର ମୁହଁକୁ ଅନାଇବସିଲେ। ବିକ୍ରମ ତରବରରେ ଉଠି କହିଲା, 'ବରୁଣବାବୁ, ଆପଣଙ୍କୁ ଅନେକ ଧନ୍ୟବାଦ। ଏବେ ଯାଉଛି। ଯୁଗଳକୁ ଆପଣଙ୍କ କଥା କହିବି। ସେ ଭାରି ଖୁସି ହେବ। ଏବେ ମୋତେ ବିଶାଖାପାଟଣା ଫୋନ୍ କରି ମୋର ଜଣେ ବନ୍ଧୁ ସହିତ କଥା ହେବାକୁ ପଡ଼ିବ।

■

ଗଲାପୁତ୍ର

ମୁଁ ଯେତେବେଳେ ମୋର ତୃତୀୟ ଚାକିରିରୁ ତଡ଼ା ଖାଇ ବାହାରି ଆସିଲି, ସେତେବେଳେ ବେଶ୍ ଭଲ ଭାବେ ଜାଣି ସାରିଥିଲି ଯେ ଏସବୁ ଚାକିରି ଫାକିରି ଧନ୍ଦା କିଛି ମୋ ହାତରେ ହୋଇପାରିବ ନାହିଁ। ଚାକିରି ପାଇଁ ଇଣ୍ଟରଭ୍ୟୁ ଦେବାଠାରୁ ଆରମ୍ଭ କରି ଅଫିସ୍ ଚୌକିରେ ବସି ବାଦାମ ଚୋବେଇବା, ହାକିମଙ୍କ ନାଁରେ ଗୁଲି କରିବା ଓ ଶେଷରେ ରିଲିଭ୍ ଅର୍ଡ଼ର ଧରି ରାସ୍ତାକୁ ଫେରିଆସିବା ପର୍ଯ୍ୟନ୍ତ ସମୁଦାୟ ବ୍ୟାପାରଟା ହେଉଛି ନିହାତି କଦର୍ଯ୍ୟ ଓ ବିରକ୍ତିକର। ଆଖି, ନାକ ବୁଜି ଢ଼ୋକେ କଡ଼ା ଔଷଧ ଗିଳିଦେବା ପରି କୌଣସିମତେ ଚଳେଇ ନେଉଥିଲି ସିନା, ଶେଷପର୍ଯ୍ୟନ୍ତ କିନ୍ତୁ ଆଉ ପାରିଲି ନାହିଁ।

ତୃତୀୟ ଥର ଚାକିରିରୁ ବାହାରିବା ଆଗରୁ ଗୋଟାଏ କାଠବାକ୍ସ ପରି ଦିଶୁଥିବା ଅଫିସ୍‌ର ତଳମହଲାରେ ମୁଁ ଥିଲି। ଯେତେବେଳେ ହଠାତ୍ ଦିନେ ଅଫିସ୍‌ର ସର୍ବମୟ କର୍ତ୍ତା, ମୋର ଉପରିସ୍ଥ ହାକିମ କହିଲେ ଯେ ମୋତେ ଚାକିରିରୁ ବାହାର କରିଦେବେ, ସେତେବେଳେ ନିଜ ତରଫରୁ ଲଢ଼ିବା ପାଇଁ ମୁଁ କୌଣସି ଚେଷ୍ଟା ଛାଡ଼ିନାଇଁ। ପ୍ରଥମେ ସିଧାସିଧି ମାନିଗଲି ଯେ ମୁଁ ପ୍ରକୃତରେ ବଡ଼ ଅପରାଧଟିଏ କରିଚି। ଗୋଟିଏ ଦୋଷ କାହିଁକି, ସତ କହିବାକୁ ଗଲେ ମୁଁ ଚାକିରିରେ ରହିବା ପରଠୁ ଖାଲି ଦୋଷ ହିଁ କରି ଆସୁଚି ଓ ସେଇ ହାକିମ ଏତେ ଦୟାଳୁ ବୋଲି କେବଳ ମୋତେ ଆଜି ପର୍ଯ୍ୟନ୍ତ କ୍ଷମା କରି ଦେଇଛନ୍ତି। ତେଣୁ ଆଉଥରେ, ଥରେ ମାତ୍ର, କ୍ଷମା କରିଦିଅନ୍ତେ ଯଦି-ଦେଖିଲି ଯେ ହାକିମ ଆଗପରି କଠୋର ଦିଶୁଛନ୍ତି। ମତେ କ୍ଷମା କରିଦେଲେ ବୋଲି ସେ କହୁନାହାନ୍ତି କି ଆଖିରୁ ଚଷମା ଭିଡ଼ିଆଣି ଟେବୁଲ ଉପରେ ରଖୁନାହାନ୍ତି (ନିଜର କୌଣସି ପୁରୁଣା ମତକୁ ହଠାତ୍ ବଦଳେଇ ଦେବାବେଳେ ଆଖିରୁ ଚଷମା ଟାଣି ଟେବୁଲ ଉପରେ ମାଡ଼ିଦେବାଟା ତାଙ୍କର ଅଭ୍ୟାସ)। ତେଣୁ ମୁଁ ଆହୁରି ବେଶି ବିକଳ ହୋଇ କାନ୍ଦ କାନ୍ଦ ହୋଇ ଯେତେ

ସମ୍ଭବ ବିଶଦ ଭାବରେ ବୁଝେଇଦେଲି ଯେ ସିଏ ହିଁ ହଉଛନ୍ତି ମୋର ସାକ୍ଷାତେ ବାପା, ଗୁରୁ, ଦେବତା ଓ ମା' ସଦୃଶ୍ୟ।

ମୁଁ ପ୍ରକୃତରେ ଅତି ଅସଭ୍ୟ, ମୂର୍ଖ, ଇଡିଅଟ୍, ନିମକ୍ ହାରାମଟିଏ ଓ ମାନିବାକୁ ପଡ଼ିବ ଯେ, ସେ ଅତି ଉଦାର, ଭଲ ଏବଂ କ୍ଷମାଶୀଳ। ମୋର ଲାଜ, ସରମ କିଛି ନାଇଁ। ମୁଁ ନିଜ ଜୀବିକା ପାଇଁ ତାଙ୍କ ମେହରବାନୀ ଉପରେ ହିଁ ନିର୍ଭର କରୁଚି, ଏଣୁ ସେ ସ୍ୱୟଂ ମୋ ଅନ୍ନଦାତା। ଏତିକି କହି ମୁଁ ସିଧାସିଧି ତାଙ୍କ ଗୋଡ଼କୁ ଧରି ଚଟାଣରେ ଲମ୍ବହୋଇ ଶୋଇଗଲି ଓ ସେ 'ଉଠ' ବୋଲି ନ କହିବା ପର୍ଯ୍ୟନ୍ତ ସେମିତି ଶୋଇରହି ତାଙ୍କ ବୁଟ୍‌ର ଲେସ୍ ଉପରେ ଆଖିଟାକୁ ମାଡ଼ି ରଖିଲି। କିନ୍ତୁ ଉପରକୁ ଉଠି ଯେତେବେଳେ ଦେଖିଲି ଯେ ତଥାପି ସେ ଆଖିରୁ ଚଷମା ଖୋଲି ନାହାନ୍ତି, ସେତେବେଳେ ମୁଁ ଭଲ ଭାବରେ ବୁଝିସାରିଥିଲି ଯେ ଏଠୁ ମୋର ଅନ୍ନସଂସ୍ଥାନ ଉଠିଗଲା। ଏଥର ଆଉ ରକ୍ଷା ନାଇଁ।

ମୁଁ ଅବଶ୍ୟ ଆଗରୁ ଜାଣିବାର ଉଚିତ୍ ଥିଲା ଯେ ଏମିତି ଘଟିବ, କାରଣ ମୁଁ ସବୁବେଳେ ଅଫିସ୍‌ରେ ଖାଲି ଭୁଲ ହିଁ କରିଆସିଚି। ମୋ ଟେବୁଲ୍ ଦେଇ ଯାଉଥିବା ସବୁ ଫାଇଲ୍‌ରେ ଭୁଲ ରହୁଥିଲା ବୋଲି ସେସବୁକୁ ପୁଣିଥରେ ଭଲଭାବେ ପରୀକ୍ଷା କରିବା ଦାୟିତ୍ୱ ମୋର ସହକର୍ମୀମାନଙ୍କୁ ଦିଆଯାଇଥିଲା। ତା'ଛଡ଼ା ସେଇ ଅଫିସ୍‌ର ଡ଼ିସ୍‌ପେଚ୍ ସେକ୍ସନ୍‌ରେ ଥିବାବେଳେ ମୁଁ କୌଣସି ଚିଠି କେବେ କୁଆଡ଼େ ଡ଼ିସ୍‌ପେଚ କରି ନ ଥିବା କଥା ଅଫିସର୍ ଜାଣି ପକାଇଥିଲେ। ଏସବୁ ଜାଣିଶୁଣି ମଧ୍ୟ ମୁଁ ଅଫିସ୍‌ର ଏକମାତ୍ର ଲେଡି ଆସିଷ୍ଟାଣ୍ଟ୍ ଲତିକାକୁ ଅଫିସ୍ ସମୟ ଭିତରେ ଥରେ ଚୁମା ଦେଇ ପକାଇଥିଲି। ଏହାପରେ ମୁଁ ଏସବୁର ଅବଶ୍ୟମ୍ଭାବୀ ପରିଣତି କଥା ଜାଣିବା ଉଚିତ ଥିଲା; କିନ୍ତୁ କ'ଣ ବା କରିବି ? ମୁଁ ତ ଏତେ ବେପରୁଆ ଏତେ ଅଲାଜୁକ ଲୋକଟାଏ ଯେ ଭୁଲ ନ କରି ବଞ୍ଚି ହିଁ ପାରେନାହିଁ। ଏପରିକି ଥରକୁ ଥର ଭୁଲ୍ କରି ନୂଆ ନୂଆ ସମସ୍ୟା ମୁଣ୍ଡେଇ ଆଣୁଥିବା ସତ୍ତ୍ୱେ ବି ଆଉକେବେ ଭୁଲ୍ ନ କରିବା ପାଇଁ ଚେଷ୍ଟା ବି କରିପାରେ ନାଇଁ। ମୁଁ ଖାଲି ଭୁଲ୍‌ରେ ଗଢ଼ା। ମୋତେ ଧିକ୍। ଦେଖିବା ବେଳକୁ ମୋ ବାପା, ବଡ଼ଭାଇ, ତାଙ୍କ ତଳଭାଇ ଓ ତାଙ୍କ ତଳ ତଳ ଭାଇ ବିନା ଭୁଲ୍‌ରେ କେତେ ସୁନ୍ଦର ଚାକରି କରି ଯାଉଛନ୍ତି। ଏପରିକି ବର୍ଷ ଦୁଇଟା ପରେ ମୋ ସାନଭାଇ ବି ସୁନ୍ଦର ଚାକିରିଆଟିଏ ହୋଇଯିବ। ଅଥଚ ମୁଁ-ମୋ ମୁହଁରେ ଥୁଃ-ଆଜିଯାକେ ପାରିଲି ନାହିଁ।

ଯେତେବେଳେ ଜାଣିଲି ଯେ ହାକିମଙ୍କ ବୁଟ୍ ଧରି ଭୂଇଁରେ ଗଡ଼ିବା ଓ କାନ୍ଦିବା କିଛି କାମ ଦେଉନାହିଁ, ମୁଁ ଆଉ କିଛି ଚିନ୍ତା ନ କରି ସିଧା ଅଫିସ୍‌ର ୱାସ୍ ବେସିନ୍

ପାଖକୁ ଚାଲିଗଲି। ମୁହଁ ହାତ ଧୋଇ ପୋଷାକର କ୍ରୀଜ୍ ସଜାଡ଼ି ନେଲି। ପକେଟ୍‌ରୁ ପାନିଆ ଭିଡ଼ିଆଣି ମୁଣ୍ଡବାଳ ଠିକ୍ କରିନେଲି। ଦର୍ପଣ ପାଖରେ ଗୋଟାଏ ହୁକ୍‌ରେ ନୂଆ ନେପ୍‌କିନ୍‌ଟାଏ ଝୁଲୁଥିଲା- ବିନା ଚିନ୍ତାରେ ତାକୁ ମୋଡ଼ାମୋଡ଼ି କରି ହାତରେ ଧରିଲି। ଘରମୁହାଁ ବାହାରିବା ବେଳକୁ ଅଫିସ୍ ଟେବୁଲ ଉପରୁ ସୁନ୍ଦର ଟେବୁଲ୍ କ୍ୟାଲେଣ୍ଡରଟିଏ ଏବଂ ଲତିକାର ଭ୍ୟାନିଟି ବେଗଟା ବି ସାଙ୍ଗରେ ନେଇଆସିଲି। ଲତିକା ଟାଇପ୍ କରୁଥିଲା। ତାକୁ ଲକ୍ଷ୍ୟକରି ଆଖିରେ ଗୋଟାଏ ଇତର ଇଙ୍ଗିତ କରିପକାଇଲି। ସେ ଦେଖିନାହିଁ। ନ ଦେଖୁ। ପରେ ଅବଶ୍ୟ ଜଣେ ସାଙ୍ଗକୁ ଗୋପନରେ କହିପକାଇଥିଲି ଯେ, ହାକିମଙ୍କ ଗୋଡ଼ ଧରିବାଠାରୁ ଆରମ୍ଭ କରି ଲତିକାକୁ ଆଖି ମାରିବା ପର୍ଯ୍ୟନ୍ତ ସମୁଦାୟ ଘଟଣାକ୍ରମ ମୁଁ ଗୋଟାଏ ସିନେମାରୁ କିମ୍ବା କ'ଣ ଗୋଟାଏ ଗପ ବହିରୁ କପି କରି ନେଇଚି।

ସବୁ ହୋଇ ଆଜିପର୍ଯ୍ୟନ୍ତ ତିନିଟା ଚାକିରି ଆସିଲାଣି, ଗଲାଣି। କିନ୍ତୁ କାହିଁରେ ବି ନିଜକୁ ମିଶେଇ ହେଲାନାହିଁ। ମୋ ପାଇଁ ବିଧାତା କି ପନ୍ଥା ନିର୍ଣ୍ଣୟ କରିଛନ୍ତି ତାଙ୍କୁହିଁ ଜଣା। ମୁଁ କିନ୍ତୁ କେଉଁଠି ରହିପାରୁନାହିଁ, କେଉଁଠି ଲାଗିପାରୁନାହିଁ। ନିଜେ କ'ଣ ଖୋଜୁଚି ନିଜେ ଜାଣିପାରୁ ନାଇଁ। ଅଥଚ ନିଜର ଜୀବିକା ଓ ବୃତ୍ତିଗତ ମର୍ଯ୍ୟାଦା ବିଷୟ ନେଇ ଘରେ, ବାହାରେ, ସାଙ୍ଗମାନଙ୍କ ଆଗରେ ଯେତେ ବାହାଦୂରୀ ମାରିଚି ଭାବିଲେ ଲାଜ ଲାଗିବା କଥା । ଏଥର ତ ଘରୁ ବାହାରିବାବେଳେ ଅତି ବାହାଦୂରୀ ନେଇ ସମସ୍ତଙ୍କୁ ପଚାରିଥିଲି ଯାହାର ଯାହା ଦରକାର ମତେ କହିଲେ ମୁଁ ସବୁ କିଣି ଆଣିଦେବି । କ୍ଷଣକ ପାଇଁ ହେଲେ ସୁଦ୍ଧା ସମସ୍ତେ ଭାବିନେଲେ ଯେ ସତେ ଅବା ମୁଁ ଜଣେ ବଣିଜରେ ବାହାରିଥିବା ସାଧବ- ବିଦେଶରୁ ଫେରିବାବେଳେ ସମସ୍ତଙ୍କ ମନଲାଖି ଜିନିଷ କିଣି ଆଣିଦେବି। କିଏ କ'ଣ କହିଥିଲେ ସବୁ ମନେ ରଖିପାରି ନାହିଁ। ଭଉଣୀ ବୋଧହୁଏ ଗୋଟେ ଦୁଇଟା ଭଲ ସମ୍ବଲପୁରୀ ରୁମାଲ ପାଇଁ କହିଥିଲା। ଭାଉଜ ସାମାନ୍ୟ ରସିକତା କରି କହିଥିଲେ ମୋ ନିଜ ପାଇଁ ପତ୍ନୀଟିଏ ଧରି ଆସିବା ପାଇଁ । ଘରୁ ପାଦ କାଢ଼ିବା ବେଳେ ଦୁଆର ମୁହଁରେ ପୂର୍ଣ୍ଣକୁମ୍ଭ ଦେଖି ବାହାରିଥିଲି, ନ ହେଲେ କାଳେ ଅବା ଯାତ୍ରାଟା ଶୁଭ ହୋଇ ନ ଥାନ୍ତା-ଏଇ ଭୟରେ। ଭାଉଜ ଆଣି 'ଲେଉଟ ଚକୁଳି' ଖାଇବା ପାଇଁ ଦେଇଥିଲେ। ଘରୁ ବାହାରିବା ଆଗରୁ ଲେଉଟ ଚକୁଳି ଚାଖି ନ ଥିଲେ ଗଲାପୁଅମାନେ ଆଉ କୁଆଡ଼େ ଘରକୁ ଲେଉଟି ଆସନ୍ତି ନାଇଁ। ମୁଁ ଘରକୁ ନ ଫେରିଲେ କ'ଣ ବା କ୍ଷତି ହୋଇଥାନ୍ତା ?

ଦେଖୁ ଦେଖୁ ମାସ ଦୁଇଟା ଯାଇଚି କି ନାହିଁ ମୁଁ ଚାକିରି ବାକିରୀ ଛାଡ଼ି ସ୍ପ୍ରିଙ୍ଗ୍ ପରି ନିଜ ଘରକୁ ଫେରି ଆସୁଚି। ଏବେ ଶୀଘ୍ର ଘରକୁ ଫେରିଯିବାକୁ ଇଚ୍ଛା ହୁଏନା;

ଅଥଚ ବୁଲାବୁଲି କରିବା ପାଇଁ ହାତରେ ଯଥେଷ୍ଟ ପଇସା ବି ନାହିଁ। ଲତିକା ତା'ର ଭେନିଟି ବେଗ୍‌ରେ ବେଳେବେଳେ କିଛି ପଇସା ରଖେ ବୋଲି ମୋତେ ବେଶ୍ ଜଣାଥିଲା। ଏବେ ମୁଁ ଯେପରି ଅବସ୍ଥାରେ ତା'ର ବେଗ୍‌ଟା ଉଠେଇ ଆଣିଚି ତାକୁ ଚୋରି କୁହାଯିବ କି? ଏବେ ତା'ର ଭେନିଟି ବେଗ୍‌ଟା ଫେରେଇ ନେବାପାଇଁ ଲତିକା କ'ଣ ମୋତେ ଖୋଜିବ? ନେବାପାଇଁ ଆସିଲେ ଆଉଥରେ ଚୁମା ନ ଦେଇ ଛାଡ଼ିବି ନାହିଁ ବୋଲି ମନେ ମନେ ସ୍ଥିର କରିନେଲି। ବେଗ୍ ଖୋଲି ଦେଖେ ତ ତା ଭିତରେ ସାମାନ୍ୟ କିଛି ଖୁଚୁରା ପଇସା, ଖଣ୍ଡିଏ ସୁନ୍ଦର ନୂଆ ଡିଜାଇନ୍‌ର ସମ୍ବଲପୁରୀ ରୁମାଲ୍ ଓ କେତେଟା ଟଫିପରି ଦିଶୁଥିବା ସର୍ଦ୍ଦି ଔଷଧ ଛଡ଼ା ଆଉ କିଛି ନାହିଁ। ରବିସ୍; ହଠାତ୍ ଇଚ୍ଛା ହେଲା ଯେ ଲତିକାର ଏଇ ରୁମାଲଟା ନେଇ ଭଉଣୀକୁ ଉପହାର ଦେଇଦେବି। ଅନ୍ତତଃ ମୁଁ ଜଣେ ଉପାର୍ଜନକ୍ଷମ ଭାଇ ବୋଲି ବାହାଦୂରୀ ତ ମାରିହେବ।

ଚାକିରିରୁ ତଡ଼ା ଖାଇବାଟା କୋଉ ଏବେ ନୂଆ କଥା ଯେ ଦୁଃଖ ଲାଗିବ? ଦୁଃଖ ପ୍ରାୟ ନ ଥିଲା। ଖାଲି ଭାବିଲି ଘରକୁ ଯାଇ କି କୈଫିୟତ୍ ଦେବି? କିଛି ନ କହିଲେ ଚଳିବ, କେହି କିଛି ପଚାରିବେ ନାହିଁ, କିନ୍ତୁ ସମସ୍ତେ ମନକୁ ମନ ଧରିନେବେ ଯେ ମୁଁ କିଛିଦିନ ପାଇଁ ଛୁଟିରେ ବା ବିନା ଛୁଟିରେ ଚାଲିଆସିଚି; ତେଣୁ ସେଇ 'କିଛିଦିନ' ବିତିଯିବା ପରେ ପୁଣି ଘର ଛାଡ଼ିବାକୁ ହିଁ ହେବ। ଚାକିରି ନିଜେ ଛାଡ଼ି ଦେଇଚି ବୋଲି କହିଲେ ଚଳନ୍ତା, କିନ୍ତୁ ଲାଭ ନାଇଁ। କାରଣ ଆଉ କେହି ବିଶ୍ୱାସ କରୁ କି ନ କରୁ ଭାଉଜ ବିଶ୍ୱାସ କରିବେ ନାହିଁ ଆଦୌ। କୌଣସି ଉପାୟରେ ମୋ'ଠୁ ଲତିକା କଥା ସମେତ ବାକି ସବୁକଥା ଆଦାୟ କରି ହିଁ ଛାଡ଼ିବେ। ତା'ଠୁ ବରଂ ଭଲ, ସାଫ୍‌ସାଫ୍ କହିଦେବି ଯେ, ମୁଁ ଚାକିରିରୁ ଗଳା ଧକ୍‌କା ଖାଇ ଫେରି ଆସିଚି। କେହି କୈଫିୟତ୍ ମାଗିବେ ନାଇଁ। ମୋତେ କିଏ ନ ଜାଣିଚି କି? ଉପାର୍ଜନ କରିବା ଧନ୍ଦାରେ ମୁଁ ନିପଟ ଅପାରଗ ବୋଲି ଘରର ଚୌକି, ଟେବୁଲ ସୁଦ୍ଧା ଜାଣି ସାରିଲେଣି। ତା'ଛଡ଼ା ଏପର୍ଯନ୍ତ ବାପା, ଭାଇ ସବୁ ଉପାର୍ଜନକ୍ଷମ। ତେଣୁ ମୁଁ ବେକାର ହେଲେ କ୍ଷତି ନାଇଁ। ଖାଲି ଦୁଃଖ ଏତିକି ଯେ ଅଳ୍ପ କିଛି ଦିନ ପରେ ପୁଣି ଦରଖାସ୍ତ, ଏମ୍ପ୍ଲୟମେଣ୍ଟ୍ ଏକ୍ସଚେଞ୍ଜ୍ ଓ ଇଣ୍ଟରଭ୍ୟୁର ଦୌଡ଼ ଆରମ୍ଭ କରିଦେବାକୁ ପଡ଼ିବ। ପାଠପଢ଼ା ସରି ଯାଇଥିବାଟା କେତେ ବିରକ୍ତିକର ସତେ!

କେଣ୍ଟିନ୍‌ରେ ବସି ଚା' ଖାଇବାବେଳେ ହଠାତ୍ ବିନା କାରଣରେ ଜଣେ ପୁରୁଣା, ଦୂରସମ୍ପର୍କୀୟ ଆଈ ମନେ ପଡ଼ିଗଲେ। କୌଣସି ସଙ୍ଗତି, କୌଣସି ପୂର୍ବାପର ସମ୍ପର୍କ ନ ଥାଇ ମନେପଡ଼ିଗଲେ, କାହିଁକି କେଜାଣି?

ଥରେ କଥା ପ୍ରସଙ୍ଗରେ ସେ ମୋତେ କହିଥିଲେ ଯେ ମୁଁ ପାଠ ପଢ଼ି ଟଙ୍କା

ପଇସା ଅର୍ଜନ କଲେ ସେ ନିଜେ ମତେ ବିଭା ହୋଇଯିବେ। ତାଙ୍କର ସବୁ ଥଟ୍ଟା ଏମିତି ଶୁଖିଲା ଓ ପୁରୁଣାକାଳିଆ, କିନ୍ତୁ ଏବେ ତାଙ୍କ ସହିତ ଦେଖାହେଲେ ସେ ସେମିତି କହିବେ କି ନାହିଁ କେଜାଣି ? ତା'ଛଡ଼ା ମୋର ବର୍ତ୍ତମାନ ଅବସ୍ଥାଟା ତାଙ୍କ ଦୃଷ୍ଟିରେ ଅର୍ଜନକ୍ଷମ ଅବସ୍ଥା କି ନୁହେଁ ତାହା ବି କହିବା ମୁସ୍କିଲ। ତା' ପରବର୍ତ୍ତୀ କିଛି ସମୟ ମୋର ଚାକିରି ଓ ବୁଢ଼ୀଆଈ ମିଶାମିଶି ହୋଇ ମନେପଡ଼ିଲେ।

କେଣ୍ଟିନ୍ ମେନେଜର୍‌ର ଟେବୁଲ୍ ଉପରେ ଖଣ୍ଡିଏ ଖବରକାଗଜ ମୋଡ଼ା ହୋଇ ପଡ଼ିଥିଲା। କୌଣସି ସ୍ୱତନ୍ତ୍ର ଆଗ୍ରହ ନ ଦେଖାଇ ତାକୁ ମୁଁ ଭିଡ଼ି ଆଣିଲି ଓ ଏଣୁତେଣୁ ଓଲଟାଇ ପଢ଼ିବାରେ ଲାଗିଲି। ଗୋଟାଏ କଣରେ ଚାକିରି ପାଇଁ ବିଜ୍ଞାପନଟିଏ ଥିଲା। ଦରମା ଚଳନୀୟ। ଆବଶ୍ୟକୀୟ ଶିକ୍ଷାଗତ ଯୋଗ୍ୟତା ବି.ଏ.। ମୁଁ ଆବେଦନଯୋଗ୍ୟ ନିଶ୍ଚୟ। ଆଉ ଗୋଟାଏ ପୃଷ୍ଠାରେ ବାହାରିଚି ଗୋଛାଏ ପାତ୍ର ଆବଶ୍ୟକ,ପାତ୍ରୀ ଆବଶ୍ୟକ ବିଜ୍ଞାପନ। ଏତେ ଅନ୍ୟମନସ୍କ ଭାବରେ ପଢ଼ିଲି ଯେ କ'ଣ ପଢ଼ିଲି କିଛି ମନେନାହିଁ। କିନ୍ତୁ ଦ୍ୱିତୀୟ ଥର ପଢୁ ପଢୁ ଦେଖେ ତ ସୁଶ୍ରୀ ବୋଲି ଘୋଷଣା କରାଯାଇଥିବା ଜଣେ ତରୁଣୀଙ୍କ ପାଇଁ ଏମିତି ଜଣେ ବର ଦରକାର, ଯାହା ହେବା ପାଇଁ ମୋର ସବୁ ଦରକାରୀ ଯୋଗ୍ୟତା ସମେତ ଆଉ ଗୋଟେ ଦୁଇଟା ଅଧିକା ଯୋଗ୍ୟତା ବି ରହିଛି । ଫଟୋ ସହିତ ଆବେଦନ ପ୍ରାର୍ଥନୀୟ । ଉଭୟ ବିଜ୍ଞାପନ- ଚାକିରି ପାଇଁ ଓ କନ୍ୟାରତ୍ନ ପାଇଁ... କାଟି ପକେଟ୍‌ରେ ରଖିଲି। ଅବଶ୍ୟ ଏଥିପାଇଁ କେଣ୍ଟିନ୍ ମ୍ୟାନେଜର୍‌ର ଅନୁମତି ମାଗିବାଟା ଉଚିତ ହୋଇଥାନ୍ତା। ମୋର ଏସବୁ ମତିଗତି ଦେଖି ଘରେ ବାପା, ଭାଇ, ଭାଉଜ, ଭଉଣୀ ସବୁ କ'ଣ ଭାବିବେ କେଜାଣି ?

ଭାବନ୍ତୁ ଯାହା ଭାବିବେ। ମୁଁ କ'ଣ ଭଉଣୀ କହିଥିବା ରୁମାଲ୍ ଆଣିନାହିଁ ? ମୁଁ କ'ଣ ଭାଉଜ କହିଥିବା ଅନୁଯାୟୀ ମୋ ନିଜ ପାଇଁ ପାତ୍ରୀ ନ ହେଲେ ବି ପାତ୍ରୀ – ବିଜ୍ଞାପନଟିଏ ଆଣିନାହିଁ? ଆଣିଚି, ସବୁ ଆଣିଚି।

ଆଶ୍ଚର୍ଯ୍ୟ। ମୁଁ କିନ୍ତୁ ଘରକୁ ଗଲିନାହିଁ। ପ୍ରକୃତରେ ଘରକୁ ଯିବାରେ ମୋର କିଛି ଅସୁବିଧା ନ ଥିଲା କି ଅନିଚ୍ଛା ନ ଥିଲା। ଅଥଚ ଅତି ଆଶ୍ଚର୍ଯ୍ୟଜନକ ଭାବରେ ଓ ବିନା କାରଣରେ ମୁଁ ହଠାତ୍ ଆସି ପହଞ୍ଚିଗଲି ସେଇ ବୁଢ଼ୀ ଆଈଙ୍କ ଘରେ-ଗଲା ଅନେକ ବର୍ଷ ଧରି ଯାହାକୁ ଦେଖିନାଇଁ କି ଚିନ୍ତା ବି କରିନାହିଁ।

ମୋ ପିଲାଦିନର କଥା କହୁଛି। ବେଳେବେଳେ କେତେଟା ପୁରୁଣା ଟିଣ, ଭଙ୍ଗା ବାକ୍ସ, ବସ୍ତାର ଗହଳି ଭିତରେ ନିଜ ବିଛଣାରେ ଶୋଇଥିବାବେଳେ ମୁଁ ଦେଖେ, ମୋତେ ମୋ ଶୋଇବା ଘର ଭିତରେ ଛାଡ଼ିଦେଇ ବୋଉ ଝରକା ଏମିତି ଖାମଖିଆଲୀ ଭାବେ ବନ୍ଦ କରିଯାଇଛି ଯେ ଝରକାବାଟେ ଯେ କେହି ଭିତରକୁ ଦେଖିପାରିବ।

ବାହାରୁ ତ କେହି ଝରକାବାଟେ ଭିତରକୁ ଦେଖୁ ନ ଥାନ୍ତି, ମୁଁ ନିଜେ ଝରକା ପାଖରେ ଠିଆହୋଇ ବାହାରକୁ ଦେଖେ। ଦେଖିବା ବେଳକୁ ବାହାରେ ଜହ୍ନ। ଏମିତି ହୋଇଚି ଅନେକଥର, ଅନେକ ଅନେକ ଥର। ନିଜ ଘର ଭିତରେ ନିଜେ କବାଟ ବନ୍ଦ କରି ପଢ଼ିଥିବାବେଳେ ବାହାରୁ ଜହ୍ନଟାଏ ଦିଶିଯିବ, ନ ହେଲେ ବା ଦିଶିବ ଦରବୁଢ଼ା, ଡେଙ୍ଗା ଗଛଟାଏ। କାହିଁକି କେଜାଣି ସେତେବେଳେ ହିଁ ମନେହେବ ଯେ କ୍ଷଣକପାଇଁ ହେଲେ ବି ମୁଁ ଆଉ ଘର ଭିତରେ ନାହିଁ।

ସେସବୁ ଘଟୁଥିଲା ସେତେବେଳେ, ସ୍କୁଲପଢ଼ା ଜମାନାରେ। ଏବେ ଝରକା ଫାଙ୍କରୁ ଜହ୍ନ ଦିଶୁ କି ନ ଦିଶୁ, ଘଟଣାଟି ଭିନ୍ନ ଢ଼ଙ୍ଗରେ ରୂପାନ୍ତରିତ ହୋଇ ମୋ ଜୀବନରେ ବାରମ୍ବାର ଘଟୁଚି ହିଁ ଘଟୁଚି। ସବୁଆଡ଼େ ସବୁ ନିୟମ ମୁତାବକ ଚାଲିଥିବ, ସବୁ କାମ ହେଉଥିବ-ଅଫିସ୍ ଯିବା, ରେଡ଼ିଓ ଶୁଣିବା, ଆଉ ସେମିତି ଆଉ ସବୁ କାମ; ଆଉ ତାରି ଭିତରେ ହଠାତ୍ ଚେନାଏ ଜହ୍ନ ଫିକ୍‌କରି ଦିଶିଯିବ। ସବୁଆଡୁ ଚାପିହୋଇ, ବନ୍ଦୀ ହୋଇ ରହିଥିବାବେଳେ କେଉଁ ଗୋଟାଏ ନୂଆ ପୃଥିବୀର ଦୃଶ୍ୟ ଟିକିଏ ଦିଶିଯିବ-ଗୋଟାଏ ଝଲକ ପରି-ଆଉ ନୂଆ ଗୀତଟାଏ ଶୁଭିଯିବ। ନିଜ ଅଜାଣତରେ କେତେ ନୂଆ ଜିନିଷକୁ ଛୁଇଁଦେବା ପରି ଲାଗିବ।

ଏମିତି ବେଳେବେଳେ ଦୁନିଆ ବାହାରୁ କିଏ ଗୋଟାଏ ଲମ୍ବା ହାତ ବଢ଼ାଇ ମତେ ଛୁଇଁଦିଏ କ୍ଷଣକ ପାଇଁ, ଆଉ ତା'ପରେ କୁଆଡ଼େ ଲୁଚିଯାଏ।

ଆଦୌ କିଛି ନ ବୁଝି ଅଫିସ୍‌ର ସବୁଠୁ ଜରୁରୀ, ସବୁଠୁ ଗୁରୁତ୍ୱପୂର୍ଣ୍ଣ ଫାଇଲରୁ କାଗଜଟିଏ ଟାଣି ଡଙ୍ଗା ତିଆରି କରି ଭସେଇ ଦେଇଥିଲି। ଆଉ ସେଥିପାଇଁ ଚାକିରୀଟା ଗଲା। ଆଉଥରେ କ'ଣ କରିବି କ'ଣ କରିବି ହୋଇ ବାହାରକୁ ଛାଟିପିଟି ହୋଇ ଚାଲିଆସିଲି; ସାଙ୍ଗ କିରାଣୀ ଯାଚୁଥିବା ସିଗାରେଟ୍ ଖଣ୍ଡକ ଝରକାବାଟେ ଫିଙ୍ଗିଦେଲି-ବିନା କାରଣରେ ଉପର ମହଲାକୁ ଯାଇ ଝରକାବାଟେ ତଳକୁ ଡେଇଁପଡ଼ିବି ବୋଲି ଭାବିଲି । ଆଉ ଶେଷକୁ କିଛି କରି ନ ପାରି ଅଫିସ୍ ଆସିଷ୍ଟାଣ୍ଟ ଲତିକାକୁ.... !

ଛାଡ଼। ସେଇ ଚାକିରିଟା ବି ଗଲା।

ଆଉ ସେତେବେଳେ, ଯେତେ ବେଳେ ମୁଁ ଏପରି କୌଣସି ଅଲୌକିକ ଅନୁଭୂତି ପାଇଁ ଆଦୌ ପ୍ରସ୍ତୁତ ନୁହେଁ-ହଠାତ୍ ସେଇ ଅଦୃଶ୍ୟ ଲମ୍ବା ହାତଟା ଆସି ମୋତେ ଛୁଇଁ ଦେଇଗଲା । ସେତେବେଳେ ମୁଁ ପଡ଼ିଥାଏ ଆଈଙ୍କ ଗମ୍ଭୀରୀ ଘର ଭିତରେ ।

ଖାଇ ସାରିବା ପରେ ଆଈ ଯେତେବେଳେ ମୋତେ ତାଙ୍କ ଗମ୍ଭୀରୀ ଘରକୁ ଶୋଇବା ପାଇଁ ଡାକିନେଲେ, ସେତେବେଳ ପର୍ଯ୍ୟନ୍ତ ମୁଁ ସମ୍ଭବତଃ ଉଣା ଅଧିକେ

ଚାକିରି ହରେଇବା କଥା ହିଁ ଭାବୁଥିଲି। ଆଉ ସେତେବେଳେ ଅନେକବର୍ଷ ପରେ ଆଈଙ୍କ ମୁହଁରୁ 'ଗମ୍ଭୀରୀ' ଶବ୍ଦଟା ହଠାତ୍ ଶୁଣି ପକାଇଲି। ଗମ୍ଭୀରୀ। ଯେ କୌଣସି ଦୃଷ୍ଟିରୁ ଦେଖିଲେ ବି ଘରଟା ଗମ୍ଭୀର ଦିଶିବ ହିଁ ଦିଶିବ। ସେଥିପାଇଁ ବୋଧହୁଏ ନାଁ ଦିଆହୋଇଚି 'ଗମ୍ଭୀରୀ' ବୋଲି।

ସେଦିନ କାହିଁକି ଏମିତି ଗୋଟାଏ ନଷ୍ଟାଲ୍‌ଜିକ୍ ଅନୁଭୂତି ଆସିଗଲା ଭାବିହୁଏ ନାହିଁ। ଲକ୍ଷ୍ୟକଲି ଯେ ଘର ଭିତରକୁ ପଶିବା ବେଳଠୁ କେମିତି ଗୋଟାଏ ପୁରୁଣା, ଅତିପୁରୁଣା ବାସ୍ନା ଆସି ନାକରେ ବାଜୁଚି। ଅନେକ ଦିନରୁ ଭୁଲିହୋଇ ଯାଇଥିବା ଗୋଟିଏ ଫିକା, ଅପରିଚିତ ବାସ୍ନା, ଯାହାକୁ ମନେପକାଇ ବସିଲେ ବାଲ୍ୟକାଳର କେତେକଥା ଝାପ୍‌ସା ଝାପ୍‌ସା ମନେପଡ଼ିଯାଏ। ଯେତେବେଳେ ଦେଖିଲି ଯେ ବାସ୍ନାଟାକୁ ଠିକ୍ ଧରି ହେଉନାହିଁ, ଅଥଚ ଅତି ପରିଚିତ, ଅତି ଆପଣାର ମନେହେଉଚି, ସେତେବେଳଠୁ ହିଁ ମୁଁ ଜାଣିସାରିଥିଲି ଯେ ମୋତେ ପୁଣି ସେଇ ଅଦୃଶ୍ୟ ହାତ ଛୁଇଁଦେବାକୁ ବସିଲାଣି। ପୁଣି ବାହାର ଦୁନିଆରୁ ଚେନାଏ ଫିକ୍‌କରି ଦିଶିଗଲାଣି। ଦେଖିବାବେଳକୁ ଚାରିଆଡ଼େ ଖାଲି ଅଳନ୍ଧୁ, କାଠଭାଡ଼ି, ବସ୍ତା, ଭଙ୍ଗାଟିଣ ଛଡ଼ା ଆଉ କିଛି ନାହିଁ। ଅଥଚ ଏତେ ସୀମିତ, ଏତେ ରୁନ୍ଧା-ରୁନ୍ଧି କୋଠରୀ ଭିତରକୁ କେତେବେଳେ କେଉଁ ବାଗରେ ସେଇ ହାତଟି ପଶିଯାଇ ମୋତେ ଛୁଇଁ ଦେବାକୁ ତିଆର। ଆଈଙ୍କର ସବୁଠୁ ନିଭୃତ ଗମ୍ଭିରୀ ଭିତରୁ ବି କେଉଁଠି କେଉଁ ଫାଙ୍କବାଟେ ଦିଶିଯାଉଚି ଅନ୍ୟ ପୃଥିବୀ। ଆଈ ବା କରିବେ କ'ଣ ?

ଉପରକୁ ଅନାଇ ଦେଖେ ତ ମୁଣ୍ଡ ଉପରେ ମେଞ୍ଚାଏ ଅଳନ୍ଧୁ ଭିତରୁ ବୁଢ଼ିଆଣୀଟିଏ ମୋତେ ଏକଲୟରେ ଚାହିଁଚି ଓ ମୋ ଉପରକୁ କୁଦିପଡ଼ିବ ବୋଲି ଭାବୁଛି। ଆଉ ଠିକ୍ ସେତିକିବେଳକୁ ମୁଁ ଆବିଷ୍କାର କରିପକାଇଲି ଯେ ଏତେବେଳଯାଏଁ ଯେଉଁ ବାସ୍ନାକୁ ମୁଁ ମନେ ମନେ ଖୋଜି ହେଉଥିଲି ସେଇଟା ଆସୁଚି କାନ୍ଥ କଣରେ ସାଇତା ହୋଇଥିବା ଦୁଇଟା କୁଣ୍ଢା ବସ୍ତାରୁ । ବରଂ ସତ କହିବାକୁ ଗଲେ ସେଇ କୁଣ୍ଢାବସ୍ତା, ଘରର ମଇଳା ଛାତ, ଅସୁନ୍ଦର କାନ୍ଥ, ସବୁ ଆସବାବପତ୍ର-ଏସବୁ ମିଶି ତିଆରି ହୋଇଚି ସେଇ ବାସ୍ନା; ଅତି ଏକାନ୍ତ ଗମ୍ଭିରୀମୟ ବାସ୍ନା। ଗମ୍ଭୀରୀ ଘର ଦେଉଚି ଗୋଟାଏ ଦୃଶ୍ୟ, ଆଉ ଗୋଟାଏ ବାସ୍ନାର ମିଶାମିଶି ଅନୁଭୂତି। ଦୃଶ୍ୟଟା ଗୋଟାଏ ଆବର୍ଜିଆ, ରୁନ୍ଧିରାନ୍ଧି କୋଠରୀର, ଆଉ ବାସ୍ନାଟା କୁଣ୍ଢା ବସ୍ତାର। ଦରଭଙ୍ଗା ବାକ୍ସ, ମୂଷାଘୁଅ, ଅସରପା, ବୁଢ଼ିଆଣୀକୁ ନେଇ ଛନ୍ଦାଛନ୍ଦି ଗୋଟାଏ ଆବେଷ୍ଟନୀ ହିଁ ଗମ୍ଭୀରୀ ଘର । ଏଇ ଅନୁଭବକୁ ମୁଁ ଚିହ୍ନିଚି-ବହୁତ ଆଗରୁ ଚିହ୍ନିଚି-ଛୁଆ ହୋଇଥିବା ବେଳୁ। ଆମ ଘରେ ବି ଥିଲା ଏମିତି ଗୋଟିଏ ଗମ୍ଭୀରୀ ଘର; ଆଉ ସେଠି ମଧ୍ୟ ଥିଲା ଅବିକଳ

ଏମିତି ଗମ୍ଭୀରୀ ଗନ୍ଧ-ରୁନ୍ଧିରାନ୍ଧି ଲାଗୁଥିବାର ଗନ୍ଧ। ଏବେ କାଇଁ ? ଆଗର ଗମ୍ଭୀରୀଘର ଯାଗାରେ ଏବେ ଡ୍ରଇଁରୁମ୍। କୁଣ୍ଡାବସ୍ତା, ଚାଉଳ ଝୁଡ଼ି ଜାଗାରେ ଏବେ ସୋଫା, ଡ୍ରେସିଂ ଟେବୁଲ୍। ତେଣୁ ଏବେ ଏମିତି ଲାଗୁଚି, ଅନେକ ଦିନ ପଛକୁ ଫେରିଯାଉଥିବା ପରି ମନେହେଉଚି। ବାସ୍ନାଟା ଖାଇବା ଜିନିଷ ହୋଇଥିଲେ ନିଶ୍ଚୟ ମୁଁ ତାକୁ ଗିଳିଦିଅନ୍ତି। କୁଣ୍ଡାବସ୍ତା ଉପରକୁ ଚଢ଼ିଯାଇ ତା' ଉପରେ ବସନ୍ତି। ବୁଢ଼ିଆଣୀ ଜାଲ ସାଙ୍ଗରେ ଟିକିଏ ଖେଳନ୍ତି।

ସମ୍ଭବତଃ ମୋ ପରି ଲୋକକୁ ଖାଲି ଗମ୍ଭୀରୀ ଘର ହିଁ ସୁହେଇବ। ସବୁମିଶି ମତେ ରୁନ୍ଧିଦିଅ, ସବୁଆଡୁ ଢ଼ାବଲ, ଅଖା, ମଇଳା ଭିତରେ ମତେ ଖୁନ୍ଦିଦିଅ, ମୁଁ ଚାହେଁ ସେମିତି ଗୋଟାଏ ଘରୁଆ, ଖୁନ୍ଦାଖୁନ୍ଦି ପରିବେଶ। ମୁଁ ଏମିତି ଯେ ମତେ ମୁକ୍ତି ଭଲ ଲାଗୁନାଇଁ, ଖୋଲା ଖୋଲା ରହିବା ପାଇଁ ଭଲ ଲାଗୁନାଇଁ। ତେଣୁପରା ମୁଁ – ମତେ ଲାଜ ନାଇଁ-ଏଠୁ ସେଠିକି, ସେଠୁ ଏଠିକି ହୋଇ କେତେ ଜୀବିକା ଧରୁଚି, ପୁଣି ଛାଡୁଚି, ପୁଣି ଧରୁଚି, ପୁଣି ଛାଡୁଚି-କେଉଁଠି ଲାଗିପାରୁ ନାଇଁ। ଅଫିସ୍ ଟେବୁଲ୍‌ରେ ମୁଁ ଚଳିପାରୁ ନାଇଁ। ମୁଁ ଗମ୍ଭୀରୀ ଘରର ଛୋଟ ଢ଼ାବଲଟିଏ ପରି ଚାରିଆଡୁ ଚିପିହୋଇ, ଜାକିଜୁକି ହୋଇ ରହିବି। ମତେ ଫେରେଇ ଦିଅ ମୋ ଘରର ପୁରୁଣା ଗମ୍ଭୀରୀ-ଚାରିଆଡ଼େ ଚଳପ୍ରଚଳ ହେଉଥିବେ ବାପା, ବୋଉ, ଭାଇ, ଭଉଣୀ-ଆଉ ଭିତରେ ରହି ମୁଁ ସୁଂଘୁଥିବି କୁଣ୍ଡାବସ୍ତାକୁ।

ସେଦିନ ଆଇଘରୁ ଫେରିବାବେଳକୁ ମନେ ମନେ 'ଗମ୍ଭୀରୀ' ଶବ୍ଦଟା ଏତେଥର ଉଚ୍ଚାରଣ କଲି ଯେ ଶେଷ ବେଳକୁ ଶବ୍ଦଟା କେମିତି ଅଡୁଆ ଅଡୁଆ ଲାଗିଆସିଲା। ହସ ମାଡ଼ିଲା; କିନ୍ତୁ ମଜା ଲାଗିଲା-ଭାବିଲି, ଏବେ ଘରକୁ ଗଲେ ଆଉ ଯିବିନି ସେଇ ଖୋଲା, ବଡ଼ ଘରକୁ। ସିଧାଯାଇ ଧାନବସ୍ତା ଥିବା ଜାଗାରେ ଲମ୍ବହୋଇ ଶୋଇଯିବି। ମଶା ଭଣଭଣ, ଅପରିଷ୍କାର ହୋଇଥାଉ ପଛେ-ଗମ୍ଭୀରୀ ଗମ୍ଭୀରୀ ତ ଲାଗିବ।

ଘରକୁ ଫେରିବା ବେଳକୁ ମତେ ଲାଗୁଥାଏ ନିଜର ବାଲ୍ୟକାଳ ଭିତରକୁ ଫେରି ଯାଉଥିବା ପରି। ମନେ ମନେ ମୋ ଅଫିସ୍‌ର ବଡ଼ ହାକିମଙ୍କ ମୁହଁକୁ କଳ୍ପନା କରି କହିଲି, ମୁଁ ଛୁଆ ହେଲେ ହେଲି, ତମର ମୁଣ୍ଡ କାଇଁକି ବଥଉଚି ? ମୋ ଇଚ୍ଛା ହେଲେ ମୁଁ ଫାଇଲ ଚିରି ଡ଼ଙ୍ଗା, କରିବି। ମୋ ଇଚ୍ଛାହେଲେ ମୁଁ ଲତିକାକୁ କୁଆଡ଼େ ଉଡ଼େଇ ନେଇଯିବି। ତମେ କିଏ ମତେ ବଡ଼ ମଣିଷ କରିପାରିବ ନାଇଁ। ତମ ବାଟେ ତମେ ରହ, ମୁଁ ଗଲି ମୋର ଶୈଶବକୁ।

ସତକୁ ସତ ଗଲି। ଚୁପ୍‌କିନା ଘର ଭିତରେ ପଶିଯାଇ ଧାନ ବସ୍ତା ଉପରେ

ଚଢ଼ିଗଲି। ମଝି ବାରଣ୍ଡା ପାଖରେ ଗୋଟାଏ ଅନ୍ଧାରୁଆ ଗାଦିଆ, ତା' ଭିତରେ ଥିଲା ପ୍ରାୟ ଅଧ ଡଜନେ ବସ୍ତା। ତା' ଉପରେ ପରମ ଆନନ୍ଦରେ ଚଢ଼ିଗଲି ଓ ପରମ ଆନନ୍ଦରେ ଶୋଇଗଲି।

ଚାରିଆଡ଼େ ଘେରି ଠିଆ ହୋଇଛନ୍ତି ଭାଇ, ବାପା, ଭାଉଜ, ଭଉଣୀ ସମେତ ଚାକରାଣୀ ବି। ସବୁ ଜଳଜଳ ହୋଇ ମତେ ଚାହିଁଛନ୍ତି। ସମସ୍ତଙ୍କ ଆଖିରେ 'ଭାଙ୍ଗିଥିଲେ ଗଢ଼େଇ ଦେବି, ହଜିଥିଲେ ଖୋଜେଇ ଦେବି' ଚାହାଣୀ।

କ'ଣ ଖୋଜି ଦେବେ ଏମାନେ? ଏମାନେ ଭାବୁଥିବେ ଯେ ମୁଁ ଚାକିରିରୁ ତଡ଼ାଖାଇ ଏଠି ଆସି ରୁଷିଛି, କିମ୍ବା ନିଜେ ଛାଡ଼ିଦେଇ ଆସି ଏଠି ମୁହଁ ଲୁଚଉଛି।

କିମିତି ବୁଝେଇବି ଯେ ମୋର କିଛି ଭାଙ୍ଗିନାଇଁ, କିଛି ହଜିନାଇଁ, ସବୁ ଅଛି; ସବୁ ମିଳିଚି ? କିମିତି ବୁଝେଇବି ଯେ ମୁଁ ଯା'ରି ଭିତରେ ଏମିତି ଅନ୍ଧାରୁଆ, ସନ୍ତସନ୍ତିଆ 'ମୂଷାମାଟି ଭଣଭଣ, ବିଲେଇଘୁଅ ସଣସଣ' ଗମ୍ଭୀରୀକୁ ପ୍ରେମ କରିବସିଲିଣି ? କେମିତି କହିବି ଯେ ତମେ ସବୁ ଯାଅ, ମୋ ପକେଟ୍‌ରେ ଭଉଣୀ ଚାହିଁଥିବା ରୁମାଲ୍ ଅଛି, ଭାଉଜ ଚାହିଁଥିବା ପାତ୍ରୀର ପରିଚୟ ଅଛି। ସେସବୁ ନେଇଯାଅ, କିନ୍ତୁ ମତେ ବ୍ୟସ୍ତ କରନାଇଁ।

■

ଖାତା

ଗାଁ ଭିତରୁ ବାହାରି ବଡ଼, ଚଉଡ଼ା ସଡ଼କରେ ଉତ୍ତର ଦିଗକୁ ଗଲେ ବାଁ ପଟକୁ ଛୋଟ ମାଟି ରାସ୍ତାଟିଏ ଦିଶିବ। ଜାଣିହେବ ନାହିଁ ରାସ୍ତାଟି ପ୍ରକୃତରେ ଯାଇ କେଉଁଠି ବାହାରିବ ନା ଆଗରେ ବୁଦା, ଝାଡ଼ ଜଙ୍ଗଲ ଭିତରେ କୁଆଡ଼େ ହଜିଯିବ।

କିନ୍ତୁ ନୀତି ଠିକ୍ ଜାଣେ ରାସ୍ତାଟି କେଉଁଠି ପହଞ୍ଚେ। ହାତରେ ପୁଳାଏ କାଗଜ ମୁଠାଇଧରି ଆଉ ହାତରେ କୁନିଝିଅ ସୁଲୁର ହାତଧରି ନୀତି ସେଇ ରାସ୍ତା ଭିତରକୁ ଚାଲିଲା। ସକାଳ ନ'କି ସାଢ଼େ ନ' ହେବ, କିନ୍ତୁ ଖରା ଟାଣ ହେଲାଣି। ନୀତି ହାତରେ ଯେଉଁ ପୁଳାକ କାଗଜ ରହିଛି, ତାହା ପ୍ରଥମେ ନୀତିର ଅଣ୍ଟାରେ ଖୋସା ହୋଇଥିଲା। କିନ୍ତୁ ଦେହର ଝାଳରେ ଓଦା ହୋଇଯାଉଥିବାର ଲକ୍ଷ୍ୟ କରି ନୀତି ତାକୁ ଶାଢ଼ୀର ବନ୍ଧନୀ ଭିତରୁ ଭିଡ଼ିଆଣି ଏବେ ହାତରେ ଧରିଛି।

ରାସ୍ତାଟି ପୂରା ଶୂନ୍‌ଶାନ୍। ବୁଲା କୁକୁର ଦୁଇଟା ଦିଶିଲେ। ସେଥିରୁ ଗୋଟେ ତାକୁ ଦେଖି ଭୁକିଲା। କିନ୍ତୁ ମଣିଷ କେହି ଦିଶିଲେ ନାହିଁ। ନ ଦିଶନ୍ତୁ। ତା କାମ ତ ଅଛି ଘର ଭିତରେ ରହୁଥିବା ମଣିଷମାନଙ୍କ ପାଖରେ। ରାସ୍ତାରେ ଲୋକ ଥିଲେ ନଥିଲେ ତା'ର କ'ଣ ଯାଏ ?

ଆଗରେ ଛୋଟ ବସ୍ତିଟିଏ। ଅଳ୍ପ କେତେଟା ଇଟା ଘର, ବାକୀ ସବୁ କଞ୍ଚାମାଟି ଘର। ଉପରେ ଆଜବେଷ୍ଟସ୍ ଛପର କିମ୍ବା ନଡ଼ାଛପର। ନୀତିର ମନେ ଅଛି ଦଶବର୍ଷ ତଳେ ଏଠି ଗୋଟିଏ ବି ଘର ନଥିଲା। ସେ ଶୁଣିଛି ରଜାକ୍ ବୋଲି ଲୋକଟାଏ କେଉଁ ବିଦେଶରୁ ଆସି ଗଛ, ବୁଦା ସଫା କରି ଏଠି କଞ୍ଚା ଘରଟିଏ ତିଆରି କରି ରହିଲା। ତାକୁ ଦେଖି ଆଉ କେତେ ଲୋକ ତା ଦେଶରୁ ଆସି ସେମିତି ଜଙ୍ଗଲ ସଫା କରି ଘର କରି ରହିଲେ। ପିଲାଛୁଆ ଆଣି ବସା ବାନ୍ଧିଲେ। କାମଧନ୍ଦା କରି ପେଟ ପୋଷିଲେ। ରଜାକ୍ ଲୋକଟା ଭାରି ମେଳାପୀ, କାମିକା। ତା ନାଁରୁ ହେଲା ରଜାକ୍ ବସ୍ତି। ତାପରେ ମୁହଁରେ ମୁହଁରେ ହୋଇଗଲା ରଜାବସ୍ତି। ମୁଣ୍ଡରେ ହୁଗୁଳାରେ ଲାଗିଥିବା

ଟୋପି ଖସି ତଳେ ପଡ଼ିଯିବା ପରି 'ରଜାକ୍'ରୁ 'କ' ଖସି ହଜିଗଲା। ଏବେ ରଜାବସ୍ତିରେ ବିଜୁଳି ମଧ୍ୟ ଅଛି। ପାତାଳତଳୁ ଭିଡ଼ିଆଣି ଲୋକଙ୍କୁ ପାଣି ଯୋଗାଇବା ପାଇଁ ଦୁଇଟା ହ୍ୟାଣ୍ଡପମ୍ପ୍ ବି ରହିଛି।

ଭିତରେ ପଶି ଡାହାଣ ପଟର ଦ୍ୱିତୀୟ ଘର ଆଗରେ ନୀତି ଠିଆହେଲା। ହାତରୁ କାଗଜ ପୁଳାକ ବାହାର କରି ତା'ର ମୋଡ଼ା ଖୋଲି ସଳଖେଇ ଧରିଲା। ପ୍ରକୃତରେ ହୁଗୁଳା କାଗଜ ନୁହେଁ; ମୋଡ଼ା ମୋଡ଼ି ହୋଇ ରହିଥିଲା ଛୋଟ ଖାତାଟିଏ। ଝାଳ ମଇଳା ଲାଗି ମାଟିଆ ଦିଶିଲାଣି। ଦିଶୁ। ନୀତିର କାମ ଯେଉଁ ପୃଷ୍ଠାରେ, ସେଇ ପୃଷ୍ଠା ସବୁ ସଫା ରହିଛି। ଯାହା ଲେଖା ହୋଇଛି ସବୁ ସ୍ପଷ୍ଟ ଦିଶୁଛି। ଏଇଘର ଉପରେ ତା'ର ବାକୀ ଅଠାଅଶୀ ଟଙ୍କା। ଗୋଟାଏ ଦିନର ସଉଦା। ତା ଆଗର ଟଙ୍କା ସବୁ ମିଳିସାରିଛି।

ନୀତି ଡାକିଲା, 'ଏ ବାବୁ, ନା ମା', କିଏ ଅଛ ଆସ।'

କେହି ଆସିଲେ ନାହିଁ କିମ୍ବା ଉତ୍ତର ଦେଲେ ନାହିଁ। ଆଉ ଦି'ଥର ବଡ଼ପାଟିରେ ଡାକି କିଛି ଉତ୍ତର ନ ପାଇବାରୁ ନୀତି କବାଟ ବାଡ଼େଇ ଡାକିବା ପାଇଁ ଆଗେଇଲା।

ସୁଲୁ ଆଗତୁରା ଦୁଆର ପାଖକୁ ଦୌଡ଼ିଯାଇ ଜଣାଇଲା, 'ଘର ବନ୍ଦ ଅଛି ମା'। ତାଲା ପଡ଼ିଛି।'

ଅନୁକୂଳ ବିଗିଡ଼ି ଯାଇଥିବାରୁ ନୀତିର ମୁହଁ ଟିକିଏ ଫିକା ହୋଇଗଲା, କିନ୍ତୁ କ'ଣ ଆଉ କରିପାରିବ? ଚଳିବ। ଆଜି ନହେଲେ କାଲି ମିଳିବ। ତା ଟଙ୍କା ଫାଙ୍କି ପଳେଇବା ଲୋକ କିଏ ଏଇ ବସ୍ତିରେ ନାହାନ୍ତି।

ଖାତାର ଆଉ ଗୋଟିଏ ପୃଷ୍ଠା ଦେଖି ତା ପାଖ ଘରକୁ ଗଲା। ଶହେ ଅଠର ଟଙ୍କା। ଦୁଇ ଦିନର ପରିବା କିଣା।

କିନ୍ତୁ ପାଟି ଖୋଲି କାହାକୁ ଡାକିବା ଆଗରୁ ଦୁଆରରେ ଝୁଲୁଥିବା ତାଲା ଦିଶିଲା।

ତୃତୀୟ ଘର ବିନବାବୁର। ତାଠି କିଛି ଟଙ୍କା ବାକୀ ନାହିଁ। କିନ୍ତୁ ତା ଘରେ ବି ତାଲା।

ନୀତି ମନରେ ଶଙ୍କା ପଶିଲା। ଝିଅ ସହିତ ବୁଲିବୁଲି ବସ୍ତିର ସବୁ ଘର ଦେଖି ଦେଖି ଗଲା। କେହି କେଉଁଠି ନାହାନ୍ତି। ରାତାରାତି ସାରା ବସ୍ତିଟା ଭୂତବସ୍ତି ବନିଯାଇଛି। ଅଗନା ଅଗନି ବନସ୍ତ, ପତ୍ରଟେ ପଡ଼ିଲେ କୁଲାପରି - ସେମିତି ଲାଗୁଛି। ମଣିଷର ସୋର୍ ଶବ୍ଦ ନାହିଁ। ଗାଈ, ଗୋରୁ, କୁକୁର, ମଟରସାଇକେଲ କିଛି ଦିଶୁନାହିଁ। ନୀତିକୁ ଟିକିଏ ଭୟ ଲାଗିଲା। ସୁଲୁର ହାତ ଧରି କହିଲା, 'କେହି ନାହାନ୍ତି। ଚାଲ ଫେରିଯିବା।'

ଛ' ବର୍ଷ ବୟସର ଝିଅ ସ୍କୁଲକୁ ଡର ମାଡୁନଥିଲା। ପ୍ରଥମେ କହିଲା, 'ଆଉ ଟିକିଏ ଆଗକୁ ଯାଇ ଦେଖିବା।' ତାପରେ କହିଲା, 'ଆମ ଟଙ୍କା କିଏ ଦେବ?'

- ଦବାଲୋକ କିଏ ନାହାନ୍ତି। କାହାକୁ ମାଗିବି?

- ତୁ କାହିଁକି ପଇସା ନ ନେଇ ପରିବା ବିକୁଥିଲୁ?

- ମୁଁ କ'ଣ ଜାଣିଥିଲି ଏମାନେ ସବୁ କୁଆଡ଼େ ପଳେଇବେ ବୋଲି?

ଚାକୁଣ୍ଡା ଗଛ ସନ୍ଧିରୁ ଦିଶୁଥିବା ଗୋଟିଏ ଘରେ ତାଲା ପଡ଼ିନଥିଲା। ଅବଶ୍ୟ ଶିକୁଳି ଭିଡ଼ାହୋଇ ବାହାରୁ ବନ୍ଦ ଥିଲା। ନୀତିର ମନେପଡ଼ିଲା ଏହି ଘରେ ମଦୁଆ ମର୍ଦ୍ଦଟାଏ ତା'ର ଝାମ୍ପୁରୀ ମୁଣ୍ଡି ଭାର୍ଯ୍ୟା ସହିତ ରହେ। ଗୋଟେ ଦୁଇଟା ପିଲା ବି ଦିଶନ୍ତି। ଟିକିଏ ସଂକୋଚରେ ନୀତି ଚାରିଆଡ଼େ ଦେଖି ଶିକୁଳି ଖୋଲି ଘର ଭିତରକୁ ଅନେଇଲା।

ମଣିଷତ ନାହାନ୍ତି; ଜିନିଷପତ୍ର ବି କିଛି ନାହିଁ। ଯାହା ଥିଲା ସବୁ ବନ୍ଧାବନ୍ଧି କରି ନେଇଯାଇଛନ୍ତି ନିଶ୍ଚୟ। ଆଗ ବଖରାରେ କାନ୍ଥକଡ଼ରେ ସୁରେଇଟାଏ। ସୁରେଇରେ ଅଧାଅଧି ପାଣି ବି ରହିଛି। ସୁରେଇ ଭିତରୁ ପାଣି ଶୁଖି ନ ଥିବାର ଅର୍ଥ ହେଉଛି ଏମାନେ ଘରଛାଡ଼ି ବେଶୀରେ ଦୁଇଦିନ ହୋଇଥିବ। ଦୁଇ ବଖରା ଘର। ସବୁ ମେଲା। ଜିନିଷ ତ କିଛି ନାହିଁ - ତାଲା ଠୁଙ୍କିବେ କାହା ଡରରେ? ଏଇ ଭୂତ ଚକଡ଼ାକୁ କୋଉ ଚୋର ଆସିବ? ରଜାବସ୍ତିର ଏମୁଣ୍ଡରୁ ସେମୁଣ୍ଡ ଚାଲିଚାଲି ଗଲା ନୀତି। ଯେଉଁ ଘରୁ ତା'ର କିଛି ବାକୀ ଟଙ୍କା ପାଇବା କଥା, ସେହି ଘର ଆଗରେ ଦଣ୍ଡେ ଠିଆହୋଇ ଖାତା ଦେଖିନିଏ। ଦୁଇ ତିନିଟା ଘର ମେଲା, ବାକୀ ସବୁ ଘରେ ତାଲା! ଏମିତି କ'ଣ ପୂରା ବସ୍ତି କୁଆଡ଼େ ଉଠି ପଳାଏ?

ଗୋଟାଏ ଘର ଆଗରେ ସାଇକଲଟିଏ ଥିବାର ଦେଖି ମନରେ ଦମ୍ଭ ଆସିଲା। ପାଖକୁ ଯାଇ ଦେଖିଲା ମାଖନ୍ ବାହାଦୁର ଘର ବାହାରେ ଠିଆ ହୋଇ ନୀତିକୁ ଅନେଇଛି।

ଇଏ ନୀତିଠୁ ଯେବେ ପରିବା କିଣେ ହାତେ ହାତେ ଟଙ୍କା ପଇଠ କରିଦିଏ। ତେଣୁ ୟା ଉପରେ କିଛି ବାକୀ ନାହିଁ।

'ବସ୍ତିର ଲୋକ ସବୁ କୁଆଡ଼େ ଗଲେ?' ନୀତି ପଚାରିଲା।

'ଗାଁକୁ ପଳେଇଲେ! ତୁ ଜାଣିନୁ? ଥିଲୁ କେଉଁଠି?'

'କାହିଁକି? କେବେ ଫେରିବେ? ମୋ ବାକୀ ଟଙ୍କା ସବୁ କେମିତି ପାଇବି?'

'ଏତେ ପ୍ରଶ୍ନ ପଚାରନା ଲୋ ମା'! ଭଲ ହେଲା ପଳେଇଲେ। ଏଠି ଆଉ କେତେଦିନ ଭୋକ ଉପାସରେ ପଡ଼ିଥାନ୍ତେ?'

'ମୋ ଟଙ୍କା?'

'ତୋ ଟଙ୍କା କଥା ତୁ ଜାଣୁ। ଆଗରୁ ଆସି ମାଗି ନେଲୁନି? କ୍ଷୀରବାଲା, ଅଣ୍ଡାବାଲା ସବୁ ଆସି ମାଗିନେଲେ। ଏବେ ତ ସବୁଆଡ଼େ ଯାଆସ ବନ୍ଦ! ତୁ କୁଆଡ଼େ ଗଲୁ? ଏବେ କେମିତି ଆସିଲୁ?'

'ଦଶଦିନ ହେଲା ମୁଁ ଘରୁ ବାହାରିନି। ଜ୍ୱରରେ ପଡ଼ିଥିଲି। ଏବେ ଆସି ଦେଖିବା ବେଳକୁ ସବୁ ମଣିଷ ଛୁ। ମୋର ଭାରି ଦରକାର ଏବେ ଟଙ୍କା।'

ମାଖନ୍ ବାହାଦୁର କିଛି କହିଲା ନାହିଁ।

ନୀତି ପୁଣି ପଚାରିଲା, 'ସବୁ ଲୋକ ତ ଚାଲିଗଲେ, ତମେ ନଯାଇ କେମିତି ରହିଛ?'

'ମୋ ଗୁଜୁରାଣ ମେଣ୍ଟିଯାଉଛି। କପଡ଼ା ଗୋଦାମରେ ମୁଁ ୱାଚ୍‌ମ୍ୟାନ୍। ଏବେ ଗୋଦାମ୍ ବନ୍ଦ। ଗୋଦାମ ମାଲିକ ମୋତେ ଦରମା ଦେଇ ରଖିଛି। ସବୁ ଷ୍ଟାଫ୍‌ଙ୍କୁ ଡାକି ମାଲିକ କହିଲା, 'ଏବେ ତ ମାଲ୍ ଆସୁନାହିଁ କି ଯାଉନାହିଁ। ତମେ ସବୁ ଆଉ ଆସିବା ଦରକାର ନାହିଁ। ପନ୍ଦର ଦିନର ଦରମା ଦେବି। ତାପରେ ଲକ୍‌ଡାଉନ୍ ନ ଉଠିଲେ ଆଉ ଦରମା ଦେବି ନାହିଁ।' ମୋତେ କହିଲା, 'ତୁ ଏବେ ପ୍ରତିଦିନ ଯେମିତି ଆସୁଚୁ ସେମିତି ଆସିବୁ। ପୂରା ଦରମା ପାଇବୁ।'

'ବସ୍ତିଲୋକ କେବେ ଫେରିବେ?'

'କେବେ ଫେରିବେ ମୁଁ କେମିତି କହିବି? ତୁ କ'ଣ ଜାଣିଛୁ ଏ କରୋନା ରୋଗ କେବେ ଯିବ? ରାସ୍ତାଘାଟ ଖୋଲିବ, ଦୋକାନ ବଜାର ଚାଲିବ? ପେଟ ପୋଷିବା ପାଇଁ ନିଜ ଦେଶ ଛାଡ଼ି ଏଠିକି ଆସିଥିଲେ। ଏବେ କାମଦାମ ବନ୍ଦ। ରୋଜଗାର ନାହିଁ। ଆଠ ଦଶଦିନ ବସିରହିଲେ। ଘରୁ ଅଟା, ଚାଉଳ ସରିଲା। ଟଙ୍କା ପଇସା ବି ସରିଲା। ଆଉ ଏଠି ରହି କରିବେ କ'ଣ? କିଏ ସାଇକେଲ ବିକିଲା ତ କିଏ ମୋଟର ସାଇକେଲ ବିକିଲା! ଆଉ ତୋ ପଇସା କ'ଣ ତୋ ଘରେ ଯାଇ ଦେଇ ଆସନ୍ତେ?'

ଚାରିପଟେ ଭୂତ କି ପ୍ରେତ ପରି ଜମିଯାଇଥିବା ଘରଦ୍ୱାର, ଗଛ, ମାଟି ରାସ୍ତା, ବିଜୁଳୀ ଖୁଣ୍ଟ, କଣ୍ଟାବାଡ଼, ଅମରୀ ବୁଦାକୁ ଆଉଥରେ ଆଖିବୁଲେଇ ଦେଖିନେଲା ନୀତି। ରାସ୍ତାରେ କାହା ପିଲା ଖେଳୁନାହିଁ। କାହା ଘରେ ଚୁଲି ଜଳି ଚାଳ ଉପରକୁ ଧୂଆଁ ଉଠୁନାହିଁ। ଏକଲା ମଣିଷ କିଏ ବସ୍ତି ଭିତରକୁ ଆସିଲେ ଡରିଯିବ। ନୀତି ମୁଣ୍ଡକୁ ଗୋଟାଏ ଶବ୍ଦ ମନକୁ ମନ ଆସିଗଲା - ମଶାଣି; କିନ୍ତୁ ତରବରରେ ସେ ସେଇ ଭାବନାକୁ ମୁଣ୍ଡ ଭିତରୁ ଟାଣି ଓଟାରି ଫୋପାଡ଼ିଦେଲା। ସୁଲୁର ହାତ ଧରି ବସ୍ତି ଭିତରୁ ବାହାରି ଆସିଲା। ଥାଉ ଏଇ ମାଖନ୍ ବାହାଦୁର ଭୂତର ଚରାଭୂଇଁରେ ଜଗୁଆଳ ହୋଇ।

ସୁଲୁ ବ୍ୟଗ୍ର ହୋଇ ପଚାରିଲା, 'ଏବେ କ'ଣ କରିବା ମା' ? ଆମ ଟଙ୍କା କ'ଣ ମିଳିବନି ? ତୁ କାହିଁକି ଏଠି ଟଙ୍କା ନ ନେଇ ପରିବା ଦଉଥିଲୁ ?'

ନୀତି ପାଖରେ ସୁଲୁ ପାଇଁ କିଛି ଉତ୍ତର ନଥିଲା। ପ୍ରକୃତରେ ସେ ଆଗରୁ କାହାକୁ ଉଧାର ଦେଉନଥିଲା। ହାତେ ହାତେ ପରିବା ନିଅ, ଟଙ୍କା ଦିଅ। କିନ୍ତୁ ସେ ଅଳପେଇସା ବଳିଆ ନାହାକ ସାଇକେଲ୍‌ରେ ପରିବା ଝୁଡ଼ି ଧରି ଘର ଘର ବୁଲି ନଗଦ କାରବାର ବଦଳରେ ବାକୀ ଖାତା ଆରମ୍ଭ କଲା। ନୀତି ପାଖରେ ଆଉ କିଛି ଉପାୟ ରହିଲା ନାହିଁ।

ରଜାବସ୍ତିରୁ ତା ଘର ଅଧ ମାଇଲିଏ ବାଟ। ସବୁଦିନ ପରିବା ଧରି ଆସିବା ବେଳେ ବାଟ ଜଣାପଡ଼େ ନାହିଁ। ରାସ୍ତା ସାରା ଲୋକବାକ ଥାଆନ୍ତି, ବେପାର ଚାଲିଥାଏ। ଦିନେ ଦିନେ ତ ବସ୍ତିରେ ପହଞ୍ଚିବା ଆଗରୁ ହିଁ ସବୁ ପରିବା ସରିଯାଏ। ଆଜି ସବୁ ଖାଲି ଖାଲି। ଲାଗୁଚି ଯେମିତି ସଡ଼କର ଲମ୍ବ ପାଞ୍ଚଗୁଣ ବଢ଼ିଯାଇଛି ! କି ରୋଗ କୁଆଡ୍ରୁ ଆସିଲା ଯେ ସମସ୍ତଙ୍କର କାଳ ହେଲା।

ନିଜ ଘରକୁ ନ ଫେରି ନୀତି ଯାଇ ସିଧା ହାବୁଡ଼ିଲା ସରପଞ୍ଚ ଘରେ।

ମୁହଁରେ ଧଳା ତୁଣ୍ଡି ବାନ୍ଧି ସରପଞ୍ଚ ମାଙ୍କଡ଼ ପରି ଦିଶୁଥିଲା। ବାହାର ଅଗଣାରେ ଗଛଛାଇରେ ଆରାମରେ ବସିଚି ତା ଚୌକିରେ। ଆଗରେ ଦୁଇପାଖରେ ଦୁଇଟା କାଠ ବେଞ୍ଚ୍। ସବୁଦିନ ଏଠି ଦରବାର ଲାଗିଥାଏ, ଆଜି ଶୂନ୍‌ଶାନ୍।

ନୀତି ନିଜେ ଦଣ୍ଡବତ ହୋଇ ସୁଲୁକୁ କହିଲା, 'ପାଦ ଛୁଅଁ।' ସୁଲୁ ଛୁଇଁଲା।

ଭଲ ମନ୍ଦ କିଛି ବୁଝିବା ଆଗରୁ ସରପଞ୍ଚ ପଚାରିଲା, 'କିଲୋ, ଏମିତି କ'ଣ ଖୋଲା ମୁହଁ ଦେଖାଇ ମା' ଝିଅ ବୁଲୁଚ ? ତମର ମାସ୍କ୍ ନାହିଁ ? ତମେ ସବୁ ମାସ୍କ୍ ନ ପିନ୍ଧିଲେ ମୋ ସରପଞ୍ଚ ଚଉକି ଗଲା ବୋଲି ଜାଣ।'

ସୁଲୁ କହିଲା, 'ମୁଁ କହୁଛି। ମା' ଶୁଣୁନାଇଁ। ମୋର ସବୁ ସାଙ୍ଗସାଥୀ ପିନ୍ଧିଲେଣି।'

ସରପଞ୍ଚ ଖୁସି ହୋଇ କହିଲା, 'ଦେଖିଲୁ ନୀତି ତୋ ଝିଅ କେତେ ଚାଲାକ୍ ହେଲାଣି। ଆଉ କ'ଣ ସବୁ ଶିଖିଛୁ ଝିଅ, ଟିକିଏ କହିବୁଟି !'

ନିଜ ପ୍ରଶଂସା ଶୁଣି ସୁଲୁ ଭାରି ଖୁସି। 'ମୁଁ ସବୁ ଜାଣିଛି। ଲକ୍‌ଡାଉନ୍, କରୋନା ଭାଇରସ୍, ମାସ୍କ, କ୍ୱାରେଣ୍ଟାଇନ୍, ସାନିଟାଇଜର୍ - ସବୁ ଜାଣିଚି।'

ଚୌକି ପଛକୁ ହାତ ବୁଲାଇ ସରପଞ୍ଚ ଗୋଟାଏ ମୁଣା ଭିତରୁ ସାଗୁଆ ରଙ୍ଗର ଦୁଇଟା ମାସ୍କ୍ ବାହାରକଲା। ସୁଲୁ ହାତରେ ଦେଇ କହିଲା, ନିଜେ ପିନ୍ଧିବୁ। ମା'କୁ କହିବୁ ସବୁବେଳେ ପିନ୍ଧିବ। ଦୁଇପଟର ଫିତା କାନରେ ଲାଗିବ।

ସେ ବିଧି ମଧ୍ୟ ନିଜେ ଜାଣିଛି ବୋଲି ପ୍ରମାଣିତ କରି ସୁଲୁ ଗୋଟାଏ ଶାଗୁଆ ପରଦାରେ ନିଜ ନାକ, ପାଟି ଘୋଡ଼ାଇଦେଲା।

ନୀତିକୁ ଦେଖି ଭିତରୁ ସରପଞ୍ଚଙ୍କ ସ୍ତ୍ରୀ ସରନାନୀ ବାହାରି ଆସିଲା। ନୀତି ସହିତ ସରନାନୀର ଭାବ ଭଲ। ପିଲାଦିନରୁ ପରିଚୟ। ନୀତିକୁ କହିଲା, 'କ'ଣ ଲୋ ନୀତି ? ଆଜିକାଲି ତୋର ଆଉ ଦେଖା ମିଳୁନାହିଁ। ଆଜି କ'ଣ ବାଟ ଭୁଲିଗଲୁ କି ?'

– 'ସେମିତି ନୁହଁ ସରନାନୀ। ଜରରେ ପଡ଼ି ଦଶଦିନ ଘରେ ରହିଲି। କୁଆଡ଼େ ଯାଇପାରିଲି ନାହିଁ। ମୋ ଯୋଗୁଁ ସୁଲୁ ବି କଷ୍ଟ ପାଇଲା। ଆଜି ମୋ ବାକିଆ ଟଙ୍କା ଅସୁଲ କରିବା ପାଇଁ ରଜାବସ୍ତି ଗଲାବେଳେ...'

ନିଜ କଥାକୁ ଅଧାରେ ବନ୍ଦ କରି ନୀତି ସରପଞ୍ଚକୁ ଅନେଇଲା, ସେ ଶୁଣୁଚି ନା ନାହିଁ ଜାଣିବା ପାଇଁ। ନହେଲେ ସବୁକଥା ଆଉଥରେ କହିବାକୁ ପଡ଼ିବ।

'କ'ଣ ହେଲା ରଜାବସ୍ତିରେ ?' – ସରପଞ୍ଚ ପଚାରିଲା, 'ତୁ କ'ଣ ଭାରି ଗୋଟାଏ ମହାଜନ ପରି କଥା କହିଲୁଣି ! ତୋର ବାକୀ ଟଙ୍କା ଅସୁଲ କ'ଣ ?

ସରପଞ୍ଚକୁ ନିଜ ଦୁଃଖ ବର୍ଣ୍ଣନା କରି କହିବାବେଳେ ସରନାନୀ ଘର ଭିତରକୁ ଯାଇ ଗୋଟାଏ ଜରି ଭିତରେ କେତେଟା ଆମ୍ବ ଧରି ଫେରିଲା। କଞ୍ଚା, ପାଚିଲା ସବୁ ମିଶାମିଶି। ସୁଲୁ ହାତକୁ ଜରିଟି ବଢ଼ାଇ କହିଲା, 'ନେ ଆମ୍ବ ଖାଇବୁ।'

ଅତି ଆଗ୍ରହରେ ଜରିଟି ନେଇ ସୁଲୁ ମୁଠାଇ ଧରିଲା। ସରନାନୀ କହିଲା, 'ଆହା, ବାପା ଛେଉଣ୍ଡ ବିଚାରୀ ପିଲାଟିଏ ! କେଡ଼େ ସୁଧାର। ଆଉ ଦି'ଟା ବର୍ଷରେ ତୋର ସବୁକାମ କରିଦେବ ଲୋ ନୀତି। ତୋ ଦୁଃଖ ଯିବ।'

ବାପା ଛେଉଣ୍ଡ ଶବ୍ଦର ଅର୍ଥ ଆଗରୁ ସୁଲୁ ବୁଝିପାରୁ ନ ଥିଲା। ଏବେ ବୁଝିଲାଣି। ତା ତରଫରୁ କୌଣସି ପ୍ରତିକ୍ରିୟା ଦରକାର ନାହିଁ ବୋଲି ମଧ୍ୟ ଜାଣିଲାଣି।

ନୀତି ହିସାବ ଖାତା ଖୋଲି ସରପଞ୍ଚକୁ ଦେଖାଇଲା। ତା'ର ବାକୀ ଟଙ୍କା ନ ମିଳିଲେ ସେ କେମିତି ଚଳିବ ବୋଲି ବଡ଼ପାଟିରେ ପଚାରିଲା। ତାପରେ ସିଧା ଆକ୍ରମଣ 'ତମେ ସରପଞ୍ଚ ହେଇଚ। ଗାଁର ସବୁ ଭଲମନ୍ଦ ବୁଝିବା ଲୋକ। ପୂରା ବସ୍ତିଟେ ଉଠି ପଳେଇଲା, କିଛି ଜାଣିଲ ନାହିଁ ?'

'ଜାଣିଲି ନାହିଁ ? କିଏ କହିଲା ତୋତେ ଏକଥା ? ଆଲୋ, ମୁଁ ପରା ତାଙ୍କୁ ବାଟ ବତେଇଲି। ଏଠି ଭୋକରେ ପଡ଼ି କ'ଣ କରନ୍ତେ ? ଗାଡ଼ି ମଟର କିଛି ତ ନାହିଁ। କେମିତି ଯିବେ ବୋଲି ଡହଳ ବିକଳ ହେଉଥିଲେ। ମୋ ପାଖରେ ଦୁଇଜଣ ମୋଟର ସାଇକଲ୍ ବନ୍ଧା ରଖିଛନ୍ତି ଜାଣିଛୁ ? ତିନିଦିନ ତଳେ ମୁଁ ତାଙ୍କୁ ଉପାୟ ବତେଇ ଛାଡ଼ିଛି। ଦଳବାନ୍ଧି, ପେଡ଼ି ପୁଟୁଳି ଧରି ପାଦରେ ଚାଲି ଚାଲି ରେଳଷ୍ଟେସନ ଗଲେ। ତା

ଆରଦିନ ସକାଳେ ସେଠି ମାଲ୍‌ଗାଡ଼ିଟାଏ ଅଟକିବ ବୋଲି ମୁଁ ଖବର ପାଇଥିଲି। ମଣିଷ ଯିବା ଟ୍ରେନ୍ ତ ଆଉ ମୋଟେ ଚାଲୁନାହିଁ। ସେଇ ମାଲ୍‌ଗାଡ଼ିର ଡ୍ରାଇଭର, ଗାର୍ଡ଼କୁ ଫୁସୁଲା ଫୁସୁଲି କରି ହାତଗୁଞ୍ଜା ଦେଇ ଯାଇଥିବେ। ତାଙ୍କ ଦେଶ ଏଠୁ ବହୁତ ଦୂର।

'କୋଉଠି ତାଙ୍କ ଦେଶ ?'

'ତୁ ଜାଣି କ'ଣ କରିବୁ? ଟଙ୍କା ମାଗିବାକୁ ପଳେଇବୁ ନା କ'ଣ? ମୋ ପାଖରେ ଫୋନ୍ ନମ୍ବର, ଠିକଣା ଅଛି। ନବୁ ଯଦି ନେ।'

'ମୋ ଫୋନ୍ ନାହିଁ। ମୋତେ ଫୋନ୍ କରି ଆସେନି।'

ସୁଲୁ କହିଲା, 'ମୁଁ କେତେଥର କହିଲିଣି, ମା' ମୋବାଇଲ କିଣୁ ନାହିଁ। ମୋତେ ଫୋନ୍ କରି ଆସେ। ମନୁ ଘରେ ତିନିଟା ମୋବାଇଲ୍ ଅଛି।'

ସୁଲୁର ଅଭିଯୋଗ ଆଦୌ ନଶୁଣି ନୀତି ସରପଞ୍ଚ ହାତରୁ କାଗଜ ଖଣ୍ଡିକ ନେଇ ପଚାରିଲା, 'ଏଇ କାଗଜ ମୁଁ ନେବି ?'

'ନା, ତୁ ନେଇଗଲେ କେମିତି ହେବ? ଏଇ କଲମ ନେଇ ନମ୍ବରଟି ତୁ ଟିପି ମୋତେ କାଗଜଟି ଫେରାଇ ଦେ।'

ସୁଲୁ ପୁଣି ଉପରେ ପଡ଼ି କହିଲା, 'ମୁଁ ଲେଖିବି।'

ନୀତି ନିଜ ହିସାବ ଖାତା ଖୋଲି ଗୋଟାଏ ପୃଷ୍ଠା ଦେଖାଇ ସୁଲୁକୁ କହିଲା, 'ଏଇଠି ଲେଖ୍।'

ସୁଲୁ ପୂରା ଠିକଣା, ନମ୍ବର ନକଲ କରି ମୂଳ କାଗଜ ଖଣ୍ଡିକ ସରପଞ୍ଚ ହାତକୁ ଫେରାଇଦେଲା।

ସେଠାରୁ ବାହାରିବା ଆଗରୁ ସରପଞ୍ଚ ଉପରକୁ ସିଧା ପ୍ରଶ୍ନଟିଏ ଫୋପାଡ଼ିଲା ନୀତି, 'ମୋ ଟଙ୍କା ମିଳିବ ନା ନାହିଁ?'

'ନ ମିଳିଲେ କ'ଣ ମରିଯିବୁ? ତୁ କ'ଣ ଏମିତି ଗରିବ କିଲୋ ନୀତି? ବିଚରା ବିରଞ୍ଚିଟା ଅଳ୍ପ ବୟସରେ ଚାଲିଗଲା ସିନା, ତୋ ପାଇଁ ଯାହା ସଞ୍ଚିଲା ତୋର ଚଳିବା ପାଇଁ ଯଥେଷ୍ଟ। କ'ଣ ଭୁଲ କହିଲି? ଏବେ ତୋର ଟଙ୍କା କେତେଟା ବସ୍ତିବାଲାଙ୍କ ପାଖରେ ରହିଛି ବୋଲି ଏତେ ବିକଳ କାହିଁକି ହେଉଛୁ?'

ନିଜ ସ୍ୱର୍ଗତ ସ୍ୱାମୀଙ୍କ ନାଁ ଶୁଣି ଆଖିବୁଜି ନୀତି ମନେମନେ ଛବିଟିଏ ଉତାରି ଆଣିଲା। ତା'ପରେ ଆଖିଖୋଲି କହିଲା, 'ବିକଳ କେମିତି ହେବିନାହିଁ? ପାଞ୍ଚ ହଜାର ଟଙ୍କା ହେବ। ମୋର ନିଜର ଉଧାର କରଜ ଅଛି ନା ନାହିଁ?'

'ପାଞ୍ଚ ହଜାର? ସତ କହୁଛୁ?'

'ହଉ ହେଲା ଏବେ ପାଖାପାଖି ଚାରିହଜାର। ମୁଁ କ'ଣ ସବୁ ଗୋଟିଗୋଟି ଯୋଡ଼ି ହିସାବ କରିଛି ?'

'ମୋତେ ଦଉନୁମା', ମୁଁ ସବୁ ମିଶାଇ କହିଦେବି ?' ସୁଲୁ କହିଲା।

ତା ମୁଣ୍ଡରେ ହାତ ଆଉଁସି ସରପଞ୍ଚ କହିଲା, ଜଣାପଡୁଛି ତୋ ଝିଅ ଭଲ ପାଠପଢୁଛି। ନୀତି କିନ୍ତୁ ସୁଲୁକୁ ଖାତା ଦେଲାନାହିଁ। ଖାତାକୁ ଏମିତି ଜାବୁଡ଼ି ଧରିଲା ଯେମିତି ତା ଭିତରେ ତା'ର ଜୀବନ ନାଡ଼ି ବନ୍ଦ ରହିଛି। କାହା ଋଣର ବୋଝ ତା ମୁଣ୍ଡରେ ଲଦା ହୋଇଥିଲେ ଯେମିତି ଅଶାନ୍ତିରେ ନିଦ ହୁଏ ନାହିଁ, ନିଜ ସମ୍ପତ୍ତି ଆଉ କାହା ପାଖରେ ବାକୀ ପଡ଼ିଥିଲେ ମଧ୍ୟ ଅଥୟ ଲାଗେ ନୀତିକୁ। ଏବେ ଏଇ ମଇଳା, ଝାଲୁଆ ଖାତା ଖଣ୍ଡିକ ସାଇତି ରଖିବାକୁ ପଡ଼ିବ। କେତେଦିନ କି କେତେବର୍ଷ କିଏ ଜାଣେ ? ସେଥିରେ ଧୂଳି ଜମିବ, ଅଳନ୍ଧୁ ଲାଗିବ, ତେଲ ଚିକିଟା ବୋଲିହେବ କିନ୍ତୁ ସାଇତି ରଖିବାକୁ ହିଁ ହେବ। ଘରକୁ ଯାଇ ଜରି ଭିତରେ ବାନ୍ଧି ଠଣାରେ ରଖିବାକୁ ପଡ଼ିବ। ନୀତି ରାସ୍ତାକୁ ଫେରିଆସିଲା।

ପଛରୁ କିଏ ଡାକିବା ପରି ଶୁଭିଲା। ଲୋକବାକ ଆଦୌ ନଥିବା ଶୂନ୍‌ଶାନ୍ ରାସ୍ତାରେ କିଏ ବା ଡାକିବ ?

ପଛକୁ ଅନାଇ ସୁଲୁ କହିଲା, 'ମା'ଲୋ, ପଛରୁ କିଏ ଲୋକଟେ ଆମକୁ ଡାକୁଛି।'

ନୀତି ଠିଆହେଇ ଶୁଣିଲା। ପଛରୁ ଶୁଭିଲା। 'ଓ ଚେଲ୍ଲି ! ଏ ଦିଦି ! ପିନ୍ନୀ ସୁନୋ।'

ଗୋଟାଏ ଡେଙ୍ଗା ନିଶୁଆ ଲୋକ ପାଖକୁ ଆସି ପଚାରିଲା, 'ଟିକିଏ ସାହାଯ୍ୟ ମିଳିବ ?' ଲୋକଟିର ଭାଷା ତେଲୁଗୁ ମିଶା ହିନ୍ଦୀ, କିନ୍ତୁ ନୀତି ଠିକ୍ ବୁଝିଲା। ସୁଲୁ ବି ବୁଝିଲା।

'କି ସାହାଯ୍ୟ ?'

'ଏଇ ଗାଁ ଭିତରେ କେଉଁଠି ଚା, ଜଳଖିଆ ଦୋକାନ ଅଛି ଟିକିଏ କହିବ ?'

'ନାଇଁ, ଏଠି କିଛି ନାଇଁ।'

'ଆଉ ପାଖରେ କେଉଁଠି ?'

'ମୁଁ ଜାଣିନି।' ନୀତି ବିରକ୍ତ ହୋଇ କହିଲା।'

ସୁଲୁ ମଝିରୁ କହି ଉଠିଲା, 'ରାନାର ବାପା ଦୋକାନ କରି ବରା, ପକୋଡ଼ି, ଚା ବିକନ୍ତି।'

ଅଜଣା ଲୋକଙ୍କୁ କଥା ନ କହିବା ପାଇଁ ସୁଲୁକୁ ଦିଆଯାଇଥିବା ନିର୍ଦ୍ଦେଶ

ସେ ଅମାନ୍ୟ କରିଥିବାରୁ ନୀତି ତା ଆଡ଼କୁ କ୍ରୋଧରେ ଅନାଇଲା। ତରବରରେ ସୁଲୁ ଯୋଡ଼ିଲା, 'ଏବେ ଦଶଦିନ ହେଲା ସେଇ ଦୋକାନ ବି ବନ୍ଦ। ସବୁ ଦୋକାନ ବନ୍ଦ। ପାଉରୁଟି, ବିସ୍କୁଟ୍ ବି ମିଳିବ ନାହିଁ।'

ସୁଲୁ ଆଡ଼କୁ ସ୍ନେହରେ ଅନେଇ ଲୋକଟି ପୁଣି ପଚାରିଲା, 'ତାହେଲେ-'

ତା କଥା ନଶୁଣି ନୀତି ପୁଣି କହିଲା, 'ନା କିଛି ନାହିଁ।'

'କିଛି ନାସ୍ତା ମିଳିବନି ? ମୁଁ ଟଙ୍କା ଦେବି।'

'ତମକୁ କ'ଣ ଭୋକ ହଉଚି ? ଆମ୍ଭ ଖାଇବ ?' ସୁଲୁ ପଚାରିଲା।

କିନ୍ତୁ ନୀତି କହିଲା, 'ନାସ୍ତା କୁଆଡ୍ରୁ ଆସିବ ? କିଏ ତମେ ? ଏଠିକି କାହିଁକି ଆସିଚ ?'

ସେମିତି ତେଲୁଗୁ ମିଶା ହିନ୍ଦୀରେ ଲୋକଟି ବୁଝାଇ କହିଲା, ତା ନା କ୍ରିଷ୍ଣାୟା। ଟ୍ରକ୍ ଡ୍ରାଇଭର। ଆନ୍ଧ୍ରରୁ ଟ୍ରକ୍‌ରେ ମାଲ୍ ଧରି ସାତଦିନ ତଳୁ ବାହାରିଲାଣି, କିନ୍ତୁ ଏବେ ଦୁଇଦିନ ହେଲା ନୀତିର ଗାଁ ପାଖରେ ତା ଟ୍ରକ୍ ଅଟକି ରହିଛି। ଆଗକୁ ଯାଇପାରୁନି କି ପଛକୁ ଫେରି ପାରୁନି। ପୋଲିସ୍ କହୁଛି ଯେଉଁଠି ଅଛ ସେଇଠି ରୁହ। ଯେଉଁ ଗାଡ଼ିରେ ଡାଲି, ଚାଉଳ, ଫଳ, ବିସ୍କୁଟ କିମ୍ବା ଅନ୍ୟ ଖାଇବା ଜିନିଷ ଯାଉଛି ସେହି ଗାଡ଼ିକୁ ପୋଲିସ ଛାଡୁଛି, କିନ୍ତୁ କ୍ରିଷ୍ଣା ଯାକୁ କହୁଛି 'ଲକ୍‌ଡାଉନ୍'।

'କେତେଦିନ ଏମିତି ଅଟକି ରହିବ ?'

'ମୁଁ କ'ଣ ଜାଣିଛି ? ମୋ ହେଲ୍‌ପର୍ କାଲି ପଳେଇଲା। କେତେ ଟ୍ରକ୍ ଏମିତି କେତେ ଜାଗାରେ ଅଟକି ରହିଛି।'

'ଦୁଇଦିନ ଏଠି ରହିଲଣି ଯେତେବେଳେ କେଉଁଠି ହେଲେ ତ ଖାଇଥିବ। ଏବେ ସେଠି ଖାଉନ କାହିଁକି ?'

'ମୋ ଗାଡ଼ିରେ ବିସ୍କୁଟ, ପାଣି, କଦଳୀ ଥିଲା। କାଲି ସବୁ ସରିଗଲା।'

ବିନା କାରଣରେ ସୁଲୁ ଖିଲିଖିଲି ହସିଉଠିଲା। ଲୋକଟି ଟିକିଏ ଅପ୍ରସ୍ତୁତ ହୋଇ କହିଲା, 'ସତ କହୁଛି ତଲ୍ଲୀ, ମୋ ଗାଡ଼ିରେ ଏବେ ଅଧବୋତଲ ପାଣି ଛଡ଼ା ଆଉ କିଛି ନାହିଁ। ବେଶୀରେ ଅଧ ପ୍ୟାକେଟ୍ ସିଗାରେଟ୍ ଥିବ। ବାସ୍ ସେତିକି।'

ସେମିତି ହସି ହସି ସୁଲୁ କହିଲା, 'ତମେ ସିଗାରେଟ୍ ଟାଣୁଛ ? ଖରାପ କଥା।'

କିଛି ସମୟ ଭାବି ନୀତି କହିଲା, 'ହଉ ଏବେ ମୁଁ ତମକୁ ଦି'ମୁଠା ଭାତ ଖାଇବାକୁ ଦେବି। କେବଳ ଥରେ। ତାପରେ ତମ ବାଟ ତମେ ଦେଖ। ଆମ ସରପଞ୍ଚଙ୍କୁ କହିଲେ ସେ କିଛି ଠିକଣା କରିଦେଇପାରେ। ଆମ ଗାଁ ମନ୍ଦିର ଖୋଲାଥିଲେ ତମର କିଛି ଅସୁବିଧା ହେଇ ନଥାନ୍ତା। ଏବେ ତ ମନ୍ଦିର ବି ଖୋଲୁ ନାହିଁ।'

ନୀତିର ଟାଇଲ୍ ଛପର ଘର। ବାହାରେ ଖୋଲା ଅଗଣା। ଅଗଣାରେ ଗୋଟିଏ

ନଡ଼ିଆ ଗଛ, ଦୁଇଟା ସଜନା ଗଛ। ଲିପା ପୋଛା, ପରିଷ୍କାର। ତଳେ ଚିତା ପଡ଼ିଛି। ଗଛ ଛାଇରେ ମଶିଣା ଉପରେ ବସି ସୁଲୁ କ୍ରିଷ୍ଟାୟା ସହିତ କ'ଣ ବଜବଜ ହେଉଛି। ଘର ଭିତରେ ନୀତି ଭାତ ରାନ୍ଧୁଛି।

କ୍ରିଷ୍ଟାୟା କହିଲା, 'ବେଟୀ, ଆଉ ଟିକିଏ ମଦଦ୍ କରିବୁ ?'

'କ'ଣ ?'

ପକେଟ୍‌ରୁ ମୋବାଇଲ ବାହାର କରି କ୍ରିଷ୍ଟାୟା କହିଲା, 'ତମ ପ୍ଲଗ୍‌ରେ ଯାକୁ ଚାର୍ଜ କରିବି ?'

'ଇଏ ଚାର୍ଜ ହେବନି। ତମ ପାଖରେ ଚାର୍ଜର ଫିତା ନାହିଁ।'

'ଅଛି, ଆଉ ଗୋଟାଏ ପକେଟ୍‌ରୁ ଚାର୍ଜର ବାହାର କରି କ୍ରିଷ୍ଟାୟା କହିଲା, ଏଇ ଦେଖ୍ !'

ସୁଲୁ ଚାର୍ଜର୍ ସହିତ କ୍ରିଷ୍ଟାୟାର ମୋବାଇଲ୍ ନେଇ ଘର ବାରଣ୍ଡାରେ ଥିବା ବିଜୁଳି ସ୍ରୋତରେ ସାମିଲ୍ କରିଦେଇ ଆସିଲା।

କିଛି ସମୟ ପରେ କ୍ରିଷ୍ଟାୟାକୁ ମିଳିଲା କଂସାଏ ପଖାଳ, ଦୁଇଟି କଞ୍ଚା କଟା ପିଆଜ, ଗୋଟାଏ କଞ୍ଚା ଲଙ୍କା, ଗୋଟିଏ କଟା କାକୁଡ଼ି ଓ ଗିନାଏ ଶାଗଖରଡ଼ା। ତାପରେ ଦୁଇ ସୋରା କଟା ଆମ୍ବ।

'କାକୁଡ଼ି, ଶାଗ, ଲଙ୍କା ମରିଚ ଆମ ବାଡ଼ିରେ ହୁଏ।' -ସୁଲୁର ଅନାବଶ୍ୟକ ମନ୍ତବ୍ୟ।

କ୍ରିଷ୍ଟାୟାକୁ ଯାଚି, ପଚାରି ନୀତି ଆଉ ବେଲାଏ ପଖାଳ ଓ ଆଉ କିଛି ଶାଗଖରଡ଼ା ବି ଦେଲା। ସବୁ ଖାଇସାରି ହାତଧୋଇ କ୍ରିଷ୍ଟାୟା ପକେଟ୍‌ରୁ ରୁମାଲ୍ ବାହାରକରି ହାତ ମୁହଁ ପୋଛିଲା। ତାପରେ ସଂକୋଚର ସହିତ ପକେଟ୍‌ରୁ ଶହେ ଟଙ୍କିଆ ନୋଟ୍ ଖଣ୍ଡେ ବାହାରକରି କହିଲା, 'ଏତିକି ରଖ ଭଉଣୀ !'

ସୁଲୁ ନୋଟ୍‌ଟି ନେବାପାଇଁ ହାତ ବଢ଼ାଇବା ବେଳେ ନୀତି କହିଲା, 'ଦରକାର ନାହିଁ। ତମ ଟଙ୍କା ତମେ ରଖ। ମୁଁ ଟଙ୍କା ପାଇଁ ଖାଇବାକୁ ଦେଇନାହିଁ। ଏଇଟା ହୋଟେଲ ନୁହଁ।'

କ୍ରିଷ୍ଟାୟା ନୀରବରେ ନିଜ ଟଙ୍କା ନିଜ ପକେଟ୍‌କୁ ଫେରାଇନେଲା।

ସୁଲୁ କହିଲା, 'ମାଲୋ, ତୁ ଏଇ ଅଙ୍କଲକୁ କହୁନୁ ତାଙ୍କ ମୋବାଇଲରେ ଫୋନ୍ କରିବା ପାଇଁ ? ତାଙ୍କ ମୋବାଇଲ ସେଠି ଚାର୍ଜ ହେଉଛି।'

'କି ଫୋନ୍ ? କାହା ପାଖକୁ ?' କ୍ରିଷ୍ଟାୟା ପଚାରିଲା।

ଅଧା ନୀତି ମୁହଁରୁ ଓ ଅଧା ସୁଲୁ ମୁହଁରୁ ଶୁଣି କ୍ରିଷ୍ଟାୟା ସବୁକଥା ବୁଝିଲା। ନୀତି ନିଜ ନଥି ଖୋଲି ଠିକଣା ପୃଷ୍ଠାଟି ବାହାର କରି କ୍ରିଷ୍ଟାୟା ଆଗରେ ଥୋଇ କହିଲା,

'ଇଚ୍ଛା ହେଲେ, ସୁବିଧା ହେଲେ ଫୋନ୍ କରି ପଚାର। ନହେଲେ ମୋତେ ଦିଅ, ମୁଁ କଥା ହେବି। ଏଇଟା ମୋ ଘରେ ଖାଇବାର ମୂଳ ବୋଲି ଯଦି ଭାବୁଛ, ତେବେ ଥାଉ। ଫୋନ୍ କରିବା ଦରକାର ନାହିଁ।'

କ୍ରିଷ୍ଣାୟା ଜିଭ କାମୁଡ଼ି କହିଲା, 'ରାମ୍, ରାମ୍! କି କଥା!'

ଖାତାରୁ ସୁଲୁ ପଢ଼ିଲା, 'ରଜାବସ୍ତି ଲୋକଙ୍କ ଠିକଣା :

ଗ୍ରାମ- ମିଲ୍‌କି, ବିଲୟା, ଧମୋଲ୍

ପଞ୍ଚାୟତ- ଅନ୍‌ୱା (ହଁସୁଆ ବ୍ଲକ୍)

ଜିଲ୍ଲା- ନୱାଡ଼ା (ବିହାର)

ମୋବାଇଲ ନଂ (ବୁଧନ୍ ମହାତୋ) : ୯୯୩୮୨୮୨୨୪୦

କ୍ରିଷ୍ଣାୟା ନମ୍ବର ଶୁଣି ଗୋଟି ଗୋଟି ଅଙ୍କ ଟିପି ଫୋନ୍ ଲଗାଇ କାନ ପାଖରେ ଧରିଲା। ନୀତି ଓ ସୁଲୁ ତା ମୁହଁକୁ ଆତୁର ହୋଇ ଅନେଇଥାନ୍ତି। କିଛିସମୟ ପରେ କାନପାଖରୁ ଫୋନ୍ ଆଣି ନିରାଶ କଣ୍ଠରେ ପ୍ରଶ୍ନ କଲା, 'ନମ୍ବର ଠିକ୍ ଅଛି ତ ?'

'ଠିକ୍ ନା ଭୁଲ୍ ମୁଁ କେମିତି ଜାଣିବି ? ଯାହା ପାଇଲି ତାହା ଦେଲି।'

କ୍ରିଷ୍ଣାୟା ଆଉଥରେ ଚେଷ୍ଟା କଲା। ପୁଣି ନିଷ୍ଫଳ।

'ନମ୍ବର ଠିକ୍ ଥିବ। ବୁଧନ୍ ଲୋକଟି ତା ମୋବାଇଲ୍ ବନ୍ଦ କରି ରଖିଛି। କିଛି ଚିନ୍ତା ନାହିଁ ଭଉଣୀ। ମୋ ଗାଡ଼ି ଗୟା ଯିବ। ସେଇ ନାୱାଡ଼ା ପାଖ ହୋଇଯିବ। ମୁଁ ଗାଡ଼ିରଖି ତମ କଥା କହିବି।'

'ତମ ଗାଡ଼ି କେବେ ଯିବ ?'

'ମୁଁ ଜାଣିନି ! ଭାବୁଛି ଆଉ ଦୁଇଦିନରେ ଆମକୁ ଛାଡ଼ିଦେବେ। ଆନ୍ଧ୍ରରୁ ଆମ ମାଲିକ ଫୋନ୍ କରି ସବୁଦିନ କହୁଛି ଆଉ ଗୋଟାଏ ଦିନ।'

ନୀତି କ'ଣ ଭାବି କହିଲା, 'ଦେଖାହେଲେ କହିବ ତାଙ୍କ ରଜାବସ୍ତି ଠିକ୍‌ଠାକ୍ ଅଛି। ଆମ ସରପଞ୍ଚ ସହିତ କଥା ହୋଇ କେବେ କେମିତି ମୋ ଟଙ୍କା ପଠାଇବେ ସେମାନେ ସ୍ଥିର କରନ୍ତୁ। ମୁଁ ଜଗିବସିଛି।'

କ୍ରିଷ୍ଣାୟା ଯିବା ପରେ ନୀତି ଭାବିଲା କ୍ରିଷ୍ଣାୟା ଲୋକଟା ଭଲ। ସରନାନୀ ଭଲ, ସରପଞ୍ଚ ଭଲ, ମାଖନ୍ ବାହଦୁର ଭଲ, ରଜାବସ୍ତିର ସବୁ ମଣିଷ ବି ଭଲ। ଖାଲି ଏଇ ଅଲକ୍ଷଣିଆ, ମଣିଷଖିଆ ରୋଗଟା ପଳାନ୍ତା କି ସବୁଆଡ଼େ ସବୁ ଠିକଣା ହୋଇଯାଆନ୍ତା। ନିଜ ହିସାବ ଖାତାକୁ ମୋଡ଼ିଭାଙ୍ଗି ଜରିରେ ଭର୍ତ୍ତିକରି ନୀତି ସିନ୍ଦୂକରେ ରଖିଲା।

■

ଅତିଥି ସତ୍କାର

ଦିନେ ସୁକାନ୍ତର ଘରକୁ ଜଣେ ଅତିଥି ଆସିବେ। କିଏ ଆସିବେ ଓ ଠିକ୍ କେବେ ଆସିବେ ଯଦିଓ ସୁକାନ୍ତ ଜାଣେ ନାହିଁ, ତେବେ ଆସିବେ ନିଶ୍ଚୟ। ସେତେବେଳେ ସୁକାନ୍ତ ତାର ଶୂନ୍‌ଶାନ୍ ଡ୍ରଇଂ ରୁମରେ ବସି ସିଗାରେଟ୍ ଟାଣୁଥିବ। ଘର ଛାତ କଣରେ, କାନ୍ଥସନ୍ଧିରେ ଓ ଏଣେତେଣେ ଅଳନ୍ଧୁ ପରି ଜମିରହିଥିବ ନିର୍ଜନତା। ଉପରେ ଘରର ଛାତକୁ ଜିଭଲଗାଇ ଚାଟୁଥିବ ଖରାବେଳେ ଓ ଭିତରେ ଭିଡିମୋଡି ହୋଇ ଆସ୍‌ଟ୍ରେରୁ ଭାରତ ନାଟ୍ୟମ୍ ମୁଦ୍ରାରେ ଧୂଆଁ ଉଠୁଥିବ। ସେତେବେଳେ ଦରଜାରେ କରାଘାତ ହେବ: ଠକ୍ ଠକ୍ । ବାହାରେ ଅତିଥି।

ଠିକ୍ କେଉଁ ଦିନରୁ ସେ ଏମିତି ଅତିଥିଙ୍କୁ ଅପେକ୍ଷା କରି ରହିଛି ସେ ଜାଣେନାହିଁ। ପ୍ରକୃତରେ ସେ ଏମିତି ଜଣେ ଆଗନ୍ତୁକଙ୍କୁ ଅପେକ୍ଷା କରିଛି ବୋଲି ଜାଣିବା ପାଇଁ ମଧ୍ୟ ତାକୁ ଅନେକ ସମୟ ଲାଗିଯାଇଥିଲା। ପ୍ରଥମେ ବିଚିତ୍ର ଲକ୍ଷଣ ମାନ ପ୍ରକଟ ହେବାରେ ଲାଗିଲା। କେଉଁଠି କିଛି ଗୋଳମାଳ ନାହିଁ, ଅସୁବିଧା ନାହିଁ, ସବୁ ଠିକ୍‌ଠାକ୍ ଚାଲିଛି- ମପାଚୁପା ଅଙ୍କକଷିଲା ପରି ବିଲ୍‌କୁଲ୍ ନିର୍ଭୁଲ୍ ଛନ୍ଦରେ ଗଡ଼ିଚାଲିଛି ଜୀବନ; ଅଥଚ ଘରକୁ ଫେରି ସୋଫାରେ ଗଡ଼ିପଡ଼ିବା ମାତ୍ରେ କେମିତି ଅସହାୟ ଲାଗେ। କରୁଣ ଲାଗେ। କାନ୍ଥର ଦାନ୍ତ ସୁକାନ୍ତ କୁ ଖତେଇବାକୁ ଆରମ୍ଭ କଲା। ସୁକାନ୍ତ ଏସବୁ ବିଲକ୍ଷଣ ଦେଖି କିଛି ବୁଝିପାରିଲା ନାହିଁ। ଦର୍ପଣ ଆଗରେ ଠିଆ ହୋଇ ଦେଖିଲା। ବିନାକାରଣରେ ଓ ତା ନିଜର ବିନା ଅନୁମତିରେ ସେ ଗୋଟାଏ ପ୍ରେତପୁରୁଷ ପରି ଦିଶିଲାଣି। ଆଖି ଯାଗାରେ ଦୁଇଟା ମଇଳା କାଚ। ତା ଉପରେ ତାଟକା ହୋଇ ପହରା ଦେଉଛି ଆଖିପତା। ମୁଣ୍ଡ ଉପରେ କେରାଏ ବି କେଶ ହଲ୍‌ଚଲ୍ ହେଉନାହିଁ। ସମସ୍ତେ ସ୍ତବ୍ଧ। କାବୁ ହୋଇ ଯାଇଛନ୍ତି। କାହିଁକି ?

କିଛି ଉତ୍ତର ପାଇବା ଆଶାରେ ସୁକାନ୍ତ ନିଜ ଡ଼ାଏରୀ ଖୋଜି ଦେଖିଲା। ସତର ତାରିଖରେ (ସେଦିନ ସେ ଏଇ ଘରଟି ଭଡ଼ା ନେଇଥିଲା) ଘରଟିର ଗୋଟିଏ

ସଂକ୍ଷିପ୍ତ ପ୍ରଶଂସା ବ୍ୟତୀତ ଆଉ କିଛି ଲେଖା ହୋଇନାହିଁ। ପଚିଶି ତାରିଖ ଦିନର ଟିପ୍ପଣୀ: 'ଚଳିଯାଉଚି, ସବୁ ପ୍ରାୟ ଠିକ୍‌ଠାକ୍ ଚାଲିଚି।' ତାପରର ଅନେକ ଦିନ କେବଳ ଆବୁରୁ ଜାବୁରୁ ଅର୍ଥହୀନ ଲେଖାରେ ଭର୍ତ୍ତି। ତାପରେ ହଠାତ୍ ଦିନେ 'ଗଲା କେତେଦିନ ହେଲା ଅପେକ୍ଷା କରି ବସିଛି। ସେ କେବେ ଆସିବେ?'

ଏଇଠି ତାହେଲେ ରହିଛି ମୂଳକଥା। ସେ ଜଣେ କେଉଁ ମଣିଷକୁ ଅପେକ୍ଷା କରି ବସିଛି। ସେଥିପାଇଁ ତାକୁ ଏମିତି ଅସ୍ଥିର, ଅଣ ନିଃଶ୍ୱାସୀ ଲାଗୁଛି। ବେଳେବେଳେ ଘରଦ୍ୱାର ଛାଡ଼ି, ଅଫିସ୍ ଟେବୁଲ୍‌ରୁ ଫାଇଲ୍ ଫୋପାଡି କୁଆଡ଼େ ଦୌଡ଼ି ଚାଲିଯିବା ପାଇଁ ଇଚ୍ଛା ହେଉଛି। ଆଉ ବେଳେ ବେଳେ ତୁଛାଟାରେ କେବଳ କାନ୍ଦିବାକୁ ମନ ହେଉଛି। ଏଇ ଅନୁଭୂତି କୁ ଆଜିଯାଏଁ ସେ ଯାହା ବୁଝିପାରୁ ନଥିଲା, ଆଜି ବୁଝିଲା। ସେ ଜଣେ ଅତିଥିଙ୍କୁ ଅପେକ୍ଷା କରି ରହିଛି। ଅତିଥିଙ୍କ ପରିଚୟ ଅବଶ୍ୟ ଅସ୍ପଷ୍ଟ, କିନ୍ତୁ ପ୍ରତୀକ୍ଷା ତ ଚାଲିଛି।

ସେଇ ଅତିଥି ଆସି ନ ପହଞ୍ଚିବା ପର୍ଯ୍ୟନ୍ତ ତାକୁ ତା ଘରର ନିର୍ଜନତା ଏମିତି ଭୟ ଦେଖାଉଥିବ। ଯାଭିତରେ ସୁକାନ୍ତ ବେଶ୍ ଜାଣିସାରିଲାଣିଯେ ନିଃସଙ୍ଗତା କେବଳ ଗୋଟାଏ ଅନୁଭୂତି ନୁହେଁ, ଗୋଟାଏ ଦୃଶ୍ୟ ମଧ୍ୟ। ସେ ଦୃଶ୍ୟ ଅତି କରୁଣ। ସେ ଦୃଶ୍ୟ ତାର ବଙ୍ଗଳା ପରି ଏଇ ଘରର ଦୃଶ୍ୟ, ବାହାର ଦରଜା ଠାରୁ ଭିତର ଅଳିନ୍ଦ ସବୁ ଖାଲି ଶୁନ୍‌ଶାନ୍ ଖାଁ ଖାଁ। ରାକ୍ଷସର ଆଁ ପରି ଖୋଲା ଓ ବିକଟାଳ। ଏଇ ଶବ୍ଦହୀନ ବିସ୍ତାରିତ ଆଁ ବାଟଦେଇ ରାକ୍ଷସଗର୍ଭକୁ ଗିଳିହୋଇ ପଶିଯାଉଥିବାର ଅନୁଭବ ହିଁ ନିଃସଙ୍ଗତା। ଏ ଘର ଭିତରେ ଜୀବନ ଏମିତି। ତେଣୁ ଏଠି ଅତିଥିଙ୍କ ଆବଶ୍ୟକତା ଏତେ ବେଶୀ।

କିନ୍ତୁ ସୁକାନ୍ତ ପ୍ରଥମେ ଘରଟା ଭଡ଼ା ନେଲାବେଳେ ସଂପର୍କଟା ଥିଲା ଅନ୍ୟ ପ୍ରକାର। ସେତେବେଳେ ଘର ଉପରେ ତାର ଅଖଣ୍ଡ ଅଧିକାର। ଦିଗ୍‌ବିଜୟୀ ସମ୍ରାଟ ପରି ପ୍ରଥମ ପରିଚୟ ପରେ ହିଁ ସେ ଘରର ସମୁଦାୟ କ୍ଷେତ୍ରଫଳକୁ ନିଜ ଅକ୍ତିଆର୍ କୁ ନେଇଯାଇଥିଲା। ଘରର ସବୁ କାନ୍ଥରେ ଫଟୋ ଝୁଲାଇ କାର୍ପେଟ ଦିଆ ଚଟାଣ ରେ ନାଚି କୁଦି ନିଜ ବିଜୟ ଘୋଷଣା ଶୁଣାଇଲା 'ଆଜିଠୁ ତୁ ମୋର ଘର। ତୋ ଉପରେ ମୋର ହିଁ ଏକାନ୍ତ ଅଧିକାର!' ବାହାର ଫାଟକରେ ସୌଖୀନ୍, ସୁଦୃଶ୍ୟ ନାମ ଫଳକଟିଏ ଘର ଉପରେ ସୁକାନ୍ତର କର୍ତ୍ତୃତ୍ୱ ଘୋଷଣା କରିବାରେ ଲାଗିଲା। ଡ୍ରଇଂରୁମ୍‌ରେ ଝୁଲିଲା ସୁକାନ୍ତର ଫୁଲ୍ ସାଇଜ୍ ଫଟୋ। ସୁକାନ୍ତ ନିଜେ ପେନ୍‌ସିଲ୍ ଧରି ଧଳାକାନ୍ଥରେ ଇଂରାଜୀ କବିଙ୍କୁ ଉଦ୍ଧାର କରି ଧାଡ଼ିଏ କବିତା ଲେଖିଲା— 'Too long a sacrifice can make a stone of the heart' - W.B. Yeats. ଏମିତି ସମୟ ଅସମୟରେ

କାହିଁକି ସଂଗତି ବିହୀନ ଧାଡ଼ିଏ କବିତା ମନେ ପଡ଼େ କେଜାଣି ! ସେ ପୁଣି ସୁକାନ୍ତ କୁ ଏମିତି ଅଥୟ କରିପକାଏ ଯେ ଥରେ ଦି'ଥର ବଡ଼ ପାଟିରେ ଉଚ୍ଚାରଣ କରି କେଉଁଠି ଗୋଟାଏ ଲେଖିନପକାଇଲେ ରହି ହୁଏନାହିଁ।

ଏସବୁ ତ ଥିଲା; କିନ୍ତୁ କେଜାଣି କେଉଁ ବାଗରେ କ୍ରମେ କ୍ରମେ ତାର ସବୁ ପରାକ୍ରମ, ରାଜତ୍ୱ କୁଆଡ଼େ ଖସି ଖସି ଗଲା। ନିଦରୁ ଉଠି ମୁଣ୍ଡଟେକି ଉପରକୁ ଅନାଇ ଦେଖିବା ବେଳକୁ ଘରଟା ତା ଉପରେ ଅଧିକାର ଜମେଇ ବସିଗଲାଣି। ତା ନିଜ ଘର ତାକୁ ବିରକ୍ତିକର ଲାଗିଲାଣି। କାନ୍ଥ, ଛାତ, କବାଟ ସବୁ ଗୋଟାଏ ଗୋଟାଏ ଖତେଇ ହେଉଥିବା ମୁହଁ ପରି ଦିଶିଲେଣି। ଜମାଟ ବାନ୍ଧିଲାଣି ଏକଲା ହୋଇଯାଇଥିବାର ଉଗ୍ର ଅନୁଭବ।

ଆଉ ତା' ପରଠୁ ସୁକାନ୍ତ ଦେଖୁଚି କେମିତି ତା ଚାରିପଟେ ତା'ଘର ଆସ୍ତେ ଆସ୍ତେ ବୃଦ୍ଧି ପାଇବାରେ ଲାଗିଛି। ଘରର ଆୟତନ ମେଜିକ୍ ପରି ବଢ଼ି ବଢ଼ି ଚାଲିଛି ଓ ସେ ନିଜେ କ୍ରମଶଃ ସଙ୍କୁଚିତ ହୋଇଯାଉଛି। ଘରର ଆସବାବପତ୍ର, ଟେବୁଲ୍, ଚୌକି ସବୁ ମନେହେଲେ ଯେମିତି ଗୋଟେ ଗୋଟେ ପାହାଡ଼। ଚୌକିରେ ବସିବାବେଳେ ମନେହେଲା ଯେମିତି ସେ ଗୋଟାଏ ଡ୍ରାଗନ୍‌ର ଅତିକାୟ ପିଠିରେ ଲାଉହୋଇ ବସିଛି। ଘର ଭିତରେ ତାକୁ ନଗଣ୍ୟ କରିଦେବା ପାଇଁ ସମସ୍ତଙ୍କର ରୀତୀମତ ଚକ୍ରାନ୍ତ। ସମସ୍ତେ ଚାହୁଁଛନ୍ତି ସେମାନେ ନିଜେ ବଢ଼ି ବଢ଼ି ଯିବେ ଓ ସୁକାନ୍ତର ବିଧିସମ୍ମତ ଅଧିକାରରୁ ହୁଗୁଳି ଖସିଯିବେ। ପରିବେଶଟା ଯେତେ ବେଶୀ ବିଶାଳ ଓ ଭାରୀ ହୋଇଯାଉଛି ସୁକାନ୍ତ ସେତେ ବେଶୀ ଏକୁଟିଆ ତ ହେଉଛି, ତା ସହିତ ବଢ଼ି ବଢ଼ି ଚାଲିଛି ଘର ଭିତରର ମହାଶୂନ୍ୟ। ନିଜ ପରିବେଷ୍ଟନୀ ଭିତରେ ରହି ସୁଦ୍ଧା ସୁକାନ୍ତ ନିଜକୁ ନିର୍ବାସିତ ମନେକଲା। ତା ଉପରେ ଅବା ମାଡ଼ିବସିଚି ଘର। ଚାରିଆଡ଼େ ଘର। ଶେଷରେ ଜିତିଯିବ ଘର।

ସୁକାନ୍ତ ଉପରେ ତାର ସାମ୍ରାଜ୍ୟ ସ୍ଥାପିତ ହେବ। କି ଷଡ଼ଯନ୍ତ୍ର ! ଆହା ବିଚରା ସୁକାନ୍ତ !

ସେଦିନ ରାତିରେ ବସି ଡ଼ାଏରୀ ଲେଖିବାବେଳେ ସୁକାନ୍ତର ଯନ୍ତ୍ରଣାବିଦ୍ଧ ମାନସ ତାକୁ କବି କି ଦାର୍ଶନିକ ବନେଇଦେଲା। ଲେଖିଲା 'ଡ୍ରଇଂରୁମ୍‌ରେ ଟେବୁଲ, ଚେୟାର୍, ସୋଫାର ଜଙ୍ଗଲ ଭିତରେ ଆଉ ଗୋଟାଏ ଫର୍ନିଚର ପରି ବସି ନିର୍ଜନତାର କଷ୍ଟ ଭୋଗୁଛି।' କିନ୍ତୁ ବାକ୍ୟଟିକୁ କାଟିଦେଇ ସେ ପୁଣି ଲେଖିଲା 'କ୍ଷତରୁ ଟୋପା ଟୋପା ରକ୍ତ ଝରିବା ପରି ମୂହୂର୍ତ୍ତରୁ ମୂହୂର୍ତ୍ତ ହୋଇ ଝରିଯାଉଛି ସମୟ; ଆଉ ପ୍ରତିଟି ମୂହୂର୍ତ୍ତ ମୋ ବୁକୁରେ ଗୋଟିଏ ଗୋଟିଏ କଣ୍ଟା ପରି ବିଦ୍ଧ ହୋଇଯାଉଛି। ମୋ ବିରୁଦ୍ଧରେ

ଉଭୟ ସମୟ ଓ ଶୂନ୍ୟ ସ୍ଥାନ ର ଆକ୍ରମଣ ଅସହ୍ୟ ହେଲାଣି। ଦୁଃସହ, ଅଭିଶପ୍ତ ମୋର ଏକାକୀତ୍ୱ – ଏହାର ମୃତ୍ୟୁ ହେଉ। ଆସୁ କିଏ ଜଣେ ନୂଆ ମଣିଷ। ନୂଆ କଣ୍ଠରୁ କିଛି ଶବ୍ଦ ଉଚ୍ଚାରିତ ହେଉ। ଘର ମୋର ହାରିଯାଉ। ନିର୍ଜନତା ହାରିଯାଉ। ନିର୍ଲଜ ନିର୍ଜନତା ମୋ କୋଠରୀରେ ସବୁ ବସ୍ତୁରେ ଗୋଟାଏ ଚତୁର୍ଥ ପରିସର ହୋଇ ମିଶିଯାଇଛି। ତାକୁ ଧିକ୍।'

'ଆଉ ମୋତେ? ମୋତେ ବି ଧିକ୍। ସବୁ ମଣିଷର ଗୋଟାଏ ନିଜସ୍ୱ ଗନ୍ଧ ଥାଏ। ଏବେ ମୋ ନିଜର ଗନ୍ଧ ମୋତେ ଏତେ ମାତ୍ରାରେ ଅସହିଷ୍ଣୁ କରି ପକାଉଛି ଯେ ନିଜର ଉପସ୍ଥିତିରେ ହିଁ ମୁଁ ଅତିଷ୍ଠ। ଇଚ୍ଛା ହେଉଛି ନିଜକୁ ନିଜେ ଧକ୍କା ମାରି ବାହାରେ ଫୋପାଡ଼ି ଦେବା ପାଇଁ। କିମ୍ବା ଅନ୍ୟକାହାକୁ ନିମନ୍ତ୍ରଣ କରିଆଣି ନିଜ ଅସ୍ତିତ୍ୱରୁ ତାକୁ ଅଧେ ଭାଗ ଦେବା ପାଇଁ, ନିଜକୁ ଏତେ ବେଶୀ ସହ୍ୟକରିବା ସମ୍ଭବ ହେଉନଥିବାରୁ ମୋର ଏବେ ଅନ୍ତରଙ୍ଗ ଇଚ୍ଛା ଯେ କେହି ଜଣେ ଆସି ମୋ ସ୍ଥିତିର ଅଂଶୀଦାର ହେଉ। ତାପରେ ଏହି ଦୁଃସହ ଜୀବନକୁ ଦୁହେଁ ମିଶି ବଞ୍ଚିବୁ। ଏଇ ଭୟଙ୍କର ଅସ୍ତିତ୍ୱକୁ ଦୁହେଁ ମିଶି ବୋହିବୁ। ଘରର ନିଃସଙ୍ଗତା କୁ ହତ୍ୟା କରିବୁ।'

ଡ଼ାଏରୀରେ ନିଜର ଏତିକି ଲେଖା ତାକୁ ଟିକିଏ ହାଲୁକା କରିଦେଲା। ତାକୁ ଦୁଇ ତିନଥର ପଢ଼ିବା ପରେ ଡାଏରୀ ବନ୍ଦ କରି ରଖିଦେଲା। ତାର ଧାରଣା ହୋଇଗଲା ଯେ ଅତିଥିଙ୍କ ଆଗମନ ଏକ ଅବଧାରିତ ସତ୍ୟ। କିଛି ନହେଲେ ବି ଅନ୍ତତଃ ତାକୁ ଉଦ୍ଧାର କରିବା ପାଇଁ ଅତିଥି ଆସିବେ। ସବୁ ଯୁଗରେ ସବୁ ମଣିଷଙ୍କ ପାଇଁ ଏମିତି ଉଦ୍ଧାର କର୍ତ୍ତା ମାନେ ଆସନ୍ତି ବୋଲି ପ୍ରବାଦ ରହିଛି; ବିଶ୍ୱାସ ମଧ୍ୟ ରହିଛି। ତେଣୁ ସୁକାନ୍ତର ଅତିଥି ଆସିବେ। ତାଙ୍କ ଆଗମନ ନିଶ୍ଚିତ ଓ ଅପରିହାର୍ଯ୍ୟ।

ଆସିବେ ଜଣେ ତ୍ରାଣକର୍ତ୍ତାଙ୍କ ପରି। ଆସିବେ ଓ ଡ୍ରଇଂରୁମ୍‌ରେ ପାଦରଖୁ ରଖୁ ସୁକାନ୍ତର କୁଶଳ ଜିଜ୍ଞାସା କରିବେ। ସେ ଯଦି ସୁକାନ୍ତର ସହକର୍ମୀ କିମ୍ବା ସମବୟସ୍କ ହୋଇଥାନ୍ତି, ତେବେ ସୁକାନ୍ତ ତାଙ୍କ କାନ୍ଧରେ ହାତରଖି ବନ୍ଧୁତ୍ୱପୂର୍ଣ୍ଣ ହସ ହସିବ। ଲୋଫର୍ ପରି ମଣିଷ ହୋଇଥିଲେ ପ୍ରଥମେ ସୋଫାରେ ବସାଇ ସିଗାରେଟ ଯାଚିବ ଓ ଅମୁକ ଫିଲ୍ମଷ୍ଟାରଙ୍କ ଗୋପନୀୟ ପ୍ରେମ ବିଷୟରେ ଗସିପ୍ କରିବ; ଅବଶ୍ୟ କଥା ପ୍ରସଙ୍ଗରେ। ଚୋର ହୋଇଥିଲେ ଟେବୁଲ୍ ଉପରେ ନିଜ ଗଡ୍ରେଜ୍ ଆଲମୀରା ର ଚାବି ଥୋଇଦେଇ ନିଜେ ବାଥ୍‌ରୁମ୍ ଭିତରେ ପଶିଯିବ। ଆଉ ସେ ଯଦି ହୋଇଥାନ୍ତି ଜଣେ ନାରୀବନ୍ଧୁ, ତେବେ ଅତି ଭଦ୍ରଭାବରେ ବସିବା ପାଇଁ ଚୌକି ଯାଚିବା ବେଳେ ସେ ଆସିବାରେ ଘଟିଥିବା ବିଳମ୍ବ କୁ ଉପଲକ୍ଷ କରି ଲଘୁ ରସିକତା ବି କରିବ। ସବୁ କିସମର ଅତିଥିଙ୍କ ପାଇଁ ସେ ପ୍ରସ୍ତୁତ। କେହି ନ ଆସିଲେ ସେ ବିସ୍ଫୋରିତ ହୋଇଯିବ, ଖିନ୍‌ଭିନ୍ ହୋଇଯିବ।

କିନ୍ତୁ ସେଇ ସମ୍ଭାବିତ ବିସ୍ଫୋରଣ ହେବା ଆଗରୁ ହିଁ ଅତିଥି ଆସିଗଲେ। ଆଉ ତାଙ୍କର ସେହି ଆସିବା! ମନେପଡ଼ିଲେ ସୁକାନ୍ତର ଦେହ ରୋମାଞ୍ଚିତ ହୋଇଯାଏ। ସେତେବେଳେ ସୁକାନ୍ତ ତାର ଶୂନ୍‌ଶାନ୍ ଡ୍ରଇଂରୂମ୍‌ରେ ବସି ସିଗାରେଟ୍ ଟାଣୁଛି। ଘରର ଛାତକଣରେ, କାନ୍ଥ ସନ୍ଧିରେ ଓ ଏଣେତେଣେ ଅଳନ୍ଧୁ ପରି ଜମିରହିଛି ନିର୍ଜନତା, ଘରର ଛାତକୁ ଜିଭ ଲଗାଇ ଚାଟୁଛି ଖରାବେଳେ ଓ ଭିତରେ ଆସ୍‌ଟ୍ରେରୁ ଭିଡ଼ିମୋଡ଼ି ହୋଇ ଭାରତନାଟ୍ୟମ୍ ମୁଦ୍ରାରେ ଧୂଆଁ ଉଠୁଛି। ସେତେବେଳେ ଦରଜାରେ କରାଘାତ ହେଲା। ଠକ୍ ଠକ୍, ବାହାରେ ଅତିଥି।

ଅତିଥି ବେଶୀ କଥା କହୁନାହାନ୍ତି କାହିଁକି? ତାଙ୍କୁ ପଚାରିବାକୁ ପଡ଼ିବ। ସେ ଏତେ ସମ୍ଭ୍ରମତା ର ସହିତ ହାତଗୋଡ଼ ସଙ୍କୁଚିତ କରି କାହିଁକି ବସିଛନ୍ତି? କଥାଛଳରେ ଏମିତି ନ କରିବା ପାଇଁ ସୂଚେଇ ଦେବାକୁ ହେବ। ଆଉ ତାଙ୍କର ମୁହଁ। ସେଥିରୁ ଯଥେଷ୍ଟ ଆତ୍ମୀୟତାର ଅନୁଭବ କସ୍ମେଟିକ୍‌ର ବାସ୍ନା ପରି ଝରିଆସିବା ଆବଶ୍ୟକ। ଆମେ ଦୁହେଁଯେ ଏତେ ପାଖା ପାଖି ବସିଛୁ, ପରସ୍ପରର ଏତେ ନିକଟକୁ ଆସିଯାଇଛୁ ଓ ଆମ ଦୁହିଁଙ୍କର ଏକ ସାଧାରଣ ଶତ୍ରୁ ରହିଛି- ନିଃସଂଗତା-ଏକଥା ତାଙ୍କର ଆଖିର ପଲକ ଠାରୁ ଆରମ୍ଭ କରି ପାଦର ଆଙ୍ଗୁଠି ହଲିବା ପର୍ଯ୍ୟନ୍ତ ସବୁ ଅଙ୍ଗଭଙ୍ଗୀରୁ ସଫା ସଫା, ଜଣାପଡିଯାଉଥିବା ଉଚିତ। ଅଥଚ ଅତିଥିଙ୍କ ମୁହଁରେ କେମିତି ଗୋଟାଏ କଲ୍ୟାଣ ମିଶା ଗାମ୍ଭୀର୍ଯ୍ୟ- ଗୋଟାଏ 'ହଁ ମୁଁ ବୁଝିଲିଣି, ତମେ ଆଉ ବ୍ୟସ୍ତ ହୁଅନା' ଧରଣର ସାନ୍ତ୍ୱନା। ଯେମିତି ଆମ ଦୁହିଁଙ୍କର ସମାନ ଅବସ୍ଥା ଚାଲିଛି ଏବଂ ଦୁହିଁଙ୍କର ଏକ ସାଧାରଣ ଲକ୍ଷ୍ୟ ରହିଛି ବୋଲି ମାନିବାକୁ ସେ ନାରାଜ, ସେ ସାନ୍ତ୍ୱନା ଦେଉଛନ୍ତି, କଲ୍ୟାଣ ଯାଚୁଛନ୍ତି; କିନ୍ତୁ ସୁକାନ୍ତ ପାଇଁ ତାହା ଅନାବଶ୍ୟକ। ସୁକାନ୍ତ ଆଶିଷ ଲୋଡୁନାହିଁ; ଲୋଡୁଛି ନିକଟତା। ଆତ୍ମୀୟତା।

ସୁକାନ୍ତର ସ୍ଥିତିରୁ ଅନୁଭୂତିରୁ ଭାଗନନେଲେ ଅତିଥିଙ୍କ ଠାରୁ ତା ଦୂରତା କମିବ କେମିତି? ସୁକାନ୍ତ ମନେ ମନେ ତାଙ୍କୁ ପଚାରିଲା 'ଖାଲି କ'ଣ ତମ ଚାହାଣୀ ପରିବେଷଣ କରି ଚାଲିଯିବ?' ପ୍ରକାଶ୍ୟରେ ପଚାରିଲା 'ରାସ୍ତାରେ କିଛି ଅସୁବିଧା ହୋଇନାହିଁ ତ?'

ଅତିଥି–ଚାହାଣୀତ ଟଫି ପରି। 'ରାସ୍ତାରେ ଆଉ କ'ଣ ହୁଅନ୍ତା?'

ସୁକାନ୍ତ- କିନ୍ତୁ ଖାଲି ଟଫି ଯଥେଷ୍ଟ ନୁହେଁ। 'ରାସ୍ତା ଭୁଲିଗଲେ କ'ଣ ହୋଇଥାନ୍ତା'?

ଅତିଥି– ତା'ହେଲେ ଆଉ କଣ ଯଥେଷ୍ଟ? 'ରାସ୍ତା ଭୁଲିଗଲେ ଆସି ପାରିନଥାନ୍ତି। ଆଉ କ'ଣ ହୋଇଥାନ୍ତା?'

ଏପରି ନିର୍ଲିପ୍ତତା ସୁକାନ୍ତ ପାଇଁ ଅସହ୍ୟ । ଅତିଥିଙ୍କ ଉପସ୍ଥିତିର ଗନ୍ଧ ଦୂରତ୍ୱର ଗନ୍ଧ। କର୍ତ୍ତବ୍ୟ ତୁଲେଇବା ପରି ସମ୍ପର୍କର ଗନ୍ଧ। ଏ ପର୍ଯ୍ୟନ୍ତ ସୁକାନ୍ତର ପରିସ୍ଥିତିରୁ ନିଜ ଅଂଶ ନେଇ ପାରିନାହାନ୍ତି ଅତିଥି। ଅଙ୍ଗେ ନିଭେଇ ନାହାନ୍ତି। ତେଣୁ ପ୍ରଥମେ ତାଙ୍କୁ ସୁକାନ୍ତର ଦୁଃସହ ପରିସ୍ଥିତିକୁ ନିଜେ ଅନୁଭବ କରିବାକୁ ହେବ। ତା ଘରର ବିରାଟତା, ଶୂନ୍ୟତା, ରାକ୍ଷସର ଆଁ– ଏସବୁ ନିଜ ସ୍ନାୟୁରେ ଅନୁଭବ କରିବା ଜରୁରୀ। ସୁକାନ୍ତ ଆଜି ପର୍ଯ୍ୟନ୍ତ ଯାହା ଭୋଗିଆସିଛି- ଆଜି ଅତିଥି ତାହା ନ ଭୋଗିଲେ କେମିତି ହେବ?

ସୁକାନ୍ତର ଅତିଥି ତାକୁ ସନ୍ତୁଷ୍ଟ କରିପାରୁନାହାନ୍ତି। ତାଙ୍କ ନିଜ ସଂସ୍କାରରେ ବାନ୍ଧି ହୋଇ ଏଠାକୁ ଆସିଛନ୍ତି। ସେଥିରୁ ନିଜକୁ ଖୋଲିପାରୁନାହାନ୍ତି । ସୁକାନ୍ତକୁ ତୁଚ୍ଛା ଟପିଁରେ ସନ୍ତୁଷ୍ଟ କରିଦେବେ ବୋଲି ଭାବୁଛନ୍ତି। ରାସ୍ତା ଭୁଲିଗଲେ ବି କିଛି କ୍ଷତି ହୋଇନଥାନ୍ତା ବୋଲି କହୁଛନ୍ତି। ଯାଙ୍କୁ ରାକ୍ଷସର ଆଁ ଭିତରେ ପକାଇବାକୁ ପଡ଼ିବ।

ସୁକାନ୍ତ ନାକରେ ସେଇ ଦୂରତାର ଗନ୍ଧ ଅଧିକ ଉତ୍କଟ ହୋଇ ବାଜିଲା। 'ଏଇ ଟିକିଏ ରହନ୍ତୁ, ମୁଁ କଫି କରି ଆଣେ' ବୋଲି କହି ସେ ଏକପ୍ରକାର ଛାଟିପିଟି ହୋଇ ଭିତରକୁ ଫେରି ଆସିଲା। ଭିତରେ ନିର୍ଜନତା ଅଖଣ୍ଡ।

ସେ ଆଉ ଅତିଥିଙ୍କ ପାଖକୁ ଡ୍ରଇଂରୁମ୍ କୁ ଫେରିବ ନାହିଁ। ଡାକିଲେ ବି ଶୁଣିବ ନାହିଁ। ବସ୍ତୁତଃ ସେ ଘରୁ ଉଭେଇଯିବ। ଘରର ପରିବେଶ ଭିତରେ ଦ୍ରବୀଭୂତ ହୋଇଯିବ। ନହେଲେ ତାର ଅତିଥି ତାର ଏକଲାପଣ ଚାଖିପାରିବେ ନାହିଁ କି ଚିହ୍ନିପାରିବେନାହିଁ।

ସୁକାନ୍ତ କଫି କରିବା ପାଇଁ ଜାଳିଥିବା ଷ୍ଟୋଭ୍ ପୁଣି ଲିଭାଇଦେଲା। ଏଥର ସବୁ ଥଣ୍ଡା । ସବୁ ନୀରବ। ଅଧଘଣ୍ଟାଏ ବିତିଗଲା, ବାହାରେ ଅତିଥି ବସିଛନ୍ତି। ଘଣ୍ଟାଏ ହେବାକୁ ବସିଲାଣି, ବାହାରେ ଅତିଥି ଅଧୈର୍ଯ୍ୟ ହେଲେଣି। ବେଳେବେଳେ ଖବରକାଗଜ ଉଠାଉଛନ୍ତି। କିନ୍ତୁ କିଛି ନ ପଢ଼ି ପୁଣି ଟେବୁଲ୍ ଉପରେ ରଖିଦେଉଛନ୍ତି। ଚପଲ ଖୋଲୁଛନ୍ତି, ପୁଣି ଚପଲ୍ ଭିତରେ ମାଡି ମକଚି ଦୁଇପାଦ ଭର୍ତ୍ତି କରୁଛନ୍ତି। ଖବର କାଗଜର ସମୁଦାୟ ଖବର, ବିଜ୍ଞାପନ, ଟେଣ୍ଡର ନୋଟିସ୍ ଅନେକଥର ପଢ଼ିସାରିଲେଣି। କାନ୍ଥର ଫଟୋଗୁଡ଼ିକୁ ଅନେକଥର ଦେଖିସାରି ଅତିଷ୍ଠ ହୋଇଗଲେଣି।

କଫି କରିବା ପାଇଁ ତାଙ୍କୁ ଏକଲା ଛାଡ଼ି ଭିତରକୁ ଯାଇଥିବା ସୁକାନ୍ତର ଦେଖାନାହିଁ। ସୋର୍ ଶବ୍ଦ କିଛି ନାହିଁ।

ଶେଷରେ ଅଧୈର୍ଯ୍ୟ ଅତିଥି ଡ୍ରଇଂରୁମ୍‌ରୁ ଡ଼ାକିଲେ 'ସୁକାନ୍ତ, କୁଆଡ଼େ ଗଲ ?'

ଉତ୍ତର ନାହିଁ।

'ସୁକାନ୍ତ, ମୋ କଥା ଶୁଣୁଛ ?'

ତଥାପି ଉତ୍ତର ନାହିଁ।

ଅତିଥି ପର୍ଦ୍ଦା ଆଡ଼େଇ ଭିତରକୁ ଅନେଇଲେ। କେହି ଦିଶୁନାହାନ୍ତି।

ତାପରେ ଆସ୍ତେ ଆସ୍ତେ ଭିତର କୋଠରୀରେ ପ୍ରବେଶ କଲେ। ଅଥଚ କୋଠରୀ ଶୂନ୍ୟ, ଷ୍ଟୋଭ୍ ଥଣ୍ଡା ହୋଇପଡ଼ିଛି। ସ୍ତବ୍ଧ ଖଟ, ରେଡିଓ, ଆଲମିରା, ବେଡରୁମ୍, କିଚେନ୍ ସବୁ। ଅଥଚ କେଉଁଠି କେହି ନାହିଁ।

ଶେଷରେ ସେଇ ଅନୁପସ୍ଥିତି ଉଦ୍ଦେଶ୍ୟରେ ନିଜର ନିଷ୍ପତ୍ତି ଶୁଣାଇଲେ, 'ମୁଁ ଯାଉଛି'। କିଛି ସମୟ ଅପେକ୍ଷା କରି କିଛି ଉତ୍ତର ନ ପାଇ ପୁଣି କହିଲେ 'ମୁଁ ଚାଲିଲି।' ଶେଷରେ ସେ ଚାଲିଗଲେ। ତାଙ୍କ ଚପଲ୍ ଶବ୍ଦ କ୍ରମଶଃ ଦୂରରୁ ଦୂରକୁ ଘୁଞ୍ଚି ଯାଇ ଡ୍ରଇଁରୁମ୍ ଦେଇ ବାହାରେ ଅସ୍ପଷ୍ଟ ହୋଇ ଆସିଲା। ଫାଟକ ଟପି ରାସ୍ତା ପାଖରେ ପାଦଶବ୍ଦ ପୂରା ନିଶ୍ଚିହ୍ନ ହୋଇଗଲା। ଆସ୍ତେ ଆସ୍ତେ ଭିତର ଘରୁ ଲୁଚିବା ସ୍ଥାନରୁ ଉଠି ଆସିଲା ସୁକାନ୍ତ। ଚୋରଙ୍କ ପରି ହାମୁଡ଼େଇ ଖଟତଳେ ଲୁଚି ରହିଥିବା ଯୋଗୁଁ ଦେହ ମୋଡ଼ିହୋଇ ଦରଜ ହେଲାଣି।

ସୁକାନ୍ତ ଭିଡିହୋଇ ଚାରିଆଡ଼କୁ ଦେଖିଲା ଓ ମୁଣ୍ଡରେ ହାତଲଗାଇ ଗୁଣୁ ଗୁଣୁ ହୋଇ କହିଲା, 'ଯା ହଉ, ସେ ଚାଲିଯାଇଛନ୍ତି। ଆରଥରକୁ ଆସିବାବେଳକୁ ସେ ଠିକ୍ ହୋଇଯାଇଥିବେ। ସେ ପୁଣି ଅତିଥିଙ୍କୁ ଅପେକ୍ଷା କରିବାକୁ ଲାଗିଲା।

ସୁକାନ୍ତ ତା'ର ଶୂନ୍‌ଶାନ ଡ୍ରଇଂରୁମ୍‌ରେ ବସି ସିଗାରେଟ୍ ଟାଣୁଛି। ଘରର ଛାତ କଣରେ, କାନ୍ଥ ସନ୍ଧିରେ ଓ ଏଣେ ତେଣେ ଅଳନ୍ଧୁ ପରି ଜମିରହିଛି ନିର୍ଜନତା, ଘରର ଛାତକୁ ଜିଭ ଲଗାଇ ଚାଟୁଛି ଖରାବେଳ ଓ ଭିତରେ ଭିଡିମୋଡି ହୋଇ ଏସ୍‌ଟ୍ରେରୁ ଭାରତ ନାଟ୍ୟମ୍ ମୁଦ୍ରାରେ ଧୂଆଁ ଉଠୁଚି। ଅଥଚ ଦରଜାରେ କରାଘାତ ହେଉନାହିଁ। ବାହାରେ ଅତିଥି ନାହାନ୍ତି।

■

ଜଟିଆ ବୁଢ଼ୀ

ଶ୍ରୀମତୀ ରଶ୍ମିତା ଜେନା, ବୟସ ତେପନ ବର୍ଷ, ଠିକଣା ତୁଳସୀପୁର, କଟକ; ତାଙ୍କ ସ୍ୱାମୀ ସୀତାନାଥଙ୍କୁ ମିଳିଥିବା ସରକାରୀ କ୍ୱାଟର୍ସରେ ବସି ତାଙ୍କ ତିରିଶ ବର୍ଷ ପୁରୁଣା ଉଷା ସିଲେଇ ମେସିନ୍‌ରେ ସିଲେଇ କରୁଥିବା ବେଳେ ଲଣ୍ଡନରୁ ଫୋନ୍ ଆସିଲା। ଝିଅ ଅପରାଜିତା। ଲଣ୍ଡନରେ ସ୍ୱାମୀ ନିର୍ମଳଙ୍କ ସହିତ ଥିଲେ। ଦୁହେଁ କ'ଣ ଦୁଇଟା ବଡ଼ କମ୍ପାନୀରେ ଚାକିରି କରନ୍ତି, ଯେଉଁଦିନ ଫୋନ୍ ଆସିଲା ସେଦିନ ଏଗାର ଡିସେମ୍ବର। ଆଉ ବାରଦିନ ପରେ ଝିଅ ଓ ଜୋଇଁ କଟକ ଆସିବେ ବୋଲି ରଶ୍ମିତା ଦିନ ଗଣୁଥିଲେ।

କିନ୍ତୁ ଫୋନ୍‌ରେ ଯେଉଁ ନିରାଶବାଣୀ ଆସିଲା, ତାହା ରଶ୍ମିତାଙ୍କୁ ହତାଶ ଓ ବିସ୍ମିତ କରିଦେଲା। ବୋକୀ ଝିଅ ଅପରାଜିତା କହୁଛି, ସେମାନେ ଏବେ ଆସିପାରିବେ ନାହିଁ। କିଣାହୋଇଥିବା ଟିକଟ୍ କ୍ୟାନସଲ୍ କରିଦେବେ। ଆସନ୍ତା ବର୍ଷ ସୁବିଧା ଦେଖି ଆସିବେ। କାହିଁକି ? ରଶ୍ମିତାଙ୍କୁ ଆଶ୍ଚର୍ଯ୍ୟଚକିତ କରି ନିର୍ବୋଧ ଝିଅ କହିଲା, କ'ଣ କହିଲା ? "ଆମ ପଡ଼ିଶାଘର ସିନ୍ଥିଆ ଆମର ଖୁବ୍ ଘନିଷ୍ଠ। ଅତି ନିଜର। ତା' ବାପା ଷ୍ଟିଫେନ୍, ଅଠସ୍ତରି ବର୍ଷ ବୟସ, ଏବେ ଖୁବ୍ ଗୁରୁତର। ଏ ରୋଗ ଭଲ ହେବନାହିଁ । କାଲି ତାଙ୍କ ଡାକ୍ତର ଚରମବାଣୀ ଶୁଣାଇଦେଲେ ଯେ ଷ୍ଟିଫେନ୍ ଆଉ ଦଶବାର ଦିନରୁ ବେଶି ବଞ୍ଚିବେ ନାହିଁ। ଏକଥା ଶୁଣିବା ପରେ ଆମର ଆଉ ଇଣ୍ଡିଆ ଯିବାକୁ ଇଚ୍ଛା ହେଉନାହିଁ। ସିନ୍ଥିଆ ବି କାନ୍ଦୁଣୁମାନ୍ଦୁଣୁ ହୋଇ କହୁଛି ପନ୍ଦର ଦିନ ଭିତରେ କୁଆଡ଼େ ନଯିବା ପାଇଁ।"

ଏଇଟା ଗୋଟିଏ କାରଣ ? ପଡ଼ିଶାଘରେ ମଣିଷଟେ ମରିବ ବୋଲି ଝିଅଜୋଇଁ ବର୍ଷକୁ ଥରେ ଇଣ୍ଡିଆ ଆସିବା ପ୍ରୋଗ୍ରାମ୍ ବାତିଲ୍ କରିଦେବେ ?

ରଶ୍ମିତା କହିଲେ, "ଧରିନିଅ ଯେ ମୁଁ ମଧ୍ୟ ଏଠି ପନ୍ଦର ଦିନରେ ମରିବି। ତେଣୁ ତମେ ଦୁହେଁ ଆସ।"

- "ଚୁପ୍ ବୋଉ। ବାଜେକଥା କହିବୁନି। ଏଇଟା ଆମ ପାଇଁ ଖୁବ୍ ବଡ଼କଥା। ସିନ୍ଥିଆ ମୋର ଖୁବ୍ ନିଜର। ଷ୍ଟିଫେନ୍ ମଧ୍ୟ ଆମର ଘନିଷ୍ଠ। ସେଇ ରୋଗିଣା ବାପା ଛଡ଼ା ସିନ୍ଥିଆର ଏବେ ଆଉ କେହି ନାହାନ୍ତି।"

- "ଚୁଲିକି ଯାଉ ସେ ସିନ୍ଥିଆ। ଆଲୋ, ତୋର କ'ଣ ମୁଣ୍ଡ ଖରାପ? ପଡ଼ିଶାଘର ଲୋକ ପାଇଁ ତମେମାନେ ନଆସି ରହୁଛ? ତମେ ଦୁହେଁ ଥିଲେ ସେ ବୁଢ଼ା କ'ଣ ନମରି ବଞ୍ଚିଯିବ? ତାଙ୍କର କୋଉକାମରେ ଆସିବ ତମେ? ମଶାଣିକୁ ଶବ ଧରି ଯିବ?"

- "କିଛି କାମରେ ଆମେ ଆସିବୁନି। ଫ୍ୟୁନେରାଲ୍ ସର୍ଭିସ୍ ବୁକ୍ ହୋଇସାରିଛି। ଆମ ଦ୍ୱାରା କିଛି କାମ ହେବ ବୋଲି ଆମେ ରହୁଛୁ, ସେମିତି ଆଦୌ ଭାବିବୁନି। ତୁ କିଛି ବୁଝିପାରିବୁନି।"

ପ୍ରକୃତରେ ରଶ୍ମିତା କିଛି ବୁଝିପାରିଲେ ନାହିଁ। ପନ୍ଦରଦିନ ପରେ ଫୋନ୍‌ରେ ଅପରାଜିତାଙ୍କୁ ପଚାରିଲେ, "ସେଇ ଲୋକ ମଲାଣି?"

- "ତୋତେ ସେଥିରୁ କ'ଣ ମିଳିବ? ଆଉ କ'ଣ ପଚାରିବୁ ପଚାର।"

- "ଯଦି ଏବେ ଆସିବନି, ତେବେ ସେ ଲୋକ ମଲାପରେ ଆସିବ ତ?"

- "ନା, ଏବେ ଆଉ ନୁହଁ। ଏଠି ଏକ୍ସ-ମାସ, ନ୍ୟୁ ଇୟର୍ ବେଳକୁ ଯେଉଁ ଲମ୍ବା ଛୁଟି ମିଳେ, ସେଥିରେ ଆଉ ଛ'ଦିନର ଛୁଟି ଯୋଡ଼ି ଆମେ ଆସିଥା'ନ୍ତୁ। ସେ ସୁଯୋଗ ଆସନ୍ତା ବର୍ଷ ଡିସେମ୍ବର ଆଗରୁ ଆଉ ମିଳିବ ନାହିଁ।"

ଝିଅ ଏବଂ ଜୋଇଁ ନିଜନିଜ ଚାକିରିରୁ ଛୁଟି ନେଇ ଏକାବେଳେ ଲଣ୍ଡନ ଛାଡ଼ି କୁଆଡ଼େ ଯିବା ସହଜ ନୁହେଁ ବୋଲି ରଶ୍ମିତା ଜାଣନ୍ତି ।

ରଶ୍ମିତାଙ୍କ ଗୁହାରିକୁ ତାଙ୍କ ସ୍ୱାମୀ ସୀତାନାଥ ବି ନାକଚ କରିଦେଲେ। "ସେମାନେ ତାଙ୍କର ସୁବିଧା ଦେଖି ଆସିବେ। ତମେ କାହିଁକି ତାଙ୍କ ପଛରେ ପଡ଼ିଛ?

ରଶ୍ମିତା ଝିଅ ପଛରେ ଅବଶ୍ୟ ଆଉ ପଡିଲେ ନାହିଁ; କିନ୍ତୁ ଝିଅ ଓଲଟା ତାଙ୍କ ପଛରେ ପଡ଼ିଲା ଜୋର୍‌ରେ। ଫେବୃଆରି ମାସରେ ରଶ୍ମିତା ଓ ଅପରାଜିତା ମଧ୍ୟରେ ହୋଇଥିବା କଥାବାର୍ତ୍ତା ଏହିପରି-

ଲଣ୍ଡନରୁ ଝିଅ : "ବୋଉ ଲୋ, ଏଣିକି ମୋତେ ଆଉ ତୁ କିଛି କଥା କହିବୁନି। ତୁ ମୋ' କଥା ଶୁଣୁନାହୁଁ, ମୁଁ କାହିଁକି ତୋ' କଥା ଶୁଣିବି?"

କଟକରୁ ରଶ୍ମିତା: "କୋଉ କଥା?"

- "ତୋତେ ଏତେଥର କହିଲିଣି, ଲଣ୍ଡନ ଆସି ଦୁଇତିନିମାସ ରହିବା ପାଇଁ। ଘରେ ବସି କ'ଣ ଏମିତି ବଡ଼ କାମଟେ କରୁଛୁ ଯେ ଆସିବାକୁ ନାରାଜ?"

– "କ'ଣ କହିବି ଲୋ ପାରା, କହୁଛି ରହ, ତୁ କ'ଣ ବୁଝିବୁ? କଥା କ'ଣ କି, ମୁଁ ତ... ନା, ସେକଥା ଥାଉ।"

ଅପରାଜିତାର ଡାକନାଁ ପାରା କେମିତି ହେଲା, ତା'ର ରୋଚକ ଇତିହାସ ରହିଛି। ପିଲାଦିନେ ଅପରାଜିତା ଏତେ ପାରାପ୍ରିୟ ଥିଲା ଯେ ତାଙ୍କ ଘରର ଝରକା ବାହାରେ ଖୋଲାଜାଗାରେ ଜମାହୋଇ ଉଡୁଥିବା, ଚାଲୁଥିବା, ଖୁଦ ଖୁମ୍ପି ଖାଉଥିବା, ଗୁଡୁରୁଗୁଡୁରୁ ଶବ୍ଦ କରୁଥିବା ପାରାଗୁଡ଼ିକ ନଦେଖିଲେ ସକାଳୁ ସେ କାନ୍ଦୁଥିଲା। ଝିଅ ସେଇ ପାରାଗୁଡ଼ିକୁ ଦେଖୁଥିବାବେଳେ ରଶ୍ମିତା ତା' ପାଟିରେ ଖାଦ୍ୟ ଭର୍ତ୍ତି କରିଦେଉଥିଲେ, ନହେଲେ ସେ ନିଜ ଭୋକରେ ନିଜେ କେବେ ଖାଇବାକୁ ରାଜି ହୁଏନାହିଁ। ତା'ଛଡ଼ା, ରଶ୍ମିତା କୁନିଝିଅକୁ ପିଲାଦିନେ ଗେଲ କରିବାବେଳେ ମୋ' ଧନ, ମୋ' ମାଳୀ, ମୋ' ଲୋଟଣିପାରା, ମୋ' ଗୁଣ୍ଡୁଣିପାରା ଇତ୍ୟାଦି ସମ୍ବୋଧନଗୁଡ଼ିକୁ ବହୁଳଭାବେ ବ୍ୟବହାର କରୁଥିଲେ । ସୀତାନାଥ କହିଲେ, "ଯାକୁ ପାରା ବୋଲି ଡାକିବି।" ଏମିତି ବି, ଅପରାଜିତା ପାଞ୍ଚ ଅକ୍ଷର ଭିତରେ ପାରା ଦୁଇ ଅକ୍ଷର ମଧ୍ୟରହିଛି, କେବଳ ଗୋଟିଏ ଆ'କାର ଯାହା ଏପଟସେପଟ। ବାସ୍, ଝିଅର ନାଁ ପାରା ରହିଲା ଯେ ଆଉ ହଟିଲା ନାହିଁ – ବାହାଘର ପରେ ନୁହଁ କି ଲଣ୍ଡନ୍ ଯିବା ପରେ ମଧ୍ୟନୁହଁ।

ଏବେ କିଛି ସ୍ପଷ୍ଟ ଉତ୍ତର ନଦେଇ ରଶ୍ମିତା ଥତମତ ହେଉଥିବାର ଦେଖି ଝିଅ ପୁଣି ପଚାରିଲା, "କିଛି କହୁନୁ କାହିଁକି? ଏମିତି ଗୁଁ ପୁଁ ହେଲେ ମୁଁ କ'ଣ ବୁଝିବି?"

ରଶ୍ମିତା ସାହସ ଜୁଟାଇ କହିଲେ, "ମୁଁ ଲଣ୍ଡନ୍ ଆସିବି, ତୁ ଯେବେ ମା' ହେବୁ। ନାତି କି ନାତୁଣୀ ଦେଖିବାକୁ ଆସିବି। ଏମିତି ଖାଲିଟାରେ ଯିବି କାହିଁକି? ବାହାଘର ପରେ ଦୁଇବର୍ଷ ତ ହେଲାଣି।"

– "ତା' ହେଲେ ବସିଥା, ସେଇ କଟକର କ୍ୱାଟର୍ ଭିତରେ। ମୋ' ସାଙ୍ଗସାଥୀ ଯେତେ ଏଠି ଅଛନ୍ତି, ସମସ୍ତଙ୍କ ବାପମା' ବାରମ୍ବାର ଆସୁଛନ୍ତି, ଯାଉଛନ୍ତି। ଏମିତି ବିଚିତ୍ର ସର୍ତ୍ତ କେହି ରଖୁନାହାନ୍ତି।"

– "ତା' ମାନେ, ତୁ କହୁଛୁ ତୁ ମା' ହେବୁନି?"

– "ସେ ଫୁଲାଫାଙ୍କିଆ କଥା ବନ୍ଦ କରି ସିଧାସିଧା କହ, ଆସିବୁ ନା ନାହିଁ?"

ଏହି କଥୋପକଥନର ଦୁଇଦିନ ପରେ ଏହି ପର୍ଯ୍ୟାୟର ଦ୍ୱିତୀୟ କଥୋପକଥନ ରଶ୍ମିତା ଓ ତାଙ୍କ ସ୍ୱାମୀ ସୀତାନାଥଙ୍କ ମଧ୍ୟରେ –

ସୀତାନାଥ: "ପାରା ବାରମ୍ବାର ତମକୁ ଡାକୁଛି । ଇମେଲ୍ କରି ମୋ ପାଖକୁ ପୂରା ପ୍ରୋଗ୍ରାମ୍ ପଠାଇସାରିଛି। ତମେ ଥରେ ଯାଇ ବୁଲିଆସୁନ କାହିଁକି?"

ରଶ୍ମିତା: "ତମେ ଆସିବ?"

– "ମୁଁ ଯିବି ଦେଢ଼ବର୍ଷ ପରେ। ସେତେବେଳେ ମୋତେ ମାସେ ଛୁଟି ମିଳିବ। ଏତେ ଟଙ୍କା ଖର୍ଚ୍ଚ କରି, ଭିସା, ଟିକଟ କରି ଦଶଦିନ ରହି ଆସିଲେ କି ଲାଭ? ଯେତେବେଳେ ଯିବି, ଅନ୍ତତଃ ମାସେ ରହିବି।"

– "ମୁଁ ଏକୁଟିଆ କେମିତି ଯିବି?"

– "କ'ଣ ଡରମାଡୁଛି? ତମ ହାତରେ ପାସ୍‌ପୋର୍ଟ, ଭିସା, ଟିକଟ୍, ସବୁ ଦେଇ ମୁଁ ତମକୁ ଦିଲ୍ଲୀ ଏୟାରପୋର୍ଟରେ ଛାଡ଼ିବି। ଲଣ୍ଡନରେ ହୀଥ୍ରୋରୁ ତମକୁ ନିର୍ମଳ କିମ୍ବା ପାରା ଘରକୁ ନେଇଯିବେ। ଆକାଶରେ ଉଡ଼ାଜାହାଜ ବାଟବଣା ହୋଇ ଆଉ କୁଆଡ଼େ ପଳେଇବ ବୋଲି ଡରୁଛ କି?"

– "କେବେ କୁଆଡ଼େ ଏକୁଟିଆ ଯାଇନି।"

– "ମୋ' ସାଥିରେ ସିଙ୍ଗାପୁର ଥାଇଲାଣ୍ଡ ତ ଯାଇଛ। ନିଜେ ଧାଡ଼ିବାନ୍ଧି ଇମିଗ୍ରେସନ୍ କାଉଣ୍ଟରରେ ପାସ୍‌ପୋର୍ଟ ଧରି ଠିଆହୋଇଛ। ଏବେ କାହିଁକି ଡର? ତମଠୁ କେତେ ପଛୁଆ ସ୍ତ୍ରୀଲୋକମାନେ ଏକୁଟିଆ ସାରା ପୃଥିବୀ ବୁଲିଆସୁଛନ୍ତି।"

– "ମୁଁ ଭଲଭାବେ ଇଂଲିଶ୍ ଭାଷା କହିପାରିବିନି। ସେଠିକାର ଡଲାର୍ ହିସାବ ମଧ୍ୟ ମୋତେ ଆସେନି।"

– "ଡଲାର୍ ନୁହେଁ, ପାଉଣ୍ଡ୍। ମୁଁ ତମକୁ ପାଉଣ୍ଡ୍ କରେନ୍‌ସି ଦେଇ ଛାଡ଼ିବି। ପାରା ତମକୁ କେଉଁଠି ଗୋଟାଏ ପାଉଣ୍ଡ୍ ବି ଖର୍ଚ୍ଚ କରିବାକୁ ଦେବନି, ଏକଥା ତମେ ଭଲଭାବେ ଜାଣ। ତା'ଛଡ଼ା, ଥରେ ପାରା ପାଖରେ ପହଞ୍ଚିଗଲେ ଆଉ ଇଂଲିଶ୍ ଭାଷା କି ମୁଦ୍ରା ଜାଣିବା- ନଜାଣିବା କିଛି ଫରକ୍ ପଡ଼ିବ କି?"

ପାରା ସହିତ ଓ ସୀତାନାଥଙ୍କ ସହିତ ଏହି ଦୁଇ ବାର୍ତ୍ତାଳପର ଶୁଦ୍ଧ ପରିଣାମ ହେଲା ଯେ ଏବେ ରଶ୍ମିତା ଲଣ୍ଡନ୍‌ରେ, ସୀତାନାଥ ନିଜ ଚାକିରି ସହିତ କଟକରେ ଓ ପାରା ନିଜ ସ୍ୱାମୀ ଏବଂ ବୋଉ ସହିତ ଲଣ୍ଡନ୍ ଭଡ଼ାଘରେ।

ଲଣ୍ଡନରେ ପହଞ୍ଚି ରଶ୍ମିତା ଥରେ ପଚାରିଥିଲେ, "ଏଠି ମୁଁ ତୋତେ 'ପାରା' ବୋଲି ଡାକିଲେ ଅସୁନ୍ଦର ହେବନି? ଲୋକେ କ'ଣ ଭାବିବେ?"

ପାରା ଏତେ ଜୋର୍‌ରେ ହସିଲା ଯେ ରଶ୍ମିତା ଭାବିଲେ, କାହିଁ ଭାରତରେ ଥିଲାବେଳେ ତ ଝିଅ ଏମିତି ହସୁନଥିଲା!

– "ବୋଉ ଲୋ, ତୁ ଏଠି କୌଣସି ବିଷୟ ନେଇ କନ୍‌ସିଅସ୍ ହୁଅନା। କିଏ

କାହିଁକି କ'ଣ ଭାବିବ ? ଭାବିଲେ ବି ହୁ କେୟାର୍ସ୍ ? ମୋ ପାରା ନାଁଟି ଲଣ୍ଡନରେ ମୋ ସାଙ୍ଗସାଥୀ, ସହକର୍ମୀ, ବସ୍, ସମସ୍ତଙ୍କୁ ଏବେ ଭଲ ଲାଗିଲା ଯେ ମୋର ଭଲ ନାଁ ସମସ୍ତେ ଭୁଲିଗଲେଣି ପ୍ରାୟ । ପାରା, ପାର୍‌ରା, ପ୍ରା, ଆପ୍ରା, ଓପ୍ରା ଇତ୍ୟାଦି ବିଭିନ୍ନ ବନାନ ଓ ବିକୃତିର ସହିତ ଉଚ୍ଚାରିତ ହେଉଥିବା ସରଳ ସଂକ୍ଷିପ୍ତ ନା'ଟି ସମସ୍ତେ ପସନ୍ଦ କରନ୍ତି । ଏମିତି ବି ମୋର ପାଞ୍ଚ ଅକ୍ଷରିଆ ଅପରାଜିତା ନାଁକୁ ଏଠି କେହି ଉଚ୍ଚାରଣ କରନ୍ତି ନାହିଁ ।"

ରଶ୍ମିତା କହିଲେ, "ବଡ଼ ବିଚିତ୍ର ଜାଗା ଲୋ ମା' ତମର ଏହି ଲଣ୍ଡନ । ଏତେ ଧଳାଲୋକ ଏକାଠି ମୁଁ କେବେ ଦେଖିନାହିଁ ।" ତା'ପରେ ମନେମନେ ମା' କଟକଚଣ୍ଡୀଙ୍କୁ ସୁମରଣା କରି ଗୁହାରି କଲେ "ଭଲରେ ଭଲରେ ଏଠି ତିନିମାସ କଟିଯାଉ ମା' ଚଣ୍ଡୀ । ମୁଁ କଟକ ଫେରିଲେ ଆସି ଦର୍ଶନ କରିବି ।"

ତିନିମାସ ସମୟ ପାରା ଓ ନିର୍ମଳଙ୍କ ସହିତ ଅବଶ୍ୟ ଆରାମରେ କଟିଯିବ; କିନ୍ତୁ ଏତେ ମନୋରମ, ବିଶାଳ, ବିଖ୍ୟାତ ସହରରେ କେବଳ ଘର ଭିତରେ ଦିନକାଟି ଫେରିଗଲେ କ'ଣ ସୁନ୍ଦର ଦିଶିବ ନା ମନ ମାନିବ ? କଟକ ଫେରିବା ପରେ ତାଙ୍କୁ ଘେରି ଯେତେବେଳେ ସାହିପଡ଼ିଶା, ସାଥୀସଙ୍ଗାତ ପଚାରିବେ, ଗାଁରୁ ବୁଢ଼ୀମା' ପଚାରିବ, ପରେ ସ୍ୱାମୀ ଚିଡ଼େଇ ପଚାରିବେ ଲଣ୍ଡନରେ କ'ଣ ସବୁ ଦେଖିଲ ବୋଲି, ରଶ୍ମିତା କ'ଣ କହିବେ ? ଖାଲି ଲୋକହସା ହେବେ ସିନା !

କିନ୍ତୁ ପାରା ସେକଥା ଆଗରୁ ଭାବି ତା' ଅନୁସାରେ ଆୟୋଜନ କରିସାରିଥିଲା । ପ୍ରତି ଶନିବାର ଓ ରବିବାର ରଶ୍ମିତାଙ୍କୁ ନିର୍ମଳ ଓ ପାରା ନିଜ ସାଥିରେ ନେବେ । ବୁଲାବୁଲି ହେବ । ବାହାରେ ଡିନର୍ କିମ୍ବା ଲଞ୍ଚ୍ ବି ହେବ । ସପ୍ତାହର ଅନ୍ୟସବୁ ଦିନ ରଶ୍ମିତା ନିଜେନିଜେ ବୁଲିବେ ।

– "ମୁଁ ? ଏକୁଟିଆ ? ଲଣ୍ଡନରେ ?" ରଶ୍ମିତାଙ୍କୁ ଲାଗିଲା ତାଙ୍କ ଝିଅ ବୋଧହୁଏ ଆଜିପର୍ଯ୍ୟନ୍ତ ନିଜ ମା'କୁ ଭଲଭାବେ ଚିହ୍ନିପାରିଲା ନାହିଁ ।

– "ତୋ' ଇଚ୍ଛା ଲୋ ବୋଉ । ଯଦି ଚାହୁଁଛୁ, ଘରେ ବସି ଟିଭି ଦେଖୁଥା । କିନ୍ତୁ ଏଠି ଓଡ଼ିଆ ଚ୍ୟାନେଲ୍ ଖୋଜିବୁ ନାହିଁ ।" ତା'ପରେ ଆଉ କିଛି ନଶୁଣି ପାରା ଫ୍ଲାଟ୍‌ର ଗୋଟାଏ ଚାବି, ଲଣ୍ଡନର ନମ୍ବର ଥିବା ମୋବାଇଲ୍ ଫୋନ୍, ନିଜର ଡେବିଟ୍ କାର୍ଡ୍ ଓ କିଛି ଖୁଚୁରା ପାଉଣ୍ଡ୍ ପେନ୍ସ୍ ଦେଇ କହିଲା, "ଅନ୍ତତଃ ନିଜେ ଚାଲିଚାଲି ଯେତିକି ପ୍ରତିଦିନ ବୁଲିପାରିବୁ, ସେତିକି ବାଟ ଯାଇ ଆସିଲେ ତୋତେ କେଉଁଠି କିଏ ଖାଇଯିବେ ନାହିଁ ।"

ଦିନେ ପାରା ଓ ନିର୍ମଳ ସହିତ ଟ୍ରାଫଲଗର୍ ସ୍କୋୟାର୍ ବୁଲି ଦେଖିଲାବେଳେ ହଠାତ୍ ଅଟକିଯାଇ ରଶ୍ମିତା କହିଲେ, "ସେଠି କିଏ ଠିଆହୋଇଛି, ଦେଖିଲୁଣି ?"

- "କିଏ ?"

- "ବିଜୟ ମାଲ୍ୟା"

- "ବିଜୟ ମାଲ୍ୟା ? ତୁ କେମିତି ଜାଣିଲୁ ?"

- "ତାକୁ କିଏ ନଜାଣିଛି ? ଦେଖୁନୁ ତାକୁ, ଠିକ୍ ସେମିତି ଚେହେରା, ସେମିତି ଦାଢ଼ି । ମୁଁ ଫଟୋରେ ଦେଖିଛି ।"

ରଶ୍ମିତାଙ୍କ କଥାକୁ ହସରେ ଉଡ଼ାଇଦେଇ ପାରା କହିଲା, "ବିଜୟ ମାଲ୍ୟା ଲଣ୍ଡନରେ ରହୁଥିବା କଥା ତୁ ଜାଣିଛୁ, ତେଣୁ ତୋତେ ସେମିତି ଲାଗିଲା । ସେମିତି ଦାଢ଼ି ଥିବା ମଣିଷ ବହୁତ ଅଛନ୍ତି ।"

ରଶ୍ମିତା କିଛି ନକହି ଚୁପ୍ ରହିଲେ; କିନ୍ତୁ ତାଙ୍କ ମନ ମାନିଲା ନାହିଁ । ତାଙ୍କର ଇଚ୍ଛା ଥିଲା, ସେ ଲୋକର ଫଟୋ ନିଜ ମୋବାଇଲ୍ କ୍ୟାମେରାରେ ଉଠାଇ ତାଙ୍କ ହ୍ୱାଟ୍ସଆପ୍ ଗ୍ରୁପ୍‌ରେ ଛାଡ଼ିଥା'ନ୍ତେ ।

ପାରାର କଥା ମାନି ରଶ୍ମିତା ପ୍ରତିଦିନ ନିଜ ଫ୍ଲାଟ୍‌ରୁ ବାହାରି କିଛିବାଟ ରାସ୍ତାରେ ଚାଲିବାକୁ ଆରମ୍ଭ କଲେ । ଇଚ୍ଛା କଲେ ସେ ଭୂତଳ ଟ୍ରେନ୍ କିମ୍ବା ବସ୍‌ରେ ବି ଯାଇପାରନ୍ତେ, ସେବୁର ବିଧି ସେ ବୁଝିସାରିଥିଲେ; କିନ୍ତୁ ସାହସ ପାଇଲା ନାହିଁ । ତିନିଚାରି କିଲୋମିଟର ଭିତରେ ବି ବୁଲି ଦେଖିବା ପାଇଁ ଖୁବ୍ ସୁନ୍ଦର ଜାଗାସବୁ ଥିଲା, ତାଙ୍କ ଆଚମ୍ୱିତ କରିଦେବା ଭଳି ଦୃଶ୍ୟର ବିପଣୀ ଦେଖି ଅଭିଭୂତ ହେଲେ । ଆହୁରି ଆଗକୁ ଯିବା ପାଇଁ ମନ ହେଲା, ସାହସ ହେଲା ।

ଦିନେ ଏମିତି ବୁଲିବାବେଳେ ସେ ହଠାତ୍ ସ୍ତବ୍ଧ ହୋଇ ଠିଆହୋଇଗଲେ । ମୋରିସନ୍‌ସ୍ ଷ୍ଟୋର୍ ଆଗରେ ଯିଏ କାର୍‌ରୁ ଓହ୍ଲାଇ ଭିତରକୁ ଗଲା, ସେ କିଏ ? ନିଜେ ଦୁଇଆଖିରେ ଯାକୁ ଦେଖିଲି ବୋଲି କହିଲେ ତାଙ୍କ ସାଇପଡ଼ିଶା ସାଙ୍ଗସାଥୀସବୁ ହିଂସାରେ ଜଳିଯିବେ । ଇଏ ତ ସାକ୍ଷାତ ପ୍ରିୟଙ୍କା ଚୋପ୍ରା ନିଜେ । ହାତବ୍ୟାଗ୍ ଭିତରୁ ମୋବାଇଲ୍ ବାହାର କରି ନିଜେ ମୋରିସନ୍‌ସ୍ ଭିତରେ ପଶିଲା । ତା' ସହିତ ସେଲ୍‌ଫିର ପ୍ରଶ୍ନ ଉଠୁନଥିଲେ ସୁଦ୍ଧା କିଛିଦୂରରୁ ଫଟୋଟିଏ ନନେଲେ କେହି ବିଶ୍ୱାସ କରିବେ ନାହିଁ । କିନ୍ତୁ ହେଲାନାହିଁ । ଭିତରେ ଅସଂଖ୍ୟ ପୁରୁଷ ସ୍ତ୍ରୀଙ୍କ ଗହଳି ଭିତରେ ଭଦ୍ରମହିଳା ଅନ୍ତର୍ଦ୍ଧାନ । ସନ୍ଧ୍ୟାରେ ଅଫିସ୍‌ରୁ ଫେରି ଝିଅ କଫି ତିଆରି କରୁଥିଲା । ରଶ୍ମିତା ଗର୍ବର ସହିତ ଘୋଷଣା କଲେ, "ଆଜି ମୁଁ ପ୍ରିୟଙ୍କା ଚୋପ୍ରାକୁ ଦେଖିଲି ।"

- "କେଉଁଠି ?" ପାରା ପଚାରିଲା ।

- "ଇଲିଂ ବ୍ରଡ୍‌ୱେ, ମରିସନ୍‌ସ୍ ସାମ୍ନାରେ ।"

- "ପ୍ରିୟଙ୍କା ଚୋପ୍ରା? ସିନେମା ଷ୍ଟାର୍? ସିଏ କାହିଁକି ଏଠିକି ଆସିବ? ସିଏ ତ ଆମେରିକାରେ ରହେ।"

- "ନା, ସିଏ ଆଜିକାଲି ଏଠି ରହୁଛି। ଆମ ଗ୍ରୁପ୍‌ରେ ଚର୍ଚ୍ଚା ହୋଇଥିଲା।"

ଝିଅ ଅପରାଜିତାର ବେଖାତିରିଆ ଗୁଣଟା ଗଲାନାହିଁ। ରଶ୍ମିତାଙ୍କ କଥାକୁ ହସରେ ଉଡ଼ାଇଦେଇ କହିଲା, "ତୋତେ ଯଦି ସବୁଆଡ଼େ ଏମିତି ଭିଆଇପିମାନେ ଦିଶିବେ, ତା'ହେଲେ ତୁ ଏଠି ରହିବା ଭିତରେ ତୋତେ ତିରିଶି କି ଚାଳିଶି ଇଣ୍ଡିଆନ୍ ସେଲିବ୍ରିଟୀଙ୍କ ଦେଖା ମିଳିଯିବ। ଲଣ୍ଡନ ସେମାନଙ୍କର ଚରାଭୂଇଁ। ସବୁଦିନ ଆତଯାତ ଚାଲିଛି। ତୁ ମଣିଷମାନଙ୍କୁ ଯେତିକି ଧ୍ୟାନଦେଇ ଦେଖୁଛୁ, ଘର, ରାସ୍ତା, ପାର୍କ, ବଗିଚା, ଗଛପତ୍ରକୁ ସେମିତି ନିରେଖି ଦେଖିଲେ ଅଧିକ ଖୁସି ହେବୁ। ରାସ୍ତାକଡ଼ରେ ଏକାଭଳି ଭିକ୍ଟୋରିଆନ୍ ଘରଗୁଡ଼ିକ କେମିତି ଧାଡ଼ିଧାଡ଼ି, କେକ୍ ସଜାହୋଇଥିବା ପରି ଦିଶୁଛି ଦେଖିଛୁ? ସେଇ ଘରଗୁଡ଼ିକର ଗୋଜା ଚିମ୍‌ନୀସବୁ ଲକ୍ଷ୍ୟ କରିଛୁ?"

ପ୍ରକୃତରେ ଭିକ୍ଟୋରିଆନ୍ ଢ଼ଙ୍ଗର ଘରଗୁଡ଼ିକ ରଶ୍ମିତାଙ୍କୁ ସୁନ୍ଦର ଦିଶେନାହିଁ। ସୈନିକମାନଙ୍କ ପରି ଧାଡ଼ିବାନ୍ଧି ଘରଗୁଡ଼ିକ ଏକା ରୂପ, ଏକା ରଙ୍ଗ ଧରି ଠିଆହୋଇଥା'ନ୍ତି। ମଇଳା ରଙ୍ଗ । ତେଜ ନଥାଏ। ସେମାନେ କାଳେ ଜାଣିଶୁଣି ସେମିତି ରଙ୍ଗ ଦିଅନ୍ତି। ନହେଲେ କାଳେ ତାଙ୍କ ଇତିହାସ ମରିଯିବ!

ଝିଅର କଥାମାନି ରଶ୍ମିତା ଦୋକାନ ବଜାର ଛାଡ଼ି ବ୍ରିଟିଶ୍ ମଣିଷମାନେ ବସାବାନ୍ଧି ରହୁଥିବା ଅପେକ୍ଷାକୃତ ନିର୍ଜନ ରାସ୍ତାରେ ଚାଲିଲେ। ଅନ୍ୟମନସ୍କ ହୋଇ ଚାଲୁଥିଲାବେଳେ ତାଙ୍କଠାରୁ କିଛିଦୂରରେ ଆଗରେ କିଏ କାହାକୁ ବଡ଼ପାଟିରେ କ'ଣ କହୁଥିବାର ଶୁଣି ସେ ଧାଡ଼ିଧାଡ଼ି ଘର ଆଡୁ ମୁହଁ ଘୂରାଇ ଆଗକୁ ଦେଖିଲେ। ଜଣେ ମୋଟା, ବୟସ୍କା ସ୍ତ୍ରୀଲୋକ ଜଣେ ଲୋକକୁ କ'ଣ ସବୁ କହିକହି ଚାଲିଛି। ସ୍ୱର ଉଚ୍ଚା, ବିଶେଷତଃ ଲଣ୍ଡନର ମାନଦଣ୍ଡରେ। ଗାଳି ଦେଉଥିବା ପରି ଲାଗୁଛି। ଲୋକଟି ଚୁପ୍‌ଚାପ୍ ଶୁଣିଚାଲିଛି।

ରଶ୍ମିତା ଲକ୍ଷ୍ୟ କରିଛନ୍ତି ଯେ ଯାନବାହନ ଓ ମଣିଷମାନଙ୍କର ପ୍ରବଳ ସମାଗମ ସତ୍ତ୍ୱେ ଲଣ୍ଡନକୁ ସବୁବେଳେ ଏକ ସମ୍ଭ୍ରାନ୍ତ ଶାନ୍ତି ଆବୋରି ରଖିଥାଏ। ଗାଡ଼ି, ମଟର ହର୍ନ ବଜାନ୍ତି ନାହିଁ। କୁକୁରମାନେ ଭୋ ଭୋ ନଭୁକି ନିଜ ନିଜ ମାଲିକ ମାନଙ୍କ ସହିତ ସୁଧାର ପିଲା ପରି ଚାଲୁଥା'ନ୍ତି କିମ୍ବା ଖୋଲାଯାଗାରେ ଖେଳୁଥା'ନ୍ତି। ଏପରିକି ଛୋଟ ଛୁଆ ମାନେ ମଧ୍ୟ ବଡ଼ ପାଟିରେ କାନ୍ଦନ୍ତି ନାହିଁ। ଏପରି ଶାନ୍ତ ସମ୍ଭ୍ରାନ୍ତ ସହରରେ ଏ ବୁଢ଼ୀ ବଡ଼ପାଟିରେ କ'ଣ କହୁଛି? କାହାକୁ କାହିଁକି କହିଚାଲିଛି?

ନିଜ ଚାଲିର ବେଗ ବଢ଼ାଇ ରଶ୍ମିତା କଥା ଶୁଣିବା ପାଇଁ ଚେଷ୍ଟା କଲେ।

କିଛିକିଛି ଶୁଣିଲେ ମଧ୍ୟ। ବୁଝିବା ପାଇଁ ତାଙ୍କ ଇଂରାଜୀ ଜ୍ଞାନ ଯଥେଷ୍ଟ ଥିଲେ ସୁଦ୍ଧା ଖାଣ୍ଟି ବ୍ରିଟିଶ୍ ଉଚ୍ଚାରଣ ସେ ବୁଝିପାରିଲେ ନାହିଁ।

କିଛି ସମୟ ପରେ ରଶ୍ମିତାଙ୍କ ସାମ୍ନାରେ ଗୋଟାଏ ଘରର ପାଚେରୀ ଉପରେ ବସି ବିଲେଇଟିଏ ଦୁଇଥର ମ୍ୟାଉଁ ଶବ୍ଦ କରିବାରୁ ଆଗରେ ଯାଉଥିବା ଦୁଇ ମଣିଷ ପଛକୁ ଫେରି ଚାହିଁଲେ। ସେମାନେ ବିରାଡ଼ି ଦେଖିବାବେଳକୁ ରଶ୍ମିତା ସେଇ ବୁଢ଼ୀକୁ ଦେଖିନେଲେ। ଧଳା କାଗଜ ପରି ଗୋରୀ, ମୋଟୀ। ପଞ୍ଚସ୍ତରି ବର୍ଷ ବୟସ ହେବ। ଆଖିରେ ଚଷମା। ମୁହଁରେ ଜାଲ ପରି ଅସଂଖ୍ୟ ଭାଙ୍ଗ ପଡ଼ି ମୁହଁଟି ଲୋଚାକୋଚା ଦେଖାଯାଉଛି। କିନ୍ତୁ ଠେଙ୍ଗା ପରି ସିଧାସଳଖ ଶରୀର। ଟ୍ରାଉଜର୍ ଉପରେ ଟପ୍ ଓ ସ୍ୱେଟର୍ ପିନ୍ଧିଛି। ସରଳ ମିଜାଜ୍‌ର ମଣିଷ ପରି ଆଦୌ ଦେଖାଯାଉ ନାହିଁ।

ତା' ଆଖିର ଉଦ୍ଧତ, ଅନାତ୍ମୀୟ ଚାହାଣୀ ଦେଖି ରଶ୍ମିତାଙ୍କୁ ଲାଗିଲା, ସେ ଏଭଳି ମଣିଷମାନଙ୍କ ପ୍ରତି ସତର୍କ ହେବା ଉଚିତ। ବୁଢ଼ୀ ଅବଶ୍ୟ ତାଙ୍କୁ ଦେଖିନାହିଁ, ଦେଖିଲେ ବୋଧହୁଏ କହନ୍ତା, "ତୁ କିଏ? କାହିଁକି ଆମ ଦେଶକୁ ଆସିଛୁ? ତୋ ଚମଡ଼ାର ରଙ୍ଗ ଧଳା କାହିଁକି ହେଲାନାହିଁ?" ବୁଢ଼ୀ ସେମିତି ବିଡ୍‌ବିଡ୍ କଥା କହିକହି ଆଗରେ ଚାଲିଥାଏ।

ହଠାତ୍ ରଶ୍ମିତାଙ୍କ ଆଖିରୁ ପରଦାଟିଏ ହଟିଯିବା ପରି ଲାଗିଲା ଓ ସେ ବୁଢ଼ୀକୁ ଚିହ୍ନିପକାଇଲେ। ଇଏ ତ ସେଇ! ଜଟିଆ ବୁଢ଼ୀ। ରଶ୍ମିତା କେବେ ଜଟିଆ ବୁଢ଼ୀକୁ ନିଜ ଆଖିରେ ଦେଖିନଥିଲେ ବି ସେ ଜାଣିଗଲେ ଯେ ଜଟିଆ ବୁଢ଼ୀ ନାମକ ଚରିତ୍ର ଯଦି ଲଣ୍ଡନରେ ଜନ୍ମହୋଇ ଲଣ୍ଡନ୍‌ରେ ରହୁଥା'ନ୍ତା; ତା'ହେଲେ ତା'ର ରୂପ, ଭେକ, ଗୁଣ, ଚାଲିଚଳନ, କଥାବାର୍ତ୍ତା ସବୁ ୟାରି ପରି ହୋଇଥା'ନ୍ତା।

ନିଜର କୌଣସି ଷଷ୍ଠ ଇନ୍ଦ୍ରିୟଶକ୍ତି ଯୋଗୁଁ ସେ ଆଗରୁ ଦେଖିନଥିବା ମଣିଷମାନଙ୍କୁ ମଧ୍ୟ ଠିକ୍ ଚିହ୍ନିପରଖି ଜାଣିପାରନ୍ତି ବୋଲି ତାଙ୍କର ଦୃଢ଼ବିଶ୍ୱାସ। ଚୋର ଚୋର ବୋଲି ପ୍ରମାଣିତ ହେବା ଆଗରୁ ହିଁ ତାଙ୍କୁ ଚୋର ପରି ଦିଶେ। ଅପରିଚିତ ସାଧୁ ମଣିଷ ମଧ୍ୟ ସାଧୁ ବୋଲି ଜଣାପଡ଼ିଯାଏ ତାଙ୍କୁ। ଅନ୍ୟ କେହି ବିଶ୍ୱାସ କରନ୍ତୁ କି ନକରନ୍ତୁ, ନିଜର ମଣିଷ ଚିହ୍ନିବା ଶକ୍ତି ଉପରେ ତାଙ୍କର ଖୁବ୍ ଭରସା। ଏବେ ସେଇ ଭରସାକୁ ନେଇ ରଶ୍ମିତା ଲଣ୍ଡନ ରାସ୍ତାରେ ଦେଖିଥିବା ଜଣେ ମଣିଷକୁ ଆଖିପିଛୁଳାକେ ଚିହ୍ନିପକାଇ କହିଲେ, "ଇଏ ହେଉଛି ଜଟିଆ ବୁଢ଼ୀ।"

ସେଦିନ ଘରେ ପହଞ୍ଚି ପାରାକୁ କହିଲେ, "ତୁ କହୁ ମୋତେ ସବୁଆଡ଼େ ଖାଲି ସେଲିବ୍ରିଟୀ ଦିଶୁଛନ୍ତି। କିନ୍ତୁ ଆଜି କାହାକୁ ଦେଖିଲି, ଜାଣିଛୁ?"

– "କାହାକୁ?"

- "ତାକୁ ତୁ ଚିହ୍ନିନଥିବୁ। ଜଟିଆ ବୁଢ଼ୀ।"
- "ଜଟିଆ ବୁଢ଼ୀ କିଏ ?"
- "କିଏ... ?" ରଶ୍ମିତା ଭାବିଲେ, କ'ଣ ଉତ୍ତର ଦେବେ।

"ଆବର ଥିଲା ଜଟିଆ ବୁଢ଼ୀ
ପିଲାଠୁ ବଡ଼ ସଭିଙ୍କ ଖୁଡ଼ି
କା' ଘରେ କେତେ ମୂଷାର ଗାଡ଼
ସବୁ ତା' ଜିଭେ ଥୁଆଟି
ଛୋଟ ମୋର ଗାଆଁଟି
ମୁହଁଟା ତା'ର କାତିରୁ ଦାଢ଼
ପଣତକାନି ଛୁଆଇଁ ବାଡ଼
ଲଗାଇ କଳି ଝୁଣିବ ହାଡ଼
ଡାକିବ କେତେ କୁହାଟି
ଛୋଟ ମୋର ଗାଆଁଟି।"

ନବମ କି ଦଶମ ଶ୍ରେଣୀରେ ପଢୁଥିବାବେଳେ ସାହିତ୍ୟବହିରେ ଥିବା ଗୋଟିଏ କବିତାରୁ ଆଉ କିଛି ମନେପଡୁ ନଥିଲେ ସୁଦ୍ଧା ଏହି ଚାରି ଛ' ଧାଡ଼ି ରଶ୍ମିତାଙ୍କର ସ୍ପଷ୍ଟ ମନେଅଛି। ତାଙ୍କ ପିଲାଦିନ ଯେଉଁ ଗାଁରେ କଟିଥଲା, ସେଠି ଏମିତି ଚରିତ୍ରମାନେ ଚଳପ୍ରଚଳ ହେଉଥିବା କଥା ମଧ୍ୟ ତାଙ୍କର ମନେଅଛି। ତେଣୁ ତା' ସହିତ ରଶ୍ମିତାଙ୍କ ପରିଚୟ ବହୁବର୍ଷ ତଳର।

ମା'ଙ୍କ କଥା ଅପରାଜିତା ମନଦେଇ ଶୁଣିଲା। କିଛି ବୁଝିଲା, କିଛି ନବୁଝି ବୁଝିବାର ଛଳନା କଲା ଓ ଶେଷରେ ହସିହସି କହିଲା, "ମୁଁ ଯଦି ତୋର ଝିଅ ହୋଇନଥା'ନ୍ତି, ତା'ହେଲେ ଭାବିଥା'ନ୍ତି ଯେ ତୋତେ ଏଚ୍‌ଏଫ୍‌ଏଫ୍‌ଏସ୍ ହୋଇଛି।"

- "ସେଇଟା କ'ଣ ?"

- "ସେଇଟା ଗୋଟେ ରୋ... ସରି... ମାନେ, ହାଇପର୍ ଫେମିଲିଆରିଟି ୱିଦ୍ ଫେସେସ୍ ସିଣ୍ଡ୍ରୋମ୍।"

- "ତା' ଅର୍ଥ କ'ଣ ?" ରଶ୍ମିତା ଟିକିଏ ଶଙ୍କିତ ହୋଇ ପ୍ରଶ୍ନ କଲେ।

- "ମାନେ ଅପରିଚିତ ମୁହଁସବୁ ପରିଚିତ ଲାଗିବା।"

- "ସେମିତି କାହିଁକି ହୁଏ ?"

- "କାହିଁକି ହୁଏ, ମୁଁ କହିପାରିବି ନାହିଁ। ତୋତେ କେଉଁଠି ବିଜୟ ମାଲ୍ୟା ଦିଶିଲାଣି ତ କେଉଁଠି ପ୍ରିୟଙ୍କା ଚୋପ୍ରା। ଆଉ ଏବେ ଦିଶିଲା ଗୋଟିଏ ଅଜବ ମଣିଷ - ଯିଏ କବିତାରେ ଅଛି, କିନ୍ତୁ ସତରେ ନାହିଁ।"

ହାତରେ କପେ ଗରମ କଫି ଧରି ନିର୍ମଳ ଏସବୁ କଥା ଶୁଣୁଥିଲେ। ରଶ୍ମିତାଙ୍କ ପକ୍ଷ ନେଇ କହିଲେ, "ଏମିତି ହୁଏ।"

- "କେମିତି ହୁଏ ?" ପଚାରିଲା ପାରା।

- "ସତ ଜୀବନର ମଣିଷଟିଏ ବହି କି ସିନେମାର କୌଣସି ଚରିତ୍ର ସହିତ ମନଭିତରେ ଏମିତି ଯୋଡ଼ିହୋଇଯାଏ ଯେ ତାଙ୍କୁ ଅଲଗା କରିବା କଷ୍ଟକର ହୋଇଯାଏ। ଅହେତୁକ ହୋଇପାରେ; କିନ୍ତୁ ସ୍ୱାଭାବିକ। ମୋତେ ବି ସେମିତି ବେଳେବେଳେ ଲାଗେ।"

ଟିକିଏ ବିରତି ନେଇ ଢ଼ୋକେ କଫି ପିଇ ପୁଣି କହିଲେ, "କଲେଜରେ ମୁଁ ଭିଲେଜ୍ ସ୍କୁଲ୍‌ମାଷ୍ଟର୍ ବୋଲି ଗୋଟିଏ କବିତା ପଢ଼ିଥିଲି। ପଢ଼ିବାମାତ୍ରେ ଆମ ପିଲାଦିନ ଚାଟଶାଳୀର ହେମଚନ୍ଦ୍ର ପ୍ରହରାଜ ମାଷ୍ଟ୍ରେ ମନେପଡ଼ିଲେ। ମୋତେ ଲାଗିଲା, ତାଙ୍କୁ ହିଁ ନେଇ ଅଲିଭର୍ ଗୋଲ୍‌ଡ୍‌ସ୍ମିଥ୍ ସେଇ କବିତା ଲେଖିଛନ୍ତି। ଏହି ଦୁଇ ମଣିଷ ଭିତରେ ଯେତେ ବେଶି ତଫାତ୍ ରହିଲେ ବି ସେଇ ଧାରଣା ଆଉ ମନରୁ ଗଲାନାହିଁ।"

ଆଉ ଢ଼ୋକେ କଫି। ତା'ପରେ: "ଠିକ୍ ସେମିତି ଆମ ମାମୁଘରେ ବୋଲହାକ କରୁଥିବା ଚାକରଟୋକା ବୈରାଗୀର କଥାବାର୍ତ୍ତା, ଜିଦ୍, କାମ, ସବୁଥିରେ ମୋତେ ଖାଲି ଗପର ଅବୋଲକରା ଦିଶିଲା। ଅବୋଲକରା ତ କାହାଣୀର ମଣିଷଟିଏ। ତାକୁ ମୁଁ କେବେ ଦେଖିନଥିଲି କି ଜାଣିନଥିଲି।"

ରଶ୍ମିତା ମାନିଲା ନାହିଁ। କହଲା, "ତମକୁ ବି ଏଚ୍‌ଏଫ୍‌ଏଫ୍‌ଏସ୍ ?"

ପ୍ରାୟ ଅଢ଼େଇମାସ ତଳେ ଯେତେବେଳେ ଲଣ୍ଡନରେ କେମିତି ଚଳିବେ ବୋଲି ରଶ୍ମିତାଙ୍କ ମନରେ ଆଶଙ୍କା ଭରି ରହିଥିଲା, ସେତେବେଳେ ତାଙ୍କୁ ମନେଇବା ପାଇଁ ଝିଅ କହିଥିଲା, "ପୃଥିବୀର ସବୁଆଡ଼େ ଲୋକମାନେ ଏକାପରି। ଦେଖିବାକୁ ଭିନ୍ନ ହେଲେ ସୁଦ୍ଧା ସବୁଠି ଥାଆନ୍ତି ସେଇ ସମାନ ମଣିଷ – ଭଲ ଲୋକ, ମନ୍ଦ ଲୋକ, ଚୋର, ସାଧୁ ଦୋକାନୀ, ବାରିକ, କଂସେଇ, ମିସ୍ତ୍ରି, ବଢ଼େଇ...। କୋଉଠି ଅଜଣା ଅଶୁଣା ଲାଗିବ ନାହିଁ।"

ଏବେ ସେଇ ଝିଅ କାହିଁକି ମାନୁନାହିଁ ଯେ ଏଠି ଜଟିଆ ବୁଢ଼ୀ ପ୍ରକଟ ହୋଇ ରାସ୍ତାରେ ବକ୍‌ବକ୍ ହୋଇଚାଲିଛି ? ଜଟିଆ ନାମରେ ପରିଚିତ ଏହି ମହିଳା ଏମିତି

ପ୍ରଜାତିର ଜଣେ ମଣିଷ, ଯିଏ ସବୁସ୍ଥାନରେ ସବୁକାଳରେ ଥାଆନ୍ତି। ତା'ର ଲକ୍ଷଣ ବିଲକ୍ଷଣ ସବୁ ଜଣାଶୁଣା।

କବିତାର ସେଇ କେତେଧାଡ଼ିକୁ ମନରେ ସୁମରି ରଶ୍ମିତା ଜଟିଆ ବୁଢ଼ୀର ଚରିତ୍ରଚିତ୍ରଣ କରିନେଲେ ମନେମନେ। ସେ ବୁଢ଼ୀ ସବୁଘରେ ପଶି କାହାଘରେ କେତେ ଛିଦ୍ର ଅଛି, ଦୋଷ ଅଛି, ତା'ର ଖବର ନିଏ, ହିସାବ ରଖେ ଓ ଚୁଗୁଲି କରେ। ବୟସ ନିର୍ବିଶେଷରେ ସାନ, ବଡ଼ ସବୁ ତାକୁ ଖୁଡ଼ି ବୋଲି ଡାକନ୍ତି – ଭକ୍ତିରେ ନୁହେଁ, ଭୟରେ। ନିଜ ଲୁଗାକାନିକୁ କାହାର କଣ୍ଟାବାଡ଼ରେ ଜାଣିଶୁଣି ପକାଏ ଓ ଚିରାକାନି ପାଇଁ ବାଡ଼ର ମାଲିକଙ୍କୁ ଦୋଷଦେଇ କଳି ଆରମ୍ଭ କରେ। ତା'ର କଥାସବୁ ଛୁରୀ ଭଳି ଧାରୁଆ। ଶୁଣିବା ଲୋକକୁ ନିଜ ଦେହର ହାଡ଼ ଝୁଣି ହୋଇଯାଉଥିବା ପରି ଲାଗେ। ତା' ସ୍ୱର ଭୟଙ୍କର କୁହାଟ ଭଳି କର୍କଶ। ତା' ନାଁ ଜଟିଆ କାହିଁକି ହେଲା, ଗୀତରେ ତାହା ଲେଖାହୋଇ ନାହିଁ; କିନ୍ତୁ ଅନୁମାନ କରି ରଶ୍ମିତା ଦୁଇ ତିନିଟି କାରଣ କହିଦେଇ ପାରିବେ। ସେ ସବୁ ସାଧାରଣ କଥାକୁ ମଧ୍ୟ ଗୁଡ଼େଇ ତୁଡ଼େଇ ଜଟ କରିଦିଏ, ତେଣୁ ଜଟିଆ। ତା' ମୁଣ୍ଡର ଚୁଟି ଅସନା ଜଟା ହୋଇଥିବ, ତେଣୁ ଜଟିଆ। ତାର ପୁଅ, ଯଦି କେବେ ଥିଲା, ତାର ନା" ଜଟିଆ ହୋଇଥିବ, ତେଣୁ ମା'କୁ ମଧ୍ୟ ଜଟିଆ କୁହାଯାଉଛି। ଅଥବା କିଛି କାରଣ ନଥିବ- ଏମିତି ଖାଲି ନାଁଟିଏ।

ଏ ଚରିତ୍ର ନଷ୍ଟ, କୁଟିଳ, ଦୁଷ୍ଟ, କଳହପ୍ରିୟ। ଏମାନଙ୍କୁ ମନ୍ଥରା ପର୍ଯ୍ୟାୟରେ ନିଆଯାଏ। ହିନ୍ଦୀ ସିନେମାରେ ଏମିତି ଭୂମିକାସବୁ ଲଳିତା ପାୱାର୍‌କୁ ମିଳେ।

ଜଟିଆ ବୁଢ଼ୀର ସବୁ ଗୁଣ, ଲକ୍ଷଣ ଗୋଟିଗୋଟି ତୋଳିଆଣି ରଶ୍ମିତା ବ୍ରିଟିଶ୍ ବୁଢ଼ୀ ଉପରେ ଆରୋପିଦେଇ ଦୁନିଆକୁ ଜଣେଇଦେଲେ: "ଦେଖ ଲଣ୍ଡନର ଜଟିଆକୁ। ଚିହ୍ନିରଖ ତାକୁ।"

ଲଣ୍ଡନରେ ରହଣିକାଳ କ୍ରମଶଃ କ୍ଷୟ ହୋଇଆସୁଥିଲା। ଆସିବା ପୂର୍ବରୁ ରଶ୍ମିତାଙ୍କ ମନରେ ଯେଉଁସବୁ ଆଶଙ୍କା, ଦ୍ୱିଧା ରହିଥିଲା; ସେସବୁ ତରଳି ବହିସାରିଥାଏ। ପ୍ରତି ସପ୍ତାହରେ ମିଳୁଥିବା ଦୁଇଟି ଛୁଟିଦିନକୁ ବ୍ୟବହାର କରି ନିର୍ମଳ ଓ ପାରା ତାଙ୍କୁ ଲଣ୍ଡନର ଅନେକ ଆକର୍ଷଣୀୟ ସ୍ଥାନକୁ ନେଇ ବୁଲାଇଆଣିଲେ। ଲଣ୍ଡନର ଆଖି ବୋଲି କୁହାଯାଉଥିବା ଅତିକାୟ ଚକ୍ର ଭିତରେ ବସି ତଳୁ ଉପର ଓ ପୁଣି ଉପରୁ ତଳକୁ ଖସିଆସୁଥିବାବେଳେ ଆକାଶ ଓ ପୃଥିବୀ ଏକାକାର ହୋଇଯାଇଥିବା ପରି ଲାଗିଲା। ମାଡାମ୍ ଟୁସାଡ୍ ଭିତରେ ପଶି ଇଂଲଣ୍ଡର ରାଣୀ ଏବଂ ତାଙ୍କ ପୂରା ପରିବାର

ସହିତ ନିଜ ଫଟୋ ଉଠାଇଆଣିଲେ। ଅମିତାଭ ବଚ୍ଚନ ସହିତ ବି ଫଟୋ ଉଠିଲା। ଏସବୁ ଫଟୋ ଦେଖି ତାଙ୍କ ସାଥୀମାନେ କ'ଣ ଜାଣିପାରିବେ ଯେ ଏସବୁ ମଣିଷ ସତ ନୁହନ୍ତି, କେବଳ ମହମ ପିତୁଳା ? ଜାଣିନପାରିଲେ ରଶ୍ମିତା ନିଜେ କହିବେ। ଟାୱାର୍ ବ୍ରିଜ୍‌ରେ ଠିଆହୋଇ ଲଣ୍ଡନ୍ ବ୍ରିଜ୍ ଦେଖିଲେ ଓ ତା'ପରେ ଲଣ୍ଡନ୍ ବ୍ରିଜ୍‌ରେ ଠିଆହୋଇ ଟାୱାର୍ ବ୍ରିଜ୍ ଦେଖିଲେ। ଟାୱାର୍ ବ୍ରିଜ୍ ଦୁଇଖଣ୍ଡ ହୋଇ ଭାଙ୍ଗିଯାଇ ପୁଣି ଯୋଡ଼ିହେବାର ଦେଖିଲେ। ଟେମ୍‌ସ୍ ନଦୀରେ ନୌକାରେ ବସି ଟୁର୍ ଗାଇଡ୍‌ଠାରୁ ଇତିହାସ, ଭୂଗୋଳ ଶୁଣୁଶୁଣୁ ଭାବିଲେ, ଆମ କାଠଯୋଡ଼ି ନଦୀରେ ଏମିତି ହୁଅନ୍ତାନି ? କାଠଯୋଡ଼ି କଥା ମନକୁ ଆସିବାମାତ୍ରେ ଟିକିଏ ଗୃହାତୁର ହୋଇଗଲେ। ଘରଦ୍ୱାର ଆଖିଆଗରେ ନାଚିଲା। ପୂଜାଘରେ ଶୋଭାପାଉଥିବା ବିଷ୍ଣୁ, ଗଣେଶ, ମହାଦେବ, ମହାଲକ୍ଷ୍ମୀ, ହନୁମାନ, ସବୁ ମନେପଡ଼ିବାରୁ ମନକୁମନ ହାତ ଯୋଡ଼ି ହୋଇଗଲା। ତାଙ୍କ ପାଖରେ ବସିଥିବା ଚାଇନୀଜ୍ ପର୍ଯ୍ୟଟକ ଦମ୍ପତି ବୋଧହୁଏ ଭାବିଲେ ଯେ ରଶ୍ମିତା ସ୍କଟ୍‌ଲାଣ୍ଡ୍ ୟାର୍ଡ୍ କୋଠାକୁ ଦେଖି ହାତଯୋଡୁଛନ୍ତି। ଯାହାହେଲେ ବି ବିଶ୍ୱବିଖ୍ୟାତ ଅନୁଷ୍ଠାନ, ସବୁ ଅପରାଧୀଙ୍କ ଆତଙ୍କ । ସେମାନେ ବି ହାତଯୋଡ଼ିଦେଲେ।

ଘର କଥା ମନେପଡ଼ିଲେ ସ୍ମୃତିର ପ୍ରବାହକୁ ସହଜରେ ରୋକିହୁଏ ନାହିଁ। ଝରକାର ମଇଳା ପରଦା, କିଚେନ୍‌ର ଚଟୁ, ପୁରୁଣା ସିଲେଇ ମେସିନ୍, ପଡ଼ିଶାଘର କୁକୁର, ଘରକୋଣର ଅଳନ୍ଧୁ ମଧ୍ୟ ଆଖିଆଗରେ ନାଚିଲା। ଆଙ୍ଗୁଳି ଗଣି ହିସାବ କଲେ– କଟକ ଫେରିବେ ଆଉ ପଚିଶିଦିନ ପରେ। ରଞ୍ଜୁର ଝିଅ ବାହାଘର ଆଗରୁ ପହଞ୍ଚିଯାଇଥିବେ।

ଘରେ ପାରାକୁ କହିଲେ, "ଲଣ୍ଡନ ଆସି ଦୁଇମାସରୁ ବେଶି ବିତିଗଲାଣି। ଆଉ ପଚିଶିଦିନ ବାକୀ ରହିଲା।"

–"ତୁ କାହିଁକି ଦିନ ଗଣିଲୁଣି ? ଗାଁର ଜଟିଆ ବୁଢ଼ୀ ମନେପଡ଼ିଲାଣି କି ? ଚିନ୍ତା କାହିଁପାଇଁ ? ଏଠି ତ ଜଣେ ଜଟିଆ ବୁଢ଼ୀ ମିଳିଗଲାଣି।" ତା'ପରେ ଟିକିଏ ହସି ଯୋଡ଼ିଲା, "ତୁ ସେସବୁ କଥା ମନକୁ ନଆଣି ଅରାମରେ ରହ, ଆହୁରି ବି କିଛି ଜାଗା ଅଛି ବୁଲି ଦେଖିବା ପାଇଁ। ତୁ ତ କୋହିନୂର ହୀରା ଦେଖିବାକୁ ଯାଇନାହୁଁ। ପ୍ରାଇମ୍ ମେରିଡିଆନ୍ ବି ବାକୀ ଅଛି। ଆହୁରି ଅନେକ କଥା ରହିଛି। କିନ୍ତୁ ମୁଁ ତୋତେ ଅନ୍ତତଃ ଥରକ ପାଇଁ ଗୋଟିଏ ଜାଗାକୁ ନେବାକୁ ଚାହୁଁଛି । ଆଗରୁ ବି ତୋତେ କହିଛି। ତୁ ରାଜି ହେଲେ ନେବି।"

– "କୁଆଡ଼େ ?"

– "ସିନ୍ଥିଆ କଥା ତୁ ଜାଣିଛୁ। ମୋଠାରୁ ଆଠଦଶ ବର୍ଷ ବଡ଼, ଏକୁଟିଆ

ସ୍ତ୍ରୀଲୋକ। ତୋତେ ଦେଖିଲେ ଭାରି ଖୁସି ହେବ। ତା' ବାପା ଷ୍ଟିଫେନ୍‌ର ଅବସ୍ଥା ଭାରି ଖରାପ। ନୂଆ ମଣିଷ ସହିତ ପରିଚୟ ହେଲେ ଷ୍ଟିଫେନ୍ ବି ଭାରି ଖୁସି ହୁଏ।"

ଷ୍ଟିଫେନ୍‌ର ଆସନ୍ନ ମରଣ ଯୋଗୁଁ ପାରା ଓ ନିର୍ମଳ କଟକ ଆସିପାରି ନଥିଲେ। ତେଣୁ ରଶ୍ମିତାଙ୍କ ମନରେ ତା' ପ୍ରତି ଏକ ଅହେତୁକ ବିରାଗ ରହିଯାଇଥିଲା। ଯେଉଁ ମଣିଷର ଆୟୁଷ ମାତ୍ର ପନ୍ଦରଦିନ ଭିତରେ ସୀମିତ ବୋଲି ଡାକ୍ତର ଚରମବାଣୀ ଶୁଣାଇସାରିଥିଲେ, ସେଇ ମଣିଷ ଷ୍ଟିଫେନ୍ ଏବେ ବି ଜୀବିତ ରହିଥିବାର ଶୁଣି ରଶ୍ମିତାଙ୍କୁ ଆଶ୍ଚର୍ଯ୍ୟ ଲାଗୁଥିଲା। କେଉଁଠୁ ମିଳିଲା ବୁଢ଼ାକୁ ଏତେ ଆୟୁଷ ? ପାରା ଓ ନିର୍ମଳ ପ୍ରାୟ ପ୍ରତିଦିନ ଅଫିସ୍‌ରୁ ଫେରି ସିନ୍ଥିଆ ଘରେ ଅଧଘଣ୍ଟାଏ ବସନ୍ତି । ରଶ୍ମିତାଙ୍କୁ ବି ପାରା ଡାକିଛି ଅନେକଥର । କିନ୍ତୁ ରଶ୍ମିତା ଯାଇନାହାନ୍ତି । ଷ୍ଟିଫେନ୍ କିମ୍ବା ସିନ୍ଥିଆ ପ୍ରତି ତାଙ୍କର କୌଣସି ଅସନ୍ତୋଷ କିମ୍ବା ଅବଜ୍ଞାଭାବ ନଥିଲେ ସୁଦ୍ଧା ସେ ଯାଇନାହାନ୍ତି; ମୁଖ୍ୟତଃ ତାଙ୍କ ନିଜର ସଂକୋଚ ଯୋଗୁଁ । ଲଣ୍ଡନ ସହରରେ ଅନ୍ୟ କାହାର ଘରକୁ ଯାଇ ସେଠି କାହା ସହିତ କେମିତି କ'ଣ ଇଂରେଜୀ ଭାଷାରେ କଥାବାର୍ତ୍ତା କରିବେ? କିଛି କଥା ନକହି ମୂକ ଭଳି ବସି ଆସିଲେ କ'ଣ ଶୋଭାପାଇବ ?

ଏଥର କିନ୍ତୁ ରଶ୍ମିତା ଆଉ ମନା କରିପାରିଲେ ନାହିଁ । ଅତି କୁଣ୍ଠିତ ଭାବରେ କହିଲେ, "ପରେ କେବେ ଯିବା, ମୁଁ ଏଠି ଥିବା ଭିତରେ ।"

ତାଙ୍କ ଦ୍ୱିତୀୟ ବାକ୍ୟ ସମ୍ପୂର୍ଣ୍ଣ ଅନାବଶ୍ୟକ ଥିଲା ବୋଲି ଜାଣିପାରି ତରବରରେ ଯୋଡ଼ିଲେ, "ଆସନ୍ତା ସପ୍ତାହରେ।"

ଷ୍ଟିଫେନ୍‌ର ଜୀବନରେ ଆଉ ଗୋଟିଏ ସପ୍ତାହ ଅଛି କି ନାହିଁ, ସେକଥା ଅନିଶ୍ଚିତ। ରଶ୍ମିତା ନିଜେ ବି ଜାଣିପାରିଲେ ନାହିଁ, ସେ କାହିଁକି ଗୋଟାଏ ସପ୍ତାହ ସମୟ ଲୋଡ଼ିଲେ। ସାତଦିନ ଭିତରେ ଷ୍ଟିଫେନ୍ ମରିଗଲେ ଆଉ ଯିବାକୁ ପଡ଼ିବନାହିଁ ବୋଲି ଭାବୁଥିଲେ ନା ନିଜ ଲଣ୍ଡନ୍ ଭ୍ରମଣକାଳରେ କୌଣସି ମରଣୋନ୍ମୁଖ ମଣିଷକୁ ଦେଖିବାକୁ ଚାହୁଁନଥିଲେ ?

କିନ୍ତୁ ଆଉ ଜଣେ ମଣିଷ, ଯାହାକୁ ସେ ଆଦୌ ଦେଖିବାକୁ ଚାହୁଁନଥିଲେ, ଜଟିଆ ବୁଢ଼ୀ; ତା' ସହିତ ସେହି ସପ୍ତାହକ ଭିତରେ ଆଉ ଦୁଇଥର ଦେଖାହେଲା। ଥରେ ତ ତାଙ୍କୁ ହତବାକ୍ କରିଦେଇ ସେ ଗୋଟାଏ ସାଇକେଲ୍ ଚଢ଼ି ଖୁବ୍ ଜୋର୍‌ରେ ଆଗେଇଗଲା। ରଶ୍ମିତା ଫୁଟ୍‌ପାଥ୍‌ରେ ପାଦେ ପାଦେ ଚାଲିବାବେଳକୁ ସିଏ ସାଇକେଲ୍ ଟ୍ରାକ୍‌ରେ ଆସି ପବନ ପରି ଆଗକୁ ବହିଗଲା। ତାଙ୍କ ମନରେ ଥିବା ଚିତ୍ର ସହିତ ବୁଢ଼ୀର ଏହି ସାଇକେଲ୍ ଚଲେଇବା ରୂପ ସମ୍ପୂର୍ଣ୍ଣ ଖାପ ଖାଇଲା ନାହିଁ ସତ; କିନ୍ତୁ ସେ ଆଗ ଅପେକ୍ଷା ଆହୁରି ଅଧିକ ମାତ୍ରାରେ ଖଳନାୟିକା ପରି ଦିଶିଲା। ଏ ବୁଢ଼ୀବୟସରେ ଯିଏ ସାଇକେଲ୍ ଚଳାଏ, ସିଏ ଉଦ୍ଦଣ୍ଡୀ, ଅଣ୍ଡିରାଚଣ୍ଡୀ ନୁହେଁ ତ ଆଉ କ'ଣ?

ଆଉଥରେ ତ ସେ ବୁଢ଼ୀ ସହିତ ସାକ୍ଷାତ ହୋଇଗଲା ମୁହାଁମୁହିଁ।

ଦୋକାନବଜାର ବୁଲି ଥାକଥାକ ସଜାହୋଇ ଗ୍ରାହକଙ୍କୁ ନିମନ୍ତ୍ରଣ କରୁଥିବା ସଉଦାସବୁ ଦେଖିବାକୁ ଭଲଲାଗେ। ଥରେ ଟେସ୍କୋ ସୁପର୍ ମାର୍କେଟ୍‌ର ପରିବା ବିପଣିରେ ଏସ୍ପାରାଗସ୍ ଦେଖି ରଶ୍ମିତା ସେଥିରୁ ବିଡ଼ାଏ ଉଠାଇ ଧରିଲେ। ଲଣ୍ଡନରୁ ଫେରିଗଲେ ଏ ଜିନିଷ ଦୁର୍ଲଭ ହୋଇଯିବ। ସାଢ଼େ ତିନି ପାଉଣ୍ଡ୍ । କାଉଣ୍ଟର୍‌ରେ ଧାଡ଼ିବାନ୍ଧି ଠିଆ ହେଲେ। ନିଜ ପାଳି ଆସିବାରୁ ଆଗକୁ ଯାଇ ଦେଖିଲେ, ସେଠି କେହି ମଣିଷ ନାହାନ୍ତି, କେବଳ ଧାଡ଼ିଧାଡ଼ି ମେସିନ୍, କମ୍ପ୍ୟୁଟର୍। କୋଉ ମେସିନ୍‌ରେ କେମିତି ଦାମ୍ ଦେଇ ଜିନିଷ କିଣିବେ, କିଛି ବୁଝିନପାରି, ଅସହାୟ ଭାବରେ ଠିଆହେଲେ। ଗୋଟାଏ ହାତରେ ସଉଦା, ଆରହାତରେ ପାଞ୍ଚ ପାଉଣ୍ଡ୍‌ର ନୋଟ୍। ପଛରେ ଧାଡ଼ି ଲମ୍ବିଗଲାଣି।

ଅପଦସ୍ତ ଲାଗିଲା। ଭାବିଲେ, ଏସ୍ପାରାଗସ୍ ନନେଇ ଫେରିଆସିବେ। ପଛରୁ କିଏଜଣେ ଆସି ପଚାରିଲା, "ଏନି ପ୍ରୋବ୍ଲେମ୍ ?" ରଶ୍ମିତା କ'ଣ କହିବେ ଭାବୁଥିଲେ; କିନ୍ତୁ ଯେତେବେଳେ ମୁହଁ ଉଠାଇ ଦେଖିଲେ ଯେ ଏହି ପ୍ରଶ୍ନ କରିଥିବା ମଣିଷ ଜଟିଆ ବୁଢ଼ୀ, ତାଙ୍କ ମୁହଁରୁ କଥା ବାହାରିଲା ନାହିଁ । ବୁଢ଼ୀର ସାହାଯ୍ୟରେ କାମ ଅବଶ୍ୟ ହୋଇଗଲା, କିନ୍ତୁ ଭଲ ଲାଗିଲା ନାହିଁ। ପଛକୁ ଅନାଇ 'ଥାଙ୍କ୍ ୟୁ' କହିବାକୁ ଚାହିଁଲେ, କିନ୍ତୁ ସେତେବେଳକୁ ବୁଢ଼ୀ ଫେରିଯାଇ ତିନିଜଣ ଗରାଖଙ୍କ ପଛରେ ଧାଡ଼ିରେ ନିଜ ସ୍ଥାନରେ ଠିଆ ହୋଇଗଲାଣି।

ରଶ୍ମିତାଙ୍କୁ ସବୁଲୋକ ମନେମନେ ଉପହାସ କରୁଥିବେ ମନେକରି ତାଙ୍କ ମୁହଁ ଶୁଖିଗଲା। ଏପରି ଅଯାଚିତ ଭାବରେ ଉପରେ ପଡ଼ି ଅନ୍ୟଲୋକର ମାମଲାରେ ଦଖଲ ଦେବା ମଧ୍ୟ ଦୁଷ୍ଟଲୋକର ଲକ୍ଷଣ। କବିତାରେ ପଢ଼ିଥିବା ଜଟିଆ ବୁଢ଼ୀର ଗୁଣ ଏପରି ହିଁ ହୋଇଥିବ। ସବୁରି ଘରେ ପଶି ମୂଷାଗାଡ଼ ଖୋଜୁଥିବା ଲୋକ ଆଜି ଜାଣିଗଲା ଯେ ରଶ୍ମିତାଙ୍କୁ ଦୋକାନରୁ ଜିନିଷ କିଣିଆସେ ନାହିଁ। ତାଙ୍କ ନିଜର ମୂଷାଗାଡ଼ ତାକୁ ଦିଶିଗଲା।

ସିନ୍ଥିଆ ପାଖକୁ ଯିବା ପାଇଁ ବାହାରିବାବେଳେ ପାରା କହିଲା, "ସିନ୍ଥିଆ ଗୋଟିଏ ହସ୍‌ପିସ୍ ତିଆରି କରି ସେଠି ତା' ବାପା ଷ୍ଟିଫେନ୍‌କୁ ରଖିଛି।"

– "ହସ୍‌ପିସ୍ ? ସେ ପୁଣି କ'ଣ ?"

– "ତୁ ବୋଧହୁଏ ଆଗରୁ ଶୁଣିନାହୁଁ, କିନ୍ତୁ ସିଧାସିଧି କହିବାକୁ ଗଲେ ହସ୍‌ପିସ୍ ହେଉଛି ମରିବାଘର। ହସ୍ପିଟାଲ୍ ନୁହେଁ, କିନ୍ତୁ ହସ୍ପିଟାଲ୍‌ର ସୁବିଧା ଥାଏ। ଘର ବି ନୁହେଁ, କିନ୍ତୁ ଘର ଭଳି ନିଜର ଲାଗେ। ଯେତେବେଳେ ନିଶ୍ଚିତ ରୂପେ ଜଣାପଡ଼ିଯାଏ

ଯେ ଜଣେ ଲୋକ ମରିଯିବ, ଆଉ ଅଳ୍ପଦିନ ବାକୀ ରହିଛି, ତା'ର ଆତ୍ମୀୟମାନେ ତାକୁ ଗୋଟିଏ ହସ୍‌ପିସ୍‌ରେ ରଖନ୍ତି। ଉଦ୍ଦେଶ୍ୟ ହେଉଛି, ତା'ର ବଳକା ଦିନସବୁ କେମିତି ସ୍ୱଚ୍ଛନ୍ଦରେ କଟିବ, ଏକୁଟିଆ ଲାଗିବ ନାହିଁ, ଅନୁଶୋଚନା, ଅବସାଦ, ବିଷାଦ କିଛି ଘାରିବ ନାହିଁ। ଏଠି ଅନେକ ପ୍ରାଇଭେଟ୍ ହସ୍‌ପିସ୍ ଅଛି, ସେଠି ନେଇ ରୋଗୀକୁ ଛାଡ଼ିଦେବାକୁ ପଡ଼େ। କିନ୍ତୁ କେତେଲୋକ ନିଜ ଘର ଭିତରେ ସ୍ୱତନ୍ତ୍ର ହସ୍‌ପିସ୍ କରିଦିଅନ୍ତି। ସିନ୍ଥିଆ ସେମିତି କରିଛି।"

– "ନିଜେ ଏକୁଟିଆ ସବୁ ଦେଖାଶୁଣା କରୁଛି ?"

– "ହସ୍‌ପିସ୍‌ରେ ରୋଗୀର ଦେଖାଶୁଣା କରିବା ପାଇଁ ତାଲିମ୍ ପାଇଥିବା ଲୋକ ବି ଅଛନ୍ତି। କେତେ ଦାତବ୍ୟ ସଂସ୍ଥା, ମିଶନାରୀ ଅନୁଷ୍ଠାନ ମଧ୍ୟ ହସ୍‌ପିସ୍ ଚଳାନ୍ତି। ଅନ୍ୟ ହସ୍‌ପିସ୍‌କୁ ମଧ୍ୟଲୋକ ଯୋଗାନ୍ତି।"

ରଶ୍ମିତାଙ୍କୁ କଥାଟା ଟିକିଏ ଅଖାଡୁଆ ଲାଗିଲା। ପଚାରିଲେ, "କ'ଣ ଦରକାର ଏମିତି ମରଣଘର ? ଆଗରୁ ଏଣ୍ଟୁଡ଼ିଶାଳ କଥା ଶୁଣିଛି; କିନ୍ତୁ ମରଣଶାଳ ? ନିଜ ଘରେ ନିଜ ଶେଯରେ ଶୋଇ ମରିବାରେ ଅସୁବିଧା କ'ଣ ?"

ପାରା କେବଳ କହିଲା, "ଦେଖିଲେ ଜାଣିବୁ।"

ପାରା ରହୁଥିବା ଘର ଏବଂ ସିନ୍ଥିଆର ଘର ଏକାଭଳି। ତେଣୁ ରଶ୍ମିତା ଅନୁମାନ କରିନେଲେ କେଉଁଠି ବେଡ୍‌ରୁମ୍, ଲିଭିଙ୍ଗ୍ ରୁମ୍, କିଚେନ୍ ଓ ଅନ୍ୟସବୁ କୋଣ, ଅନୁକୋଣ। କିନ୍ତୁ ଘର ଭିତରେ ପଶିବାମାତ୍ରେ ସେ ଆଶ୍ଚର୍ଯ୍ୟ ହୋଇ ଚାରିପଟେ ଅନେଇଲେ। ଘରର ଗୋଟାଏ ପ୍ରଶସ୍ତ ଚକଡ଼ାକୁ ଆବୋରି ବସିଛି ଗୋଟାଏ ନୂଆ ଧରଣର କୋଠରୀ। ଏଇଟା ହିଁ ହୋଇଥିବ ହସ୍‌ପିସ୍। ଭିତରେ ପଶି ରଶ୍ମିତା ଦେଖିଲେ ଧଳା ରଙ୍ଗର ବେଡ୍ ଉପରେ ସେହି ରଙ୍ଗର ପରିଷ୍କାର କମ୍ବଳ ଘୋଡ଼ିହୋଇ ଶୋଇଛି ଷ୍ଟିଫେନ୍। କେବଳ ମୁଣ୍ଡ ଦେଖାଯାଉଛି ତକିଆ ଉପରେ। ବେଡ୍‌ର ଉପରଭାଗ ସାମାନ୍ୟ ବଙ୍କା ହୋଇ ଉପରକୁ ଉଠିରହିଛି, ରୋଗୀର ଶରୀରର ଉପରଭାଗକୁ ସାହାରା ଦେଇ। ଅନେକ ଚିକିତ୍ସା ସରଞ୍ଜାମ ରହିଛି। କାନ୍ଥରେ ଷ୍ଟିଫେନ୍ ଦେଖିପାରିବା ପରି କୋଣରେ ଲାଗିଛି ଟେଲିଭିଜନ୍। କାନ୍ଥଘଣ୍ଟା ଅଛି। ମଦର୍ ମେରୀଙ୍କ କୋଳରେ ଶିଶୁ ଯୀଶୁଖ୍ରୀଷ୍ଟଙ୍କ ସୁନ୍ଦର କଳାକୃତି। ଥାକରେ ସଜାହୋଇ ରହିଛି ଫଳ, ଔଷଧ, ପାଣି। ତଟକାଫୁଲରେ ସଜାହୋଇଥିବା ଫୁଲଦାନି ତିନୋଟି – ବିଭିନ୍ନ ଆକୃତିର, ବିଭିନ୍ନ ସ୍ଥାନରେ।

ଷ୍ଟିଫେନ୍ ନିଦରେ ଶୋଇଥିବାରୁ ଭିତରେ କୌଣସି କଥାବାର୍ତ୍ତା ନହୋଇ ପାରା, ନିର୍ମଳ ଓ ରଶ୍ମିତା ବାହାରକୁ ଆସିଲେ। ଭିତରେ ଷ୍ଟିଫେନ୍ ପାଖରେ ରହିଲା

କେବଳ ଜଣେ ମଣିଷ, ଯାହା ଉପରେ ଆଖି ପଡ଼ିବାମାତ୍ରେ ରଶ୍ମିତା ଚମକିଯାଇଥିଲେ; କିନ୍ତୁ ନିଜ ବିସ୍ମୟ ଓ ବିଭ୍ରାନ୍ତିକୁ ନିଜ ଭିତରେ ଚାପିରଖି ଫେରିଆସିଲେ।

ଘରେ ପହଞ୍ଚି ଝିଅକୁ ପଚାରିଲେ, "ସେଠି ହସ୍‌ପିସ୍ ଭିତରେ ଷ୍ଟିଫେନ୍ ସହିତ କିଏ ?"

- "ମ୍ୟାଗି। ମାର୍ଗାରେଟ୍।"

- "ତା'ର ସେଠି କି କାମ ?"

- "ସେ ହସ୍‌ପିସ୍ ଭଲ୍ୟୁଣ୍ଟିଅର୍।ତୁ କାହିଁକି ପଚାରୁଛୁ ?"

- "ମୁଁ ତାକୁ ହିଁ ଜଟିଆ ବୁଢ଼ୀ ବୋଲି କହେ।"

ହସି ହସି ପାରା ରଶ୍ମିତାଙ୍କୁ ବୁଝାଇ କହିଲା; ଏଠି ମ୍ୟାଗି ସମସ୍ତଙ୍କର ଅତିପ୍ରିୟ। ହସ୍‌ପିସ୍‌ରେ ରୋଗୀର କାମ କରିବା ପାଇଁ ତାର ଯେତିକି ନିଷ୍ଠା ଓ ଦକ୍ଷତା ରହିଛି, ଆଉ କାହାର ନଥିବ। ନିଜ ଇଚ୍ଛାରେ ନିଜ ଆଗ୍ରହରେ ତାଲିମ ନେଇ ଅନେକ ବର୍ଷ ଧରି ଏହି କାମ କରୁଛି। ଏହି କାମ ପାଇଁ ଅନ୍ୟମାନେ ଦରମା ନିଅନ୍ତି; କିନ୍ତୁ ମ୍ୟାଗି ହେଉଛି ଭଲ୍ୟୁଣ୍ଟୀଅର୍। କାହାଠାରୁ ଗୋଟାଏ ପେନି ମଧ୍ୟ ନିଏ ନାହିଁ।

ମାର୍ଗାରେଟ୍ ଓରଫ୍ ମାଗିର ଏହି ପ୍ରତିରୂପ ତାଙ୍କ ମନରେ ଥିବା ଜଟିଆ ବୁଢ଼ୀ ସହିତ ଆଦୌ ମିଶିଲା ନାହିଁ। ରଶ୍ମିତାଙ୍କ ଆଖିରେ ବିସ୍ମୟ କିମ୍ବା ପ୍ରଶଂସା ଅପେକ୍ଷା ବେଶୀ ଅବିଶ୍ୱାସ ଥିବାର ଦେଖି ଝିଅ କହିଲା।

'କେବଳ ମୁହଁ ଦେଖି ଜଣେ ଲୋକ କେମିତି ହୋଇଥିବ, କାହାପରି ହୋଇଥିବ ତୁ ଅନୁମାନ କରିନେଉଛୁ। ତାପରେ ସେହି ଅନୁମାନକୁ ସତ ବୋଲି ତୁ ବିଶ୍ୱାସ କରିନେଉଛୁ। ଏମିତି କ'ଣ ହୁଏ ବୋଉ ?'

- "ସମସ୍ତଙ୍କର ହୁଏନି, କିନ୍ତୁ ମୋର ହୁଏ। ତୁ ବୁଝିପାରିବୁନି।'

- "କଣ ବୁଝିପାରିବିନି ?'

- "ମୁଁ କଲେଜରେ ଜଏନ୍ କରିବା ଆଗରୁ ଥରେ ଗୋଟେ ଚଷମା ପିନ୍ଧା ଲୋକକୁ ବହି ଦୋକାନରେ ଦେଖି ଭାବିଲି; ଏ ଲୋକଟା ଇଂଲିଶ୍ ପ୍ରଫେସର୍ ପରି କଥାବାର୍ତ୍ତା କରୁଛି, ଚେହେରା ରଖିଛି। ପରେ ଦେଖିବାବେଳକୁ ସେ ସତକୁ ସତ ଆମ କଲେଜ୍‌ର ଇଂଲିଶ୍ ଲେକ୍‌ଚରାର୍। ଆମକୁ ପୋଏଟ୍ରି ପଢ଼ଉଥିଲା। ମୋ ସାଙ୍ଗମାନେ କହନ୍ତି ମୋର ସିକ୍‌ସ୍‌ଥ୍ ସେନ୍‌ସ୍ ଖୁବ୍ ପ୍ରଖର। ମୋ ବଡ଼ଭାଇନାଙ୍କ କଥା କହିବି ? ସେ କେତେ ଇଣ୍ଟରଭ୍ୟୁ କରି କେତେ ପିଲାଙ୍କୁ ଚାକିରୀ ପାଇଁ ସୁପାରିଶ୍ କରନ୍ତି। ସେ କଣ କହୁଥିଲେ ଜାଣୁ ?'

- "କ'ଣ କହୁଥିଲେ ?'

– "ଇଂଟରଭ୍ୟୁ ରୁମ୍ ଭିତରକୁ ପ୍ରାର୍ଥୀ ଆସି ଚୌକିରେ ବସିବା ବେଳୁ ସେ ତାକୁ ଦେଖି ଜାଣିଯାଆନ୍ତି ସେ ଚାକିରୀ ପାଇଁ ଯୋଗ୍ୟ କି ଅଯୋଗ୍ୟ। ତାପରେ ସେଇଟା ହିଁ ଠିକ୍ ବୋଲି ଇଣ୍ଟରଭ୍ୟୁରୁ ଜଣାପଡ଼େ।

– "ଭଲ ହୋଇଛି ମାମୁଁଙ୍କ ବୋର୍ଡରେ ମୋର ଇଣ୍ଟରଭ୍ୟୁ ହୋଇନାହିଁ' ପାରା ହସି ହସି କହିଲା।"

କଥା ବଦଳାଇ ରଶ୍ମିତା ପଚାରିଲେ; କ'ଣ ସବୁ କାମ ହୁଏ ସେ ହସ୍‌ପିସ୍ ଭିତରେ ?

– "ମ୍ୟାଗି ବହୁତ କାମ କରେ। ରୋଗୀକୁ ଔଷଧ, ଇଞ୍ଜେକ୍‌ସନ୍ ସାଲାଇନ୍ ଦିଏ। ଯେତେବେଳେ ଦରକାର ଡାକ୍ତରଙ୍କୁ ଡ଼ାକି କଥାହୁଏ। ବହି, ଖବର କାଗଜ ପଢ଼ି ଶୁଣାଏ। ଷ୍ଟିଫେନ୍ କୁ ଭଲଲାଗୁଥିବା କବିତା, ଗପ ପଢ଼ି ଶୁଣାଏ। ତା ପସନ୍ଦର ଗୀତ ବଜାଇ ଶୁଣାଏ। ତାର ଖିଆ ପିଆ ଦାୟିତ୍ୱ ପୂରା ମ୍ୟାଗିର।'

– "ଏ ସବୁ କାମ କଣ ନିଜେ ସିନ୍ଥିଆ କରିପାରିବନି ?'

– "କିଛି ପାରିବ, କିଛି ପାରିବନି। ଇଞ୍ଜେକ୍‌ସନ୍, ସାଲାଇନ୍ ତାହାତରେ ହୋଇପାରିବନାହିଁ। କିନ୍ତୁ ବଡ଼କଥା ହେଲା, ହସ୍‌ପିସ୍‌ରେ ରୋଗୀର କଥା ବୁଝିବା ଲୋକ ରୋଗୀର ନିଜ ଘର ଲୋକ ନହେଲେ ହିଁ ଭଲ।'

– "ଆଉ କଣ ଜଟିଆ ବୁଢ଼ୀ ପରି ଅରଣା ମଇଁଷି ଭଲ ?'

– "ହସ୍‌ପିସ୍‌ରେ ବେଳେବେଳେ ରୋଗୀ ପାଖରେ ଆତ୍ମୀୟମାନେ କାନ୍ଦିପକାନ୍ତି।

ଭାବାତୁର ହୋଇଯାଆନ୍ତି। ଆତ୍ମୀୟ ମାନଙ୍କର ଲୁହ ରୋଗୀ ଉପରେ ଭାରୀ ଖରାପ ପ୍ରଭାବ ପକାଏ। ମାର୍ଗାରେଟ୍ ରୋଗୀସହିତ ଖୁବ୍ ଘନିଷ୍ଠ ଭାବରେ ମିଶିଯାଏ, ନିଜର ହୋଇଯାଏ; କିନ୍ତୁ କୌଣସି ଭାବପ୍ରବଣତା କିମ୍ବା ଦୁର୍ବଳତା ନଥାଏ। ମୁଁ ଶୁଣିଛି, ମ୍ୟାଗି ଷ୍ଟିଫେନ୍ ସହିତ କଥାବାର୍ତ୍ତା କରେ, ଯୁକ୍ତିତର୍କ କରେ, ତାକୁ ଛୁଆପରି ଶାସନ କରେ। ଗାଳି ବି ଦିଏ। କିନ୍ତୁ ଆଖି ଖୋଲିବାମାତ୍ରେ ଷ୍ଟିଫେନ୍ ପ୍ରଥମେ ତାକୁ ଖୋଜେ। ନଦେଖିଲେ ଅଥୟ। ମାର୍ଗାରେଟ୍ ର ଚାହିଦା ଖୁବ୍ ବେଶୀ। ଅନେକ ହସ୍‌ପିସ୍ ତାକୁ ଲୋଡନ୍ତି। କିନ୍ତୁ ସେ ଯାଏ ନାହିଁ। ସିନ୍ଥିଆ କହୁଛି କେବଳ ଏଇ ମାର୍ଗାରେଟ୍ ଯୋଗୁଁ ତା ବାପା ଆଜିପର୍ଯ୍ୟନ୍ତ ବଞ୍ଚି ରହିଛନ୍ତି। ମୋତେ ବି ସେମିତି ଲାଗୁଛି।

– "ସତରେ ?"

– "ଆଉ ଗୋଟାଏ କଥା କହିବି ? ଷ୍ଟିଫେନ୍ ମରିଗଲେ ମ୍ୟାଗି ଆଖିରୁ ଟୋପାଏ ଲୁହ ବି ଝରିବନାହିଁ। କୌଣସି ଭାବନା ନ ଦେଖାଇ ସେ ଚୁପ୍‌ଚାପ୍ ତା ବ୍ୟାଗ୍ ଧରି

ଅନ୍ୟ ହସ୍‌ପିସ୍‌କୁ ଯାଇ ତା' କାମ ଆରମ୍ଭ କରିଦେବ। ଚର୍ଚ୍ଚର ମେମୋରିଆଲ୍ ସର୍ଭିସ୍ କୁ ବି ଯିବନାହିଁ।'

ରଶ୍ମିତା ଚୁପ୍। ଯେଉଁ କବିତା ପଢ଼ି ସେ ଲଣ୍ଡନ୍ ସହରରେ ଜଟିଆ ବୁଢ଼ୀକୁ ସାଉଁଟି ଆଣିଥିଲେ, ସେ କବିତା ସେମିତି ହିଁ ରହିବ। ତା'ର ସବୁ ଧାଡ଼ି, ସବୁ ଶବ୍ଦ, ସବୁ ଅକ୍ଷର – ସବୁ ରହିବ ସେମିତି। ତାକୁ ଯିଏ ଯେମିତି ଚାହୁଁଛି ସେମିତି ବୁଝିବ। ଯିଏ ଯେମିତି ଚାହୁଁଛି ସେମିତି ଦୁର୍ଗ ତୋଳି ଠିଆ କରିବ। ନିଜେ ତୋଳିଥିବା ଦୁର୍ଗ ଭାଙ୍ଗି ଭୁଷୁଡି ଯାଉଥିବାର ଦେଖି ରଶ୍ମିତା ଦୁଃଖ କଲେ ନାହିଁ। ଗୋଟିଏ ଅଜଣା ମଣିଷ ଉପରେ ଆଉ ଜଣେ ମଣିଷର ଚରିତ୍ରକୁ ଆଣି କାହିଁକି ରୋପିଥିଲେ ନିଜେ ବି ଜାଣିପାରିଲେ ନାହିଁ।

ଲଣ୍ଡନ୍‌ରେ ଆହୁରି ଅନେକ ଜିନିଷ ଦେଖିବାକୁ ବାକୀ ରହିଛି ବୋଲି ପାରା କହୁଥିଲା। ଏଥର କାହାଣୀର କି ଗୀତର ମଣିଷକୁ ନ ଖୋଜି ଜଣାଶୁଣା ସତ ମଣିଷକୁ ଖୋଜି ଦେଖିବାକୁ ଇଚ୍ଛା ହେଲା। ପାରା କୁ ପଚାରିଲେ 'ମୁଁ ଏଠି ଥିବାବେଳେ ଇଂଲଣ୍ଡର ରାଣୀ ଙ୍କ ଦର୍ଶନ ମିଳିବ?'

■

(ଗଳ୍ପରେ ଉଦ୍ଧୃତ ପଦ୍ୟାଂଶ ସଚ୍ଚି ରାଉତରାୟଙ୍କ 'ଛୋଟ ମୋର ଗାଆଁଟି' କବିତାରୁ ଆନୀତ)

ମୁଁ ମରିଯାଇଛି

ଜୁନ୍ ଚଉଦ ତାରିଖ ସକାଳ। ମୋ ପତ୍ନୀ ସୁନୀତି ନିଦରୁ ଉଠି ମୁହଁ ଧୋଇ ଅନ୍ୟସବୁ କାମ ପାଇଁ ପ୍ରସ୍ତୁତ ହେଲାବେଳେ ଟେଲିଫୋନ୍ ଝଣଝଣ କରି ବାଜିଉଠିଲା। ଟେଲିଫୋନ୍ ଥାଏ ଡ୍ରଇଂରୁମ୍‌ରେ। ପୁରୁଣାକାଳିଆ ଲ୍ୟାଣ୍ଡଲାଇନ୍ ଟେଲିଫୋନ୍। ଦୁଇଦିନ ହେଲା ମୁଁ ଘରେ ନ ଥିବାରୁ ମୋ'ଠାରୁ ଡାକ ଆସିଥିବ ବୋଲି ସେ ଜାଣିଯାଇଥିବେ ନିଶ୍ଚୟ।

ଟେଲିଫୋନ୍ ଲାଇନ୍‌ର ଏପଟେ ମୁଁ, ଆରପଟେ ସୁନୀତି। ସେ କିଛି କହିବା ଆଗରୁ ମୋତେ ହଠାତ୍ କହିବାକୁ ପଡ଼ିଲା, 'ରିସିଭରକୁ ଗୋଟାଏ ହାତରେ ଧରି ଏମିତି ଦୂରକୁ ଟାଣିହୋଇ ଚାଲିଯାଉଛ କାହିଁକି ? ଫୋନ୍‌ଟା ତଳକୁ ଖସିଯିବ ଯେ - ଏଇ ଦେଖ ଖସିଲା। ଧର, ଧର - ଏଇ ଗଡ଼ିପଡ଼ିଲା ତ !'

ତଳେ କାର୍ପେଟ୍ ଉପରେ ଖସିପଡ଼ିଥିବା ଫୋନ୍‌ର କିଛି କ୍ଷତି ହେଲା ନାହିଁ। ରିସିଭର ସେମିତି ସୁନୀତିଙ୍କ ହାତରେ ରହିଥିଲା। କଥାବାର୍ତ୍ତାର ସୂତ୍ର ବ୍ୟାହତ ହେଲା ନାହିଁ। ସୁନୀତିଙ୍କ ଆଶ୍ଚର୍ଯ୍ୟଚକିତ ସ୍ୱର ଶୁଭିଲା- 'ତମେ କେମିତି ଜାଣିଲ ? ସତେ ଆଖିରେ ଦେଖୁଥିବା ପରି କହିଦେଲ !'

ଗୋଟାଏ ହାତରେ ସେମିତି ରିସିଭର୍ ଧରି ସେ ତଳୁ ଟେଲିଫୋନ୍ ଯନ୍ତ୍ରକୁ ଉଠାଇ ଷ୍ଟୁଲ୍ ଉପରେ ରଖିଲେ। ତା'ପରେ ଚାରିପଟେ ଆଖି ଘୂରାଇ ଖୋଜିଲେ, ଯେମିତି ମୁଁ ସେଇଠି କୋଉଠି ଲୁଚିରହି ତାଙ୍କୁ ଦେଖୁଥିବି ବୋଲି ତାଙ୍କର ସନ୍ଦେହ ହେଲାଣି।

ମୋ ନିଜର ସ୍ୱର ମୋତେ ଟିକିଏ ଅସ୍ୱାଭାବିକ ଲାଗୁଥିଲା। ତାଙ୍କୁ ବି ଲାଗିଥିବ। କିନ୍ତୁ କଥାଟା କହିବାକୁ ହିଁ ପଡ଼ିବ।

- 'ମୋତେ ସବୁ ଦିଶୁଛି।' - ମୁଁ ଜବାବ ଦେଲି।

ମୋ କଥାରେ ତାଙ୍କର ବିଶ୍ୱାସ ନ ହେବା ସ୍ୱାଭାବିକ। ମୋତେ ହିଁ ସବୁକଥା

ଶୀଘ୍ର ସଂକ୍ଷେପରେ କହିବାକୁ ପଡ଼ିବ। କାରଣ ଆଉ କେତେ ସମୟ ପର୍ଯ୍ୟନ୍ତ ମୋର କଥା କହିବା କ୍ଷମତା ରହିଥିବ କିଏ ଜାଣେ ?

- 'ତମ ପାଖରେ ଆହୁରି ଖବର ପହଞ୍ଚି ନାହିଁ ?'

- 'କି ଖବର ?'

- 'ରାତିରେ ମୁଁ ବାଇକ୍‌ରେ ଫେରୁଥିବା ବେଳେ ଆରପଟୁ ଆସୁଥିବା ଗୋଟାଏ ଟ୍ରକ୍ ମୁହାଁମୁହିଁ ଧକ୍କା ଦେଲା !'

- 'କ'ଣ କହୁଛ ? ରାତିରେ କୁଆଡ଼େ ଯାଇଥିଲ ? କ'ଣ ହେଲା ?'

- 'କ'ଣ ଆଉ ହେବ ? ସାଂଘାତିକ ଆକ୍ସିଡ଼େଣ୍ଟ। ଲୋକେ ମୋତେ ହସ୍‌ପିଟାଲକୁ ଆଣିଲେ। ସେଠି ମୋର ପ୍ରାଣ ଚାଲିଗଲା। ବ୍ରେନ୍ ଡ୍ୟାମେଜ୍।'

ହଠାତ୍ କ'ଣ କହିବେ ସୀନୀତି ସ୍ଥିର କରିପାରୁ ନ ଥିବା ବେଳେ ମୁଁ ପୁଣି କହିଲି, 'ମୁଁ ମରିଗଲି'।

- 'କ'ଣ ସବୁ ତୁମେ କହୁଛ ? ତମ ମୁଣ୍ଡ ଠିକ୍ ଅଛି ? ନ ହେଲେ ସକାଳୁ ସକାଳୁ...'

ତାଙ୍କୁ ଆଉ କିଛି କହିବାକୁ ନ ଦେଇ ମୁଁ ଆରମ୍ଭ କଲି- 'ଏବେ ମୋତେ ଅନେକ କଥା ମନକୁ ମନ ଦିଶିଯାଉଛି। ତମ ଦେହରେ ନାଲି କଳା ଛିଟ ଶାଢ଼ି ଭଲ ମାନୁଛି। ପଚାଶ ଟପିଥିଲେ ବି ତମେ ଚାଳିଶ ବର୍ଷରେ ଅଟକି ରହିଥିବା ପରି ଦିଶୁଛ। ପିଲାମାନଙ୍କୁ ଶୀଘ୍ର ଖବର ଦେଇ ଡକାଇ ଆଣିବ। ନିଜର ଯତ୍ନ ନେବ। ଗତମାସର ଘରଭଡ଼ା ମୁଁ ଦେଇସାରିଛି, ଲାଇଫ୍-'

- 'ଚୁପ୍ ! ଚୁପ୍ ! ଏ ବକ୍‌ୱାଜ୍ ଟିକିଏ ବନ୍ଦ କରିବ କି ?'

- 'ଇନ୍‌ସ୍ୟୁରାନ୍‌ସ୍ ପଲିସି ବ୍ୟାଙ୍କ୍‌ର ଲକରରେ ଅଛି। ଡିପୋଜିଟ୍ ରିସିପ୍ଟ ଗୁଡ଼ିକ ବି ସେଇଠି। ପିନ୍, ଆଇ.ଡି., ପାସ୍‌ୱାର୍ଡ଼ ସବୁ ମୋ ଡାଏରୀର ଶେଷ ପୃଷ୍ଠାରେ ଲେଖା ହୋଇଛି। ଅନ୍ୟସବୁ କଥା ତମେ କିଛି ଜାଣିଛ; କିନ୍ତୁ ଅନେକ କଥା ଖୋଜି ବାହାର କରିବାକୁ ପଡ଼ିବ। ଏବେ ଆଉ କିଛି କହିପାରୁନାହିଁ, ବାଏ !'

ନିଜ ମୃତ୍ୟୁର ଖବର ମୁଁ ନିଜେ କେମିତି କାହାକୁ ଦିଅନ୍ତି ବୋଲି ଯେଉଁ ଅସମ୍ଭବ ଇଚ୍ଛାଟିଏ ପିଲାଦିନୁ ମନରେ ଥିଲା, ତାହା ହଠାତ୍ ଏମିତି ପୂରଣ ହୋଇଯିବ ବୋଲି କିଏ ଜାଣିଥିଲା ? ଦୁଃଖ ଲାଗିଲା ଯେ ମୋର ପାର୍ଥିବ ସମ୍ପଦ ବିଷୟରେ ସୁନୀତିଙ୍କର ମୋଟାମୋଟି ଧାରଣ ରହିଥିଲେ ସୁଦ୍ଧା ଆହୁରି କେତେ ଜିନିଷ ସେ ଜାଣିନାହାନ୍ତି। ମୁଁ ମୋର ଦୁଇଜଣ ବନ୍ଧୁଙ୍କୁ ଧାର ଦେଇଥିବା ତିନି ଲକ୍ଷ ଟଙ୍କା ବିଷୟରେ ତାଙ୍କୁ କହିନାହିଁ। ଗତବର୍ଷ ଆମ ଦୁହିଁଙ୍କ ନାମରେ କିଣା ହୋଇଥିବା ଆଠ ଡେସିମିଲ୍

ଜମିର ପଟ୍ଟା ହୋଇନାହିଁ ବୋଲି ସେ ଜାଣନ୍ତି ନାହିଁ। ଜମିର ପଟ୍ଟା କେମିତି ଜିନିଷ ଓ ତାହା କେଉଁଠି କେମିତି ହୁଏ ସେକଥା ମଧ୍ୟ ତାଙ୍କୁ ଅଜଣା। ତାଲିକା ଆହୁରି ଲମ୍ବା ହେବ। ଆଗରୁ ସୁନୀତିଙ୍କୁ କାହିଁକି କହି ନ ଥିଲି କିମ୍ବା କେଉଁଠି ଗୋଟାଏ ଲେଖି ରଖି ନ ଥିଲି ବୋଲି ଏବେ ନିଜ ପ୍ରତି ଧିକ୍କାର ଆସୁଛି, କିନ୍ତୁ ଏବେ ଆଉ କ'ଣ ହେବ? ମୁଁ ତ ମରିଗଲିଣି।

ନିଜ ପତ୍ନୀଙ୍କ ବୈଧବ୍ୟ ଏକ କରୁଣ ଦୃଶ୍ୟ। ବେଶି କରୁଣ ବି ନୁହେଁ। ସୁନୀତିଙ୍କ ପରି ଚିର-ଅସନ୍ତୁଷ୍ଟ ପତ୍ନୀ ବିଧବା ହୋଇଗଲେ ଯଦି ଏତେ ଅସମ୍ମାନଜନକ ଅବସ୍ଥା ଭୋଗିବାକୁ ପଡ଼େ, ତେବେ ଅପେକ୍ଷାକୃତ ସୁଖମୟ ଦାମ୍ପତ୍ୟ ଜୀବନ ଲଭିଥିବା ନାରୀମାନଙ୍କୁ ସେମାନଙ୍କ ସ୍ୱାମୀଙ୍କ ମରଣ କେତେ କଲବଲ କରୁ ନ ଥିବ! ଏବେ ସୁନୀତି ଚୁଡ଼ି, ସିନ୍ଦୂର ବିବର୍ଜିତା, ଧଳାଶାଢ଼ି ପରିହିତା। ତାଙ୍କ ଦୁଃଖରେ ସମଦୁଃଖୀ ହେବା ପାଇଁ ଆସିଥିବା ସଖୀ, ସଖା, ଆତ୍ମୀୟ, ବନ୍ଧୁଙ୍କ ଗହଣରେ ସୁନୀତିଙ୍କ ସ୍ୱତନ୍ତ୍ର ଉପସ୍ଥିତି ବାରି ହୋଇଯାଉଛି। ଆଉ କାହା ହାତରୁ ଚୁଡ଼ି ଭିଡ଼ି ନିଆଯାଇନାହିଁ କିମ୍ବା ଦେହରୁ ଗହଣା କାଢ଼ି ନିଆଯାଇନାହିଁ। ସୁନୀତିଙ୍କୁ ଛାଡ଼ି ଅନ୍ୟସବୁ ବିବାହିତା ମହିଳାଙ୍କ କପାଳରେ ସିନ୍ଦୂର ବିନ୍ଦୁ ଝଟକୁଛି। ସମସ୍ତେ ଶୋକସନ୍ତପ୍ତ ଦିଶୁଥିଲେ ସୁଦ୍ଧା ନିଜ ସ୍ୱାମୀ ମରିଯାଇଥିବାର ଏକାନ୍ତ ଅନୁଭବ କେବଳ ସୁନୀତିଙ୍କୁ ଛାଡ଼ି ଆଉ କାହାକୁ ଲବ୍ଧ ହୋଇନାହିଁ ବୋଲି ସ୍ପଷ୍ଟ ଜଣାପଡ଼ିଯାଉଛି।

ଥରେ, ଆମ ବିବାହର ଅଳ୍ପ କେତେ ବର୍ଷ ପରେ, ମୁଁ ଲଘୁ ପରିହାସ କରି ସୁନୀତିଙ୍କୁ ଆଉ ଜଣେ ବିବାହିତା ମହିଳାଙ୍କ ବିଷୟରେ କହିଥିଲି।

– 'କିଏ ସିଏ? ତମେ ତାଙ୍କୁ ଜାଣିଛ?' ସେ ପଚାରିଥିଲେ।

– 'ନା, ମୁଁ ତାଙ୍କୁ ଜାଣିନାହିଁ। ସେ ଯିଏ ହୁଅନ୍ତୁ, ଆମର ସେଥିରେ କିଛି ମତଲବ ନାହିଁ।'

– 'ତା'ହେଲେ କେଉଁଥିରେ ମତଲବ ଅଛି?'

– 'ଶୁଣ ମୋ କଥା। ଥରେ ସେ ଭଦ୍ରମହିଳା ଏକୁଟିଆ ବସି ତାଙ୍କ ପ୍ରିୟ ଖାଦ୍ୟ ଖାଉଥିଲେ।'

– 'କ'ଣ ସେ ଖାଦ୍ୟ?'

– 'ଯାହା ବି ହେଉ, ଧରିନିଅ ରସଗୋଲା, ଅଥବା ମାଛଭଜା।'

ପ୍ରିୟ ଖାଦ୍ୟ ଶବ୍ଦଟି ଶୁଣି ପ୍ରଥମେ ଏଇ ଦୁଇଟି ବ୍ୟଞ୍ଜନ ହିଁ ସୁନୀତିଙ୍କ ମନକୁ ଆସିଥିବ ବୋଲି ମୁଁ ଜାଣୁଥିଲି।

– 'ତା'ପରେ କ'ଣ ହେଲା ?'

– 'ଜଣେ ଅର୍ବାଚୀନ ଦୂତ ଆସି ସମୟ, ଅସମୟ ବିଚାର ନ କରି ଖବର ଦେଲା ଯେ ତାଙ୍କ ସାମୀଙ୍କର ହଠାତ୍ ମୃତ୍ୟୁ ହୋଇଗଲା।'

– 'କେମିତି ?'

– 'କେମିତି ମୃତ୍ୟୁ ହେଲା ଜାଣିବା ଦରକାର ନାହିଁ। ସ୍ତ୍ରୀଙ୍କର କ'ଣ ହେଲା ଶୁଣ। ଆଦୌ କିଛି ଶୁଣି ନ ଥିବା ପରି ସେ ଖାଇବାରେ ବ୍ୟସ୍ତ ରହିଲେ। ଖବର ସେ ଶୁଣିଲେ କି ନାହିଁ, ଯଦି ଶୁଣିଲେ ବୁଝିଲେ କି ନାହିଁ; ସେକଥା ବୁଝି ନ ପାରି ସେ ଦୂତ ନିଜ କଥାକୁ ଆଉ ଦୁଇଥର କହିଲା। ତଥାପି ଭଦ୍ରମହିଳାଙ୍କର କୌଣସି ପ୍ରତିକ୍ରିୟା ନାହିଁ। ସତେ ଅବା ସେ ବଧିର!'

– 'ହଠାତ୍ ଝଟ୍‌କା ଲାଗିଲେ ସେମିତି ହୁଏ।'

– 'ହୋଇପାରେ, କିନ୍ତୁ ସେ ଦୂତ କଥାଟିକୁ ଆଉ ଥରେ ଆଉ ଟିକିଏ ବଡ଼ପାଟିରେ କହିବା ମାତ୍ରେ ଭଦ୍ରମହିଳା ଉତ୍ୟକ୍ତ ହୋଇ କହିଲେ, 'ହଁ, ହଁ, ଶୁଣିଲି। ଶାନ୍ତିରେ ଟିକିଏ ଖାଇବାକୁ ଦେବନାହିଁ ନା କ'ଣ ? ରସଗୋଲାଟି ଖାଇସାରେ, ଦେଖିବ ମୁଁ କାନ୍ଦି କାନ୍ଦି କେମିତି ତଳେ ଗଡ଼ିଯିବି!'

କହିସାରି ମୁଁ ହୋ ହୋ ହସିଥିଲି। ସୁନୀତି ଆଦୌ ନ ହସି ଗମ୍ଭୀର ହୋଇ ପଚାରିଲେ, 'ମୋତେ ଏଇ ପଚାଶଢ଼ା ଜୋକ୍ କହିବାର ଅର୍ଥ ?'

– 'ଯଦି କେବେ ତମେ ରସଗୋଲା ଖାଇବାବେଳେ ହଠାତ୍...'

ସୁନୀତି ସେଠୁ ଉଠି ପଳେଇଲେ। ମୋ ବାକ୍ୟ ମୁଁ ପୂରଣ କରିପାରି ନ ଥିଲି।

ପ୍ରକୃତରେ ରସଗୋଲା ଖାଇବାର ଲୋଭ ସୁନୀତିଙ୍କର ଯେତିକି ଥିଲା ତା'ଠୁ ଖୁବ୍ ବେଶି ଥିଲା ମୋର। ଏବେ ଜାଣୁଛି ମୁଁ କିମ୍ବା ସୁନୀତି କେହି ରସଗୋଲା କିମ୍ବା ଅନ୍ୟ କୌଣସି ପ୍ରିୟ ଭୋଜ୍ୟ ସାମଗ୍ରୀ ମନଭରି ଖାଇନାହୁଁ। କେବେ ଅଯଥା ଖର୍ଚ୍ଚ ନ କରି ଅଧିକରୁ ଅଧିକ ଅର୍ଥ ସଞ୍ଚୟର ଲୋଭ, ଆଉ କେବେ ଗୁଡ଼ିଆ ଦୋକାନରେ ବସି ଇତର ଲୋକଙ୍କ ପରି ଖାଇବାରେ ସଂକୋଚ, ଆଉ ଉତ୍ତର ବୟସରେ ସ୍ୱାସ୍ଥ୍ୟ ବିଗିଡ଼ିଯିବାର ଆତଙ୍କ! ବିଚରା ରସଗୋଲାକୁ କାହୁଁ ସୁଯୋଗ ମିଳନ୍ତା ବାରମ୍ବାର ଆମ ଥାଳି ଉପରକୁ ଆସି ଆମକୁ ତୃପ୍ତ କରିବା ପାଇଁ ? ଖାଲି କ'ଣ ରସଗୋଲା ? ଅସଂଖ୍ୟ ଜଣା ଅଜଣା ସୁମିଷ୍ଟ ବ୍ୟଞ୍ଜନ ସାଙ୍ଗକୁ ବରା, ପକୋଡ଼ି ଭଳି ଗରମ ତେଲରୁ ଛଣା ହୋଇ ଆସି ଅପୂର୍ବ ଲାଳସା ସୃଷ୍ଟି କରୁଥିବା ଭୋଜ୍ୟ, ସବୁ ଅଭୁକ୍ତ।

ମିଠା, ଖଟା କେତେ ସ୍ୱାଦର କେତେ ଫଳରେ ପୁଷ୍ଟ ହୋଇଥିଲା ପୃଥିବୀ। ଆମ୍ବ, ପଣସ, କଦଳୀ, ଦ୍ରାକ୍ଷାର ପସରା ଥିଲା କାହା ପାଇଁ ?

ପକେଟ୍‌ରେ ଟଙ୍କା ଥିଲା, ପେଟରେ ଭୋକ ଥିଲା, ଜିଭରେ ଲାଳସା ଥିଲା, କିନ୍ତୁ ଏସବୁ ଖାଦ୍ୟ ବିଳାସରୁ ନିଜକୁ ବଞ୍ଚିତ କରି ରଖିଲି।

ସୁଯୋଗ ମିଳନ୍ତା କି ଏବେ ବୁଲି ବୁଲି ଖାଇଥା'ନ୍ତି ସାଉଥ୍ ଇଣ୍ଡିଆନ୍, ଚାଇନିଜ୍, ମେକ୍ସିକାନ୍, ତନ୍ଦୁରୀ, ଇଟାଲିଆନ୍, ଖାଣ୍ଟି ଦେଶୀ, କିନ୍ତୁ ମୁଁ ତ ଏବେ ମୃତ।

ସଦ୍ୟ ବିଧବା ହୋଇଥିବା ଜନୈକ ମହିଳାଙ୍କର ଖାଦ୍ୟଲୋଭକୁ ସୁନୀତି ଜୋକ୍ ବୋଲି କହି ଉଡ଼ାଇଦେଲେ। ମରିବା ପର୍ଯ୍ୟନ୍ତ ଜାଣିଶୁଣି ନିଜକୁ ଖାଦ୍ୟ ଭଳି ଲଘୁସୁଖରୁ ବଞ୍ଚିତ ରଖୁଥିବା ମୋ ପରି ମଣିଷମାନଙ୍କର ଅପୂର୍ଣ୍ଣ ଲାଳସା କେତେ ବାସ୍ତବ ସେ ଏବେ ବୁଝିପାରିବେ ନାହିଁ। ବୁଝିବାବେଳକୁ ବିଳମ୍ବ ହୋଇଯାଇଥିବ।

ମନୁ ଅଜାଙ୍କ ସହିତ ଦେଖା ହେଲା। ବୋଧହୁଏ ମର-ପୃଥିବୀର କ୍ୟାଲେଣ୍ଡର ଅନୁସାରେ ସେତେବେଳେ ମୁଁ ମରିବା ପରେ ଦୁଇଦିନ ବିତିସାରିଥିଲା। ପ୍ରଣାମ କରି ଅଜାଙ୍କୁ କ୍ଷମା ମାଗିଲି। ତାଙ୍କୁ ମୁଁ ଅନେକ ବର୍ଷ ଧରି ଦେଖା ଦେଇ ନ ଥିଲି। ଛ'ମାସ ତଳେ ଯେତେବେଳେ ମନୁ ଅଜା ଚାଲିଗଲେ, ମୋ ମନରେ କେତେ କଷ୍ଟ ହୋଇଥିଲା ସେକଥା ସିଏ ଜାଣିପାରିଲେ ନା ମୁଁ କାହାକୁ କହିପାରିଲି ? ଅଜା ଚାଲିଗଲେ ବୋଲି ଯେତିକି ଦୁଃଖ ତା'ଠୁ ଅଧିକ ଦୁଃଖ ହୋଇଥିଲା ଏଥିପାଇଁ ଯେ ମୁଁ କେତେବର୍ଷ ହେଲା ତାଙ୍କୁ ଦେଖି ନ ଥିଲି, ପାଖକୁ ଯାଇ ନ ଥିଲି କି ଦି'ପଦ କଥା ହୋଇପାରି ନ ଥିଲି। ଏବେ ବୋଧହୁଏ ମୋତେ ନୂଆ ରାଜ୍ୟରେ ବାଟ କଢ଼େଇ ନେବା ପାଇଁ ଅଜା ଆସିଥିଲେ।

କିନ୍ତୁ ମୁଁ ତାଙ୍କୁ ବାଟ କଢ଼େଇ ନେଲି ମୁଁ ତୋଳିଥିବା ଘର ଆଡ଼କୁ। ଅଜା ଆଗରୁ ଦେଖି ନ ଥିଲେ। ଘର ପ୍ରତିଷ୍ଠା ହେବାବେଳେ ବି ନୁହଁ। ଏପଟ ସେପଟ ବୁଲି ଦେଖିବାବେଳେ ଗୋଟାଏ ଜାଗାରେ ଅଟକି ଯାଇ ଅଜା କହିଲେ, 'ଏତେ ସୁନ୍ଦର ଲାଇବ୍ରେରି ତୋର ?'

ଘରକୁ କିଏ ଆସିଲେ ତାଙ୍କୁ ନେଇ ମୋର ବ୍ୟକ୍ତିଗତ ପୁସ୍ତକ ସଂଗ୍ରହ ଦେଖାଇବାରେ ମୋର ଭାରି ଆଗ୍ରହ। ଡ୍ରଇଂରୁମ୍‌ର ତଳୁ ଉପର ପର୍ଯ୍ୟନ୍ତ ବ୍ୟାପିଯାଇଥିବା ସୁଦୃଶ୍ୟ ପ୍ଲାଇବୋର୍ଡ଼ର ଅନେକ ସମାନ୍ତରାଳ ଥାକ ଉପରେ ସ୍ୱଚ୍ଛ କାଚର ଆବରଣ।

ଭିତରେ ବହିସବୁ ପରସ୍ପରକୁ ଆଉଜି ଧାଡ଼ିବାନ୍ଧି ଠିଆ ହୋଇଥିବାର ମନୋମୁଗ୍ଧକର ଦୃଶ୍ୟ। ବାହାରକୁ ଦିଶୁଥାଏ ବହିଗୁଡ଼ାକର ମେରୁଦଣ୍ଡ, ଯା' ଦେହରେ ବହିର ନାଁ ଛପା ହୋଇଥାଏ।

ଅଜା ମୋ ବହିଥାକକୁ ଦେଖୁଥିବାବେଳେ ହିଁ ମୁଁ ଜାଣିଗଲି ଯେ ଏହା ଏକ ମରୀଚିକା ଭଳି; କାରଣ ଏଥିରୁ ଅଧେ ବହି ମଧ୍ୟ ମୁଁ ପଢ଼ି ନ ଥିବି। କେତେ ବହି ତ ଥାକରେ ସଜଡ଼ା ହୋଇ ରହିବା ପରେ ଥରେ ମଧ୍ୟ ମୋ ହାତର ସ୍ପର୍ଶ ପାଇନାହାନ୍ତି ! କେତେ ପ୍ରସିଦ୍ଧ ଲେଖକ, କବି, ସମ୍ପାଦକ, ଦାର୍ଶନିକ ତା' ଭିତରେ ପୋତି ହୋଇ ରହିଛନ୍ତି। କାର୍ଟୁନ୍ ଠାରୁ ଆରମ୍ଭ କରି କ୍ରାଇମ୍, ରୋମାନ୍ସ୍, ହ୍ୟୁମର୍, ଧର୍ମ, ଦର୍ଶନ ସହିତ କେତେକ ନିଷିଦ୍ଧ ସାହିତ୍ୟ ମଧ୍ୟ ତିନିଟି ଭାଷାରେ ମୋ ଲାଇବ୍ରେରିରେ ମହଜୁଦ ରହିଛି। ମନୁ ଅଜାଙ୍କୁ କହିଲି, 'ସବାତଳ ଥାକର ବାଁ ପଟକୁ ଯେଉଁ ବହି ଦେଖୁଛ ଅଜା, ତାକୁ ପଢ଼ିଥିଲେ ସେଇ ବହିର ପ୍ରତିଶ୍ରୁତି ଅନୁସାରେ ମୋ ଜୀବନ ତିନିଗୁଣ ମହିମାମୟ ହୋଇପାରନ୍ତା ! ଠିକ୍ ତା' ଉପରେ ଯେଉଁ ସବୁଜ ରଙ୍ଗର ମୋଟା ପୁସ୍ତକ, ତା'ର ଲେଖକଙ୍କୁ ସାହିତ୍ୟରେ ନୋବେଲ ପ୍ରାଇଜ୍ ମିଳିଥିଲା।' ଗୋଟାଏ କଣରେ ଥିଲା ଜର୍ଜ୍ ଅର୍‌ୱେଲ୍‌ଙ୍କର ଉଣେଇଶ ଚଉରାଅଶୀ (୧୯୮୪) ନାମକ ଉପନ୍ୟାସ ଯାହା ମୁଁ ୧୯୭୬ରେ କିଣିଥିଲି। ଭାବିଥିଲି ୧୯୮୪ ଆଗରୁ ନିଶ୍ଚୟ ପଢ଼ିବ, କିନ୍ତୁ ହାୟ ! ଆଜି ପର୍ଯ୍ୟନ୍ତ ଅପଠିତ ରହିଯାଇଛି।

ଭାରି ଦୁଃଖର କଥା। ମୋର ଦୀର୍ଘସୂତ୍ରୀ ଅଭ୍ୟାସ ଓ ତୁଚ୍ଛା ଅଳସୁଆମି ଆଗରେ ପଢ଼ିବାର ଇଚ୍ଛା ହାର୍ ମାନି ରହିଗଲା। ଏବେ ବହିଥାକ ମରୀଚିକା ପରି ଲାଗିବ ନାହିଁ କାହିଁକି ? ଏବେ ତ ଆଉ ଜୀବନ ନାହିଁ।

ବାଁ ପାଖ ବଖରାକୁ ନିର୍ଦ୍ଦେଶ କରି ଅଜା ପଚାରିଲେ, 'ଏଠି କ'ଣ ହେଉଛି ?'

ସେଠି ମୋର ଲୁଗାପଟା ଥାକ ପାଖରେ ବସି ଅର୍ଜୁନ ଗୋଟାଏ ହିସାବ ଦେଉଥିଲା–

ଟି ସାର୍ଟ : ସତେଇଶି

ଫୁଲ୍ ସାର୍ଟ : ଏକୋଇଶି

ଟ୍ରାଉଜର : ଏଗାର

ତା' ତାଲିକାରେ ଆହୁରି କେତେ ଜିନିଷ ଥିଲା, କିନ୍ତୁ ସେସବୁ ଶୁଣିବାର

ଆବଶ୍ୟକତା ନ ଥିଲା। ଜାଣିଲି, ଏଇଟା ମୋ ଲୁଗାପଟାର ସୂଚୀ। ମୁଁ ଯେଉଁ ହଳେ ଟ୍ରାଉଜର, ଟି-ସାର୍ଟ ପିନ୍ଧି ଦୁର୍ଘଟଣାରେ ପଡ଼ିଥିଲି ତାହା ଏଠି ନାହିଁ। ତେଣୁ ଏ ହିସାବରେ ସାମିଲ ହୋଇପାରିନାହିଁ। ବୋଧହୁଏ ହସ୍‌ପିଟାଲ୍‌ରେ କେଉଁଠି ଫୋପଡ଼ା ହୋଇଥିବ।

– 'ମଉସାଙ୍କର ଏତେ ଡ୍ରେସ୍ ଅଛି ବୋଲି ଜଣାପଡୁ ନ ଥିଲା।' ଅର୍ଜ୍ଜୁନ କହିଲା।

– 'କାହିଁକି ଜଣାପଡୁ ନଥିଲା ? କେମିତି ଜଣାପଡ଼ିଥାଆନ୍ତା ?' ଅନ୍ୟ କାହାର ପ୍ରଶ୍ନ।

– 'ଜଣାଡ଼ିଥାଆନ୍ତା ଯଦି ସେ ଏସବୁ ପିନ୍ଧୁଥାଆନ୍ତେ। ମାତ୍ର ଚାରି ପାଞ୍ଚଟା ପ୍ୟାଣ୍ଟ, ଟି-ସାର୍ଟ ବାରମ୍ବାର ବଦଳେଇ ପିନ୍ଧିବା ଛଡ଼ା ଆଉ କିଛି ପିନ୍ଧିବାର କିଏ କେବେ ଦେଖିଛ ?'

ଅର୍ଜ୍ଜୁନର ଦୃଷ୍ଟି ତୀକ୍ଷଣ। କଥାଟି ସତ। ପୂରା ହାତ ଥିବା ସାର୍ଟଗୁଡ଼ିକୁ ଅବଶ୍ୟ ମୁଁ ଜାଣିଶୁଣି ଦୂରେଇ ଦେଇଥିଲି; କାରଣ ମୋର ଧାରଣା ଯେ 'ଫର୍ମାଲ୍' ବୋଲି କୁହାଯାଉଥିବା ସେଇ ବସ୍ତ୍ର କେବଳ ଅଫିସ୍, କଲେଜ, କୋର୍ଟ, ସଭା ସମିତି ଭଳି ଓଜନିଆ ସ୍ଥାନରେ ହିଁ ପରିଧାନଯୋଗ୍ୟ। ଅବସର ନେଇ ଘରେ ବସୁଥିବା ଅଥବା ବେଳେବେଳେ ଦୋକାନ ବଜାର ଯାଇ ସଉଦା ଆଣୁଥିବା ମଣିଷର ସେଥିରେ କି ପ୍ରୟୋଜନ ? ଦେହ ବାନ୍ଧି ହୋଇଯାଉଥିବା ପରି ଲାଗେ। ଖଣ୍ଡେ ଟି-ସାର୍ଟ ଭିତରେ ନିଜ ଦେହକୁ ସମର୍ପି ଦେଲେ କେତେ ହାଲୁକା, କେତେ ଆରାମ ଲାଗେ। କିନ୍ତୁ ସତେଇଶିଟି ଟି-ସାର୍ଟ ? ମୁଁ ଜାଣି ନ ଥିଲି। କେତେ ପ୍ରସିଦ୍ଧ ବ୍ରାଣ୍ଡ୍‌ର ଦାମୀ ସୁନ୍ଦର ଜିନିଷ ରହିଛି। ନୂଆ କହିଲେ ଚଳେ। କିନ୍ତୁ ମୁଁ ଆଉ ପିନ୍ଧିଲି କେବେ ? ନୀଳ, ଧଳା ଗାର ପଡ଼ିଥିବା ଯେଉଁଟି ବାହାରକୁ ଅଧା ଝୁଲି ରହିଛି ସେଇଟି ମନୋରା ମଲ୍‌ରୁ କ୍ଲିଅରେନ୍‌ସ୍ ସେଲ୍‌ରେ କିଣିଥିଲି। ମେରୁନ୍ ରଙ୍ଗର ଟି-ସାର୍ଟ ମୋ ଜନ୍ମଦିନରେ ଉପହାର ମିଳିଥିଲା। ଆଉ ସବା ଉପରେ ଥିବା ଗାଢ଼ ବାଦାମୀ ରଙ୍ଗର ଟ୍ରାଉଜର୍ - ଯା' ଦେହରେ ଥିବା ଫିକା ପତଳା ସମ୍ଭ୍ରାନ୍ତ ସରଳରେଖାଗୁଡ଼ିକୁ କେବଳ ଅତି ପାଖରୁ ହିଁ ଦେଖିହୁଏ; ସେଇଟା ଦୁଇବର୍ଷ ତଳେ କୁମାରପୂର୍ଣ୍ଣିମୀ ଦିନ ମୁଁ ପିନ୍ଧିଥିଲି। ଖୁବ୍ ତାସ୍ ଖେଳ ହୋଇଥିଲା ସେଦିନ। ଯାକୁ ପିନ୍ଧି ଖେଳରେ ଅନେକ ଟଙ୍କା ଜିତିଥିଲି। ତା'ପରେ ଆଉ ପିନ୍ଧିନାହିଁ। ଉପଯୁକ୍ତ ଅବସର, ଭୋଜି, ପାର୍ଟି, ସମାରୋହ, ଉତ୍ସବ ଆସିଲେ ପିନ୍ଧିବା ପାଇଁ ସଂରକ୍ଷିତ ଏତେ ସୁନ୍ଦର ବସନ ସବୁ ସେମିତି ସାଇତା ହୋଇ ରହିଯାଇଛି। କିନ୍ତୁ ସେଇ ବିରଳ ମୁହୂର୍ତ୍ତଗୁଡ଼ିକ ଆସିବା ଆଗରୁ ମୁଁ ଚାଲିଗଲି ! ଆଉ କେବେ ପିନ୍ଧିବି ?

ମନୁ ଅଜା ମୋତେ ଜୋର୍‌ରେ ଝାଙ୍କିଦେଲେ, କିନ୍ତୁ ମୋ ଧ୍ୟାନ ତାଙ୍କ ଆଡ଼କୁ

ଗଲା ନାହିଁ। ମୁଁ ବ୍ୟବହାର କରି ଆସିଥିବା ଶେଯ, ତକିଆ, ଚାଦର, ବୋଧହୁଏ ଏବେ କୌଣସି ବ୍ରାହ୍ମଣଙ୍କୁ ଦାନ ଦିଆଯିବ। ଏପରି ଦାନ ଗ୍ରହଣ କରିବାକୁ କୌଣସି ଗ୍ରହୀତା ସମ୍ମତ ନ ହେଲେ ଉପଯୁକ୍ତ ଦକ୍ଷିଣା ଦେଇ ସମ୍ମତି କିଣାଯିବ। ତା' ସହିତ ବୋଧହୁଏ ଏସବୁ ଟ୍ରାଉଜର, କମିଜ ମଧ୍ୟ ଦାନ ସୂତ୍ରରେ ଦିଆଯିବ। ସେ ମଣିଷ କେଉଁ ଆକୃତିର କେଉଁ ରଙ୍ଗର ହୋଇଥିବ କେଜାଣି! ମୋ ପୋଷାକ ସବୁ ତାକୁ କେମିତି ମାନିବ କେଜାଣି! ଏମିତି ବି ହୋଇପାରେ ଯେ ଏସବୁ କେହି ପିନ୍ଧିବେ ନାହିଁ। କେବଳ ଖତ ହେବ। ଉଇ, ଅସରପାଙ୍କର ଭୋଜ୍ୟ ହେବ।

ଥରେ ମୁଁ, ସୁନୀତି, ମୋର ଦୁଇଜଣ ବନ୍ଧୁ ଓ ସେମାନଙ୍କର ପତ୍ନୀ - ଏମିତି ଛଅଜଣ ମଣିଷ ଏକାଠି ବସି ଗପ କରୁଥିଲୁ। କୌଣସି ପୂର୍ବାପର ସଙ୍ଗତି ନ ଥାଇ ମୁଁ ହଠାତ୍ ପଚାରିଲି, 'ସୁନୀତିଙ୍କ ଠାକୁର ପୂଜା ପାଇଁ କେତେ ଫୁଲ ଦରକାର ହୁଏ ଜାଣିଛ ?'

ସୁନୀତି ମୋ ଆଡ଼କୁ ବଡ଼ ବଡ଼ ଆଖିରେ ଡଗଡ଼ଗ କରି ଅନାଇଲେ। ତାଙ୍କୁ ଉପେକ୍ଷା କରି ମୁଁ ନିଜେ ନିଜ ପ୍ରଶ୍ନର ଉତ୍ତର ଦେଇ କହିଲି, 'ଅତି କମ୍‌ରେ ଏକଶହ। ଏମିତି ଜବରଦସ୍ତ ପୂଜା ହୁଏ ଆମ ଘରେ!'

ଏତିକି କହି ମୁଁ ହୋ ହୋ ହସିଲି। ଆଉ କେହି ହସି ନ ଥିଲେ। ମୁଁ କହିଚାଲିଲି : 'ଟଗର, ମନ୍ଦାର, କନିଅର ଆଉ ଯାହା ସବୁ ମିଳେ। ତାଙ୍କ ଠାକୁରମାନଙ୍କର ସଉକ୍ କିଛି କମ୍ ନୁହେଁ। କାହାର ଲାଲ ଫୁଲ ପସନ୍ଦ ତ ଆଉ କାହାର ହଳଦିଆ। ଯଦି ବିଷ୍ଣୁଙ୍କୁ ନାଲି ମନ୍ଦାରଟିଏ ମଣ୍ଡି ଦେଇଛ ତ କଥା ସରିଲା! ଘୋର ଅନିଷ୍ଟ ସୁନିଶ୍ଚିତ।'

ସମସ୍ତେ ହସିଲେ। ସୁନୀତିଙ୍କ ମୁହଁ ବିରସ ଦିଶିଲା। ମୁଁ ଆଉ ଟିକିଏ ଯୋଡ଼ିଲି : 'ପୂଜା କେମିତି ହେବା କଥା ମୁଁ କହିବି ? ତମ ଠାକୁରଘରେ ଯେତେ ଦେବୀ, ଦେବତାଙ୍କ ପ୍ରତିମା, ଚିତ୍ର, ଚିହ୍ନ, ଶାଳଗ୍ରାମ, ଶିବଲିଙ୍ଗ ଥାଉନା କାହିଁକି ଏମିତି ଶହ ଶହ ଫୁଲ ଆଣି ସଜେଇବା ଦରକାର ନାହିଁ।' ମଝିରେ ଆଞ୍ଜୁଳାଏ ଫୁଲ ରଖିଦେଇ କହିବ- 'ହେ ଠାକୁର ଠାକୁରାଣୀମାନେ, ଆଜି ଏତିକି ଫୁଲ ନିଜ ନିଜ ଭିତରେ ବାଣ୍ଟି ନେଇଯାଅ।' ବାସ୍, ତମ କାମ ଖତମ୍। ସେମାନଙ୍କ ଭିତରେ ଯଦି ଏତିକି ସହଯୋଗ- ମାନେ କୋଅପରେସନ୍- ନ ଥିବ ତାହାହେଲେ ସେମାନେ ଆଉ କି ଠାକୁର ?'

ପୁଣି ହସର ଲହରୀ ଖେଳିଗଲା । କଥାଟି ସମସ୍ତଙ୍କୁ ମଜା ଲାଗିବ ବୋଲି ମୁଁ ଜାଣିଥିଲି, ସେଥିପାଇଁ ତ କହିଥିଲି । ସୁନୀତି ବିରକ୍ତ ହୋଇ କହିଲେ, 'ତମେ ତ ଠାକୁର ପୂଜା ନାଁ ଶୁଣିଲେ କୁଆଡ଼େ ଦୌଡ଼ି ପଳେଇବା ଲୋକ ! ଏଠି ଏତେ ତାମସା କରିବା କ'ଣ ଦରକାର ?'

କ'ଣ ଦରକାର ? ପ୍ରକୃତରେ ଦରକାର ନ ଥିଲା । ଫଳ ଏତିକି ମିଳିଲା ଯେ ମୋ କଥା ଖୁବ୍ ମୌଳିକ, ମୋ ଚିନ୍ତା ଖୁବ୍ ବୈପ୍ଳବିକ ବୋଲି ପ୍ରମାଣିତ ହୋଇଗଲା । ଶୁଣିବା ଲୋକ ଆମୋଦିତ ହେଲେ । ମୋତେ ଖୁସି ଲାଗିଲା । ସୁନୀତିଙ୍କୁ ଅପଦସ୍ତ ଲାଗିଲା । ପୂଜା ଭଳି ଗୋଟିଏ ଭକ୍ତି, ଶ୍ରଦ୍ଧା ପ୍ଲାବିତ ଅନୁଭବକୁ ଏମିତି ଥଟ୍ଟା, ପରିହାସରେ ଉଡ଼େଇଦେଲେ କେମିତି ଭଲ ଲାଗନ୍ତା ? ତା' ପରଦିନଠାରୁ ସେ ମାତ୍ର ଆଠ ଦଶଟା ଫୁଲ ନେଇ ପୂଜା ସମ୍ପାଦନ କରିବାକୁ ଲାଗିଲେ । ଆଜି ପର୍ଯ୍ୟନ୍ତ ସେମିତି ଚାଲିଛି ।

ଆମ ବଗିଚାରେ ଫୁଲ ଯେମିତି ଫୁଟୁଥିଲା ସେମିତି ଫୁଟୁଛି । ଶହ ଶହ ବାସିଫୁଲ ମାଟିରେ ଝରିପଡୁଛି । ଝାଡୁକରି ଫୋପଡ଼ା ହେଉଛି । କିନ୍ତୁ ଠାକୁରଙ୍କୁ ଆଉ ମିଳିନାହିଁ ।

ଅଜାଙ୍କୁ କୈଫିୟତ୍ ଦେଇ କହିଲି, 'ସୁନୀତିଙ୍କୁ କହି ପୁଣି ଠାକୁରମାନଙ୍କୁ ପୂର୍ବ ପରି ସବୁ ଫୁଲ ଦେବା ପାଇଁ ମନାଇବି ବୋଲି ଅନେକଥର ଭାବିଛି, କିନ୍ତୁ କହିପାରିନାହିଁ । ଆଉ କେବେ ? ମୋର ତ ଆଉ ଜୀବନ ନାହିଁ !'

ମନୁ ଅଜା ଈଷତ୍ ହସିଲେ ବା ହସୁଥିବା ପରି ଦିଶିଲେ । ଘରୁ ବାହାରି ଆମେ ଦୁହେଁ ବାହାରକୁ ଯିବାବେଳେ ମୋ ନିକମ୍ମାପଣର ଆଉ କେତେ ନିଦର୍ଶନ ଦିଶିଗଲା । ପଛପଟ ପାଚେରି ଉପରେ ଗଛପଡ଼ି ପାଚେରି କାନ୍ଥ ଦୁଇ ଜାଗାରେ ଫାଟିଯାଇଥିଲା । ରାଜମିସ୍ତ୍ରିକୁ ଡାକି ମରାମତି କରିବା କଥା । ପ୍ରାୟ ଦେଢ଼ବର୍ଷ ହେଲା ସେ କାମ ବାକୀ ପଡ଼ିଛି । ଘରେ ଦୁଇଟା ପାଣି ଟ୍ୟାପ୍ କାମ କରୁନାହିଁ । ଗୋଟିଏ ଆଦୌ ଖୋଲୁ ନାହିଁ, ଆରଟି ଥରେ ଖୋଲିଲେ ଆଉ ବନ୍ଦ ହେଉନାହିଁ । ଘରର ହୋଲ୍ଡ଼ିଂ ଟ୍ୟାକ୍ସ ଦୁଇବର୍ଷ ହେଲା ଦେଇନାହିଁ । ଏମିତି ଆହୁରି ଅନେକ ଛୋଟ ବଡ଼ କାମ ବାକୀ ପଡ଼ିଛି । କାରଣ ? କିଛି ନାହିଁ । ମୋର ଚିରାଚରିତ ମନୋବୃତ୍ତି ହେଲା 'ତରବର କ'ଣ ? ପରେ ଦେଖିବା ।' କିଛି କାମ ଘରେ ଆଉ କିଛି ବାହାରେ । ଏବେ କ'ଣ ଧାଁଦଉଡ଼ କରି ମୋ ଅନୁପସ୍ଥିତିରେ ସୁନୀତି ଏସବୁ କାମ କରିପାରିବେ ? ଅଜା କିଛି ନ କହି ମୁରୁକି ହସିଲେ ।

ସବୁଆଡ଼େ ଖାଲି ମୋତେ ନିଜର ଅପୂର୍ଣ୍ଣତା ହିଁ ଦିଶିଲା । ମୋ ବାକୀ ଖାତାରେ ରହିଯାଇଛି ଅନେକ ଶୁଣି ନ ଥିବା ଗୀତ, ପଢ଼ି ନ ଥିବା ବହି, ଦେଖି ନ ଥିବା ଦୃଶ୍ୟ,

ଖାଇ ନ ଥିବା ଖାଦ୍ୟ, ବୁଲି ନ ଥିବା ରାଜ୍ୟ ! ଅନନ୍ତ ଅସୁମାରି ଆନନ୍ଦମୟ ଅନୁଭବ ବାକୀ ରଖି ମୁଁ ଏବେ ମରିଯାଇଛି । ଜୀବନଟା ତ ସରିଗଲା ! ଆଉ ମିଳିବନି । ଅନନ୍ୟ ସୁନ୍ଦର ସମ୍ଭାରରେ ପରିପୁଷ୍ଟ ପୃଥିବୀ । ମୁଁ ନେଇପାରିଲି ନାହିଁ ଯାହା ! ଆଉ ଟିକିଏ ଭଲ ଭାବରେ ଭଲା ଜିଇଁଥାଆନ୍ତି ? ଗୋଟିଏ ବୋଲି ତ ଜୀବନ !

ମୋ ପିଠି ଥାପୁଡ଼ାଇ ମନୁ ଅଜା କହିଲେ, 'ତୋ କପାଳ ଟାଣ, ତୁ ଭାଗ୍ୟବାନ୍ ମଣିଷ ।'

– 'ଭାଗ୍ୟବାନ୍ ? ମୁଁ ?' ହସ ଲାଗିବା କଥା, କିନ୍ତୁ ମୁଁ ହସିପାରିଲି ନାହିଁ ।

– 'ଭାଗ୍ୟବାନ୍ ନୋହୁଁ ତ ଆଉ କ'ଣ ? କ'ଣ ଅବସୋସ ରହିଲା ତୋ ଜୀବନରେ ? କିଛି ଜିନିଷ ଭୋଗ କରିପାରିନାହୁଁ ? ପଢ଼ିବା, ଖାଇବା, ଦେଖିବା, ବୁଲିବା, ଭଲ ଲୁଗାପଟା ପିନ୍ଧିବା – ଏତିକି ତ ? ଯଦି ତୋର ସାରା ଜୀବନର ସମୁଦାୟ ଅସନ୍ତୋଷ ଏତିକିରେ ସୀମିତ, ତା'ହେଲେ ତୁ ନିଶ୍ଚୟ ଭାଗ୍ୟବାନ୍ ମଣିଷ । ଠାକୁରମାନେ ପୁଣି ଫୁଲ ପାଇବେ । ଭଙ୍ଗା ପାଚେରି ମରାମତି ହୋଇଯିବ । ଯାହା ଯେଉଁଠି ଏଭଳି କାମସବୁ ବାକୀ ପଡ଼ିଛି ଦିନେ ନା ଦିନେ ସମ୍ପୂର୍ଣ୍ଣ ହେବ । ମୋ ନାତୁଣୀବୋହୂ ସୁନୀତି ଭାରି ପାରିବାର ମଣିଷ । ସବୁ ସଜାଡ଼ି ନବ ! ଅନ୍ୟ କେତେ ମଣିଷ କେତେ କ'ଣ ଇଚ୍ଛା ଅପୂର୍ଣ୍ଣ ରଖି ଚାଲିଯାଆନ୍ତି । ଭାରି ପଶ୍ଚାତ୍ତାପ ଥାଏ ମନରେ ! ତା' ତୁଳନାରେ ତୁ ବେଶ୍ ଭଲରେ ଆସିଛୁ !'

ଅଜାଙ୍କ କଥା ମୋ ଦେହରେ କଣ୍ଟା ପରି ଫୋଡ଼ି ହୋଇଗଲା । ଏତିକି ମାତ୍ର ମୋର ଅବସୋସ ? ଆଉ କିଛି ନାହିଁ ? ସତରେ ? ଯଦି ଏଇ ଖାଇବା, ପିନ୍ଧିବା, ବୁଲିବା ଭଳି ସାଧାରଣ ଇଚ୍ଛା ସବୁ ଚରିତାର୍ଥ ହୋଇଯାଆନ୍ତା, ମୁଁ ସତରେ କ'ଣ କୌଣସି ଗ୍ଲାନି, ଅନୁତାପ ନ ରଖି ଚାଲିଯାଆନ୍ତି ?

ଯାହାସବୁ ପାଇନାହିଁ, ତା'ର ଅଦୃଶ୍ୟ ତାଲିକାଟିଏ ଧୀରେ ଧୀରେ କୌଣସି ବହଳ ପରଦା ଆଢୁଆଳରୁ ଖସିଆସି ମୋ ଆଖି ଆଗରେ ନାଚିବାରେ ଲାଗିଲା । ଭୂସ୍ଖଳନରେ ପାହାଡ଼ରୁ ମାଟି ଧସିଆସିବା ପରି ସାରା ଜୀବନର ସଞ୍ଚିତ ଅଜସ୍ର ଅସଫଳତା ମୋ ଉପରେ ଅଜାଡ଼ି ହୋଇପଡ଼ିଲା । କୋଉଠି ଗୋଟେ ବିଶାଳ ବନ୍ଧ ଭାଙ୍ଗିଯାଇ ପ୍ରଖର ବନ୍ୟାଜଳ ମୋ ଆଡ଼କୁ ମାଡ଼ିଆସିବା ପରି ଲାଗିଲା, ପଶ୍ଚାତ୍ତାପ, ଅସନ୍ତୋଷର ବନ୍ୟା ।

ପରିଶ୍ରମ କରିଛି । ଉପାର୍ଜନ କରିଛି । କର୍ମଠ ମଣିଷ ବୋଲି ପ୍ରଶଂସା ପାଇଛି । ପ୍ରମୋସନ୍ ପାଇ ଉପରକୁ ଉଠିଛି । ସହକର୍ମୀମାନେ ଅଭିଭୂତ । କନିଷ୍ଠ କର୍ମଚାରୀମାନେ ଅନୁରକ୍ତ । ଏସବୁ ଉପଲବ୍ଧି ଅବଶ୍ୟ ମିଳିଛି; କିନ୍ତୁ ନିଜେ ଯେମିତି ବଞ୍ଚିବାକୁ ଚାହିଁଥାଆନ୍ତି ସେମିତି କ'ଣ ବଞ୍ଚିପାରିଛି ? କେତେ ସ୍ୱପ୍ନ ମୋର ଅପୂର୍ଣ୍ଣ ରହିଗଲା ତା'ର ହିସାବ କାହିଁ ? ଅଧା ସ୍ୱପ୍ନ ମଧ୍ୟ ପୂରଣ ହୋଇନାହିଁ ।

କେତେ ଲୋକଙ୍କ ପାଖରେ ମୁଁ ଦୋଷୀ । ତାଙ୍କୁ କ୍ଷମା ମାଗିନାହିଁ । କେତେ ଲୋକଙ୍କ ପାଖରେ ମୁଁ ଋଣୀ । ତାଙ୍କ ଉପକାର ଶୁଝିବା କଥା ତ ଛାଡ଼, ଟିକିଏ କୃତଜ୍ଞତା ମଧ୍ୟ ଜଣାଇନାହିଁ । ଯେଉଁମାନେ ମୋ ଜୀବନରେ ଆନନ୍ଦ, ଉଲ୍ଲାସ ଭରି ଦେଉଥିଲେ ସେମାନଙ୍କୁ ମନଖୋଲା ପ୍ରଶଂସା ମଧ୍ୟ କରିନାହିଁ । ଭାବିଥିଲି ସମୟ ଆସିବ, ଋଣ ଶୁଝିବି । ମୋ ମନକଥା ଖୋଲି କହିବି । ଆଉ କେବେ ? ମୁଁ ତ ମରିଗଲିଣି !

ଜନ୍ମରୁ ଯେଉଁମାନେ ଅତି ନିଜର; ରକ୍ତର ସମ୍ପର୍କ, ଆତ୍ମାର ସମ୍ପର୍କ, ଭାବର ସମ୍ପର୍କରେ ଯେଉଁମାନଙ୍କ ସହିତ ବର୍ଷ ବର୍ଷ ଧରି ଯୋଡ଼ିହୋଇ ରହିଥଲି - ସେମାନଙ୍କୁ ଅଣଦେଖା କରିଦେଲି । କେତେ ମଧୁର ହୋଇଥା'ନ୍ତା ମୋର ଉତ୍ତରଜୀବନ ଯଦି ବାଲ୍ୟବନ୍ଧୁମାନଙ୍କ ସହିତ ମୁଁ ସମ୍ପର୍କ ରଖିପାରିଥାଆନ୍ତି ! ଯଦି ନିଜ ଇଚ୍ଛାର ମାଲିକ ମୁଁ ନିଜେ ହୋଇଥା'ନ୍ତି ! ଅନ୍ୟ କାହାକୁ ସନ୍ତୁଷ୍ଟ କରିବା ପାଇଁ ନିଜ ବିବେକକୁ ଆହୁତି ଦେଇ ନଥା'ନ୍ତି ! ସ୍ୱଚ୍ଛନ୍ଦ, ସହଜ, ସଂଘର୍ଷମୁକ୍ତ ଜୀବନଟିଏ କିଣିବା ପାଇଁ ଏତେ ବେଶି ମୂଲ୍ୟ ଦେଇ ନ ଥା'ନ୍ତି !

ଅଜା ପଚାରିଲେ, 'କ'ଣ ଭାବୁଛୁ ?'

ମୋ ପାଖରେ ଉତ୍ତର ନ ଥିଲା । କେମିତି ବୁଝାଇ କହିବି ମୁଁ କେଉଁ ଲୋଭରେ ନିଜେ ଅର୍ଜନ କରିଥିବା ଧନକୁ କୃପଣ ପରି ନିଜ ପାଇଁ ସାଇତି ରଖିଲି ? କେତେ ଦାନ କରିପାରିଥା'ନ୍ତି ! କାହାର ହେଲେ କାମରେ ତ ଆସିଥା'ନ୍ତା ! ମୁଁ ତ ଦ୍ୱାଦଶ ଜ୍ୟୋତିର୍ଲିଙ୍ଗ ଦର୍ଶନ କରି ଆସିବା ସତ୍ତ୍ୱେ ବି ନିଜ ଗାଆଁର ଈଶ୍ୱର ମନ୍ଦିରକୁ କେବେ ଯାଇ ନ ଥିବା ମଣିଷ । ବ୍ରିଟିଶ ମ୍ୟୁଜିୟମ୍, ସାଲାର ଜଙ୍ଗ୍ ମ୍ୟୁଜିୟମ୍ ବୁଲିଆସି ଆମ ରାଜ୍ୟ ସଂଗ୍ରହାଳୟ କୋଉଠି ଅଛି ବୋଲି ପଚାରିବା ମଣିଷ ।

ଆଉ ଟିକିଏ ହସିଥା'ନ୍ତି ! ଆଉ ଟିକିଏ କାନ୍ଦିଥା'ନ୍ତି ! କୋହ ଉଠିବା ବେଳେ କାନ୍ଦ ଚାପି ରହିଲି ଏହି ଭୟରେ ଯେ ମୋ ଲୁହ କାଳେ କିଏ ଦେଖିପକାଇବ ! ଖୁସି ଲାଗିବା ବେଳେ ହସିଲି ନାହିଁ । ଭଲପାଉଥିବା ମଣିଷକୁ ଭଲପାଏ ବୋଲି କହିଲି ନାହିଁ । ସବୁ ଅନ୍ତରଙ୍ଗ ଭାବନା ମନ ଭିତରେ ଚାପିହୋଇ ରହିଲା । କେବେ ମନଖୋଲା ଗୀତଟିଏ ଗାଇଲି ନାହିଁ, ହେଉ ପଛେ ବେସୁରା । ଖୁସିରେ କେବେ ନାଚିନାହିଁ । ମନ

ଭିତରେ ଏମିତି କେତେ ଇଚ୍ଛା – କେତେ ସ୍ୱପ୍ନ ଫସିଲ୍ ହୋଇ ମରିଗଲା। ଏବେ ଆଉ କିଛି ହୋଇପାରିବ ନାହିଁ। କାରଣ ମୁଁ ତ ମୃତ!

ଅଜା କହିଲେ, 'ତୋ ମନକଥା ସବୁ ମୁଁ ବୁଝିପାରୁଛି।'

– 'କେମିତି ?'

– 'ତୁ ଯାହା ଭାବୁଛୁ, ସେମିତି ଭାବିବା ଲୋକ ତୁ ଏକା ନୋହୁଁ।' ମୋର କିଛି କହିବାର ନ ଥିଲା।

ଟିକିଏ ମୁରୁକି ହସି ଅଜା କହିଲେ, 'ଏତେ ଅବସୋସ କରୁ କିପାଇଁ ରେ ପାଗଳା ? ଯାଉନୁ ଯେଉଁ କାମସବୁ ଛାଡ଼ି ଆସିଛୁ ପୂରା କରି ଆସିବୁ।'

– 'କେମିତି ?'

– 'ଯେମିତି ରହିଛୁ ସେମିତି। ଧରିନେ ତୋତେ ପୃଥିବୀରେ ଆଉ କେତେ ବର୍ଷ ସମୟ ମିଳିଗଲା।'

– 'ମୁଁ ତ...'

– 'ସେକଥା ମିଛ। ତୋ ମସ୍ତିଷ୍କର ଭ୍ରମ। ତୁ ହସ୍‌ପିଟାଲରେ ପଡ଼ିଛୁ। ଗଭୀର ଅଚେତନ ଅବସ୍ଥା। ଡାକ୍ତରମାନେ ତୋ ଘରଲୋକଙ୍କୁ କହିସାରିଲେଣି ଯେ ତୁ କୋମା ସ୍ତରରୁ ଆହୁରି ତଳକୁ ଖସି ଖସି ଚାଲିଛୁ। ପରିବା ପରି ବଞ୍ଚି ରହିବାକୁ ପଡ଼ିପାରେ। କାଲି ତୋର ବ୍ରେନ୍ ଅପରେସନ୍ ପାଇଁ ସବୁ ସଜା ହୋଇସାରିଲାଣି।'

– 'କିନ୍ତୁ...'

– 'ଆଉ କିନ୍ତୁ କ'ଣ ? ଯେଉଁମାନେ ତୋ ପରି 'ଭେଜିଟେଟିଭ୍ ଷ୍ଟେଟ୍'କୁ ଚାଲିଯାଆନ୍ତି, ସେମାନେ କ'ଣ ଅନୁଭବ କରନ୍ତି, କ'ଣ ଭାବନ୍ତି ନା ଆଦୌ କିଛି ଭାବିପାରନ୍ତି ନାହିଁ, ସେକଥା କେହି ଜାଣନ୍ତି ନାହିଁ। ଡାକ୍ତର କି ବୈଜ୍ଞାନିକ କେହି ସେକଥା କହିପାରିବେ ନାହିଁ। ତୋ ମନ ଏବେ ତୋ ସହ ଖେଳୁଛି। ତୁ ମରିନାହୁଁ। ମୋତେ ଦେଖିନାହୁଁ। ସୁସ୍ଥ ହୋଇ ଉଠିବାବେଳକୁ ଏସବୁ କିଛି ତୋ ମନରେ ନ ଥିବ। କିଏ ଜାଣେ, କୁଶଳୀ ଡାକ୍ତରମାନେ ହୁଏତ ତୋତେ ତୋ ପଛ ଜୀବନକୁ ଫେରାଇନେବେ। ଅସଜଡ଼ା ଜିନିଷ ସବୁ ସଜାଡ଼ି ଫେରିବୁ।'

ଅଜଣା ଭୟରେ ମୋ ଦେହ ଶୀତେଇ ଉଠିଲା। ଫେରିଗଲେ ସତେ କ'ଣ ଉଜୁଡ଼ା ବ୍ୟବସ୍ଥାକୁ ସଜାଡ଼ି ପାରିବି ? ସେ ଶକ୍ତି ମୋର ଅଛି ? କେବେ ତ ନ ଥିଲା, ଏବେ କୁଆଡୁ ଆସିବ ?

କିଛି ଭୋଜ୍ୟ, କିଛି ପରିଧାନ ଭଳି ସାଧାରଣ ଦୈହିକ ବିଳାସ ଅବଶ୍ୟ ଭୋଗ କରିପାରିବି; କିନ୍ତୁ ବହୁ ବର୍ଷରୁ ହଜେଇ ଦେଇଥିବା ସୁଖସବୁ ଆଉ କ'ଣ ଖୋଜି ସାଉଁଟି ଉଦ୍ଧାର କରିପାରିବି ? ଯେଉଁ ସମ୍ପର୍କ ସବୁ ତୁଟେଇ ଏତେ ଦୂର ଆସିଛ ତାକୁ ଆଉ ଯୋଡ଼ିପାରିବି ? ଫେରିଲେ ବି ଏବେ ସେଇ ପୁରୁଣା ପରିଚିତ ଜୀବନକୁ ତ ଫେରିବି ? ସେହି ପରିବେଶ, ସେଇ ପ୍ରବାହ, ସେଇ ଶୃଙ୍ଖଳା । ନା, ପାରିବି ନାହିଁ । ଯେଉଁ ଶକ୍ତି ସବୁ ମୋର ଚାରିପଟୁ ଡୋରି କାଟି ମୋତେ ଏକଲା ମଣିଷ କରିଦେଇଥିଲେ, ସେଇ ଶକ୍ତି ସମୂହ ମୋତେ ଏବେ ମଧ୍ୟ କବଳିତ କରି ରଖିବେ । କିଛି ବଦଳିବ ନାହିଁ । ସେମିତି ଗ୍ଲାନିକର ଜୀବନ ହିଁ ବଞ୍ଚିରହିବି ।

ଅଜା କହିଲେ, 'ତୋ ମୁହଁ କାହିଁକି ଶୁଖିଗଲାଣି କିରେ ? କିଛି ଯାଇନାହିଁ ତୋର । ସବୁ ଅଛି । ଜ୍ଞାତି କୁଟୁମ୍ବ ବନ୍ଧୁବାନ୍ଧବ ସବୁ ହସ୍‌ପିଟାଲ୍ ଯାଇ ତୋତେ ଦେଖୁଛନ୍ତି । ଯେଉଁମାନଙ୍କ ଠାରୁ ତୁ ଦୂରେଇ ଯାଇଛୁ ବୋଲି ଭାବୁଥିଲୁ ସେମାନେ ତୋ ପାଖରେ ହିଁ ଅଛନ୍ତି । ତୁ ଶୀଘ୍ର କେମିତି ସୁସ୍ଥ ହୋଇ ଫେରିବୁ ସେଥିପାଇଁ ମନାସୁଛନ୍ତି । ପ୍ରାର୍ଥନା କରୁଛନ୍ତି । ବ୍ରେନ୍ ସର୍ଜରିରେ ସିଦ୍ଧହସ୍ତ ଡାକ୍ତର ହସ୍‌ପିଟାଲରେ ମହଜୁଦ ଅଛନ୍ତି !'

ଭୟରେ ଅଜାଙ୍କୁ ଜାବୁଡ଼ି ଧରି କହିଲି, 'ମୋତେ ଛାଡ଼ି ଯାଅନାହିଁ । ମୁଁ ଯଦି ଆଉ ଥରେ ପଛକୁ ଫେରିବି, ଆଉ ଥରେ ସେମିତି ଅସଜଡ଼ା, ଅସମ୍ପୂର୍ଣ୍ଣ ଜୀବନ ହିଁ ଜିଇଁବି । ଅପରେସନ୍ ଟେବୁଲ୍ ଉପରେ ମୋ ଜୀବନ ଚାଲିଗଲେ ହିଁ ଭଲ ।'

- 'କିରେ ତୁ ଏତେ ଡରୁଆ ? ଏମିତି ପଳାୟନବାଦୀ ? ସୁଯୋଗ ମିଳିବ କି ନାହିଁ ଅପରେସନ୍ ପରେ ଜଣାପଡ଼ିବ, କିନ୍ତୁ ସୁଯୋଗ ମିଳିଲେ ମଧ୍ୟ ନେବାପାଇଁ ଏତେ ଭୟ ? କି ମଣିଷରେ ତୁ ?'

- 'ଯାହା ବି କହ ଅଜା, ମୋ ଦ୍ୱାରା ହୋଇପାରିବ ନାହିଁ । ଯେଉଁ ଛାଞ୍ଚ ଭିତରେ ଢଳା ହୋଇସାରିଛି ତା' ଭିତରୁ ଏ ଜନ୍ମରେ ଆଉ ମୁକୁଳି ପାରିବି ନାହିଁ ।'

- 'ତା'ହେଲେ କ'ଣ କରିବୁ ?'

- 'ଆଉ ଗୋଟିଏ ଜନ୍ମ ପାଇଁ ଅପେକ୍ଷା କରି ରହିବି ।'

■

BLACK EAGLE BOOKS

www.blackeaglebooks.org
info@blackeaglebooks.org

Black Eagle Books, an independent publisher, was founded as
a nonprofit organization in April, 2019. It is our mission to
connect and engage the Indian diaspora and the world at large
with the best of works of world literature published on a
collaborative platform, with special emphasis on
foregrounding Contemporary Classics and New Writing.

CPSIA information can be obtained
at www.ICGtesting.com
Printed in the USA
BVHW070227260122
627120BV00010B/906

9 781645 602361